中华经典修身
诗歌赏读大全

孙汉洲⊙主编

品读一首首诗歌，就是在感知一个个美丽灵魂，聆听一个个济世弘道的理想……

江苏人民出版社

编　委　会

序

面前这套《中华经典修身诗歌赏读大全》书稿，翻阅之下，让人眼前一亮。

中华文化浩如烟海，诗歌创作汗牛充栋，历代选本层出不穷，那么，再推出这样一个选集又是出于什么样的考虑？它的独特价值又在哪里？

首先，在于其明确的定位。此选集是受江苏省和南京市语言文字工作委员会委托，围绕省语委"中华经典诗歌诵读资料库"课题建设编撰的一个面向广大中小学生和社会各界人士提供经典诗词诵读的范本。从本书所选诗歌及编撰方式看，这一指向明确的要求得到了很好体现；同时，也在实物样本的呈现上构成了该课题研究的一个阶段性成果。其次，在于其承载的功能。有别于以往众多的诗词选本，从广义的"修身"角度来精心编选我国历代诗歌作品尚属首次，其相应分类也让人耳目一新，进一步凸显了旨在帮助青少年在感受诗歌之美的熏陶中立德修身、健康成长的目的。第三，在于其精当的选材。全书共选诗词曲约 500 首，约相当于《唐诗三百首》的 1.6 倍，加上注释、赏读，全书约 80 万字，体量比较适中，而范围则大大拓展，自上古以迄近代，加之遴选者的眼光品位与审慎取舍，于浩瀚的诗歌宝库中可谓披沙见金、优中选精，翻阅之际有篇篇锦绣、字字珠玑、美不胜收之感。最后，在于其编撰的方式。正因为着眼于引导读者对于经典诗词的"赏读"，故编撰者不仅按通常方式列出诗歌原文及相应注释，还深入浅出地对每一篇都撰写了生动形象、言简意赅的"赏读提示"，对所选诗词加以必要的赏析与诵读指导，既紧扣本书主题，又利于以中小学生为主要对象的读者更好地发现、欣赏和沉浸于中华经典诗词的文字之美、韵律之美、意境之美。正是由于以上几点，确立了该书编选出版的必要性和独特价值。

中华自古称"诗国"，国人历来重"诗教"。孔子就非常重视倡导弟子们学诗，认为可以助人更好地"兴、观、群、怨"，奉事家庭、国家与社会，并有助于博闻广识。习近平总书记在谈到当今中国人应更加自觉自信地从中华优秀传统文化中汲取精神滋养时，也特别讲到学习诗词的作用，指出："学诗可以情飞扬、志高昂、人灵秀。"有鉴于此，本书首创围绕"修身"这一主题来遴选与解读经典诗词作品，更见其眼光之独到与立意之高远。需要指出的是，通读一遍，我深感编选者并未局限于狭义的"修身"命题（这也是我在未看到书稿之前有所担心的——可不要变成一部板着脸说道理的"冬烘"诗选），而是从大处着眼来构想与选择并分类的。这正合我国古代哲人是将"修身"置于"格物、致知、诚意、正心、修身、齐家、治国、平天下"这一长链条中，作为承前启后的关键一环来论述与强调的。从全书所分的十个专题即"节操自守"、"勤奋惜时"、"天下己任"、"悲悯情怀"、"乐观旷达"、"珍惜情谊"、"亲近自然"、"思贤追远"、"善思颖悟"和"琴心雅趣"及其内容来看，也分别侧重不同方面与上述自"格物"伊始直至"平天下"（借此赘语一句，经典常被误读，这里的"平天下"不是野心勃勃地去平定天下，实现唯我独尊，而是"使天下平"——有志于让天下公平、太平、升平之意）的中国古代强调天人合一、民胞物与、立德修身、为人处世之要相呼应，遂成就了以优美的诗歌语言阐发"修身"之大、揭示"修身"全程的佳构，一举拓宽了读者的视野，极大丰富了修身的内涵与路径。依此深入下去，当可开辟前述课题研究的又一重要领域，也对如何促进当今时代人们的修身与成长提出了新的启示。

"诗言志，歌永言。"言志，就是以诗句来抒发思想感情，表达志向意趣；永言，就是以吟咏、歌唱的方式，将诗的美彰显出来，将心中的感受表达出来。中国古代诗词作品是要诵读、吟咏以至歌唱的，在我国历来就是"诗歌"并称，有时还将"歌"置于前，称作"歌诗"。即以本书"亲近自然"篇中所列第一首《江南》（汉乐府民歌）为例，本就是一首汉朝廷采集的当时江南女子的采莲歌："江南可采莲,莲叶何田田,鱼戏莲叶间。鱼戏莲叶东,鱼戏莲叶西,鱼戏莲叶南,鱼戏莲叶北。"如果不作必要的提示,只是让人干巴巴地去读,不但诗意顿失,恐还会感觉莫名其妙,而要是知道它本就是唱出来的歌词,就豁然开朗了。原来后四句是配合着优美的旋律反复咏唱的,可能还伴随着相应往东、往西、往南、往北的女子舞蹈动作,正如今日流行歌曲及其表演方式一般。我们在吟诵之时,加以"脑补"当时的情景,当可"思接千载",与两千余年前的人们实现跨越时空的对话,从而获得更深层次的审美体验,并形象地感知原来"古今一也"。汉代人们的平常生活便是如此富有情趣,从中可领略到当时人们对生活的热爱、人与自然和谐的美好。所以,让我们、我们的孩子、广大中小学生大声地诵读起来、吟咏起来吧,一个无限美好的诗歌世界将呈现在我们的面前,并融入和丰富我们的精神世界。

值得一提的是,本书是由众多志同道合的语文教育工作者共同选编而成。经典诗词作品历来是语文教材与教学的重要组成部分,让孩子们学好经典诗词、爱上经典诗词,从而滋养他们的心灵,提升其价值追求与精神境界,为他们的成长、成人、成才、成功以至面对人生的各种考验、风险、困难和挑战发挥作用、提供助力,是教育工作者义不容辞的责任。作家叶开在《语文是什么》中有个形象的说法:"语文是人类文明的底层操作系统。"作为中华传统文化精华的经典诗词,自然携带着、深深镌刻着这一"文明的底层操作系统"的基因密码。经典诗词特别是众多名句中无不蕴含着中华文化的精华,渗透着中国人世世代代"日用而不觉的价值观"。那些自强不息、昂扬奋进、砥砺节操、亲民为民、以身许国的著名诗句,至今给人们以教化与激励,也使得中华民族虽历经艰险甚至近代以来列强欺凌、山河破碎的巨大灾难而屹立不倒,一代代优秀儿女挺身而出,拯救国家、民族于倒悬,其人与诗文交相辉映、彪炳史册,构成鲁迅先生所赞誉的我们"民族的脊梁"。还有许多平凡的人们,当其步入青壮年、中年以至老年,儿时懵懵懂懂阅读背诵的经典诗文常常在不经意间想起，给人生以启迪、以鼓舞，或者正切合此时此地自己的喜怒哀乐，给心灵以慰藉，不由感慨中华文化之瑰宝的神奇。而今，我们正行进在中华民族伟大复兴的征程上，每个人特别是青少年更在融入与共同实现"中国梦"的大潮中去追求和实现属于自己的梦，那就让经典诗词化为优美的旋律，伴随着我们、你们、他们，意气风发、自信坚韧地行进在征程上。

"晴空一鹤排云上，便引诗情到碧霄。"人，需要诗意的栖居。因为自己的选择，我们可以让生活充满诗意。人，需要诗意的表达，这是属于智慧生物的人的"专利"，我们不应自动放弃，那实在太可惜。人，更需要诗意的人生。不仅有物质生活的富足（或者，即使没有，即使失去），更当注重精神生活的充实、美好与超越，否则即使富可敌国、纸醉金迷，也只不过是"酒囊饭袋"、"行尸走肉"。当代古诗词研究专家、诗人周啸天说："诗性让人活得有滋味。"此语于我心有戚戚，是啊，真是滋味无穷哩！也让我们来影响和带动更多的人，尤其是孩子们都来领略这个中滋味吧。真诚期盼这本立意与选题都堪称新颖独到的中华经典诗歌赏读的精品力作，在这方面发挥其应有的作用，体现其应有的价值。

因为工作性质的关系，我一般是不应承作序的。此番应约作序，盖有一因缘在，本书主编、南京市第二十九中学孙汉洲校长是我的学长，也是公认的"诗人校长"，从教、办学之余，笔耕不辍，著述颇丰，尤精于儒学文化研究与诗词散文创作，故有此书之设想并慨然约集同道而成稿，可谓当仁不让、实至名归。行文至此，想及之前自己曾口占一"嵌字联"书赠汉洲学长："诗文雄飞邀云汉，桃李乐育登瀛洲"，倒与此书之旨暗合了，附记于此。爰为之序。

刘莅
于 2015 年夏日

目 录

第一编　节操自守

第二编　勤奋惜时

第三编　天下己任

第四编　悲悯情怀

第五编　乐观旷达

目　录

第六编　珍惜情谊

第七编　亲近自然

第八编　思贤追远

第九编　善思颖悟

第十编　琴心雅趣

第一编

节操自守

注重节操自守,避免同流合污,珍视自我人格,这一直是中国正直知识分子的一种传统。无论是中国第一位伟大的爱国诗人屈原在《涉江》中的正道直行,还是中国第一位田园诗人陶渊明在《归园田居》中的坚守砥砺,都充分彰显了这样一个道理:任何环境中,气节不可变,志向不可变,信心不可变,方可在变幻莫测的人世间深谙时变、事变之理,把握时局,顺应天理,遵从天道。在这一章节中,我们会与"梅妻鹤子"的林逋相遇,会与有着坚贞美丽灵魂的屈原晤面,会与慨然立于天地的谭嗣同交流,会神游于兰若、芊蔚、兰叶、桂华这些散发幽香芬芳、象征君子节操自守品格的香草之中。品读这一首首诗歌,就是在感知一个个美丽的灵魂,聆听一个个济世弘道的理想。他们都是品德高洁的君子,都是物欲淡泊而胸怀宽广的人,无论隐居于山林还是处喧嚣尘世,心乱是因为身在红尘,心静是因为身在道中。

离骚（节选）

[战国] 屈 原

帝高阳之苗裔兮①，朕皇考曰伯庸②。

摄提贞于孟陬兮，惟庚寅吾以降③。

皇览揆余初度兮④，肇锡余以嘉名⑤：

名余曰正则兮，字余曰灵均⑥。

纷吾既有此内美兮⑦，又重之以修能⑧。

扈江离与辟芷兮⑨，纫秋兰以为佩⑩。

汩余若将不及兮⑪，恐年岁之不吾与⑫。

朝搴阰之木兰兮⑬，夕揽洲之宿莽⑭。

日月忽其不淹兮⑮，春与秋其代序⑯。

惟草木之零落兮⑰，恐美人之迟暮⑱。

不抚壮而弃秽兮⑲，何不改乎此度⑳？

乘骐骥以驰骋兮㉑，来吾道夫先路㉒。

〔注释〕

①高阳：传说中的上古部族首领颛顼(Zhuānxū)，号高阳氏，相传是楚国开国君主的远祖。苗裔：后裔。②朕：我。古时不论贵贱都可自称朕，至秦始皇始定为皇帝的自称。皇考：对亡父的尊称。伯庸：屈原父亲的字。③"摄提"二句：是说自己出生在寅年寅月寅日，得天地禀赋之正。摄提，即摄提格，古代纪年的术语，相当于寅年。贞，正，当。孟陬，夏历正月，也即寅月。④皇：指皇考。览：观察。揆：思量。初度：初生的时节。⑤肇：始。锡：同"赐"。⑥名余、字余：屈原名平，字原。正则：公正而有法则，是阐明"名平"之义。灵均：形容土地美好而平坦，是字"原"之义。⑦纷：众，很多，指美盛的样子。内美：内在的美质。⑧重：再，加上。修：美好的。能：才能。⑨扈：披，楚地方言。江离：香草名，又名蘼芜。辟芷：生于幽僻之处的芳芷。辟，同"僻"。芷，香草名。⑩纫：联缀。秋兰：即泽兰，秋天开花。古人用来驱虫除臭。佩：佩戴在身上的饰物。这两句都是比喻自己操行高洁，博采众善。⑪汩(yù)：水流迅疾的样子，这里形容时光流逝得快。⑫与：待。⑬搴(qiān)：拔取，楚地方言。阰(pí)：大山，楚地方言。

⑭揽:采。洲:水中陆地。木兰:香木名。宿莽:草名,经冬不枯。⑮日月:指时光。忽:迅速的样子。淹:久留。⑯代序:交相更替。⑰惟:思。零落:飘零,坠落。⑱美人:喻指君主。一说,美人是自喻。迟暮:指年老。⑲不:即"何不"。抚:循,握持。壮:壮盛之年。秽:指秽恶之行。⑳度:法度。㉑乘骐骥:指任用贤才。㉒来:呼唤语,呼唤君主跟从自己。道:同"导",引导。

〔赏读提示〕

《离骚》是我国古代最早、最辉煌的长篇抒情诗,全长 370 句,近 2500 字,其气魄之宏伟、抒情之深刻、构思之奇幻、辞采之绚烂,在古典诗歌的宝库里首屈一指,一直被引为民族文学的骄傲。

《离骚》又是"楚辞"的代表作,人称"楚辞"为"骚体"或"骚"。"楚辞"是战国时代以屈原为代表的楚国人创作的诗歌,是一种具有楚文化特征的新诗体。以六言、七言为主,长短参差、灵活多变,多用语气词"兮"。汉代刘向把屈原、宋玉等人的作品编辑成书,定名《楚辞》。于是,《楚辞》又成为《诗经》之后的另一部诗歌总集。

《离骚》全篇可分三层意思:第一层写诗人的身世、品质、抱负、与楚王和谄人的矛盾及矢志不渝的斗志;第二层写诗人对"美政"理想的追求和追求的失败,并对不见容于君、不受知于世,感到难以忍受的苦闷;第三层写诗人想出国远游,寻求实现抱负的机会,却终于不肯背离祖国,准备以身殉国。

本节选部分是全诗的第一小节,诗人总叙身世与怀抱。

诗从遥远的祖系追溯起,以见出家世的华贵,然后说到生辰的吉祥(旧说人类诞生于寅时,故以寅日出生为得中正之道)、体貌的端庄和名字的嘉美。在这一切内在美质(喻指先天禀赋)的基础上,再加上用各种香花香草来修饰仪容(喻指后天修养),当然更见得美丽出众。

前四句述说自己的出身高贵,又降生在一个美好吉祥的时刻。诗人为什么要表白自己的出身高贵呢? 东汉王逸说:"屈原自道本与君共主,俱出颛顼胤末之子孙,是恩深而义厚也。"(《楚辞章句·离骚》)是说明自己与楚王是同宗,对楚国的兴旺负有义不容辞的责任。

以下四句介绍自己的名字。"正则",公正而有法则,含有"平"的意思;"灵均",土地美好而平坦,含有"原"的意思。这样就解释了屈原名平字原的含义,典雅高贵,绝非一般。诗人叙说这一部分的内容时,表现出高度的庄重自爱。

上天与先人赐予自己尊贵的禀赋,而美好的品格和才能则是因为自己注重后天修养，"纷吾既有此内美兮，又重之以修能"。怎样的"修能"呢？"扈江离与辟芷兮，纫秋兰以为佩"，把江离与芷草披在身上，把泽兰结成饰物挂在身上。注重修养，即使是身边的饰物也不能随便。诗人从介绍自己高贵的出身，到宣扬自己的"内美"和"修能"，都体现了诗人对自我价值的发现。

　　为什么诗人要如此不厌其详地从各个角度来表白自己"爱美"的天性呢？那正是为了突出他的人生目标。因为有了这样的美质，就决不能虚度年华，沦于"美人迟暮"的可悲境地。对诗人是如此，对一国之君来说更是如此。于是诗人一方面精勤修德，践行忠善长久之道，"朝搴阰之木兰兮，夕揽洲之宿莽"；另一方面，他也意识到时间的紧迫，"汩余若将不及兮，恐年岁之不吾与"，时不我待啊，"日月忽其不淹兮，春与秋其代序"，光阴荏苒。对一位一心报国的志士而言，最担心的是时光如流水逝去，却没有机会把美好的品格和超凡的才能献给国家。所以"惟草木之零落兮，恐美人之迟暮"，诗人充满着忧虑。君王昏聩误国，保守落后，政治混乱。诗人虽怀有一腔热忱，无奈"美人"不识。诗人在发出"不抚壮而弃秽兮，何不改乎此度"的劝告后，又以昂扬的斗志发出呼喊，"乘骐骥以驰骋兮，来吾道夫先路"，想象着自己驾着骏马，为徘徊无路的楚王引导开路，鲜明地揭示了诗人变革现实的远大抱负。

　　"离骚"二字，古来有数种解释。司马迁认为是"遭受忧患"，他在《史记·屈原贾生列传》中说："《离骚》者，犹离忧也。"汉代班固在《离骚赞序》里也说："离，犹遭也；骚，忧也。明己遭忧作辞也。"王逸解释为"离别的忧愁"，《楚辞章句·离骚经序》云："离，别也；骚，愁也；经，径也；言己放逐离别，中心愁思，犹依道径，以风谏君也。"在历史上影响较大的主要是这两种。因司马迁距屈原的年代不久，且楚辞中多有"离尤"或"离忧"之语，"离"皆不能解释为"别"，所以司马迁的说法最为可信。

（刘晓欣）

涉　江（节选）

［战国］屈　原

余幼好此奇服兮①，年既老而不衰。
带长铗之陆离兮②，冠切云之崔嵬③，被明月兮佩宝璐。

世溷浊而莫余知兮,吾方高驰而不顾。

驾青虬兮骖白螭④,吾与重华游兮瑶之圃⑤。

登昆仑兮食玉英⑥,与天地兮同寿,与日月兮齐光。

……

哀吾生之无乐兮,幽独处乎山中。

吾不能变心以从俗兮,固将愁苦而终穷。

接舆髡首兮⑦,桑扈臝行⑧。

忠不必用兮,贤不必以。

伍子逢殃兮,比干菹醢。

与前世而皆然兮,吾又何怨乎今之人!

余将董道而不豫兮,固将重昏而终身。

〔注释〕

①奇服:奇伟的服饰。用来象征自己与众不同的志向、品行。②铗(jiá):剑柄,这里代指剑。陆离:长的样子。③切云:当时一种高帽子之名。④虬(qiú):无角的龙。⑤重华:帝舜的名字。⑥玉英:玉树之花。英,花朵。⑦髡(kūn)首:古代刑罚之一,即剃发。相传接舆自己剃去头发,避世不出仕。⑧桑扈(hù):古代的隐士。臝(luǒ):同"裸"。桑扈用裸体行走来表示自己的愤世嫉俗。

〔赏读提示〕

《涉江》是屈原《九章》中的一篇,大约是屈原晚年流放江南时所作。顷襄王三年(前296),楚怀王客死于秦国。屈原和许多楚国人因此抱怨子兰当初劝怀王入秦,以致其客死他乡。子兰听到这些议论后很生气,唆使他人在顷襄王面前诋毁屈原,顷襄王便将屈原流放到了江南。流放之后,屈原写了这首抒发忧愤的《涉江》。

第一部分,写诗人与众不同的爱好和思想品质。屈原是性情中人,服饰装束、行为举止、生活方式等都与世俗不同,"扈江离与辟芷兮,纫秋兰以为佩"(《离骚》)。他一生都偏好奇装异服,时常挟着"长铗"、戴着"切云"、披着"明月"、佩着"宝璐"。实际上,这些"奇服"是喻指自己不同流俗的高洁品质与高远志行。在朗读这部分文字时,要体现出一种自重自爱的感情,字正腔圆,语速适中。重读"年既老而不衰",流露出坚定执着的情绪。可是"举世皆浊我独清,众人皆醉我独醒"的他并不能见容于世,受人排斥,甚至遭受谗言而被统治者流放。但即便如此，诗人也并未动摇自己的意志，放弃自己的理想，而是"高驰而不顾"。"不顾"，写出了屈原不苟合、不妥协、执着不渝的个性特征。要重读，引起注意，为下文恣意遨游的行为做准备。"驾青虬兮骖白螭，吾与重华游兮瑶之圃。登昆仑兮食玉英，与天地兮同寿，与日月兮齐光。"写诗人想象中的理想境界，创造性地运用想象写理想境界，充满了浓郁的浪漫主义气息。朗读时语调要轻快自然，仿佛尽情遨游于天地之间，语速逐渐加快，最后语调高昂起来，读出一种性灵的释放感。

第二部分，诗人从自身经历联系历史上的一些忠诚义士的遭遇，进一步表明自己的政治立场。接舆是春秋时楚国的隐士，即《论语》所说的"楚狂接舆"。《论语·微子》说："楚狂接舆歌而过孔子曰：'凤兮凤兮！何德之衰！'"髡首，剃发，是古时一种刑罚，接舆被发佯狂，是坚决不与统治者合作的表现。桑扈，也是古隐士。《孔子家语》说他"不衣冠而处"，桑扈用裸体行走来表示自己的愤世嫉俗以及不与统治者合作的态度。伍子即伍子胥，春秋时吴国的贤臣，吴王夫差听信伯嚭（pǐ）的谗言，逼迫伍子胥自杀。比干，殷纣王的叔父（一说是纣王的庶兄）。传说纣王淫乱，不理朝政，比干强谏，被纣王剖心而死。诗人以接舆、桑扈、伍子、比干四个历史人物自况，说明自己虽然身处劣境，但"将董道而不豫"。表明自己仍将正道直行，宁死不与朝中的佞臣同流合污，显露出崇高的爱国精神和端庄正直的品格。

"接舆髡首兮，桑扈嬴行。忠不必用兮，贤不必以。伍子逢殃兮，比干菹醢。"这几句用沉重缓慢的降调，响亮有力，发人警醒。"与前世而皆然兮，吾又何怨乎今之人！""何怨"二字要重读强调，饱含无怨无悔之情。最后一句"余将董道而不豫兮，固将重昏而终身"，可重读"董道而不豫"，整句诵读时语速稍缓，感情高亢而有力，这样才能把诗人至死不渝、坚守节操、坚持与楚国腐朽势力斗争到底的豪情与决心表现出来。

（田玮玮）

橘 颂

［战国］屈 原

后皇嘉树①，橘徕服兮②。

受命不迁，生南国兮。

深固难徙，更壹志兮。

绿叶素荣，纷其可喜兮。

曾枝剡棘③，圆果抟兮④。

青黄杂糅，文章烂兮⑤。

精色内白⑥，类任道兮⑦。

纷缊宜修⑧，姱而不丑兮⑨。

嗟尔幼志，有以异兮。

独立不迁，岂不可喜兮。

深固难徙，廓其无求兮⑩。

苏世独立⑪，横而不流兮⑫。

闭心自慎，终不失过兮。

秉德无私⑬，参天地兮⑭。

愿岁并谢⑮，与长友兮⑯。

淑离不淫⑰，梗其有理兮⑱。

年岁虽少，可师长兮。

行比伯夷⑲，置以为像兮。

〔注释〕

①后皇：皇天后土。嘉：美，或释为生育。②徕：同"来"。③曾枝：层层枝叶。曾，通"层"。剡（yǎn）棘：尖刺。橘枝有刺。④圆果：指橘子。抟：通"团"，圆圆的，指橘子长得圆美；又一说，同"圜（huán）"，环绕，楚地方言。⑤文章：文采，此指橘子色彩。烂：灿烂。⑥精色：橘子外表颜色鲜明。内白：橘子内瓤洁白。⑦类：类似。任：担当重任。有的版本写为"类可任兮"。⑧纷缊：同"氛氲"，香气盛貌。宜修：美好。⑨姱（kuā）：美好。⑩廓：空廓，此指胸怀开阔。⑪苏世：在世上保持清醒。或曰疏远俗世。⑫横：横立世上。或释为栏木，以喻自我约束。不流：不随从流俗。⑬秉：执，持。⑭参天地：上合天地无私之德。参，合。⑮岁：岁暮。并谢：百花一齐凋谢。⑯与长友：长与橘为朋友。⑰淑：美，善。离：通"丽"，附丽。淫：放荡。⑱梗：直。理：纹理。⑲比：比美。伯夷：商末孤竹君之子，周灭商，伯夷与弟叔齐义不食周粟，饿死于首阳山中，是后世称颂的有节之士。

〔**赏读提示**〕

橘颂即赞颂橘树之美。楚地是橘树的故乡,在深深热爱故国乡土的屈原看来,橘树这种"受命不迁,生南国兮"的秉性,正可与自己矢志不渝的爱国情志相通。清人林云铭云:"看来两段中句句是颂橘,句句不是颂橘,但见(屈)原与橘分不得是一是二,彼此互映,有镜花水月之妙。"

《橘颂》四句一节,可分两部分。

第一部分为1~4节,重在描述橘树俊逸动人的外在美。

开篇,一树坚挺的绿橘,突然升立在广袤的天地之间,它深深扎根于"南国"之土,任凭什么力量也无法使之迁徙。如能朗读出那凌空而立的意气、"受命不迁"的坚毅神采,也会令读者升起无限的敬意!

橘树是可敬的,同时又俊美可亲。诗人接着以精工的笔致,勾勒它充满生机的坚根、"绿叶"、"素荣";它的层层枝叶间虽也长有"刺棘",但这是自我保护的方法,并不以此伤人;它所贡献给世人的,却是"精色内白"、光彩照人的无数"圆果"!屈原笔下的南国之橘,正是如此"纷缊宜修",如此堪托大任!"纷其可喜兮、圆果抟兮、文章烂兮、姱而不丑兮、类任道兮"等,都适合以上扬的语调读出诗人对"嘉树"的一派自豪、赞美之情,如数家珍,娓娓道出这橘树的诸多光彩。

第二部分为5~9节,从对橘树外在美的描绘,转入对它内在精神的热情讴歌。

橘树年岁虽小,却已抱定了"独立不迁"的坚定志向;它长成以后,更是"横而不流"、"淑离不淫",表现出梗然坚挺的高风亮节;纵然面临百花"并谢"的岁暮,它也依然郁郁葱葱,决不肯向凛寒屈服。从"深固难徙,廓其无求兮"一直到"秉德无私,参天地兮",语速宜逐步较快,语调宜逐步上扬,至"参天地兮"达到赞美之情的最高点,再缓慢收束。

稍作停顿后呼出"愿岁并谢,与长友兮",这句沟通"物我"的神来之笔顿使傲霜斗雪的橘树形象,与遭谗被废、不改操守的屈原自己叠印在了一起。而后再以坚定高亢的果断语调收结"行比伯夷,置以为像兮",在两位古今志士的遥相辉映中,身处逆境、不改操守的伟大志士的形象,如一颗明星闪耀在历史的苍穹上!建议这两句在朗读时要饱含激情,充满对英雄的崇敬。

《橘颂》全用四字句,以"兮"字为叹,这种句式简朴而有节奏感,但朗读时"兮"字应根据语境设计不同的读法,或高或低,尾音或长或短,否则会因单调板

滞而影响全诗对一个坚贞美丽灵魂的歌颂。　　　　　　　（付向红）

赠从弟①（其二）

［汉］刘　桢

亭亭山上松②，瑟瑟谷中风③。
风声一何盛，松枝一何劲。
冰霜正惨凄，终岁常端正。
岂不罹凝寒④，松柏有本性。

〔注释〕

①从弟：堂弟。②亭亭：高貌。③瑟（sè）瑟：风声。④凝寒：严寒。

〔赏读提示〕

《赠从弟》为刘桢代表作，共三首，都采用比兴手法，尤以第二首著称于世。本作就是第二首，作者以松柏为喻，勉励他的堂弟坚贞自守，不要因外力压迫而改变本性。

"亭亭山上松，瑟瑟谷中风"，开篇描写出松柏的整体形象：高耸挺拔，立于高山之上，笑迎"瑟瑟"寒风，不向严寒低头，不在恶势力下弯腰，高俊雄伟，傲骨铮铮。可重读"亭亭"、"松"，强调松的傲岸姿态。重并慢读"瑟瑟"和"风"，摹拟刺骨的风声。轻读"谷中"、"山上"，用"谷中"映衬"山上"，更突出了位居全诗中心的青松的傲骨。

"风声一何盛，松枝一何劲"，意思是说风声是多么的凶猛，松枝在风中又是多么的刚劲。这是对风声与松树都予以展开描写，描写松柏与寒风在对立中所展现的情状，突出了松柏的可贵品格。与前两句的客观描写相比，这两句加强了抒情的氛围。重读"盛"、"劲"，整句节奏紧凑，语调高昂。使不相关的"松"和"风"之间冲突顿起，表现冲突的激烈和诗人的感情倾向，令听者心惊，观者颜开。两个"一何"可稍作停顿，强调诗人感受的强烈。

"冰霜正惨凄，终岁常端正"，意思是正当严冰寒霜带来一片悲惨凄凉景象之时，松柏却总是那么挺拔美好。通过冰霜的残酷，再一次反衬松树的不畏严寒与高洁傲骨。缓读"惨凄"，重读"端正"，对比中越发显出环境的严酷和青松岁寒不凋的特性。松柏和环境的对比也更分明,而松柏品性的价值也更加凸显出来,并显示诗歌意境的格外高远、格调的悲壮崇高。

"岂不罹凝寒,松柏有本性",难道松柏就不遭受寒冷吗?以有力的一问一答作结。诵读时问句轻缓低沉,回答高亢有力。至此诗人由外而内,由表层到深层,把读者眼光从"亭亭"、"端正"的外貌透视到松柏内在的本性,以此表明松柏之所以不畏狂风严寒,是因为有坚贞不屈的高风亮节。

这首诗名为"赠从弟",但无一语道及兄弟情谊。我们读来却颇觉情深谊长,而且能同诗人心心相印。这是因为借松柏的高洁来暗示情怀,以此自勉,也借以勉励从弟。全诗关于兄弟情谊虽"不着一字",但味外之旨却更耐人品尝。自然之物原本自生自灭,与人无关。但一旦诗人将多情的目光注入山水树木、风霜雷电,与自然界中某些同人类相通的特征一撞击,便会迸发出动人的火花。这种象征手法的运用,刘桢之前有屈原的《橘颂》,刘桢之后,则更是屡见不鲜,且形成中国古典诗歌的传统特征之一。

(包丽玲)

癸卯岁始春怀古田舍(其二)

[晋] 陶渊明

先师有遗训①,忧道不忧贫。

瞻望邈难逮②,转欲志长勤。

秉耒欢时务③,解颜劝农人。

平畴交远风④,良苗亦怀新。

虽未量岁功⑤,即事多所欣。

耕种有时息,行者无问津⑥。

日入相与归⑦,壶浆劳近邻。

长吟掩柴门,聊为陇亩民⑧。

〔注释〕

①先师:对孔子的尊称。遗训:留下的教诲。②瞻望:仰望。③秉:手持。④平畴:平旷的田野。畴,田亩。⑤岁功:一年的农业收获。⑥行者:行人。⑦相与:结伴。⑧聊:且。

〔**赏读提示**〕

陶渊明在我国诗歌发展史上,堪称第一位田园诗人。他以冲淡洒脱的笔触,为读者绘制了一幅幅优美静谧的田园风光画,东篱南山、日夕飞鸟、犬吠深巷、鸡鸣树巅,再伴以主人公那隔绝尘世、耽于诗酒的情愫,构筑出高远幽邃、空灵安谧的艺术境界。不过,细心的读者也会从中时时体察到陶渊明在诗中所流露的那种不得已才退居田园、饮酒赋诗,而实际却未忘怀现实、满腹忧愤的心情。

《癸卯岁始春怀古田舍》是诗人用田园风光和怀古遐想所编织成的一幅图画。"先师有遗训,忧道不忧贫"之"先师"指孔子,他曾说:"君子谋道不谋食。耕也,馁在其中矣;学也,禄在其中矣。君子忧道不忧贫。"(《论语·卫灵公》)按照孔子这句古训,作为一个士人(知识分子),开篇徐徐谈起,朗读者要语调平静舒缓,把握这份述说真理的从容之气,其中的"道"和"贫"要重读,表示儒家一直以来坚定的价值取向。

"瞻望邈难逮,转欲志长勤",陶渊明一直有弘扬儒道、救治时世的理想,认为儒家礼乐不失为挽救世运的方法。然而他所追求的人生真理与世道并不完全一致,他甚至有意识地将自己探索的人生道路与儒家思想加以对照。这两句从表面看,是说孔子的遗训可记而不可及,理想、精神难以企及,然而,细味陶渊明诗意,其实正是以一种自谦而又自负的口吻,对"忧道不忧贫"这种迂阔而不切实际的说法提出含蓄批评。孔子说君子应该谋道而不谋食,要免于挨饿,不应该去耕田,而应该去求学;学生樊迟请教种粮食、蔬菜的事情,孔子批评他是没有远大追求的"小人"、"细民"。陶渊明则认为衣食就在辛勤耕稼之中,所以他说自己要转而立志于长期从事农耕活动,这不等于宣称自己要走孔子瞧不起的"小人"樊迟的道路吗?这句是全诗的着力点,感情要发生变化,表明作者另有一番人生解读的不羁之意。"难"字重读,强调理想伟岸却高不可攀;"转欲"陡然一变,引出下面作者心向往之的田园生活,语气处理得轻松愉悦一些。

"秉耒欢时务,解颜劝农人",诗人怀着欢悦的心情拿农具亲自从事农耕,带着和蔼亲切的笑脸劝勉邻居的农民们,让大家都喜欢这农耕生活,别把耕种看成一种辛苦可厌的工作。说明他并没有完全放弃儒家"兼济"的精神,没有忘记自己作为一个士人的社会职责,即努力用自己的知识和社会地位来影响周围人群,帮助他们建立良好的生活观念。这也是古代一些隐居不仕的高士们所追求的生活。

　　"平畴交远风，良苗亦怀新"，平旷的田野上，远处吹来阵阵微风，泛起粼粼绿浪，长势良好的秧苗，欣欣然露出无限新的生机。这句诗的画面感极强，要读出春意盎然、生机勃勃的气息。一个"交"字，传神地写出了风吹过广阔的田野、秧苗欣欣向荣的生意，重音处理。"怀新"，孕育着新的生机，加重语气。陶渊明《停云》诗说"有风自南，翼彼新苗"，也是描写这种景象的佳句。"良苗亦怀新"是一种拟人手法，写良苗之怀新，正是写诗人看到自己劳动成果时的喜悦。这是乐于归耕的田园诗人才能感受到的生命气息，才能发现的美学形态，一经感受与发现，便成为自然浑成的千古妙句。

　　"虽未量岁功，即事多所欢"，虽然还未能估量出今年作物收成好坏，眼下的情景就够令人高兴了。这一句诗质朴而真实地反映了陶渊明的一种生活观，在他这里，劳作本身就是一种美的生活。所以这一句语气要舒缓自然一些，有通达圆融之感。清人曾国藩所谓"但问耕耘，不问收获"，也是这样一种生活观念，但比起"即事多所欢"的态度，多少还是有些勉强。如果人们在做各种工作时，都能抱着"即事多所欢"的态度，那就能使自己超越功利之上。

　　"耕种有时息，行者无问津"，耕种的过程中有时也休息，却没见有人像子路一样来问路。这一句用的是《论语》中的故事，言外之意，当今已没有这种人了，奔走于要津的，俱是追逐利禄之徒。这淡淡的语句中要读出一种若有若无的轻叹意味。它同时也透露出，对于世道的兴衰，对于孔子、子路一类的人物，诗人从心底里还存有某种希冀。

　　"日入相与归，壶浆劳近邻"，太阳落山了，大家一起相伴回家，再温上一壶酒，好好地招待邻居。多么温馨的情景，这两句正是"日出而作，日入而息"的古朴田园生活的真实写照，洋溢着浓浓的生活气息。朗读节奏适当放缓，有悠远悠长之感。

　　"长吟掩柴门，聊为陇亩民"，酒喝好了，客人也送走了，长吟着歌诗掩起柴门，我就暂且安心地做个田野间的农夫吧。一个"聊"字耐人寻味。作为一个深受儒家思想影响的士人，虽然隐居了，但并不能全然忘情，并没有完全放弃济世弘道的理想，所以说"聊为"。末句是诗人内心世界的真实展露，有众人隐去后的落寞，更有理想无处安放的失落之感，要吟诵出其中的酸楚滋味。

　　这首诗语言朴素之至，初读甚至觉得有些枯淡，但细细寻味，就会发现其中有生动的场景、活泼的思想和浓郁的情趣。

（崔晨香）

归园田居（其一）

〔晋〕陶渊明

少无适俗韵，性本爱丘山。
误落尘网中①，一去三十年②。
羁鸟恋旧林，池鱼思故渊。
开荒南野际，守拙归园田③。
方宅十余亩，草屋八九间。
榆柳荫后檐④，桃李罗堂前⑤。
暧暧远人村⑥，依依墟里烟⑦。
狗吠深巷中，鸡鸣桑树颠。
户庭无尘杂⑧，虚室有余闲⑨。
久在樊笼里⑩，复得返自然⑪。

〔注释〕

①尘网：指尘世，官府生活污浊而又拘束，犹如网罗。这里指仕途。②三十年：当是"十三年"之误。从陶渊明开始做官到最终归隐，正好是十三年。③守拙：守正不阿。潘岳《闲居赋序》有"巧官"、"拙官"二词，巧官即善于钻营，拙官即一些守正不阿的人。④荫：荫蔽。⑤罗：罗列。⑥暧暧：暗淡的样子。⑦墟里：村落。⑧尘杂：尘俗杂事。⑨虚室：闲静的屋子。⑩樊笼：蓄鸟工具，这里比喻仕途。樊，栅栏。⑪返自然：指归耕园田。这两句是说自己像笼中的鸟一样，重返大自然，获得自由。

〔赏读提示〕

东晋义熙元年（405），陶渊明在江西彭泽做县令，不过八十多天，便声称不愿"为五斗米折腰向乡里小儿"，挂印回家。从此结束了时隐时仕、身不由己的生活，终老田园。归来后，作《归园田居》一组，共五首，描绘田园风光的美好与农村生活的淳朴可爱，抒发归隐后愉悦的心情。这是第一首。

起首两句是说个性与既往人生道路的冲突。所谓"适俗韵"，无非是逢迎世俗、周旋应酬、钻营取巧的那种本领，而这是诗人从来就未曾学会的东西。作为一个真诚率直的人，作者的本性与淳朴的乡村、宁静的自然，似乎有一种内在的共通之处，所以"爱丘山"。

这两句在诵读时要尽量表现出诗人清高孤傲、与世不合的性格，为全诗定下一个基调，怀着一份诚恳，把心中爱好天然的意念表达出来。

接下来作者诉说了人生的不得已。作为一个官宦人家的子弟，步入仕途乃是通常的选择；作为一个熟读儒家经书、欲在社会中寻求成功的知识分子，也必须进入社会的权力组织；即便只是为了供养家小、维持较舒适的日常生活，也需要做官。所以不能不违逆自己的"韵"和"性"，奔波于官场。回头想起来，那是误入歧途，误入了束缚人性而又肮脏无聊的世俗之网。从陶渊明开始做官到最终归隐，正好是十三年。

这两句看似平实的记述，但仔细体味，却有深意。朗读时应感受到诗人对田园的情感，就像是对一位情谊深厚的老朋友叹息道："呵，这一别就是十三年了！"内中无限感慨，无限眷恋，但仍是隐藏不露。

下面四句是两种生活之间的过渡。虽是"误入尘网"，却是情性未移。"羁鸟恋旧林，池鱼思故渊"，两句集中描写做官时的心情，从上文转接下来，语气顺畅，毫无阻隔。因为连用两个相似的比喻，又是对仗句式，便强化了厌倦旧生活、向往新生活的情绪；再从这里转接下文"开荒南野际，守拙归园田"，就更加自然妥帖了。

所以下面这四句在朗读的时候应怀有一种悠然自得的情感，将对田园的深爱敛藏于微笑的表情之中，舒缓而从容地表达出内心的愉悦和怀想。

当作者终于从冲突中摆脱出来，之后的八句，便以欣欣之笔，咏唱着居所一带的风光。其实，本段描写的一切，都是极为平常的景物。土地，草房；榆柳，桃李；村庄，炊烟；狗吠，鸡鸣。但正是这些平平常常的事物，在诗人笔下，构成了一幅十分恬静幽美、清新喜人的图画。在这画面上，田园风光将其毫无矫揉造作的天然之美呈现在读者面前，使人悠然神往。

这一段的词句本身极清淡，但读来却要让人感觉极亲切，这种田园风光常常让人胸襟开阔，心旷神怡，似乎是把人与自然和谐无比地置于一处，将鸡鸣狗吠的勃勃生机融入一幅静美的乡村风景画之中。朗读时语速只需中速，感情略轻快，以表达出闲适自得之感。

从写景转下来，是"户庭无尘杂，虚室有余闲"两句。尘杂是指尘俗杂事，虚室就是静室。做官时那些无聊的应酬，如今可全都摆脱了，在虚静的居所里生活得很悠闲。

这两句在朗读时可以更多一点愉悦,似乎环视四壁,宁静与平和充盈了眼眸。

"久在樊笼里,复得返自然。"自然,既是指自然的环境,又是指顺适本性、无所扭曲的生活。这两句再次同开头"少无适俗韵,性本爱丘山"相呼应,同时又是点题之笔,揭示出《归园田居》的主旨。

结尾处在朗读时应怀着一种如释重负的轻快,承接着上文一路流淌的情绪,把新生活的愉悦传达在直抒胸臆的语句之中,用语简淡,情致自然,却让人久久怀想,同感愉悦。

（宗蓓）

代放歌行

[南朝·宋] 鲍　照

蓼虫避葵堇①,习苦不言非。

小人自龌龊②,安知旷士怀?

鸡鸣洛城里③,禁门平旦开。

冠盖纵横至④,车骑四方来。

素带曳长飚⑤,华缨结远埃。

日中安能止⑥,钟鸣犹未归⑦。

夷世不可逢⑧,贤君信爱才⑨。

明虑自天断,不受外嫌猜。

一言分圭爵⑩,片善辞草莱。

岂伊白璧赐,将起黄金台。

今君有何疾,临路独迟回?

〔注释〕

①蓼虫:蓼草上生长的小虫。②龌龊:本意是局促短狭,引申为心胸狭隘、行为卑污之意。③洛城:洛阳城,指京城。④冠盖:冠冕与车盖。这里指戴高冠乘篷车的达官贵人。⑤素带:古时大夫所用的衣带。⑥日中:中午。⑦钟鸣:钟鸣漏尽,指深夜戒严之后。⑧夷世:太平之世。⑨信:诚然,确实。⑩圭:一种上圆下方的玉板,古代封官时赐圭作为符信。爵:爵位,官阶。

〔**赏读提示**〕

这是一首针砭时政的讽刺诗,讽刺了官场钻营奔竞的腐败风气,同时以旷士自喻,表达了不甘被卑污世风所染的高风亮节。

前四句开门见山地将龌龊小人与旷达之士形成鲜明对比,奠定全诗的基调。蜣虫习惯了吃苦草,不觉得苦有什么不好,所以也就没有吃甜菜的欲望。这两句是起兴,寓意是旷士习惯于辛苦生涯,以苦为乐,意志坚定,不趋炎附势,为一点利益丧失自身的原则。

"蜣虫避葵堇,习苦不言非",这两句要以一种褒扬、赞颂的语气来读,读出正气,吐露作者心声。"小人自龌龊,安知旷士怀?"一个目光短浅、追名逐利、趋甘避苦的猥琐小人,怎么能理解旷达之士的胸怀呢?后两句中,"龌龊"要重读,并且读出鄙视、轻蔑的意味;"安知"句要读出反问的语气,表达鄙夷的神情,以突出小人和旷士的对比。结尾的语调要上扬。

从"鸡鸣洛城里"至"钟鸣犹未归",诗人以"鸡鸣"、"平旦"、"日中"、"钟鸣"为时间线索,描写了"小人们"从早到晚追名逐利的场面:"鸡鸣"起程聚集在皇城门前,等到"平旦"城门打开,蜂拥而至极尽钻营献媚之能事,"日中"也不作稍停,直至夜深"钟鸣"还不回家。"纵横至"、"四方来",来势汹涌如潮水,这些颇有身份的人,素带在急驰的大风中乱飘,华丽的帽缨上结聚了远道而来的尘埃,可见奔波之急、之苦。这幅绘画有色彩,有动态,有细节,形象传神。

诗中虽无一字褒贬,却把角逐名利场者的丑态刻画得入木三分,揶揄调侃之意呼之即出。这几句诗,放大了看,也寓意小人一生蝇营狗苟的行为。诵读时,这八句都要用夸张调侃的语气来读,以讽刺官场钻营的腐败风气。前两句节奏稍缓,后面"纵横"重读,"四方"重读,以描绘出来势汹涌的场面。"素带"、"华缨"后要短暂停顿,"长"、"远"两字要重读,以表现出奔波之急。"安能"要读出反问的语气,"钟鸣"要重读,突出时间之晚。

诗的后十句,记录了小人的谄媚之言,什么"太平盛世难得,皇帝爱才,英明果断,不因他人的谏言而猜忌动摇"等等,经小人之口说出,溜须拍马,反显得不伦不类,极具讽刺意味。接着,小人们又夸说起了进入仕途的容易和当官的好处:"只要有一言之美、片善之长,就会受皇帝青睐,封官赐爵,辞别田野,登上朝堂。而皇帝岂但只赏赐白璧,还将仿效燕昭王筑黄金台来重金招聘你们呢。"

这些虽是小人们的劝诱、夸说之辞,但也是他们一心只想升官发财的灵魂大曝光。南朝重视门第,用人不凭才能,只看出身。作者虽未评价,但讽刺口吻很明显,那些华缨素带,无非纨绔子弟。最后,小人不解地问:"你到底有什么毛病,竟面对阳关大道还独自徘徊不前?"全诗至此戛然而止。诗人虽没有回答,但答案已经在读者心中。这一结尾回应开头,冷峻隽永,味蕴言外。

这首诗冷峻现实,辛辣幽默,蕴意深刻。诵读时要注意到这一层次要以小人的口吻来读。"夷世"、"贤君"重读,略带夸张。"明虑"、"不受"后稍稍停顿。"一言"、"片善"重读。"岂伊白璧赐,将起黄金台"句语速稍慢,"岂伊"、"将起"拖长字音,整句话要注意语意的连贯。最后两句用疑问的语气收束,读出小人的疑惑和不解,以引人思索。 （王静）

拟行路难①（其四）

[南朝·宋] 鲍 照

泻水置平地②,各自东西南北流。
人生亦有命,安能行叹复坐愁?
酌酒以自宽,举杯断绝歌路难③。
心非木石岂无感,吞声踯躅不敢言④。

〔注释〕

①拟行路难:鲍照依据乐府古题创作,咏唱人世的种种忧愤的组诗,共18首。本篇是第四首。《行路难》原属乐府《杂曲歌辞》,晋人袁山松曾改变其音调,制作新词。古辞和原辞都不存。②泻水:倾水、倒水。置:放。③断绝:停止,中止。这句是说举杯饮酒中断了《行路难》的咏唱。④踯躅:徘徊不前。

〔赏读提示〕

鲍照是南朝宋成就最高的诗人,主要成就在乐府歌行方面,继承和发扬汉魏乐府民歌的优秀传统,反映了广泛的社会生活,表现出慷慨不平的思想感情。鲍诗气骨劲健,感情奔放,词采华丽。对七言诗的发展,作出了一定的贡献。他具有的浪漫主义风格对于唐代诗人产生过较大的影响。

这首诗抒写诗人在门阀制度重压下,深感世路艰难激发起的愤慨不平之情,其思想内容与原题意结合恰当。诗歌起笔看似突兀,入手便写水泻向地面,往四方流淌的现象。这里写水,既没有波涛万顷的壮阔场面,也不见澄静如练的幽美意境。然而就在这既不神奇又不玄妙的普通自然现象里,诗人却顿悟出了与之相似相通的人间社会的某种哲理。这里诗人运用的是以"水"喻人的比兴手法,那流向"东西南北"不同方位的"水",恰好比喻了社会生活中高低贵贱不同处境的人。"水"的流向,是地势造成的;而人的处境,则是门第决定的。因此,这起首两句,通过"泻水"这一寻常现象的描写,形象地揭示出了现实社会里门阀制度的不合理性。诗人借水"泻"和"流"的动态描绘,造成了一种令人惊疑的气势。正如沈确士所说:"起手无端下,如黄河落天走东海也。"这正曲折地表达了诗人由于激愤不平而一泻无余的心情。所以诵读这两句,起句可以用激愤不平的语气,语调要高,更要表达出无奈,语调要有起伏。

接下来四句,诗人转向对自己心态的剖白。他并没有为这不平去歌呼呐喊,而是首先以"人生亦有命"的宿命论观点来解释社会与人生的错位现象,并渴望借此从"行叹复坐愁"的苦闷之中求得解脱。这句话是问句结尾,所以诵读时语调可以上扬。继而又以"酌酒以自宽"来慰藉心态失去的平衡。然而,"举杯"如鲠在喉而"断绝"了。这里诗人有意回避了正面诉说自己的悲哀和苦闷,胸中郁积的愤懑,已无法借酒浇除,他便着笔于如何从怅惘中求得解脱,在烦忧中获得宽慰了。这口吻,这笔调,诵读时愈加需要透露出那深沉浓重的愁苦悲愤的情感,这就造成了一种含蓄不露、蕴藉深厚的艺术效果。

诗的结句,才进一步逼出真情的吐露。"心非木石岂无感",是啊,人非草木,孰能无情? 面对社会的黑暗,遭遇人间的不平,岂能无动于衷、无所感慨? 应当说,此刻诗人心中的愤懑,已经郁积到最大限度,似乎达到了随时都可能爆炸的程度。不尽情宣泄,不放声歌唱,已不足以倾吐满怀的愁苦了。所以这句诗诵读时应当有昂然的愤慨,强调"岂"的反问语气。然而,出人意料,下面出现的竟是一声低沉的哀叹:"吞声踯躅不敢言!"到了嘴边的呼喊,却突然"吞声"强忍,"踯躅"克制住了。社会政治的黑暗,残酷无情的统治,禁锢着人们的灵魂,不难想见! 这句朗读的语调与前句截然不同,可以语速放缓,音调降低,读出忧愤畏惧之情。对这样的社会,作者有着正确的感知,读者亦有正确的感应。这不幸从何而来,已尽在言外了。所以,回顾前文,那"人生亦有命"的话题,也只能看作是诗人在忍气吞声、无可奈何之下的一句愤激之词罢了。

从读者的审美心理来说,本诗主旨启人思索,耐人品味。从作者的表达情感方式来说,全篇构思迂回婉转,蕴藉深厚。前人王船山曾评论此诗说:"先破除,后申理,一俯一仰,神情无限。"沈德潜曾说:"妙在不曾说破。"这都准确地指明了本诗的艺术特点。伴随感情曲折婉转的流露，五、七言诗句错落有致地相互搭配，韵脚由"流"、"愁"到"难"、"言"灵活变换，这一切，便自然形成了全诗起伏跌宕的气势格调。钟嵘《诗品》曾批评鲍照"不避危仄，颇伤清雅之调"，殊不知，这恰恰是鲍照诗作独具艺术特色之所在。　　　　　（王悦）

在狱咏蝉

〔唐〕骆宾王

西陆蝉声唱①，南冠客思深②。
不堪玄鬓影③，来对白头吟④。
露重飞难进⑤，风多响易沉⑥。
无人信高洁⑦，谁为表予心⑧。

〔注释〕

①西陆：指秋天。②南冠：指囚犯。③玄鬓：即蝉鬓。古代妇女的鬓发梳得薄如蝉翼，看上去像蝉翼的影子，故玄鬓即指蝉鬓。④白头吟：司马相如负心于卓文君之时，卓文君作《白头吟》以自怜自伤，表达自己希望白头偕老的愿望。⑤飞难进：是说蝉难以高飞。⑥响易沉：蝉声容易被淹没。响，指蝉声。沉，沉没，掩盖。⑦高洁：指蝉，其实是自喻。古人认为蝉栖高饮露，是高洁之物。作者因以自喻。⑧予心：我的心。

〔赏读提示〕

唐仪凤三年（678），任侍御史的骆宾王，因上疏论事得罪了武则天，受到迫害，被冠以"贪赃"的罪名而入狱。在狱中他写下了这首诗，表达了自己深沉、感伤而又忧郁的情怀。

开头用一组对偶句起兴。秋天，晚蝉声声悲鸣，此伏彼起，一个被禁锢狱中的江南人心中充满了无限的思乡之情。以蝉声来逗起客思，直接入题，干净利落，又触耳惊心。

既然"客思深"，那么接下来就点出诗人在狱中的深深怀想。诗的三、四句用"不堪"和"来对"成对，一句说蝉，一句说自己，我已是满头白发，哪还经得起那黑发般的蝉儿哀鸣的侵袭，物我相连。作者曾几次讽谏武则天，以致下狱，在屡经政治上的磨难之后,他的青春已经消逝,头上增添了星星白发。听到秋蝉高唱,发现秋蝉是两鬓乌玄,而自己已两鬓斑白,两两对照,不禁黯然神伤。"白头吟",一语双关,既有自己头白之意,又借用司马相如和卓文君的典故。联系到这首诗的创作背景,诗人是在劝谏不听反而遭陷入狱之后作的这首诗,因此暗喻统治者的用人不当和不察纳雅言,辜负了诗人的一片忠诚之心。可以这么说,诗人的白头不仅仅是岁月的痕迹,更是在内外交困之中急白的。在这里既有对年华已逝的悲哀,也有抱负落空的沉痛,还有对统治者的失望! 凄恻的感情委婉曲折地表达出来,意在言外,充分显示了诗的含蓄之美。

五、六两句无一字不在说蝉,也无一字不在说自己。秋露浓重,蝉儿纵使展开双翼也难以高飞,寒风瑟瑟,轻易地把它的鸣唱淹没。"露重"、"风多"比喻环境的压力,"飞难进"比喻政治上的不得意,"响易沉"比喻言论上的受压制。蝉如此,诗人也如此,物我在这里打成一片,融合而不可分了。咏物诗写到如此境界,才算是"寄托遥深"。

七、八句说到没有人相信蝉(诗人)的高洁品性,蝉又向谁表明心志呢? 诗人和古人一样认为蝉是高洁的,骆宾王在这首诗的《序》中说蝉"饮高秋之坠露,清畏人知"。秋蝉高居树上,餐风饮露,不以世俗更易秉性,宁饮坠露也要保持"韵姿"。诗人高洁的品性,不为时人所了解,相反还被诬陷入狱。诗人借咏物来言情,末句用反问句的方式,使蝉和诗人又浑然一体。

这首诗作于患难之中,感情充沛,取譬明切,用典自然,语多双关,于咏物中寄情寓兴,由物到人,由人及物,达到了物我一体的境界,是咏物诗中的名作。

(韩美霞)

感遇诗(其二)

［唐］陈子昂

兰若生春夏①,芊蔚何青青②。
幽独空林色,朱蕤冒紫茎③。
迟迟白日晚④,袅袅秋风生⑤。
岁华尽摇落⑥,芳意竟何成?

〔注释〕

①兰若：兰草与杜若，皆香草名。②芊蔚、青青：皆茂盛貌。③朱蕤（ruí）：红花。蕤，花下垂貌。④迟迟：舒缓貌。⑤袅袅秋风：语出《九歌·湘夫人》"袅袅兮秋风"。⑥岁华：草木一年一度荣枯，故云"岁华"。

〔赏读提示〕

《感遇诗》是陈子昂所写的以感慨身世及时政为主旨的组诗，共38首。本诗为其中的第二首。

感遇，"感之于心，遇之于目，情发于中，而寄于言也。"（元·杨士弘编《唐音》）"遇"字的含义很广，凡是见到、听到、想到、从书中读到的，都是"所遇"。

诗中以"兰若"自比，寄托了个人身世之感。陈子昂颇有政治才能，但屡遭排挤压抑，报国无门，这正像秀美幽独的兰若，在风刀霜剑的摧残下枯萎凋谢了。

首联"兰若生春夏，芊蔚何青青"，读出舒缓、欣喜、感叹之情。读完可稍作停顿，声断意连，以引起下文描写之句。兰草与杜若都是香草，高洁芬芳。这种以"香草美人"象征诗人高洁美好的品质，最早是以屈原的《离骚》为传统的。例如"朝饮木兰之坠露兮，夕餐秋菊之落英"，"扈江离与辟芷兮，纫秋兰以为佩"等，都反复诉说着对高洁品质的执着。兰若即代表着诗人的美好品德。兰若之美，固然在其花色的秀丽，但好花还须绿叶扶。花叶掩映，枝茎交合，兰若才显得绚丽多姿。因此诗人首先从兰若的枝叶上落笔，迭用了"芊蔚"与"青青"两个同义词来描摹花叶茂盛的姿态，中间贯一"何"字，充满赞赏之情。

颔联"幽独空林色，朱蕤冒紫茎"，则是由茎及花的细致描摹，应读出不胜赞美之意。要入情入境，不可太快。兰若不像菊花那样昂首怒放，自命清高；也不像牡丹那般富贵骄傲。兰若朱花紫茎，花簇纷批，显得幽雅清秀，独具风采，秀色超群，以群花的失色来衬托兰若的绰约风姿。其中对比和反衬手法的结合运用，大大增强了艺术效果。"幽独"二字，可见诗中孤芳自赏的命意。诵读时应字字交代清楚，抑扬顿挫中饱含深情。

诗的前四句赞美兰若风采的秀丽，后四句转而感叹其芳华的凋落。颈联"迟迟白日晚，袅袅秋风生"，要读出诗人的伤感、叹惋之情。由夏入秋，白天渐短。"迟迟"二字所表现的就是这种逐渐变化的特点。用"袅袅"来表现秋风乍起、寒而不冽，形象传神。芳华逝去，寒光威迫，抒发美人迟暮之感。

尾联"岁华尽摇落，芳意竟何成"，"岁华"、"芳意"用语双关，借花草之凋零，悲叹自己的年华流逝,理想破灭,寓意凄婉,寄寓颇深。诵读时应低吟婉转,读出诗人怅恨叹息、耿介余恨的不尽悲壮之情。

这首诗继承了阮籍《咏怀》的传统手法,托物感怀,寄意深远。正像芬芳的兰若,散发出诱人的清香。明代胡应麟评此诗说子昂"古雅益有气骨",确可见陈子昂之心音,在激楚的音节中表现了横绝一世的气概。 (潘易)

感　遇（其二）

[唐] 张九龄

兰叶春葳蕤①,桂华秋皎洁。

欣欣此生意,自尔为佳节。

谁知林栖者,闻风坐相悦②。

草木有本心③,何求美人折?

〔注释〕

①葳蕤:枝叶茂盛而纷破。②坐:因而。③本心:天性。

〔赏读提示〕

《感遇》四首是张九龄贬为荆州长史后所作,张九龄为李林甫、牛仙客之流所恶意中伤,一腔报国为民的政治抱负得不到施展,不免失意彷徨。这首诗托物言志,寄寓了诗人自身的所思所想。

这首诗一开始用整齐的偶句,描写两种高雅的植物——春兰与秋桂。兰桂对举,兰举其叶,桂举其花,这是由于对偶句的关系,互文以见义,其实是兰桂各具花叶。"葳蕤"写出了春兰枝繁叶茂,具有无限的生机。桂叶深绿,桂花嫩黄,相映之下显示秋桂的皎明洁净之感。

诗题为《感遇》,自然有寄意其中的自我,诗人借春兰与秋桂自喻,把这种美好的事物作为自己情感的寄托,朗读时也应该要表达出这样愉悦的感觉。

"欣欣此生意"写出了春兰和秋桂的欣欣向荣、生机勃勃的生长状态。"自尔为佳节"是指春兰和秋桂各有生长茂盛成熟的季节,这里用了一个"自"字,似乎有所暗示,好像有一种孤芳自赏的感觉,却又不甚明了。

这一句承袭前一句,依旧要表现自爱与愉悦的情绪,朗读时可面带微笑,略显矜持。

"谁知林栖者,闻风坐相悦",这一句更是凸显了春兰和秋桂高雅的品格,引来"林栖者"的观赏。在全诗之中,这一句是一个过渡,或者说是一个事件,在美丽的春兰秋桂之前,总会有一些慕名而来的追随者。朗读的时候表现出那种逐风而至的喜爱,怀着探求的心去接近和试探着主人公。

而到了尾句,诗人笔锋一转,"草木本有心,何求美人折",不待"林栖者"的赞美,草木已有心,不求美人折了,由此可见兰桂的高雅与超俗。这两句与"自尔为佳节"遥相呼应,让我们终于真切生动地感受到了何谓"草木本有心"! 诗人是以兰桂自比,不求闻达,志在隐逸,这样的精神境界,特别值得后人学习与借鉴。

在朗读的时候,我们也应该表现出主人公的这种淡定悠然,"草木有本心",是对自我的珍重,不随风而动,不为名利感召;"何求美人折"甚至是带着一些高傲的意味,不在意世人的评价,不求旁人的认可,不管对方是怎样的身份地位资质,都不能打动草木这颗简单纯粹的心——张九龄久居朝中,为官多年,身边不乏各种趋炎附势之徒或蝇营狗苟之辈,而这一首托物言志的感遇诗,正是借春兰秋桂的高洁自爱,来表达诗人自己的志趣喜好。 (宗蓓)

独坐敬亭山①

[唐] 李 白

众鸟高飞尽,孤云独去闲②。
相看两不厌,只有敬亭山③。

〔注释〕

①敬亭山:在今安徽宣城市北。②孤云:陶渊明《咏贫士》中有"孤云独无依"的句子。③只有:一作"惟有"。

〔赏读提示〕

这首五绝作于唐天宝十二年(753)诗人秋游宣州时,距他被迫离开长安的时间已整整十年了。长期漂泊的生活,使李白饱尝了人间辛酸滋味,看透了世态炎凉,从而加深了对现实的不满,增添了孤独寂寞之感。

《独坐敬亭山》表面是写诗人独游敬亭山的情趣,深含之意则是诗人生命历程中旷世的孤独感。诗人以奇特的想象和巧妙的构思,赋予山水景物以生命,将敬亭山拟人化,写得十分生动。作者写的是自己的孤独,写的是自己的怀才不遇,但更是自己的坚定信念,在大自然中寻求安慰和寄托。此诗是诗人表现自己精神世界的佳作。

"众鸟高飞尽,孤云独去闲",看似写眼前之景,其实,把伤心之感写尽了:天上几只鸟儿高飞远去,直至无影无踪;寥廓的长空还有一片白云,却也不愿停留,慢慢地越飘越远,似乎世间万物都在厌弃诗人。"高"起到拓展空间的作用,读时要稍稍拖长;"尽"增强了此句的表现力度,表现出李白此时的万般惆怅,要读得短促而轻;"闲"写出了孤云的状态,突出了离去的过程,让读者在品味孤云离去的状态时,感知诗人内心的不忍和无奈,诵读要尽量读出这种情感来。"尽"、"闲"二字,把读者引入一个"静"的境界:仿佛是在一群山鸟的喧闹声消除之后格外感到清静;在薄云离散之后感到特别的清幽平静。它们都似乎有灵性,不愿与诗人为伴,远离诗人而去,只留下一个阔大茫茫的空间,诗人坐在这样的空间之中,更显孤独和渺小。这两句是写"动"见"静",以"动"衬"静"。这种"静",正烘托出诗人心灵的孤独和寂寞,能给读者以联想,并且暗示了诗人在敬亭山游览观望之久,勾画出他"独坐"出神的形象,为下联"相看两不厌"作了铺垫。

"相看两不厌,只有敬亭山",用浪漫主义手法,将敬亭山人格化、个性化。尽管鸟飞云去,诗人仍没有回去,也不想回去,他久久地凝望着幽静秀丽的敬亭山,觉得敬亭山似乎也正含情脉脉地看着自己。他们之间不必说什么话,已达到了感情上的交流。"相看两不厌"表达了诗人与敬亭山之间的深厚感情。"相"、"两"二字同义重复,把诗人与敬亭山紧紧地联系在一起,表现出强烈的感情。同时,"相看"也点出此时此刻唯有"山"和"我"的孤寂情景与"两"字相重,山与人的相依之情油然而生。结句中"只有"两字要重读,突出诗人对敬亭山的喜爱。这两句诗所创造的意境仍然是"静"的,表面看来,是写了诗人与敬亭山相对而视,脉脉含情。诗人愈是写山的"有情",愈是表现出人的"无情";而他那横遭冷遇、寂寞凄凉的处境,也就在这静谧的场面中透露出来了。

"静"是全诗的血脉。这首平淡恬静的诗之所以如此动人,就在于诗人的思想感情与自然景物高度融合而创造出来的"寂静"的境界,无怪乎古人要夸这首诗是"传'独坐'之神"了。

　　诗人笔下,不见敬亭山秀丽的山色、溪水、小桥,也无从知晓诗人相对于山的位置,或许在山顶,或许在空阔地带,这些都不重要了。这首诗的写作目的不是赞美景物,而是借景抒情,借此地无言之景,抒内心无奈之情。诗人在被拟人化了的敬亭山中寻到慰藉,似乎少了一点孤独感。然而,恰恰在这里,诗人内心深处的孤独之情被表现得更加突出。人世间深重的孤独之情,诗人人生悲剧的气氛充溢在整首诗中。全诗似乎全是景语,无一情语,然而,由于景是情所造,因而,虽句句是景,却句句是情,情中有景,景中含情。

(邱兼顾)

梦游天姥吟留别①

［唐］李 白

　　海客谈瀛洲,烟涛微茫信难求②;
　　越人语天姥③,云霞明灭或可睹④。
　　天姥连天向天横⑤,势拔五岳掩赤城⑥。
　　天台四万八千丈⑦,对此欲倒东南倾⑧。
　　我欲因之梦吴越⑨,一夜飞度镜湖月⑩。
　　湖月照我影,送我至剡溪⑪。
　　谢公宿处今尚在⑫,渌水荡漾清猿啼⑬。
　　脚著谢公屐⑭,身登青云梯⑮。
　　半壁见海日⑯,空中闻天鸡⑰。
　　千岩万转路不定,迷花倚石忽已暝⑱。
　　熊咆龙吟殷岩泉⑲,栗深林兮惊层巅⑳。
　　云青青兮欲雨㉑,水澹澹兮生烟㉒。
　　列缺霹雳㉓,丘峦崩摧。
　　洞天石扉,訇然中开㉔。
　　青冥浩荡不见底㉕,日月照耀金银台㉖。
　　霓为衣兮风为马,云之君兮纷纷而来下㉗。
　　虎鼓瑟兮鸾回车㉘,仙之人兮列如麻。
　　忽魂悸以魄动,怳惊起而长嗟㉙。

惟觉时之枕席㉚,失向来之烟霞㉛。

世间行乐亦如此,古来万事东流水㉜。

别君去兮何时还? 且放白鹿青崖间,须行即骑访名山㉝。

安能摧眉折腰事权贵㉞,使我不得开心颜!

〔注释〕

①唐天宝三年(744),李白在长安受到权贵的排挤,被放出京。第二年,李白将由东鲁(在今山东)南游吴越,写了这首描绘梦中游历天姥山的诗,留给在东鲁的朋友,所以也题作《梦游天姥山别东鲁诸公》。天姥山,在浙江新昌东面。传说登山的人能听到仙人天姥唱歌的声音,山因此得名。②海客谈瀛洲,烟涛微茫信难求:经常出海的人谈起瀛洲这个地方,都说大海烟波浩渺,瀛洲实在难以找到。瀛洲,古代传说中的东海三座仙山之一(另两座叫蓬莱和方丈)。烟涛,波涛渺茫,远看像烟雾笼罩的样子。微茫,景象模糊不清。信,确实,实在。③越人:指浙江一带的人。④明灭:忽明忽暗。⑤向天横:直插天空。横,直插。⑥势拔五岳掩赤城:山势高过五岳,遮掩了赤城。拔,超出。五岳,指东岳泰山、西岳华(huà)山、中岳嵩山、北岳恒山、南岳衡山。赤城,山名,在今浙江天台北部。⑦天台(tāi):山名,在浙江天台北部。⑧对此欲倒东南倾:对着天姥这座山,天台山就好像要倒向它的东南一样。意思是天台山和天姥山相比,显得低多了。⑨因:依据。之:指代前边越人的话。⑩镜湖:又名鉴湖,在浙江绍兴南面。⑪剡(shàn)溪:水名,在浙江嵊(shèng)州南面。⑫谢公:指南朝诗人谢灵运。谢灵运喜欢游山。游天姥山时,他曾在剡溪这个地方住宿。⑬渌(lù):清。清:这里是凄清的意思。⑭谢公屐(jī):谢灵运穿的那种木屐。《南史·谢灵运传》记载:谢灵运游山,必到幽深高峻的地方;他备有一种特制的木屐,屐底装有活动的齿,上山时去掉前齿,下山时去掉后齿。木屐,以木板作底,上面有带子,形状像拖鞋。⑮青云梯:指直上云霄的山路。⑯半壁见海日:上到半山腰就看到从海上升起的太阳。⑰天鸡:古代传说,东南有桃都山,山上有棵大树叫桃都,树枝绵延三千里,树上栖有天鸡,每当太阳初升,照到这棵树上,天鸡就叫起来,天下的鸡也都跟着它叫。⑱迷花倚石忽已暝(míng):迷恋着花,依靠着石,不觉天色已经很晚了。暝,日落,天黑。⑲熊咆龙吟殷岩泉:熊在怒吼,龙在长鸣,岩中的泉水在震响。"殷岩泉"即"岩泉殷"。殷,这里用作动词,震响。⑳栗深林兮惊层巅:使深林战栗,使层巅震惊。栗、惊,使动用法。㉑青青:黑沉沉

的。㉒澹澹：波浪起伏的样子。㉓列缺：指闪电。㉔洞天石扉，訇（hōng）然中开：仙府的石门，訇的一声从中间打开。洞天，仙人居住的洞府。扉，门扇。訇然，形容声音很大。㉕青冥：指天空。浩荡：广阔远大的样子。㉖金银台：金银铸成的宫阙，指神仙居住的地方。㉗云之君：云里的神仙。㉘鸾回车：鸾鸟驾着车。鸾，传说中的如凤凰一类的神鸟。回，旋转，运转。㉙忱：同"恍"，心神不定的样子。㉚觉时：醒时。㉛失向来之烟霞：刚才梦中所见的烟雾云霞消失了。向来，原来。烟霞，指前面所写的仙境。㉜东流水：像东流的水一样一去不复返。㉝且放白鹿青崖间，须行即骑访名山：暂且把白鹿放在青青的山崖间，等到要行走的时候就骑上它去访问名山。白鹿，传说神仙或隐士多骑白鹿。须，等待。㉞摧眉折腰：低头弯腰。摧眉，即低眉。

〔**赏读提示**〕

　　唐天宝元年（742）秋天，李白被唐玄宗召入京都长安，待诏翰林，实际上除了应制作诗、"多陪侍从之游"外，别无他事可做，更无以施展自己的政治抱负。对这种无聊的御用文人生活，李白日渐厌倦。同时，诗人因为蔑视权贵，不断遭受排挤与诽谤。面对腐败的朝廷，李白清醒地认识到自己不但报国无望，而且有祸患将至。在自知难为朝廷亲近所容的情况下，诗人于天宝三年三月上书奏请还乡。玄宗以其"非廊庙器"，乃赐金放还。离开长安后，李白回到第二故乡东鲁，心中悲愤难平。次年（745），他决定南游，临行时，赋诗《梦游天姥吟留别》留赠东鲁友人。

　　全诗共分三个层次。

　　第一层次从"海客谈瀛洲"到"对此欲倒东南倾"，写传说中天姥山峻峭雄奇的非凡气势和自己对它的向往之心。这是引起梦游的动因。大意是说，海外来客谈论瀛洲仙山的美妙景致，实在令人神往，只是难以追寻。而浙江人所谈的天姥山那时明时暗、扑朔迷离的云霞却是可能看见的。天姥山高耸入云，横贯天际，气势简直超出了五岳而盖压赤城山。与天姥山毗邻的天台山高达四万八千丈，但与天姥山的雄奇壮观相比，它也显得矮小卑微，像要倾倒在天姥山的东南脚一样。

　　"海客谈瀛洲，烟涛微茫信难求"二句，这是诗人惯用的一种反衬手法——瀛洲"信难求"，而天姥山却如此奇伟壮观、真实可睹，"云霞明灭"中也颇有仙山风姿，因此漫游天姥山，就更成为诗人梦寐以求的事了。实际上天姥山虽是越东的灵秀之地，其高大雄伟的程度却远逊于五岳，就是和天台山也很难相提并论。然而在李白的笔下,它却伟岸盖于群峰,这是诗人的感情因素在起作用。诗人的真正意图,并不在于再现一个真实的天姥山,而是发挥想象表现梦幻的美好和现实的差距。

第二层次从"我欲因之梦吴越"到"仙之人兮列如麻",为梦游天姥的全过程,是全诗情节内容的主体。可分三小层。

第一小层("我欲因之梦吴越"八句)写进入梦境和梦游的路线。经镜湖,到剡溪,沿着谢灵运登山的足迹,登上"青云梯",湖月照影,"渌水荡漾"则更显出大自然的美好。

第二小层("半壁见海日"六句)写山中所见所闻。先写天姥山的高且奇:在半山腰可以看到从大海中喷薄而出的一轮朝阳,耳畔又响起天鸡那美妙动听的啼鸣。接着写山的深且远:山路是千岩万转崎岖险峻的,而烂漫的山花又如此迷人,使人流连忘返,倚石稍憩,不觉天色已晚。暮色之中,熊的咆哮,龙的鸣叫,像惊雷一样在岩泉山谷间隆隆作响,使密林为之战栗,峰峦为之惊悚。

第三小层("云青青兮欲雨"十二句)进入游仙境界。"云青青兮欲雨,水澹澹兮生烟。列缺霹雳,丘峦崩摧。"是写诗人梦入仙境时的气氛:云雾迷蒙,水烟缭绕,电闪雷鸣,山峦欲摧。"洞天石扉,訇然中开","洞天"是道家对神仙的居所的称呼,此句意为神仙居所的石门轰然一声裂开。"青冥浩荡不见底,日月照耀金银台。霓为衣兮风为马,云之君兮纷纷而来下。"意思是:青色的天空广阔无边,太阳和明月照耀着神仙居住的镶金镂银的楼台,云神穿着霓虹做的衣服乘着马纷纷从天而降。此时,"虎鼓瑟兮鸾回车,仙之人兮列如麻",虎为云神鼓瑟,凤凰为云神驾车,群仙密密麻麻地列队迎候诗人的到来。仙境对诗人的如此器重,与现实中诗人的遭谗被遣形成何等鲜明的对照呵! 仙界愈是重才思贤,就愈显示出现实中权贵小人的嫉贤妒能,排斥异己,为诗歌结尾的激愤之情的抒发埋了伏笔。

第三层次从"忽魂悸以魄动"到结尾,写梦醒后的感慨。游仙美梦在高潮陡然幻灭,这与李白的被诏被遣的经历正相似!君王对文人才士招之即来挥之即去,人们的荣辱都仿佛过眼云烟,因此李白才从梦境的幻灭中引发出"古来万事东流水"的"人生如梦"的感慨,其中凝聚了诗人多少深沉的失意。写到此处,诗人并不就此搁笔,继而又掀起更加撼人心魄的感情波澜,"且放白鹿青崖间",表示他将放弃黑暗仕途,回到大自然中,向山光水色去寻找灵魂的慰藉。他逃离现实而纵情山水,正说明他在现实中找不到出路的内心苦闷。"安能摧眉折腰事权贵,使我不得开心颜",这句豪气十足的名句,则是苦闷到极点后胸中愤懑岩浆的总喷发,它表明了李白对封建权贵永不妥协的反抗精神,也曲折地反映出他对当时上流社会中污秽、庸俗、丑恶现象的鄙视和厌弃。

《梦游天姥吟留别》是李白的代表作之一。它最主要的艺术特色是熔优美离奇的神话传说、强烈的夸张与高度的想象等艺术手法于一炉,创造了离奇瑰美的意境。特别是"天鸡"啼鸣、"熊咆龙吟"、"洞天石扉"、"金银台"、"云之君"、"虎鼓瑟"、"鸾回车"、"白鹿"等神话传说和惊人想象的结合,妙不可言。夸张、想象和神话传说水乳交融,使诗中诗人的自我形象更加倜傥潇洒、傲岸不羁,增强了全诗的浪漫主义色彩。 (刘晓欣)

漫 兴①（其五）

[唐] 杜 甫

肠断春江欲尽头,杖藜徐步立芳洲②。
颠狂柳絮随风舞③,轻薄桃花逐水流。

〔注释〕
①漫兴:随兴所至,信笔写来。②芳洲:长满花草的水中陆地。③颠狂:放荡不羁。

〔赏读提示〕
《漫兴》绝句共九首,写于杜甫居成都草堂的第二年。这首诗是杜甫在江边漫步时所作。

第一、二句中"肠断春江"、"杖藜芳洲"采用直抒胸臆、强烈对比的手法,把读者引入诗的境界去。

起句"肠断春江欲尽头",诗人为何肠断?所忧为伊人,还是另有心忧?可见是后者。杜甫是著名的爱国诗人,看到国家衰落、人才凋零,在这春天竟然也会肠断,这是何等的情怀。

第二句"杖藜徐步立芳洲",诗人都年迈了,手持拐杖在芳洲上缓缓行走,他想到的不是自己的晚年生活,而是国家大事,足见杜甫的报国之情。但心有余而力不足,这是一件莫大悲哀的事了。

三、四句以喜景写悲情。

第三句"颠狂柳絮随风舞",风起时柳絮随着风跳舞,但是为什么说"颠狂"呢?有句话说得好,不疯魔不成活。当然这是说的演戏,可以类比而知,诗人已经深深陷入了对家国前途的忧思中,完全投入其中便会"颠狂"。

末句"轻薄桃花逐水流",表面上诉说了桃花的薄情,无情的桃花只是随着水独自漂流,实则表达了时光易逝的感慨。"花自飘零水自流"是李清照的名句,这句话也表现了对年华易逝的无力感。飘落的桃花只能随着水流向远方,就像时间一去不复返,转眼间就青春不再,这就好理解前三句诗人忧心国家却又无力报国的忧愁了。

王夫之《姜斋诗话》:"以乐景写哀,以哀景写乐,倍增其哀乐。"都说春江景物芳妍,而三春欲尽,怎会不感到伤感呢?国难未除,故园难归。拄着拐杖漫步江头,站在芳洲上,只见柳絮如癫似狂,肆无忌惮地随风飞舞,轻薄不自重的桃花追逐流水而去。家国之思萦萦绕绕在心头呵。杜诗是心灵创伤的悲吟。这一悲吟,持续千年。

此为杜诗七绝咏怀之作,感情深沉蕴藉,当读得厚重些。需注意七言三顿,"二二三"停顿,且字句铿锵。 （李艳华）

古柏行

[唐] 杜 甫

孔明庙前有老柏,柯如青铜根如石。
霜皮溜雨四十围①,黛色参天二千尺。
君臣已与时际会,树木犹为人爱惜。
云来气接巫峡长,月出寒通雪山白。
忆昨路绕锦亭东,先主武侯同閟宫②。
崔嵬枝干郊原古,窈窕丹青户牖空。
落落盘踞虽得地,冥冥孤高多烈风。
扶持自是神明力,正直原因造化功。
大厦如倾要梁栋,万牛回首丘山重。

不露文章世已惊③，未辞剪伐谁能送？
苦心岂免容蝼蚁，香叶终经宿鸾凤。
志士幽人莫怨嗟：古来材大难为用。

〔注释〕

①霜皮：一作"苍皮"，形容皮色的苍白。溜雨：形容皮的光滑。②闷宫：即祠庙。③不露文章：指古柏没有花叶之美。

〔赏读提示〕

杜甫年轻时便怀有"致君尧舜上，再使风俗淳"的宏伟抱负，然而一生郁郁不得志。先是困居长安十年，后逢安史之乱，到处漂泊。48岁后弃官，携家人逃难，曾一度在夔州居住。该诗是杜甫54岁在夔州时，对夔州武侯庙前的古柏的咏叹之作。

此诗是比兴体。诗人借赞久经风霜、挺立寒空之古柏，称颂雄才大略、忠心耿耿的孔明。句句咏古柏，声声颂武侯。言在柏，而意在人。可谓字字含情，句句有意，朗读时低沉与激昂并存，幽怨与敬慕同在。

第一段（前六句）以古柏兴起，写其外观，赞其高大，引出孔刘君臣际会。朗读时以叙述语气为主，展开想象，语调舒缓而清亮，充满敬佩赞颂之情，以引起关注。

第二段（"云来"十句）诗人以夸张的手法，由夔州古柏，想到成都先主庙的古柏。"云来气接巫峡长，月出寒通雪山白。忆昨路绕锦亭东，先主武侯同闷宫。"这四句看似写景、叙事，实在抒情，是在感慨君臣知遇之情，抒发自己不能为当今朝廷理解重用的慨叹，看似舒缓的语调传达出深深的钦慕之情。其后"落落"两句，既写树，又写人，树人相融。夔州庙柏生在高山，苦于烈风，不如成都庙柏之生于平原，生在孔明庙前，有人爱惜，故曰"得地"。但树高招风，要经常为烈风所撼。作者的情感以平稳为主，个别语句略微激动，敬仰和钦颂为主，建议朗读时语气略有高昂激扬，要读得铿锵有力，读出坚毅与刚强。

第三段（"大厦"八句）由物及人，触发感想。以大厦将倾暗喻国家的危机，正是需要人才的时候。然而大木重于丘山，万牛都因不能拉动而回首去看，暗指国家危亡之际贤能却得不到任用，这与武侯和刘备的君臣际会相比，真是天壤之别。此时诗人激动的感情如山洪泻出，这几句在前面平稳的语气上变得急促高亢，要将心中情与眼前景融合一体，由景入情，激昂愤慨之情一泻千里。

"不露文章世已惊,未辞翦伐谁能送?"诗人感叹自己虽然像古柏一样朴实无华,不靠花叶之美炫耀于世人,英采光芒外露,使世人惊异,愿意不辞剪伐,陈力于庙堂,但又有谁能把它送去呢?古柏心苦,却不免为蝼蚁所伤;柏叶余香,乃为鸾凤所知。这几句在前面平稳的语气上渐趋激动,在曲尽体物之妙的基础上直抒胸臆,将古柏与自己紧紧连在一起,淋漓尽致地抒发了诗人空怀报国之才而无处施展的满腔愤懑之情。此句虽语言平实,却以反问句引发思考,夺人情思,朗读时要读出质问、怨愤的语气。

最后一句语意双关,满腹的学问不能发挥,难以报效朝廷,于是告诫天下文人志士不要怨叹,自古以来大材一贯难得重用。"莫怨嗟"饱含愁苦痛楚幽怨之情,表面上在劝诫世人,实际上是愤激的呼号。最后一句怨恨激昂之情喷薄而出,强烈地抒发了诗人宏图不展的怨愤和大材不为所用的感慨。朗读时一定要充满无限激情。

杜甫生活在唐朝由盛转衰的历史时期,以诗歌的形式记下了盛世唐朝步向衰落的悲壮历程。其诗多涉笔社会动荡、政治黑暗、人民疾苦,有"诗史"之称;其人忧国忧民,人格高尚,诗艺精湛,有"诗圣"之誉。读其诗,如品一杯传递民族灵魂的苦茶,要细心体味诗人以饥寒之身永怀济世之志,爱国爱人民的政治热情。

(伏祥红)

房兵曹胡马①

［唐］杜　甫

胡马大宛名②,锋棱瘦骨成③。
竹批双耳峻,风入四蹄轻。
所向无空阔,真堪托死生④。
骁腾有如此⑤,万里可横行⑥。

〔注释〕

①兵曹:兵曹参军的省称,是唐代州府中掌管军防、驿传等事的小官。②大宛名:著名的大宛马。大宛,汉代西域国名,其地在今乌兹别克斯坦境内,盛产良马。③锋棱:锋利的棱角。形容马神骏健悍。④堪:可以,能够。托死生:指

马值得信赖，人可以将生死托付给它。⑤骁（xiāo）腾：健步奔驰。⑥横行：纵横驰骋，所向无阻。

〔赏读提示〕

这是一首五言律诗，作于740年左右，当时杜甫28岁左右。杜甫24岁在洛阳参加进士考试落第后，便赴兖州省亲（杜甫的父亲当时任兖州司马），开始齐赵之游。写此诗时的杜甫豪气干云，用杜甫的诗来说，是"放荡齐赵间，裘马轻狂"。

首联"胡马大宛名，锋棱瘦骨成"直接点题，交代胡马产地，令人感到它不同寻常。因为西域"大宛"一向以出产汗血马而著称。起笔古朴，接下来写马的清骨神韵：骨相瘦劲，状如锋棱。朗读时应重读"大宛"，强调此马出身不俗，在"锋棱"之后稍作停顿，重读"瘦骨"，语气沉稳。

颔联"竹批双耳峻，风入四蹄轻"承上句马的出身高贵，继续写大宛胡马的风姿神韵。诗人没有对马做面面俱到的描绘，只选择了最能体现良马特征的耳朵和姿态来着墨。马耳如刀削斧劈一般锐利劲挺，是静态描写；下句则是动态描写，写骏马在疾驰，风从四蹄穿过。只此十个字，汗血宝马的形象就已经深入人心了。朗读时可读出赞美喜爱的情感，语调轻快。

颈联"所向无空阔，真堪托死生"从马的形态转而刻画胡马的品格。用虚写手法，由咏物转入了言志。这两句的意思是：这马奔驰起来，无论道路有多么空阔辽远，都可到达，骑着它完全可以放心大胆地驰骋沙场，甚至可以将生死托付给它。这样一匹能逾越一切险阻，奋勇向前的良马，难道不值得赞颂吗？当然，诗人在对胡马的赞颂中，也暗含了对勇敢的将士、侠义的豪杰的赞美。朗读时上句语调上扬，而下句顿挫，"托死生"三字可一字一顿，语气充分肯定。

尾联"骁腾有如此，万里可横行"的意思是拥有如此奔腾快捷、堪托死生的良马，真可以横行万里之外，纵横驰骋，为国立功了。朗读此句时，须将青年诗人的豪情表现出来，"横行"在这儿不是贬义词，表达的意思是纵横驰骋，所向无阻。唐代高适也曾在《燕歌行》中写过"男儿本自重横行，天子非常赐颜色"的句子。

诗人将人马合写，既表达了对马的赞扬，也表达了对马主人的殷切希望之情。希望友人能够英勇杀敌，保卫祖国，横行于疆场之上，立功于万里之外。这同时也是诗人壮阔胸怀的自我写照。

这是一首咏物诗，表面上是赞马，实际上是喻人，所用方法是托物言志。通过对马的骁腾善驰、可托生死、横行万里、所向无阻的描写,表现了诗人朝气蓬勃的英勇气概,并寄托了他对未来前途的坚定信念。　　　　　　　　（胡炜）

放言五首①（其三）

［唐］白居易

赠君一法决狐疑②,不用钻龟与祝蓍③。
试玉要烧三日满④,辨材须待七年期⑤。
周公恐惧流言日⑥,王莽谦恭未篡时⑦。
向使当初身便死⑧,一生真伪复谁知?

〔注释〕

①放言:言论放肆,不受拘束的意思。②君:您,这里指作者的好友元稹。法:办法,方法。决:判定。狐疑:狐性多疑,故用狐疑指犹豫不定。③钻龟、祝蓍(shī):古人因迷信而占卜的方法,钻龟壳后看其裂纹占卜吉凶,或拿蓍草的茎占卜吉凶。这里是指求签问卜。蓍,多年生草本植物,全草可入药,茎、叶可制香料。④试:试验,检验。⑤辨:辨别,鉴别。材:木材,这里指枕木和樟木。期:期限。⑥周公:姬旦,周武王弟,成王的叔父。典故:成王年幼为王,周公摄政,管叔等人散布流言,说周公要害成王,于是周公躲避了起来。后来成王发现流言是假的,便迎接周公回来,平定了管叔等人的叛乱。⑦王莽:汉元帝皇后侄。典故:王莽在篡夺政权之前,为了收揽人心,常以谦恭退让示人,后来终于篡汉自立,改国号为"新"。篡(cuàn):篡位,臣子夺取君主的权位。⑧向:先前。使:假使,假如。

〔赏读提示〕

唐元和五年(810),白居易的好友元稹因得罪了权贵,被贬为江陵士曹参军。元稹在江陵期间,写了五首《放言》来表示他的心情:"死是老闲生也得,拟将何事奈吾何。""两回左降须知命,数度登朝何处荣。"过了五年,白居易被贬为江州司马。元稹闻讯后,写下了充满深情的诗篇《闻乐天授江州司马》。白居易在贬官途中,风吹浪激,感慨万千,也写下《放言五首》来奉和。此诗为第三首。

这是一首富有理趣的好诗,用极为通俗的语言说出了一个道理:对人、对事要得到全面的认识,都要经过时间的考验,从整个历史去衡量、去判断,而不能只根据一时一事的现象下结论,否则就会把周公当成篡权者,把王莽当成谦恭的君子了。

"赠君一法决狐疑",诗一开头就说要告诉人一个决狐疑的方法,而且很郑重,用了一个"赠"字,强调这个方法的宝贵,说明是经验之谈。这就紧紧抓住了读者。"不用钻龟与祝蓍",先说不用什么,而该用什么却不径直说出,这就使诗歌有曲折、有波澜,对读者也更有吸引力。诗的第二、三句才把这个方法委婉地介绍出来:"试玉要烧三日满,辨材须待七年期。"很简单,要知道事物的真伪优劣只有让时间去考验。经过一定时间的观察比较,事物的本来面目终会呈现出来的。

以上是从正面说明这个方法的正确性,然后掉转笔锋,再从反面说明:"周公恐惧流言日,王莽谦恭未篡时。"如果不用这种方法去识别事物,就往往不能做出准确的判断。对周公和王莽的评价,就是例子。周公在辅佐成王的时期,某些人曾经怀疑他有篡权的野心,但历史证明他对成王一片赤诚,他忠心耿耿是真,篡权则是假。王莽在未取代汉朝政权时,假装谦恭,曾经迷惑了一些人;《汉书》说他"爵位愈尊,节操愈谦"。但历史证明他的"谦恭"是伪,代汉自立才是他的真面目。

"向使当初身便死,一生真伪复谁知?"这是全篇的关键句。"决狐疑"的目的是分辨真伪。真伪分清了,狐疑自然就没有了。如果过早地下结论,不用时间来考验,就容易为一时表面现象所蒙蔽,不辨真伪,冤屈好人。

诗人表示像他自己以及友人元稹这样受诬陷的人,是经得起时间考验的,因而应当多加保重,等待"试玉"、"辨材"期满,自然会澄清事实,辨明真伪。这是用诗的形式对他自身遭遇进行的总结。

诗的意思极为明确,出语却曲折委婉。从正面、反面叙说"决狐疑"之"法",都没有径直点破。前者举出"试玉"、"辨材"两个例子,后者举出周公、王莽两个例子,让读者思而得之。这些例子,既是论点,又是论据。寓哲理于形象之中,以具体事物表现普遍规律,小中见大,耐人寻思。其以七言律诗的形式,表达一种深刻的哲理,令读者思之有理,读之有味。

(刘晓欣)

渔歌子①

[唐] 张志和

西塞山前白鹭飞②，桃花流水鳜鱼肥③。
青箬笠④，绿蓑衣⑤，斜风细雨不须归⑥。

〔注释〕

①渔歌子：原是曲调名，后来人们根据它填词，又成为词牌名。②西塞山：在湖北省黄石市。③桃花流水：桃花盛开的季节正是春水盛涨的时候，俗称桃花汛或桃花水。④箬（ruò）笠：竹叶编的笠帽。⑤蓑（suō）衣：用草或棕榈叶编制成的雨衣。⑥须：愿意。

〔赏读提示〕

这首词描写了江南水乡春汛时期捕鱼的情景。有鲜明的山光水色，有渔翁的形象，是一幅用词写成的山水画。

首句"西塞山前白鹭飞"，"西塞山前"点明地点，"白鹭"是闲适的象征，写白鹭自在地飞翔，衬托渔父的悠闲自得。次句"桃花流水鳜鱼肥"，写出桃花盛开，江水猛涨，这时节鳜鱼长得正肥。这里桃红与水绿相映，表现了暮春西塞山前的湖光山色，渲染了渔父的生活环境。三、四句"青箬笠，绿蓑衣，斜风细雨不须归"，描写了渔父捕鱼的情态。渔父戴青箬笠，穿绿蓑衣，在斜风细雨中乐而忘归。全诗着色明丽，用语活泼，生动地表现了渔夫悠闲自在的生活情趣。

此词在秀丽的水乡风光和理想化的渔人生活中，寄托了作者爱自由、爱自然的情怀。词中更吸引我们的不是一蓑风雨、从容自适的渔夫，而是水乡二月桃花汛期间春江水涨、烟雨迷蒙的图景。雨中青山，江上渔舟，天空白鹭，两岸红桃，色泽鲜明但又显得柔和，气氛宁静但又充满活力。既体现了作者的艺术匠心，也反映了他高远冲淡、悠然脱俗的意趣。

（张华）

江　雪

[唐] 柳宗元

千山鸟飞绝，万径人踪灭①。

孤舟蓑笠翁②,独钓寒江雪。

〔注释〕

①万径:虚指千万条路。②蓑笠(suō lì):蓑衣和斗笠。笠,用竹篾编成的帽子。

〔赏读提示〕

这首诗二十言,描绘了一幅独钓图,钓者一翁,垂钓的背景极为特殊:一千座山,一万条路,"千山"与"万径"互相呼应,共同铸就本诗后两句中人物活动的背景。这个远景可谓阔大,景物可谓丰繁!

"千山"本句自成对比,与其后的"鸟飞绝"形成鲜明的对比;"万径"本句自成对比,与其后的"人踪灭"形成鲜明的对比。远景中静态景物的丰繁与动态景物的缺乏形成鲜明的对比! 在广阔的天地间,无一活物,这对后文形成两个向度的要求:既可以反其道描绘生龙活虎的图景,与前文形成对比或反衬;也可以沿着冷寂的路线继续走下去,与前文形成正衬,这条路较难走,因为前两句已经把冷寂的路走到了极致。柳宗元艺高胆大,继续走冷寂的路,在前两句铺垫的基础上,大胆地在阔大的背景中只放进一个不动的"动"物——钓者。"孤舟"、"独钓"与前两句中的"千山"、"万径"形成鲜明的对比,一江、一舟、一人在千山、万径空旷的大背景下悠然独处,这份孤独便上了境界,渔翁的生活是如此闲适、恬淡,渔翁的性格是如此孤傲、高冷、超然物外。正如《唐人绝句精华》言:此诗读之便有寒意,故古今传诵不绝。

诵读这首诗,前两句适宜语调舒缓、低沉;第三句在低沉的基础上稍微增加语速,透露出压迫感;第四句回复舒缓语速,语调变得高扬,吐字更加清晰、明净。

(张国彦)

秋 来

[唐]李 贺

桐风惊心壮士苦①,衰灯络纬啼寒素②。
谁看青简一编书③,不遣花虫粉空蠹④。
思牵今夜肠应直,雨冷香魂吊书客。
秋坟鬼唱鲍家诗⑤,恨血千年土中碧。

〔**注释**〕

①桐风:指吹过梧桐叶的秋风。壮士:诗人自称。②衰灯:暗淡的灯光。络纬:虫名,俗称纺织娘,因秋天季节转凉而哀鸣,其声似纺线。寒素:扣络纬意,指寒衣。王琦注:"络纬,莎鸡也。其声如纺织,故曰啼寒素。"　③青简:青竹简。一编书:指诗人的一部诗集。古人用青竹片写书,以绳联贯成册,故称。④不遣:不让。蠹(dù):蛀蚀。即指竹简书久无人读,蠹虫就在其中生长。⑤鲍家诗:代指鲍照的《代蒿里行》。

〔**赏读提示**〕

唐代诗人李贺素有"诗鬼"的盛名,《秋来》就是标志其独特风格的一首诗:以桐风、衰灯、寒素、香魂、秋坟、恨血等意象构成一幅凄凉编织的画面,抒发悲秋之情,感叹命运的无常,写尽了诗人心中的悲凉和痛苦。全诗寄情于物,亦真亦幻,在深远的悲愤和瑰丽奇特的艺术形象间达到了和谐的统一,从而显现李贺诡谲凄异的诗风。

首句"桐风惊心壮士苦,衰灯络纬啼寒素",一个"苦"字就为全诗埋下了一种凄伤的感情基调。"日月掷人去,有志不获骋"(陶渊明《杂诗十二首》),面对时光流逝,人们感慨唏嘘,但诗人却惊心不已,以致秋风吹落梧桐树叶子的声音也使他惊心动魄,无限悲苦。残灯照壁,墙脚边络纬哀鸣,提醒人们秋深天寒,岁月将暮。点出"秋来",抒发由此而引出的由"惊"转"苦"的感受。"惊心"指人心震动,"啼寒素"则一语双关,既指岁寒,更指听络纬啼声时的心寒。在感情上直承上句的"惊"与"苦"。诵读时要深沉、低回,读出诗人心中巨大的压抑与悲苦。

颔联"谁看青简一编书,不遣花虫粉空蠹",面对衰灯,耳听秋声,诗人感慨万端,我们仿佛听到他长长的叹息:"自己写下的这些呕心沥血的诗篇,又有谁来赏识而不致被蠹虫白白地蛀蚀成粉末呢?"情调感伤,与首句的"苦"字相呼应。诵读时要体会诗人内心的孤苦与感伤,读时可由缓慢逐渐急速而带一些愤激之情,要读得抑扬顿挫。

颈联"思牵今夜肠应直,雨冷香魂吊书客",诗人辗转反侧,彻夜无眠,似乎九曲回肠都要拉成直的了。在衰灯明灭之中,在洒窗冷雨的淅沥声中,一位古代诗人的"香魂"前来吊问我这个"书客"来了,诗人仿佛看到赏识自己的知音就在眼前。我们常常形容一个人愁思苦闷是"愁肠百结"、"肝肠寸断",但李贺却自铸新词,采用"肠直"的说法,更见诗人愁思的深重、强烈。凭吊之事只见于生者之于死者,他却反过来说鬼魂前来凭吊自己这个不幸的生者,更是石破天惊的诗中奇笔。在风雨淋涔之中,仿佛隐隐约约听到秋坟中的鬼魂,在唱着鲍照当年抒发"长恨"的诗,他的遗恨就像苌弘的碧血那样永远难以消释!表面上是说鲍照,实际上则借他人之酒杯,浇自己胸中之块垒。志士才人怀才不遇,正是千古同恨!诵读时要采用诗歌的"二二三"的句式节奏,"肠应直"三个字全是平声字,故而声音可维系在一个高度上并适当拖长字音,显出一种孤苦与幽独。"吊书客"则发仄声,一字一顿,逐渐跌落而有一种难以排遣之落寞之情,读时要注意这一点。

尾联"秋坟鬼唱鲍家诗,恨血千年土中碧",可谓是以幻象写真情,在牵肠情思的引发下,一个又一个恍惚迷离的幻象在眼前频频浮现,创造出了富有浪漫主义色彩的独特境界。诗人在人世间找不到知音,只能在阴冥世界寻求同调,不亦悲乎!诵读时尤其要注意诗人所用韵的变化,即前半篇虽然悲苦、哀怨,但还能长歌当哭,痛痛快快地唱出,因而所选用的韵字正好是声调悠长、切合抒写哀怨之情的去声字"素"与"蠹"。至后半篇,与抒写伤痛已极的感情相适应,韵脚也由哀怨、悠长的去声字,一变而为抑郁短促的入声字"客"与"碧"。诵读时要有吞声忍咽、惆怅低回、恨绝悲极之隽永余味。

(潘易)

渔　父①

[南唐] 李　煜

浪花有意千重雪,桃李无言一队春②。
一壶酒,一竿纶③,世上如侬有几人?

〔注释〕

①渔父(fǔ):渔翁,捕鱼的老人。父,通"甫"。②桃李:一作"桃花"。③一竿纶:一根钓竿。

〔赏读提示〕

全词刻画了一个快乐、逍遥的渔父形象。为此,作者设置了两个独特的场景。

一是江上之景。且看起句。你看,那千万重的雪浪花呀,时而层层叠叠,似玉城雪岭际天而来;时而似乱琼碎玉,仅如银线。如此敞开心扉欢迎我的到来,它们到底是有意的,还是无意的呢?二是江岸之景。再观第二句。浪花有意,难道桃李无情么?不,桃李不言,下自成蹊。它们默默地站成了一队,莫非也是要迎接我的到来,让我感受到春天般的美好么?着墨在景,不写人,而人在景中。

后三句直接写渔父。手上,一壶美酒在;身边,一根钓竿在。世上像我这样快活的人,能有几个?至此,景、人、境合一。

一壶美酒,壮志难酬,这是多少爱国志士的酒。李煜的酒是为了什么?"世上如侬有几人?"他看到的是渔父的快乐生活,顿时心生快意。如果我不再是皇帝,而是一个渔父,生活又何尝不快乐呢?权力越大,责任越大,当皇帝也要失去很多,比如很多自然之趣。作者是性情中人,对渔父的生活心生向往,也就不难理解了。

一句一绝。渔父也许有生活上的压力,但他在心灵上是自由的、孤傲的……只要有一壶酒、一叶舟、一帆春风、一竿轻丝、一弯钩……就能够拥有全部的自己。这种境界,是身为帝王的后主所向往的。

此词韵脚"春"、"纶"、"人"都属"十一真"的韵部,"un"韵,宜读得舒缓、轻柔些,以彰音韵美。本词还可作抒怀之作来读,读出词人潇然于天地的恬淡自适,读出浪花千堆雪的逍遥自在,读出目酣神醉的悠悠然然。　　　　　(李艳华)

山园小梅

[宋] 林　逋

众芳摇落独暄妍①,占尽风情向小园。
疏影横斜水清浅②,暗香浮动月黄昏③。
霜禽欲下先偷眼④,粉蝶如知合断魂⑤。
幸有微吟可相狎⑥,不须檀板共金樽⑦。

〔注释〕

①摇落:被风吹落。暄妍:明媚美丽。②疏影横斜:梅花疏疏落落,斜横枝干投在水中的影子。③暗香浮动:梅花散发的清幽香味在飘动。④霜禽:一指

"白鹤",二指"冬天的禽鸟"。⑤合:应该。⑥微吟:低声地吟唱。⑦檀板:演唱时用的檀木柏板,此处指歌唱。

〔赏读提示〕

林逋种梅养鹤,终身不娶,"梅妻鹤子",他眼中之梅有情,笔下之梅多情。

首联以梅不畏严寒、笑立风中起句:"众芳摇落独暄妍,占尽风情向小园。"它在众芳凋零的严冬凌寒独放,明媚美丽的景色把小园的风光占尽了。"独"、"尽"二字,表现了梅花卓尔不群的风韵。作者借咏梅写其"弗趋荣利"、"趣向博远"的思想。苏轼曾在《书林逋诗后》说:"先生可是绝伦人,神清骨冷无尘俗。"其诗正是诗人人格的化身。"众"字应读得响亮,"独"字字音应延长且加重,体现出梅的孤高清俊。

颔联具体描绘梅花的形象:"疏影"写梅"翩若惊鸿"的轻盈;"横斜"描梅灵动的形态;"水清浅"则绘梅影与清水相伴。"暗香"写梅若有若无无形的芬芳;"浮动"言梅香款款飘逝的仙韵;"月黄昏"则选取了美妙的背景,把梅花置于"月上柳梢头,人约黄昏后"的动人时刻,美好的月亮在美妙的时刻悬置于一个美妙的位置。这两句咏梅诗,一直为后人所称颂。陈与义认为林逋的咏梅诗已压倒了唐齐己《早梅》诗中的名句"前村深雪里,昨夜一枝开"。辛弃疾在《念奴娇》中奉劝骚人墨客不要草草赋梅,认为难以超过林逋。朗诵千古名句无须高歌,只要语速放缓慢,声音拉长,给听者以足够的想象空间编织一幅山园小梅图便可。

颈联"霜禽欲下先偷眼,粉蝶如知合断魂"中"霜禽"指白鹤,白鹤"先偷眼"可谓传神精妙,"偷眼"写白鹤的难以遏制的念想,反映梅色、梅香的难以抵御。"先偷眼"可以读得轻快、活泼。"粉蝶如知"之后可以停顿时间稍长一些。"粉蝶"与"霜禽"构成对比,二者俱为飞翔之物,但是大小有别,禽虫有异,境遇不一,别有情韵。"断魂"用夸张之语将梅花的奇丽写出、写活。

前三联,作者站在梅的角度写梅,借梅花写自我,表意婉致。至尾联站在梅旁赏梅,借物抒怀变为直抒胸臆。《四库全书总目》说:"其诗澄澹高逸,如其为人。"我们由此可知这首诗写出了诗人幽独清高、孤洁淡泊的人格。尾联首句"幸"字可以试着重读,整句可以试着轻读;次句重读,声调由低到高。(张国彦)

卜算子①

[宋] 苏　轼

缺月挂疏桐,漏断人初静②。时见幽人独往来③,缥缈孤鸿影④。

惊起却回头,有恨无人省⑤。拣尽寒枝不肯栖⑥,寂寞沙洲冷⑦。

〔注释〕

①卜算子:词牌名。词题一本作"黄州定慧院寓居作"。定慧院:一作定惠院,在今湖北省黄冈县东南。苏轼初贬黄州,寓居于此。②漏断:指深夜。漏,指更漏,古人计时用的漏壶。③幽人:幽居的人,形容孤雁。作者初贬于此而地处偏僻,感觉似幽居之人。④缥缈:隐隐约约,若有若无。⑤省(xǐng):理解,明白。"无人省",犹言"无人识"。⑥栖(qī):栖息。⑦沙洲:江河中由泥沙淤积而成的陆地。

〔赏读提示〕

苏轼于元丰三年(1080)因所谓的"乌台诗案",被贬为黄州团练副使,在黄州贬所居住四年多。

苏轼被贬黄州后,他是乐观旷达的,能率领全家通过自身的努力来渡过生活难关,但内心深处的幽独与寂寞是他人无法理解的。在这首词中,词人借月夜孤鸿这一形象托物寓怀,表达了孤高自许、蔑视流俗的心境。

"缺月挂疏桐,漏断人初静",词一起首就是一种幽邃静谧的氛围,使人有冷气袭人之感;月之"缺",桐之"疏",漏已"断",人初"静"。这几个意象组合,极写了幽冷凄清、孤独痛苦的心境。"时见幽人独往来,缥缈孤鸿影",词人又进一步揭示这种心境。"幽人"自然有幽闭之色彩,如同其自称"罪人",同时,也含有孤独清高的味道。周围是那么宁静幽寂,在万物入梦的此刻,没有谁像自己这样在月光下孤寂地徘徊,就像是一只孤单飞过天穹的凄清的大雁。先是点出一位独来独往、心事浩茫的"幽人"形象,随即轻灵飞动地由"幽人"而孤鸿,使这两个意象产生对应和契合,让人联想到:"幽人"那孤高的心境,正像缥缈若仙的孤鸿之影。这两句,既是实写,又通过人、鸟形象的对应、嫁接,极富象征意味和诗意之美地强化了"幽人"的超凡脱俗。物我同一,互为补充,使孤独的形象更具体感人。

无论如何,词人在上阕里还是分写了"幽人"和"孤鸿"。至下阕,更是把鸿与人同写,"惊起却回头,有恨无人省",这是直写自己孤寂的心境。人孤独的时候,总会四顾寻觅,找到的是更多的孤独,"有恨无人省",没有谁能理解自己孤独的心。世无知音,孤苦难耐,情何以堪?"拣尽寒枝不肯栖,寂寞沙洲冷",写孤鸿遭遇不幸,心怀幽恨,惊恐不已,在寒枝间飞来飞去,拣尽寒枝不肯栖息,只好落宿于寂寞荒冷的沙洲,度过这样寒冷的夜晚。这里,词人以象征手法,匠心独运地通过鸿的孤独缥缈、惊起回头、怀抱幽恨和选求宿处,表达了自己贬谪黄州时期的孤寂处境和高洁自许、不愿随波逐流的心境。词人与孤鸿惺惺相惜,以拟人化的手法表现孤鸿的心理活动,把自己的主观感情加以对象化,显示了高超的艺术技巧。

这首词的境界高妙,前人谓"似非吃烟火食人语"。这种高旷洒脱、绝去尘俗的境界,得益于高妙的艺术技巧。词人"以性灵咏物语",取神题外,意中设境,托物寓人;对孤鸿和月夜环境背景的描写中,选景叙事均简约凝练,空灵飞动,含蓄蕴藉,生动传神,具有高度的典型性。

(刘晓欣)

赠刘景文

〔宋〕苏　轼

荷尽已无擎雨盖①,菊残犹有傲霜枝②。
一年好景君须记③,正是橙黄橘绿时④。

〔注释〕

①已无:已经没有(办法)。②犹:仍然。③须记:一定要记住。④橙黄橘绿时:指橙子发黄、橘子将黄犹绿的时候,指农历秋末冬初。

〔赏读提示〕

《赠刘景文》顾名思义是一首赠友诗。刘景文名季孙,原籍开封,是北宋名将刘平的小儿子。苏轼当时在杭州任知州,仕途一帆风顺,便赠诗给刘景文,勉励其要乐观向上,苦尽甘来。

一、二句写景,寄情于景。"荷尽已无擎雨盖"描绘了一幅初冬残荷图。荷花已然凋零,荷叶也早已枯萎,让人感觉衰败之情油然而生。自然也为下一句埋下了伏笔,或者说跟下一句形成了对比,字里行间流露出作者彼时的心态。"菊残犹有傲霜枝",菊花凋残了依然傲立在枝头。"犹有"与"已无"形成强烈对比,突出菊花傲霜斗寒的形象。做人就应该像菊花一样,坚韧不屈,傲对风霜雪雨,才会迎来成功。作者的鼓励之情溢于言表。一、二句把对刘景文品格和节操的称颂,不着痕迹地融合在对初冬景物的描写中。这两句字面相对,内容相连,是谓"流水对"。"已无"、"犹有"要读得一气呵成,要读出二花的区别。

三、四句转而写人。"一年好景君须记",提醒了刘景文要多多记住生活中美好的事物,因为人们生活中许多苦难都没法躲避,唯有积极地去面对。很多路都要自己一个人走,人生中快乐的时光是我们面对苦难的动力。借此鼓励友人,只要默默耕耘,便一定会苦尽甘来。只是时机未到,应安心地等待,否极泰来。"橘"是美好温暖的所在。屈原写《橘颂》而颂之,主要赞其"独立不迁"、"精色内白"、"秉德无私"、"行比伯夷"。此诗的结句,正有此意,在表达上熔写景、咏物、赞人于一炉,含蓄地赞扬了刘景文的品格和秉性。最后一句中"橙黄橘绿"要重读,要读得字字饱满。

你看,那初冬景致:虽萧瑟冷落,但也硕果累累、成熟丰收。而这一点恰是冬季独有的。诗人借此比喻人到壮年,虽已青春流逝,但更是人生成熟、大有作为的"橙黄橘绿"之际,勉励朋友惜时、乐观、努力不懈之情溢于言表。诗中用"傲霜枝"作比,意在歌颂刘景文孤高傲世的高洁品格。"菊残犹有傲霜枝",后来有人借用它比喻坚贞不屈的人。

(李艳华、汪永亮)

好事近①渔父词（其一）

［宋］朱敦儒

摇首出红尘,醒醉更无时节。活计绿蓑青笠②,惯披霜冲雪。

晚来风定钓丝闲,上下是新月。千里水天一色,看孤鸿明灭③。

〔注释〕

①好事近:词牌名。②蓑:衣服。③明灭:忽隐忽现,依稀可见。

〔赏读提示〕

朱敦儒曾作"渔父词"六首,这首是其中之一。绍兴二年,朝廷"访求山林不仕贤者"(《二老堂诗话》)，词人被召，回到临安，先后任秘书省正字兼兵部郎官及两浙东路提点刑狱等官职。后又被劾，罪名是"专立异论，与李光交通"(《宋史·朱敦儒传》)。李光反对议和，为秦桧所忌，而遭排斥，朱敦儒也因此止仕。

开头一句表明自己放弃官场生活的坚决。告别了喧嚣的红尘，摆脱了名缰利锁的束缚，醉醒醒醉，一任神行，词人成了一名快活的渔父。所以既要读出与红尘决绝之坚定，又要读出超然世外的逍遥。

"摇首"二字很形象，既对"红尘"否定，又不置一词，这是一种轻蔑不屑的态度，亦如杜甫《送孔巢父谢病归游江东》诗所云，"巢父掉头不肯住，东将入海随烟雾"。"摇首"二字要重读且音短促。何以如此，词人未点破，紧接的一句只把原因推到自己的志趣与官场格格不入。一旦"摇首出红尘"，做了个烟波钓徒，才能"醒醉更无时节"。这两句建议读出明快、喜悦之感，超脱尘世的轻快感溢于言表。

这里的渔父形象，实际就是词人晚年的写照。他长期住在嘉禾，过着远离俗世的生活，所谓"醒醉无时"、"披霜冲雪"，都是指安闲自得，自由自在。诵读时可轻缓、洒脱。

承下两句描绘垂钓隐居的生活，并不全是"桃花流水"、"斜风细雨"式的闲逸，也不尽若"独钓寒江雪"般的苦寒，而是二者兼具。下片由对渔父生活概况的描写，转入一个垂钓的单独画面。这是词人恬淡自适的惯常生活状态。晚来风定、上下新月、水天一色，构成一幅空阔幽美的淡墨静景，亦映照出词人宁静的心境。而在这一派静景中，词人又着意置上了一处动态，即一只若隐若现的孤鸿，也即词人幽人形象的自我写照。而这幅静态的画面上，词人最后加上奇妙的一笔：一只缥缈的孤鸿，明灭于远空，那是静的背景上的一个动点，而它的动感不是来自位置的移动，而是来自光线的变化。这小小的一点便使如画的诗境更显安静、清丽、美妙。

全篇由情入景，由静入动，由整体描写入细节刻画，在艺术上颇有精到之处。

（包丽玲）

病 牛

［宋］李 纲

耕犁千亩实千箱，力尽筋疲谁复伤？

但得众生皆得饱^①，不辞羸病卧残阳^②。

〔注释〕

①但：只。②羸（léi）病：衰弱生病。

〔赏读提示〕

《病牛》是一首托物言志诗，诗人借病牛之意象言情述志，情感真挚，寓意深刻。

一、二句极言其身体病弱之形。

首句"耕犁千亩实千箱"，写的是牛在田里的辛劳。一千亩地就得费一千亩地的力气，生活疾苦，却无力改变，当然诗人并不是出于讽刺，而是出于对牛这种耕作精神的同情和推崇。如果世界上没有牛，那么谁来耕地呢？是不是都要饿死？

第二句"力尽筋疲谁复伤"，这说的是牛的辛酸。每天起早贪黑干活，累得一身的伤，但是还不能好好休息，直到死去。"谁复伤"写出了牛不仅仅受到身体上的折磨，也有精神上的创伤。牛象征着一群人，一群暗无天日的人，过着让人无法改变的生活。

三、四句更极言其不辞羸病、志在众生之神。

第三句"但得众生皆得饱"，牛辛辛苦苦地耕种，是为了让天下人有饱饭吃。这种无私奉献的精神值得人们学习。诗人通过这句话衬托出了不辞辛劳的人所付出的努力，美好生活的背后是看不见的辛酸。

第四句"不辞羸病卧残阳"，更加深入地描绘了病牛鞠躬尽瘁、死而后已的精神，把奉献精神提高到了一个新的境界。依然不辞辛苦地奉献，这是不是值得我们学习的呢？

纵观全诗，诗人借病牛之意象表精忠报国之志。对于靖康耻，很多人有着无法言说的痛，这种国恨家仇的萦绕不去，成就了南北宋交错时期的一批诗人。其中李纲的《病牛》可以说是独树一帜。靖康元年，金兵侵掠汴京时，李纲任京城四壁守御使,击退金兵。不久遭主和派排斥,空有一腔爱国热血,无奈壮志难酬。不似岳飞的"靖康耻,犹未雪"的仰天长啸,有别于陈与义"老木沧波"的无限悲凉,《病牛》捧给我们的是一轮温暖的"残阳"。

病牛这种任劳任怨、唯有奉献、别无他求的性格特点,正是诗人自我形象的化身。尽管诗人已力尽筋疲,尽管诗人不辞羸病,尽管诗人已伤痕累累,但他只愿众生安好,只愿社稷安好。那颗赤子之心,那颗念着众生的心,那颗抗金爱国的心——跃然纸上。用心朗读本诗,你会渐入佳境,细致幽微地体会出诗人这种深沉蕴藉的情感。

（李艳华）

夏日绝句

〔宋〕李清照

生当作人杰①,死亦为鬼雄②。
至今思项羽③,不肯过江东④。

〔**注释**〕

①人杰:人中的豪杰。汉高祖曾称赞开国功臣张良、萧何、韩信是"人杰",说"此三者,皆人杰也,吾能用之,此吾所以取天下也"。②鬼雄:鬼中的英雄。③项羽:楚国名将项燕之孙,秦末时自立为西楚霸王,与刘邦争夺天下,在垓下之战中,兵败自杀。④江东:长江以东地区,项羽随叔父项梁起兵之地。

〔**赏读提示**〕

历史上著名的"靖康之变",彻底粉碎了李清照安逸恬适的生活,金兵入据中原,烧杀抢掠,掳走徽、钦二帝,赵宋王朝被迫南逃。李清照夫妇也开始了漂泊无定的流亡生活。靖康二年,丈夫赵明诚死于建康。遭遇了国破家亡夫死的李清照在路过乌江时,有感于项羽的豪迈悲壮,创作了这首诗。

诗的开头两句势如破竹,"生当作人杰",为国建功立业,报效朝廷,就要做像辅佐汉高祖刘邦建立大汉王朝的"汉初三杰"那样的豪杰;"死"也要做"鬼雄",方才无愧于顶天立地的好男儿。开篇一语惊人,爱国之情喷薄而出,震撼人心。那种凛然风骨、浩然正气,惊天地,泣鬼神,成为千古传诵的名句。

诗的后两句"至今思项羽,不肯过江东",项羽最壮烈之举当属因"无颜见江东父老"而自刎乌江边。在李清照看来,这种"宁为玉碎,不为瓦全"慷慨赴死的英雄正气正是南渡的宋廷所欠缺的。诗人盛赞"不肯过江东"的精神,歌颂项羽的悲壮之举,实是对南宋统治者不思进取、苟且偷生的无耻行径的无情鞭挞与讽刺。诗歌中洋溢的爱国激情、凛然正气,恰是这位柔弱的婉约女词人风骨与气节的见证!

(张华)

梅

〔宋〕卢梅坡

梅雪争春未肯降^①,骚人阁笔费评章^②。
梅须逊雪三分白,雪却输梅一段香。

〔注释〕

①降(xiáng):服输。②骚人:诗人。阁笔:放下笔。阁,同"搁",放下。评章:评议文章,这里指评议梅与雪的高下。

〔赏读提示〕

顾名思义,本诗是写梅花的诗,正好印证了本章的主题"节操自守"。

起首两句,突兀而起。

首句"梅雪争春未肯降",把梅和雪比作两个人,相互争斗,争着在春天表现自己,引得文人骚客们纷纷评议。把寒冷难耐的冬季写得有活力一般,也恰恰体现了作者对春天的渴望以及乐观的情怀。

第二句"骚人阁笔费评章",关于梅花和白雪谁更好,自古以来都是迁客骚人吟咏的话题。作者看来,这种争议浪费了太多的笔墨和时间,只不过是很简单的问题罢了,用不着为其纠结。这一认识体现了作者眼界之高远与胸怀之博大。

三、四句"梅须逊雪三分白,雪却输梅一段香"为千古名句,有美趣、意趣和理趣。你看:有梅无雪,梅就显得没有神韵;有雪无梅,雪就显得没有馨雅。只有梅花独放而无飞雪落梅,就显不出春光的韵味;若是有梅有雪而没有诗作,也会使人感到不雅。不错的,雪、梅都是报春的使者,冬去春来的象征。观雪、赏梅、赋诗,梅、雪、诗三者,构成尘世绝美的风景,凭短短两句怎能写清楚这复杂的关系呢？世间万物如此，看不清时深如海，豁然开朗时便只像云烟，辩证地说明了梅花和白雪的关系：雪有比梅花好的地方，梅花也有比雪好的地方。运用对比手法，道雪和梅各自长短，借雪、梅争春，告诫人们：要相互取长补短，互相学习。

自古以来，雪、梅就象征着知识分子高洁傲岸和洁身自好的情操。古往今来，多少人赞叹梅花清高孤傲、不畏严寒的气节，值得咏思者，多也。但，万千读者独爱这一首《梅》诗。好一个飞雪落梅，好一个暗香浮动，好一个痴绝吟诗的卢梅坡。

（李艳华）

【南吕】一枝花 不伏老〔尾〕

［元］关汉卿

我是个蒸不烂、煮不熟、捶不匾、炒不爆、响珰珰一粒铜豌豆①，恁子弟每谁教你钻入他锄不断、斫不下、解不开、顿不脱、慢腾腾千层锦套头②？我玩的是梁园月③，饮的是东京酒④，赏的是洛阳花⑤，攀的是章台柳⑥。我也会围棋，会蹴鞠⑦，会打围⑧，会插科⑨，会歌舞，会吹弹，会咽作⑩，会吟诗，会双陆⑪。你便是落了我牙，歪了我口，瘸了我腿，折了我手，天赐与我这几般儿歹症候⑫，尚兀自不肯休⑬！则除是阎王亲自唤⑭，神鬼自来勾，三魂归地府，七魄丧冥幽。天哪！那其间才不向烟花路儿上走⑮！

〔注释〕

①铜豌豆：妓院中对老狎客的称呼。②恁（nèn）：通"那"。斫（zhuó）：砍。锦套头：美丽圈套。此两句连起来的意思是：那些浮浪子弟们每陷入风月场所温柔之乡不能自拔，而自己却见多识广练就一身功夫，不把这些套数放在眼里，反而正好能够大展身手。③梁园：汉代梁孝王的园子，在今河南开封府附近，园内有池馆林木，梁王日与宾客游乐，因此后来以之泛指名胜游玩之所。④东京：汉代以洛阳为东京，宋代以汴州（今开封市）为东京，辽时改南京（今辽阳）为东京。此处不必实指，元曲往往混用历史地名故实。总之这几句的意思是说自己行走的都是名胜之地。⑤洛阳花：指牡丹。⑥章台柳：代指妓女。⑦蹴鞠

(cùjū)：中国古代的一种足球运动,《汉书》中已有记载。唐宋时盛行(《水浒传》中的高俅即以此技得宠于皇帝),至清代渐衰。这种球外面是皮革,里面实以物,所以又写成"蹴鞠"。⑧打围:即打猎,相对于围场之说。⑨插科:戏曲演员在表演中穿插的引人发笑的动作。常与"打诨"合用,称"插科打诨"。⑩咽作:不详。可能是一种表演性的游戏。⑪双陆:又名"双六",古代一种博戏。据说为曹植所创,至唐代演变为叶子(纸牌)。⑫歹症候:本是指病,借指脾性。歹,不好。⑬尚兀自:仍然还。兀自,还。⑭则除是:除非是。则,同"只"。⑮烟花:指妓女。古代胭脂又写成烟肢、烟支等,烟花之意或由此引申。

〔赏读提示〕

《一枝花·不伏老》是元代戏剧家关汉卿创作的一首套曲作品,从文辞上看非常明显地带有自述心志的特点。曲辞语言生动活泼、质朴又扬厉,刻画了作者才华横溢的游冶生涯,彰显了作者狂放高傲、决不与黑暗世俗同流合污的决心。修辞上比喻恰切,带有民间文学那种辛辣滑稽的风格,历来为人传颂。

"我是个蒸不烂、煮不熟、捶不匾、炒不爆、响珰珰一粒铜豌豆。"这一句连用五个三字短语,营造了紧凑促迫的声韵,读着读着,作者内在的崇高气质便扑面而来,这份身处逆境而坚强不屈的性格,对于颓靡的当代世风也是一种感召。"铜豌豆"原是元代妓院对老狎客的揶揄,但此处诗人却用烹饪中各种手法赋予了它全新的内涵,"烂"、"熟"、"匾(扁)"、"爆"这些词语使用得精准响亮,豪放泼辣地表现出"铜豌豆"坚韧不屈、与世抗争的特质。

"谁教你"三字典型地表现了关汉卿对风流子弟也是对自己落入妓院"锦套头"的同情,并由此生发出一种苦痛与愧悔。"锄不断、斫不下、解不开、顿不脱"又是一连串三字短句,朗读的时候三字一顿,斩钉截铁又不容置疑,船载的金银填不满烟花债,大好的青春又何必断送在烟花巷? 当人在现实的压抑与摧残下,作者对自身的期许又难免转为一种无奈悲凉的意绪。

"我也会围棋,会蹴鞠,会打围,会插科,会歌舞,会吹弹,会咽作,会吟诗,会双陆。"诗人大胆张扬地铺陈自己的诸般才艺,是一种得意,也是一种自嘲。蕴含的是一份深情,更是一种才华横溢却沉抑下僚、志不获展的愤懑。既然再无缘科场、官场,那我索性忍把浮名换了浅斟低唱。这是中国文人在面对强权、面对压抑时一贯的挣扎。

至此,诗人的笔锋又一转,在豪情的基础上全曲的情感基调也达到了最强音:"你便是落了我牙,歪了我嘴,瘸了我腿,折了我手,天赐与我这几般儿歹症候,尚兀自不肯休! 则除是阎王亲自唤,神鬼自来勾,三魂归地府,七魄丧冥幽。天哪! 那其间才不向烟花路儿上走!"既然有了坚定的人生信念,就可以藐视一切痛苦甚至死亡;既然我执意要经营我的人生,那再多的磨难这也是"天给的灾,都不怪"。这也正是诗中积极乐观的精神力量之所在。

这支曲子在朗读的时候特别需要讲究节奏:

我是个/蒸不烂/煮不熟/捶不匾/炒不爆/响珰珰/一粒/铜豌豆,^恁子弟每/谁教你/钻入他/锄不断/斫不下/解不开/顿不脱/慢腾腾/千层/锦套头。^我玩的是/梁园月,饮的是/东京酒,赏的是/洛阳花,攀的是/章台柳。^我也/会围棋,会蹴踘,会打围,会插科,会歌舞,会吹弹,会咽作,会吟诗,会双陆。^你便是/落了我牙,歪了我口,瘸了我腿,折了我手,^天赐与我这几般儿歹症候,尚兀自/不肯休。^则除是/阎王/亲自唤,神鬼/自来勾,三魂/归地府,七魄/丧冥幽。^天那,那其间/才不向/烟花路儿上走。("/"为节奏;"^"为气口)

不难发现,这支曲子多是三字句,三字句最紧凑,连读时可以营造急促奔腾的气势。凡是没有标气口的地方绝不能换气,否则会破坏一气呵成的连贯感。

(周晟)

墨 梅①

[明] 王 冕

我家洗砚池头树②,朵朵花开淡墨痕③。
不要人夸好颜色,只留清气满乾坤④。

〔注释〕

①墨梅:水墨画的梅花。②洗砚池头:写字、画画后洗笔洗砚的池子旁边。砚是研墨的文具,每次用完后要洗干净。相传晋代大书法家王羲之临池学书,频洗笔砚,池水竟为黝黑。③淡墨痕:淡黑色的痕迹,指花的颜色。这里是说那朵朵盛开的梅花,是用淡淡的墨迹点化成的。④清气:清香的气味。乾坤:天地。

〔赏读提示〕

王冕是元末明初人,被称为"画梅圣手"。墨梅就是用水墨画的梅花,没有着染颜色。这是一首作者题咏自己所画梅花的诗作。

开头两句直接描写墨梅。小池边的梅树,花朵盛开,朵朵梅花都呈现出淡淡的墨黑色,没有其他的颜色。看似平平一笔,其实将画中墨梅与池边梅树化而为一,仿佛画中之梅的淡淡墨晕,为池头梅树吸收水中墨色所致。环境的高雅与梅花的高秀融为一体。"淡"既点出了画墨梅的技法,又表现了梅花朴素淡雅、抗冰雪傲严寒的风骨,可谓"诗中有画"。

三、四句则宕开一笔,盛赞墨梅的高风亮节。"不要人夸好颜色"顺承前句的"淡墨痕",由形到神,"我不需要别人赞美颜色多么漂亮,只要能将清淡的芳香溢满人间"。墨梅虽无耀人眼目的色彩,却神清骨秀、高洁端庄。这两句正是诗人的自我写照,以此表达不愿媚俗的独立人格理想。"满"不仅传神地写出了梅香的充盈激荡,而且使诗人人格魅力凸显与辐射得分外耀眼!"满"字要重读。

《墨梅》这首诗对梅花的形态没有着太多的笔墨,忽其形而求其神,在形似以外求神态,这种不追求虚浮绮丽的外表而钟情于幽独超逸的操守,不仅是王冕所画梅花的风格,也是他所写梅花的品质,更是他自己卓然不群、淡泊名利的立身之德。

翰墨之香与梅花清香仿佛扑面而来,从而使"诗格"、"画格"、人格巧妙地融合在一起!诗情画意融合无间,意蕴深邃,耐人寻思,为题画诗中的上乘之作。

(韩美霞)

石灰吟①

[明] 于　谦

千锤万凿出深山②,烈火焚烧若等闲③。
粉骨碎身浑不怕④,要留清白在人间⑤。

〔注释〕

①吟:古代一种诗体的名称。②千锤万凿:形容开采石灰非常不容易。千、万,虚词,形容很多。锤,锤打。凿,开凿。③若等闲:好像很平常的事情。若,好像。等闲,平常。④浑:全。⑤清白:纯洁,这里指石灰洁白,没有污染,又比

喻高尚的节操。

〔赏读提示〕

这首诗的作者于谦,是个鼎鼎有名的大人物,不仅仅因为他是明朝名臣,是一位与岳飞齐名的民族英雄,更因为尽人皆知的"两袖清风"的故事。

于谦为官清廉,太监王振掌权时期,肆无忌惮地招权受贿。百官们争相献媚,只有于谦每次进京奏事,从不带任何礼品。有人劝他说:"您不肯送金银财宝,难道就不能带点土特产去?"于谦坦然一笑,潇洒地甩一甩他的两只袖子,说:"只有清风。"

《石灰吟》是于谦 17 岁时写的吟诵石灰的赞歌。这是一首托物言志诗,以石灰自喻,咏石灰的清白即是咏自己光明磊落的襟怀和顽强不屈、洁身自好的品质,表达了他不怕艰险、勇于牺牲的大无畏精神和为了苍生社稷不惜"粉骨碎身"的坚强意志和决心。

首句"千锤万凿出深山",表明开采石灰石是很不容易的。次句"烈火焚烧若等闲","烈火焚烧",是指烧炼石灰石,"若等闲"就好像很稀松平常的事,可见仁人志士无论面临着怎样严峻的考验,都从容不迫,等闲视之。第三句"粉骨碎身浑不怕","粉骨碎身"指石灰石烧炼成石灰粉,而这"浑不怕"三个字饱含不畏艰险、不怕牺牲的精神。最后一句"要留清白在人间",作者立志要做纯洁清白的人,不与世俗同流合污,坚守高洁的情操。

于谦为官清廉,也曾亲自上阵抵御外敌入侵,救民于水火,就是这样一位民族英雄,最终却被冠以"谋逆罪"而诬杀。这首《石灰吟》可以说是于谦生平和人格的真实写照。

(张华)

咏煤炭

〔明〕于　谦

凿开混沌得乌金①,藏蓄阳和意最深②。
爇火燃回春浩浩③,洪炉照破夜沉沉。
鼎彝元赖生成力④,铁石犹存死后心。
但愿苍生俱饱暖⑤,不辞辛苦出山林。

〔注释〕

①混沌：指世界还没有开辟以前的状态。②阳和：原指暖和的阳光，这里指煤炭的热能。③爝（jué）火：小火炬。④鼎彝：烹饪工具。鼎，炊具。彝，酒器。元赖：原本依赖。⑤苍生：老百姓。

〔赏读提示〕

于谦主张诗歌要"发于心"、"尽乎人情物变"。其诗多写勤政济世、治军守边等内容，表现忧国忧民之感；也有一些诗抒写自己坚强的意志和坚贞的节操，如《石灰吟》、《北风吹》等。《咏煤炭》是一首托物言志的诗，作者以煤炭作比喻，表达自己为国尽忠、不怕牺牲的意愿和坚守高洁情操的决心。

"凿开混沌得乌金，藏蓄阳和意最深"，开头点题。乌金，指煤炭。阳和，原指暖和的阳光，这里借指煤炭所蓄藏的热能。两句意为：开凿出来的煤炭，藏蓄着巨大的热力。"得乌金"、"意最深"应重读。

"爝火燃回春浩浩，洪炉照破夜沉沉"，煤炭燃烧给人们带来温暖，就像春回大地一般，炉火能够冲破沉沉的黑夜。"春浩浩"承接"阳和"，可以响亮而较缓地读出；"照破"需重读，显示除旧布新的力量。

"鼎彝元赖生成力，铁石犹存死后心"，鼎彝指烹饪工具，是指铁石虽然变成了煤炭，但它依然造福人类。"铁石"句是于谦人格的写照，"犹存"最好重读，表达诗人坚贞不变的决心。

"但愿苍生俱饱暖"，从煤炭进一步生发，是杜甫广厦万间大庇天下寒士之意的扩大，朗读时应在上句稍停之后语调逐步上扬，希望天下人，都能又饱又暖和。"不辞辛苦出山林"绾结到自己出山济世，直抒胸臆。为了老百姓能享温饱，诗人愿意像"出山林"的"乌金"一样熊熊燃烧自己。只有把"不辞"与"出"重读，才能有力地传达出诗人至死也要为国家出力的志向。

这首诗语言质朴，不事雕琢，句句赞颂煤炭，实际是句句抒写自己为国家鞠躬尽瘁、死而后已的怀抱，寓意甘于为国家利益而自我牺牲的人，乃国之根本，民之福星。朗读者理解于此，就可把握好整首诗的赞美与坚定的感情基调，真正做到"发于心"地朗读。

（付向红）

竹 石

〔清〕郑 燮

咬定青山不放松^①，立根原在破岩中^②。
千磨万击还坚韧^③，任尔东西南北风^④。

〔**注释**〕

①咬定：咬紧。②立根：扎根。③千磨万击：指无数次的磨难和打击。④任：任凭，无论，不管。尔：你。

〔**赏读提示**〕

郑板桥画竹有"胸有成竹"的理论，他画笔下的竹子劲瘦挺拔，直冲云天。在构图上，板桥将竹、石的位置关系和题诗文字处理得十分协调。这首《竹石》，就是《竹石图》上的题画诗。

这首七言绝句赞颂竹的刚毅。开头一个"咬"字，使竹人格化，赋予其极强的力量，可谓一字千钧，充分表达了劲竹的刚毅性格；而"不放松"更把劲竹牢牢把握着青山缝隙的形象展现出来。次句中的"破岩"更衬托出劲竹顽强的生命力，把根深深扎入破裂的岩石中。

"千磨万击还坚劲，任尔东西南北风"，更进一层写恶劣的客观环境。无论风吹雨打，任凭霜寒雪冻，劲竹依然"坚劲"，傲然挺立，经受一年四季"东西南北风"千磨万击的磨炼与考验。诗人用"千"、"万"两字写出了竹子坚韧顽强、从容自信的神态，这时肖然挺立在我们面前的已不再是普通的竹子，我们感受到的是一种顽强不息的生命力，一种坚韧不拔的意志力。

这首诗托物言志，以物喻人。诗中的竹实际上也是作者郑板桥高尚人格的化身，生活中的诗人正是这样一个与底层百姓有着密切的联系，疾恶如仇、不畏权贵的"岩竹"。作者托岩竹的坚韧顽强，言自己刚正不阿、正直不屈、铁骨铮铮的骨气，含蓄地表达自己绝不随波逐流的高尚情操。

（张华）

杂 感

〔清〕黄景仁

仙佛茫茫两未成,只知独夜不平鸣。

风蓬飘尽悲歌气①,泥絮沾来薄幸名②。

十有九人堪白眼,百无一用是书生。

莫因诗卷愁成谶③,春鸟秋虫自作声。

〔注释〕

①风蓬:随风飞旋的蓬草,比喻到处漂泊的生涯。悲歌气:慷慨高歌的雄心壮志。②泥絮:沾泥的柳絮无法再随风飘荡,比喻不再为男女之情动心,此处指禅心。③谶:事后应验的不详预言或预兆。

〔赏读提示〕

此诗作于黄景仁青年时期,抒发了他怀才不遇的悲愤情怀。

首联,以仙佛无成喻科场失利。"茫茫"、"未成"点出本诗基调。一个"只"抒发心中不能自抑的不平。朗读这两句时语速由慢转快,要读出悲伤不平之情,"两未成"、"不平鸣"建议重读。

颔联,意为风中飞蓬飘尽悲歌之气,一片禅心却只换得薄幸之名。化用了宋道潜(参寥)诗句"禅心已作沾泥絮,不逐春风上下狂",但却表达了满腹的牢骚。朗读此两句时,建议语调平缓、低沉,语速稍快,读出伤感、不平之情。

颈联,更是狂放愤慨。"十有九人堪白眼",表达了作者的愤懑;"百无一用是书生",既是自嘲,也是醒世,写出了书生的不平,引起了古今读书人的共鸣。朗读时建议读出愤懑之情。

尾联,写即使这些诗句真成为谶语,一一实现,来报复我、折磨我,我也不能后悔。难道没有听到春鸟秋虫的鸣声吗?鸟虫尚如此,何况人呢?表明作者还有斗志和勇气。朗读时,语调可以稍昂扬一些。 (谢正华)

狱中题壁

[清] 谭嗣同

望门投止思张俭^①，忍死须臾待杜根^②。
我自横刀向天笑^③，去留肝胆两昆仑^④。

[注释]

①止：宿。张俭：东汉末年高平人。《后汉书·张俭传》载，他做东部督邮时，因弹劾残害百姓的宦官侯览，反被诬为结党营私，他"困迫遁走，望门投止"（意谓困窘中，见门即去投宿），百姓看重他的名声、德行，冒险接待他。这里是作者在狱中思念因变法失败而逃亡的维新人士，希望他们会像张俭那样得到人们的保护。②忍死：装死。杜根：东汉安帝时做郎中，因上书要求临朝摄政的邓太后归政给皇帝，触怒太后，被命装入袋中，摔死殿上。幸而执法人敬慕杜根，手下留情，运出宫殿，待其苏醒。太后派人检查时，他装死三日，直至目生蛆，待太后信其已死，不再探视，方逃亡，隐身酒店当酒保。邓氏被诛后，杜根复官为侍御史。这里以杜根借指遭迫害的维新人士，期待他们能再返朝廷，推行新政。③横刀：指横放在脖子上的刀。向天笑：表示从容就义的英雄气概。④去：出奔。指康、梁。肝胆：指浩然之气。

[赏读提示]

本诗是清朝志士谭嗣同于就义前在监狱墙壁题写的一首七言绝命诗，表达诗人对坚持变法维新的坚定决心、舍身为国的坚毅之心，以及拯救民族苍生的良好愿望。

"望门投止思张俭，忍死须臾待杜根"，诗歌开始，诗人借用两个典故表达维新运动后两种情况：一些人"望门投止"匆忙避难出走，使人想起高风亮节的张俭；一些人"忍死须臾"自愿留下，不畏一死，为的是能有更多的人成为高风亮节的杜根，能够坚贞不屈效命于朝廷。望门投止之张俭和忍死须臾的杜根，是东汉的两位名士。他们的共同点都是刚正不阿，直言上谏，结果遭到当朝打击。但是，二人都通过权变的方式，忍辱偷生，等候时机，东山复出！前半句，谭嗣同借张俭的典故表达内心希望有人能勇敢地保护维新运动的战士们；后半句，谭嗣同借杜根的典故鼓励维新的战士们继续战斗。诵读时，可以重点揣摩"思"和

"待"二字,既是表达对古代先贤的敬慕之情,更是表达对自己内心不愿忍辱偷生之意,愿意为变法牺牲的坚贞不屈的态度。

梁启超先生作的《谭嗣同传》中,隐约可以窥见作者当时内心的真实想法。谭嗣同"被逮之前一日,日本志士数辈苦劝君东游,君不听。再四强之,君曰:'各国变法,无不从流血而成。今中国未闻有因变法而流血者,此国之所以不昌也。有之,请自嗣同始!'卒不去,故及于难。"谭嗣同在就义前的遗言"有心杀贼,无力回天",可见谭嗣同个性的豪爽旷迈。"思"字表达的是谭嗣同对古之先贤的高尚品格的敬服,但"待"字更多的是体现作者决心以身待死英勇就义的决心,需重读。

由此,作者直抒胸臆,写出"我自横刀向天笑,去留肝胆两昆仑"。面对横在脖子上的刀,诗人慨然而笑,毫不畏惧,凛然阔步赴刑场,令人不禁想起"风萧萧兮易水寒,壮士一去兮不复还"的荆轲式的悲壮。无论是选择离开抑或选择留下的革命志士们,都将把自己的浩然正气永留人世,他们的威名也将和日月一样永载史册。本诗句是经典名句,既是表达对维新志士们的崇高志向和英勇无畏的赞美之情,对自己身为维新战士的骄傲自豪之意,更是直接表达对慨然赴死的满腔豪情。

梁启超的《谭嗣同传》评论谭嗣同的人品时这样写道:"复生之行谊磊落,轰天撼地,人人共知,是以不论。"可见谭嗣同生平为人气魄,即使生命走到尽头,亦敢向长天仰然一笑。这大无畏的勇气来自于他的坚定信仰,诗人为变法,为新政,为拯救黎民苍生"不忧不惑不惧;即仁即智即勇;可以出生,可以入死"。正是因为胸中横亘着两道犹如莽莽昆仑一样的肝胆之气,面对死亡,诗人无所畏惧。自己的死,如果能唤醒国人的觉悟;自己的死,如能预示国昌之始,那么慨然就义又有何不可?故诗人能坦然一笑。他寄希望于后人,希望后人能承续自己坦荡如昆仑一样的胸怀,继续变法维新,"救现在之众生与救将来之众生"。

本诗作者谭嗣同少年时即胸怀大志。诵读本诗时,与悲怆凄切的诗词不同,声音应是铿锵有力、高亢慨然的,以有力的短促古筝曲相配,用饱富感情之声诠释谭嗣同的慨然赴死的高尚人格。

本诗是作者生前的最后一首诗,堪称绝命诗。在本诗中,作者表达了自己在狱中的真实的想法,是为自己的死亡而作的祭奠诗!

他的诗风格豪迈,情辞激越,富于强烈的爱国思想和积极精神,颇近文天祥《过零丁洋》"人生自古谁无死,留取丹心照汗青"的味道。李清照于《夏日绝句》

中所写"生当作人杰，死亦为鬼雄"，也正是谭嗣同的真实写照。　　（杨大宁）

满江红

〔清〕秋　瑾

小住京华①，早又是、中秋佳节。为篱下、黄花开遍，秋容如拭。四面歌残终破楚②，八年风味徒思浙③。苦将侬、强派作蛾眉④，殊未屑！

身不得，男儿列，心却比，男儿烈⑤。算平生肝胆⑥，因人常热。俗子胸襟谁识我？英雄末路当磨折。莽红尘，何处觅知音？青衫湿⑦！

〔注释〕

①京华：京城之美称。因京城是文物、人才汇集之地，故称为京华。②四面歌残终破楚：此处用《史记·项羽本纪》中汉军破楚的故事，来比喻说明自己终于冲破家庭牢笼。③八年风味徒思浙：应为"徒思浙八年风味"的倒装。指作者在浙江时过着貌似贵妇的生活，实则处于被奴役的地位。④蛾眉：漂亮的女人，美女。指作者当时的贵妇人身份。⑤烈：刚烈。⑥肝胆：指真诚的心。⑦青衫湿：白居易《琵琶行》中有"江州司马青衫湿"句，指眼泪打湿了衣服。

〔赏读提示〕

秋瑾的诗词常借助时序节候的变化而有所兴发，而尤以秋辞为最多。她最著名的《绝命词》"秋风秋雨愁煞人"即是代表。

这首《满江红》也是从中秋节写起的。光绪二十九年（1903）春夏之交，秋瑾的丈夫王廷钧捐官户部主事，秋瑾随之自湘潭迁居北京。开篇"小住京华"即指此事。

时值八国联军入侵后不久，她目睹民族危机的深重和清政府的腐败，决心献身救国事业，而其夫无心国事。中秋节，秋瑾与丈夫王廷均发生冲突，离家出走，寓居北京阜成门外泰顺客栈。后秋瑾下决心冲破家庭牢笼，投身革命，不久即东渡日本留学。

这首词是她在中秋节的述怀之作，反映了她在封建婚姻家庭和旧礼教的束缚中，走向革命道路前夕的苦闷彷徨和雄心壮志的开阔胸怀。

词的上片主要回顾过往生活。写与丈夫结婚八年，表面上过着富贵人的生活,实际上是"奴仆不如"的生活(《致秋誉章书》),如今与其决裂,突破家庭束缚,实现了"求自立"的愿望。

首先写中秋佳节暂住北京的情景,菊花盛开,秋色明净。在封建社会里,一个女子要冲破家庭牢笼,不是一件容易的事。作者用《史记·项羽本纪》中汉军破楚的故事,来比喻说明自己终于冲破家庭牢笼,并不过分。"苦将侬、强派作蛾眉"进一步说明诗人表面上过着贵妇人的生活,实则奴仆不如的"八年风味"。

"殊未屑"表明作者对贵妇人的生活,并不留恋,反而加以蔑视。

"每逢佳节倍思亲",中秋佳节应是家人团聚的日子,而作者却寓居客栈,不免有"人比黄花瘦"的冷落之感。但想到八年奴仆不如的生活,而今破楚自立,又不免有"久在樊笼里,复得返自然"的喜悦之情。把陶渊明和李清照表现不同思想的诗句杂用在一起,来表达自己初离家庭时的矛盾心情,别具匠心。

词的下片思虑未来前途。写作者虽有凌云壮志,但知音难觅,不觉泪湿衣襟。

作者虽是女子,但"心却比,男儿烈",所以能冲破家庭牢笼。离家出走以后,下一步怎么办?这是摆在作者面前的一个严峻问题。

"何处觅知音?"这对当时的秋瑾来说,确实是一个重要的问题,这关系到她的前途和事业。特别在封建社会里,一个女子的叛逆行为,究竟能得到多少人的同情和支持?所以作者清醒地估计到"必知音之难遇,更同调而无人"的困境(《致琴文书》)。这种担心和忧虑,真实地反映了一个革命者刚踏上革命征途的思想状况。

这首词的基调高昂,语言刚健清新。通过层层表述,曲折地反映了革命者参加革命前复杂矛盾的心情,真切而感人。

(刘晓欣)

第二编

勤 奋 惜 时

　　叔本华把生存的全部痛苦归结为时间对我们的不停压迫，我国古代诗人也从未停止对时光如逝、人生短暂的感叹，从未停止对时间无迹、人生无常的感喟。所幸，诗人们并未深陷对"吾生之须臾"的无奈哀叹，他们绝地反击，如《古诗十九首》所云："人生不满百，常怀千岁忧。"在时间面前，人生短暂，但我们可以珍视今朝，勤奋惜时；人生有尽，但我们可以抚今追昔，可以前瞻今生——怎可让岁月蹉跎？为何不让人生红紫百般斗芳菲？何须等到花落空折枝？《长歌行》中的"少壮不努力，老大徒伤悲"，《白鹿洞》中的"读书不觉已春深，一寸光阴一寸金"，《偶成》中的"少年易老学难成，一寸光阴不可轻"，《明日歌》中的"明日复明日，明日何其多。我生待明日，万事成蹉跎"等佳句传诵千古，励志百代！《上堂开示颂》承人生苦短底色表苦尽甘来的人生要求，文化苦根原来生长于时间"瘠薄"的大地。《代悲白头翁》中"寄言全盛红颜子，应怜半死白头翁"二句则有告诫个体、警示群体并因之获得慰藉之意。

　　劝君惜取少年时，打开本专题，高歌吧！

长歌行①

汉乐府民歌

青青园中葵②,朝露待日晞③。
阳春布德泽④,万物生光辉。
常恐秋节至⑤,焜黄华叶衰⑥。
百川东到海,何时复西归。
少壮不努力,老大徒伤悲。

〔注释〕

①歌行:汉乐府曲调名。②园:园圃,种蔬菜、花果、树木的场所。葵:我国古代重要蔬菜之一。③露:清晨的露水。晞:晒干。④阳春:温暖的春天,是阳光和露水充足的时候。布:动词,这里是散布、洒满。德泽:恩惠。春天把阳光、雨露带给万物,因而说是一种恩惠。⑤秋节:秋季。至:动词,到。秋气肃杀,万物多因长成而趋于衰败、死亡,故而担心。⑥华:同"花"。衰:衰老,衰败。

〔赏读提示〕

这首诗借物言理,从"园中葵"说起,再用水流到海不复回打比方,说明光阴如流水,一去不再回。最后劝导人们,要珍惜青春年华,发愤努力,不要等老了再后悔。

"青青园中葵,朝露待日晞。阳春布德泽,万物生光辉。"诗的前四句,向我们描绘了一幅明媚的春景,园子里绿油油的葵菜上还带着露水,朝阳升起,晒干了露水,葵菜又沐浴在一片阳光中。首先以园中的葵菜作比喻,诵读时要注意重读"青青",强调其生长茂盛。其实在整个春天的阳光雨露之下,万物都在争相努力地生长。"万物|生|光辉"要注意"二一二"的句间节奏停顿,重读"万物",读出世上的万物都在春天受到大自然雨露的恩惠,呈现出一派繁荣景象。

何以如此? 因为它们都恐怕秋天很快地到来,深知秋风凋百草的道理。"常恐/秋节/至,焜黄/华叶/衰。"重读"常恐",读出时不我待的急迫。

万物都有盛衰的变化,大自然的生命节奏如此,人生又何尝不是这样? 人也有由少年到老年的过程。"百川东到海,何时复西归。"读出重音"何时",突出时间就像大江大河的水一样,一直向东流入大海,一去不复返的沧桑,尽量读出句中强烈的反问语气,语调昂扬。"少壮/不/努力,老大/徒/伤悲。"一个人如果不趁着大好时光而努力奋斗,让青春白白地浪费,等到年老时后悔也来不及了。诵读时注意突出几组对比。"少壮"、"老大";"不"、"徒";"努力"、"伤悲"。在前后的对比中,读出警策、催人奋起之意。

读出这首诗由眼前青春美景想到人生易逝,因而劝人要珍惜青年时代,发奋努力,使自己有所作为的思想。其总体诵读情感基调和语气是积极向上的。

(周宁宁)

短歌行①(其一)

[汉]曹 操

对酒当歌②,人生几何③!

譬如朝露,去日苦多。

慨当以慷④,忧思难忘。

何以解忧?唯有杜康⑤。

青青子衿,悠悠我心⑥。

但为君故,沉吟至今⑦。

呦呦鹿鸣,食野之苹。

我有嘉宾,鼓瑟吹笙⑧。

明明如月,何时可掇⑨?

忧从中来,不可断绝。

越陌度阡⑩,枉用相存⑪。

契阔谈䜩⑫,心念旧恩。

月明星稀,乌鹊南飞。

绕树三匝⑬,何枝可依?

山不厌高,海不厌深。

周公吐哺⑭,天下归心。

〔注释〕

①短歌行:汉乐府旧题,属于《相和歌辞·平调曲》。"长歌"、"短歌"是指歌

词音节长短而言。行，古代诗歌的一种体裁。②对酒当歌：一边喝着酒，一边唱着歌。当，犹"对"。③几何：多少。④慨当以慷：徐仁甫先生《古诗别解》："句法与'老当益壮'相同。以犹益，谓慨当益康，意即愈高亢愈激愤。"⑤杜康：周朝人，相传是酒的最早酿造者。此代指美酒。⑥"青青"二句：出自《诗经·郑风·子衿》。青衿（jīn）指周代学者的衣服，这里指代有学识的人。子，对对方的尊称。衿，衣的领子。悠悠，长久的样子，形容思虑连绵不断。⑦沉吟：原指小声叨念和思索。⑧"呦（yōu）呦"四句：出自《诗经·小雅·鹿鸣》。呦呦，鹿叫的声音。苹，艾蒿。鼓，弹。李善注："鹿得苹草，悠悠然而鸣，相呼而食。以兴喜乐宾客，相招以盛礼也。"⑨何时可掇（duō）：什么时候可以摘取呢？掇，拾取。⑩越陌度阡：穿过纵横交错的小路。陌，东西向田间小路。阡，南北向的小路。⑪枉用相存：屈驾来访。枉，这里是"枉驾"的意思。用，以。存，过访问候。⑫谦（yàn）：一作"宴"。⑬匝（zā）：周，圈。⑭哺：咀嚼的食物。

〔赏读提示〕

　　曹操传世的《短歌行》共两首，这是其中的第一首。此诗以沉稳顿挫的笔调，抒写了诗人求贤若渴的思想和统一天下的雄心壮志。全诗内容深厚，庄重典雅，感情充沛，为曹操的代表名作之一。

　　诗的前八句，突出一个"愁"字。愁什么呢？原来他是愁得不到众多的"贤才"来同他合作，一道抓紧时间建功立业。"对酒当歌，人生几何"，猛一看很像是号召大家"行乐须及时"，但联系背景和下面内容，我们发现这里讲"人生几何"，不是叫人"及时行乐"，而是要及时地建功立业。表面上，曹操似乎在为自己发愁，愁人生短暂而功业未就，那股苍凉之情和着酒香扑鼻而来。实际上，却是在巧妙地感染广大"贤才"，提醒他们人生就像"朝露"那样易于消失，岁月流逝已经很多，赶紧拿定主意到我这里来施展抱负吧。清人陈沆在《诗比兴笺》中说："此诗即汉高祖《大风歌》思猛士之旨也。"这个评价是非常中肯的。

　　如果前八句在"晓之以理"，那么"青青子衿"等八句则是"动之以情"。诗人化用《诗经》中的句子，显得委婉深致，含蓄动人。"青青"二句原来是《诗经·郑风·子衿》中的话，原诗是写一个姑娘在思念她的爱人，其中第一章的四句是："青青子衿，悠悠我心。纵我不往，子宁不嗣音？"（你那青青的衣领啊，深深萦回在我的心灵。虽然我不能去找你，你为什么不主动给我音信？）曹操在这里引用这首诗，而且还说自己一直低低地吟诵它，实在是写得巧妙。他借"青青子衿"比喻人才，直接抒发对"贤才"的渴望；但更重要的是他所省掉的后两句话："纵我不往,子宁不嗣音?"(我不可能一个一个地去找你们,你们为什么不主动来投奔我呢?)紧接着他又引用《诗经·小雅·鹿鸣》中的四句,描写宾主欢宴的情景,意思是说只要你们到我这里来,我是一定会待以"嘉宾"之礼的,我们是能够欢快融洽地相处并合作的。这"婉而多讽"的表现方法,使这首诗比起之前他颁布的《求贤令》显得更古道热肠,更感人至深,这也就是文学的魅力所在罢。

接下来八句是对以上十六句的强调和照应。如上文分析,以上十六句主要讲了两个意思:为求贤而愁,要待贤以礼。而"明明如月"八句中前四句又在讲忧愁,是照应第一个八句;后四句讲"贤才"到来,是照应第二个八句,形成对以上两个主题的复现和变奏,使全诗拥有了抑扬低昂、反复咏叹之致,加强了抒情的浓度。天上的明月常在运行,不会停止。同样,我的求贤之愁也如月光拂之不去。关于这一点作者在下文还要有更加明确的表示,所以这八句还能起到承上启下的过渡与衬垫作用。

"月明星稀"四句运用比喻,喻指那些犹豫不定的人才,他们在乱世一时无所适从,也许如夜间乌雀,四处飘零,却拣尽寒枝不肯栖。这几句诗生动刻画了那些犹豫彷徨者的处境与心情,透露着对这些人的关心和同情,充分发挥了诗歌所特有的感染作用。这样的深情厚谊,在座嘉宾很难无动于衷吧。最后四句借用典故,画龙点睛,披肝沥胆,直抒希望——人才都来归我,点明了本诗的主题。"周公吐哺"的典故出于《韩诗外传》,据说周公为了接待天下之士,"一沐三捉发,一饭三吐哺,起以待士,犹恐失天下之贤人"。此典故用在这里突出地表现了作者求贤若渴的心情。"山不厌高,海不厌深"二句借用《管子·形解》中的话,原文是:"鸟则择木,木岂能择鸟? 天下三分,士不北走,则南驰耳。分奔蜀吴,栖皇未定,若非吐哺折节,何以来之? 山不厌土,故能成其高;海不厌水,故能成其深;王者不厌士,故天下归心。"也是通过比喻极有说服力地表现了人才越多越好,绝不会有"人满之患"。

曹操的礼贤下士、求贤若渴是非常出名的,善待关羽、赤足迎许攸等等早就被传为美谈。他还先后发布了"求贤令"、"举士令"等;而本诗实际上就是一曲"求贤歌",因为诗歌的形式,就含有了丰富的抒情成分,起到了独特的感染作用,有力地宣传了他所坚持的主张,配合了他所颁发的政令。正如张玉穀所说:孟德此诗"叹流光易逝,欲得贤才,以早建王业"。

孔子说:"逝者如斯夫,不舍昼夜!"有感于此,曹操在志得意满、良辰美景之际,仍为人才不至、功业未就而"忧从中来,不可断绝"。是啊,人生本来"譬如朝露",时间却还在持之以恒、激情澎湃地裹挟着我们奔走着,期待我们每个人在跌跌撞撞地奔走跟随中,早日找到自己的节奏,早日拼出自己的精彩!　(常娟)

杂　诗

　　[晋] 陶渊明

人生无根蒂,飘如陌上尘①。
分散逐风转,此已非常身。
落地为兄弟,何必骨肉亲②!
得欢当作乐,斗酒聚比邻③。
盛年不重来,一日难再晨。
及时当勉励,岁月不待人。

〔注释〕

　　①"人生"二句:人生在世没有根蒂,漂泊如路上的尘土。蒂(dì),瓜、果等跟茎、枝相连的部分。陌,东西的路,这里泛指路。②"落地"二句:世人都应当视同兄弟,何必亲生的同胞弟兄才能相亲呢?③"得欢"二句:遇到高兴的事就应当作乐,有酒就要邀请近邻共饮。

〔赏读提示〕

　　陶渊明在《杂诗》中主要慨叹人生无常,感喟生命之短暂。整首诗充满了悲凉的情感。

　　这种关于"人生无常"、"生命短暂"的叹喟,读来可以体会出凄清悲怆的情感。"乘骐骥以驰骋兮,来吾道夫先路",早在《离骚》中我们就已经体会过这种希望抓紧时间振兴国家的急迫悲凉的心情。

　　"人生无根蒂"四句,感叹人生之无常,可以读出沉痛的悲怆感。诗人在诗中用了比喻,把人生比成无根的木、无蒂的花,没有着落、没有根底,这与他所处的时代相关。他生值晋宋易代时期,当时政治黑暗、民不聊生。他为了生计,几度做官,几度退隐,一直处于煎熬之中。在 41 岁时最终辞官归田。他的经历让他感受到人生就像飘蓬,无法由自己把控,他把这种情感寄托在诗歌上,我们可以感受到他的旷达超然之志、平和冲淡之情。但在他的内心深处,蕴藏着的是一种理想破灭的失落，一种人生如幻的绝望。所以可以重点读"无"和"逐"，读出深沉悲痛、内心绝望的破灭之感。

"落地为兄弟，何必骨肉亲。"意思就是每个人都已无法把握自己，顺着自己的心性，就不必在乎骨肉之亲、血缘之情了。从这一层面讲，所有人的遭遇都是一样的，跟兄弟就没多少区别了。这与《论语》中"子夏曰：'君子敬而无失，与人恭而有礼。四海之内，皆兄弟也。君子何患乎无兄弟也？'"的意思一致，也是陶渊明对社会理想的一种表述。可以读得乐观豁达一些，语调可以稍微高昂一些。"得欢当作乐，斗酒聚比邻。"弃官归田的陶渊明在精神世界中去寻求寄托，只要精神上有一丝快乐就非常满足，物质上降到极致，斗酒即可满足。这完全体现他归隐后平淡淳朴的生活，带有很浓的陶渊明的特点。

"盛年不重来"四句可以充满劝勉的语气，其中"重来"和"再晨"可以重读。这句现在常被用来激励人要珍惜时间。

起句读来使人感到迷惘、沉痛，继而稍稍振起。诗人执着地在生活中寻找着友爱，寻找着欢乐，给人一线希望。终篇慷慨激越，使人为之感奋。全诗用语朴实无华，然而内蕴却极为丰富，发人深省。　　　　　　　　　　（李娟）

代悲白头翁①（节选）

〔唐〕刘希夷

洛阳城东桃李花，飞来飞去落谁家？
洛阳女儿惜颜色，坐见落花长叹息。
今年花落颜色改，明年花开复谁在？
已见松柏摧为薪②，更闻桑田变成海③。
古人无复洛城东，今人还对落花风。
年年岁岁花相似，岁岁年年人不同。
寄言全盛红颜子，应怜半死白头翁。

〔注释〕

①代悲白头翁：这是一首拟古乐府诗。②松柏摧为薪：松柏被砍伐作柴薪。《古诗十九首》："古墓犁为田，松柏摧为薪。"③桑田变成海：《神仙传》："麻姑谓

王方平曰：'接待以来,已见东海三为桑田'。"

〔**赏读提示**〕

  题目中"代"是"拟"的意思。这是一首拟古乐府诗,题又作《代白头吟》。《白头吟》是汉乐府旧题,古辞写女子毅然与负心男子决裂。刘希夷这首诗则从女子写到老翁,咏叹青春易逝、富贵无常,历来传为名篇。

  "洛阳城东桃李花,飞来飞去落谁家?"诗的开头两句,描绘洛阳城东暮春景色。洛阳是唐代的东都,十分繁华。繁华的都市盛开着艳丽的鲜花,满城春色,生气勃勃,令人心醉神往。然而时光易逝,此时的洛阳已是落花季节,桃李纷飞,不知飘向何处。这两句是诗的起兴。下文表达对大好春光、妙龄红颜的憧憬和留恋,对桃李花落、青春易逝的感伤和惋惜,都是由此生发开来的。朗读时,应读出因春光大好而生的喜悦之情,并渐渐进入由春逝而生的感伤和惋惜之意。"落谁家"应读出疑问语气,并带有春逝的感伤。

  "洛阳女孩惜颜色"以下十句,写年轻的洛阳女儿面对漫天飞舞的落花生出无限感慨。洛阳女儿所感伤的,实际上是由大自然的变化而联想到美的短暂和人的生命的有限。"今年花落颜色改,明年花开复谁在?"表现的是因为春光的流逝而感叹红颜易老、生命无常的心理,应读出失落惆怅之情。"松柏摧为薪"、"桑田变成海"两句运用比喻,形象地表现世事变化很大,应读出时光飞逝、世事变迁的感慨。"古人无复洛城东,今人还对落花风"则揭示人生易逝、宇宙永恒的客观规律。"年年岁岁花相似,岁岁年年人不同"两句,以优美、流畅、工整的对句集中表现青春易老、世事无常的感叹,富于诗的意境,且具有哲理性,历来广为传诵。"年年岁岁"、"岁岁年年"的颠倒重复,不仅排奡回荡,音韵优美,更强调了时光流逝的无情事实和听天由命的无奈情绪,真实动情,应重读。"花相似"、"人不同"的形象比喻,突出了花卉盛衰有时而人生青春不再的对比,耐人寻味,应读出失落感伤之意。

  "寄言全盛红颜子,应怜半死白头翁"二句,点出红颜女子的未来不免是白头老翁的今日,白头老翁的往昔实即红颜女子的今日。诗人把红颜女子和白头老翁的具体命运加以典型化,表现出这是一大群处于封建社会下层的男女老少的共同命运,因而指出应该同病相怜,具有"醒世"的作用。诗人不用"女子"和"春花"对比,而用泛指名词"人"和"花"对比,不仅是由于七言诗字数的限制,更由于要包括所有不能掌握自己命运的可怜人,其中也包括了诗人自己。"怜"要读得深情,读出悲伤无奈之情和醒世之意。

此诗自成一种清丽婉转的风格,诗人汲取乐府诗叙事间发议论、古诗以叙事方式抒情的手法,又能巧妙交织运用各种对比,发挥对偶、用典的长处。刘希夷生前似未成名,而在死后,孙季良编选《正声集》,"以刘希夷诗为集中之最,由是大为时人所称"(《大唐新语》)。由此可见,他一生遭遇压抑,这是他产生消极感伤情绪的思想根源。这首诗浓厚的感伤情绪,也反映了封建制度束缚、戕害人才的事实。这首诗也告诫我们青春易逝,要勤奋惜时。 (罗伟)

送魏万之京①

[唐]李 颀

朝闻游子唱离歌②,昨夜微霜初渡河③。
鸿雁不堪愁里听,云山况是客中过④。
关城树色催寒近⑤,御苑砧声向晚多⑥。
莫见长安行乐处,空令岁月易蹉跎⑦。

〔注释〕

①魏万:唐朝诗人。曾隐居王屋山,自号王屋山人。②游子:指魏万。离歌:离别的歌。③初渡河:刚刚渡过黄河。魏万家住王屋山,在黄河北岸,去长安必须渡河。④"鸿雁"二句:设想魏万在途中的寂寞心情。客中,即作客途中。⑤关城:指潼关。催寒近:寒气越来越重,一路上天气愈来愈冷。⑥御苑:皇宫的庭苑。这里借指京城。砧声:捣衣声。向晚多:愈接近傍晚愈多。⑦"莫见"二句:勉励魏万及时努力,不要虚度年华。蹉跎,此指虚度年华。

〔赏读提示〕

这是一首送别晚辈魏万的七言律诗。表达了诗人对魏万的深情厚谊,情调深沉悲凉,但却催人向上。朗读时要体会长者对晚辈的关切勉励、语重心长。

诗一开篇,先说"朝闻游子唱离歌",再补出"昨夜微霜初渡河",用倒置的手法点出离别的背景:昨天秋霜刚刚渡河而来,今早你就要唱着离歌远去长安了。"初渡河",把霜拟人化了,借深秋萧瑟之感,渲染了离别时凄凉的氛围。朗读时声音宜低而缓。

三、四句,诗人"代为之思",设身处地来感受对方旅途之愁苦心境。"鸿雁不堪愁里听,云山况是客中过"两句,运用了倒装,调整语序之后应该是"不堪愁里听鸿雁","况是客中过云山"。大雁是候鸟,飘零不定,有似旅人。它那嘹唳的雁声从长空传来,本已惹人伤感,何况在寂寞旅途中的游子听来呢?云山茫茫本就容易让人有失路之悲,前路茫茫的游子更是容易对之神伤。"不堪"、"况是"两个虚词前后呼应,往复顿挫,情切而意深,将游子旅途苦味体现得极其深切。朗读时要读出悲凉之声。

五、六句,诗人在和游子共情之后,进一步推想:"关城树色催寒近,御苑砧声向晚多。"从洛阳西去要经过古函谷关和潼关,漫漫长途,天气随时间的流逝越来越寒。然而寒气无形,在人的眼里,只看到木叶飘零,倒好似是树色把寒催来一样。一个"催"字,既写出了寒秋破人,也写出了游子对京城的渴望。终于长安近了! 傍晚多砧声,为长安特有,"长安一片月,万户捣衣声"。诗人为什么独用砧声这个意象来代表长安呢? 李颀年轻时多次到过京师,在那里曾"倾财破产",历经辛酸,而魏万还是首次进京。"催寒近"、"向晚多"六个字相对,暗含着李颀"居长安大不易"之感慨,顺势引出了结尾二句。

"莫见长安行乐处,空令岁月易蹉跎",用长者的语气,亲切嘱咐魏万:长安虽是"行乐处",但不是一般人可以享受的;不要把宝贵的时光,轻易地消磨掉,要抓紧时机成就一番事业。最后两句朗读时要加重读音,特别是"莫见"和"空令",要读出长者的耳提面命之切。

(程云)

劝　学

[唐] 颜真卿

三更灯火五更鸡①,正是男儿读书时。
黑发不知勤学早②,白首方悔读书迟③。

〔注释〕

①三更:夜里十一时至次日凌晨一时。五更:凌晨三时至五时。②黑发:年少时期,指少年。③白首:头发白了,即人老了,此处指老年。

〔赏读提示〕

《劝学》是唐朝诗人颜真卿所写的一首古诗。提起颜真卿,我们首先想到的是他的书法。他与柳公权并称"颜柳",有"颜筋柳骨"之誉。颜体楷书雄健、宽博,树立了唐代的楷书典范。

　　这首诗劝勉青少年要珍惜少壮年华,勤奋学习,否则到老一事无成,后悔已晚。"三更灯火五更鸡,正是男儿读书时"一句,应扣住"正是",读得重一点,读出肯定勉励之意。古时一更就是一个时辰,相当于现在的两个小时,三更就是我们通常说的半夜,五更就是凌晨三到五点。好男儿每天三更半夜仍在挑灯夜读,每日凌晨又"闻鸡起舞",勤奋努力的身影让人称赞。"正是"二字可见诗人对青年学子的教诲:人生短暂,珍惜时间,发愤苦读。

　　"黑发不知勤学早,白首方悔读书迟"一句,黑发白首,形成对比,一早一迟互为对照。年轻时不知勤奋努力,等到岁月染白了双鬓才后悔浪费了青春,迟了!"黑发不知勤学早"语速可以稍慢一些,读出惋惜的情感;"白首方悔读书迟"中"方悔"一词宜一字一顿,"迟"字拖长一点,更容易体现出悔恨、醒悟之情。

　　颜真卿自身也是践行勤奋刻苦的典范。颜真卿少时家贫缺纸笔,用笔蘸黄土水在墙上练字,很是刻苦。初学褚遂良,后师从张旭,形成了自己的风格。他的楷书丰腴雄浑,结体宽博而气势恢宏,骨力遒劲而气概凛然,是书法美与人格美完美结合的典例。

(张爱丽)

劝 学

〔唐〕孟 郊

击石乃有火①,不击元无烟②。
人学始知道③,不学非自然④。
万事须己运⑤,他得非我贤⑥。
青春须早为,岂能长少年?

〔注释〕

　　①乃:才。②元:原本、本来。③知道:懂得万物的法则,与今天的"知道"意思不同。④自然:天然。与今天的"自然"意思不同。⑤运:运用。⑥贤:才能。

〔赏读提示〕

　　这是一首劝勉诗,语意浅显。一、二两句以"击石"起兴,说明只有击打石头,才会有火花;如果不击打,连一点儿烟也不冒出。三、四两句说到学习:人只有通过学习,才能掌握知识,如果不学习,知识不会从天上掉下来。任何事情必须自己去实践,别人得到的知识不能代替自己的才能。最后两句告诫世人及时当勉励,岁月不待人,所谓"君看今日树头花,不是去年枝上朵""看花终古少年多,只恐少年非属我",哪有人能够永远保持年轻的面容呢!

　　说理诗在朗诵的时候,不需要夸张的情感投入,只要把意思表达清楚即可。此诗是长辈规劝晚辈勤学苦读,诵读时可以揣摩谆谆教诲、循循善诱的语气。"知道""自然"二词与今义有别,需要重读。另外,尾句是全诗的点睛之笔,要用心去读。"青春须早为"要读出迫切催促之感,"早"字重读;"岂能长少年"加强反问语气,"岂""长"二字重读,以表现年光流转、岁月无情之慨。　　(周晟)

晚　春①

〔唐〕韩　愈

草树知春不久归②,百般红紫斗芳菲。
杨花榆荚无才思③,惟解漫天作雪飞④。

〔注释〕

　　①晚春:春季的最后一段时间。②不久归:这里指春天很快就要过去了。③杨花:指柳絮。榆荚:亦称榆钱。榆未生叶时,先在枝间生荚,荚小,形如钱,荚花呈白色,随风飘落。才思:文艺创作的思路;文思。④解(jiě):知道。

〔赏读提示〕

　　这是一首描绘暮春景色的七绝。诗人一反常态,并未写万物凋零,而是以姹紫嫣红的花朵斗春落笔:草木们敏锐地觉察到春将归去的消息,纷纷施展出浑身解数,吐露芳华;一个"斗"字,赋予草木灵性,生动地表现出草木珍惜这短暂而易逝的春光,尽情舒展生命的美好的情景。朗读时,前一句轻缓,表现出不经意间觉察出春天就要离去的心理;后一句加重语气,语调上扬,着力突出草木争奇斗艳的精彩。

　　更妙的是后两句,就连那全"无才思"的杨花、榆荚也不甘示弱,而化作片片雪花,轻盈舒卷,漫天飞舞,加入了留春的行列。一个"惟"字,巧妙地点出"杨花榆荚"不因"无才思"而藏拙,一心只想为"晚春"添色的执着。

诗人用拟人化的手法,让本来无情的草木"知"、"解"还能"斗",甚至有"才思"高下之分。朗读后两句时,要发挥想象,尤其是杨花、榆荚化作雪花漫天飞舞的场面,朗读时要拉长音,给人以身临其境、余音绕梁之感。

此诗熔景与理于一炉,可以透过景物描写领悟出其中的人生哲理:面对即将逝去的人生春天,不要无奈和伤感,要以一种积极乐观的心境,珍惜光阴,有所作为。

(杨菁)

浪淘沙①（其八）

[唐]刘禹锡

莫道谗言如浪深②,莫言迁客似沙沉③。
千淘万漉虽辛苦④,吹尽狂沙始到金。

〔注释〕

①浪淘沙:唐代教坊曲名,后由刘禹锡、白居易等改创为诗题,后也用为词牌名。②谗言:毁谤的话。③迁客:指谪降外调的官。④淘、漉(lù):过滤。

〔赏读提示〕

这首诗写于刘禹锡参与王叔文政治革新失败后,当时诗人遭遇贬谪,降职外迁于三峡一带。苦难并没有使诗人沉沦,这期间他创作了《竹枝词》、《浪淘沙》等大量诗文。《浪淘沙》共9首,本篇为第八首。全篇采用比喻的手法,化虚为实,表面上写淘金的艰辛,实则表明自己耿介自守的心志。

诗的前两句用两个比喻:用"浪深"喻谗言的可怕,用"沙沉"喻宦途的沉沦。这本是封建社会里常见的现象,大诗人韩愈曾有"一封朝奏九重天,夕贬潮阳路八千"的经历,很多人因为坎坷的命运消沉下去,开始寄情山水、不问世事。诗人用两个"莫"字,对这个做法进行了直白而坚决的否定。这样的倔强,这样的不走寻常路,很容易让我们联想到他的另一首诗——《秋词》,写秋昂扬向上,倔强得让人激赏!后来,宋代范仲淹说"不以物喜,不以己悲",气韵何其贯通!诵读时要注意读出刘禹锡的通达之气。

诗的后两句,继续用比喻的手法,表面上写淘金的辛苦,要经过"千淘万滮"，洗净泥沙，才能得到金子。实则表明只有经历得了宦海浮沉、命运折磨的人，才是那真"金"。金子，火炼尚且不怕，更遑论这巨浪、这狂沙、这千万次的"淘"和"滮"。读出自信，读出豪气，当为诵读这两句的一个建议。

　　苦难岁月，有一种不被打败的人生，那就是书生性情。刘禹锡因参与王叔文变法而遭到贬谪，可是他不改自己书生本色。联系诗人经历，谗言明显是指那些诋毁革新的谰言，以及对他百般挑剔的流言。他在诗的前两句倔强而鲜明地表露了自己的坚强意志，接着又以沙里淘金彰显自己历尽千辛万苦终归会经受住磨难而显出英雄本色，为天下人认可。这样的豪气，这样的勇敢，虽让他屡遭贬谪，以致二十三年，但是正是这二十三年使他的精神得以升华，创作得以丰收，使后世的我们永远崇拜他那居陋室而不改其乐的高雅，景仰他《再游玄都观》时依然长笑不改的高傲！

　　孔圣人说："岁寒，然后知松柏之后凋也！"孟子说："富贵不能淫，贫贱不能移，威武不能屈。"郑燮说："千磨万击还坚劲，任尔东西南北风。"鲁迅说："真的猛士，敢于直面惨淡的人生，敢于正视淋漓的鲜血。"说的就是这样的人吧。生活是一场修炼，苦难是人生不会缺少的试炼。

　　　　　　　　　　　　　　　　　　　　　　　　　　　　（孙振坤）

上堂开示颂

〔唐〕黄檗禅师

尘劳迥脱事非常[①]，紧把绳头做一场[②]。
不经一番寒彻骨[③]，怎得梅花扑鼻香。

〔注释〕

　　①尘劳：尘念劳心。迥脱：超脱。非常：不寻常。②紧把：紧紧握住。③寒彻骨：即"彻骨寒"，与后句的"扑鼻香"用法相同。

〔赏读提示〕

　　这首偈语出自《宛陵录》，是黄檗希运禅师上堂示法之作。偈语：佛经中的唱词。黄檗禅师说："诸佛菩萨与一切蠢动含灵，同此大涅槃性。性即佛心，心即是佛。"这说明一切众生与佛菩萨都具有佛性。此心即是佛，佛即是众生。然而他又认为忘心方能成佛："佛与众生唯此一心更无别法。"佛心众心，同属一心，迷自心即是生死苦海，悟自心即是寂灭涅槃，佛与众生只在一念间。迷是众生，悟即是佛。"忘心"的过程，也就是修炼、悟道的过程，因此黄檗禅师十分重视个体对"道"的实践与体验，这一过程不能投机取巧，更不能依靠他人的给予，只能于尘世、欲念、苦难中艰难修行，方可摆脱与超越，最终参悟得道。

首句"尘劳迥脱事非常"，"尘劳"道出了修行悟道之苦：痛苦源于欲望，而其间夹杂的满足与快感又让人欲罢不能。世事纷繁杂扰，其间充斥无数诱惑，人不仅面对着抉择与舍弃之苦，还往往为一己私欲所诱引而步入追逐欲望的堕落之路。欲望无法满足固然引发痛苦、嫉恨与猜忌；然而欲望的实现带来短暂的快乐，却并不意味着痛苦的终结。欲壑难填、欲海无边，置身其中循环往复、无法自拔。与欲念相伴而生的是对死亡的恐惧与对贫疾的躲避，这是欲念想要对实体的无限制延续与占有。"迥脱"，就是对尘世、欲念、苦难的穿透与超脱，是放空一切的脱胎换骨，是"大死一回"之后的涅槃重生。诗人起首便洞察这一真谛，然众生芸芸沉浮欲海，抛弃欲念的艰难非比寻常，确需投入全部身心。

第二句"紧把绳头做一场"，诗人进一步对修行者提出谆谆告诫：对自己心念的看管要像放牛人拉牛鼻子一样不放松。我们知道，如果放牛人不全神贯注地拉紧绳子，牛就会趁机乱吃庄稼，修行悟道的过程也是如此。人为欲望所引诱、所驱使、所控制而深陷苦海，首先要以全部身心放空欲望，然而这还不够。任何事情都不可能一蹴而就，若有一丝一毫的放松与懈怠，无疑给予欲望以卷土重来的机会。坚持往往比开始更为困难，也更为重要。此过程须专心致志、全神贯注，以过人的坚韧与毅力维护内心的清净安宁方可有所顿悟，此后更要以玄思参悟所得去重新观察和理解尘世纷扰，以慈悲宽容之心接纳澄清世间混沌。第二句强调"专注"与"坚持"，其内涵已上升至另一境界，是对上句"事非常"的深化与升华。朗读第一句，最好能有"语重心长"的理解和感悟，要作为指路人告诫别人应该做什么，不能做什么。"尘劳迥脱"之后略有停顿，"事非常"语气缓滞、凝重。"紧把绳头"重读，语气紧张短促；"做一场"相比而言要舒缓许多。此两句的朗读，音高和音强都不要太高，关键是要表达出洞悉人心和指点迷津的智慧。

后两句"不经一番寒彻骨，怎得梅花扑鼻香"，以梅花的比喻进一步阐释前两句所表达的真谛。宋代范成大在《梅谱·前序》中说："梅，天下之尤物，无问智愚贤不肖，莫敢有异议。""尤物"，这里指特别珍异的花卉，也就是说梅是一种品质高出群芳的植物。梅花芬芳洁净、素淡高雅，这里比喻的是那些专心致志刻苦参禅最终有所顿悟、脱离尘世混沌污浊的人,代表的是一种高洁的精神境界。两句诗给予梅花所经受的"彻骨寒"与最终获得的"扑鼻香"以因果上的提示,说明了参禅修行绝非易事,必须经历许多常人难以承受的困难;从另一方面来看,正是这些困难造就了最终的得道顿悟,没有这些困难的磨炼,得道顿悟也无从谈起,正如同梅花之所以珍异,是因为在严酷的寒冬腊月中唯有梅花傲霜迎霜,凌寒独放。

诗人乃佛门禅宗一代高僧,他借此诗偈,表达了坚志修行得成果的决心。后两句具有普遍的意义,不仅道出了参禅修行的艰难,也道出了人对待一切困难所应采取的正确态度。这个世界本就是一个不圆满的世界,根本不可能事事称心如意,所以人要超脱尘世的羁绊并不是容易的事。但正因为世间有缺陷,人生有逆境,才能磨炼心志与能力,实现人的进步与成长,才能以此实现人生的价值。成功离不开磨难,人要学会正确对待逆境与磨难,在困境中抱定目标,愈挫愈勇。这两句诗极为有名,屡屡被人引用,从禅宗诗偈成为世俗名言。从字面上看,这两句诗并不难懂,"梅花香自苦寒来"大家耳熟能详,但要理解其深意也并非易事。朗读这两句,"不经一番"、"怎得梅花"之后要略停顿,"寒"和"怎得"重读。和前面两句相比,音高和音强虽略有升高增强,但不可太过强调,更不能读出盛气凌人、高高在上的感觉。

(王静)

金缕衣①

[唐]杜秋娘

劝君莫惜金缕衣,劝君须惜少年时。
花开堪折直须折②,莫待无花空折枝③。

〔注释〕

①金缕衣:缀有金线的衣服,比喻荣华富贵。②堪:可以,能够。直须:不必犹豫。直,直接,爽快。③莫待:不要等到。

〔赏读提示〕

《金缕衣》,出自《杜秋娘诗》,是一首七言绝句,全诗从表面上看是对青春和爱情的大胆歌颂,实则是在规劝人们不要贪恋富贵荣华,告诉人们青春难再,劝勉年轻人要珍惜美好时光,抓住机遇积极进取。

一、二句句式相同,都以"劝君"领起,赋兴结合,引人注意。同时,"惜"字也两次出现,但第一句说"劝君莫惜",说明金缕衣虽然华贵,但不值得珍惜;而第二句"劝君须惜",言下之意有比其更为重要的东西。"莫"与"须"意思相反,在重复中形成对比变化。诗中用对白语气一再"劝君",以通俗浅显的话语传达出意味深长的人生哲理,致意殷勤,歌味浓厚,风韵动人。不仅如此,两句诗前否后肯,在诵读时注意旋律节奏要迂回徐缓,以构成反复咏叹之美。

三、四句意思是当鲜花盛开的时候,要及时采摘,不要等到春残花落之时,去攀折那无花的空枝。本句将青春时光流逝比作春日花开花落,引导人们要勇于把握时机、珍惜时光。两句诗中"有花"和"无花"、"须"和"莫"通过形成对比,分别从正反两方面反复倾诉同一情愫,是"劝君"的继续,在诵读时语调节奏应由徐缓变得峻急、热烈,尤其"堪折——直须折"这句节奏短促,力度极强,而且"直须"比前面的"须"要更加强调。

另外值得注意的是诗中别致新颖的修辞。一般情况下,旧诗中比兴手法往往合一,用在诗的发端;而绝句则是先景语后情语。《金缕衣》却一反常例,不但赋中有兴,而且是先赋后比,先情语后景语,殊属别致。"劝君莫惜金缕衣"一句是赋,而以物起情,又有兴的作用。诗的下联是比喻,也是对上句"须惜少年时"诗意的继续生发,用花来比少年好时光,用折花来比莫负大好青春,既形象又优美,创造出一个唯美的意象世界。

(王蜜)

白鹿洞①

〔唐〕王贞白

读书不觉已春深②,一寸光阴一寸金。
不是道人来引笑③,周情孔思正追寻④。

〔注释〕

①白鹿洞:在今江西省境内庐山五老峰南麓的后屏山之南。这里青山环抱,碧树成荫,十分幽静。名为"白鹿洞",实际并不是洞,而是山谷间的一个坪地。中唐李渤曾在此读书,养有一头白鹿为伴,因名"白鹿洞"。②春深:春末,

晚春。③道人：指白鹿洞的道人。引笑：逗笑，开玩笑。④周情孔思：指周公孔子的精义、教导。

〔赏读提示〕

这是诗人自写读书生活的诗，同时也是一首惜时诗。

首句叙事。"读书不觉已春深"，朗读时建议重读"不觉"，读出读书专心。"已"字可以适当延长，突出时间已逝，不知不觉中春天又快过完了。"春深"即指暮春。此句展示了诗人紧张而充实的读书生活。从此句诗中可知，诗人读书十分专注，已经全然忘记了时间。猛然间发现时光飞逝，转眼已至暮春时节。意外的发现让诗人感慨良多。他越觉得光阴飞逝，就越要抓紧读书；而越是专心读书，就越感到时间不够用。

次句写诗人的感悟。"一寸光阴一寸金"，寸阴，极言时间短暂。用金子来喻光阴，又突出了时间的宝贵，应好好珍惜时光。朗读该句时建议在"光阴"后略作停顿，"一寸金"每个字后都可略微停顿，"金"字可重读。此句承首句叙事自然引发的感悟，也是诗人给后人留下的不朽格言，千百年来一直勉励人们，特别是读书人要珍惜时间、注重知识积累，不断充实和丰富自己。

三、四句叙事，对自己发觉"春深"的原因做了补充说明：原来是因为白鹿洞道人前来逗笑，由此诗人得到了片刻的休息。此处"引笑"读时可语带轻松，声调略微上扬。如果道人不来逗笑，诗人还将继续沉浸在书中周公孔子的精义、教导之中，可见诗人读书之专注。最后一句建议读得平缓坚定，以表现诗人钻研周公孔子精义时的惜时如金、潜心求知的情态。

（谢正华）

春　宵

［宋］苏　轼

春宵一刻值千金①，花有清香月有阴②。
歌管楼台声细细③，秋千院落夜沉沉④。

〔注释〕

①春宵：春夜。一刻：比喻时间短暂。刻，计时单位，古代用漏壶计时，一昼夜共分为一百刻。②月有阴：指月亮有时被云层遮住。有，具有。阴，阴影。③

歌:歌曲。管:笙箫。④秋千:中国古老的风俗,把两根彩绳系在横梁上,下面拴一块木板,人坐在上面来回荡悠。夜沉沉:夜深。

〔赏读提示〕

　　春天的夜晚,时间是多么的珍贵啊,短短一刻即便是千金也难以换到;春风习习,花儿轻轻摇曳着倩影,散发出阵阵醉人的清香,月光如银泻地,空明澄澈,花丛下散落着片片阴影,如同水中的水草。夜已经很深,富贵人家还在轻歌曼舞,楼台上不时传来曼妙的乐音,那是醉人的歌声与箫声;清凉的院落里,荡秋千的人们正玩得开心,深深沉醉在这良宵美景之中。

　　苏东坡的这首七言绝句《春宵》,脍炙人口,流传至今,写得华美而含蓄,耐人寻味,深受众多诗词迷的喜爱。

　　前两句先议论再描写,先总再分,用清丽幽美的春夜美景来印证光阴的美好和珍贵,"千金"是因为有"花"有"月",花有香月有影,嗅觉、视觉描写结合,层次分明,不仅写出了夜景的清幽和夜色的宜人,更是在告诉人们光阴的宝贵。这两句诗,朗读时可以先声夺人,先扬后抑,由高到低,先明快后舒缓,以引起读者的思考和想象。

　　后两句笔峰一转,由景到人,采用侧面描写,抓住听觉这个角度,描绘夜深人静之下,那些流连沉醉于春夜良宵美景中轻吹低唱的官宦贵族阶层,还在抓紧时间嬉戏玩乐的情景。对他们来说,好像这样的良辰美景更显得珍贵。从而含蓄委婉地表达出作者对贪图享乐、不惜光阴的人的深深谴责。先写玩乐,再写夜深,作者的描写不无讽刺意味。这两句诗,既有对仗,又有叠词,读起来应给人一种音韵之美,音调可与第二句一样,到"夜沉沉"处一字一顿,逐渐低沉下去,形成反差,以表达出那种谴责反思之意。

　　全诗明白如话,却又立意深沉,在冷静自然的描写中,给人以思考和启示。特别是"春宵一刻值千金",成了千古传诵的名句,人们常常用它来形容良辰美景的短暂和宝贵,并以此自省。

　　　　　　　　　　　　　　　　　　　　　　　　　　　　　　(王耕乐)

偶成诗

[宋] 朱　熹

少年易学老难成,一寸光阴不可轻①。

未觉池塘春草梦,阶前梧叶已秋声。

〔注释〕

①轻:轻视,怠慢。

〔赏读提示〕

朱熹关心现实,对金人南侵、土地兼并、赋役繁重、民不聊生的现状焦虑不安,要求选贤任能,修明军政,爱养民力,实现统一。他从中进士至去世五十多年间,虽为官仅九年,在朝廷任职仅四十天,但在任上都能革除弊端,打击贪吏,救灾安民。

朱熹一生倾注在讲学和著述上。他在哲学上发展了"二程"(程颢、程颐)关于义理关系的学说,集理学之大成,建立了一个完整的客观唯心主义的哲学体系,成为后来封建地主阶级的正宗哲学,在思想领域中起了长期的消极作用。他所撰《四书集注》,元代以后的科举考试规定士人发挥题义必须以此书为依据,影响极大。

在文学观点上,朱熹与"二程"相近。他倡导文道一贯之说,强调文道统一,认为道是文的根本,文是道的枝叶,二者不能分开,反对"文以贯道",主张人们只要修道明理而力行不倦,文便能随道的产生而产生,好的文章便是文道合一的产物。因而,他对唐宋古文大家重视文的作用不满,认为是"弃本逐末"。与此相应,朱熹论诗重言"志",即诗中要有道德修养,认为有此即自成佳作。他反对格律、辞藻方面过于讲究,强调质朴自然,因而形成他诗论中的复古主义观点。但他在具体论文论诗中,却有一些较公允的见解。如他认为学诗要从《诗经》、《离骚》开始;论古诗则重汉魏而薄齐梁;对陶渊明、李白、杜甫、陆游的诗和苏洵、苏轼的文都有较中肯的评价。同样,他的《诗集传》、《楚辞集注》,也常表现出尊重事实、重视文学反映现实和抒发情志的作用的求实精神。

朱熹认为自律诗出而讲究用韵、属对、比事、遣词,"益巧益密",有害于诗的"言志之功"。但他自己还是写了不少律诗,有些篇章也值得一读。五律如《登定王台》,旧时选本多入选。《拜张魏公墓下》六首,通过对爱国宿将张浚的赞颂哀悼,暴露了朝政的昏暗。"公谋适不用,拱手迁南荒","中原尚腥膻,人类几豺狼!"悲痛、愤激之情见于词。他的七律也有佳作,如《和刘叔通怀游子蒙之韵》:"扣角听君悲复悲,壮心未已欲何之! 交游半落丘山外,离别偏伤老大时。尚喜渊潜容贾谊,不须日饮教袁丝。病余我更无憀赖,勉为同怀一赋诗。"这是他晚年被贬逐之后写的。报国无门的悲愤,出之以苍凉委婉之词,弥觉沉痛。

这首诗告诉我们时光容易逝去,少年时不珍惜时光发奋努力,老了一定会后悔不已。不要不在意那点滴的光阴啊,春天刚刚来临,没在意春草就绿了,转瞬间,台阶前的梧桐叶,发黄了,飘落了。

开篇直接说理,警醒人们一定要珍惜时间。诵读时要注意客观理性。而后两句用形象化的诗句表现季节变化之快,强调时间流逝之快,从而警示人们要珍惜时间。所以可重读"未觉"和"已",强调在不知不觉中时间已经飞逝了。

这是朱熹的人生感悟,也是他成就名家的经典箴言。他告诫人们要珍惜光阴,追求学业,感叹人生苦短,要抓紧时间学习,将来才不会因虚度年华而悔恨,不因碌碌无为而蹉跎人生。

(包丽玲)

蝶恋花 送春

[宋] 朱淑真

楼外垂杨千万缕。欲系青春①,少住春还去②。犹自风前飘柳絮③。随春且看归何处。

绿满山川闻杜宇④。便作无情⑤,莫也愁人苦⑥。把酒送春春不语。黄昏却下潇潇雨。

〔注释〕

①系:拴住。青春:大好春光。隐指词人青春年华。②少住:稍稍停留一下。③犹自:依然。④杜宇:杜鹃鸟。⑤便作:即使。⑥莫也:岂不也。

〔赏读提示〕

多年嫁俗吏为妻,不得志的抑郁人生,使得这位青春雅致、博学聪慧的少女,有"羽翼不相依"的凄凉之感。窗外随时春过夏至,草木更为丰盛的时日,但词风却难以再现轻灵大胆的少女之态,隔窗掩目,暗自幽怨着难以挽回的春日时光。

"每临风对月,触目伤怀"似乎已经成为"下配一庸夫"的朱淑真多年的真实感受。春过夏至,流落的繁花春意,也着实催动了女词人心底的一腔愁怨。楼外杨柳依依,虽有夏至繁茂,但再难得初春的青翠,纤细的柳枝仿佛能系住流逝

— 84 —

的春水,但终究还是抵不住青春的转身离去,空留孤夏之愁。其实这窗外的柳絮还在纷飞飘散,我何不能暂且看看这春归何处,或许还能挽回。女词人的少女之情也并没有被生活完全消融,还有那么一丝希冀,来寻觅这春的脚步。上阕虽是写景,但早已将词人浓浓的愁怨化在其中,即使是春归繁茂,也难以挽回少女被压抑的青春之感。

下阕词人的目光放至远处,虽是眺望,但更多的是内心的思考和自语。已经不是早春时节,绿意早已铺满山川间的每一个缝隙,但风中传来的声声子规鸟"不如归去"的凄切叫声,即使无情之人,也难免感伤忧愁,更何况我这样千缕愁丝、缠绵忧郁的少女之心呢?绿意的山川与空中不时出现的"杜宇"之音,一显一隐,一动一静,将词人愁思暗藏的心理,平和生活中的抑郁往事,以形象的手法表现出来。"把酒送春春不语",虽是词人爽快地送春归去,但与早年间作词的迎春之感相较,一送一迎,其中的无奈,又怎能是短短数句所能掩盖的呢?

全词的情绪婉转多样,虽是以愁怨为基调,但不时又有一丝希冀和刹那的淡然,对比于自己的早春作品,赏春、玩春时的自由已然不见,留春、惜春乃至无可奈何中的送春和怨春,心路历程随着词中的情绪变化,婉转多样,令人感叹伤怀。

朱淑真去世后,父母将其生前文稿付之一炬,其生平不可考,素无定论,但这残存的劫后余篇,正可谓其命运的象征,残花易逝,流年空叹,令人扼腕而惜。作为宋以来留存作品最丰盛的女词人之一,这已是幽栖居士朱淑真较为后期的词作,这些作品一改早年作品中活泼青春的少女形象,词风婉转幽怨,痛惜于年华飞逝,青春难再,惜春之意应景而归,映心而感。

这首词整体应读得轻柔伤感,下阕可一句比一句读得略沉重些,读出词人的无限心事。

（孙霁蔚）

暮春即事

[宋] 叶　采

双双瓦雀行书案[①]，点点杨花入砚池。
闲坐小窗读周易[②]，不知春去几多时。

〔注释〕

①瓦雀:麻雀。②周易:《易经》,儒家经典著作。

〔赏读提示〕

《暮春即事》是宋代诗人叶采所写的一首七言绝句。"暮春",交代了时间;"即事",是以眼前事物为题材作诗的意思。这首诗表现了诗人在宁静春日里,坐在小窗前读书的专注。

一、二两句中的"书案"、"砚池",交代了书房的环境。写书房,却不见人,只有"双双瓦雀"在瓦屋上自在地漫步、跳跃,它们的影子悠闲地在书案上移动;只有"点点杨花"轻盈地随风飘落,于是砚台上便留下了柳絮儿的身影。这两句语言平易,对仗自然,让人不由得想问一问:"麻雀为什么能闲步?柳絮怎么就肯安卧?"诗人以动衬静,表现了整个书房的宁静安适。朗读的时候,可以用轻柔的语气表现景物的悠闲、环境的安宁、心情的愉悦。

三、四两句由景过渡到人。垂柳飞絮的季节,春风娇弱的日子,麻雀与柳絮悠闲快乐,那么人呢?"闲坐小窗读周易",诗人全部心思都在读书上呢,所以一切动静都与他毫不相干。上两句书室的宁静正衬托出这一句诗人内心的平静,特别是"闲"字最能表现他内心的淡然、读书的快乐。朗读的时候,注意体会这种闲适自然,语气要带有淡淡的喜悦。结句"不知春去几多时",点明了主旨,进一步表现了诗人"两耳不闻窗外事,一心只读圣贤书"的专注与充实。花开花落,春来春去,诗人未曾留意,不尝动心,因为他正沉浸在读书的快乐中啊。

(庄妍)

明日歌

〔清〕钱鹤滩

明日复明日①,明日何其多②!

我生待明日③,万事成蹉跎④。

世人苦被明日累⑤,春去秋来老将至。

朝看水东流,暮看日西坠,

百年明日能几何⑥?请君听我明日歌⑦。

〔注释〕

①复：又。②何其：多么。③待：等待。④蹉跎：光阴虚度。⑤累（lèi）：带累，使受害。⑥几何：多少。⑦请君：请诸位。

〔赏读提示〕

《明日歌》自问世至今，数百年来广为世人传颂，经久不衰。诗人在作品中告诫和劝勉人们要牢牢地抓住稍纵即逝的今天，今天能做的事一定要在今天做，不要把任何计划和希望寄托在未知的明天。今天才是最宝贵的，只有紧紧抓住今天，才能有充实的明天，才能有所作为，有所成就。否则，"明日复明日"，到头来只会落得个"万事成蹉跎"，一事无成，悔恨莫及。因此，无论做什么事都应该牢牢铭记：一切从今天开始，一切从现在开始。

诗中内容充实，语言流畅，释理通俗明了，说服力强。

这首诗七次提到"明日"，反复告诫人们要珍惜时间，今日的事情今日做，不要拖到明天，不要蹉跎岁月。诗歌的意思浅显，语言明白如话，说理通俗易懂，很有教育意义。

这首《明日歌》给人的启示是：世界上的许多东西都能尽力争取和失而复得，只有时间难以挽留。人的生命只有一次，时间永不回头。　　　　（汪永亮）

水调歌头①

［清］张惠言

今日非昨日，明日复何如②？碣来真悔何事③？不读十年书。为问东风吹老④，几度枫江兰径⑤，千里转平芜⑥。寂寞斜阳外，眇眇正愁予⑦。

千古意，君知否？只斯须⑧。名山料理身后⑨，也算古人愚。一夜庭前绿遍，三月雨中红透，天地入吾庐。容易众芳歇，莫听子规呼。

〔注释〕

①这首词是张惠言赠给学生杨子掞五首词的第四首。勉人亦自勉。②"今日"二句：王安石《今日非昨日》："今日非昨日，昨日已可思。明日异今日，如何能勿悲。"③碣（qiè）来：近来。④东风吹老：苏轼《过都昌》："水隔南山人不渡，

东风吹老碧桃花。"⑤枫江兰径:《楚辞·招魂》:"朱明承夜兮时不可淹,皋兰被径兮斯路渐。湛湛江水兮上有枫,目极千里兮伤春心。"⑥平芜:杂草繁盛的原野。⑦眇眇正愁予:《楚辞·九歌·湘夫人》:"帝子降兮北渚,目眇眇兮愁予。"眇眇,眯眼眺望貌。愁予,使我忧愁。⑧斯须:片刻。⑨名山料理身后:《史记·太史公自序》:"藏之名山,副在京师,俟后世圣人君子。"

〔**赏读提示**〕

"今日非昨日,明日复何如?""今日"后作短暂停顿,"日"字要读延长音,"非"要重读,"昨日",要读得短促。"明日复如何?"要读出困惑、迷茫。"明日"读升调,"复"后作一停顿,"何如"读升调,声音稍作延长。

"为问东风吹老,几度枫江兰径,千里转平芜",东风吹来,把万物都吹醒了,但是也把万物都吹得缭乱了。春天的时候,草木苏醒了,极目千里,一片平芜。这几句要读得一气呵成,"千里转平芜",要读得境界开阔。

"寂寞斜阳外,眇眇正愁予"二句,"眇眇"二字连用给我们直接的反应,是一种极目远望而不可得见的感受,故曰"眇眇正愁予"。至于前面一句"寂寞斜阳",而更着一"外"字,则当与下句之"眇眇"一起参看,正写其极目远望之远至"斜阳外"也。上一句要读得舒缓,下一句"正"后作一停顿,"愁"字要重读。

"千古意,君知否?只斯须","千古意"三个字,所写的是人类千古长存的一种内心的追求,只要在无常尚未真正到来的一刻以前,每个人都不肯停止自己的向往和追求,所以各有其千古之意。而词人在此给了人们当头棒喝,说"君知否? 只斯须","斯须"是极言顷刻之短,词人正是要向人点明,原来人们所认为的"千古",其实只不过是顷刻的"斯须",而"君知否"则是使人醒觉的一种呼唤和警告。这几句语速可加快,"君知否"读升调,要读出询问之意,"只斯须"句,要读得字字有力。

"名山料理身后,也算古人愚",针对人类内心这种"千古意"的心灵追求,想出了一种慰藉的说法,那就是德业与声名的"不朽"。"名山料理身后","后"字应读延长音,"也算"后应停顿,"愚"字应重读。

"一夜庭前绿遍,三月雨中红透,天地入吾庐"三句,写出了一片充满生机的超然妙悟的境界。"遍"、"透"应重读,"天地入吾庐",要读得字字饱满。

最后,词人又写下了"容易众芳歇,莫听子规呼"的叮咛。这首词提示了前面的"天地入吾庐"之境界后,更诫之以及时自勉的叮咛,但表面上则仍是从春日之"众芳"叙写下来,表层的意思与深层的意思密合无间,同时在勉人之中,也有自勉之意。

(汪永亮)

第三编

天下己任

山石升落，星月斗转。站在历史的岸头回望，在中国的滚滚长河中，始终鼎立着这样一群文人，他们以笔为步，以口为刀，在苦难中纵横，在残酷中斗争，用血泪书写亘古不移的人文理想和天下己任的政治操守。他们怀瑾握瑜，关心民瘼，民伤己伤，民忧己忧，"不能手提天下往，何忍身去游其间"。他们关心国难，对国家困厄忧心不已，"楚虽三户能亡秦，岂有堂堂中国空无人"！即使直面死境，心中所系也唯有家国，"已知泉路近，欲别故乡难。毅魄归来日，灵旗空际看"。而对于上阵杀敌、为国捐躯的勇士，则满心敬仰，"诚既勇兮又以武，终刚强兮不可凌。身既死兮神以灵，魂魄毅兮为鬼雄"。即便自己身娇体弱，处境寂寞，内心仍渴望"身带吴钩"、"收取关山五十州"。待到年迈多病、僵卧孤村之际，所思仍是"为国戍轮台"。

他们笔端所流淌的爱国精神，浸染了一代又一代中国人的灵魂。而几千年斗争的精神积累，也铸就了坚不可摧的民族脊梁。他们用正直无私的气节诠释民族大义的至高无上，"苟利国家生死以，岂因祸福避趋之"，用高贵的头颅和炙热的鲜血，警示我们在个人与民族的天平上情感砝码的摆放。

"士当以天下为己任"，此言得之。

无　衣

《诗　经》

岂曰无衣？与子同袍①。王于兴师②,修我戈矛。与子同仇③!
岂曰无衣？与子同泽④。王于兴师,修我矛戟。与子偕作⑤!
岂曰无衣？与子同裳⑥。王于兴师,修我甲兵⑦。与子偕行!

〔注释〕

①同袍:友爱之辞。袍,长衣,行军者日以当衣,夜以当被。②王:指周王,秦国出兵以周天子之命为号召。于:语助词,犹“曰”或“聿”。兴师:出兵。秦国常和西戎交兵。秦穆公伐戎,开地千里。当时戎族是周的敌人,和戎人打仗也就是为周王征伐,秦国伐戎必然打起“王命”的旗号。③与子同仇:等于说你的仇敌就是我的仇敌。同仇,共同对敌。④泽:同“襗”,内衣,指今之汗衫。⑤作:起。⑥裳:下衣,此指战裙。⑦甲兵:铠甲与兵器。

〔赏读提示〕

周孝王封伯益之后于秦,今甘肃省天水县一带。其后国都屡迁,孝公定都咸阳,其地在今陕西咸阳市东。

“岂曰无衣？与子同袍”,这两句是秦文公对将士们说的话,意思是你们哪能说没有衣服穿,征西戎寒冷呢？我的长袍就和你们同穿,我和你们同甘共苦。这句建议读出上下同心的强烈感情,第一句的反问语气和第二句的强烈肯定。

“王于兴师,修我戈矛。与子同仇”,这三句是战士们因文公“同袍”的话受到感动而作的回答。意思是:你既是这样对待我们,那只要你受周王之命,宣布兴师伐戎,我们就修整兵器,和你一起,以你的仇人为仇人。这三句话作为战士的答语也建议读得坚定有力。

以上五句是兴而赋的笔法。赋就是直述其事,兴就是先言他物,以引起所咏之词等。

“岂曰无衣？与子同泽”意思与上章同,“泽”,着于内而短者。这就使所同者更亲近了,连内衣都共用了。

“王于兴师,修我矛戟。与子偕作”,“作”就是作事,这儿的作事,当然指的是作战,所以“偕作”就是和你偕同对西戎作战,不离开你。

"岂曰无衣? 与子同裳"意思与上层相同。"裳"即下衣,古时上称衣,下名裳。裳亦称裙,即套裤。连套裤都共用了,那就是亲近极了。

"王于兴师,修我甲兵。与子偕行"中的"甲兵"是坚甲利兵。《左传·桓六年》:"张吾三军,而被吾甲兵,以武临之。"所以"修我甲兵"就是要"以武临之",就是要动兵出征。"偕行",就是同在不离,有共生死的内涵。《诗经》的作品一唱三叹,回环往复,内容和感情也是连贯渐进的,我们最好能读出一层比一层更亲近、更强烈的同仇敌忾。

这首诗是文公和将士们互问互答共同创作的。这是文公表示与将士同甘共苦,将士们表示和文公同仇敌忾。总之,是互勉互励要对西戎进行征伐之诗。

(王悦)

国 殇

[战国] 屈 原

操吴戈兮被犀甲①,车错毂兮短兵接。
旌蔽日兮敌若云②,矢交坠兮士争先。
凌余阵兮躐余行,左骖殪兮右刃伤③。
霾两轮兮絷四马④,援玉枹兮击鸣鼓。
天时坠兮威灵怒⑤,严杀尽兮弃原野。
出不入兮往不反⑥,平原忽兮路超远。
带长剑兮挟秦弓⑦,首身离兮心不惩。
诚既勇兮又以武⑧,终刚强兮不可凌⑨。
身既死兮神以灵⑩,魂魄毅兮为鬼雄⑪。

〔注释〕

①犀甲:用犀牛皮制成的铠甲,最为坚韧。②旌(jīng):旌旗,旗的通称。③骖(cān):古时用四匹马驾车,中间的两匹叫服,两旁的两匹叫骖。④絷(zhí):绊住。⑤坠:通"怼(duì)",怨恨。⑥反:同"返"。⑦秦弓:秦地制造的弓。⑧诚:实在是。勇:勇气。武:武艺。⑨不可凌:言战士宁死不屈,志不可夺。⑩神以灵:精神不死,神魂显灵。⑪魂魄毅兮:一作"子魂魄兮"。鬼雄:鬼

中的英雄。

〔**赏读提示**〕

《国殇》是一首祭歌,是一首追悼和礼赞为国捐躯的楚国将士亡灵的挽歌,同时也是一首热血沸腾的爱国主义、英雄主义之歌。由于楚怀王、顷襄王父子的昏庸,楚国接连大败于强秦,丧城失地,牺牲惨重。屈原处在楚国由盛而衰的转折点。这首诗歌为楚怀王十七年秦大败楚军于丹阳、蓝田一役而写,是《九歌》中的一首。

首句"操吴戈兮被犀甲",吴国在古代以制造锋利的武器而著名,犀甲是犀牛皮制作的铠甲。"操吴戈"、"被犀甲",诗人抓住英雄人物最有代表性的衣着特征,传神地勾画出楚国将士的英雄形象,充分展现出他们驰骋疆场的雄姿,这又为下文描写他们牺牲的壮烈做好了铺垫。我们诵读时,应该拉长"兮"字,重读"吴戈"、"犀甲",而且诵读出自信、乐观的精神风貌和雄姿英发的将士信心百倍、迫切期待杀敌的心情。

紧接着,诗人把我们的视野转向了战场环境。"车错毂兮短兵接"三句写初战时的情景,"旌蔽日兮敌若云"即言敌人的旌旗遮天蔽日,黑压压地向我方涌来。描绘出这是一场敌众我寡的殊死战斗,营造了天昏地暗、日月无光的战场气氛,也增强了全诗的悲壮色彩。这一句不仅写出了敌人的强大、声势的凶猛,还营造出紧张急促的作战氛围。此处应该提高声调,加快语速,充满激情,"蔽日"和"若云"应重读。战士争先恐后地冲杀,人声、喊声、马的嘶叫声与兵戈撞击之声响成一片……凶猛的敌军冲杀过来了,战马倒下了,战士身首异处,尸横原野。战车毁坏了,但奋进的鼓声依然在激烈地敲击,烈士卫国的雄心不可征服,刚强的气质不可侵凌。"身既死兮神以灵,魂魄毅兮为鬼雄。"纵然命归黄泉,依然英雄本色。"身既死"后应该稍停顿,然后"神以灵"重读,突出前后"死"和"灵"的对比,同样的方式处理后半句。诗人以饱含情感的笔触把楚国将士英勇顽强的形象描绘得栩栩如生,跃然纸上。此处应该重读,加快语速,且要读得铿锵有力、万分沉痛。

"出不入"四句紧承上文,写出了诗人对"严杀尽兮弃原野"的将士们无比沉痛的悼念。诗人用"出不入"和"往不反"这两个同义重复的词组,写出了楚国将士受命忘身、义无反顾的高贵品质。"出不入"和"往不反"需读出愁苦之情。因此,在沉痛之上又赋以"壮士一去兮不复还"的悲壮,诵读时要带着悲伤和痛心之情。"带长剑兮挟秦弓,首身离兮心不惩"二句,写战死者死后仍保持着战斗的雄姿,这更加深了悲壮气氛。"诚既勇兮又以武,终刚强兮不可凌。身既死兮神以灵,魂魄毅兮为鬼雄。"这几句话类似悼文的笔法,白话直译为:这些诚实、勇敢、刚强的勇士啊,你们身赴战场,奋勇杀敌,终落得个一败涂地,身死人手。但英勇的战士啊,你们是伟大的!你们是最美的英雄!这四句整体上语调应放缓加重,读出对战士英灵们的无比崇敬和深切哀思。

全诗构思巧妙,章法独特。诗人先讴歌战士们远离家乡、誓死报国、义无反顾的决心,然后赞美他们刚强勇武、视死如归的精神,他们生是人杰,死为鬼雄,气贯长虹,英明永存。

诵读《国殇》,不时忆及那刚勇的将士,感慨那不朽的精神,更被行吟泽畔的诗人的一腔爱国情所感动,所触动! (田新星)

大 风 歌

〔汉〕刘 邦

大风起兮云飞扬①,
威加海内兮归故乡②,
安得猛士兮守四方③!

〔注释〕

①兮:语气词,相当于现代汉语中的语气助词"啊"。②威:威望,权威。③安得:怎样得到。安,哪里,怎样。

〔赏读提示〕

高祖十二年,刘邦平定了淮南王的叛乱,在西进长安的途中,顺道回到了故乡,并留宿于行宫。他召集故人父老子弟到行宫饮宴,酒至酣时抑制不住内心的喜悦,回想多年来奋战的艰辛、创业的不易,于是亲自击筑,创作此歌。

诗歌的第一句"大风起兮云飞扬",字面上的意思是大风刮起来了,云随着风翻腾奔涌,其实暗指秦末群雄纷起、争夺天下的情状。刘邦自己由一介平民出身的亭长,崛起于家乡沛县,他率领大家起兵伐秦,如同大风骤起,在这十几年间,刘邦带兵攻入咸阳,迫使子婴投降。又在垓下围住项羽,大败楚军,更扫平了所有敢于叛乱之人。这样暗喻高祖自己具有横扫千军、席卷华夏的英雄气概。所以这第一句读起来应该有一种豪迈之情,特别是"兮"字,它相当于现代汉语中的"啊",是一个极具抒情色彩的词汇,读的时候声音应该延长。

第二句"威加海内兮归故乡",天下由乱而治,刘邦称帝后做了许多政治改革,也改善了老百姓的生活,得到了天下人民的拥戴,自己的威信加于四海之上。但与此同时,他仍感到远离故乡的悲戚,由此可见其对故乡的感情已深入骨髓。所以这一句流露了对故乡的眷念之情,朗读的时候应该充满深情。

最后一句"安得猛士兮守四方",在刘邦看来,要保住天下,必须有猛士为他守卫四方,但世上有没有这样的猛士?如果有,他能否找到他们并使之为自己服务?所以,这一句既是希望,又是疑问。他是希望做到这一点的,但真的做得到吗?他自己却无从回答。可以说,他对于是否找得到捍卫四方的猛士,也即自己的天下是否守得住,不但毫无把握,而且深感忧虑和不安。也正因此,这首歌的前两句虽显得踌躇满志,第三句却突然透露出前途未卜的焦灼和恐惧。读的时候也要注意领悟作者这种矛盾的心理。

(许清)

观沧海

[汉] 曹　操

东临碣石①,以观沧海。
水何澹澹②,山岛竦峙③。
树木丛生,百草丰茂。
秋风萧瑟,洪波涌起。
日月之行,若出其中;
星汉灿烂④,若出其里。
幸甚至哉,歌以咏志⑤。

〔注释〕

①临:登上,有游览的意思。碣石:山名。碣石山,在现河北省昌黎县。公元207年秋天,曹操征乌桓时经过此地。②澹澹:水波摇荡的样子。③竦峙:高耸挺立。竦,通"耸",高。峙,挺立。④星汉:银河。⑤幸甚至哉,歌以咏志:诗的附文,跟诗的内容没有联系。

〔**赏读提示**〕

这首诗的基调苍凉慷慨，历来被视为"建安风骨"的代表作。

东汉建安十二年(207)八月，曹操大破盘踞在我国东北部的乌桓族及袁绍的残余势力，统一了北方；九月，在归途中经过碣石山，写下了这首诗。诗歌首先直陈其事，交代观海的地点。接着描写海水和山岛。海水荡漾，是动态；山岛耸立，是静态，相互映衬，显示了大海的辽阔和威严。再写草木，仍然是静态，次及"洪波"，又回到动态，显示了大海的惊人力量和宏伟气象。这一层全是写实景。"日月之行"四句，借助奇特的想象来表现大海吞吐日、月、星辰的气概，这写的是虚景即诗人的主观感受，可以从两个"若"字看出来。

这首诗写秋天的大海，一洗悲秋的感伤情调，写得沉雄健爽、气象壮阔，这与曹操的气度、品格都是紧密相关的。诗人通过写沧海，抒发了他统一中国、建功立业的抱负。但这种感情在诗中没有直接表露，而是把它蕴藏在对景物的描写当中，寓情于景，句句写景，又是句句抒情。在历史上，秦始皇、汉武帝都曾东巡至碣石山，刻石观海。如今诗人站在秦皇、汉武游踪所到之处，居高临下，望着水天相连的苍茫大海和海中高耸的岛屿，想到中原地区已经平定，北伐乌桓也已取得决定性胜利，北方统一即将实现，心情该是何等激奋！

诗人的目光注视着海上的岛屿，眼前是一派生机盎然的景象：树木百草，生长十分繁茂，一阵萧瑟的秋风吹过，海面上涌起滚滚的波涛。尽管萧瑟的秋风给人以悲凉肃杀之感，但是疾风劲草，方显其英雄本色；洪波汹涌，愈见其生命不息！山河壮丽更加激起了诗人要统一祖国的强烈愿望。

"日月之行，若出其中；星汉灿烂，若出其里。"日月的运行好像出没于大海的怀抱之中，灿烂的银河群星好像包孕于大海的母腹之内。诗人又展开其丰富的想象，进一步描绘了大海吞吐日月、包蕴星汉的宏伟气魄和博大胸怀。请看，这就是大海的气魄，大海的胸怀。真是太壮观、太奇伟了！诗人以沧海自比，通过写大海吞吐宇宙的气势，来表现自己宽广的胸怀和豪迈的气魄，感情奔放，却又很含蓄。"日月"四句是写景的高潮，也是诗人感情发展的高潮。这四句要读出海纳百川的气势。

全诗语言质朴，想象丰富，气势磅礴，苍凉悲壮，为历代读者所欣赏。沈德潜在《古诗源》中评论此诗"有吞吐宇宙气象"。《诗品》："曹公古直，颇有悲凉之句。"敖陶孙《诗评》："魏武帝如幽燕老将，气韵沉雄。"这些都是很精当的点评。

在诵读此诗时，应当要努力表现出诗人磅礴的气势。

(王生福)

饮马长城窟行

〔汉〕陈 琳

饮马长城窟①,水寒伤马骨。

往谓长城吏,慎莫稽留太原卒!

官作自有程②,举筑谐汝声③!

男儿宁当格斗死,何能怫郁筑长城④。

长城何连连,连连三千里。

边城多健少,内舍多寡妇。

作书与内舍,便嫁莫留住。

善待新姑嫜,时时念我故夫子!

报书往边地,君今出语一何鄙⑤?

身在祸难中,何为稽留他家子⑥?

生男慎莫举⑦,生女哺用脯。

君独不见长城下,死人骸骨相撑拄。

结发行事君,慊慊心意关⑧。

明知边地苦,贱妾何能久自全⑨?

〔注释〕

①长城窟:长城附近的泉眼。②官作:官府工程。程:期限。③筑:夯类等筑土工具。谐汝声:要使你们的声音协调。④怫郁:烦闷。⑤鄙:粗野,浅薄。⑥他家子:别人家女子。⑦举:养育成人。⑧慊慊:怨恨的样子。这里指两地思念。⑨久自全:长久地保全自己。

〔赏读提示〕

本诗使用乐府旧题,凭借筑城役卒夫妻书信形式的对话往来反映了秦统治者迫使百姓修筑长城的历史,揭露繁重的徭役,使劳动人民处于水深火热之中,表达了筑城役卒夫妻彼此间深深牵挂、生死不渝的高尚情操。形式新颖,用语洗练,感人至深。

第一层(1~8句),写筑城役卒与长城吏的对话。

"饮马长城窟,水寒伤马骨。"诗的首句点题,也写出了环境特征,让马饮水,只得到那长城下山石间的泉眼,那里的水是那么冰冷,以致伤及到了马的骨头。

"水寒伤马骨"这一句极言边地苦寒,思归之心虽未言而情怨已出。首句诵读可依据诗歌情思稍加变动,以期先声夺人。本诗首句应该轻缓,顿挫明确,次句重音可以落在"寒"、"骨"二字。

本诗开头极为简练含蓄,后文便直抒胸臆。一位役卒终于忍无可忍地对监管修筑长城的官吏说:到了服役期满,请千万不要延误我们太原役卒的归期。据此,归心之切溢于言表,"稽留"在往日是常有的事溢于言外。

"官作自有程,举筑谐汝声!"监修长城的官吏说:官府的工程自有一定的期限,哪能由你们说了算!赶紧拿起工具,大家一齐唱打夯的号子,尽力干活去吧!官吏打着官腔回答,话中有话。只此两句,一个傲慢、霸道的官吏形象跃然纸上,如在眼前。朗诵时可以语速缓慢,一字一顿,情态傲慢。

"男儿宁当格斗死,何能怫郁筑长城。"那役卒闻此言,心中愤懑难以遏制,有力地回敬了两句:男子汉宁可刀来剑去战死疆场,怎能这样窝窝囊囊、遥遥无期地做苦役呢!朗诵这两句时要用连中带停法,"男儿"之后稍顿,"宁当"重读,"格斗死"语调升高,两句陈词慷慨,愤激有力!

第二层(9～12句),过渡段,承上启下。朗读"边城多健少,内舍多寡妇"要饱含凄凉之情。这四句诗,不脱不粘,似是剧中的"旁白",巧妙地将希望转至绝望,由个别推向一般,由"健少"而连及"内舍",从而大大地开拓作品反映的生活面。

第三层(13～28句),写筑城役卒与妻子的书信对话。

"作书与内舍",延续前面的思想。"便嫁"三句,是那位役卒的寄书之辞。先劝其再"嫁",后让她好好侍奉新的公婆,祝愿她能得到新的融洽的家庭生活,最后还恳求她能常常思念起昔日的丈夫(即役卒自己)。这几句反映役卒内心的矛盾,朗读时可以语调低回,表达无奈之情;也可以语调高昂,表达人物的豁达与善良。"书"中三句,第一句为主,后两句为次。所以妻子"报书往边地",明确指出丈夫无理,"今"字暗示昔日未曾这样。诵读时应该声音高亢,表达妻子对丈夫的嗔怪之情。"身在"六句,役卒再次寄书,解释自己出语的原委。头两句说自己身在祸难之中,不愿拖累妻子,接着四句是借化用的秦时民歌,暗示自己的"祸难",说明自己的无奈。从再次报书中可以看出妻子的理解。她说:我与你成婚后你就服役边地,我们两地一心,始终不渝。如今明知你在边地受苦,我怎能自己独存!虽表至死不渝的情意,但对丈夫的"祸难"不愿直言,回肠九曲、言辞得体。"君独不见长城下,死人骸骨相撑拄。"你难道没看见长城的下面,死人尸骨累累,重重叠叠地相互支撑着,堆积在一块吗?

"结发行事君,慊慊心意关。"妻子回信说:我自从结婚嫁给你,就一直伺候着你,对你身在边地,心里虽然充满了哀怨,可还是时时牵挂着你啊。诵读第三层不可字字凄哀,声声悲愤,平均用力;可初缓后疾,亦可初疾后缓再疾。读至"明知边地苦,贱妾何能久自全"时,则前句轻疾,后句重缓。

本诗采取了点面结合的手法,描绘的图景广阔、具体而细腻,反映了"筑怨兴徭九千里"所酿成的家国悲剧。诗中人物的对话形式巧于变化,谭元春称赞道:"问答时藏时露,渡关不觉为妙。"(《古诗归》)　　　　　　　　　　(张国彦)

白马篇

〔魏〕曹　植

白马饰金羁①,连翩西北驰②。

借问谁家子③,幽并游侠儿④。

少小去乡邑,扬声沙漠垂⑤。

宿昔秉良弓,楛矢何参差⑥。

控弦破左的⑦,右发摧月支⑧。

仰手接飞猱⑨,俯身散马蹄。

狡捷过猴猿,勇剽若豹螭⑩。

边城多警急,胡虏数迁移⑪。

羽檄从北来⑫,厉马登高堤⑬。

长驱蹈匈奴⑭,左顾陵鲜卑⑮。

弃身锋刃端⑯,性命安可怀⑰?

父母且不顾,何言子与妻?

名编壮士籍⑱,不得中顾私⑲。

捐躯赴国难,视死忽如归⑳。

〔注释〕

①羁:马络头。②连翩:飞跑不停的样子。③借问:犹询问,古诗中常见的假设性问语。一般用于上句,下句即作者自答。④幽并:幽州和并州,即今河

北、山西和陕西诸省的一部分地区。游侠儿：自恃勇武、讲义气而轻视生命的青年男子。⑤"少小"二句：青壮年时期即离开家乡，为保卫国家而扬名于边疆。去，离开。扬，传扬。垂，边疆。⑥"宿昔"二句：意思是说昔日良弓不离手，出箭尽是楛矢，极言其勇猛。宿昔，昔时，往日。秉，持。楛(hù)矢，用楛木做箭杆的箭。何，多么。参差，长短、高低不齐的样子。⑦控：引，拉开。左的：左方的射击目标。摧：毁坏。与下文的"散"(破裂)，都有穿透之意。⑧月支：与"马蹄"都是箭靶的名称。⑨接：射击迎面飞来的东西。猱(náo)：猿类，善攀援，上下如飞。⑩剽：行动轻捷。螭(chī)：传说中的猛兽，如龙而黄。⑪虏：胡虏，古时对北方少数民族的蔑称。数：屡次。⑫羽檄：檄是军事方面用于征召的文书，插上羽毛表示军情紧急，所以叫羽檄。⑬厉马：奋马，策马。⑭蹈：践踏，踩，此处引申为奔赴。⑮陵：古同"凌"，侵犯，欺侮。⑯弃身：犹舍身，指不惜死。⑰怀：顾惜。⑱籍：登记册，此处指从军。⑲中：心中。顾：念。⑳忽：不在意。如归：回家。对待"国难"的态度是奔赴，而且不惜献身。

〔赏读提示〕

　　《白马篇》是《杂曲歌·齐瑟行》歌辞，又作《游侠篇》，因首句有"白马"二字，故《文选》又作《白马篇》，其所写的是边塞游侠的忠勇。诗人平素也有"捐躯赴难，视死如归"的抱负和从军出塞的经验，写游侠也可能是自况。

　　建安二十五年(220)，曹操病逝，曹丕继魏王位，不久称帝，曹植的生活从此发生了变化。他从一个过着优游宴乐生活的贵族王子，变成处处受限制和打击的对象。226年，曹丕病逝，曹叡继位，即魏明帝。曹叡对他仍严加防范和限制，处境并没有根本好转。曹植在文、明二世的十二年中，被迁封过多次，最后的封地在陈郡，232年12月逝世，卒谥"思"，故后人称之为"陈王"或"陈思王"。

　　本诗通过对边塞游侠儿英勇行为的描写，抒发了诗人捐躯国难、视死如归的英雄气概和爱国精神。

　　起句具有扣人心弦的艺术魅力，诵读时应语调上扬，充满豪气。诗人采用烘云托月的手法，用装饰华美的骏马来衬托骑手的英俊和气派，用骏马的奔腾自如来衬托骑手骑术的高超。虽然写的还只是奔驰的骏马，但骑手英俊气派、善骑勇敢的形象已跃然纸上。"借问"两句诗人奇笔陡起，以"问答"式介绍主人公，诵读时语气前弱后强，每句一个画面，诵读时停顿略长。起句制造了种种悬念，如狂澜骤至，夺人心魄，扣人心弦，给读者留下想象空间。

　　诗人再从容不迫地采用了设问自答的方式，以解释这位勇悍的骑手是谁。

这位骑手是幽并地区的游侠少年,他从小就离开了家乡,而在沙漠边塞声名远扬。另起一波,语调轻松舒缓。

接着理应回答"幽并游侠儿"为何西北驰,可是诗人并没有这样做。一个年纪小小的少年,竟然能够"扬声沙漠垂",势必又要给读者以新的悬念。因此,顺势利导,采用插叙的手法,紧紧扣住前面"借问"四句,来解释这个"幽并游侠儿"何以能"扬声沙漠垂"。诗人先以"宿昔"两句总起,用叙述的手法交代了幽并游侠少年从小就勤学苦练,箭不离身,弓不离手。接着又用铺陈的手法来写他经过苦练之后的超人武艺。上下左右也好,动物静景也罢,只要发箭,无有不中——这样的骑射技艺是何等精湛高超。由此"管中窥豹",游侠少年其他方面的武艺也就可想而知了。诗歌至此,游侠少年的形象已经够英勇威武了,但诗人还嫌不够。他又运用了比喻的手法来进行总结:这游侠少年的灵巧敏捷,超过了林中的猴子;勇猛轻疾如同山中虎豹、水中蛟龙。经过叙述、铺陈、比喻等多种手法的综合运用,游侠少年的英勇形象和高超武艺可以说是塑造得栩栩如生,交代得具体清楚了。

在交代了"何许人"的问题及其基本情况之后,诗人终于将笔触扭过来交代为何"连翩西北驰"了。敌人的骑兵屡次入侵边城,情况非常紧急。因此当游侠少年接到边城告急的羽檄之后,即刻"连翩西北驰"。到达北地边城后,即刻"厉马登高堤",准备迎击入侵的敌人。此段语速略快,语调再次上扬,表现主人公一往无前、无所畏惧的豪情。

这样,起笔两句在读者心中设下的种种疑问才释然冰解,游侠少年在威武英勇的基础上,更增添了忘我爱国的光彩。诗人这样的写法也是有其用意的。他之所以要塑造这样一位威武英勇又爱国忘我的游侠少年,除了表明其素志之外,还在于要为时人树立一个榜样。

诗人的目的是写人而不是叙事,要塑造游侠少年的英雄形象,而不是叙述他如何作战;同时,这样的结果是建立在前面详细地交代了游侠少年超人的武艺之上的,也不必详写。经过前面的详细描绘,游侠儿叱咤风云、威风凛凛的外部形象的塑造已是非常完美。诗人由表到里,由浅入深,又将笔触延伸进了游侠少年的灵魂深处,向读者展现了他高尚的内心世界。语调从高扬转向低沉,语速放慢,情感深沉。诗人采用剥茧抽丝式的层层推进法:先采用"弃身锋刃端,性命安可怀","父母且不顾,何言子与妻"两组反问,又继之以"名编壮士籍,不得中顾私"一组否定,最后再以"捐躯赴国难,视死忽如归"作结,以示决心,语调再次上扬,慷慨激昂。这既是诗篇中主人翁的独白,又是诗人对英雄崇高精神世界的揭示和礼赞。就一般叙事诗来说,把诗中主人翁的事迹表达清楚也就够了,用不着再加议论。在层层的铺陈描述中,"情动于中而形于言",不得不一吐为快。曹植在《与杨德祖书》中说过:"街谈巷说,必有可采;击辕之歌,有应风雅。"这说明他是很看重民歌的。《白马篇》就不离"街谈巷说"、"击辕之歌"的质朴,而又文采斐然,从而形成了刚健质朴的艺术风格。

曹植在其笔下的人物身上倾注了自己的崇高理想和满腔激情,又能从前人优秀的作品和民歌中汲取思想营养和艺术营养。我们必须结合诗人的生平,以激昂的语调诵读,才能真正走近并体会"白马英雄"这个历久不衰的艺术形象。

(吴喆)

读《山海经》①（其十）

〔晋〕陶渊明

精卫衔微木②,将以填沧海。
刑天舞干戚③,猛志固常在。
同物既无虑④,化去不复悔⑤。
徒设在昔心⑥,良辰讵可待⑦。

〔注释〕

①《读〈山海经〉》共十三首,成一组,本诗是第十首。②精卫:古代神话中鸟名。据《山海经·北山经》及《述异记》卷上记载,古代炎帝有女名女娃,因游东海淹死,灵魂化为鸟,经常衔木石去填东海。衔:用嘴含。微木:细木。③刑天:神话人物,因和天帝争权,失败后被砍去了头,埋在常羊山,但他不甘屈服,以两乳为目,以肚脐当嘴,仍然挥舞着盾牌和板斧。④同物:女娲既然淹死而化为鸟,就和他物相同,即使再死也不过从鸟化为另一种物,所以没有什么忧虑。⑤化去:刑天已被杀死,化为异物,但他对以往和天帝争神之事并不悔恨。⑥徒:徒然、白白地。在昔心:过去的壮志雄心。⑦良辰:实现壮志的好日子。讵:岂。

〔**赏读提示**〕

我们熟知的陶渊明是性情淡泊、追求性灵自由的山间隐士,做彭泽县令八十余天就弃官而去,从此归隐田园,成为中国第一位田园诗人,被称为"千古隐逸之宗"。其实,由于受到时代思潮和家庭环境的影响,他接受了儒家和道家两种不同的思想,所以他的人生志趣中不仅有"性本爱丘山",还有"猛志远四海",组诗《读〈山海经〉》就是其代表性作品。

此篇是《读〈山海经〉》诗的第十首,诗人通过两个古老的神话传说故事——"精卫填海"和"刑天舞戚"歌颂了他们非凡的斗争精神,传达了诗人由衷的敬意和深沉的慨叹。

开篇两句"精卫衔微木,将以填沧海",以白描的手法概括了这个神话故事,《山海经·北山经》记载:"发鸠之山……有鸟焉,其状如乌,文首,白喙,赤足,名曰精卫,其鸣自詨,是炎帝之少女,名曰女娃。女娃游于东海,溺而不返,故为精卫,常衔西山之木石,以堙于东海。"想那精卫小鸟口衔微木,飞越苍茫大海,声声悲号,一"微木"一"沧海",对比是何其强烈,如不是胸口那团熊熊燃烧的复仇火焰,怎能执着如此,终身以此为事业?读此句必是有一份慨当以慷的悲壮之气,"微木"可低沉徐缓,"沧海"当字字千斤,有重物掷地之感。

"刑天舞干戚,猛志固常在。"这是中国神话中的经典画面。刑天因为和天帝争神位,被砍去脑袋,刑天为复断首之仇,以乳为目,以脐为口,挥舞盾牌,誓与天帝血战到底。这份令人惊骇的凌厉之志,真可谓惊天地、泣鬼神,草木为之动容。一个"舞"字呈现的是生命不息、战斗不止的充沛力量,一个"猛"字张扬的是精神超越肉身后永不衰竭的威猛斗志,皆为传神之笔。这二字若不重读,岂不辜负了诗人的一片苦心?陶公讴歌的就是这种无论失败还是死亡终不消减的坚强意志,也隐含着诗人时时以这种精神自策自励的意思,所以此句要读出这份天地英雄的豪气和万死不悔的执着!

"同物既无虑,化去不复悔。""同物"、"化去"即物化之意。"物化"一般指死生变化而言。生与死不过是不同形式的"物化",死只不过是生的另一种形式而已。女娃变成精卫,刑天变成乳目脐口的怪神,都是由此物化为彼物,其精神不死,故而无论衔微木填海,或舞干戚向敌,都能无虑而不悔。诗人在此以"物化"的哲学观点激励自己无虑不悔的斗争意志。无论外在形体如何变化,精神内核从来没有发生改变。这就是锲而不舍!这就是百折不挠!这就是生命不屈的力量体现!此句要能读出其中的熊熊燃烧的生命火焰气息,"不复悔"尤其要重读,执着不悔之意要铿锵有力地渗透其间。

"徒设在昔心,良辰讵可待。"最后二句是诗人思想情感又一次跌宕:表面上是感叹精卫与刑天徒然存在着昔日猛志,但如愿以偿的时机岂能等到？实际上是诗人慨叹理想的无法实现。有人在解读这两句的时候,认为此二句是诗人的自白之语。由于家庭出身的影响,陶渊明和已灭亡的晋朝,感情上有割不断的万缕千丝。刘裕上台后诛杀异己的行为更使他不满于刘宋政权。因此,他不能正确认识刘裕及他建立的新政在历史上起的积极作用,这正是诗人的局限。但我们同时也应该看到,他反对刘裕代晋和憎恶时代黑暗、政治残酷是紧紧相联系的。从这个意义上说,批判刘宋政权,也是批判腐朽的东晋社会的继续。这两句仍然有其进步意义,我们依然能看到一个兼济天下、不忘初心的诗人形象。在处理最后这两句时,要读出壮志难酬的悲慨和落寞,声音徐徐减弱,但不乏生命的坚强力度。

我们知道,即使在《山海经》的神话世界里,精卫、刑天复仇的愿望,也并没有如愿以偿。但是,蕴藏在他们身上的反抗精神,却是极有价值的。这实际上是中国先民不畏强暴、勇于抗争的品格体现。陶渊明在诗中盛赞这种反抗精神,用深沉悲壮的笔调写出了独具悲剧崇高美的人物品格,令人赞叹!

(崔晨香)

代出自蓟北门行①（节选）

［南朝·宋］鲍　照

羽檄起边亭②,烽火入咸阳③。
征骑屯广武④,分兵救朔方⑤。

〔注释〕

①代出自蓟北门行:乐府旧题,属杂曲歌辞。②边亭:边境上的瞭望哨。③烽火:边防告警的烟火,古代边防发现敌情,便在高台上燃起烽火报警。咸阳:城名,秦曾建都于此,这里借指京城。④征骑:征发的部队。屯:驻兵防守。广武:地名,今山西代县西。⑤朔方:汉郡名,在今内蒙古自治区河套西北部及后套地区。

〔赏读提示〕

鲍照用曹植《艳歌行》首句作诗题,并由曹诗"遥望胡地桑,枝枝自相值,叶叶自相当"等句引起边亭征战生活的联想,表现了壮士赴敌投躯的忠良气节。此诗是南北朝时期罕见的接触边塞生活的名篇。

本书只节选了该诗作的前四句。节选部分前两句写了敌方入侵的信息接连传入京城,表现了边亭告急的情况。"羽檄""烽火"用互文见义法,强化了军情的危急,语速要稍快,应读出急迫之意。后两句写汉军征集马队、屯驻广武、分遣精兵、出救朔方的场景,表现出生死搏斗一触即发。"屯"和"救"要重读,读出紧急征兵以及准备发兵奔赴沙场的豪迈之情。

此诗在思想与艺术上达到了较完美的统一,情节紧凑曲折,不断变化的画面和鲜明突出的形象在诗里得到了有机的结合。节选部分展现了边亭告急,征骑分兵,加强防卫的场景;原诗后文还进一步展现了虏阵精强,天子按剑,使者促战的场景;之后还着重展现了汉军壮伟场面,描写了战地自然风光;最后以壮士捐躯,死为国殇的高潮作结。

鲍照没有边塞生活的直接经验,却写出了成功的边塞作品,很可能是因为他善于把自己积累的北方边塞生活的间接知识和前辈作家的创作经验艺术地结合起来。他能自出心裁,自显身手,为南朝诗坛开出一朵奇葩。

鲍照家世寒微,但很有志气,曾谒见临川王刘义庆,毛遂自荐,但没有得到重视。他不死心,向刘义庆献诗言志,终得赏识,获封临川国侍郎,后来也做过太学博士、中书舍人之类的官。但在门阀制度森严的社会里,他始终是"下僚",不能有所作为。为此,他胸中郁结着愤愤不平之气。读鲍照的诗作,要读出他以天下为己任的豪情。

(罗伟)

易水送别①

[唐]骆宾王

此地别燕丹,壮士发冲冠②。
昔时人已没③,今日水犹寒④。

〔注释〕

①易水：在河北省西部，源出易县境，入南拒马河。荆轲入秦行刺秦王，燕太子丹饯别于此。②发冲冠：形容人极端愤怒，因而头发直立，把帽子都冲起来了。冠，帽子。③人：指荆轲。④犹：仍旧。

〔赏读提示〕

唐仪凤三年(678)，骆宾王以侍御史职多次上疏讽谏，触忤武后，不久便被诬下狱。仪凤四年秋天，骆宾王遇赦出狱。这年冬天，他即奔赴幽燕一带，投身战场，决心报效国家。《易水送别》一诗，大约写于这一时期。

从诗题上看，这是一首送别诗；从诗的内容上看，这又是一首咏史诗。诗人在送别友人之际，发思古之幽情，表达了对古代英雄的无限仰慕，从而寄托他对现实的深刻感慨，倾吐了自己满腔热血无处可洒的极大苦闷。

"此地别燕丹，壮士发冲冠"，这两句点出了诗人送别友人的地点——易水，它是战国时燕国的南界。"壮士"即荆轲，刺客。《史记·刺客列传》载，荆轲为燕太子丹复仇，奉命入秦刺杀秦王，太子丹和众宾客送他到易水岸边。临别时，荆轲怒发冲冠，慷慨激昂地唱《易水歌》："风萧萧兮易水寒，壮士一去兮不复还！"然后义无反顾，勇敢地启程。诗人骆宾王长期怀才不遇，亲身遭受武氏政权的迫害，爱国之志无从施展，因而在易水送友之际，自然地联想起古代君臣际会的悲壮故事，借咏史以喻今，为下面抒写怀抱创造了环境和气氛。在朗读时要注意："此地别燕丹"重在叙其事，语气比较舒缓；"壮士发冲冠"情绪更加激昂，特别是"发冲冠"三个字要有力，注意体会视死如归的豪情。

"昔时人已没，今日水犹寒"两句的意思是：那时的人(荆轲)已经都不在了(刺杀秦王未遂被杀)，只有易水还是寒冷如初。这既是咏史又是抒怀，同时也充分肯定了古代英雄荆轲的人生价值。在朗读这句的时候，"人已没"三个字可以适当延长一点，声音低沉一点，读出痛心、悲壮的味道。"今日水犹寒"中的"寒"字，寓意比较丰富，值得揣摩。首先，是客观的写景，写出北方冬季天气的寒冷。其次，是对历史的反思。荆轲这样的古代英雄，虽然奇功不就，但也令人肃然起敬。诗人面对着易水寒波，仿佛古代英雄所唱的悲凉激越的告别歌声还萦绕在耳边，使人凛然而产生一种奋发之情。再次，"寒"也是对现实的概括。诗人于易水岸边送别友人，不仅感到水冷气寒，而且更加觉得意冷心寒。骆宾王，有着远大志向，他愿洒满腔热血，干一番惊天动地的事业。然而却生不逢时，沉沦寂寞，诗人心中充满孤愤不平之气，如易水河一样，悠悠不尽。诗人只好向知心好友倾诉难酬的抱负和无尽的愤懑。所以在朗诵这句诗歌的时候注意体会诗人的三层心境,平静却不能平淡。可以重读"今日",以强调现状,让人联想到作者当下的情形。"犹寒"二字可适当延长,语气深沉凝重,留有余味。

（许清）

从军行①

[唐] 杨　炯

烽火照西京②,心中自不平。
牙璋辞凤阙③,铁骑绕龙城④。
雪暗凋旗画⑤,风多杂鼓声。
宁为百夫长⑥,胜做一书生。

〔注释〕

①从军行:为乐府《相和歌·平调曲》旧题,多写军旅生活。②西京:长安。汉唐以来长安为西京,洛阳为东京。③牙璋:古代发兵所用之兵符,分为两块,相合处呈牙状,朝廷和主帅各执其半。这里借指将帅。④龙城:又称龙庭,在今蒙古国鄂尔浑河的东岸,汉时匈奴的要地。汉武帝派卫青出击匈奴,曾在此获胜。这里指塞外敌方据点。⑤凋旗画:指旗帜上的图画黯然失色。凋,凋落,萎靡。⑥百夫长:一百个士兵的头目,泛指军队中的低级军官。

〔赏读提示〕

此诗属边塞题材,赞美投笔从戎、以身许国的壮举。唐调露、永隆年间(679—681),吐蕃、突厥曾多次侵扰甘肃一带,唐礼部尚书裴行俭奉命出师征讨。当时有志男儿无不以天下为己任,立志报国杀敌,建功立业。

首联"烽火照西京,心中自不平",借"烽火"这一形象化的景物,展现军情紧急。"照"字渲染了紧张气氛。而此联的关键词在"自"字,表现了书生由衷的爱国激情,可见投身保卫祖国的战争是出于自觉,出于热血沸腾。国家兴亡,匹夫有责,他不愿再把青春年华消磨在笔砚之间。

颔联"牙璋辞凤阙,铁骑绕龙城",承接首联的背景,写到出征和围敌,是诗意的飞跃。诗人借"牙璋"、"凤阙"两词,代指出兵。"铁骑绕龙城",可看出唐军已经神速地到达前线，并把敌方城堡包围得水泄不通。汉朝时，大将军卫青远征匈奴，直捣龙城。这龙城是匈奴首领所在的地方，也是主力军所在的地方。匈奴是游牧民族，龙城并不固定在一个地方，唐人诗中常用龙城，意思只是说敌人的巢穴。"铁骑"、"龙城"相对，渲染出龙争虎斗的战争气氛。

颈联"雪暗凋旗画，风多杂鼓声"，诗人并没有从正面着笔描写战争，而是通过景物描写进行烘托。前句从视觉出发：大雪弥漫，遮天蔽日，使军旗上的彩画都显得黯然失色；后句从听觉出发：狂风呼啸，与雄壮的进军鼓声交织在一起。两句诗，角度新颖，以象征军队的"旗"和"鼓"，表现出征将士冒雪同敌人搏斗的坚强无畏精神和在战鼓声激励下奋勇杀敌的悲壮激烈场面。

尾联"宁为百夫长，胜作一书生"，直接抒情，慷慨豪迈，哪怕只做一个领兵百人的低级军官，驰骋沙场，也不愿作置身书斋的书生。边塞是当时士人幻想建功立业的用武之地，尽管诗人没有到过边塞，然而在诗中表现的立功边塞的志向和慷慨情怀，却显得十分强烈。这种激扬文字的书生意气，是其诗歌骨气的重要因素。

这首短诗，对仗工整，音韵铿锵，写出慷慨激昂、勇往直前的气势，风格雄浑刚健。抓住整个过程中的战斗场面，作了形象概括的描写，至于书生是怎样投笔从戎的，他又是怎样告别父老妻室的，一路上行军的情况怎样，诗人一概略去不写。这种粗线条的刻画，也形象地折射出了处在发展向上时期的唐代社会国民的自信、尚武的心理，奏响时代的强音。

（曹玉明）

望洞庭湖赠张丞相①

［唐］孟浩然

八月湖水平，涵虚混太清②。
气蒸云梦泽③，波撼岳阳城。
欲济无舟楫④，端居耻圣明⑤。
坐观垂钓者，徒有羡鱼情⑥。

〔注释〕

①洞庭湖：中国第二大淡水湖，在今湖南省北部。张丞相：指张九龄，唐玄

宗时宰相。②涵虚:包含天空,指天空倒映在水中。涵,包容。虚,虚空,空间。混太清:与天混为一体。太清,指天空。③云梦泽:古代云梦泽分为云泽和梦泽,指湖北南部、湖南北部一带低洼地区。洞庭湖是它南部的一角。④欲济无舟楫:想渡湖而没有船只,比喻想做官而无人引荐。济,渡。楫(jí),划船用具,船桨。⑤端居:闲居。圣明:指太平盛世。古时认为皇帝圣明,社会就会安定。⑥徒:只能。羡鱼:《淮南子·说林训》中说"临河而羡鱼,不如退而结网"。

〔赏读提示〕

　　本诗是孟浩然写给当朝宰相张九龄的干谒之作,从对洞庭湖壮美景观的描写起篇,通过"欲济无舟楫"巧妙过渡,曲折地表达了自己想要入朝出仕、为国效力的愿望。

　　首联以一个"平"字点出洞庭湖之汪洋浩大。八月洞庭湖正处于丰水期,水涨至与湖岸相平的程度,笔力至此,其浩瀚广阔已不言而喻。然而作者仍觉未将洞庭湖之声势写足,加一"涵"字,写洞庭湖已将渺远无垠的天空包收其中,洞庭之广之阔让人为之赞叹。作者还觉不够,最后以一"混"字写出无垠的天空与浩瀚的洞庭湖相交无界的图景,拉远画面的同时也扩大了视界,境界雄浑开阔。

　　颔联在首联将洞庭湖的广阔渲染充足的基础上,浓墨重彩铺陈洞庭湖气势之非凡。云梦泽也可分为云泽和梦泽。云泽在江北,梦泽在江南,范围极广,是今江汉平原上古代湖泊群的总称。洞庭湖本只是它南部的一角,但在诗人眼中,倒像是洞庭湖蒸腾的水汽吞没了整个云梦大泽,滋养了整个云梦大泽的草草木木。西南风起,洞庭水动,波涛涌动着向东北岸的岳阳城澎湃而去,仿佛雄伟的岳阳城都被洞庭之波撼动了！这样的洞庭湖不仅气势十足,也极富动态了。朗读时要用极为饱满的声调,读出首颔两联景色的壮阔美感。

　　颈联作者开始显露自己写作的意图了,笔触也从写景转入抒情。湖水浩浩荡荡,作者身处此景,不禁想要泛舟湖上,亲历洞庭壮阔,探寻湖水尽头。怎奈无舟楫可用啊？孟浩然这里是将丞相张九龄比作自己入朝为官的舟楫,实在委婉而巧妙。唐代门阀制度森严,士子进阶颇难,多要干谒权贵以求引荐,但言词又不能过于直白,称颂也需得体面有分寸,限制颇多。正是在这样的条件下,孟浩然写出的本诗既清晰地传递了自己的想法,又保持了自己的身份,不露寒乞相,还借此展现了自己精妙的才思,一箭三雕,非大才学不能及此。

　　当此天子有为的太平盛世,自己却在家端坐闲居,孟浩然自觉惭愧,深以为耻。一个"耻"字,道出了他以天下为己任的责任感。尾联更是借"临渊羡鱼,不如退而结网"(《淮南子·说林训》)的古语,表明自己对在朝为国出力的"垂钓者"们的羡慕之意,和对"退而结网"的向往之情。字里行间自然露出对被援引的期待,依旧与"湖水"的情境相应,不露痕迹。让人不忍令这样以不能为国效力为耻的有志之士"徒有"报国之情,怎会不愿意为这样积极进取之人寻找出路呢?

本诗将写景与抒情有机结合在一起,触景生情,情在景中,艺术效果动人心魄!足见记录诗人"太学赋诗,名动公卿,一座倾服,为之搁笔"之才情的文字所言非虚。

(宋丽丽)

使至塞上

〔唐〕王 维

单车欲问边①,属国过居延②。
征蓬出汉塞③,归雁入胡天④。
大漠孤烟直⑤,长河落日圆。
萧关逢候骑⑥,都护⑨在燕然⑦。

〔注释〕

①单车:形容轻车简从。②属国:典属国的简称。汉代称负责外交事务的官员为典属国,唐人有时以"属国"代称出使边陲的使臣,这里诗人用来指自己使者的身份。③征蓬:随风远飞的枯蓬,此处为诗人自喻。④归雁:雁是候鸟,春天北飞,秋天南行,这里是指大雁北飞。胡天:胡人的领地。这里是指唐军占领的北方。⑤烟:烽烟,报警时点的烟火。⑥萧关:古关名,现在宁夏固原东南。⑦都护:唐代边疆设有都护府,其长官称都护,这里指前敌统帅。

〔赏读提示〕

唐开元二十五年(737)春,河西节度副使崔希逸大胜吐蕃,边境线往外推进了许多朝廷收到捷报后,派王维以监察御史身份出塞慰问。王维在西行途中,写下了这首著名的五言律诗。

本诗开头表现了诗人在写景之中微露失意的情绪,这种情绪便是从"单车"二字引发出来。而后一句说身过"居延"这特殊的地域,则成为诗中描绘的风光景物的根据。接下来,诗人写这次出使边塞的时间。"征蓬出汉塞",蓬草成熟后枝叶干枯,随风飘卷。这一句是诗人借蓬草自喻,写飘零之感。古诗中说到蓬草,大多是自叹身世。本诗中的"出汉塞"恰与诗人此行相映照,而且这三个字异国他乡的情味甚为浓厚,这就加深了飘零之感。颔联在表现上采用的是对照的写法。"征蓬"于诗人是正比,而"归雁"于诗人则是反衬。"归雁入胡天",在一派春光中,雁北归旧巢育雏,而诗人迎着漠漠风沙像蓬草一样飘向塞外,景况迥然不同。朗读时,节奏应比较舒缓,读出诗人淡淡的怅惘之情。

颈联两句,诗人将笔墨重点放在塞外雄浑壮丽的风光:"大漠孤烟直,长河落日圆。"写景境界阔大,气象雄浑。第一个画面,是大漠孤烟。诗人置身于大漠,展现在他眼前的是黄沙莽莽,无边无际。昂首看天,天空没有一丝云影;极目远眺,但见天尽头有一缕孤烟在升腾。诗人的精神为之一振,似乎觉得这荒漠有了一丝生气。第二个画面,是长河落日。这是一个特写镜头,时当傍晚,落日低垂河面,河水闪着粼粼的波光。这是怎样美妙的时刻啊!诗人只用了一个"圆"字,即准确说出河上落日的景色特点,仿佛河水有着吞吐日月的宏阔气势,使整个画面更显得雄奇瑰丽。

尾联"萧关逢候骑,都护在燕然",写到了边塞,却没有遇到将官,侦察兵告诉使臣:首将正在燕然前线,流露出对都护的赞扬之情。朗读时,应该把握住诗人的情感变化,读出豪放与昂扬的情绪来。

此诗既反映了边塞生活,同时也表达了诗人由于被排挤而产生的孤独、寂寞、悲伤之情,以及在大漠的雄浑景色中情感得到熏陶、净化、升华后产生的慷慨悲壮之情,显露出一种豁达情怀。 (陈姝)

行路难①（其一）

[唐] 李 白

金樽清酒斗十千②,玉盘珍羞直万钱③。
停杯投箸不能食,拔剑四顾心茫然。
欲渡黄河冰塞川,将登太行雪满山。
闲来垂钓碧溪上④,忽复乘舟梦日边⑤。
行路难,行路难,多歧路,今安在?

长风破浪会有时⑥，直挂云帆济沧海⑦。

〔注释〕

①行路难：乐府古题，李白以此为题写了三首诗，这是第一首。②樽：古代盛酒的器具。斗十千：形容酒价昂贵。③珍羞：珍贵的菜肴。羞，同"馐"，食物。直：同"值"，价值。④闲来垂钓碧溪上：传说吕尚（姜太公）末遇周文王时，曾一度垂钓于磻（pán）溪（今陕西宝鸡东南），后辅佐周武王灭商。⑤忽复乘舟梦日边：相传商朝的伊尹在被商汤委以国政的前夕，梦见自己乘船经过日月之旁。吕尚和伊尹都曾辅佐帝王建立不朽功业，李白借此表明对自己的政治前途仍存极大的希望。⑥长风破浪：比喻实现政治理想。据《宋书·宗悫（què）传》载，宗悫少年时，叔父宗炳问他的志向，他说："愿乘长风破万里浪。"⑦济：渡过。

〔赏读提示〕

唐天宝元年，李白奉诏入京，本想有所作为，不料只能做个御用文人。加上权臣贵戚的谗言攻击，终于在天宝三年被皇帝赐离朝廷。组诗《行路难》就写在诗人离开长安时，这是第一首。

李白心怀抱负，他毫不掩饰自己对功名事业的向往。"仰天大笑出门去，我辈岂是蓬蒿人。"李白的这种渴望，在《行路难》中表现得异常明显。"欲渡黄河冰塞川"中的"欲"，写出李白想要有所作为。"将登太行雪满山"中的"将"，与"欲"同样。"闲来垂钓碧溪上，忽复乘舟梦日边"中典故的引用，说明李白在等待机遇，期盼有所作为。但理想是美好的，现实是残酷的。他想横渡黄河，因有坚冰封冻，不能实现；他想攀越太行，又因大雪封山，无法攀登。"冰塞川"、"雪满山"、"多歧路"，内心的渴望和仕途的艰难形成强烈反差，仕途的艰难困苦犹如一块磐石，将李白困于其间。这是用自然界道路的艰险，象征仕途的艰险、人生的艰难。

众所周知，"李白斗酒诗百篇，长安市上酒家眠"，他是嗜酒的"酒中仙"啊！"五花马、千金裘，呼儿将出换美酒"，他可是"花间一壶酒，独酌无相亲"，也能"举杯邀明月，对影成三人"啊！如今，面对"金樽清酒"、"玉盘珍羞"却"停杯投箸"，这之间强烈的反差，正是李白胸怀抱负却无法实现时内心抑郁愤懑的具体体现。

但李白毕竟是盛唐的浪漫主义诗人，他悲而不伤，在失望之中依然抱有希望。他想到曾经在碧溪垂钓的吕尚和做梦经过日月旁边的伊尹，这就表示对自己政治前途仍旧抱有希望。积极乐观的态度终于使他摆脱了歧路彷徨的苦闷。他相信尽管前路障碍重重,但仍将会有一天,乘长风破万里浪,挂上云帆,横渡沧海,到达理想彼岸。诗人用"长风破浪"比喻其宏伟抱负,接以"会有时",肯定这一抱负有施展的时候。其坚定的信念、不屈的精神,表现得何等豪迈! 最后两句,诗人吟出了充满信心与展望的最强音。

这首诗一共八十二个字,在七言歌行中只能算是短篇,但它十分整齐、押韵,而且节奏感强,读起来朗朗上口,增强了表现效果。全诗随着韵脚的转换,平仄的交替运用,前呼后应,层出不穷,节奏感强烈而优美。同时"行路难,行路难"的反复使用,不仅毫无累赘之感,反而增强了气势,形象地显示了诗人复杂的感情变化。到结尾二句时,经过前面的反复回旋以后,境界顿开,要读出高昂乐观的调子。

历经层层叠叠的感情起伏变化,不但充分显示了黑暗污浊的政治现实对诗人的宏大理想抱负的阻遏,也反映了由此而引起的诗人内心的强烈苦闷、愤郁和不平,同时又突出表现了诗人的倔强、自信和他对理想的执着追求,展示了诗人力图从苦闷中挣脱出来的强大精神力量。

（王生福）

上李邕①

[唐] 李　白

大鹏一日同风起②,扶摇直上九万里③。
假令风歇时下来④,犹能簸却沧溟水⑤。
世人见我恒殊调⑥,闻余大言皆冷笑⑦。
宣父犹能畏后生⑧,丈夫未可轻年少⑨。

〔注释〕

①李邕:字泰和,江都人。唐玄宗时任北海太守,书法、文章都有名,世称李北海。②大鹏:传说中的大鸟。③扶摇:由下而上的旋风。《庄子·逍遥游》:"鹏之徙于南溟也,水击三千里,抟扶摇而上者九万里。"　④假令:假使。⑤簸:摇动,掀动。沧溟:海水弥漫的样子。这里指大海。⑥殊调:不同的格调。这里借指不同的见解与态度。⑦大言:豪言壮语。⑧宣父:唐朝统治者给孔子的封

号。⑨丈夫：年尊者，这里指李邕。年少：李白谦称。

〔赏读提示〕

　　这首诗是李白青年时代的作品。李邕在唐开元七年至九年前后，曾任渝州（今四川重庆市）刺史。李白游渝州谒见李邕时，不拘俗礼，且谈论间放言高论，纵谈王霸。李邕见他放纵气傲，甚为不悦。李白在临别时写了这首略带调侃与讽刺的《上李邕》一诗，以示回敬。

　　后人说李白是承袭了庄子的风采，潇洒飘逸。这首开篇即以庄子《逍遥游》中的大鹏自比："大鹏一日同风起，扶摇直上九万里。假令风歇时下来，犹能簸却沧溟水。"大鹏鸟"其翼若垂天之云"，翅膀拍下水就是三千里，扶摇直上，可高达九万里。它是庄子哲学中自由的象征、理想的图腾。李白年轻时胸怀大志，非常自负，又深受道家哲学的影响，心中充满了浪漫的幻想和宏伟的抱负。他以"扶摇直上九万里"的大鹏自比，即使不借助风的力量，以它的翅膀一扇，也能将沧溟之水一簸而干，这里极力夸张这只大鸟的神力。在这前四句诗中，诗人寥寥数笔，就勾画出一个力簸沧海的大鹏形象——也是年轻诗人豪迈自信的心语表达。诵读时要读出阔大、自信的气势。

　　诗的后四句，直指李邕："时人见我恒殊调，见余大言皆冷笑。宣父犹能畏后生，丈夫未可轻年少。""时人"，指当时的凡夫俗子，显然也包括李邕在内。"殊调"，与后面的"大言"同义，指不同凡响的言论。李白的宏大抱负，常常不被世人所理解，被人当做"大言"来耻笑。正如《逍遥游》中嘲笑大鹏鸟的"蜩与学鸠"，燕雀安知鸿鹄之志？但李邕少年成名，文章高深，天性豪放，不拘小节，竟与凡夫俗子一般见识，着实令诗人心中不平。于是，李白就抬出圣人识拔后生的故事，反唇相讥："宣父犹能畏后生，丈夫未可轻年少！"宣父，指孔子，唐太宗贞观十一年，"诏尊孔子为宣父"（《新唐书·礼乐志》）。《论语·子罕》中说："子曰：后生可畏。焉知来者之不如今也？"这两句意为孔老夫子尚且觉得后生可畏，你李邕难道比圣人还要高明？男子汉大丈夫千万不可轻视年轻人呀！后两句对李邕既是揶揄，又是讽刺，也是对李邕轻慢态度的回敬，态度相当桀骜，显示出少年锐气。读"犹能"稍重读，"未可"略强调。

　　对于李邕这样一位名士，李白竟敢指名直斥与之抗礼，足见青年李白的气识和胆量。"不屈己、不干人"，笑傲权贵，平交王侯，正是李太白的真正本色。但与此同时，我们也要有这样的认识：李白之所以大胆言说，也恰恰因为他知道李邕性情耿直、轻视权贵，非一般俗人，才会有这番直言。

（曹玉明）

轮台歌奉送封大夫出师西征

〔唐〕岑 参

轮台城头夜吹角，轮台城北旄头落①。
羽书昨夜过渠黎，单于已在金山西。
戍楼西望烟尘黑②，汉兵屯在轮台北。
上将拥旄西出征，平明吹笛大军行。
四边伐鼓雪海涌，三军大呼阴山动。
虏塞兵气连云屯③，战场白骨缠草根。
剑河风急雪片阔，沙口石冻马蹄脱。
亚相勤王甘苦辛，誓将报主静边尘。
古来青史谁不见，今见功名胜古人。

〔注释〕
①旄（máo）头：二十八星宿中的"昴宿"，旧时以为"胡星"。"旄头落"即胡人败亡之兆。②戍楼：驻防的城楼。③虏塞：敌方要塞。

〔赏读提示〕
诗歌前六句写战前两军对垒的紧张情景。这里没有从自然环境落笔，而是直接进入战阵：驻军所在地的城头，角声划破夜空，一种异样的沉寂笼罩着夜幕下的一切。这就暗示部队已进入紧张的备战状态。古人认为旄头跳跃主胡兵大起，而"旄头落"则主胡兵覆灭。"轮台城头夜吹角，轮台城北旄头落"，"轮台城"三字连续出现在开头，形成连贯的语势，烘托出紧张的战时气氛。把"夜吹角"与"旄头落"两种现象联系起来，既能表达敌忾的意味，又象征唐军必胜。此时应以一种成竹在胸的语调来诵读，力求读出唐军紧张、有序的气氛，以及士气高昂的雄心。气氛酝足，下一句点明缘由："羽书昨夜过渠黎，单于已在金山西。"局势紧张的根源是胡兵入寇。先交代结果，再叙述根源，果因倒置的手法，使开篇奇突警湛。"单于已在金山西"与"汉兵屯在轮台北"，句式相同，两个"在"字，展现两军对垒之势。此时战事一触即发，紧张气氛跃然纸上。

接下来的四句写白昼出师与交战。诗人极力渲染吹笛伐鼓，军队声威显著。诗人写自然界的大风大雪、极寒酷热，诗中所描写的人物，尽是"大"人物：

将是拥旄的"上将",三军被诗人称为"大军",士卒呐喊是"大呼"。总之,诗人在这里所表现出来的,是一幅广大蓬勃的场景。诵读时,气势要足,要读出军队的声威超于自然之上、气势雄伟之感。

末四句照应题目,预祝奏凯,以颂扬作结。"誓将报主静边尘",通过前面两层对战争的正面叙写与侧面烘托,已有力地暗示出战争必胜的结局。末二句预祝之词,说"谁不见",意味着古人之功名书在简策,万口流传,早觉不新鲜了。这里颇有毛泽东"数风流人物,还看今朝"的味道:"今见功名胜古人。"青史已然显赫,但今人更胜古人。作为盛唐时代边塞浪漫诗风的重要代表作家,岑参的这首诗充满大唐盛世的浪漫气息。这种溢于言表的恢弘气势,正是大唐国力强劲的表现。

全诗四层写来一张一弛,顿挫抑扬,结构紧凑,音情配合极好。有正面描写,有侧面烘托,又运用象征、想象和夸张等手法,特别是渲染大军声威,造成极宏伟壮阔的画面。男儿报国之志,英雄家国情怀,尽数写在边关风雪之上。

(孙璐)

塞下曲①（其二）

[唐] 卢 纶

林暗草惊风②,将军夜引弓③。
平明寻白羽④,没在石棱中⑤。

〔注释〕

①塞下曲:古代歌曲名。这类作品多是描写边塞风光和军营生活的。②惊风:突然被风吹动。③引弓:拉弓,开弓。④平明:天刚亮的时候。⑤没:陷入,这里是"钻进"的意思。

〔赏读提示〕

《塞下曲》本是乐府旧题,用旧题谱写新词,在唐代颇为盛行。卢纶是中唐时期的诗人,大历十才子之一。他曾经在军中任职,这是他能够写下组诗《塞下曲》的生活基础。

本诗描写将军夜里巡逻时发生的故事。

诗歌首句就交代了故事发生的时间、地点、起因。天色已晚，幽暗的树林里，一阵风吹来，草木纷纷倒向一边。风是突然吹起来的，人不由得惊了一下：风是怎么吹起来的？草里有什么？一个"惊"字，营造出异常紧张的气氛。读这句诗时，可以适当地降低语调，读出紧张的气氛。

夜色幽暗，根本看不见草里有什么，但是警惕性很高的将军，随即拉弓射箭，射向草丛。"引"是拉的意思，将军把弓拉得满满的再射箭。在紧张之余，将军仍然从容不迫地完成了射箭的整个流程。诗歌的第二句为我们刻画了一个英姿勇猛、镇定自若的将军形象。朗读这句诗，可适当流露出赞赏之情。

诗歌后两句写故事的结局。当晚夜色太浓，无法知晓将军射中了什么。第二天天亮后，将军前来搜寻自己所射之箭，发现那枝箭已深深地射进了巨石当中，只露出一点点白色羽毛做的箭尾。一个"没"写出了箭射入之深。再看射中巨石的部位，不是石孔，不是石缝，竟然是巨石上凸出的坚硬部分——石棱。这需要多大的臂力啊！这两句诗语言虽然直白，但更能引人遐想。如果这枝箭射中的真是猛兽、真是敌人，那又会怎样？不由人不惊讶！朗诵时，要读出惊叹、赞叹之情。

这首边塞小诗，取材于西汉名将李广射虎的故事，但诗中没有明确指出。我们可以理解为这是诗人对李广的赞美，也是对那些英勇无畏、骁勇善战、武艺高强的戍边将士的赞美。

（胡志梅）

塞下曲（其三）

［唐］卢　纶

月黑雁飞高[①]，单于夜遁逃[②]。
欲将轻骑逐[③]，大雪满弓刀。

〔注释〕

①月黑：没有月光。②单于：匈奴的首领。这里指入侵者的最高统帅。遁：逃走。③将：率领。轻骑：轻装疾行的骑兵。

〔赏读提示〕

本诗写黑夜交战的场面。"月黑雁飞高"，描写了黑夜战场的景象。雪夜月黑,本不是雁飞的正常时刻;而宿雁惊飞,透露出敌人正在行动。寥寥五字,既交代了时间为冬季,又渲染了战前的紧张气氛。一仗打下来,胜负如何呢?"单于夜遁逃",敌人的军队全面溃败,连他们的首领都连夜逃跑了。朗读时,语调应低缓深沉,读出两军交战前的恐怖氛围。

后两句写将军准备追敌的场面。"欲将轻骑逐",将军高度自信,本想领着轻骑兵去追赶,但是"大雪满弓刀",雪下得太大,刹那间弓箭刀枪上都落满了雪花,结果只得让敌人暂时逃跑了。最后这一句是对严寒景象的描写,突出表达了战斗的艰苦性。朗读时,声音应高亢激昂,读出对将士们奋勇杀敌的赞扬之情。

这首五言绝句,短短二十个字,不可能描写两军交战的情况,但是从诗中反映出来的战斗气氛,从将军要率领轻骑追击的勇气,可以看出这支军队旺盛的士气和将军的英勇善战,表现了诗人对这位将军以及他所率领的军队的热情赞美。

(陈姝)

左迁至蓝关示侄孙湘①

〔唐〕韩　愈

一封朝奏九重天②,夕贬潮阳路八千。
欲为圣明除弊事③,肯将衰朽惜残年④!
云横秦岭家何在⑤?雪拥蓝关马不前⑥。
知汝远来应有意⑦,好收吾骨瘴江边⑧。

〔注释〕

①左迁:降职,贬官,指作者被贬到今广东省辖地级市潮州。蓝关:在今陕西省西安市辖县蓝田县南。湘:韩愈的侄孙韩湘。韩湘此时27岁,尚未登科第,远道赶来从韩愈南迁。②一封:指一封奏章,即《谏迎佛骨表》。九重(chóng)天:古称天有九层,第九层最高,此指朝廷、皇帝。③圣明:指皇帝。弊事:政治上的弊端,指迎佛骨事。④肯:岂肯。⑤秦岭:在蓝田县内东南。⑥拥:阻塞。马不前:古乐府《饮马长城窟行》:"驱马涉阴山,山高马不前。" ⑦汝:你,指韩湘。⑧"好收"句:意思是自己必死于潮州,向韩湘交代后事。瘴江边,指贬所潮州。

〔**赏读提示**〕

　　唐元和十四年(819)正月,唐宪宗命宦官从凤翔府法门寺真身塔中,将所谓的释迦牟尼佛的一节指骨迎入宫廷供奉,并送往各寺庙,要官民敬香礼拜。时任刑部侍郎的韩愈看到这种信佛行为,便写了一篇《谏迎佛骨表》,劝谏阻止唐宪宗,指出信佛对国家无益,而且自东汉以来信佛的皇帝都短命,结果触怒了唐宪宗,韩愈几乎被处死。经裴度等人说情,最后韩愈被贬为潮州刺史,责其即日上道,限期前往贬所潮州。潮州在今广东东部,距离当时的京师长安有千里之遥。韩愈只身一人,仓促上路,走到今陕西西安的蓝田关口时,他的妻儿还没有跟上来,只有他的侄孙跟了上来。韩愈情绪激荡,写下本诗。

　　首联交代背景。朝奏夕贬,不可谓不迅疾,却并非一种文学意义上的夸张,而是对所历事实的客观陈述。朗读时可重读"朝"、"夕"二字,强调反差之大。贬所何处?广东潮州。距此几何?"八千"之遥!"八千"不是确数,但一样并非夸张。年过半百的韩愈被迫当日启程前往当时仍算蛮荒之地的遥远的广东,只因自己向皇帝上了一封"欲为圣明除弊事"的《谏迎佛骨表》。这本是忠臣之谏,却不被理解,反被重罚,韩愈为自己抱屈,一腔愤懑不平,满腹委屈伤心。但他坚信自己无错,无悔之前的诤谏,明知自己已是"衰朽残年"而前路艰险异常,依旧走得磊落坦然,一个"肯"字加一个"惜"字,刚直不阿之态毕现。朗读本句时,也可用反问语气,问出一位忠心之士的怨愤与无悔。

　　颈联"云横秦岭家何在,雪拥蓝关马不前",实写自己在蓝关所见之景。作者此时到达了陕西蓝田县南的蓝关,深情回望家乡,却被蓝田县东南云遮雾绕的高大秦岭阻隔了视线,退无可退。咬牙前行,却遭遇了大雪阻塞的蓝关,连马儿都徘徊畏惧不前,进亦无可进。韩愈此时心境,怎一句"悲酸"了得?细细涵泳,还能品味出"云横"、"雪拥"的政治气候如何恶劣不堪,咀嚼出这对"家"的一望中怀着多少对国都的眷顾依恋,想象出一位迟暮英雄在失路的道口是怎样难言的凄怆,画面感十足。

　　如果说颈联还只是有口难言"悲酸"的话,尾联已是溢于言表的"悲痛"了。韩愈少年丧父,稍长丧兄,与侄儿韩老成一同被嫂子抚养长大。"吾上有三兄,皆不幸早逝。承先人后者,在孙惟汝,在子惟吾,两世一身,形单影只。嫂尝抚汝指吾而言曰:'韩氏两世,惟此而已!'"韩愈在这里记述的相依为命、共继祖脉的"汝",就是指韩湘的父亲韩老成。而韩老成亦于韩湘十岁时故去,韩愈动情地写下了流传千古的《祭十二郎文》,文中他向韩老成立下誓言"教吾子与汝子,幸其成",对侄孙韩湘的感情真是厚比亲子。此时韩湘日夜兼程在陕西赶上了限期抵贬所的韩愈,韩愈亦料定自己此行潮州必死无疑,见到亲如生子的韩湘,惨痛地交代起了后事:贬所潮州瘴气弥漫的大江之滨,定是我残骸所葬之地。侄孙儿韩湘啊,你此次从我南行,便要在那里为我收骨了啊。犹记《左传·僖公三十二年》中老臣蹇叔曾对着跟从他已料定必败的军队出师的儿子哭道:"必死是间,余收尔骨焉。"白发人送黑发人,场景令人潸然泪下。这里看到反其意用之的韩愈对韩湘交代后事,一样令人长叹不已,唏嘘难抑。

本诗以格律论,韩愈以文入诗,对仗不工,却对比鲜明,诗味醇厚。以感情论,此情真切沉郁,境界雄浑。纪昀赞其"语极凄切,却不衰飒",其言得之。

(宋丽丽)

剑　客①

[唐] 贾　岛

十年磨一剑,霜刃未曾试②。
今日把示君③,谁有不平事④?

〔注释〕

①剑客:精于剑术、轻生尚义的人物。②霜刃:剑刃雪亮,其白如霜。形容剑锋锐利,寒光逼人。③把示:将这把剑给你看。④谁有:一作"谁为"。

〔赏读提示〕

贾岛之诗多描写凄苦荒凉的生活,流露出求仕不遇的苦闷,被后世传诵的不多。但这首《剑客》写侠客的豪爽意气,慷慨动人,颇有风骨。

首句"十年磨一剑",出语不凡,给读者创造了一个丰富的想象空间。十年的时间啊,剑客忍受了多少严寒酷暑,呕心沥血,才精心磨制出这把宝剑,练就一身武艺。短短五个字,足见剑客坚定的志向。那么,这究竟是一把什么样的剑呢? 第二句是对剑的正面描写,"霜刃未曾试"写出此剑刃如白霜,寒光闪烁,是一把锋利无比却还没有试过锋芒的宝剑。诗句并没有具体描绘剑柄与剑身的细节,单单只写了剑刃就让人浮想联翩。为何"未曾试"? 是尚未路见不平,所以没有机会拔刀相助,还是自己的武功尚欠火候没有办法实现理想抱负? 可能二者兼有。诵读时,应放慢语速,读出剑客十年磨剑的艰辛与不易。

"今日把示君,谁有不平事?"现在遇到了"君",剑客便马上来了个毛遂自荐,充满自信地展示自己,请您看看我的宝剑。天下哪里有冤屈和不平,我将奋勇上前,用这宝剑去铲除和消灭! 一个满怀豪情壮志、急欲施展才华建立一番功业的剑客形象跃然纸上,这样的剑客不禁让人肃然起敬。诵读时,语调应铿锵有力,让听者感受到剑客的一身正气与侠气。

显然,"剑客"是诗人自喻,而"剑"则比喻诗人的才能。他没有描写自己十年寒窗的生涯,也没有表白自己出众的才能和宏大的理想,而是通过巧妙的艺术构思,把自己的壮志豪情含而不露地融入"剑"和"剑客"的形象里。这种寓政治抱负于鲜明形象之中的表现手法是很高明的。　　　　　　　　　　(陈姝)

致酒行①

[唐]李　贺

零落栖迟一杯酒②,主人奉觞客长寿③。
主父西游困不归④,家人折断门前柳。
吾闻马周昔作新丰客⑤,天荒地老无人识。
空将笺上两行书,直犯龙颜请恩泽。
我有迷魂招不得⑥,雄鸡一声天下白。
少年心事当拏云,谁念幽寒坐呜呃⑦。

〔注释〕

①致酒:劝酒。行:乐府诗的一种体裁。②零落栖迟:是说诗人潦倒闲居,漂泊落魄,寄人篱下。③奉觞:捧觞,举杯敬酒。客长寿:敬酒时的祝词,祝身体健康之意。④主父:《汉书》记载:汉武帝的时候,"主父偃西入关见卫将军,卫将军数言上,上不省。资用乏,留久,诸侯宾客多厌之。"后来,主父偃的上书终于被采纳,当上了郎中。⑤马周:《旧唐书》记载:"马周西游长安,宿于新丰,逆旅主人唯供诸商贩而不顾待。周遂命酒一斗八升,悠然独酌。主人深异之。至京师,舍于中郎将常何家。贞观五年,太宗令百僚上书言得失,何以武吏不涉经学,周乃为陈便宜二十余事,令奏之,皆合旨。太宗怪其能,问何,对曰:'此非臣

所能,家客马周具草也。'太宗即日招之,未至间,遣使催促者数四。及谒见,与语甚悦,令值门下省。六年,授监察御史。" ⑥迷魂:这里指执迷不悟。宋玉曾作《招魂》,以招屈原之魂。⑦"少年"二句:少年人应有高远的理想,可是谁能想到我却如此凄凉寂寞呢?擎云,高举入云。呜呃,悲叹。

〔赏读提示〕

　　这首诗写诗人客居长安,求官而不得的困难处境和潦倒感伤的心情;诗人以不得志之人的身份作客饮酒,前四句写作客的情形和潦倒自伤的心情;中间四句,诗人由自伤转为自负和自勉,引汉代名士主父偃和唐代名士马周自比,说明自己有经世之才,早晚会得到皇帝赏识;后四句,诗人又由自负和自勉转为自伤,感慨自己冷落寂寞的处境。三层意思转折跌宕,沉郁顿挫,而以怀才不遇之意加以贯通。

　　从开篇到"家人折断门前柳"四句一韵,为第一层,写劝酒场面。先总说一句,"零落栖迟"与"一杯酒"连缀,在诵读时应读出诗人潦倒消沉的情绪,"零落栖迟"与"一杯酒"之间应稍作停顿,大致地表示以酒解愁的意思。不从主人祝酒写起,而从客方(即诗人自己)对酒兴怀落笔,突出了客方悲苦愤激的情怀,使诗一开篇就具"浩荡感激"的特色。接着,诗境从"一杯酒"而转入主人持酒相劝的场面。他首先祝客人身体健康。"客长寿"三字有丰富的潜台词:忧能伤人,折人之寿,而"留得青山在",才能"不怕没柴烧"。七字画出两人的形象,一个是穷途落魄的客人,一个是心地善良的主人。紧接着,似乎应继续写主人的致辞了。但诗笔就此打住,以下两句作穿插,再引申出"零落栖迟"的意思,显得委婉含蓄。"主父西游困不归",是说汉武帝时主父偃的故事。主父偃西入关,郁郁不得志,资用匮乏,屡遭白眼(见《汉书·主父偃传》)。诗人以他来自比,"困不归"中含有无限辛酸之情,应读出落魄无奈之意。古人多因柳树而念别。"家人折断门前柳","家人"、"折断"后分别稍停顿,"柳"应中读,并借上声之音稍作下滑,以表现家人的望眼欲穿及诗人自己的久羁异乡之苦。这是对面落笔的写法。引古自喻与对面落笔同时运用,都使诗情曲折,生动有味。经过这两句的跌宕,再继续写主人致辞,诗情就更为摇曳多姿了。

　　"吾闻马周昔作新丰客"到"直犯龙颜请恩泽"是第二层,为主人致酒之辞。"吾闻"二字领起,是对话的标志,要稍作停顿,"闻"音要稍拖长,以领起下文;同时通过换韵,与上段划分开来。这几句主人的开导写得很有意味,他抓住上进心切的少年心理,甚至似乎看穿诗人引古自伤的心事,有针对性地讲了另一位古人一度受厄但终于否极泰来的奇遇：唐初名臣马周，年轻时受地方官吏侮辱，在去长安途中投宿新丰，逆旅主人待他比商贩还不如，他的处境比主父偃更为狼狈。为了强调这一点，诗中用了"天荒地老无人识"的生奇夸张造语，那种抱荆山之玉而"无人识"的悲苦，以"天荒地老"四字来表达，看似无理，实际上极能尽情，要读出讽刺的意味，"无人识"要读出同病相怜、惺惺相惜的无奈。马周一度像这样困厄难堪，以后却时来运转，因替他寄寓的主人、中郎将常何代笔写条陈，唐太宗十分高兴，予以破格提拔。

"空将笺上两行书，直犯龙颜请恩泽"说的就是这件事。主人的话到此为止，只称引古事，不加任何发挥，但这番语言很富于启发性。他说马周只凭"两行书"即得皇帝赏识，言外之意似乎是：政治出路不只是有一种途径，"囊锥"终有出头之日，科场受阻也不能悲观。事实上，马周只是被唐太宗偶然发现，这里却说成"直犯龙颜请恩泽"，主动自荐，似乎又在怂恿少年要敢于进取，创造成功的条件。这四句以古事对古事，话中有话，极尽循循善诱之意，因此诵读时的语气要与前面诗句不同，要读出勉励之意。

"我有迷魂招不得"至篇终为第三层，直抒胸臆作结。"听君一席话，胜读十年书"，主人的开导使"我"这个"有迷魂招不得"者茅塞顿开。诗人运用擅长的象征手法，以"雄鸡一声天下白"写主人的开导生出奇效，使他的心胸豁然开朗。这"雄鸡一声"是一鸣惊人，而"天下白"的景象更是光明璀璨。这一句要读出诗人的豪情壮志，于是末二句写道："少年心事当拏云，谁念幽寒坐呜呃。""幽寒坐呜呃"五字，用语独造，形象地刻画出诗人自己"咽咽学楚吟，病骨伤幽素"（《伤心行》）的苦态。"谁念"一句，同时也就是一种对旧我的批判。末二句音情激越，颇具兴发感动的力量，使全诗具有积极的思想色彩。　　　　　（时明）

南　园①（其五）

[唐] 李　贺

男儿何不带吴钩，收取关山五十州②？
请君暂上凌烟阁③，若个书生万户侯？

〔注释〕

①南园:昌谷南园为李贺读书处。其《南园》组诗十三首,写当地景物和杂感,此为第五首。②关山五十州:指当时藩镇割据、中央不能掌管的地区。《资治通鉴·唐纪》载唐宪宗元和七年李绛云:"今法令所不能制者,河南北五十余州。"③凌烟阁:唐太宗贞观十七年(643),画开国功臣二十四人于长安凌烟阁。

〔赏读提示〕

这首诗由两个设问句构成,顿挫激越,而又直抒胸臆,把家国之痛和身世之悲都淋漓尽致地表达了出来。

前两句用泛问,也是自问,读的时候可以含有"国家兴亡,匹夫有责"的豪情。"何不"引起下句,起句峻急,紧接着次句"收取关山五十州",如悬流飞瀑,显得气势磅礴。从语法结构看,两个诗句连接起来是一个完整句子:男儿何不佩带吴钩去收取关山五十州呢? 问而不答,留一悬念。

后两句又用反问语气,"请君"直贯下句,必须一口气读到底,读出不容置疑的愤激之情,可以读得声情激越些:诗人面对烽火连天、战乱不已的局面,焦急万分,恨不能马上身佩宝刀,奔赴战场,保家卫国。"何不"是反躬自问,有势在必行的意思,可以看出诗人焦急不安的心情和积聚已久的愤懑情怀。

李贺作为书生,早就诗名远扬,但这条进身之路因"避父讳"而被无情堵死了。此处可读出"书生"没有出路的愤激之情。在那山河破碎、战乱频仍的岁月里,一般地说,拿笔杆子不如"带吴钩"。何况李贺这位书生连考进士的资格也都因父亲的名字中有个"晋"字而被剥夺了呢? 书生意气,自然成就不了收复关山的大业,而要摆脱眼前悲凉的处境,又非经历戎马生涯、杀敌建功不可。然而要立战功也并不容易,因此,"何不带吴钩"要读出那种愤激不平之情。

整首诗歌,由昂扬激越转入沉郁哀怨,既有磅礴豪迈的气势,又包含了愤懑不平的愤然、无奈之情。

(李娟)

雁门太守行①

[唐] 李 贺

黑云压城城欲摧②,甲光向日金鳞开③。

角声满天秋色里,塞上燕脂凝夜紫④。
半卷红旗临易水⑤,霜重鼓寒声不起⑥。
报君黄金台上意⑦,提携玉龙为君死⑧!

〔注释〕

①雁门太守行:古乐府曲调名。后人多用题面意思,写边塞征战之事。②黑云:厚厚的乌云。这里指攻城敌军的气势。摧:毁坏。这句形容敌军兵临城下的紧张气氛和危急形势。③甲光:铠甲迎着太阳闪出的光。甲,指铠甲。金鳞:形容铠甲闪光如金色鱼鳞。④"塞上"句:写夕晖掩映下,塞土有如燕脂凝成,紫色更显得浓艳。长城附近多紫色泥土,所以叫做"紫塞"。燕脂,即胭脂,深红色。⑤易水:水名,今河北省易县境内。⑥霜重鼓寒声不起:天寒霜降,战鼓声沉闷而不响亮。⑦黄金台:故址在今河北省易县东南,相传战国燕昭王所筑,置千金于台上,以招聘人才。⑧玉龙:指宝剑。

〔赏读提示〕

这是一首壮烈雄奇的边塞战争诗篇。从有关《雁门太守行》这首诗的一些传说和材料记载推测,李贺可能是写平定藩镇叛乱的战争。诗人巧妙地抓住了一系列富有特征的景象,运用了"黑"、"金"、"红"、"紫"、"燕脂"等字眼,使所描写的景物更加色调鲜明,又分别就"听"和"见","白天"和"夜晚"等角度,从侧面加以烘托,构成了一幅有神、有形、有动、有静的战斗场景,给人一种战斗惨烈的真实感,从而突出了出征将士的英勇形象,使全诗气氛紧张而热烈,意境苍凉而悲壮。诵读时要读出这种坚毅的士气。

首联既是写景,也是写事,成功地渲染了敌军兵临城下的紧张气氛和危急形势。"黑云压城城欲摧",一个"压"字,把敌军人马众多、来势凶猛,以及交战双方力量悬殊、守军将士处境艰难等等,淋漓尽致地揭示出来。写城内的守军,以与城外的敌军相对比,日光映照在守城将士的铠甲上,只见金光闪闪,耀人眼目。此刻他们正披坚执锐,严阵以待。这里借日光来显示守军的阵营和士气,情景相生,奇妙无比。

颔联分别从听觉和视觉两方面铺写沉重的战地氛围。那呜呜咽咽的角声充斥天地,一场惊心动魄的战斗正在进行,战斗从白昼持续到黄昏。诗人没有直接描写短兵相接的激烈场面,只对双方收兵后战场上的景象作了极富表现力的点染:那大块大块的胭脂般鲜红的血迹,透过夜雾凝结在大地上,呈现出一片紫色。这种凝重的氛围,衬托出战地的悲壮。

颈联和尾联写唐军将士夜袭敌营,以死报效朝廷。"半卷红旗临易水","半卷"二字含义极为丰富。黑夜行军,偃旗息鼓,为的是"出其不意,攻其不备"。接着描写苦战的场面:驰援部队迫近敌军,便击鼓助威,投入战斗。无奈夜寒霜重,连战鼓也擂不响。面对重重困难,将士们毫不气馁。"报君黄金台上意,提携玉龙为君死。"黄金台是战国时燕昭王在易水东南修筑的,传说他曾把大量黄金放在台上,表示不惜以重金招揽天下士。诗人引用这个故事,写出将士们报效朝廷的决心。

(王生福)

暑旱苦热

〔宋〕王　令

清风无力屠得热,落日着翅飞上山①。
人固已惧江海竭,天岂不惜河汉干②?
昆仑之高有积雪③,蓬莱之远常遗寒④。
不能手提天下往,何忍身去游其间?

〔注释〕

①"清风"二句:形容太阳不肯落下。②河汉:银河。③昆仑:山名。古代神话中为西王母所居。④蓬莱:古代神话中的仙岛。遗:留存。

〔赏读提示〕

首联写出一幅酷热难耐的画面。"清风"是无力的,是指清风面对酷热无力解热,力量太小,更突显酷热难当。这句中的"屠"字要重读,凸显出诗人对热的仇恨,要先"屠"后快。我们可以想象人们在一片龟裂的大地上备受炎日的蒸烤,而炎日迟迟不肯归去的情景,读来充满了悲怆感。

颔联"人固已惧江海竭,天岂不惜河汉干",读来充满强烈的反问语气。这里的"天"着上了人的感情色彩,它不痛惜"河汉"(指银河)干涸,这与人害怕江海枯竭的心理形成了强烈的对比,字里行间渗透了诗人对老天爷的憎恨之情。可见,诗人表达了对百姓生计的担忧,担忧人们因暑旱酷热带来无法解决的生计问题,民以食为天,无水浇灌,无粮可收导致天下百姓无法生存。此联紧扣住了诗题"暑旱苦热"中的"苦"字。朗诵起来可以充满了同情,同时又饱含憎恨、质问之情。

颈联可读得激昂慷慨一些,重在抒发诗人愿与天下共苦难的豪情,显示其博大的胸襟。诗人此时想到如何解决百姓苦难,想到了中国西部上有终年不化积雪的昆仑,想到了古代传说中渤海三座神山之一的蓬莱。诗人希望这些清凉世界能够带给人间清凉,祛除炎热。此联可以读得激昂一些,仿佛把人带到了清凉世界。

尾联直抒胸臆:"不能手提天下往,何忍身去游其间?"不能让全天下百姓前往清凉世界,自己又怎么忍心只身前往呢? 诗人直接抒发了愿意和天下人共苦难共炎热的情感,显示了与百姓同苦的博大胸襟。"手提天下"想象奇特,富有浪漫主义色彩。此句可以读得豪迈一些。

（李娟）

贺新郎 送胡邦衡待制赴新州①

［宋］张元干

梦绕神州路。怅秋风、连营画角②,故宫离黍③。底事昆仑倾砥柱④,九地黄流乱注⑤? 聚万落千村狐兔⑥。天意从来高难问⑦,况人情老易悲难诉! 更南浦⑧,送君去。

凉生岸柳催残暑。耿斜河、疏星淡月⑨,断云微度⑩。万里江山知何处? 回首对床夜语。雁不到、书成谁与? 目尽青天怀今古,肯儿曹恩怨相尔汝⑪! 举大白⑫,听《金缕》⑬。

〔注释〕

①胡邦衡:胡铨,字邦衡,南宋主战派大臣。待制:官名。②画角:涂彩的号角。古管乐器,传自西羌。形如竹筒,本细末大,以竹木或皮革等制成,因表面有彩绘,故称。发声哀厉高亢,古时军中多用以警昏晓,振士气,肃军容;帝王出巡,亦用以报警戒严。③离黍:用《诗经》中《黍离》篇意,悲汴京故宫荒废。④底事:何事。昆仑倾砥柱:传说昆仑山有天柱,天柱崩则天塌;黄河中有砥柱,砥柱崩则黄水泛滥。⑤九地:九州之地。黄流:黄河水流,借喻金兵到处肆虐。⑥狐兔:语出范云《渡黄河》诗,"不睹行人迹,但见狐兔兴",谓荒凉无人也。或说指

金兵。⑦天意：指朝廷用意。⑧南浦：泛指送别的地方。在中国古代诗歌中，南浦是水边的送别之所，由于长期的民族文化浸染，南浦已成为水边送别之地的一个专名了。⑨耿：明亮。斜河：斜转的银河，表示夜深。⑩微度：慢慢飘过。⑪儿曹：小辈们。尔汝：语出韩愈《听颖师弹琴》"昵昵儿女语，恩怨相尔汝"，谓儿女亲昵之语也。你我相称，表示亲密。⑫大白：酒杯名。此处借指饮酒。⑬《金缕》：即《金缕曲》，《贺新郎》词调的别名。

〔**赏读提示**〕

"贺新郎"为词牌名之一，此调声情沉郁苍凉，宜抒发激越情感，历来为词家所习用。此词作于绍兴十二年（1142）。绍兴八年（1138），胡铨因谏议和而被贬至福州，又遭秦桧迫害，移新州编管。张元干作此词为胡铨壮行，后因此词而被捕下狱，并被削职为民。词极慷慨愤激，忠义之气，溢于字里行间。

这首词把个人的友情放在民族危亡这样一个大背景中来咏叹，因此写来境界壮阔，气势开张：既有深沉的家国之感，又有真切的朋友之情；既有悲伤的遥想，又有昂扬的劝勉，形成了悲壮激昂的情调。

起首一句"梦绕神州路"，别开生面，写自己梦魂牵绕的故国之思，语调低沉伤感。词人连做梦也在思念着被金统治者占领的中原国土。一个"绕"字，用得十分精当，说明词人对中原思念的深切，无时无刻都是愁肠百结、郁闷萦怀。读时宜缓、宜轻、宜愁、宜伤。接着，词人用"怅秋风、连营画角，故宫离黍"，写自己想象中广大沦陷区的悲凉景象。在秋风萧瑟中，他怅然四望，只见金兵军营接连不断，号角声响成一片。"画角"即号角。军营和号角，在这里象征着金人对中原人的军事践踏。"故宫离黍"，用《诗经·王风·黍离》诗意以寄托哀思，语愈慢，情愈深。"底事"一语，冠领三句，一气呵成，语意强烈。可是，词人这悲怆的发问又有什么用呢？苍天毫无反应。"天意从来高难问，况人情老易悲难诉。"这两句含蕴着更加深沉的愤慨，也是词人面对现实的无奈。先前昂扬的语调至此再至低谷，理想终成泡影。"天意高难问"，是说皇帝的用意叫人难以猜测，无法理解。加上"从来"二字，就含蓄地概括了自金兵入侵一直到宋朝南渡，朝廷所采取的一系列难以理解的屈辱投降政策，包括割地求和、弃国南逃、重用奸佞、迫害忠良等，从而把批判的锋芒直接指向了当时的最高统治者，表现出一个爱国志士难以抑制的满腔郁愤和把个人安危置之度外的超人胆略，语调中满含失望之意。"况人情老易悲难诉"，一个"况"字，又将词意引进一层，继而以沉郁的笔调抒写心中难言的悲痛。这句包含着两层意思：一是说南宋王朝偏安一隅,不思北伐,人们差不多忘掉了亡国的大仇;一是说自己多年来报国无门,"欲挽天河,一洗中原膏血"(《石州慢》)的宏愿未能实现,而今却年老力衰了。眼睁睁看着山河破碎、生灵涂炭、主战派惨遭迫害,词人悲痛难禁。这是词人送别胡铨时郁愤心情的真实写照,这时调转笔锋来写送别,就把这送别的场面置于广阔的时代背景之下,从而突出了送别的意义,并使之充满悲壮感。"更南浦,送君去",用江淹《别赋》"送君南浦,伤如之何"句意,着一"更"字,表示更进一层的痛心,为胡铨的遭遇鸣不平,并且把上阕的感伤国事自然收束到别的题目上来,在对国事的伤怀之上又加上了个人的离愁,语调越发低沉哀伤。

词的下阕具体地写到送别的情景。"凉生岸柳催残暑。耿斜河、疏星淡月,断云微度。"点明时令和送别的地点、环境。时值初秋,江岸上、柳荫下已有阵阵凉意,在驱赶着残留的一丝暑热。词人在江畔与胡铨依依话别,这时,银河横空,星光稀疏,月色清淡,天空中偶尔飘过几片白云。由对国事的担忧回到现实,纯写景叙事,语调至此转为平缓。就要分手了,"万里江山知何处?回首对床夜语"。此去关山万里,何时何地才能再见面,共同回忆那难忘的往事呢?这里一是补叙两人旧日倾心交谈的友谊,二是曲折地表达对他日聚首的期待。可是想到目前的局势,他又不能不为友人将来的处境担忧。因为胡铨将要去的地方,乃是鸿雁不能飞到的偏远荒僻的南方啊!此句细致而深沉地表达了词人对胡铨的无限牵挂。身遭残酷政治打击的友人,此刻最需要的不是同情和怜悯,而是道义上的支持和精神上的鼓励。因此,以"目尽青天怀今古,肯儿曹恩怨相尔汝!举大白,听《金缕》"这样慷慨豪壮的词句来作为临别赠言。"目尽"两句,勉励胡铨要放开眼界,襟怀博大,藐视人生道路上的曲折和坎坷,不要像小儿女那样,为一点个人恩怨而耿耿于怀。"肯",即怎肯,表示反问的语气,语调高昂。既然如此,我们在分手之际,就该举杯痛饮,并且听我高歌一阕《金缕曲》吧!"举大白,听《金缕》"一句,把词人慷慨悲壮的思想感情,推向了最高潮。这里有对挚友的激励,也有对群小的蔑视;有评论国事的痛愤,也有迎战厄运的豪情,在高扬的音调与情感中收束全篇。

这首词写得大气磅礴,满纸忠愤,尽管张元干因此而遭到秦桧的迫害,但词中所体现出来的词人的高风亮节,却使这首词与其作者的名字一起流芳百世。至今读来,仍觉凛凛有生气。

(吴喆)

满江红①

[宋] 岳 飞

怒发冲冠②,凭栏处,潇潇雨歇。抬望眼,仰天长啸,壮怀激烈。三十功名尘与土③,八千里路云和月④。莫等闲⑤,白了少年头,空悲切!

靖康耻⑥,犹未雪;臣子恨,何时灭?驾长车⑦,踏破贺兰山缺⑧。壮志饥餐胡虏肉⑨,笑谈渴饮匈奴血。待从头,收拾旧山河,朝天阙⑩!

〔注释〕

①满江红:词牌名。格调沉郁激昂。②怒发冲冠:气得头发竖起,以至于将帽子顶起。形容愤怒至极。《史记·廉颇蔺相如列传》:"相如因持璧却立,倚柱,怒发上冲冠。" ③三十:岳飞被害时,年仅40岁,此时应刚过30岁。尘与土:指风尘仆仆,四处奔走。岳飞《题翠微亭》诗:"经年尘土满征衣。"一说喻指功绩微不足道。④八千里路:说转战过的路程,是约数。云和月:谓披星戴月,喻辛苦艰难。⑤等闲:轻易,随便。⑥靖康耻:北宋灭亡的奇耻大辱。宋钦宗靖康二年(1127),金兵攻陷汴京,掳走徽、钦二帝。⑦长车:战车。⑧贺兰山:位于宁夏回族自治区与内蒙古自治区交界处。古代北方民族称驳马(毛色斑杂的马)为贺兰,此山林木青白相间,远望如驳马,故名。此代指金大本营。缺:山口。⑨胡虏:和下文匈奴一样,都借指金兵。⑩朝天阙:朝拜皇帝。天阙,皇城宫阙。这里指北宋故都汴京的宫阙。

〔赏读提示〕

1136年,南宋抗金名将岳飞第二次出师北伐,攻占了伊阳、洛阳、商州和虢州,继而围攻陈、蔡地区。但岳飞很快发现自己是孤军深入,既无援兵,又无粮草,不得不撤回鄂州(今湖北武昌)。此次北伐,岳飞壮志未酬,镇守鄂州时写下了这首千古绝唱的《满江红》。

词的上阕写作者悲愤中原重陷敌手,痛惜前功尽弃的局面,也表达自己继续努力、争取壮年立功的心愿。

"怒发冲冠,凭栏处,潇潇雨歇。抬望眼,仰天长啸,壮怀激烈",起势突兀,破空而来。前四字,运用夸张手法,表明这是不共戴天的深仇大恨。此仇此恨,因何愈思愈不可忍？因为作者站在楼台高处，正凭栏远望。他看到的是已经收复却又失掉的国土，想到了重陷水火之中的百姓，不由得"仰天长啸"、"壮怀激烈"。岳飞之怒，是金兵侵扰中原、烧杀掳掠的罪行所激起的雷霆之怒；岳飞之啸，是无路请缨、报国无门的忠愤之啸；岳飞之怀，是杀敌为国的宏大理想和豪壮襟怀。这几句一气贯注，为我们生动描绘了一位忠心为国、忧国忧民的英雄形象。

接下去，作者以"三十功名尘与土，八千里路云和月"十四字激励自己，不要轻易虚度这壮年光阴，争取早日完成抗金大业。"三十功名尘与土"，是对过去的反省，表现作者渴望建立功名、努力抗战的思想。"三十"是约数，三十岁左右正当壮年，古人认为这时应当有所作为。可是，岳飞悔恨自己功名还与尘土一样，微不足道。"八千里路云和月"，是说不分阴晴，转战南北，在为收复中原而战斗。"八千"是约数，极言沙场征战行程之远。出师北伐路途艰辛，任重道远，披星戴月，日夜兼程。但作者却将如此辛苦的征程借云和月传达，是一种对苦难的不屑，更是一种诗意。

"莫等闲，白了少年头，空悲切"，这与"少壮不努力，老大徒伤悲"的意思相同，大有抓紧一切时间抗敌报国的意味。这对当时抗击金兵收复中原，显然起到了鼓舞斗志的作用，与主张议和、偏安江南、苟延残喘的投降派，形成了鲜明的对照。这既是岳飞的自勉之辞，也是对抗金将士的鼓励和鞭策。雄壮之笔，字字掷地有声！

词的下阕抒写词人对于民族敌人的深仇大恨，统一祖国的殷切愿望，忠于朝廷即忠于祖国的赤诚之心。

"靖康耻，犹未雪；臣子恨，何时灭？驾长车，踏破贺兰山缺"，突出全词中心。"靖康"是宋钦宗的年号，徽、钦二帝被掳，北宋灭亡。由于没有雪"靖康"之耻，岳飞发出了心中的恨何时才能消除的感慨。一个"何时灭"，道出了多少有志男儿的心声啊！这也是他要"驾长车，踏破贺兰山缺"的原因。

"壮志饥餐胡虏肉，笑谈渴饮匈奴血。""饥餐"、"渴饮"虽是夸张，却表现了作者足以震慑敌人的英雄主义气概，读来畅快。金庸评价说："'壮志饥餐胡虏肉，笑谈渴饮匈奴血'这两句诗，当真说出了中国全国百姓的心里话。"（《射雕英雄传》）

"待从头，收拾旧山河，朝天阙！"满腔忠愤，丹心碧血，倾出肺腑。以此收尾，把收复山河的宏愿，把艰苦的征战，以一种乐观主义精神表现出来，既表达了胜利的信心，也表明了对朝廷和皇帝的忠诚。岳飞在这里不直接说凯旋、胜利等，而用了"收拾旧山河"，意在把失去的抢回来，这是正义之战。豪情满怀，鼓舞人心啊！然而岳飞头未及白，金兵自陷困境，由于奸计，宋王朝自弃战败。

　　这首词代表了岳飞"精忠报国"的英雄之志，表现出一种浩然正气、英雄气质，表现了报国立功的信心和乐观主义精神。它成为岳飞爱国精神和中国人民仰慕民族英雄岳飞精神的载体。整首词情调激昂，慷慨壮烈，充分表现了中华民族不忘屈辱、奋发图强、雪耻若渴的神威。无论何时无论何地，这首词都激荡着我们的中国心。

（曹玉明）

秋夜将晓出篱门迎凉有感①

[宋] 陆　游

三万里河东入海②，五千仞岳上摩天③。
遗民泪尽胡尘里④，南望王师又一年⑤。

〔注释〕

　　①将晓：天将要亮。篱门：竹子或树枝编的门。②三万里河：指黄河。三万里，形容黄河之长，是虚指。河，指黄河。③五千仞（rèn）：形容山之高。仞，古代计算长度的一种单位。岳：指五岳之一西岳华山。一说指北方泰、恒、嵩、华诸山。摩天：迫近高天，形容极高。摩，摩擦、接触或触摸。④遗民：指在金占领区生活的汉族人民。泪尽：眼泪流干了，形容十分悲惨、痛苦。⑤南望：远眺南方。王师：指朝廷的军队。

〔赏读提示〕

　　南宋时期，金兵占领了中原地区。诗人作此诗时，中原地区已沦陷于金人之手六十多年了。此时爱国诗人陆游被罢斥归故乡，在山阴乡下向往着中原地区的大好河山，也惦念着中原地区的人民，盼望朝廷能够尽快收复中原，实现统一。此时虽值初秋，暑威仍厉，天气的闷热和心头的煎沸，使他不能安睡。将晓之际，他步出篱门，心头无限怅惘。

　　"三万里河东入海，五千仞岳上摩天"有两种解读，一是：两句一横一纵，描绘出了祖国山河的壮丽。用了"入"、"摩"二字，就使人感到这黄河、华山不仅雄伟,而且虎虎有生气。但大好河山,陷于敌手,怎能不使人感到无比愤慨!"东入海"的黄河,仿佛夹着愤怒之气,倾泻而来;"上摩天"的华山,昂然挺立,直刺苍穹。这两句的意境阔大深沉,对仗工整。也可这样解读:三万里河总有流入东海的那一天,五千仞岳总有高到天顶的那一刻,而盼了六十多年的中原遗民啊,却怎么也盼不到朝廷恢复中原的军队。这种解读更加渲染了一种悲情,使得后面的情感不突兀。

后两句"遗民泪尽胡尘里,南望王师又一年",笔锋一转,顿觉风云突起,诗境向更深远的方向开拓。"泪尽"一词,千回万转,更含无限酸辛。眼泪流了六十多年,怎能不尽?中原广大人民受到压迫的沉重,经受折磨历程的长久,企望恢复信念的坚定不移与迫切,都充分表达了出来。他们年年岁岁盼望着南宋能够出师北伐,可是岁岁年年此愿落空。但即使"眼枯终见血",那些心怀故国的遗民依然企望南天;金人马队扬起的灰尘,隔不断他们苦盼王师的视线。以"胡尘"作"泪尽"的背景,感情愈加沉痛。

结句"南望王师又一年",这里"又"字用得妙。拉长了时间,体现等待盼望的久远。可是年复一年,他们哪里知道,南宋君臣早已把他们忘记得干干净净。诗人把中原人民的痛苦、呼唤、企盼,写得淋漓尽致,直穿越千年时空,刺进人心的最底层,让其流血不止。既是对遗民最深切的同情,也是在表露自己心头的失望,这是悲壮深沉的心声。一个"尽"字,一个"望"字,既表现了诗人那颗伟大的爱国之心,又把腐化无能懦弱的南宋小朝廷永远地钉在了历史的耻辱柱上。

这首诗意境苍凉,感情悲愤,读之令人奋起。诗人全面深刻地揭露时代社会的矛盾冲突:广大民众的情高意切,统治者的麻木不仁。理想与现实,热爱与深愤,交织辉映,跨越千年,仍然激荡心扉。　　　　　　　　　　(曹玉明)

书　愤①（其一）

[宋] 陆　游

早岁哪知世事艰,中原北望气如山。
楼船夜雪瓜洲渡②,铁马秋风大散关③。
塞上长城空自许④,镜中衰鬓已先斑。
《出师》一表真名世,千载谁堪伯仲间⑤!

〔注释〕

①书愤：抒发义愤。书，写。②瓜洲：在今江苏邗江南大运河入长江处，为江防要地。③大散关：在今陕西宝鸡西南，是军事重地。④空自许：白白地自许。⑤伯仲间：意为可以相提并论。

〔赏读提示〕

《书愤》是陆游的代表作品之一，抒发了追怀往事和重新报国的两重感情。首先，诗人表达了自己渴望奔赴战场、立志报国的理想，其次诗人也抒发了自己壮志难酬、无路请缨的悲愤心情。对理想的追求愈是执着，他报国无门的悲愤也愈是强烈。

诗的前四句回顾往事，表达了自己渴望奔赴战场、立志报国的理想。"早岁"，是回忆自己的往事。"气如山"三字表现了诗人的豪情壮志。想当初，陆游亲自奔赴抗金战场，北望中原、收复故土的豪情壮志坚定如山。"楼船夜雪瓜洲渡，铁马秋风大散关"两句，分叙两次值得纪念的经历：隆兴元年，主张抗金的张俊任右丞相都督，江淮诸路军马，楼船无数，来来往往于南京、镇江之间，气势壮观。青年的陆游充满希望，盼望有朝一日收复故土。然而张俊不久大败，急忙南撤，接着第二年就被免职，陆游的梦想破灭了，成了泡影。忆起过去的种种往事，怎能不令人叹惋？岁月已逝，壮岁不再，壮志未酬而鬓发先衰，这对一心报国想建功立业的诗人来说，实在是令人扼腕痛惜的。诗人曾经自许为"塞上长城"，这是他一辈子的理想与抱负。而如今，这"长城"只能是空自期许了。当然，陆游这种惆怅和那些文士的怀才不遇之感是有天壤之别的。虽然是"镜中衰鬓已先斑"，但诗人老骥伏枥，他仍希望干一番报国大业，甚至直到开禧二年（1206）他82岁的高龄时，当韩胄起兵抗金，他还跃跃欲试。真是抗金报国之心，死而后已啊！

《书愤》是陆游的七律名篇之一，全诗感情沉郁，气韵浑厚，抒发了诗人无比愤激和辛酸的感情，可歌可泣，可悲可叹。在这样的境遇里还是不改自己的志向，也难怪这么多年来，陆游一直被人民所敬仰。 （马本盛）

书　愤（其二）

[宋] 陆　游

白发萧萧卧泽中^①，秖凭天地鉴孤忠。
厄穷苏武餐毡久^②，忧愤张巡嚼齿空^③。
细雨春芜上林苑^④，颓垣夜月洛阳宫^⑤。
壮心未与年俱老，死去犹能作鬼雄。

〔注释〕

①泽中：指诗人居住之地镜湖。②厄穷：处境困窘。苏武：西汉杜陵人，字子卿。武帝天汉元年，以中郎将身份出使匈奴，被扣留。匈奴单于采用种种方法威逼利诱苏武，遭其坚拒，被徙于北海（今贝加尔湖）牧羊。餐毡吞雪，持汉节牧羊十九载，后归汉。③张巡：唐朝著名将领，山西永济人。安史之乱中，张巡在睢阳（今河南商丘）与众将士共同作战，在粮草、援兵缺乏的情况下，城破被俘，最后嚼舌不屈而死。④上林苑：汉时皇家苑囿。⑤颓垣（yuán）：倒塌的城墙。洛阳宫：指皇宫，东汉以之为都城。

〔赏读提示〕

陆游有多首"书愤"诗，这首是他73岁于山阴所作，此时他已蛰居多时。英雄垂老，但不坠青云之志。因而即便此时已步入人生暮年，临近生命终点，他仍然没有一味叹老嗟卑，而是发出了"老骥伏枥，志在千里"的长啸。

首句"白发萧萧卧泽中"，陆游始终坚持抗金，然而，诗人"信而见疑，忠而被谤"，在仕途上不断受到当权派的排挤和打击。此时被贬谪居镜湖多时，诗人自然感慨万分。"白发萧萧卧泽中"读来苍凉、沉郁，语调偏慢，"卧"要重读，然而诗人失意却不消沉，尽管光阴不待，但忠心天地可鉴。"秖凭天地鉴孤忠"语调偏快，后半句读升调，"鉴"重读，要读出诗人无悔、坚毅的心志。

紧接着，诗人追溯古人，"厄穷苏武餐毡久，忧愤张巡嚼齿空"，苏武厄于匈奴，但忠心不泯；安史之乱中，张巡死守睢阳数月，被俘后斥骂不已，最后竟嚼齿吞舌，不屈而死。诗人抚今追昔，就是想表达"我"的耿耿孤忠，不减他们二人，有天地可鉴，同时表现了诗人满怀壮志和一片忠心而不被理解的愤懑之情。此两联，读时宜语速偏快，情绪激昂，一气直下，语调逐步上扬，既要读出诗人壮怀之意,也要体现其不得志的愤懑。

"细雨春芜上林苑,颓垣夜月洛阳宫","上林苑"和"洛阳宫",在这里都是用来代指皇宫所在之地,可如今禾黍离离,满目疮痍,诗人以细腻的笔触,把满腔的悲愤凝聚在字里行间,该联蕴含了诗人内心无尽的苍凉与愤懑,因而这两联读来语速较慢,语调低沉、哀婉,要读出悲凉、愤恨、痛惜之意。

最后一联"壮心未与年俱老,死去犹能作鬼雄",诗人一吐胸臆,直点主题,表达自己誓死报国的决心,"犹能"重读,读出诗人斩钉截铁之意志,语气激昂,情绪悲壮,体现"亘古男儿一放翁"的英雄本色。 (王小红)

诉衷情

［宋］陆 游

当年万里觅封侯①,匹马戍梁州②。关河梦断何处③? 尘暗旧貂裘④。

胡未灭⑤,鬓先秋,泪空流。此生谁料,心在天山⑥,身老沧州⑦。

〔注释〕

①万里觅封侯:《后汉书·班超传》载:班超少有大志,尝曰,大丈夫应当"立功异域,以取封侯,安能久事笔砚间乎?" ②梁州:指南郑。1172年,陆游被四川宣抚使王炎聘为幕僚,他从夔州(重庆奉节)赴西北重镇南郑军中任职。这是当时宋金两国交战的前线,陆游在这度过了八个多月的戎马生活。③关河:关塞、河流。此处泛指前线险要的地方。梦断:梦醒。④尘暗旧貂裘:《战国策·秦策》载,苏秦游说秦王"书十上而不行,黑貂之裘敝,黄金百斤尽,资用乏绝,去秦而归"。⑤胡:古泛称西北各族为胡。此处指金入侵者。⑥天山:在中国西北部,是汉唐时的边疆。这里代指南宋与金国相峙的西北前线。⑦沧州:靠近水的地方,古时常用来泛指隐士居住之地。这里是指作者位于镜湖之滨的家乡。

〔赏读提示〕

本词写作年份不详,只能确认是写于淳熙十六年(1189)陆游被弹劾罢官、退隐山阴故居之后。词中陆游回忆自己乾道八年(1172)前往当时西北前线重镇南郑军中任职的那一段一生中最值得怀念的戎马时光,再反观自己壮志未酬而鬓发先秋的现状，不由得发出这一篇苍凉悲壮的感慨。

"当年万里觅封侯，匹马戍梁州。"这是年近七十的陆游对壮年那段美好的军旅生涯的追忆。"觅封侯"用的是投笔从戎的班超"大丈夫当立功异域，以取封侯"的典故，"久侍笔砚间"的陆游此时为了实现报国梦想，单枪"匹马"、不远"万里"以身许国，奔赴前线！"匹马"、"万里"两词的鲜明对比，不由得让读者怀想起当年诗人的坚定执着与意气风发。朗读这两句时音调需慷慨些，要读出诗人对那段热情岁月的怀念与自豪感。

可惜陆游不到一年就被迫调离了，但在调离前的这短短的八个月里，陆游"壮岁从戎，曾是气吞残虏"（《谢池春·壮岁从戎》），亲自参与过对金的遭遇战；"羽箭雕弓，忆呼鹰古垒，截虎平川"（《汉宫春·初自南郑来成都作》），还曾有过射虎的壮举。这是陆游难得的壮志得伸的岁月，因而后面的岁月里他频频回望，当年豪情也时时入梦。然而"关河"早已"梦断"，往日"貂裘"早"暗"，梦中越是激动难抑，梦醒越是悲怆难言。"尘暗旧貂裘"句借用苏秦游说秦王的典故，表明自己不被启用的现况——从军抗金复国的愿望，也只能在梦中才能达成了。抚今追昔，怎能不惆怅万千？朗读这两句时音调要低沉，要读出悲凉与无奈。

"胡未灭，鬓先秋，泪空流。"作者沉痛之感步步转深。呼告半生，抗争一世，强敌仍在，国家仍忧！而自己鬓发已衰，老不得用，被迫闲居，无处伸志，奈世事何？奈人生何？国无可盼，己无可为，可为者唯泪流耳，还是"空"流！一个"空"字，写出作者多少期待后的无奈，多少辗转后的不甘啊！朗读"空"字时可适当拖长，读出作者的寂灭感。

由理想梦境跌入沉郁现实的作者回顾自己的过往，再前瞻所余的时光，悲慨一声"此生谁料，心在天山，身老沧州"，令人闻之落泪。"天山"代指抗敌前线，是作者一生心心念念实现"恢复旧山河"梦想的地方；"沧州"指闲居之地，是作者纵然万般不愿也只能"僵卧孤村"的现实处境。这"心"与"身"的矛盾煎熬了作者一生，作者挣扎表志一世，也未能改变南宋偏安一隅、自己闲老家乡的结局，这凄厉的结句是作者不解的质问、痛苦的呻吟。

"暮年"而"壮心不已"的"烈士"陆游，在国难当头的年代立志报国而无门，落得个"身老沧州"，不平而鸣，遂作此词。说尽忠愤，诉尽凄凉，情感真挚，风骨凛然，读来荡气回肠，掩卷遐思绵长。

（宋丽丽）

病起书怀（其一）

[宋] 陆 游

病骨支离纱帽宽，孤臣万里客江干①。

位卑未敢忘忧国，事定犹须待阖棺②。

天地神灵扶庙社③，京华父老望和銮④。

出师一表通今古，夜半挑灯更细看⑤。

〔注释〕

①江干：江边。②阖(hé)棺：盖棺。阖，关闭。③庙社：宗庙社稷，指国家朝廷。④和銮：天子的车驾。⑤挑灯：拨动灯芯使灯光更明亮。

〔赏读提示〕

本诗于南宋淳熙三年(1176)四月作于成都。这时的陆游在被免去参议官后，移居成都城西南的浣花村，一病就是二十多天，病愈后写了此诗。共二首，这里选的是第一首。

首联诗人自述了凄苦的现状，感情是沉重的，朗读时要深沉低缓。陆游写作本诗时已年近花甲，半生力主北伐却一再遭受排挤。此时刚被南宋主和势力诋毁"不拘礼法"、"燕饮颓放"，因而被好友范成大无奈地免去锦城参议一职。陆游内心郁结，连病二十余天，以致"病骨支离"！诗人用"支离"二字形容病后自己的形态，其衰残之貌、瘦弱之形跃然纸上。偏偏这样一位刚被免官的病弱的老人，念念不忘自己"臣子"的身份，虽是"客居""万里"之外成都岷江江边的"孤臣"，体瘦至骨露的程度，想的却先是"纱帽"戴上后会显得更宽了。是怎么样地以天下为己任，才会有这样自然而赤诚的表现啊！

颔联诗人更是直抒己志，"位卑未敢忘忧国"！一个"敢"字，活画出诗人对自己"国以为己任"信念的守护态度！可以想见作者内心也曾有过迷茫与怀疑，但一再地对自我进行告慰与鞭策，一再坚定自己的立场，并这样指导着自己的行为。正是在这怀疑与坚信的过程中展现出的不可摧毁的信念，令无数后世忧国忧民的寒素之士动容，并被感召，自警自励，于黑暗中摸索前行！

其实，"位卑未敢忘忧国"一句也有对主和派"燕饮颓放"的诋毁回击的意思，陆游坦然自剖——我"忧国"之心未敢稍忘，绵延心底至死方休，待到"阖棺"

之日,再来判论我陆游的忧国之情是否真挚吧!在铿锵的自信宣言中,我们也可以读出一位不被理解的爱国者孤独的呼喊。

但出生在两宋之交的陆游始终是怀着信心鼓舞自己、鼓舞国家的。他认为南宋的偏安只是暂时的,至死相信会有"王师北定中原日"。颈联朗读时可以读出一片期望:我们有着"天地神灵"扶助的国家呀,收复失地是"京师父老"日日夜夜的期盼啊,请您振作,请您奋起!贯穿陆游诗作的书生意气,正是他最大的可爱与可敬之处。

不灭的爱国情怀激荡着距京城万里之遥的孤臣陆游,使他夜半也不能成眠。在尾联,陆游翻出诸葛亮表明自己一片赤诚之心的《出师表》挑灯细看。《出师表》里面的道理放之古今而皆准,今日之南宋不也是"危急存亡之秋"吗?今日之南宋不也需要"开张圣听"、"亲贤臣"、"远小人"吗?老臣陆游我见到国家危急,也是"夙夜忧叹"啊!陛下,臣愿领"不效之罪",您能"托臣以讨贼兴复之效"吗?中宵寒夜,陆游不断拨动灯芯挑亮灯光时,想必也是眼底一片浑浊的老泪,一个人"临表涕零"吧。诗读至此,语速宜放缓,语调宜拖长。

陆游寓高超之情怀于晓畅之语言,笔力清壮顿挫,不落雕章琢句之嫌,令人慨叹。"位卑未敢忘忧国,事定犹须待阖棺",更是成为代代传诵的警言佳句,感召着一代代爱国志士为国家民族的前途命运不息奔走! (宋丽丽)

十一月四日风雨大作

〔宋〕陆 游

僵卧孤村不自哀①,尚思为国戍轮台②。
夜阑卧听风吹雨③,铁马冰河入梦来④。

〔注释〕

①僵卧:挺直躺着,指卧病在床。②尚:副词,还,仍然。③夜阑:夜深人静的时候。阑(lán),残尽。④铁马:披着铁甲的战马。冰河:冰封的河流,指北方地区的河流。

〔赏读提示〕

陆游自南宋淳熙十六年(1189)罢官后,闲居家乡山阴农村。此诗作于南宋绍熙三年(1192)十一月四日。当时诗人已经68岁,虽然年迈,但爱国情怀丝毫未减,日夜思念报效祖国。诗人收复国土的强烈愿望,在现实中已不可能实现,于是,在一个"风雨大作"的夜里,触景生情、由情生思,在梦中实现了自己金戈铁马驰骋中原的愿望。感情深沉悲壮,凝聚了诗人所有的爱国主义激情。

诗的开头用"僵"字写年迈,写肌骨衰老;"卧"字写多病,写常在床褥;"孤"字写生活孤苦,不仅居处偏僻,而且思想苦闷;"村"写诗人贫困村居,过着荒村野老的凄苦生活。僵、卧、孤、村四字,写出了诗人罢官回乡后寂寞、窘迫、冷落的生活现状,笼罩着一种悲哀的气氛,让人十分同情。但接下去"不自哀"三字情绪急转,又现出一种乐观豪放之气。诗人对自己的处境并不感到悲哀,贫病凄凉对他来说没有什么值得悲哀之处,诗人自己尚且"不自哀",当然也不需要别人的同情。他需要什么呢?他需要理解,理解他终生不渝的统一之志,即"为国戍轮台",一个年近七旬的老人仍有报国之志,这就不能不让人肃然起敬慷慨扼腕了。

"夜阑卧听风吹雨"紧承上文。因"思"而夜阑不能成眠,不能眠就更真切地感知自然界的风吹雨打声,由自然界的风雨又想到国家的风雨飘摇,由国家的风雨飘摇自然又会联想到战争的风云、壮年的军旅生活……这样听着、想着,辗转反侧,终于幻化出一幅特殊的梦境——"铁马冰河"。这正是一代志士仁人的心声,是南宋时代的民族正气。所以在读的时候,前两句要饱含深情,第一句读出自己的无奈,第二句要读得深沉,表达出诗人的爱国情感。第三、四句读得激昂,表达出诗人浓浓的爱国之情。

(许清)

金错刀行①

[宋] 陆 游

黄金错刀白玉装,夜穿窗扉出光芒。
丈夫五十功未立,提刀独立顾八荒。
京华结交尽奇士,意气相期共生死②。
千年史册耻无名,一片丹心报天子。
尔来从军天汉滨③,南山晓雪玉嶙峋④。
呜呼!楚虽三户能亡秦⑤,岂有堂堂中国空无人!

〔**注释**〕

①金错刀：刀把和刀鞘镶嵌着黄金、白玉等纹饰的名贵的刀。②相期：相互约定。③天汉：指汉水。④南山：终南山。玉嶙峋：形容山石被雪覆盖，像玉一样洁白而又重叠不平。⑤楚虽三户：战国时，秦以狡诈手段骗楚国割让土地，又骗楚怀王入关再割让土地，楚王拒绝，被扣留客死在秦。楚人愤慨，发师报仇，当时有民谣："楚虽三户，亡秦必楚。"

〔**赏读提示**〕

这首诗是陆游至四川供职嘉州时作，歌行体诗，全诗咏物言志，借赞美金错刀寄寓抗金报国之志。南宋国势衰微，民族危机深重，复国大业屡屡受挫，抗金志士切齿扼腕。陆游年轻时就立下报国志向，但无由请缨。他在年将五十时才获得供职抗金前线的机会，投身于火热的军旅生活，大大激发了他心中蓄积已久的报国热忱。于是他借金错刀来言志述怀，抒发誓死抗金的壮烈情怀。

这首诗从写作的内容来看，可以分为三个层次，每一层两句。

"黄金错刀白玉装"一句，描绘宝刀外观之美。黄金装饰的刀身，白玉镶嵌的刀柄，金玉相映，华美无比。"夜穿窗扉出光芒"一句，描绘宝刀内质之佳。它在黑夜中光芒四射，竟可穿透窗户，确实不凡。首句是托物起兴，朗读时要感情饱满，读出对宝刀外美内佳的赞美及期许。"提刀独立"写提刀人的动作，写出其急欲上阵杀敌；"顾八荒"写提刀人的神态，既有英雄无用武之地的落寞惆怅，亦有渴望万里从戎、顾盼自雄的豪迈气概；"丈夫五十功未立"则慷慨直陈，直抒胸臆，向天浩叹，人至中年，个人功名未就，国家大业未成。这两句一方面有渴望提刀驰骋沙场的壮怀激烈，一方面又有壮志未酬、无处请缨的落寞惆怅。所以朗读时，既要读出一种激情奔放，又要读出一种深沉悲怆。

"京华结交尽奇士，意气相期共生死。"意即怀抱报国丹心的并非只有自己，当时朝廷中已经形成一个爱国志士群体，形成抗金复国的中流砥柱，大家义结生死，同仇敌忾，发出相互约定共赴生死的表白，大有燕京之士慷慨赴死的壮怀与激烈。大家同以千年史册无名为耻，共以"丹心报国"的慷慨誓言请缨天子。朗读这四句，要以慷慨激昂的语调，读出京华奇士共赴生死、丹心报国的豪迈与坚定。

"尔来从军天汉滨，南山晓雪玉嶙峋。"联系到自己从军汉中的经历，描写汉中终南山顶山石嶙峋、白雪耀眼。虽只是略施点染，但雪光与刀光相辉映，借南山之石，为爱国志士之"一片丹心"大大增色，烘托出诗中抒情主人公凛然不屈的形象。"呜呼！楚虽三户能亡秦，岂有堂堂中国空无人！"诗人通过变换的句式与节奏，反诘的语气，发出时代最强音：楚虽然三户亦能亡秦，堂堂一个偌大中原之国，怎么可能无人为国家的生死存亡而战呢？应用慷慨激昂的语调，读出一种战争必胜、失地必还的自信与豪情，一种鼓舞人心、催人奋进的力量。

这首诗多议论和直抒胸臆的句子，以气势、骨力来感染、激励读者。诗中无论是"丈夫五十功未立"的喟叹，还是"意气相期共生死"的表白，无论是"一片丹心报天子"的誓词，还是"岂有堂堂中国空无人"的宣告，无不是以诗人的民族自豪感和正义必胜的自信心为底蕴，因此绝非粗豪叫嚣之作可比，读出来的效果应大声磅礴，气势夺人。

（陈小爱）

示　儿①

［宋］陆　游

死去元知万事空②，但悲不见九州同③。
王师北定中原日④，家祭无忘告乃翁⑤。

〔注释〕

①示儿：给儿子们看。②元知：原知，原本知道。③但：只。九州同：祖国统一。④王师：指南宋朝廷的军队。中原：指淮河以北沦陷在金人手里的地区。⑤家祭：对家庭内逝去先祖的祭祀。乃翁：你的父亲。乃，你，你的。

〔赏读提示〕

《示儿》是一首七言绝句，是南宋爱国诗人陆游临终前留给自己儿子的遗言。

诗歌的一、二两句，写了诗人临终前深切的遗憾。诗中写道，虽然他原本就知道人死之后一切都没有了，应该毫无牵挂地离去，但是看不到被金人占领的土地回到大宋的怀抱，他内心非常悲痛。诗人一生都心系祖国的统一，临终时却没有等到收复失地的那一天。那种失望、不甘的情绪，在朗诵的时候要通过缓慢的语速、深沉的语调表现出来。

诗歌的三、四两句，写了诗人临终前殷切的嘱咐。他希望儿子们能够在朝廷收复失地的时候拜祭自己，把消息告诉自己。活着的时候，看不到朝廷收复失地,尽管沉痛、遗憾,但诗人没有绝望。他相信总有那么一天,他看不到的胜利,能够在儿孙辈那里得以实现。诗人的拳拳爱国之心让人动容,在朗诵时注意化沉痛为激昂,语调上扬,读出精神为之一振的感觉。

整首诗娓娓道来,语言质朴,不作雕饰,真情流露,以深沉而热烈的情感打动人,诗中有悲的成分,但整体基调是激昂的。在朗读时,要注意读出一个父亲的谆谆教导、语重心长,同时也要注意读出一个爱国者的慷慨、悲凉。（胡志梅）

西　湖

〔宋〕林　升

山外青山楼外楼,西湖歌舞几时休①?
暖风熏得游人醉,直把杭州作汴州②。

〔注释〕

①休:停止。②汴(biàn)州:即汴梁(今河南开封),北宋都城。

〔赏读提示〕

《西湖》又名《题临安邸》,是南宋诗人林升写在杭州一家旅店墙壁上的七言绝句,也是一首广为流传的政治讽刺诗。

诗歌开头两句描写了西湖边风景宜人、歌舞升平的热闹景象。重重叠叠的青山,鳞次栉比的楼台,湖光山色,美不胜收;人们尽情享受,轻歌曼舞,把酒言欢,不眠不休。北宋被金所灭后,朝廷南迁,定都临安。当权者们在临安大兴土木,建造了大量的亭台楼阁,很快就忘记了亡国之痛,重新开始了纸醉金迷的生活。诗人看到这般热闹景象,发出了"几时休"的质问。他希望这种奢靡生活能够立刻停止,认真想一想怎样驱除金兵,收复失地。在朗读的时候,注意读出诗人不满的情绪和责问语气。

诗歌的第三句,采用双关手法:"暖风",既指和煦温暖的自然风,也指纵情声色的享乐风;"游人"既是指西湖边普通的游客,也暗指那些苟且偏安、寻欢作乐的南宋统治者;"醉",既是对眼前美景的陶醉,也是对歌舞繁华的迷醉。一个"醉"字,生动地写出了面对眼前的虚假繁荣,南宋统治者醉生梦死,麻木而不自知的丑态。最后一句"直把杭州作汴州",直接表达出诗人的谴责和愤怒:统治者在杭州的生活，就如同当年在汴州一样，贪图享乐、不理国事，而汴州已经沦陷，当年的繁华不在，杭州的人们还不从中吸取教训，迟早要重蹈覆辙，把杭州变成第二个汴州。在朗读的时候，语调要低沉，语速要放缓，读出沉重的语气，"作汴州"三个字可以适当加重，流露出讽刺的口吻。

全诗一气呵成，诗人的情绪自然流露。篇幅虽短但内涵丰富，以繁华热闹的景物入笔，冷眼写出自己的不满和谴责。语言平易而深沉，谴责与提醒并存，深刻的讽刺背后是诗人对国家前途的忧虑。整首诗代表了南宋百姓的心声，引发了广泛的共鸣。

（胡志梅）

破阵子 为陈同甫赋壮词以寄之①

［宋］辛弃疾

醉里挑灯看剑，梦回吹角连营。八百里分麾下炙②，五十弦翻塞外声③。沙场秋点兵。

马作的卢飞快④，弓如霹雳弦惊⑤。了却君王天下事，赢得生前身后名。可怜白发生！

〔注释〕

①陈同甫：名亮，字同甫，南宋婺州永康（今浙江永康）人。②八百里：牛名。《世说新语》记载，晋代王恺有一头珍贵的牛，叫八百里。分麾（huī）下炙（zhì）：意思是把烤牛肉赏给部下吃。麾下，部下。炙，指切碎的熟肉。③五十弦：泛指各种乐器，古代原指乐器瑟。塞外声：边塞的歌声，这里指悲壮粗犷的战歌。④马作的卢飞快：战马就像的卢马跑得飞快。的卢，良马的名称，一种烈性的快马。相传三国时刘备在荆州打仗而遇险，幸亏他骑上了跑得飞快的的卢马，终于摆脱了追兵，从而脱离了危险，救了他一命。⑤霹雳：比喻弓弦发出的响声之大。

〔赏读提示〕

《破阵子》这首词是辛弃疾的代表作之一。题目"为陈同甫赋壮词以寄之"，点明了这首词是词人辛弃疾寄给他的好朋友陈亮的。陈亮和辛弃疾都是主战派，同时他们两人又都遭到投降派的迫害。1180年，陈亮在带湖遇见辛弃疾，两人一见如故,促膝畅谈,共抒心中壮志。之后,二人作词唱和。辛弃疾在这首词中自抒壮怀,与好友共勉。

这首词采用虚实结合的写法,从现实到梦境,最后又再次回到现实。词人跨越时空,借以抒发壮志,表达愤慨。《破阵子》这首"壮词",气势磅礴,慷慨激昂,形象地描绘了抗金部队的豪壮军容,抒发了抗金战士们的豪迈意气。

"醉里挑灯看剑,梦回吹角连营",词的开头两句从现实写起,情景交融,紧扣住了文题中的"壮"字。其实,辛弃疾此时已经被官府罢职,然而词人目睹国家被金人侵占掠夺,满心忧愤,只有借酒消愁。醉酒之时,词人端详着心爱的宝剑,幻想能够马上奔赴战场杀敌立功。"挑灯"、"看剑"是词人连续的两个动作描写,灯光与剑光相互交融,仿佛透射着一种壮烈气氛。可见他抗战杀敌的愿望是多么地强烈! 恍惚中,词人又好像再一次冲进了那厮杀激烈的战场。在迷离醉态中,词人又听到了军营里召唤战士出征杀敌的号角响成一片。"梦回吹角连营"振奋军心,渲染了一种壮烈的氛围。

"八百里分麾下炙,五十弦翻塞外声",这是词人在醉梦中的场景,是一种想象梦幻之境。官兵与战士共同分享美味的牛肉,养精蓄锐,随时准备投入战斗,军乐队奏出雄壮的战歌,为战士鼓劲加油。这两句渲染了一种战前的紧张气氛,将士们同甘共苦,一起分食那些烤熟的牛肉;他们铠甲发亮,雄姿英发;乐队奏响雄壮的战歌。我们仿佛看见威武如山的军营里,刀枪林立,战旗飘扬。这场面是何等壮观热烈,令人动容!

"沙场秋点兵",让人感到部队的气势与军威,这是出发前的最后准备。秋高马肥,正是用兵杀敌的好时节,战场上正检阅军队,准备长驱出征。短短五个字,再现了词人立马阵前指点江山的无畏形象。

词下片承接上片的词意来写,把壮怀激烈、奋勇杀敌的壮志推向高潮。

"马作的卢飞快,弓如霹雳弦惊。"这两句是说英雄骑着战马驰骋战场,我们仿佛可以看见词人一手拿着弓箭,一手拽着缰绳,飞驰战场,英勇杀敌,一幅风尘蔽日、拼命厮杀的战斗情景便跃然纸上。这是壮词壮意的进一步生发。

"了却君王天下事,赢得生前身后名",这里的"天下事",指收复祖国的失地,统一全国的大业。"生前身后名",指生前死后都要留下建功立业的美名,字里行间洋溢着爱国激情。可以说词的感情到这时已经上升到最高点了,这两句意味着词人仿佛看到自己大功告成,从而踌躇满志发出愉快的欢呼声,也是轻松而又大气磅礴的。

词的结句"可怜白发生",笔锋一转,感情跌落千丈,吐尽壮志难酬的无限感慨。"可怜"表达了无奈之情,"白发生"揭示了词人理想与现实之间的矛盾与对立,强烈抒发了自己报国有心却无门的悲愤之情。这一句与首句相呼应,与中间梦境形成强烈对比,有力地表现了心中的无奈与愤慨。

这首词抒写了壮志难酬的一腔悲愤,情感上跌宕起伏。从结构上看,它改变了一般填词上片写景下片抒情的俗套写法。除首尾两句写现实外,中间全写梦境,虚实结合巧妙。梦境写得雄壮,现实写得悲凉;梦境写得酣畅淋漓,将爱国之心、忠君之念及自己的豪情壮志推向顶点。词的结句却猛然跌落,在梦境与现实的时空穿梭中,抒发了壮志难酬的一腔悲愤。 （马本盛）

水调歌头 送章德茂大卿使虏①

［宋］陈 亮

不见南师久,漫说北群空②。当场只手③,毕竟还我万夫雄④。自笑堂堂汉使,得似洋洋河水,依旧只流东⑤?且复穹庐拜,会向藁街逢⑥!

尧之都,舜之壤,禹之封。于中应有,一个半个耻臣戎⑦!万里腥膻如许⑧,千古英灵安在,磅礴几时通?胡运何须问,赫日自当中!

〔注释〕

①送章德茂大卿使虏:陈亮的友人章森,字德茂,当时是大理少卿,试户部尚书,奉命使金,贺金主完颜雍生辰（万春节）,陈亮便写了本词赠别。②北群空:语出韩愈《送温处士赴河阳军序》"伯乐一过冀北之野,而马群遂空",指没有良马,借喻没有良才。③当场只手:当场大事,只手可了。④"毕竟"句:毕竟我还是万夫之雄。我,指章德茂。⑤"自笑"三句:我们汉使哪里肯年年去朝见金庭。得似,哪得能像。⑥藁（gǎo）街:汉给少数民族居住的房子在长安藁街。⑦"于中"二句:那里总有几个有骨头,以向异族俯首称臣为耻的!⑧腥膻:代指金人。因金人膻肉酪浆,以充饥渴。

〔赏读提示〕

词一开头,就把笔锋直指金人,警告他们别错误地认为南宋军队久不北伐,就没有能带兵打仗的人才，概括了章德茂出使时的形势。"南师"指南宋军队，由于南宋朝廷对金国实行妥协投降政策，南宋军队已经很久没有向敌人发动进攻了，这就越发使金人感到南宋政府怯懦好欺。"北群空"是用"伯乐一过冀北之野，而马群遂空"的典故。原意是说，伯乐善识马，他一过，好马都被选出，冀北的好马就空了。这里以马群中没有良马比喻朝廷上缺乏人才。这两句的意思是说，金人由于好久没有看到南宋军队的进攻，于是便胡说南宋整个朝廷都没有人才了。"漫说"二字应读升调，"空"字应重读。

"当场只手，毕竟还我万夫雄。""只手"，古代有"只手擎天"的话，指章德茂像只手擎天那样能够独立支撑危局。"毕竟还我万夫雄"是说经过较量，章德茂必能恢复我国使臣作为万夫之雄的形象。当时出使金国的人有的在敌人的威胁下屈服了，这里是赞美章德茂是能够恢复不屈服的英雄形象的。"毕竟"二字要重读，"万夫雄"，要读得字字有力。"还我"二字含有深意，暗指前人出使曾有屈于金人威慑，有辱使命之事，期望和肯定章德茂能恢复堂堂汉使的形象。这一句要读出堂堂汉使的形象，要慷慨激昂，饱含感情。

无奈宋弱金强，这已是无可讳言的事实。出使金国而向金国国主拜贺生辰，有如河水东流向海，岂能甘心，故一面用"自笑"解嘲，一面又以"得似……依旧"的反诘句式表示不堪长此居于屈辱的地位。这三句句意，对上是一跌，借以转折过渡到下文"且复穹庐拜，会向藁街逢"。这一句要读出自嘲，读出无奈。"穹庐"，北方游牧民族所居毡帐，这里借指金廷。"藁街"本是汉长安城南门内"蛮夷邸"所在地，汉将陈汤曾斩匈奴郅支单于首悬之藁街。这两句是说，这次遣使往贺金主生辰，是因国势积弱暂且再让一步；终须发愤图强，战而胜之，获彼王之头悬于藁街。"会"字要读出"将必如此"之意。两句之中，上句是退一步，承认现实；下句是进两步，提出理想，且与开头两句相呼应。这是宋爱国志士尽心竭力所追求的恢复故土、一统山河的伟大目标。上阕以此作结，对章德茂出使给以精神上的鼓励与支持，是全词的"主心骨"。要读得铿锵有力，充满信心。

下阕没有直接实写章德茂，但处处以虚笔暗衬对他的勖勉之情。"尧之都"五句，语速要加快，要读得激愤。在尧、舜、禹圣圣相传的国度里，总该有一个、半个耻于向金人称臣的人吧！"万里腥膻如许"三句，谓广大的中原地区，在金人统治之下成了这个样子，古代杰出人物的英魂何在？正气、国运何时才能磅礴伸张？语速也要加快，要读得意味深广。最后两句，总挽全词。"胡运何须问，赫日自当中!"表达了作者对抗金事业的信心。"胡运"，金国的气运。"何须问"，即"不必问"的意思。"赫日"指中午光线耀眼的太阳。这两句是说：金朝的气运已经快完了，它的灭亡是肯定的，因此不必多问，而宋朝却像太阳刚升到了中天，前景是很辉煌的。这一句要读得字字饱满有力，义正辞严，慷慨有力。

在抒发爱国豪情壮志、促进词体发展的大合唱中，陈亮高亢雄壮的歌喉征服了千百年来的"听众"。在陈亮所有的爱国词中，这首送章德茂的《水调歌头》独树一帜。整篇立意深远，章法整饬。　　　　　　　　　　　　（汪永亮）

贺新郎 送陈真州子华
［宋］刘克庄

北望神州路，试平章①、这场公事，怎生分付②？记得太行山百万，曾入宗爷驾驭。今把作握蛇骑虎。君去京东豪杰喜，想投戈下拜真吾父。谈笑里，定齐鲁。

两淮萧瑟惟狐兔③。问当年、祖生去后，有人来否？多少新亭挥泪客，谁梦中原块土？算事业须由人做。应笑书生心胆怯，向车中、闭置如新妇。空目送，塞鸿去。

〔注释〕

①平章：评议、商量。②怎生：怎么。③狐兔：语出范云《渡黄河》"不睹行人迹，但见狐兔兴"，谓荒凉无人也。

〔赏读提示〕

刘克庄诗属江湖派，作品丰富，内容开阔，多言谈时政、反映民生之作。其词深受辛弃疾影响，多豪放之作，散文化、议论化倾向也较突出。这首词独出机杼。

"北望神州路，试平章、这场公事，怎生分付?"作者写法十分奇特，词的起笔非常突兀，开头便提出因北望中原而引出的一个问题，"这场公事"更是让读者不知所云、不敢招架，吸引读者往下读。同样，我们试想，陈子华看到这首词时也会倍感奇异，仔细琢磨。"怎生分付?"要拉长声调，且要读出疑问的语气，吸引读者进入情境，继续读下去。

"记得太行山百万，曾入宗爷驾驭。今把作握蛇骑虎。"作者不紧不慢，娓娓道来，回答了上句的疑问，这才是"怎生分付"之事，即怎样对待沦陷区的义军。诵读时语句应该放缓，"记得"后稍停顿，"百万"重读。作者写这首词时，宗泽逝世已久，但在北方金人统治地区，仍有义军活动，其中红袄军力量最大，首领杨安儿被杀后，余众归附南宋，可惜朝廷不信任他们，把抗金民众武装看成是手上拿的蛇和胯下骑的虎，甩掉又不是，用又不敢用。

友人陈子华，是作者的福建同乡，为人聪明，做事机灵，在防御金人入侵淮西时曾立下功劳。1227 年 4 月，他出知真州，当时李全还未叛降蒙古。作者认为如果宋朝朝廷能够团结义军，妥善利用义军的力量，共同对付金人，那么抗金一定是大有可为的。所以作者送陈子华赴江北前线的真州时，提出希望朋友认真考虑这个关系国家安危存亡的重大问题。"君去京东豪杰喜，想投戈下拜真吾父。谈笑里，定齐鲁。""谈笑里，定齐鲁"类似《赤壁怀古》中周郎"谈笑间，樯橹灰飞烟灭"，赞美他有魄力、有能力，句短而情深，要读得短促有力。作者希望陈子华到真州效法宗泽，正确运用和处理好义军力量，为了民族的大业，摒弃派别偏见，收复河山，壮我山河。

下阕情感起伏较大，一会扶摇直上，一会急转直下。"两淮萧瑟惟狐兔。问当年、祖生去后，有人来否？"国家破灭，壮士安在？哀婉而沉痛，其中还有少许失落。这个问句，要重读，读出悲凉之情！作者的感情也转为悲愤。"多少新亭挥泪客，谁梦中原块土？"这一句引经据典，应读得舒缓沉重，"挥"、"梦"这两个字重读。大量问句的出现，表达了作者不服现实、打破现实、澄清现实之感。据说当时不但投降派丧心麻木、公然卖国、不念中原，连高洁的士大夫们也没有意志和决心去收复失地。"算事业须由人做。"作者点明事由人做，读时"须由"字后停顿，"人"强调重读，这是词中表现豪迈之气的顶点，要以饱满的语调读出自信、乐观、必胜之感。"应笑书生心胆怯，向车中、闭置如新妇。"作者希望朋友陈子华振作豪气、勇于作为。"空目送，塞鸿去。""空"、"去"以写送别作结，简洁干练，而且有种戛然而止、余音袅袅之感。诵读的时候，要重读"空"、"塞"，放慢速度，读出余音袅袅之感。

全词慷慨磅礴，浑然一体，立意高远，曲折跌宕。在反复的吟诵中，我们就可以充分感受到这份深重的情感。

（田新星）

雁门关外①

［金］元好问

四海于今正一家②，生民何处不桑麻。

重关独居千寻岭，深夏犹飞六出花③。

云暗白杨连马邑④，天围青冢渺龙沙⑤。

凭高吊古情无尽，空对西风数去鸦。

〔注释〕

①雁门关：又名西陉关，以"险"著称，有"天下九塞，雁门为首"之说。位于山西省忻州市代县县城以北约二十公里处的雁门山中，是长城上的重要关隘，与宁武关、偏关合称为"外三关"。雁门关是古时塞外北方民族入侵内部的渠道，所以自古为边防戍守要地。②四海于今正一家：四海之内，犹如一家。形容天下一统。③六出花：多年生草本，花朵像杜鹃又像水仙，茎和叶子则像是百合花。④马邑：地名，在今山西朔州市。⑤青冢（zhǒng）：传说墓上草色常青，因称"青冢"。冢，坟墓。

〔赏读提示〕

《雁门关外》是根据当时流传的一首歌谣而写的，原歌谣是：雁门关外野人家，不植桑榆不种麻。百里并无梨枣树，三春哪得桃杏花。六月雨过山头雪，狂风遍地起黄沙。说与江南人不信，早穿皮袄午穿纱。元好问反其意而用之，凭高吊古，抒发了元初结束多年战乱之后"四海一家"的变化。

首联"四海于今正一家，生民何处不桑麻"，如今，元结束了多年的战乱，天下和平，百姓安居乐业，到处呈现一派农耕和谐的生活场景。诗人心中也抑制不住喜悦之情。

颔联"重关独居千寻岭，深夏犹飞六出花"，此时此刻，诗人虽然身居崇山峻岭，但美景扑面，鲜花跃入眼帘。这一句以景衬情，表现诗人的愉悦与欣慰。

颈联与尾联却笔锋一转，"云暗白杨连马邑，天围青冢渺龙沙"，"凭高吊古情无尽，空对西风数去鸦"。写出满眼的沧桑，凭高吊古，心生无限感慨，历史似流水匆匆而过，一切仿佛被西风掠走，只剩下几只乌鸦，使人顿生凄凉寂寞之情。

这首词写景抒情,情景交融,动静结合,抒发感慨。词人巧妙借用当时流传的一首歌谣,反其意而用之,可谓构思奇巧。

(马本盛)

酹江月 驿中言别

[宋] 邓 剡

水天空阔,恨东风不惜世间英物。蜀鸟吴花残照里,忍见荒城颓壁。铜雀春情,金人秋泪①,此恨凭谁雪?堂堂剑气②,斗牛空认奇杰。

那信江海余生,南行万里,属扁舟齐发。正为鸥盟留醉眼,细看涛生云灭。睨柱吞嬴③,回旗走懿④,千古冲冠发。伴人无寐,秦淮应是孤月。

〔注释〕

①金人秋泪:谓魏明帝迁铜人、承露盘等汉时旧物,铜人潸然泪下之事。②堂堂剑气:指灵剑奇气,上冲斗牛,得水化龙事。③睨柱吞嬴:谓战国蔺相如使秦完璧归赵故事。④回旗走懿:谓诸葛亮遗计吓退司马懿事。

〔赏读提示〕

邓剡和文天祥是同乡好友。1278 年,文天祥抗元兵败,被俘为虏,押解北上。路过金陵时,在驿馆遇到了因病留下医治的邓剡,两人都为国家灭亡而深感悲痛。文天祥被迫继续北上,邓剡作词赠天祥,为好友壮行。词中融汇亡国之痛和好友离别之苦,如一曲慷慨悲凉之歌,气贯长虹。

本词的上阕以亡国之痛为主旋律。“水天空阔,恨东风不惜世间英物。”长江、长空,水天空阔,这种无限空间的壮阔感给予人心灵的无限延展,尤其是心有郁结、内心不顺畅的人。在这样的无限中,我们才能静下心来去认真、客观、平静地思考心中的不平。一个“恨”字横空跳出,可见作者还是无法摆脱人间烦忧,也可见出这烦忧的恼人。“东风”如此不公平,如此不眷顾“世间英物”,令作者不禁感叹浩瀚长江能拒曹兵,为什么不能阻挡元军的铁骑呢?文天祥这样的英雄人物缺少了老天的眷顾和帮忙,“东风不惜”如此不公平,实在是可恨之极。因此,“恨”字要重读,“不惜”二字应读出无可奈何之感。“蜀鸟吴花残照里,忍见荒城颓壁。”金陵城中残垣断壁,一片惨象。“蜀鸟”是产于四川的杜鹃鸟,相传为蜀亡国之君杜宇的灵魂托身，"不如归去"的叫声极其凄厉，"吴花"，即指曾生长在吴国宫中的花，此花经历过亡国之苦，在残阳夕照里和处处废墟中听到这样的鸟叫声，怎不让人顿感凄凉悲惨？诵读时应读出愁苦之情。"恨"、"残"、"颓"应缓读，读出一种落寞伤怀之情。

"铜雀春情，金人秋泪，此恨凭谁雪？"杜牧曾有著名诗作"东风不与周郎便，铜雀春深锁二乔"。词人借此典故援引历史故事，抒发出江山易主的悲哀，历史的假设现在居然成为现实，三年前元人不是把两位太后都掠去了吗？"金人秋泪"，汉武帝时曾在长安的宫中用铜铸造了一个仙人，也叫金人；汉之后，魏明帝曾派人到长安把汉朝建章宫前的铜人搬至洛阳，传说铜人在被拆卸时流下了眼泪。但宋朝亡国，此恨怎消！此句应读出感伤之情，最后半句重读，读出义愤填膺之情。

"堂堂剑气，斗牛空认奇杰。"宝剑象征着力量，它锋利坚韧，所向披靡，其中熔铸着无限勇气与斗志！然而如今，万事已成蹉跎，美好的、过往的辉煌已经不在，空有精气上冲斗牛的宝剑和文天祥这样的奇才。作者对文天祥失败的惋惜之情，不断流露。诵读时，应读出惋惜悔叹之情，"堂堂"和"空"重读。

词的下阕主要写情，写依依不舍送别之情。"那信江海余生，南行万里，属扁舟齐发。"赞颂了文天祥与元人坚决斗争的勇气和胆量。几年前，文天祥被元军扣留，乘机脱逃，绕道海上，历尽千辛万苦才回到南方，正可谓"鸥盟留醉眼，细看涛生云灭"。因此这两句应读出斗争之艰辛、意志之坚定的感觉来。词人跳海未死，这次又病而求医，幸而能有机会等待文天祥东山再起，复兴大宋之大业。"睨柱吞嬴，回旗走懿，千古冲冠发。""睨柱吞嬴"，借用"完璧归赵"的历史故事，讴歌了蔺相如持璧睨柱、气吞秦王的英雄气魄。"回旗走懿"指的是蜀国丞相诸葛亮死了以后还能把司马懿吓退的那种威严。用典故含蓄地表达出对文天祥的赞许和期望之情。此处诵读时要有气势，把文天祥的骨气、浩然正气潇洒地表现出来。

"伴人无寐，秦淮应是孤月。"作者最后再转到惜别上来，"望月"是中华文化中团聚的象征，而孤月则暗含着好友的分离、形单影只。作者为何无寐？还不是因为牵挂友人吗？他想象着此刻友人很孤单，他同情、眷恋友人，试想他自己此时又何尝不孤独呢？他的处处关心、牵挂，传达了对友人的一片深情。我们也相信，文天祥也一样深深思念着作者这位知己好友，他们已经成为彼此生命中的依靠，作者会每时每刻为友人祝福、祈祷。最后一句话的诵读要把握好情感,整体的情感基调是痛心的,"无寐"二字要缓读,且要读出伤怀、无奈之苦,"应是"要读得沉稳,足以见出作者对友人如今处境的准确判断,也可感受到他们的深情。"孤月"中一个"孤"字,几多情感,应拉长语调重读! 人生的孤独,精神的孤单,友情的无能为力,尽在笔底汩汩流出。人生得一知己足矣!

这阕词用东坡居士词原韵,难度极大,但仍写得气冲斗牛,感人肺腑,全因作者是用心和真情写成的。因此,诵读时应在充分理解词义的基础上,灌注全部的感情,抒发出对亡国、故友等真挚的情感。

(田新星)

过零丁洋①

〔宋〕文天祥

辛苦遭逢起一经②,干戈寥落四周星③。
山河破碎风飘絮④,身世浮沉雨打萍。
惶恐滩头说惶恐⑤,零丁洋里叹零丁。
人生自古谁无死? 留取丹心照汗青⑥。

〔注释〕

　　①零丁洋:在现广东省珠江口外。1278 年底,文天祥率军在广东五坡岭与元军激战,兵败被俘,囚禁船上曾经过零丁洋。②遭逢:遭遇。起一经:因为精通一种经书,通过科举考试而被朝廷起用做官。文天祥 20 岁考中状元。③干戈:指抗元战争。寥(liáo)落:荒凉冷落。四周星:四周年。④絮:柳絮。⑤惶恐滩:在今江西省万安县,是赣江中的险滩。1277 年,文天祥在江西被元军打败,所率军队死伤惨重,妻子儿女也被元军俘虏。他经惶恐滩撤到福建。⑥汗青:即汗竹,史册。

〔赏读提示〕

　　1278 年,文天祥在广东海丰北五坡岭兵败被俘,押到船上,次年过零丁洋时作此诗以明志。

　　首联"辛苦遭逢起一经,干戈寥落四周星","起一经"指文天祥 20 岁中进士,"四周星"即四周年。文天祥于 1275 年起兵勤王,至 1278 年被俘,恰为四个年头。诗人自叙生平,思今忆昔,用"干戈寥落"四字,暗含着对苟且偷生者的愤怒与谴责。诵读时以舒缓的语气开始,"寥落"二字应读出诗人的痛心惋惜之情。

颔联"山河破碎风飘絮,身世浮沉雨打萍",从国家和个人两方面深入加以铺叙,表达了诗人对当前局势的认识:国家处于风雨飘摇中,亡国的悲剧已不可避免,个人命运就更难说了。宋朝自临安弃守,恭帝赵㬎被俘,事实上已经灭亡。剩下的只是各地方军民自动组织起来抵抗。"身世浮沉"并非指个人仕途,也是概括了诗人一生经历的艰苦卓绝的斗争。这一联对仗工整,比喻贴切,感情真挚。诵读时应充分体会到诗人的遭遇处境,读出悲愤凄凉之情。

颈联"惶恐滩头说惶恐,零丁洋里叹零丁",追述诗人今昔不同的处境和心情:昔日惶恐滩边,忧国忧民,诚惶诚恐;今日零丁洋上孤独一人,自叹伶仃。惶恐滩是赣江十八滩之一,水流湍急,令人惊恐,文天祥起兵勤王时曾路过这里。零丁洋在今广东省珠江十五里外的崖山外面,现名伶丁洋,文天祥兵败被俘,押送过此。前者为追忆,后者乃当前实况,两者均亲身经历。一为战将,一为阶下囚。面对强大敌人,恐不能完成守土复国的使命,惶恐不安。身为阶下囚,孤苦伶仃,这一联特别别致,"惶恐滩"与"零丁洋"两个带有感情色彩的地名自然相对,又被诗人信手拈来表现他昨日的"惶恐"与眼前的"零丁",可谓妙笔。诵读"说惶恐"、"叹零丁"时语气渐缓,应饱含着剧烈的亡国之痛。

尾联笔势一转,"人生自古谁无死,留取丹心照汗青",由现在过渡到将来,如此结语,后人评价"有如撞钟,清音有余"。全诗格调,顿然一变,诗人赤诚之心如火焰般照耀史册。一"照"字,光芒四射,英气逼人。诵读时应由深沉婉转转为豪放、激昂、洒脱。以磅礴的气势、高亢的语调收束全篇。据说张弘范看到文天祥这首诗,尤其是这两句,连称"好人,好诗"。这慷慨激昂、大义凛然的诗句,表现了诗人的铮铮铁骨、耿耿忠心,也成为无数仁人志士的座右铭。(章翼)

南安军①

[宋]文天祥

梅花南北路,风雨湿征衣。
出岭同谁出?归乡如不归!
山河千古在,城郭一时非。

饿死真吾志,梦中行采薇^②。

〔**注释**〕

①《南安军》是文天祥的一首五言律诗,出自《文山先生全集》。②采薇:指伯夷、叔齐不食周粟的典故。《史记·伯夷列传》记载:"武王已平殷乱,天下宗周,而伯夷、叔齐耻之,义不食周粟,隐于首阳山,采薇而食之。及饿且死,作歌。"薇,野菜。

〔**赏读提示**〕

"梅花南北路,风雨湿征衣",是说由南往北走过大庾岭口,风雨把衣服都淋湿了。大庾岭上有很多梅花,所以又称梅岭。相传大庾岭是南北气候的分界,所以有"大庾岭上梅,南枝落,北枝开"的说法。"征衣"是远行时穿的衣服。这一句要读出开阔的意境和苍茫廖远的感觉;"雨湿征衣"要读出凄迷之感,"风雨"后应停顿,"湿"应重读。

"出岭同谁出? 归乡如不归",要读出作者的沮丧和无奈。这句写他忆起当年带着吉安、赣州子弟兵浩浩荡荡出岭,如今却身加镣铐,银铛归来,还不如战死沙场,何必归来呢!

"山河千古在,城郭一时非",写他站在岭上,遥望南安的西华山,以及章江,慨叹青山与江河是永远存在的,而城郭则由出岭时的宋军城郭,变成元军所占领的城郭,所悬之旗也将随之而易。这一句暗用杜甫的"国破山河在"和丁令威的"去家千年今始归,城郭犹是人民非"。这句要读出亡国破家的伤痛和物是人非的无奈。

"饿死真吾志,梦中行采薇",写诗人文天祥宁愿绝食饿死在家乡,也不与元兵合作。该句要读出诗人坚定信念和宁死不屈的决绝,语气要铿锵有力。诗人常常梦见自己像伯夷、叔齐一样在首阳山采野菜为生。他希望生不做元人,死做庐陵人,所以从广东就开始绝食,准备饿死在家乡,实现"首丘"之义的心愿。

(时明)

金陵驿①

[宋] 文天祥

草合离宫转夕晖②,孤云飘泊复何依。
山河风景元无异③,城郭人民半已非!
满地芦花和我老,旧家燕子傍谁飞④。
从今别却江南路⑤,化作啼鹃带血归⑥。

〔注释〕

①驿:古代官办的交通站。指文天祥抗元兵败被俘,由广州押往元大都路过金陵。②草合:草已长满。离宫:即行宫,皇帝出巡时临时居住的地方。③元:同"原"。④旧家燕子:引用刘禹锡《乌衣巷》"旧时王谢堂前燕,飞入寻常百姓家"一句含义。⑤别却:离开。⑥啼鹃带血:用蜀王死后化为杜鹃鸟啼鹃带血的典故,暗喻北行以死殉国,只有魂魄归来。

〔赏读提示〕

文天祥在祥兴元年被俘,次年被押赴元都燕京。本诗就写于此次押解途经金陵时。此前,为挽救风雨飘摇的宋王朝,文天祥曾积极组织抗战。如今壮志未酬,身陷囹圄,金瓯已缺,诗人抚今思昨,触景生情,写下本篇。诗中充满了黍离悲与爱国情,深沉悲壮。

首联"草合离宫转夕晖,孤云飘泊复何依",夕阳下,当年金碧辉煌的皇帝行宫长满荒草,让人心生无限悲慨。次句诗人融情于景,借漂泊无依的孤云写自己孤苦无依的荒凉心境,孤云即诗人,诗人如孤云。"转"字一字传神,写出诗人伫立痴望的形象。"草合离宫"与"孤云飘泊"相对,写出国家与个人的双重不幸,反映国家存亡与个人命运密切相关。夕阳渐渐西下之"动"反衬诗人伫立痴望之"静",引发出诗人的无限悲恨。这两句诵读要缓慢低沉,但"转"及"何依"要低中见高,读得重一些,响一些。

颔联"山河风景元无异,城郭人民半已非",以人与物对比,描写了山河破碎给人民带来的深重灾难,反映出诗人心系国家兴亡、情关人民疾苦的情怀,将诗作的基调进一步渲染,使诗作的主题更加突出鲜明。诵读这两句可用快中显慢的方法,有意拉长"元无异"、"半已非"的读音,以突显其巨大的反差。此联出句用了《世说新语》"新亭对泣"的典故："风景不殊,正自有山河之异";对句则用了《搜神后记》丁令威化鹤的典故："去家千岁今始归,城郭如故人民非。"此二句用典,以简驭繁,用语凝练而情思幽深。

颈联"满地芦花和我老,旧家燕子傍谁飞","满地芦花"是眼中之景,"和我老"是心中之痛。心怀愁苦的诗人"感时花溅泪",云、芦花、燕子,无不表达着诗人的情怀。王谢豪门世家风光不再,燕子尚可"飞入寻常百姓家",现在百姓流离失所,燕子到何处容身呢? 拟人化的描写,传神地表达了悲凉凄切之情。朗读这一联可以用文法停顿,朗读颈联出句之后要停顿时间长一些,整句饱含愁苦之情。

尾联"从今却别江南路,化作啼鹃带血归",尽管整个金陵城都笼罩在悲凉的氛围中,我却不愿离它而去。元军不让我在此久留,就让我的忠魂化作啼血不止、怀乡不已的杜鹃鸟归来吧。据《华阳国志·蜀志》载,子规就是杜鹃。杜鹃啼声凄厉,能动旅人归思。诗人用古蜀国望帝杜宇死后化为子规的典故,表现了他对故国无比眷恋的深情,体现了他坚贞的民族气节。诵读尾联,语速缓慢,哀婉沉郁,"带血归"三字字音要适当延长,一字一顿。四年后,诗人历经种种折磨,战胜种种威胁,慷慨赴死,谱写了一曲永远鼓舞中华儿女的壮歌。

(张国彦)

马上作

[明] 戚继光

南北驱驰报主情①,江花边月笑平生②。
一年三百六十日,多是横戈马上行③。

〔注释〕

①南北驱驰:作为武将的戚继光曾在东南沿海一带抗击倭寇的侵扰,又曾镇守北方边关。主:指皇帝。②边月:边塞的月亮。这里的边塞指山东沿海登州卫等地。③横戈:手里握着兵器。

〔赏读提示〕

"南北驱驰报主情,江花边月笑平生",此句充满豪迈之情,应读得铿锵有力,慷慨激昂。"南北驱驰报主情",转战南北,驰骋疆场是为了报答皇上对我的恩情。戚继光在少年时就曾写下诗句"封侯非我意,但愿海波平",并以一生践行这一人生理想。从福建、广东到蓟州,一在天南,一在地北,"南北驱驰"四字,概括了戚继光的戎马生涯。不惜万里奔波是为了"报主情",是心怀天下苍生,是为了国家的安宁。"江花边月笑平生"一句,特别要关注"笑"字。江畔艳丽之鲜花和边关皎洁之明月该要笑我一生忙碌奔波,不懂得欣赏吧。一"笑"字,写尽了抗倭名将的豪迈气概。

"一年三百六十日,多是横戈马上行",不是一日,而是三百六十日;不是一年而是平生。这是其一生的选择,也是"南北驱驰"更具体的阐释。一个保家卫国的英雄,一生都会横戈马上,疆场奔驰。战马、兵器赫然在目,英雄形象跃然纸上。此句写得平实,但朗朗上口。"三百六十日"可以轻读慢读,体现一种常态;"横戈马上行"要读得铿锵有力,读出节奏感,读出对祖国和人民的忠诚与热爱。

戚继光是英雄,也是诗人,在当时那个年代就享有"伟负文武才如公者,一时鲜有其俪"的赞誉。《四库全书总目提要》也称赞戚继光的诗"格律颇壮","近燕赵之音"。

(张爱丽)

甲辰八月辞故里①

〔明〕张煌言

国破家亡欲何之②?西子湖头有我师。
日月双悬于氏墓③,乾坤半壁岳家祠④。
惭将赤手分三席,敢为丹心借一枝。
他日素车东浙路⑤,怒涛岂必属鸱夷⑥!

〔注释〕

①甲辰:1664 年。故里:作者的家乡浙江鄞县。②何之:何往。③日月双悬:说于谦的功绩像日月一样光辉。④乾坤半壁:指岳飞英勇抗金,才使得南宋保存下长江流域以南的国土。⑤素车:指丧车。《录异志》载,伍子胥死后,常"乘素车白马"。东浙路:据《宋史·河渠志》载:"惟是浙江,东接海门,胥涛澎

湃。"⑥鸱夷：皮革制成的囊，借指伍子胥。

〔赏读提示〕

　　张煌言，抗清斗争中一位不朽的民族英雄，更是明代末期的诗坛大家。

　　张煌言的诗歌既是他一生戎马倥偬的写照，又淋漓尽致地表现了其百折不回的精诚意志和忠贞不渝的爱国情操。全国抗清形势彻底陷入低潮之际，煌言"叹天步之未夷，虑河清之难俟"，于是"思借声诗，以代年谱"，以诗记史，以收年谱之用，真实而全面地反映了明清易代之际江浙一带战乱频仍、风雨飘摇的抗清史，具有鲜明的"诗史"性质。诗歌中最能体现"年谱"意义的成分往往是诗题而非内容，如果将其诗歌标题进行串联，就会构成一幅天然的历史画卷，本诗诗题即体现了这一特征。故里即煌言的家乡鄞县，配合时间来看，我们可推知此时煌言已被执于敌，路过家乡绝非普通的离别，而是一次死别。"辞"不仅意味着与家乡、亲友的永诀，还标志着其倾注了毕生心血的抗清事业正式终结。而死前一别，更绝似项羽兵败自刎，无颜面对江东父老的悲壮惨烈。

　　诗人以诗代史，其诗歌呈现出年谱风貌，然就每一篇诗歌来看却是以抒情见长。煌言诗中叙事以对整体过程的粗线条勾勒为主，叙事意味很轻，故事性很弱，其间往往流露出强烈的兴叹意味与抒情倾向，诗人把叙事和抒情融为一体。

　　首联"国破家亡欲何之？西子湖头有我师"，整诗以问句起头，无一字不饱含诗人一生的沧桑血泪。面对寿终正寝的明王朝与生灵涂炭的神州大地，诗人疾痛惨怛但又无能为力，唯将内心郁积的激愤与悲痛在天地间宣泄，留下一个大大的问号。这个问号，既是对入侵者的强烈控诉与悲壮呼喊，又是对自己一生戎马的追问。其情感抒发强烈贲张、波澜壮阔，一开篇便将情感推上第一个高潮。顺着这一追问，诗人由败落的现实回想起金戈铁马的峥嵘岁月，明朝军队在西湖边奋勇驰骋、抵御外侮的场景历历在目。然时过境迁、物是人非，当年英勇忠烈的铁骑已灰飞烟灭，自己亦沦为清军阶下死囚，为之鞠躬尽瘁的明王朝亦无力回天。诗人的回忆将不同时空的对比充分凸显，点染出激荡与悲愤之下无可奈何的沧桑与叹惋。首联两句的朗读，第一句要读得坚定、沉着，不能拖沓，诗人并不是不知道自己的去处，而是要用这样的问句，引出自己的决心和信念，切不可读成上升调；第二句要准确把握诗人情感在此处由上句的慷慨激昂沉降为一种沉郁、悲凉与无奈，虽有报国之志，却只能慷慨赴死。朗读时需注意两者的自然过渡，首联收尾要有力，切不可用悲切语调。

张煌言几乎无诗不用典,颔联二句运用了于谦和岳飞的典故。于谦是明朝保国安民的功臣,此处盛赞于谦之功绩可与日月争辉;岳飞是南宋抗金名将,此处极言岳飞之功绩可与天地共存。于谦和岳飞之墓均在西湖边。诗人表达了自己对于谦和岳飞的景仰之情,表示自己欲效仿民族英雄魂归西湖,显示出强烈的国家民族意识,也表现出为自己能为国家民族利益献身而深感自豪。颔联两句的朗读,应读出从容豪壮之韵、振奋自信之情。这两句的音高不必过分上扬,要读出诗人的感情由此前的沉郁悲凉升华为从容、雄浑与高伟,又逐渐显露出一种振奋而自信的精神,内心是充实的,也是可以含笑的,但不能读得抑郁、沉闷。

颈联"惭将赤手分三席,敢为丹心借一枝",诗人以能为国捐躯而倍感自豪,然回顾生平往事,又为光复之业未成而深感悔恨与愧疚。虽有恋主怀亲、忧国悯民的一片赤诚,纵然一生鞠躬尽瘁、出生入死,却无法力挽狂澜,最终难免徒劳一场的结局。自己所拥有的仅为一片殉国的决心,又怎敢与于谦、岳飞比肩,在西湖与其平分"三席"之地,求取一块小小的栖身之所? 此乃诗人自谦之词,亦可窥其情感嬗变:回首毕生沉浮,诗人以能如于谦、岳飞般忠君爱国最终魂归西湖而荣幸,同时又为一生徒劳而扼腕叹息、痛心疾首。本联的情感十分复杂,由之前雄浑高昂的心境再次归于一种沧桑悲凉的喟叹,朗读时应该读出沉郁顿挫、慷慨悲壮的感情,音高也不能过分上扬,比起前两联要略微舒缓些,要读出"惭"、"敢"的复杂情绪,既骄傲自豪,又自叹弗如。

尾联"他日素车东浙路,怒涛岂必属鸱夷",诗人再次用典,显示了煌言诗歌语言"赡博英多"、质朴典雅的特点。此二句运用了伍子胥之典,伍子胥忠心为国却遭小人诋毁,终遭吴王夫差杀害。此二句诗人意在表明:八月将来的浙江潮,不仅为伍子胥一人而怒涌,自己也将魂随潮水,激扬波涛,以抒未能捍卫朝廷、驱除鞑虏、保国安民的终天之恨。全诗以一反问结尾,与起首设问遥相呼应,构成全诗情感发展的两个高潮。诗人深明此去乃永辞人世,面对死亡,诗中抒发的不是对生的留恋与对死的恐惧。诗人忠心报国、匡济时艰,一身忠肝义胆、铮铮铁骨,把个人的荣辱得失置之度外。此二句不见亡国末世的悲戚凄婉,却充溢着一种慷慨激昂、雄浑悲壮的感情以及身虽死而志不移的豪壮情怀,是煌言满腔热血的升华,是"用剑、用笔,和着血与墨写就的激昂战歌"。朗读时应该凸显诗人恢弘磅礴、大义凛然的英雄气概与宁死不屈、慷慨赴死的决心。"岂必"两字尤要加重,最后一句的音高和音强都要明显高于其他各句,收尾要刚劲有力,戛然而止。

全诗一方面是亡国之悲的深切哀痛,另一方面又是超越沉郁痛切的愤慨激昂。"其文激愤而高亮,沉雅而痛快;其诗痛而不催、郁而益壮",可谓评价精当。朗读时应准确把握诗人情感的起伏变化,在反复吟诵中体会诗人思想情感的复杂性与深刻性。

(王静)

壬戌清明作

〔清〕屈大均

朝作轻寒暮作阴,愁中不觉已春深。
落花有泪因风雨,啼鸟无情自古今。
故国江山徒梦寐,中华人物又销沉。
龙蛇四海归无所①,寒食年年怆客心②。

〔注释〕

①龙蛇:喻隐伏草野、待时而起的志士。②寒食:即旧时寒食节,晋文公为了使隐居山林的介之推出山为其谋事,遂放火烧山,结果介之推竟被烧死。

〔赏读提示〕

《壬戌清明作》写于清明之时。清明是二十四节气中的一个重要节气,标志着凋零的严冬过去,煦暖的春天来临。人们在这一天踏青、扫墓、上坟,祭奠和怀念亲人、朋友。这一天人人都要戴柳,家家户户门口插柳枝,并禁绝烟火,所以又称"寒食"。当时抗清运动暂告结束,清王朝得以巩固。诗人眼看复明无望,在这样一个清冷时节,感到切肤的沉痛和一种无可奈何的悲哀。诗人因情写景,音节低沉,情调比较消沉,表现了当时志士遗民壮志难酬的苦闷。

首联"朝作轻寒暮作阴,愁中不觉已春深",是说早晨飘飞的轻云到了傍晚就阴沉沉的了,在忧愁中的人全然不觉时间已进入了暮春。开篇两句既是写景,更是蕴含深意,寓指清的力量渐渐渗透,已把天下遮掩。一个"愁"字要读出愤懑和沉郁之意,并能表达出时光逝去的失落之情,把全诗引进凄凉的氛围。

颔联"落花有泪因风雨,啼鸟无情自古今",承接上联的"愁",愁上加愁。此联化用杜甫《春望》诗中"感时花溅泪,恨别鸟惊心"之意,作者另辟蹊径,偏用以落花的有情对比啼鸟之无情,更进一步衬托出自己的深愁远虑。有的版本认为,诗人用垂泪的"落花"比喻受打击的抗清志士,得意的"啼鸟"来比喻卖力为清廷帮腔的小人。这种写法我国古典诗词中常用,屈原就是这种文学构思的始祖,如:"鸾鸟凤凰,日以远兮。燕雀乌鹊,巢堂坛兮。"这样的说法似更能够表达诗人鲜明的爱憎。无论何种说法,此句是诗人郁结难解的情感表达是毫无疑问的。"有泪"和"无情"两两对照,形象鲜明,因此要读出"难浇胸中块垒"的沉痛之感。

颈联"故国江山徒梦寐,中华人物又销沉",是诗人对复明无望的感慨。这时,三藩先后败亡,台湾郑氏政权也宣告结束,全国各地大规模的抗清也已败落,抗清志士死的死、逃的逃,恢复明朝的希望只能在梦里出现,真是"萧萧落叶,漏雨苍苔",令人悲叹万分。那份绝望,那份痛心,必当在吟诵中深刻表达,尤其是"徒"和"又",更是将痛楚之意演绎得一唱三叹,令人扼腕。

尾联"龙蛇四海归无所,寒食年年怆客心","龙蛇"喻隐伏草野、待时而起的志士;"寒食"是作者借寒食节纪念介之推的故事,慨叹自己在明末最后连一个归隐的处所也没有。朗读这最后一句时,要读出凄怆和无力感。此英雄末路,催人泪下。

全诗处处写亡国之恨和难以回天之感,这是特定时节和特定环境触发的情思,而字里行间的坚毅之情和"宁为玉碎,不为瓦全"的斗志,令人震撼。作为遗民诗人的屈大均,在这一天触景生情,将时节与自己的奋斗联系起来,抒发了反清无望的深沉幽愤和悲怆。

(崔晨香)

别云间①

[明] 夏完淳

三年羁旅客②,今日又南冠③。
无限河山泪,谁言天地宽?
已知泉路近,欲别故乡难。
毅魄归来日④,灵旗空际看⑤。

〔注释〕

①云间:地名,诗人的故乡松江的古称。②羁旅客:漂泊在外的人。这里指诗人三年的抗清生活。③南冠:古代南方楚人戴的帽子,后用为囚犯的代称。语出《左传》:楚人钟仪被俘,晋侯见他带着楚国的帽子,问左右的人:"南冠而絷(拘禁)者,谁也?"官吏回答:"郑人所献楚囚也。"此处指被清兵逮捕。④毅魄:刚毅的魂魄。⑤灵旗:指军旗。空际:天边。

〔赏读提示〕

《别云间》是诗人被清廷逮捕后,离别家乡(今上海松江区,古称云间)时所作。诗人在此诗中,一方面怀着无限的爱国热情,抱着必死的决心;一方面又对行将永别的故乡流露出无限的依恋。

首联中,诗人起笔自叙抗清斗争经历,回忆三年辗转、艰苦的抗清生活。内心似乎平静,但细细品读,就可读出其激越翻滚的情感波澜。朗读时,建议语调缓慢、低沉,读出平静的叙事之中深含着的满腔辛酸与无限沉痛。"羁旅"一词重读,"又"字重读,读出诗人抱着此次被捕必死的信念。

颔联抒写诗人的满腔悲愤。诗人热爱大明江山,一直期盼明王朝东山再起。身落敌手使诗人复国的壮志难酬,宏愿落空,他不禁深深地失望和哀恸,忍不住向上苍发出"谁言天地宽"的质问和诘责。朗读时,"谁言天地宽"可以字字重音,读出质问、悲愤的语气。

颈联中,"已知泉路近",诗人清醒地认识到:生命行将终结。此时他会想些什么呢?"欲别故乡难",诗人缘何难别故乡呢?因为他不仅是一个爱国志士,还是一个儿子,一个丈夫,一个有血有肉、重情重义的男子。想到父亲起义兵败,为国捐躯了,自己是家中唯一的男孩,此次身落敌手,难免一死,家无后嗣,家庭之不幸;想到自己长年奔波在外,未能尽孝于母;想到新婚妻子在家孤守,自己未能尽丈夫的责任与义务。想起这一切,诗人内心自然涌起对家人深深的愧疚与无限依恋,对故乡难割难舍的情谊。此两句朗读时,建议语速稍慢,读出对故乡、亲人的依恋不舍之情。

尾联表达抗清斗争必胜的坚定信念。朗读时,语调可以高昂一些,注意表现出坚定的信念。尽管故乡魂牵难别,但诗人终将复明大志放在首位,最终表明心迹:生前未能完成大业,死后也要亲自看到后继者率部起义,恢复大明江山。诗作以掷地有声的铮铮誓言作结,鲜明地昭示出诗人坚贞不屈的战斗精神,可歌可泣。

(谢正华)

战 歌

[明] 沙天香

边塞男儿重武功，剑光如电气如虹。

人生自古谁无死？马革裹尸是英雄！

〔**赏读提示**〕

沙天香，明末西藏人，回将霍集占的妻子。曾力促霍拥兵自立，建立巴图汗王国。清兵来攻时，她亲自上阵，并作此诗以鼓舞士气；后来兵败被俘，死于北京。传说她的身体有异香，因此世人称她为香妃。

自古中华女子多奇志，这位沙天香是为夫亲自上阵点兵的一位女诗人，字字铿锵，震撼人心。

边关的男儿都注重建功立业，以武为勋，渴盼着在沙场上证明自己，他们的宝剑夜夜光寒，气势直贯长虹。人生在世，谁没有一死呢？既然选择了战场，便从未想过全身而退，若能马革裹尸决胜沙场，方称得上是一代英雄！

这首诗在诵读的时候必须要有一种饱满的气势与力度，第一句"边塞男儿重武功"，初起的时候可以稍微平缓；第二句"剑光如电气如虹"要有锐利和洒脱的感觉，宛如宝剑出鞘，气贯长虹；第三句"人生自古谁无死"是一个反问句，要把反问的语气强调出来；第四句"马革裹尸是英雄"，应该有一种悲而更壮的情感。整首诗的诵读需要侧重于一种感召力，读出气势之余，还要想象着香妃引导士兵们舍生忘死、奋勇作战的情境，将这位巾帼英雄的壮志豪情表达出来。

（宗蓓）

己亥杂诗（其二二〇）

[清] 龚自珍

九州生气恃风雷①，万马齐暗究可哀②。

我劝天公重抖擞③，不拘一格降人才④。

〔注释〕

①九州:泛指全中国。恃(shì):依赖,依着。风雷:比喻威猛的力量或急剧变化的形势。②万马齐喑(yīn):比喻人们都沉默,不敢发表意见。用来比喻沉闷压抑的政治局面。喑,哑。③抖擞(sǒu):振作,振奋。④不拘一格:不局限于一种规格或一个格局。比喻打破常规。拘,限制。

〔赏读提示〕

题目中的"己亥"是指清道光十九年(1839),正是鸦片战争爆发的头一年。这一年,龚自珍辞官回乡,后又北上接取家属,他将途中的所见、所闻、所思写成了一首首诗,共有315首,统称为《己亥杂诗》。这里所选的是第220首。

第一、二句用了两个比喻:"风雷"比喻威猛的力量或急剧变化的形势;"万马齐喑"比喻当时死气沉沉的现实社会。诗人身处满清王朝步步走向没落的时代,统治当局日益腐败,内忧外患重生。与此同时,在残酷的清政府统治之下,思想被禁锢,人才被扼杀,社会一片死寂。诗人认为,这种社会局面,其下场终究是可悲的。灾难深重的中国大地必须觉醒,需要焕发生机,需要一场如同风雷一样轰轰烈烈的革新,从而造就一个充满活力的新时代。一个"恃"字,充分体现了诗人对改变当时社会状况的强烈愿望。朗读时,感情应深沉,要读出对"风雷"的渴望,对"万马齐喑"的痛心。

第三、四句紧接着前两句,表达了诗人具体的政治理想:既然社会需要变革,我就劝老天爷重新打起精神,不要拘泥于形式,让有才之士都能降临人间。这里的"天公"指当时清王朝的最高统治者。诗人采用第一人称,使用祈使句,直抒胸臆,热切希望统治者能够打破条条框框,不分等级,不分贵贱,提拔重用各阶层的有才之士,扭转"万马齐喑"的不正常局面,充分体现了诗人的忧国忧民之情。朗读时,要真诚、热切,充满激情,表达出诗人对社会变革的迫切愿望。

(徐苏阳)

有感一章

[清] 谭嗣同

世间无物抵春愁①,合向苍冥一哭休②。
四万万人齐下泪,天涯何处是神州?

〔注释〕

①抵：抵消、抵挡。②合：应当。苍冥：苍天。

〔赏读提示〕

这首诗写于中日甲午战争之后的光绪二十二年(1896)，中日签订《马关条约》割让台湾以后的一周年，表达了诗人强烈的爱国主义情感。

谭嗣同是著名的爱国诗人。临刑前，他大呼："有心杀贼，无力回天。死得其所，快哉快哉！"行刑手一连三刀都没有将其头颅砍断。监斩大臣刚毅惊惶失措，命令将谭嗣同直接按倒在地上，行刑手又连续剁了几刀。那一年，谭嗣同刚刚 34 岁，正准备在维新变法中大展身手。

翻翻中国古典诗词，"春愁"情结的诗歌数不胜数，春愁是极其折磨人的。美丽的少女慨叹着春日之短暂，短暂的春日里不乏沉沉的叹息，这叹息里一定伴随着泪水和心灵的痛感。寂寞的少妇在晴朗的春日落寞伤神，她们得不到爱情的滋养，看不到爱人的身影，而且很多人在一别数年后真的记不清爱人的模样。这样无结果的等待好似一把尖刀，削掉了所有的美丽，毁掉了所有美好的憧憬。春日愈加可爱，思心就愈加繁盛，接着而来的苦痛就愈加沉重。

"世间无物抵春愁，合向苍冥一哭休。"是啊，有什么事情可以和"春愁"相比，可以如此悲痛，可以让我们与苍天同悲。既然已经与苍天同哭了，那肯定是极大的、无法言说的悲哀。因此，上句应该读出叹息和痛感，下句应该读出悲痛之情。正是这国灭之痛！国衰之痛！在诵读时，这两句要饱含家破人亡的巨大悲痛，读得慢一些，"无"、"哭休"要加重情感，读出沉重之情。

"四万万人齐下泪，天涯何处是神州？"当时"我愈退，则彼愈进，我益让，则彼益骄，养痈遗患，以至今日。夷焰鸱张，贪婪无已，一误再误，则我中国从此无安枕之日"，面对如此民族危机，我中华民族已到瓜分豆剖、揭竿斩木的境地了，是可忍，孰不可忍?！中华民族觉醒了！

全国人一同落泪，这已经是国难。"下泪"中"下"用得很妙，将人们巨大的痛苦、压抑的心理描摹得极其到位。"四万万人"要缓读、慢读，"齐下泪"要重读"齐"。"天涯何处是神州？"这个看似简单的疑问，却给我们所有人出了一道大大的难题，我们真的无法回答。这一疑问句将丧失家园的悲哀展现得淋漓尽致，此句应读出叩问苍天天不应的无助之情。

"去留肝胆两昆仑"是谭嗣同临刑之前所写的绝唱。一生一死，忠肝义胆，像昆仑山那样高耸巍峨。谭公生如昆仑，死也如昆仑。"谭在狱中，意气自若，终日绕行室中,拾地上煤屑,就粉墙作书,问何为? 笑曰:作诗耳。"好一个光风霁月之男子! 好一个赤胆忠心的爱国者! （田新星）

黄海舟中日人索句并见日俄战争地图

〔清〕秋 瑾

万里乘风去复来①,只身东海挟春雷②。
忍看图画移颜色③,肯使江山付劫灰④!
浊酒不销忧国泪⑤,救时应仗出群才⑥。
拼将十万头颅血,须把乾坤力挽回⑦。

〔注释〕

①乘风:即乘风而行的意思。此用列子乘风的典故,兼用宗悫"愿乘长风,破万里浪"的典故(见《宋史·宗悫传》)。去复来:秋瑾于光绪三十年(1904)仲夏东渡,翌年春回国;是年六月再次赴日,同年十二月返国。②只身东海:指单身乘船渡海。挟春雷:喻为使祖国获得新生而奔走。春雷,借指振聋发聩的革命道理。③忍看:反诘之词,意为"哪忍看"。图画:指地图。移颜色:指中国的领土被日俄帝国主义侵吞。④"肯使"句:岂能让祖国河山被日、俄帝国主义的侵略炮火化为灰烬! 劫灰,劫火之灰,佛家语。这里指被战火毁坏。⑤"浊酒"句:言其忧国忧民的愁苦之深。⑥救时:挽救国家危亡的局势。仗:依靠。出群才:指杰出的人才,出类拔萃的人物。出群,犹超群。⑦乾(qián)坤:天地,此指中国危亡的局势。

〔赏读提示〕

光绪三十年(1904)末爆发的日俄战争刚结束。次年,船过黄海,秋瑾见日俄战图,心有所感,适值日人索句,于是写了这首诗。抒发对日俄帝国在中国领土上进行争夺战争的气愤,和誓死投入革命、拯救民族危亡的决心。

首联"万里乘风去复来,只身东海挟春雷","乘风"典出《宋书·宗悫传》"愿乘长风,破万里浪",表明了自己的志向之高远。诗人由一年前的"独向东"到如今的"去复来",要吟诵出诗人的雄壮之情。"只身东海挟春雷"是立志重整乾坤的决心。所谓春雷,就是指革命理想。"挟春雷",清楚地说明了这气势是由鼓舞而来的！那么，来自谁的鼓舞呢？1903年，俄皇设远东总督府，欲完全吞并东北。其时，抗俄呼声最烈者乃留日中国学生。这两句在诵读时要读出慷慨之意、豪迈之情。

颔联"忍看图画移颜色，肯使江山付劫灰"，指日俄战争给中国带来的深重灾难。看着地图，怎能忍看自己的国土变为人家的颜色。诗人感慨国破之际，忆起宋人郑思肖《二砺》"肯使神州竟陆沉"之亡国悲声，脱口而出"肯使江山付劫灰"。这两句是全诗用典最妙的，不着痕迹而流畅，要读出诗人对帝国主义列强的愤慨！

颈联"浊酒不销忧国泪，救国应仗出群才"，"浊酒"从来就是和哀伤连在一起的，而这份哀伤则来自对祖国面临沙俄侵略的担忧。这句要读得哀婉忧郁，将作者的忧心忡忡之情表现出来。老杜诗云"安危须仗出群材"，然而，谁能救自己的祖国呢？1905年，孙中山曾在日本作了著名的"血浓于水"的演讲。孙文说："在伦敦时候，日本军队的胜利消息传来，在作为日本盟国的英国首都，看不见一点庆祝的场面。只有我这个黄种人在默默地为日本军队的胜利而喜悦，毕竟是血浓于水啊！"孙的讲话，代表了当时很多中国精英阶层的观点。而就在一年前，诗人秋瑾也曾用"唇齿相依"的典故歌颂过日本天皇明治。诗人一向对日俄战争持肯定态度。战争初期就曾作诗讴歌"捷报飞来大地欢，从今世界庆安澜"。所以，"安危"也好，"救时"也罢，在诗人的心目中，这"出群材"当是日本无疑。要将诗人此时内心的振奋和鼓舞之情读出来。"出群材"使诗人看见了公平世界之理想实现的希望！然而，这公平世界之理想，却是用鲜血换来的！

尾联"拼将十万头颅血，须把乾坤力挽回"，十万日本将士，为此付出了生命。但是，正是这十万将士的头颅，才挽回了公正之世界。诗句表达了不管抛洒多少头颅和热血，拼死也要挽救中国的危亡局势的意志和决心。这句诗应该读出誓死改天换地，不怕流血牺牲的英勇和振奋。"力挽回"应重读。　　（时明）

第四编

悲悯情怀

同情苦难者（弱者）是人类最基本的道德，这是人区别于动物的最基本标志，更何况是掌握文化权杖的文（诗）人。很多人因为伯特兰·罗素而知道对人类苦难要有不可遏制的同情心，却忘记了中国文人具有悲天悯人的优秀传统，这种传统可以远溯到《诗经》、《离骚》。本专题遴选了古体诗、近体诗中一些寄寓悲悯情怀的优秀诗篇。《丁督护歌》、《咏田家》、《野老歌》、《老夫采玉歌》、《新制绫袄成，感而有咏》等篇，表现了诗人对底层劳动者苦难命运的深切同情；《明妃曲》、《闺怨》、《后宫词》等篇表达了诗人对女子悲苦遭际的深切关照；《古从军行》、《陇西行》等篇抒写了诗人对边地战士浴血生涯的深切关注。《春秋公羊传》云："男女有所怨恨，相从而歌，饥者歌其食，劳者歌其事。"掌握文化权杖的诗人能够身为"劳心者"而去歌"劳力者"，只要不是为影射或自况，而是为蒙昧无知的"劳力者"代言、呼号，便具有闪耀古今的文学价值、文化价值！

南风歌

上古歌谣

南风之薰兮①，可以解吾民之愠兮②。
南风之时兮③，可以阜吾民之财兮④。

〔注释〕

①南风：东南风，也称"薰风"。薰：清凉温和。②愠：含怒、怨恨、忧愁。③时：适时、及时，适宜的。④阜：丰富。

〔赏读提示〕

《南风歌》是一首上古歌谣，相传是古代圣王之一的舜帝所作，收录在《古诗源》中，最早出现在《孔子家语》中。据考证，在战国时期这首歌谣就已经在民间广为流传了，可以肯定这首歌谣是属于秦朝之前的作品。

前两句"南风之薰兮，可以解吾民之愠兮"，写的是日常生活，意思是：清凉温和的南风轻轻地吹来，可以解除万民的愁苦啊。赤日炎炎，暑气蒸腾，这样的天气让人难以忍受。同时，这样的天气对于田里的庄稼生长也不利。所以，他们渴望有南风可以缓解这样的暑热。这句歌谣其实就是这样一种期盼的真实表现。还有一种理解是：南风终于来了，带来了阵阵凉爽，百姓们很高兴，原本的怨恨早就烟消云散，载歌载舞地表达着他们对上苍的感激之情。

后两句"南风之时兮，可以阜吾民之财兮"，在前两句的基础上更深一层，由日常生活写到了财产收成。这两句的意思是：适时的南风缓缓地吹，可以丰富万民的财物啊。上古时期，刀耕火种，生产力低下，人类将生存都寄希望于上天。如果风调雨顺，自然就可以有令人满意的生活；一旦遇到各种自然灾难，有可能就难以生存。所以古人往往每年都要进行祭祀活动，感谢上苍给予他们现在的生活，向上苍祈求来年的风调雨顺。和前两句一样，这两句也可以从不同的角度来理解。其一是百姓祈求上苍能让南风适时地吹来，带来雨水，方便作物生长，带给百姓富足的生活；其二是说南风适时地吹来了，万民能够过上富足美满的生活了，这一切都要感谢上天，所以在这里赞美上天，赞美适时而至的南风。

舜帝是上古时期有名的贤君。他担任君王之后，每五年都要进行一次巡行，以了解百姓的生活状况。这首歌谣相传就是他在南巡的途中所作。舜帝对南风的歌颂或者是祈盼，其实都是源于对百姓生活的关心。反复地咏叹南风，正是表现出舜帝悲天悯人的美好情怀。南风在后世也逐渐成为帝王体恤百姓、关心民间疾苦的象征。

整首歌谣结构严谨，诗节对称，长短结合，错落有致。朗诵时应重读"薰"、"愠"、"时"和"财"四个字，节奏应舒缓，末尾的"兮"字可延长。这是一首歌谣，朗诵时应尤其注意其音韵的美，读出其中祈盼、赞美的情感。 （朱晓滨）

硕　鼠①

《诗　经》

硕鼠硕鼠，无食我黍②！三岁贯女③，莫我肯顾④。逝将去女⑤，适彼乐土⑥。乐土乐土，爰得我所⑦！

硕鼠硕鼠，无食我麦！三岁贯女，莫我肯德⑧。逝将去女，适彼乐国。乐国乐国⑨，爰得我直⑩！

硕鼠硕鼠，无食我苗！三岁贯女，莫我肯劳⑪。逝将去女，适彼乐郊。乐郊乐郊，谁之永号⑫！

〔注释〕

①硕鼠：大老鼠，又名田鼠，这里用来比喻剥削无厌的统治者。②无：通"毋"，不要。黍：黍子，也叫黄米，谷类，是重要粮食作物之一。③三岁：多年。三，非实数。贯：侍奉。女：同"汝"，指统治者。④莫我肯顾：否定句中代词做宾语，宾语前置。即"莫肯顾我"。下面章节中"莫我肯德"、"莫我肯劳"与之句式相同。顾，照顾，关怀。⑤逝：通"誓"。去：离开。⑥适：往。⑦爰：于是，在此。所：处所，安居之处。⑧德：恩惠。用作动词，加惠。⑨国：域，即地方。⑩得我直：就是说使我的劳动得到相当的代价。直，同"值"。⑪劳：慰劳，慰问。⑫之：犹"其"，表示诘问语气。号：呼喊。末二句言既到乐郊，就再不会有悲愤，谁还会长吁短叹呢？

〔赏读提示〕

《硕鼠》是《诗经》中的一篇，收于《诗经·国风·魏风》，是魏国的民歌，人们用硕鼠讽刺奴隶主,表达了奴隶的反抗和对理想国度的向往。

《硕鼠》全诗三章,意思相同。头两句直呼剥削者为"硕鼠",并以命令的语气发出警告:"无食我黍(麦、苗)!""硕"是"大、肥"的意思,直呼奴隶主剥削阶级为贪婪可憎的大老鼠、肥老鼠,不但形象地刻画了剥削者的丑恶面目,而且让人联想到"老鼠"之所以"硕"大的原因。诗句反映了奴隶们捍卫劳动成果的正义要求,同时说明了奴隶主的贪得无厌,奴隶们被剥削的深重。三、四句进一步揭露剥削者贪得无厌而寡恩:"三岁贯女,莫我肯顾(德、劳)。""三岁"言其时间之长久,并非确指。奴隶们长年劳动,用自己的血汗养活了奴隶主,而奴隶主却没有丝毫的同情和怜悯,残忍无情,得寸进尺,剥削的程度愈来愈强。后四句则集中表现了奴隶们对自由和幸福的向往,他们幻想着能找到一块理想的国土,摆脱奴隶主的压榨和剥削。"逝将去女",一个"逝"字表现了他们决断的态度和坚定的决心。"谁之永号",谁还会再过啼饥号寒的生活呢?人人平等,人人幸福,再也不用哀伤叹息地过日子了。尽管他们要寻找的安居乐业、不受剥削的人间乐土,只是一种幻想,现实社会中是不存在的,但却代表着他们美好的生活憧憬,也是他们在长期生活和斗争中所产生的社会理想,更标志着他们新的觉醒。正是这一美好的生活理想,启发和鼓舞着后世劳动人民为挣脱压迫和剥削不断斗争。

这首诗广为流传的原因,除了采用重叠的结构方式、反复唱叹的《诗经》的一般模式外,最为突出的是以物喻人。"硕鼠"这一喻体选择得好。一是喻体(硕鼠)是日常生活中人们熟知的。二是喻体(硕鼠)贴切、生动。所谓贴切,就是认真地概括喻体——老鼠和本体——奴隶主的共同点,抓住了二者的共同特征。因此,一提到老鼠,人们便自然会联想到剥削人民的奴隶主,从而给人以深刻的印象。同时,作者又加以夸张,突出了"硕鼠"由于贪吃而体态肥硕,借以突出了剥削阶级的贪得无厌,使形象更加鲜明、生动。三是具有鲜明的感情色彩。用老鼠比喻剥削者,与作者的爱憎感情相一致。因而,产生了强烈的艺术感染力,千百年来在一辈辈的读者群中,引起强烈的共鸣。　　　　　(邰国安)

伐　檀①

《诗　经》

　　坎坎伐檀兮②，置之河之干兮③。河水清且涟猗④。不稼不穑⑤，胡取禾三百廛兮⑥？不狩不猎⑦，胡瞻尔庭有县貆兮⑧？彼君子兮⑨，不素餐兮⑩！

　　坎坎伐辐兮⑪，置之河之侧兮。河水清且直猗⑫。不稼不穑，胡取禾三百亿兮？不狩不猎，胡瞻尔庭有县特兮？彼君子兮，不素食兮！

　　坎坎伐轮兮，置之河之漘兮。河水清且沦猗⑬。不稼不穑，胡取禾三百囷兮？不狩不猎，胡瞻尔庭有县鹑兮？彼君子兮，不素飧兮⑭！

〔注释〕

　　①《伐檀》是魏国的民歌，是一首嘲骂剥削者不劳而食的诗。伐檀，砍伐檀树。②坎坎：象声词，伐木声。③干：水边。第二章的"侧"、第三章的"漘"，皆是"水边"的意思。④涟：水波纹。猗（yī）：意同"兮"，语气助词。⑤稼（jià）：播种。穑（sè）：收获。⑥胡：为什么。禾：谷物。三百廛（chán）：极言其多，非实数。廛，通"缠"，即捆。第二章的"亿"、第三章的"囷"，皆是"捆"、"束"的意思。⑦狩：冬猎。猎：夜猎。诗中皆泛指打猎。⑧瞻：向前或向上看。县：古"悬"字。貆（huān）：猪獾。一说幼小的貉。第二章的"特"，大兽。毛传："兽三岁曰特。"第三章的"鹑"，鸟名。⑨君子：此系反话，指有地位、有权势者。⑩素餐：白吃饭，不劳而获。⑪辐：车轮上的辐条。⑫直：水流的直波。⑬沦：小波纹。⑭飧（sūn）：熟食，此泛指吃饭。

〔赏读提示〕

　　《伐檀》是魏国的民歌，全诗强烈地反映出当时劳动人民对统治者的怨恨，更体现了被剥削阶级意识的觉醒，愤懑的奴隶已经向不劳而获的寄生虫、吸血鬼大胆地提出了正义的责问，是《诗经》中反剥削反压迫最有代表性的诗篇之一。

　　这首诗三章都以叙述伐木起头，是当时伐木奴隶一边劳动一边唱出来的歌声。

　　全诗三章，采用了回旋重叠、反复咏叹的手法，使思想和感情得到畅快的倾泻。"坎坎"是伐木声,檀树的木质很坚硬,古人用以造车,因而伐木的劳动强度就很大,很艰辛。奴隶们把树砍倒了,然后把它们堆放到河岸边,为的是利用水力把这些树木运走。这时,在河岸边,奴隶们想到自己每天都从事着沉重的劳动,但却过着缺食少衣的生活,而那些奴隶主们,从不知稼穑之艰、狩猎之苦,却坐在家里吃着美餐佳肴,过着养尊处优的生活。于是,不平之气陡然而起,他们向奴隶主提出了尖锐的责问:你自己不种地,为什么拿的粮食特别多? 你自己不打猎,为什么你的院子里挂满了野兽皮? "彼君子兮,不素餐兮!"直指这些"君子"们,你们不是白白地吃饭吗? 第二、三章文字上稍作了变动,一方面为的是反复咏唱的需要,另一方面也加深了所要表现的主题。如第二、三章"伐辐"、"伐轮",便点明了伐檀是为造车用,同时也暗示他们的劳动是无休止的;另外不劳者"取禾三百廛"、"三百亿"、"三百囷",不猎者"庭有县貆"、"有县特"、"有县鹑",则说明剥削者对猎获物无论是兽是禽、是大是小,一概毫不客气地据为己有,表现了他们的贪婪本性。全诗直抒胸臆,叙事中饱含愤怒情感,不加任何渲染,增加了真实感与揭露力量。

这首诗艺术性也是很强的。一是运用对比的手法,来反映剥削者与被剥削者的区别:一些人辛勤劳动却食不果腹,另一些人不种不猎却过着优裕的生活。这不是明显的不合理吗? 结句则以讽刺的口吻,昭示了那些高高在上、自命不凡的"君子"们的原形,揭露了他们寄生虫的本质。二是借景起兴,联想丰富:天刚蒙蒙亮,看到的是晨风中皱起波纹的河水;中午,烈日当空,没有一丝风,看到的是一平如镜的河水;黄昏,晚风吹来,河水荡起涟漪。由河水"涟漪"、"直猗"、"沦猗"之景,联想到那些不劳而获的"君子",怎能不激起奴隶们的内心波澜? 三是章法结构采用的是反复重沓的形式,为的是强化主题,突出重点。四是句式安排长短错落,参差灵活,舒卷自如,十分生动灵活,富于感染力。　（邰国安）

凉 州 词①

[唐] 王之涣

黄河远上白云间②,一片孤城万仞山③。
羌笛何须怨杨柳④,春风不度玉门关⑤。

〔注释〕

①凉州词：为当时流行的一种曲子《凉州词》配的唱词。②黄河远上：远望黄河的源头。③仞（rèn）：古代的长度单位，一仞相当于七八尺。④羌（qiāng）笛：羌族的一种乐器。杨柳：指一首叫《折杨柳》的歌曲。唐朝有折柳赠别的风俗。⑤度：吹到。玉门关：地名，故址在今甘肃敦煌西北小方盘城，是古代通往西域的要道。

〔赏读提示〕

这首诗不仅是一幅西北边疆壮美的风光图，也是一首对出征将士满怀同情的悲歌。

首句"黄河远上白云间"，诗人由近到远眺望黄河，描绘出一幅动人的画面：辽阔的高原上，黄河奔腾而来，远远向西望去，好像是从白云中流出来的一般。这句诗描写了祖国山川的雄伟气势。诵读时要饱含激情，拉长语调，读出黄河绵延千里的气势，给人一种身临其境之感。

次句"一片孤城万仞山"，在高山的环绕下，一座地处边塞的小城孤独地屹立着。诗人突出山之高，就更显出城之小，突出山之多，更显出城之孤。这一句，突出了守边将士所处的荒凉境遇。诵读时要突出"孤"、"万仞"两词，"孤"字语调低沉，"万仞"要高昂些，在声调的对比中感受诗人描绘的画面。

第三、四句"羌笛何须怨杨柳，春风不度玉门关"，诗人笔触忽而一转，引入羌笛之声。当羌笛的声音随风传来，《杨柳枝》那熟悉的旋律中充满了哀怨之情，好像在劝慰他们：你们何必借《杨柳枝》来抒发满腔的幽怨呢？要知道，春风是吹不过玉门关的。这两句，写边地的偏远寒冷和将士们对守边的哀怨之情，情调转为忧伤。但这种忧伤并非一般意义上的悲哀低沉，而是暗含讽刺之意的。诗人的本意并不在于夸张塞外的荒寒，说那里没有春风，而是借自然现象来暗喻安居于繁华帝都的最高统治者不关心守边的士兵。诵读时，节奏放缓，声音低沉，读出其中的哀怨、苍凉之情。

（刘荣）

古从军行

〔唐〕李　颀

白日登山望烽火①，黄昏饮马傍交河②。

行人刁斗风沙暗③，公主琵琶幽怨多④。

野云万里无城郭，雨雪纷纷连大漠。

胡雁哀鸣夜夜飞，胡儿眼泪双双落。

闻道玉门犹被遮，应将性命逐轻车⑤。

年年战骨埋荒外，空见蒲桃入汉家⑥。

〔注释〕

①烽火：古代一种警报。②饮（yìn）马：给马喝水。交河：古县名，故城在今新疆吐鲁番西面。③行人：出征战士。④公主琵琶：汉武帝时以江都王刘建女细君嫁乌孙国王昆莫，恐途中烦闷，故弹琵琶自娱。⑤"闻道"二句：汉武帝曾命李广利攻大宛，欲至贰师城取良马，战不利，广利上书请罢兵回国，武帝大怒，发使至玉门关，曰："军有敢入者，斩之！"两句意谓边战还在进行，只得随着将军去拼命。⑥蒲桃：即葡萄。

〔赏读提示〕

此诗借汉皇开边，讽唐玄宗用兵。借古讽今，实写当代之事。对当代帝王的好大喜功、穷兵黩武，视人民生命如草芥的行径，加以讽刺，悲多于壮。全诗记叙从军之苦，充满非战思想。万千尸骨埋于荒野，仅换得葡萄归种中原，显然得不偿失。

先写紧张的从军生活。白天爬上山去观望四方有无举烽火的边警；黄昏时候又到交河边上让战马饮水。"刁斗"为古代军中铜制炊具，容量一斗。白天用来煮饭，晚上敲击代替更柝。"公主琵琶"典出汉朝细君公主远嫁乌孙国时所弹的琵琶曲调，公主远嫁，其情可悲可敬，此时听来更添哀怨之感！此处诵读要注意语调平缓，似有细细叙来之意，要读出哀怨之感。

接着，诗人又着意渲染边陲的环境。"万里"极言其辽阔；雨雪纷纷，以至与大漠相连，其凄冷酷寒的情状亦可想见。两个"胡"字，有意重复强调，"夜夜"、"双双"两对叠词，悲哀之情到此更深一层。胡儿之泪，亦是诗人之泪，诵读的时候语调应低沉舒缓，"夜夜"、"双双"可适当拖长。

这样恶劣的环境里，班师回朝已成奢想。"闻道玉门犹被遮"一句，笔一折，似当头一棒，打断了"行人"思归之念。此处不妨语速加快，"犹"字加重音。这里用典，讽刺帝王穷兵黩武。最后诗人"年年"两字叠用，指出了这种情况的经常性。年年战骨埋荒外，为的是什么？这十一句的压力，逼出了最后一句的答案:"空见蒲桃入汉家。"

此诗全篇一句紧接一句,句句蓄意,步步逼紧,直到最后一句,才画龙点睛,显出主题。全诗用典巧妙,在直抒胸臆与间接抒情之间,将自己的喜怒抒发得畅快淋漓!

(孙璐)

凉州词

[唐] 王　翰

葡萄美酒夜光杯①,欲饮琵琶马上催②。
醉卧沙场君莫笑③,古来征战几人回?

〔注释〕

①夜光杯:用白玉制成的酒杯,光可照明。它和葡萄酒都是西北地区的特产。②琵琶:一种弹奏乐器。催:催促。③沙场:平坦空旷的沙地,古时多指战场。君:你。

〔赏读提示〕

这首诗描写了艰苦荒凉的边塞上的一次盛宴,描摹了边塞将士开怀痛饮的场面,通过战前尽情饮酒这件事来表达将士厌战的悲伤情绪,又表现了将士视死如归的乐观心态。

首句"葡萄美酒夜光杯",用"葡萄"、"美酒"、"夜光杯"三个名词并列组成一个画面:在晶莹透亮、闪闪发光的杯子里斟满了香气四溢的葡萄美酒,战士们高兴地聚在一起准备喝酒了。语言简洁明快,绚丽优美。诵读时要想象当时的场景,读出将士们即将开怀痛饮、一醉方休的豪情。

第二句"欲饮琵琶马上催","欲饮"二字,进一步写酒宴热烈的场面,渲染美酒诱人的魅力,表现将士们豪爽开朗的性格。"琵琶马上催",渲染一种欢快宴饮的场面。正要开怀畅饮,忽然又传来动人的琵琶声,酒宴开始了,那急促欢快的音乐,像是在催促将士们举杯痛饮,使已经热烈的气氛沸腾起来。

第三句"醉卧沙场君莫笑",意思是即使喝醉了酒,战死在沙场上,你们可不要笑啊。这是将士们喝酒喝到一定程度时说出的劝酒词,写将士们互相喝酒劝饮,乐而忘忧,显示了豪放旷达的个性。"醉卧沙场",表现出来的不仅是豪放、开朗、兴奋的感情,而且还有着视死如归的勇气,这和豪华的盛宴所显示的热烈气氛是一致的。诵读时,语速放慢,语调上扬,读出将士们视死如归的豪情壮志。

尾句"古来征战几人回",这种悲壮的情绪是在酒酣之后才流露出来的。这些醉言,是将士们对战争的不满和厌倦情感的真实流露,令人感慨万千。诵读时,要和前一句形成反差,声音低沉,语速渐慢,读出为国献身的悲壮情怀。

(刘荣)

出　塞

〔唐〕王昌龄

秦时明月汉时关,万里长征人未还。
但使龙城飞将在①,不教胡马度阴山②。

〔注释〕

①但使:只要。飞将:指汉朝名将李广,匈奴畏惧他的神勇,特称他为"飞将军"。②不教:不叫,不让。胡马:指侵扰内地的外族骑兵。度:越过。阴山:山名,是中国北方的屏障。

〔赏读提示〕

这是一首著名的边塞诗,表现了诗人希望国家任用优秀将领,平定边塞战事,使人民过上安定生活的愿望。同时也表达了诗人对驻守边疆的将士们久征未归的同情。

首句"秦时明月汉时关",诗从写景入手,明月当空,照耀着边关,表现了边疆的辽阔和景物的苍凉。在"月"和"关"的前面用"秦时"、"汉时"加以修饰,又把我们引到了遥远的古代,更引人深思:秦汉以来,边防战争连续不断,一直持续至今!这是从时间上描写边塞的悠久。面对这样的景象,诗人触景生情,自然联想起秦汉以来无数献身边疆、至死未归的将士。次句"万里长征人未还","万里"指边塞和内地相距万里,虽属虚指,却突出了空间辽阔;这里的"人",既指已经战死的士卒,也指还在戍守不能回归的士卒。"人未还",一是说明边疆战争还没有结束,战争给人民带来的灾难;二是对士卒表示同情。前一句诵读

179

时要体现辽阔和苍凉的画面感，后一句的"人未还"语调低沉，声音拉长，读出诗人对征战将士的同情之心。

"但使龙城飞将在，不教胡马度阴山"，直接抒发了边防士卒巩固边防的愿望和保卫国家的豪情壮志。假如有龙城飞将那样的猛将，敌人的军队就不会度过阴山。这两句言外之意是：朝廷不能选用杰出的将领来守卫边关，才造成了战火不断、征人不还的局面。字里行间充满了强烈的爱国精神和豪迈的英雄气概，又流露了对朝廷不能选贤任能的不满。诵读时感情激昂，多用顿读，读出坚定而豪迈的信念。

这首诗虽然只有短短四行，但是通过对边疆景物和征人心理的描绘，表现的内容是复杂的。既有对久戍士卒的同情，对朝廷不能选贤任能的不满，同时又以大局为重，认识到战争的正义性，个人利益服从国家安全的必要性，发出了"不教胡马度阴山"的誓言，洋溢着爱国激情。 　　　　　（刘荣）

长信秋词

[唐] 王昌龄

金井梧桐秋叶黄①，珠帘不卷夜来霜。
熏笼玉枕无颜色②，卧听南宫清漏长③。

〔注释〕

①金井：指井栏边装饰有浮雕花纹的水井。②笼：指宫中取暖的用具，与熏炉配套使用的笼子，作熏香或烘干之用。③宫：指皇帝的居处。清漏：指深夜铜壶滴漏之声。漏，古代计时的器具，利用滴水和刻度以指示时辰。

〔赏读提示〕

这首诗写一个被剥夺了青春、自由和幸福的少女，在凄凉寂寞的深宫中，形孤影单、卧听宫漏的情景。诗歌首句以井边梧桐、秋深叶黄点明时节——秋天，起到渲染冷清、凄凉气氛的作用，把读者引入一个萧瑟冷寂的环境之中。次句以珠帘不卷、夜寒霜重表明时间已是深夜，主人公夜不能寐，内心寂寞悲苦。开头两句要读出凄凉之情，"金井梧桐"，可以放缓语气，使秋之状貌如在眼前；"黄"、"霜"可以读得低沉；"夜来"二字要注意放慢语气，引起听者对主人公深夜不能入眠的寂寞孤独之情的同情。

"熏笼玉枕无颜色"一句,诗笔转向室内。作者选中两件特别的室内用具:一是熏笼,进一步烘染深宫寒夜的环境气氛;二是玉枕,使人联想到床上不眠之人的孤单。作者还用了"无颜色"三字来形容熏笼、玉枕。这既是实写,说明这是一个冷宫,室内的用具都已年久陈旧,色彩黯淡;同时又是主人公将个人情感投诸事物之上:不是器物本身"无颜色",而是她的黯淡心情的反映。诵读此句,声音可以低沉些,"熏笼玉枕"要放慢语速,"无颜色"可重读。

诗歌前三句遥遥着笔,逐步收缩。从户外井边,写到门户之间的珠帘,再写到室内的熏笼、床上的玉枕,从远到近,句句换景,最后在第四句才把读者的视线引向一点——寂寞孤苦的女主人公身上。"卧",是女子的姿态,深夜难眠却仍然孤卧不起,写尽熟知起身之后也无法驱散内心悲凉的无奈之情。听漏声,且是清漏之声,女子孤单无依的处境最让人心生同情。漏声是从皇帝的居处——南宫——传来的,点出了诗中人的怨情所在。至此,一个深夜难眠、孤单无依,心有怨意不得尽吐的女子形象刻画完毕。诵读此句时,"卧听"后可以停顿,"南宫"可低声,读出女子对帝王即怨又爱的心理。最后三字"清漏长"读时一字一顿,"长"字读时要延长,突出绵绵不尽的幽怨之情。　　　　　(孙艳)

闺　怨①

[唐] 王昌龄

闺中少妇不知愁②,春日凝妆上翠楼③。
忽见陌头杨柳色④,悔教夫婿觅封侯⑤。

〔注释〕

①闺怨:古人"闺怨"之作,一般是写少女的青春寂寞,或少妇的离别相思之情。②闺中:旧指女子居住的内室,一般指少女或少妇。③凝妆:严妆或盛妆。翠楼:犹珠楼、玉楼,指女子居住的精美楼舍。④陌头:阡陌之上,借指野外。陌,田间小路。⑤觅封侯:指从军远征,谋求建功立业,封官受爵。觅,寻求。

〔赏读提示〕

"闺怨"是古体诗中常见的诗歌题材,多见思妇听流水叹时光,望落花惜容颜,不容易跳出窠臼,而王昌龄的这首《闺怨》却独辟蹊径,揣摩闺中少妇的心理状态及其微妙情感变化,层层深入,"怨恨"之情溢于言表,同时,给读者耳目一新的感觉。

第一句"闺中少妇不知愁",起句极为不凡,题称"闺怨",一开头却说"闺中少妇不知愁",似与题面相左。作者如此破题,是为了表现这位闺中少妇从"不知愁"到"悔"的心理变化过程。丈夫从军远征,离别经年,按说该有愁。之所以"不知愁",原因除了这位女主人公正当青春年少还没有经历多少生活波折,以及比较优裕的家境外,根本原因还在于那个时代的风气。唐代前期国力强盛,从军远征,立功边塞,成为当时人们"觅封侯"的一条重要途径。"功名只向马上取,真是英雄一丈夫",成为当时许多人的生活理想。在这种时代风尚影响下,"觅封侯"者和他的"闺中少妇",对这条生活道路是充满了浪漫主义幻想的。从末句"悔教"二字看,这位少妇当初甚至可能对她的夫婿"觅封侯"的行动起过一点推波助澜的作用。这第一句适宜用较为愉悦的语气来读,读出她锦衣玉食生活下的无忧状态。

第二句用春日登楼赏景的行动具体展示她的"不知愁"。一个春天的早晨,她经过一番精心的打扮、着意的妆饰,登上了自家的高楼。春日凝妆登楼,本为了观赏春色以自娱,这是少妇青春的欢乐。这两句要以一种轻松欢快的语调,读出一个对生活、对前途充满乐观展望的少妇形象,读出一个有些稚真和娇憨之气的少妇形象。同时"不知愁"三字要稳稳地重读,有着蓄势之感,为结句的"悔"铺垫。

第三句是全诗转折,是诗眼。"忽见"二字要读出一种突兀之感,少妇登楼所见,陌头柳色,不过寻常之春色,为什么说是"忽见"? 诗句的关键是见到杨柳后忽然触发的联想和心理变化,即"忽感"。青青杨柳忽然触动少妇万般思绪,她联想多多。也许她会想到平日里的夫妻恩爱,想到与丈夫惜别时的深情,想到自己的美好年华在孤寂中一年年消逝,而眼前这大好春光却无人与她共赏……或许她还会联想到,丈夫戍守的边关,不知是黄沙漫漫,还是和家乡一样杨柳青青呢? 在这一瞬间的联想之后,少妇心中那沉积已久的幽怨、离愁、孤寂和遗憾便一下子强烈起来,变得一发而不可收。"悔教夫婿觅封侯"便成为自然流淌出的情感。忽见的"杨柳"作为一个媒介,如此快速而强烈地触动她"悔"的情感。"悔"字,读时声音最好要略扬、拉长、加强,将少妇心中真切地醒悟、清醒的认识、无尽的遗憾、深深的怨恨,正确地读出来。诗贵曲而忌直,王昌龄的这首七绝含蓄、曲折,深得其妙。

(陈小爱)

燕歌行①(并序)

〔唐〕高　适

开元二十六年,客有从御史大夫张公出塞而还者,作《燕歌行》以示适。感征戍之事,因而和焉。

汉家烟尘在东北②,汉将辞家破残贼。
男儿本自重横行③,天子非常赐颜色④。
㧑金伐鼓下榆关⑤,旌旗逶迤碣石间⑥。
校尉羽书飞瀚海⑦,单于猎火照狼山⑧。
山川萧条极边土⑨,胡骑凭陵杂风雨⑩。
战士军前半死生⑪,美人帐下犹歌舞。
大漠穷秋塞草腓⑫,孤城落日斗兵稀⑬。
身当恩遇常轻敌⑭,力尽关山未解围。
铁衣远戍辛勤久,玉箸应啼别离后⑮。
少妇城南欲断肠⑯,征人蓟北空回首⑰。
边庭飘飖那可度⑱,绝域苍茫更何有⑲。
杀气三时作阵云⑳,寒声一夜传刁斗㉑。
相看白刃血纷纷,死节从来岂顾勋㉒。
君不见沙场征战苦,至今犹忆李将军㉓。

〔注释〕

①燕歌行:乐府旧题。②汉家:汉朝。唐人诗中经常借汉说唐。烟尘:代指战争。③横行:任意驰走,无所阻挡。④非常赐颜色:超过平常的厚赐礼遇。⑤㧑(chuāng):撞击。金:指钲(zhēng)一类铜制打击乐器。伐:敲击。榆关:山海关,通往东北的要隘。⑥逶迤:蜿蜒不绝的样子。碣石:山名。⑦校尉:次于将军的武官。羽书:(插有鸟羽的,军用的)紧急文书。瀚海:沙漠。这里指内蒙古东北西拉木伦河上游一带的沙漠。⑧单于:匈奴首领称号,也泛指北方少数

民族首领。猎火：打猎时点燃的火光。古代游牧民族出征前,常举行大规模校猎,作为军事性的演习。狼山：又称狼居胥山,在今内蒙古自治区克什克腾旗西北。一说狼山又名"郎山",在今河北易县境内。此处"瀚海"、"狼山"等地名,未必是实指。⑨极：穷尽。⑩凭陵：仗势侵凌。杂风雨：喻敌骑进攻如狂风挟雨而至。⑪半生死：意思是半生半死,伤亡惨重。⑫腓(fēi)：指枯萎。隋虞世基《陇头吟》："穷秋塞草腓,塞外胡尘飞。"⑬斗兵稀：作战的士兵越打越少了。⑭身当恩遇：指主将受朝廷的恩宠厚遇。⑮玉箸(zhù)：白色的筷子(玉筷),比喻思妇的泪水如注。⑯城南：京城长安的住宅区在城南。⑰蓟北：唐蓟州在今天津市以北一带,此处当泛指唐朝东北边地。⑱边庭飘飖：形容边塞战场动荡不安。度：越过相隔的路程,回归。⑲绝域：更遥远的边陲。更何有：更加荒凉不毛。⑳三时：指晨、午、晚,即从早到夜(历时很久)。三,不表确数。阵云：战场上象征杀气的云,即战云。㉑一夜：即整夜,彻夜。刁斗：军中夜里巡更敲击报时、煮饭时用的两用铜器。㉒死节：指为国捐躯。节,气节。岂顾勋：难道还顾及自己的功勋。㉓李将军：指汉朝李广,他能捍御强敌,爱护士卒,匈奴称他为汉之"飞将军"。

〔赏读提示〕

这首诗描写了一个战役的全过程,可以分成出师、战败、被围、死斗四个部分。各部分之间,环环相扣,一脉相承。

第一部分：写出师,着力烘托气氛。交代战争的地点及性质,写唐军出师时一往无前的情景。"汉家烟尘在东北,汉将辞家破残贼。"诗的开头两句便指明了战争的方位和性质,指陈时事,有感而发。"男儿本自重横行,天子非常赐颜色。""横行"意味着恃勇轻敌,表明了作者的感情是复杂的：一方面,对将军们破敌卫国,建立功勋,寄予希望；另一方面,又为他们骄恣蛮干,邀功求赏,深抱隐忧。紧接着描写行军："摐金伐鼓下榆关,旌旗逶迤碣石间。"透过这金鼓震天、大摇大摆前进的场面,可以揣知将军临战前不可一世的骄态,也为下文反衬。战端一启,"校尉羽书飞瀚海",一个"飞"字写出了军情危急；"单于猎火照狼山",不意"残贼"竟有如此之威势。

从辞家去国到榆关、碣石,再到瀚海、狼山,前八句诗概括了出征的历程,逐步推进,气氛也从宽缓渐入紧张。

第二部分：写战斗危急而失利,揭示其原因。落笔便是"山川萧条极边土",展现开阔而无险可凭的地带,带出一片肃杀的气氛。"胡骑"迅急剽悍,像狂风暴雨卷地而来,表现了敌兵进攻的猛烈。"战士军前半死生,美人帐下犹歌舞。"汉军奋力迎敌,杀得昏天黑地,不辨死生。然而,就在此时此刻,那些将军们却远离阵地寻欢作乐。这样严酷的事实对比,有力地揭露了汉军中将军和兵士的矛盾,暗示了必败的原因。作者怀着极大的愤慨唱出了军中的不平,成为千古绝唱。不言而喻,正是将帅与士卒之间这种苦乐不均、生死迥异的地位和待遇,从内部瓦解了官军的战斗力。

"大漠穷秋塞草腓,孤城落日斗兵稀。"孤城落日,衰草连天,两句景物描写有着鲜明的边塞特点的阴惨景色,烘托出残兵败卒心境的凄凉。"身当恩遇常轻敌,力尽关山未解围。"回应上文,汉将"横行"的豪气业已灰飞烟灭,他的罪责也确定无疑了。

这八句,写战场交战和将领与士卒遭遇的不同,既是全诗的中心,又是前后转折的关键。

第三部分:写士兵被围,刻画相思之苦。"铁衣远戍辛勤久,玉箸应啼别离后。""久"字,强调相思之怨并不在于出征,而在于边将的无能、边策的失当,进而造成了久戍不归。"少妇城南欲断肠,征人蓟北空回首。""征夫"与"少妇"错综相对,离别之苦,逐步加深。城南少妇,日夜悲愁,但是"边庭飘飖那可度"?蓟北征人,徒然回首,毕竟"绝域苍茫更何有"! 相去万里,永无见期,更那堪白天所见,只是"杀气三时作阵云";晚上所闻,唯有"寒声一夜传刁斗"。从时间上着笔,写征战生活的日夜不宁,如此危急的绝境,真是死在眉睫之间,不由人不想到把他们推到这绝境的究竟是谁呢? 这是深化主题的不可缺少的一段。

第四部分:写死斗,突出壮志豪情。结尾四句,短兵相接,运用"李广难封"的历史典故,讥讽了冒进贪功的汉将,揭示了将士们的思想境界。"相看白刃血纷纷,死节从来岂顾勋。"最后士兵们与敌人短兵相接,浴血奋战,那种视死如归的精神,岂是为了取得个人的功勋! 他们是何等质朴、善良,何等勇敢,然而又是何等可悲呵! 这比众多为封万户侯而立功边塞的人的思想不知高尚了多少倍。"岂顾勋"则是有力地讥刺了轻开边衅、冒进贪功的汉将。"君不见沙场征战苦,至今犹忆李将军!"八九百年前威镇北边的飞将军李广,处处爱护士卒,使士卒"咸乐为之死",这与那些骄横的将军形成多么鲜明的对比。诗人提出李将军,既紧扣全篇主旨,又给读者留下无穷回味,意义尤为深广。诗歌以李广终篇,意境更为雄浑而深远。

最后四句总束全篇,写士兵的痛苦,实是对汉将更深的谴责,淋漓悲壮,感慨无穷。应该看到,这里并不是对游离战争进程的泛写,而是处在被围困的险境中的士兵心情的写照。

这首诗通过边塞战场各种尖锐矛盾的深刻反映,热情歌颂了爱国将士勇往直前、不怕牺牲的英雄主义精神,揭露了封建时代军队中残酷的阶级压迫。朗读时要表现出对"将军"腐败的有力鞭笞,对广大士卒悲惨遭遇的深刻同情。

《燕歌行》不愧为高适的"第一大篇"(近人赵熙评语),唐代边塞诗中的杰作。

（徐承平）

宿五松山下荀媪家①

[唐] 李 白

我宿五松下,寂寥无所欢。
田家秋作苦②,邻女夜春寒③。
跪进雕胡饭④,月光明素盘⑤。
令人惭漂母⑥,三谢不能餐。

〔注释〕

①五松山:在今安徽省铜陵市。媪(ǎo):老妇人。②秋作:秋收劳动。③夜春寒:夜间春米寒冷。春,将谷物或药倒进器具进行捣碎破壳。此句中"寒"与上句"苦",既指农家劳动辛苦,亦指家境贫寒。④跪进:古人席地而坐,上半身挺直,坐在足跟上。雕胡饭:即菰米饭。雕胡,就是"菰",俗称茭白,生在水中,秋天结实,叫菰米,可以做饭,古人当做美餐。⑤素盘:白色的盘子。一说素菜盘。⑥漂母:洗衣老妇。《史记·淮阴侯列传》载:汉时韩信少时穷困,在淮阴城下钓鱼,一洗衣老妇见他饥饿,便给他饭吃。后来韩信助刘邦平定天下,功高封楚王,以千金报答漂母。这里以漂母比荀媪。

〔赏读提示〕

这首诗是李白游五松山时,借宿在一位贫苦老妇荀媪家,受到殷勤款待,目睹了农家的辛劳和贫苦,有感而作。诗中诉说了劳动的艰难,倾诉了自己的感激和惭愧,流露出感人的真挚感情。诗中虽没有直接描写荀媪的词句,但她的忠厚善良的形象宛然如见。全诗朴素自然,语言清淡,于不事雕琢的平铺直叙中颇见神韵,在以豪迈飘逸为主的李白诗歌中别具一格。

开头两句"我宿五松下,寂寥无所欢",前一句是在叙事,应该以平淡的口吻读出来,后一句中的"寂寥"二字要读出诗人寂寞的情怀,"无所欢"三字要适当拉长,并渐弱入虚。这偏僻的山村里没有什么可以引起他欢乐的事情,他所接触的都是农民的艰辛和困苦。诗人只是偶尔一宿,就有如此强烈的感受,不难想见,长年累月生活在这里的农民,他们没有欢声笑语,没有轻松愉悦,弥漫在整个山村秋夜的是一种寂静清冷的氛围。

三、四句"田家秋作苦,邻女夜舂寒"中的"苦"宜重读、升调,"寒"字声音要低沉、拉长,突出农民生活的艰辛,表达对他们的同情。这两句由面及点,写尽田家的酸辛悲苦。耕田种地的人家不分男女老少,不管春夏秋冬,都是辛苦劳作,艰难度日。"秋作苦"既指农民劳作的艰辛困苦,又指心境的悲凉辛苦。"邻女夜舂寒"着一"寒"字,尽显神韵:一指邻女夜舂,寒声阵阵,触耳惊心;二指邻女衣衫单薄,寒凉逼人,可怜可叹。尤其需要强调的是一"苦"一"寒",还折射出诗人的悲悯情怀。一天又一天的劳作之苦,一声又一声的舂米之寒,撞击着诗人敏感的心。他沉重,他忧虑,他叹息,他坐立不安,他愤愤不平……可是对于贫寒困苦的山里人家来说,这些又能起什么作用呢?李白很无奈,我们也为他的无奈而一声长叹。诵读时要读出这种无奈语气。

五、六句写到主人荀媪:"跪进雕胡饭,月光明素盘。""跪进"、"月光"后要稍作停顿,"雕胡饭"、"明素盘"两处稍作重读,读出诗人的感激之情。这句以细节特写展示人物的心灵品性。古人席地而坐,屈膝坐在脚跟上,上半身挺直,叫跪坐。因为李白吃饭时是跪坐在那里,所以荀媪将饭端来时也跪下身子呈进给他。姓荀的老妈妈特地做了雕胡饭,是对诗人的热情款待。"月光明素盘",是对荀媪手中盛饭的盘子突出地加以描写。盘子是白的,菰米也是白的,在月光的照射下,这盘菰米饭就像一盘珍珠一样耀目。在那样艰苦的山村里,老人端出这盘雕胡饭,诗人被深深地感动了。

最后两句"令人惭漂母,三谢不能餐",上句要读出李白对老妇人的感激、惭愧之情,下句中的"三谢"要重读,并拉长,突出李白数次推辞致谢的复杂情感。"漂母"用《史记·淮阴侯列传》的典故,这里的漂母指荀媪,荀媪这样诚恳地款待李白,使他很过意不去,又无法报答她,更感到受之有愧。李白再三地推辞致谢,实在不忍心享用她的这一顿美餐。

李白的性格本来是很高傲的,他不肯"摧眉折腰事权贵",常常"一醉累月轻王侯"，在王公大人面前是那样地桀骜不驯。可是，对一个普通的山村老妈妈却是如此谦恭，如此诚挚，充分显示了李白的可贵品质。

李白的诗以豪迈飘逸著称，但这首诗却没有一点纵放，风格极为朴素自然。诗人用平铺直叙的写法，叙述他夜宿山村的过程，语言清淡，不露雕琢痕迹而颇有情韵，是李白诗中别具一格之作。 （邱兼顾）

丁督护歌①

〔唐〕李　白

云阳上征去②，两岸饶商贾。
吴牛喘月时③，拖船一何苦。
水浊不可饮，壶浆半成土。
一唱督护歌，心摧泪如雨。
万人凿磐石，无由达江浒。
君看石芒砀④，掩泪悲千古。

〔注释〕

①丁督护歌：一作"丁都护歌"，乐府《吴声歌曲》名。《宋书·乐志》载：南朝宋武帝的女婿徐逵被杀，府内督护丁旿奉旨料理丧事，逵之妻向丁询问送殓情况时，每发问一句辄叹一声"丁督护"，至为哀切。后人即制为《丁督护曲》。李白以此为题写民夫之悲苦。②云阳：今江苏丹阳。上征：指往北行舟。③吴牛：江淮间水牛。典故出自刘义庆《世说新语》："臣犹吴牛，见月而喘。"刘孝标注："今之水牛，唯生江淮间，故谓之吴牛也。南土多暑，而牛畏热，见月疑是日，所以见月则喘。"　④石芒砀：形容又多又大的石头。

〔赏读提示〕

《乐府诗集》所存《丁督护歌》，都是咏叹戎马生活的辛苦和思妇的怨叹。李白用旧题创新意，取其声调之哀怨，描写民夫拖船的痛苦，表现了诗人对底层人民的同情。

这首诗从"云阳上征去"这个观察点写所见所闻所感。诗人对商贾的描写，一"饶"字，就写出了两岸商业之繁荣，商贾之多，生活之富足。下面大量的笔墨是写船工生活。"吴牛"两句形容活之累。这个典故既写出了天气的异常炎热，又含蓄地告诉人们，船工也像吴牛一样在累死累活地干。诗人满怀感叹地说"拖船一何苦"，"一何"二字，"多么"之意，饱含了诗人的无限同情心。诵读的时候应该一字一顿，把诗人深切的悲悯之情读出来。

五、六句写船工连一口清水都喝不上，极写条件的恶劣。"不可饮"却得饮，"半成土"也得装壶中。"半成土"要读得深情感慨，节奏要缓，语气宜沉。与首二句联系起来，诗人用了对比法，揭示了商贾富足的原因，也批判了商贾的为富不仁。"一唱"二句写所闻，看到的已使人悲伤了，偏偏那哀切的"督护歌"又传入耳中，连诗仙李白也忍不住"心摧泪如雨"了。"万人"两句写所见，这两句是说：石头大且多，从事开凿者数以万计，运送到江边是一件极其困难的事。诗人由拖船之苦进而想到从石山运送巨石到江边之苦。末两句说：无尽地采磐石，给人民带来无穷的痛苦，让人千古掩泪悲叹。诗人以"掩泪"作结，加深了全诗的沉痛感。诗中沉痛之情渐次加深，诵读时应注意变化。

诗人怀着沉痛的心情，以质朴的语言给读者描绘了一幅辛酸的河工拉纤图，透过诗句读者仿佛听到了河工的劳动号子、伤心的歌声、催人泪下的呻吟。透过诗句，读者也仿佛听到了正站在行舟上的年轻诗人发出的肺腑悲叹。此诗的语调是沉郁的，特别注意这首诗押的是仄声韵，诵读时要特别注意韵脚字，语气低而下沉，语速宜缓，读出沉郁之风。 （乔化永）

蜀道难①

[唐] 李 白

噫吁嚱②，危乎高哉！

蜀道之难，难于上青天！

蚕丛及鱼凫③，开国何茫然④！

尔来四万八千岁⑤，不与秦塞通人烟⑥。

西当太白有鸟道⑦，可以横绝峨眉巅⑧。

地崩山摧壮士死⑨，然后天梯石栈相钩连。

上有六龙回日之高标⑩，下有冲波逆折之回川⑪。

黄鹤之飞尚不得过⑫,猿猱欲度愁攀援⑬。

青泥何盘盘⑭,百步九折萦岩峦⑮。

扪参历井仰胁息⑯,以手抚膺坐长叹⑰。

问君西游何时还⑱?畏途巉岩不可攀⑲。

但见悲鸟号古木⑳,雄飞雌从绕林间㉑。

又闻子规啼夜月,愁空山㉒。

蜀道之难,难于上青天,使人听此凋朱颜㉓。

连峰去天不盈尺㉔,枯松倒挂倚绝壁。

飞湍瀑流争喧豗㉕,砯崖转石万壑雷㉖。

其险也若此,嗟尔远道之人胡为乎来哉㉗!

剑阁峥嵘而崔嵬㉘,一夫当关,万夫莫开㉙。

所守或匪亲㉚,化为狼与豺。

朝避猛虎㉛,夕避长蛇;磨牙吮血㉜,杀人如麻。

锦城虽云乐㉝,不如早还家。

蜀道之难,难于上青天!侧身西望长咨嗟㉞。

〔注释〕

　　①蜀道难:古乐府题,属《相和歌·瑟调曲》。②噫吁嚱:惊叹声,蜀方言,表示惊讶的声音。宋庠《宋景文公笔记》卷上:"蜀人见物惊异,辄曰'噫吁嚱'。"③蚕丛、鱼凫:传说中古蜀国两位国王的名字。④何:多么。茫然:渺茫遥远的样子。指古史传说悠远难详,茫昧杳然。⑤尔来:从那时以来。四万八千岁:极言时间之漫长,夸张而大约言之。⑥秦塞:秦的关塞,指秦地。秦地四周有山川险阻,故称"四塞之地"。通人烟:人员往来。⑦当:对着,向着。太白:太白山,又名太乙山,在长安西(今陕西眉县、太白县一带)。鸟道:指连绵高山间的低缺处,只有鸟能飞过,人迹所不能至。⑧横绝:横越。峨眉巅:峨眉顶峰。⑨地崩山摧壮士死:《华阳国志·蜀志》载,相传秦惠王想征服蜀国,知道蜀王好色,答应送给他五个美女。蜀王派五位壮士去接人,回到梓潼(今四川剑阁之南)的时候,看见一条大蛇进入山洞中,一位壮士抓住了它的尾巴,其余四人也来相助,用力往外拽。不多时,山崩地裂,壮士和美女都被压死。山分为五岭,入蜀之路遂通。这便是有名的"五丁开山"的故事。摧,倒塌。⑩六龙回日:古代神话,羲和驾着六条龙拉的车子,每天载着太阳在空中运行,到了这里也只好迂回而过。

指把车子从高峰旁绕弯过去。高标：指蜀山中可作一方之标识的最高峰。⑪冲波：水流冲击腾起的波浪，这里指激流。逆折：水流回旋。回川：有旋涡的河流。⑫黄鹤：黄鹄（hú），善飞的大鸟。尚：尚且。得：能。⑬猿猱（náo）：蜀山中最善攀援的猴类。⑭青泥：青泥岭，在今甘肃徽县南，陕西略阳县北。《元和郡县志》卷二十二："青泥岭，在县西北五十三里，接溪山东，即今通路也。悬崖万仞，山多云雨，行者屡逢泥淖，故号青泥岭。"　盘盘：曲折回旋的样子。⑮百步九折：百步之内拐九道弯。萦：盘绕。岩峦：山峰。⑯扪参（ménshēn）历井：参、井是二星宿名。古人把天上的星宿分别指配于地上的州国，叫做"分野"，以便通过观察天象来占卜地上所配州国的吉凶。参星为蜀之分野，井星为秦之分野。扪，用手摸。历，经过。胁息：屏气不敢呼吸。⑰膺：胸。坐：空，徒然。⑱君：入蜀的友人。⑲畏途：可怕的路途。巉岩：险恶陡峭的山壁。⑳但见：只听见。号古木：在古树木中大声啼鸣。㉑从：跟随。㉒子规：即杜鹃鸟，蜀地最多，鸣声悲哀，若云"不如归去"。㉓凋朱颜：红颜带忧色，如花凋谢。凋，使动用法，使……凋谢，这里指脸色由红润变成铁青。㉔去：距离。盈：满。㉕飞湍（tuān）：飞奔而下的急流。喧豗（huī）：喧闹声，这里指急流和瀑布发出的巨大响声。㉖砯（pīng）崖：水撞石之声。砯，水冲击石壁发出的响声，这里作动词用，"冲击"的意思。转：使滚动。壑：山谷。㉗嗟尔远道之人：你这远道的人。嗟，感叹声。尔，你。胡为乎来哉：为什么来到这里？胡为，为什么。来，指入蜀。㉘剑阁：又名剑门关，在四川剑阁县北，是大、小剑山之间的一条栈道，长三十余里。峥嵘：高峻的山峰。峥嵘、崔嵬，都是形容山势高大雄峻的样子。㉙"一夫"二句：《文选》卷四左思《蜀都赋》："一人守隘，万夫莫向。"《文选》卷五十六张载《剑阁铭》："一人荷戟，万夫趑趄。形胜之地，匪亲勿居。"一夫，一人。当关，守关。莫开，不能打开。㉚所守：指把守关口的人。或匪亲：倘若不是可信赖的人。匪，同"非"。㉛朝：早上。㉜吮：吸。㉝锦城：成都古代以产棉闻名，朝廷曾经设官于此，专收棉织品，故称锦城或锦官城。㉞咨嗟：叹息。

〔**赏读提示**〕

　　这首诗，大约是唐天宝初李白第一次到长安时写的。《蜀道难》是他袭用乐府古题，展开丰富的想象，着力描绘了秦蜀道路上奇丽惊险的山川，并从中透露了对社会的某些忧虑与关切。

　　诗人大体按照由古及今、自秦入蜀的线索，抓住各处山水特点来描写，以展示蜀道之难。可分三部分：第一部分，从开头至"然后天梯石栈相钩连"，写蜀道开辟之难,突出一个"难"字。第二部分,从"上有六龙回日之高标"至"嗟尔远道之人胡为乎来哉",写蜀道行走之难,突出一个"险"字。第三部分,从"剑阁峥嵘而崔嵬"至结尾,把自然环境与政治形势结合起来,写国情的险恶,以引起人们的警惕,突出一个"恶"字。

第一部分一开篇就极言蜀道之难,以感情强烈的咏叹点出主题,为全诗奠定了雄放的基调。诵读时宜"先声夺人"。诗人从古老的传说落笔,追溯了蜀秦隔绝的漫长历史,指出五位壮士付出了生命的代价,才在不通人烟的崇山峻岭中,开凿出一条崎岖险峻的山路,强调了蜀道来之不易。这里讲的是蜀道开辟之难。

第二部分极写山势的高危,山高写得愈充分,愈可见路之难行。你看那突兀而立的高山,高标接天,挡住了太阳的运行;山下则是冲波激浪、曲折回旋的河川。诗人不但把夸张和神话融为一体,直写山高,而且衬以"回川"之险。唯其水险,更见山势的高危。诗人意犹未足,又借黄鹤与猿猱来反衬。山高得连千里翱翔的黄鹤也不得飞度,轻疾敏捷的猿猱也愁于攀援,不言而喻,人行走就难上加难了。以上用虚写手法层层映衬,下面再具体描写青泥岭的难行。诗人着重就其山路的萦回和山势的峻危来表现人行其上的艰难情状和畏惧心理,捕捉了在岭上曲折盘桓、手扪星辰、呼吸紧张、抚胸长叹等细节动作加以摹写,把行人艰难的步履、惶悚的神情,绘声绘色地刻画出来,困危之状如在目前。前八句为一层,强调山势的高峻与道路的崎岖。

"问君西游何时还"以下为第二层,描绘了悲鸟、古树、夜月、空山、枯松、绝壁、飞湍、瀑流等一系列景象,动静相衬,声形兼备,以渲染山中空旷可怖的环境和惨淡悲凉的气氛,把读者带进一个古木荒凉、鸟声悲凄的境界,从而造成一种势若排山倒海的强烈艺术效果,使蜀道之难的描写,简直达到了登峰造极的地步。如果说上面山势的高危已使人望而生畏,那此处山川的险要更令人惊心动魄了。

诗人借景抒情,用"悲鸟号古木"、"子规啼夜月"等感情色彩浓厚的自然景观,渲染了旅愁和蜀道上空寂苍凉的环境气氛,喟叹友人何苦冒险入蜀,有力地烘托了蜀道之难。

第三部分诗人从剑阁的险要引出对政治形势的描写。他化用西晋张载《剑阁铭》中"形胜之地,匪亲勿居"的语句,劝人引为鉴戒,警惕战乱的发生,并联系当时的社会背景,揭露了蜀中豺狼的"磨牙吮血,杀人如麻",从而表达了对国事的忧虑与关切。唐天宝初,太平景象的背后正潜伏着危机,后来发生的安史之乱,证明诗人的忧虑是有现实意义的。

这里从自然环境写到社会人生,赋予"危途难行"的主题以政治的内容。写蜀地形势的险要和环境的险恶,规劝友人不可久留,及早回家。这是写国情之险恶。

这首诗采用律体与散文间杂,文句参差,笔意纵横,豪放洒脱,构思奇特,想象奇特,奇之又奇。主要有三大特色。

一、一唱三叹,回环反复,感情强烈。"蜀道之难,难于上青天"的感叹,在诗中三次出现,是感情的爆发、延续和收束。第一次出现,开门见山,点出了主题:"危途难行",并定下全诗的基调。第二次出现,是写蜀道行走之险。第三次出现,是写国情之险恶。一唱三叹,震撼人心。

"蜀道之难,难于上青天"的出现,还鲜明地体现了作品结构的严谨。在结构上,由极写山之高到路之难,再到政治形势之险恶,既是前节的收结,又是后节的启导;既照应了开头,又收束全篇,使读者对蜀道之难留下难以忘怀的印象,具有巨大的艺术感染力。

"蜀道之难,难于上青天"的反复呼告,又像乐曲的主旋律,具有回环荡漾的音乐美。由于它始终贯注全诗,这就构成了全诗的感情主干,并将全诗凝聚成一个完满的艺术整体。

总之,这一中心句的三次出现,在全诗的层次结构、感情凝聚、气氛渲染等方面起了很大作用。

二、想象丰富,夸张奇特,寓意深刻。李白的《蜀道难》以丰富的想象、奇特的夸张而引人入胜、给人回味。诗中的想象可分为两类。

一类是在诗中穿插神话传说,引人想象。诗的开篇在写蜀地闭塞时,用了"蚕丛及鱼凫,开国何茫然"两句。从中我们似乎看到这些蜀地先王们开国的艰辛,也似乎看到了蜀地百姓生活之艰难。五丁开山的故事只是一个美丽而悲壮的传说,诗中加以引用,不仅是在说蜀道由来,更能让读者想见蜀道开辟过程的艰险——很多人为开辟蜀道而失去生命,为全诗增添一种朦胧之感。引用六龙的神话是说,即使这样高行空中的神龙之车也要绕过高标之山,可见蜀道之高,上通青天了。

另一类是描写中的想象。李白从主观角度出发,对一些常见事物加以发挥想象,进行描写,引起读者进一步想象体验。"蜀道之难,难于上青天!"要翻越蜀道,比登天还难啊。诗人从鸟道、冲波、回川、黄鹤、猿猱、悲鸟、古木、子规、空山、枯松、绝壁、飞湍、瀑流、砯崖、转石等意象入手,分别从视觉、听觉两个角度来写想象中的见闻,让人感到蜀道之高险不可攀越。

诗中的夸张手法,也可以分为两类。

一类是数字式夸张。"尔来四万八千岁"一句,从时间的长度上限定后一句"不与秦塞通人烟",一下子就把蜀地的闭塞展现出来。"百步九折萦岩峦"中的"百"和"九"夸张地说明蜀道的弯弯曲曲,难以行走。为何如此弯曲?因为蜀道太高。"连峰去天不盈尺"又使用缩小夸张的方式,给人视觉上的印象——山峰离天都不到一尺远了!"砯崖转石万壑雷",一个"万"字形象而生动地刻画了蜀道两旁山崖中,水流奔流飞腾、强力冲击山崖的景象,从听觉上给人以强烈的震撼。"一夫当关,万夫莫开","一"和"万"形成巨大反差,对比中凸显剑阁的雄险,为"所守或匪亲,化为狼与豺"作出铺垫。

另一类是形象式夸张。"蜀道之难,难于上青天"一句在诗中反复出现三次,意在说蜀道的难以穿越,比上青天还难,夸张得形象可感。"西当太白有鸟道"、"黄鹤之飞尚不得过,猿猱欲度愁攀援"等句,用"鸟道"来说蜀道之窄小,用"黄鹤"、"猿猱"来说蜀道的难以穿越,夸张处不着痕迹,咏读时又真切可感。"扪参历井仰胁息",蜀道再高,也不可能"扪参历井","仰胁息"这一细节描写,则形象地夸大了蜀道之险:在穿越时,连大气都不敢出。

在想象、夸张之中又往往加上诗人的感叹、惊呼、反问,这不仅充分显现了蜀道山川雄奇险峭的气势,而且表现着诗人激情的跌宕,使得"蜀道"深深地印入读者心中,而难以忘怀。

三、长短参差,笔意纵横,自由奔放。诗中用了大量散文化诗句,字数从三言、四言、五言、七言,直到十一言,参差错落,长短不齐,形成极为奔放的语言风格。诗的用韵,也突破了梁陈时代旧作一韵到底的程式。后面描写蜀中险要环境,一连三换韵脚,极尽变化之能事。

李白胸襟开阔,落笔气势雄伟,一唱三叹,具有浓烈的韵味,震撼着读者的心。像"蜀道之难,难于上青天"这样的佳句,至今为人们所传诵,很好地说明了作品的艺术价值之高和它的生命力之强。

(徐承平)

关山月①

[唐]李　白

明月出天山②，苍茫云海间。
长风几万里，吹度玉门关③。
汉下白登道④，胡窥青海湾⑤。
由来征战地，不见有人还。
戍客望边色⑥，思归多苦颜。
高楼当此夜⑦，叹息未应闲。

〔注释〕

①关山月：古乐府诗题，多抒离别哀伤之情。②天山：指祁连山，位于今青海、甘肃两省交界。③玉门关：在今甘肃敦煌西，古代通向西域的交通要道。④白登：白登山，在今大同东北。匈奴曾围困刘邦于此。⑤胡：此指吐蕃。窥：有所企图。⑥戍客：驻守边疆的将士。⑦高楼：古诗中多以高楼指闺阁，这里指戍边将士的妻子。

〔赏读提示〕

唐代虽然国力强盛，但外敌骚扰不断，边关御敌也一刻未停，李白的这首《关山月》就是一首反映当时无数戍边将士及其后方思妇情感的力作。作品从描绘边塞特有的风光写起，描述了战事的残酷及征夫与思妇两地相思的愁苦，同时也表达了诗人对战争的深沉感慨。

开篇四句即向我们展示了一幅苍茫、辽阔的边塞图。"长风"、"明月"、"天山"、"玉门关"，在这离家万里的荒凉边关，那些戍守边关的将士们，怎能不勾起深切的怀乡思归之情呢？诗人凝望和感受着边塞的天山明月、玉门长风这一苍茫辽阔的边塞图景，而字里行间又深深地蕴含着戍边将士与其家人无限的相思之苦。

如此开篇显然不是为了写景而写景，而是为了描绘一幅辽阔的征战背景，为后边写望月引起的情思作充分的渲染和铺垫。

"汉下白登道，胡窥青海湾。由来征战地，不见有人还。"在苍茫的边塞大背景下，诗歌适时插入了一段血腥的边关战事历史图景。这四句诗，将所写内容由前四句的写景过渡到描写战争的残酷。"汉下白登道,胡窥青海湾"说的是战争的漫长。汉高祖刘邦领兵征匈奴,曾被匈奴在白登山围困了七天。而青海湾一带,则是唐军与吐蕃连年征战之地。这种历代无休止的战争,使得自古以来出征的将士,几乎很难生还故乡。这四句承上启下,描写的对象由边塞场景过渡到战争历史,由战争历史过渡到征夫思妇,赋予诗歌深沉的历史内涵。

"戍客望边色,思归多苦颜。高楼当此夜,叹息未应闲。""戍客望边色",即戍边战士们望着边关月夜的景色,进而引发思归之愁苦,一"望"一"苦",这是实笔;"高楼当此夜",是想象此刻闺阁中的妻子一定也在因思念丈夫而叹息不已,一"当"一"应",这是虚笔。将士们想象中高楼思妇的情思和她们的叹息,在那样一个广阔历史背景的衬托下,也就显得格外深沉了。

离人思妇之情,在一般诗人笔下,境界往往狭窄。但李白却用"明月出天山,苍茫云海间。长风几万里,吹度玉门关"的万里边塞图景来引发这种感情。正因为诗人放眼于古来边塞上的连年不止的民族冲突,揭示了战争给无数征人及其家属带来的痛苦,与历史、政治的大背景相融合,所以远远高出了一般艳诗的格调。这首《关山月》从宏大处看,把征人的思归之情放在苍茫的边塞背景之中,雄浑、悲壮;从细微处看,语言淳朴自然,保持了浓郁的民歌韵味。这只有胸襟如李白这样壮阔、神思如李白这般飘逸的人,才能如此下笔。明代胡应麟评论的"浑雄之中,多少闲雅",实在精当。诵读时应当高昂慷慨! (徐连松)

秋兴八首(其一)

[唐]杜 甫

玉露凋伤枫树林①,巫山巫峡气萧森②。
江间波浪兼天涌③,塞上风云接地阴④。
丛菊两开他日泪⑤,孤舟一系故园心⑥。
寒衣处处催刀尺⑦,白帝城高急暮砧⑧。

〔注释〕

①玉露:白露。凋伤:使草木凋落衰败。②巫山巫峡:指夔州(今四川奉节)一带的长江和峡谷。萧森:萧瑟阴森。③兼天涌:波浪滔天。④塞上:指巫山。

接地阴:风云连天接地。⑤丛菊两开:杜甫上一年秋天在云安,次年秋天在夔州,从离开成都算起,已过了两年,故谓"两开"。他日:往日,指多年来的艰难岁月。⑥故园:此处当指长安。⑦处处:指家家如此。催刀尺:指赶裁冬衣。⑧白帝城:今奉节城,在瞿塘峡上口北岸的山上,与夔门隔岸相对。急暮砧:黄昏时急促的捣衣声。砧,捣衣石,此处指捣衣声。

〔赏读提示〕

　　《秋兴八首》是杜甫晚年为逃避战乱而寄居四川夔州时的代表作品,作于大历元年(766),当时诗人56岁。组诗共八首,既前后贯通,又各有侧重,每篇都是可以独立的七言律诗。本诗为第一首。

　　本诗是组诗《秋兴八首》的序曲,开门见山,抒情写景,感情强烈。诗意落在"丛菊两开他日泪,孤舟一系故园心"两句上,诗人身居巫峡而心系长安就是这组诗的主要内容和情感。通过对巫山巫峡"萧森"秋景的形象描绘,烘托出萧索、动荡的气氛,抒发了诗人深沉的忧国之情和孤独的羁旅之思。

　　首联开门见山,在叙写景物之中点明地点时间。"玉露"即白露,秋天,草木摇落,白露为霜。"巫山巫峡",诗人所在地点。"凋伤"、"萧森"的使用,使意境笼罩着败落景象,气氛阴沉,定下了全诗的感情基调。

　　颔联进一步展开上联中"气萧森"的悲壮景象。万里长江波涛汹涌,天翻地覆,是眼前的实景;"塞上风云"既写景象,也暗指时局。当时吐蕃入侵,边关处处笼罩着战争的阴云。此联在景物描绘之中,形象地表达了时局的动荡不安和诗人胸中翻江倒海般的忧思与感慨。把秋日的萧条、个人的飘零、国家的动荡有机交融,"兼天"、"接地",极尽夸张地将悲情与壮景高度统一了起来。

　　颈联由秋日景象触动深沉情思。"丛菊两开他日泪,孤舟一系故园心"也成为震撼人心的名句。"孤舟"、"丛菊"相对,"一系"、"两开"相对。在工整的对比中,尽显今昔境况所造成的截然不同的心境,而不同之中又有保持不变的,那就是对"故园"的真挚情感。其中,"开"与"系"都是一语双关。"两开",既指菊开两度,又指泪流两回,足见客居心情的凄伤。"故园心",即思念长安之心。再看"系"字:孤舟独系,心系故园。从长安到夔州愁肠百结的两年里,心总牵挂着故园。"一系故园心",不仅总结了本诗,也统摄组诗。"故园心"三字发音可以延长。

　　尾联结束在阵阵意境悠远的声响之中。西风凛冽,傍晚时分天气更是萧瑟寒冷,意味着冬日即将来临,人们也在加紧赶制寒衣。白帝城在东,夔州府在西,诗人身在夔州,在萧瑟的晚风中似乎听到白帝城传来的妇女赶制棉衣时槌捣衣服的砧杵之声。既显思归之情,又"寓客子无衣之感"(杨伦《杜诗镜铨》)。这两句,又由之前的白天推到日暮,更显客子愁思之深。

杜甫入蜀后,经历更丰富,创作经验也进一步积累,这首诗在显其沉郁顿挫的特色的同时,再一次让我们感受到如历史画轴般的"诗史"价值。 (徐连松)

春 望①

〔唐〕杜 甫

国破山河在,城春草木深②。
感时花溅泪,恨别鸟惊心。
烽火连三月,家书抵万金。
白头搔更短,浑欲不胜簪③。

〔注释〕

①唐至德元年(756)八月,杜甫从鄜(fū)州(今陕西富县)前往灵武(现在属宁夏)投奔肃宗,途中为叛军所俘,后困居长安。这首诗作于次年三月。②城:指长安城,当时被叛军占领。③浑欲不胜簪:简直连簪子也插不上。浑,简直。簪,一种束发的饰物。

〔赏读提示〕

此诗作于唐至德二年(757)三月。当时长安被叛军劫掠一空,杜甫眼见春回大地,长安却满城荒凉,国破家亡,忧国思亲,触景伤情,写下了这首诗。

首联"国破山河在,城春草木深",从大处开篇,抒写所见之景:国都沦陷,城池残破,虽山河依旧,春色满园,但草木深深,一片荒败。一个"破"字,触目惊心,饱含悲愤;一个"深"字,情动于中,凄然伤怀。国破而城春,对照鲜明,感情强烈,山河依旧但国家败落,春色满城却荒败如斯,前后相悖,更加强烈地表现出悲苦之情。读此联时,可以"二二一"的节奏,重读"破"、"在"、"春"、"深",两相对比,读出悲愤的语气。

颔联"感时花溅泪,恨别鸟惊心",则从上联的远景转入近景,小处落笔,因景生情。此联历来有两种解释:一种是说诗人见景生情,看到了花开鸟飞,想到了国家和自身的命运，感时伤别，落泪惊心；一说是诗人移情于景，借花鸟拟人，似乎花鸟也与诗人情感相通，感时而落泪，伤别而惊心。无论哪一种解释都真切地表现了诗人因国破家亡而倍感伤痛的情感，比喻精妙。此联应以"二一二"的节奏读，重读"溅泪"、"惊心"，将诗人内心的悲痛通过诵读表现出来。

前两联均由"望"字所领，叙写春来所见之景。不见明媚春光色，但愁国破离别情。

颈联由前两联的翘首望春转入低头思亲。这一联的意思是：战火连绵不断，一直延续到春深三月；家书久盼不得，家人的安危萦绕心头，即使万金交换也难得家人讯息。诗人从756年的8月与家人分别后被叛军俘虏，一直到来年的3月写这首诗，离家已经半载，消息隔绝，音讯不至，内心对妻儿的强烈思念尽在此句中。此联中的"烽火"与首联中的"国破"，"家书"与颔联中的"恨别"分别对应，上写国难，下写家愁，国事与家事紧紧相连，层层深化，生动地表现出战乱中亲人盼望平安消息的共同心理，引起读者的共鸣。此联应重读"三月"、"家书"和"万金"，仍以"二一二"的节奏读。

尾联"白头搔更短，浑欲不胜簪"，写的是诗人的动作和外貌。写这首诗的时候，杜甫只有44岁，可是，生活的磨难，国家的破败，亲人的离散，使他早已满头白发。愁上心头，不由得以手搔头；可是，一搔头发就更见稀疏，简直连发簪都插不上了。此联上句应以"二一二"的节奏读，下句则应以"二二一"的节奏读；重读应选"更短"、"不胜"，最后的"不胜簪"读的时候应当舒缓，读出悲伤至极的情感。

全诗以忧国开篇，继而写思亲之情；由见春景而伤国难，更兼离愁别绪，连环承转，读来不由得令人伤心溅泪，千百年来一直深深地打动着读者。

（朱晓滨）

登　高

［唐］杜　甫

风急天高猿啸哀，渚清沙白鸟飞回[①]。
无边落木萧萧下[②]，不尽长江滚滚来。
万里悲秋常作客，百年多病独登台[③]。

艰难苦恨繁霜鬓，潦倒新停浊酒杯^④。

〔注释〕

①渚：水中的小洲。回：回旋。②萧萧：秋风吹动树叶的声音。③百年：犹言一生。④潦倒：犹言困顿，衰颓。新停：这时杜甫正因病戒酒。

〔赏读提示〕

这首诗是唐大历二年（767）重阳节时，诗人登高抒怀之作。此时杜甫寓居长江畔的夔州（今重庆奉节），患有严重的肺病，生活也很困顿。萧瑟的秋天，在诗人的笔下被写得有声有色，而引发出来的感慨更是动人心弦。这不仅是对凄清的秋景的描写，更是对人生之秋的描绘，抒发了诗人年迈多病、感时伤世和寄寓异乡的悲苦。诗的前半部分写景，后半部分抒情，在写法上各有错综之妙。杜甫忧国伤时的情操，跃然纸上。

诗篇前四句描写登高见闻之景。首联连借风、天、猿、渚、沙、鸟等六种景物，并以急、高、哀、清、白、飞等词修饰，指明了时节和环境，渲染了浓郁的秋意，景物具有鲜明的夔州地区特征。首句所描写的高天狂飙、深谷哀猿，惊心动魄，使全诗笼罩在悲凉的氛围之中。次句却平缓而出，让人感到一种宁静的凄凉、空旷的惆怅、孤独的忧伤。颔联再写秋景，而人生感慨蕴含其中。"无边"的丰富纷繁，"不尽"的悠远深长，"落木萧萧"之衰飒无情，"滚滚长江"之汹涌无穷，这一"下"一"来"，写出了宇宙时间之永恒、空间之无限，也写出了人类在自然规律面前永远的惊叹、震撼和领悟。"无边落木萧萧下"，固然使人类深感在自然面前的渺小和无奈，但"不尽长江滚滚来"，又往往激起人生命的激情，向人类示范着一种永不停歇的进取精神。正因如此，这首充满悲凉感的诗篇才使人品味出一种悲壮感，看到一种壮心不已的意境，朗读时要表达出诗人壮志难酬的感慨之情和悲凉心境。

诗篇后四句抒发登高所生之慨。颈联上句写羁旅之愁，从纵（时间）、横（空间）两方面着笔。"常作客"，表明诗人多年漂泊不定的处境；"万里"，说明夔州距离家乡非常遥远，是从距离上渲染愁苦之深；"悲秋"，又是从时令上烘托悲哀之重，"秋"字是在前两联写足秋意后，顺势带出，并应合着"登高"的节候。下句写孤病之态。"百年"，犹言一生；"百年多病"，迟暮之年百病缠身，痛苦之情可想而知；"独"字，写出举目无亲的孤独感；"登台"二字点题，情因景而生。"万里悲秋常作客"，是悲凉的进取；"百年多病独登台"，是不幸者对命运的不屈不挠的抗争;艰难困苦,穷愁潦倒,玉汝于成。诗人生命旅途上的坎坷不幸、凄凉悲伤是重重叠叠、无以复加的,然而他不屈不挠的进取也是可歌可泣的。这两句词意精练,含意极为丰富,叙述自己远离故乡,长期漂泊,而暮年多病,举目无亲,秋季独自登高,不禁满怀愁绪。尾联进一步写国势艰危,仕途坎坷,年迈和忧愁引得须发皆白;而因疾病缠身,新来戒酒,所以虽有万般愁绪,也无以排遣。古人重阳节登高照例是要饮酒的,而诗人连这点欢乐也失去了。这一联分承五、六句:"艰难"备尝是因"常作客"所致;"潦倒"日甚又是"多病"的结果。

此诗八句皆对。"一篇之中,句句皆律;一句之中,字字皆律",无怪乎胡应麟盛誉其为"旷代之作","当为古今七言律第一,不必为唐人七言律第一"。

(邰国安)

登岳阳楼

〔唐〕杜　甫

昔闻洞庭水①,今上岳阳楼②。
吴楚东南坼③,乾坤日夜浮④。
亲朋无一字⑤,老病有孤舟⑥。
戎马关山北⑦,凭轩涕泗流⑧。

〔注释〕

　　①洞庭水:即洞庭湖。在今湖南北部,长江南岸,是我国第二淡水湖。②岳阳楼:在今湖南省岳阳市,下临洞庭湖,为游览胜地。下瞰洞庭,碧湖万顷,遥望君山,气象万千,唐张说建,宋滕子京修。以范仲淹千古名篇《岳阳楼记》驰名。③吴楚:春秋时两国名(吴国和楚国),其地略在今湖南、湖北、江西、安徽、江苏、浙江一带。坼(chè):分裂,这里引申为划分。④乾坤:天地。⑤无一字:杳无音讯。字,这里指书信。⑥老病:年老多病。杜甫时年57岁,身患肺病,风痹,右耳已聋。有孤舟:唯有一叶孤舟飘零无定。诗人生平的最后三年里,大部分时间是在船上度过的。这句写的是杜甫生活的实况。⑦戎(róng)马关山北:北方边关战事又起。当时吐蕃侵扰宁夏灵武、陕西邠(bīn)州一带,朝廷震动,匆忙调兵抗敌。戎马,军马,借指军事、战争。⑧凭轩:倚着楼窗。涕泗流:眼泪禁

不住地流淌。涕泗，眼泪和鼻涕，偏义复指，即眼泪。

〔**赏读提示**〕

《登岳阳楼》是杜甫诗中的五律名篇，前人称为"盛唐五律第一"。这首诗写于唐大历三年(768)。是年正月，诗人携妻子从夔州出峡，漂泊荆湘，岁暮流寓于岳阳楼。诗人登上岳阳楼，望着汪洋浩瀚的洞庭湖，即景抒情。诗人在作品中描绘了岳阳楼的壮观景象，反映了晚年生活的不幸，抒发了诗人忧国忧民的情怀。

首联虚实交错，今昔对照，从而扩大了时空领域。因为"昔"日有所"闻"，所以"今"日才登"上"，从时间、行动上看，前后有着紧密的承接关系。这两句表明，诗人过去已听说过洞庭湖的壮观景象，心早已向往之，今日登楼绝非唐突行事，而是实现了昔日的心愿，字里行间潜藏着喜悦之情。第二句又是点题之笔。

颔联描述洞庭的浩瀚无边。登上了岳阳楼，眼界立即为之开阔，洞庭湖坼吴楚、浮日月，波浪掀天，浩茫无际，昔日的传闻果然是真实的，好一派雄伟壮观的景象啊！写景如此壮阔，令人玩索不尽。

颈联写政治生活坎坷，漂泊天涯，怀才不遇的心情。当诗人沉浸在那引人入胜的洞庭湖景象之中的时候，他不知不觉地又从如诗如画般的激滟湖光，联想到了自己眼下的不幸遭际。在这浩瀚广袤的宇宙之中，他是那样的可怜而又渺小。"亲朋无一字"，得不到精神和物质方面的任何援助；"老病有孤舟"，既"老"且"病"，以舟为家，漂流湖湘，前途茫茫，何处安身，面对洞庭湖的汪洋浩淼，更加重了身世的孤危感。至此，诗人的感情已由开篇的潜藏喜悦，转为明诉悲苦了。诵读时要体现这一点。

尾联写眼望国家动荡不安，自己报国无门的哀伤。这一年吐蕃重兵屡次侵犯西北，朝廷派郭子仪率兵五万在奉天(今陕西乾县)防守。"安史之乱"已经平定，但国家仍不安宁。平生忧国忧民的诗人，想到国家的危难和人民的灾难，在岳阳楼上凭轩倚栏，潸然泪下。作品写到这里戛然而止，这最后的结句，抒写了诗人的家国之痛，作品的主题思想也得到了有力深化。另外，在结构方面，开端"昔闻洞庭水"的"昔"，当然可以涵盖诗人在长安一带活动的十多年时间。在空间上正可与"关山北"拍合。"凭轩"与"今上"首尾呼应。

这首诗的艺术成就可以从以下两点加以理解：

第一，表现手法丰富。作品虽然只有八句话，但却运用了多种表现手法。首联叙事，交代的是登临岳阳楼的缘由。颔联描写，绘制了岳阳楼的宏阔壮观图景,并且在描绘中,运用了形象的比喻,增强了作品的生动性。作品最后两句又运用了抒情的写法,揭示出诗人的内心世界,开拓了作品的意境。

第二,富有跳跃性。从内容方面说,"昔"与"今"的时间跳跃,在写景中,由吴、楚之地到日、月之天空的空间跳跃,由人到自然、自然到人的跳跃,由个人身世到国事的跳跃。从诗人的感情发展脉络上说,首联喜悦,颔联雄壮,颈联凄苦,尾联悲伤。

(邻国安)

旅夜书怀①

[唐] 杜 甫

细草微风岸②,危樯独夜舟③。
星垂平野阔④,月涌大江流⑤。
名岂文章著⑥,官应老病休⑦。
飘飘何所似⑧?天地一沙鸥。

〔注释〕

①765 年,杜甫带着家人离开成都草堂,乘舟东下,在岷江、长江漂泊。这首五言律诗大概是他舟经渝州、忠州一带时写的。所谓"旅夜书怀",就是在行旅的夜里抒写自己的胸怀或怀抱。②细草微风岸:诗歌为了平仄对偶等原因,词序有颠倒,首句应为:微风吹拂着江岸的细草。岸,指江岸边。③危樯(qiáng):高竖的桅杆。危,高。樯,船上挂风帆的桅杆。独夜舟:是说自己孤零零的一个人夜泊江边。④星垂平野阔:星空低垂,原野显得格外广阔。⑤月涌:月亮倒映,随水流涌。大江:指长江。⑥名岂文章著:这句连下句,是用"反言以见意"的手法写的。杜甫确实是以文章而著名的,却偏说不是,可见另有抱负,所以这句是自豪语。⑦官应老病休:因为年老多病而被罢退。休官明明是因论事见弃,却说不是,是什么老而且病,所以这句是自解语了。应,认为是、是。⑧飘飘:飞翔的样子。这里含有"飘零"、"漂泊"的意思,是借沙鸥以写人的漂泊。

〔赏读提示〕

这首诗写于唐大历三年(768)春,此前杜甫已经滞留夔州近两年,除因受到夔州都督柏茂琳的优待以外,大约也是为了等候朝廷任命新职。但是,唐代宗没有起用他。这时,他感到"致君尧舜上,再使风俗淳"(《自京赴奉先县咏怀五百字》)的希望完全破灭了。于是,57岁的杜甫下定决心离开夔州。舟出三峡,顺着大江,进入江汉平原的江陵一带,他回想一生的坎坷遭遇和朝廷的黑暗腐败,抒发了"官应老病休"的愤激之情。

诗的前半描写"旅夜"的情景。第一、二句写近景:"细草微风岸,危樯独夜舟。"微风吹拂着江岸上的细草,竖着高高樯杆的小船在月夜孤独地停泊着。首联点明地点、时间和环境,烘托出一种凄凉孤寂的氛围,这里不是空泛地写景,而是寓情于景,通过写景展示他的境况和情怀:像江岸细草一样渺小,像江中孤舟一般寂寞。这也是诗人孤独感伤之情的外化。

第三、四句写远景:"星垂平野阔,月涌大江流。"明星低垂,平野广阔;月随波涌,大江东流。这两句写景雄浑阔大,历来为人所称道。诗人写辽阔的平野、浩荡的大江、灿烂的星月,正是为了反衬出他自己孤苦伶仃的形象和颠连无告的凄怆心情。这种以乐景写哀情的手法,在古典作品中是经常使用的。诗中"垂"、"涌"两个字,将星月精神描摩得毕肖。"垂",空间之阔;"涌",即"逝者如斯夫",时间流逝之快之久。

诗的后半是"书怀"。"名岂文章著,官因老病休。"有点名声,哪里是因为我的文章好呢?但官职的确是因老且多病而不得不永远休止了。这是反话,立意至为含蓄。诗人素有远大的政治抱负,但长期被压抑而不能施展,因此声名竟因文章而著(既是自谦之词,又有自豪之意),这实在不是他的心愿。杜甫此时确实是既老且病,但他的休官,却主要不是因为老和病,而是由于被排挤。这里表现出诗人心中的不平,同时揭示出政治上失意是他漂泊、孤寂的根本原因。清代沈德潜《唐诗别裁集》说:"胸怀经济,故云名岂以文章而著;官以论事罢,而云老病应休。立言之妙如此。"

最后两句说:"飘飘何所似? 天地一沙鸥。"飘然一身像个什么呢?不过像广阔的天地间的一只沙鸥罢了。如此人生落拓,到处漂泊,就像那天地之间到处飘飞的一只沙鸥。诗人即景自况以抒悲怀,自叹身世飘零,无论是身后之名,还是生前之功业,似乎都游离于他。当这种悲愤交集的情感,外化投射在一只飘零于茫茫天地之间的白鸥时,诗人晚年飘零、孤独、寂寥的形象,便由此铸就了。这一联借景抒情,深刻地表现了诗人内心漂泊无依的感伤,真是一字一泪,感人至深。朗读时可以一字一顿。

全诗情景交融,景中有情。整首诗意境雄浑,气象万千。用景物之间的对比,烘托出一个独立于天地之间的飘零形象,使全诗弥漫着深沉凝重的孤独感。这正是诗人身世际遇的写照。 　　　　　　　　　　　　　　　　　　　　　　　（邻国安）

兵车行①

[唐] 杜　甫

车辚辚②,马萧萧③,行人弓箭各在腰④。

爷娘妻子走相送⑤,尘埃不见咸阳桥⑥。

牵衣顿足拦道哭,哭声直上干云霄⑦。

道旁过者问行人⑧,行人但云点行频⑨。

或从十五北防河⑩,便至四十西营田⑪。

去时里正与裹头⑫,归来头白还戍边⑬。

边庭流血成海水⑭,武皇开边意未已⑮。

君不闻,汉家山东二百州⑯,千村万落生荆杞⑰。

纵有健妇把锄犁,禾生陇亩无东西⑱。

况复秦兵耐苦战⑲,被驱不异犬与鸡。

长者虽有问⑳,役夫敢申恨㉑?

且如今年冬㉒,未休关西卒㉓。

县官急索租㉔,租税从何出?

信知生男恶,反是生女好。

生女犹得嫁比邻㉕,生男埋没随百草。

君不见,青海头㉖,古来白骨无人收。

新鬼烦冤旧鬼哭㉗,天阴雨湿声啾啾㉘。

〔注释〕

①行:即歌行,古代诗歌的一种体裁,属古体诗范畴。题目是诗人自拟的。②辚(lín)辚:车轮声。《诗经·秦风·车辚》:"有车辚辚。" ③萧萧:马嘶叫声。《诗经·小雅·车攻》:"萧萧马鸣。"④行(xíng)人:指被征出发的士兵。⑤走:奔跑。⑥咸阳桥:指便桥,汉武帝所建,故址在今陕西咸阳市西南,唐代称咸

阳桥,唐时为长安通往西北的必经之路。⑦干(gān):冲。⑧过者:过路的人,这里是杜甫自称。⑨但云:只说。点行(xíng)频:频繁地点名征调壮丁。⑩或:不定指代词,有的、有的人。防河:当时常与吐蕃发生战争,曾征召陇右、关中、朔方诸军集结河西一带防御。因其地在长安以北,所以说"北防河"。⑪西营田:古时实行屯田制,军队无战事即种田,有战事即作战。"西营田"也是防备吐蕃的。⑫里正:唐制,每百户设一里正,负责管理户口、检查民事、催促赋役等。裹头:男子成丁,就裹头巾,犹古之加冠。古时以皂罗(黑绸)三尺裹头,曰头巾。新兵因为年纪小,所以需要里正给他裹头。⑬还(huán):返也。⑭边庭:边疆。⑮武皇:汉武帝刘彻。唐诗中常有以汉指唐的委婉避讳方式。这里借武皇代指唐玄宗。唐人诗歌中好以"汉"代"唐",下文"汉家"也是指唐王朝。开边:用武力开拓边疆。⑯汉家:汉朝。这里借指唐。山东:崤山或华山以东。古代秦居西方,秦地以外,统称山东。⑰荆杞(qǐ):荆棘与杞柳,都是野生灌木。⑱陇(lǒng)亩:田地。陇,通"垄",在耕地上培成一行的土埂、田埂,中间种植农作物。无东西:不分东西,意思是行列不整齐。⑲况复:更何况。秦兵:指关中一带的士兵。⑳长者:即上文的"道旁过者",也指有名望的人,即杜甫。征人敬称他为"长者"。㉑役夫:行役的人。敢:岂敢,怎么敢。㉒且如:就如。㉓关西:当时指函谷关以西的地方。这两句说,因为对吐蕃的战争还未结束,所以关西的士兵都未能罢遣还家。㉔县官:官府。㉕比邻:近邻。㉖青海头:即青海边。这里是自汉代以来,汉族经常与西北少数民族发生战争的地方。唐初也曾在这一带与突厥、吐蕃发生大规模的战争。㉗烦冤:愁烦冤屈。㉘啾啾:象声词,形容凄厉的哭叫声。

〔赏读提示〕

　　唐天宝八年(749),哥舒翰受命进击吐蕃石堡城(在今青海省境内),久攻不下,后虽走运获胜,但所部六万三千人损耗大半;到这年冬天,所派驻龙驹岛(在青海湖中)的两千戍卒也一败涂地。十年(751)四月,剑南节度使鲜于仲通又受命攻击南诏(辖境在今云南省),结局大败,士卒死者六万人,仲通仅以身免。由于这两次战斗中丧师巨万,朝廷乃大举征兵。人闻云南多瘴疠,未战,士卒死者什八九,莫肯应募。杨国忠(时任宰相)遣御史分道捕人,连枷送诣军所……于是行者愁怨,父母妻子送之,所在哭声震野。

　　这首诗在读者眼前展现出三幅震撼人心的画图:咸阳桥头凄惨送别图、田亩荒凉健妇犁耕图、青海头上茫茫白骨图。

　　咸阳桥头凄惨送别图。兵车隆隆,战马嘶鸣,一队队被抓来的穷苦百姓,换上了戎装,佩上了弓箭,在官吏的押送下,正开往前线。征夫的爷娘妻子乱纷纷地在队伍中寻找、呼喊自己的亲人,扯着亲人的衣衫,捶胸顿足,边叮咛边呼号。车马扬起的灰尘,遮天蔽日,连咸阳西北横跨渭水的大桥都被遮没了。千万人的哭声汇成震天的巨响在云际回荡。“爷娘妻子走相送”,一个普通的“走”字,寄寓了诗人多么浓厚的感情色彩! 亲人被突然抓兵,又急促押送出征,眷属们追奔呼号,去作那一刹那的生死离别,是何等仓促,何等悲愤! “牵衣顿足拦道哭”,一句之中连续四个动作,又把送行者那种眷恋、悲怆、愤恨、绝望的动作神态,表现得细腻入微。诗歌开篇就涌现出凄惨的送别局面,从视觉、听觉以及动作等方面,展现出千万家庭因征战而骨肉分离的悲剧,暴露了最高统治者连年鼓动“开边”战斗给百姓带来的惨重灾难。

　　田亩荒凉健妇犁耕图。诗人用“君不闻”三字领起,以谈话的口气提醒读者,把视线从流血成海的边庭转移到广阔的内地。诗中的“汉家”,也是影射唐朝。华山以东的原田沃野千村万落,变得人烟萧条,田园荒废,荆棘横生,满目凋残。家中壮劳力都被抓丁,那么,纵使有强壮的妇女能把种子播下去,但深重的赋税、冷酷的盘剥,使人无力招架,田间无人管理,又怎能长出庄稼? 诗人驰骋想象,从眼前的闻见,联想到全国的景象,从一点推及到普遍,两相辉映,不仅扩大了诗的表现容量,也加深了诗的表现深度。

　　青海头上茫茫白骨图。诗人用哀痛的笔调,描述了长期以来存在的悲惨现实:青海边的古战场上,平沙茫茫,白骨露野,阴风惨惨,鬼哭凄凄。寂冷阴森的情景,令人不寒而栗。这里,凄凉低沉的色调和开头那种人声鼎沸的气氛,悲惨哀怨的鬼泣和开头那种惊天动地的人哭,形成了强烈的对照。这些都是“开边未已”所导致的恶果。至此,诗人那饱满酣畅的激情得到了充分的发挥,唐王朝穷兵黩武的罪恶也被揭露得淋漓尽致。

　　战争给人民带来了家庭破碎,亲人离散(“牵衣顿足拦道哭,哭声直上干云霄”);带来了超期服役,身心疲惫(“或从十五北防河,便至四十西营田。去时里正与裹头,归来头白还戍边”);带来了田园荒芜,生产凋敝(“君不闻汉家山东二百州,千村万落生荆杞”);带来了生计困难,租税难缴(“县官急索租,租税从何出”);带来了传统观念(重男轻女)发生改变(“信知生男恶,反是生女好”)。而导致这一切的正是“武皇开边意未已”的政策。“武皇”,是以汉喻唐,实指唐玄宗。杜甫如此大胆地把矛头直接指向了最高统治者,这是从心底迸发出来的强烈抗议,充分表达了诗人怒不可遏的悲愤之情。诵读全诗应当慷慨悲壮,掷地有声。

(徐承平)

茅屋为秋风所破歌①(节选)

〔唐〕杜 甫

俄顷风定云墨色②,秋天漠漠向昏黑③。
布衾多年冷似铁④,娇儿恶卧踏里裂⑤。
床头屋漏无干处,雨脚如麻未断绝。
自经丧乱少睡眠⑥,长夜沾湿何由彻⑦?
安得广厦千万间⑧,大庇天下寒士俱欢颜⑨,风雨不动安如山!
呜呼! 何时眼前突兀见此屋⑩,吾庐独破受冻死亦足!

〔注释〕

①为(wèi):被,表示被动。②俄顷(qǐng):不久,一会儿。③漠漠:阴沉迷蒙的样子。④布衾(qīn):棉被。⑤恶卧:睡相不好。踏里裂:踢破被里。⑥丧(sāng)乱:战乱,指安史之乱。⑦何由彻:是"由何彻"的意思,这里指如何才能熬到天亮。彻,这里指结束完结。⑧安得:如何能得到。⑨大庇(bì):全部遮盖、掩护起来。庇,遮蔽、掩护。寒士:此处泛指贫寒的士人们。⑩突兀(wù):高耸的样子,这里用来形容广厦之高。

〔赏读提示〕

这首诗一共可分为四节,本文选取的是第三节和第四节。在所选诗句中,作者一开始就写了当时的环境。"俄顷风定云墨色,秋天漠漠向昏黑"两句,用饱蘸浓墨的大笔描绘了风停后,乌云遮天,冰凉密集的秋雨从空中洒下的情景。秋天本是易让人感物伤怀的季节,作者又用了"墨色"、"昏黑"的冷色调词语加以渲染,以哀景写哀情,营造出一种暗淡愁惨的氛围,烘托出诗人对家国天下的悲愁之情。

"布衾多年冷似铁,娇儿恶卧踏里裂"两句,没有穷困生活经历和体验的人是写不出来的。"布衾多年冷似铁"运用比喻的修辞手法,形象写出了家中被子因为用得太久,棉絮已经发硬,无法保温,加上当地天气潮湿,就像生铁一样冰冷。读罢此句不禁感到一股冷气袭来,可以想象作者是如何度过那一个个的寒凉秋雨夜。这样的旧被子自然禁不住在睡觉时多动的孩子踢腾,作者的小儿子在这样冰凉的夜里把被子踢破。值得注意的是这不仅是写布被又旧又破,而且是为下文写屋破漏雨蓄势。

"自经丧乱少睡眠,长夜沾湿何由彻"两句,前一句写诗人的回忆。从个人现实的悲苦生活扩展到安史之乱以来的种种痛苦经历,这些痛苦既是由于屋漏偏逢连天雨所带来的身体上的累和苦,也是自己和国家都在风雨飘摇中挣扎之苦,更是不断的战争留给作者的心理和精神上的愁苦。日有所思夜有所想,忧国忧民的作者在漫漫长夜中自然不能入睡;第二句又回到"长夜沾湿"的现实。"何由彻"即"由何彻",就是怎么样才能度过痛苦的漫漫长夜呢? 诗人推己及人,由个人的艰苦处境联想到其他人的类似处境,其中的悲伤之情也自然而然地过渡到全诗的结尾。

"安得广厦千万间,大庇天下寒士俱欢颜,风雨不动安如山!"诗人多么希望可以建造出坚固如山的千万间房屋来容纳天下像他一样的贫寒之士。在杜甫眼中,这些贫寒之士是国家的人才,是国家富强的基础,只要有他们在,这个国家就会和平强大,老百姓就能安居乐业。同时"广厦"、"千万间"、"大庇"、"天下"、"欢颜"、"安如山"等等,声音洪亮,从而构成了铿锵有力的节奏和奔腾前进的气势,恰切地表现了诗人完成这件事情后酣畅淋漓的痛快。这种痛快来自于诗人切身的痛苦体验和寒士们的笑颜。最后诗人发出了由衷的感叹:"呜呼!何时眼前突兀见此屋,吾庐独破受冻死亦足!"诗人不但推己及人想到他人和自己的痛苦,更具有自我牺牲的精神,"独破受冻死"和"大庇天下寒士俱欢颜"形成了强烈的对比,诗人的忧国忧民之情、博大的胸襟和崇高的理想,至此表现得淋漓尽致。

本诗抒发的情怀与范仲淹的《岳阳楼记》中"先天下之忧而忧,后天下之乐而乐"抒发的情怀基本一致。俄国著名文学评论家别林斯基曾说:"任何一个诗人也不能由于他自己和靠描写他自己而显得伟大……任何伟大诗人之所以伟大……因为他是社会、时代、人类的器官和代表。"杜甫之所以被人称为"诗圣",不仅仅因为他的诗歌,还因他诗歌的内容以及背后所蕴含的忧国忧民的情感。杜甫在这首诗里不仅仅描写了他本身的痛苦,也写出了像他一样的"天下寒士"的痛苦,这是社会的苦难、时代的苦难。同样他也不是仅仅哀叹自身的不幸遭遇,不仅仅为此而失眠,而大声疾呼。在狂风猛雨无情袭击的秋夜,诗人脑海里翻腾的是"天下寒士"们的处境。杜甫这种炽热的忧国忧民的情感和迫切要求变革黑暗现实的崇高理想,千百年来一直激荡读者的心灵,并产生积极的作用。

(董晓强)

走马川行奉送封大夫出师西征①

〔唐〕岑 参

君不见走马川行雪海边②,平沙莽莽黄入天。

轮台九月风夜吼③,一川碎石大如斗,随风满地石乱走。

匈奴草黄马正肥④,金山西见烟尘飞⑤,汉家大将西出师⑥。

将军金甲夜不脱,半夜军行戈相拨⑦,风头如刀面如割。

马毛带雪汗气蒸,五花连钱旋作冰⑧,幕中草檄砚水凝⑨。

虏骑闻之应胆慑⑩,料知短兵不敢接⑪,车师西门伫献捷⑫。

〔注释〕

①走马川:地名。行:即歌行,古代诗歌的一种体裁,属古体诗范畴。封大夫:指封常清,原为岑参的幕友,因功于天宝十三载拜北庭都护、西伊节度、瀚海军使,摄御史大夫,驻军轮台。岑参在这里送封大夫去北伐匈奴。这首诗作于天宝十三年(754)到至德元年(756)之间,当时岑参在轮台任安西北庭节度判官。②雪海:泛指西北苦寒之地。③轮台:地名,汉武帝时曾遣戍屯田于此,唐贞观年间置县,治所在今新疆米泉县。④匈奴:泛指北方游牧民族。⑤金山:指阿勒泰山,突厥语称"金"为"阿尔泰",这里泛指塞外山脉。烟尘飞:指战事爆发。⑥汉家:唐代人多以汉代唐。⑦戈相拨:兵器互相撞击的声音。⑧五花、连钱:都是良马的名称。一说都是指马斑驳的毛色。此句意谓汗和雪很快就在马身上结了冰。⑨草檄(xí):起草声讨敌人的文书。⑩虏骑:敌人的骑兵。古代泛称北方民族为"虏"。胆慑(shè):恐惧。⑪短兵:指刀剑一类武器。⑫车师:为唐安西都护府所在地,今新疆吐鲁番境内。伫(zhù):等待。献捷:报捷。

〔赏读提示〕

诗歌首先围绕"风"字落笔,描写出征的自然环境。天气恶劣,飞沙走石。"莽莽"暗写狂风卷着飞沙的迷蒙景象;"黄入天"黄沙扬起,无法睁开眼睛,席卷一直连接到天上。这是白天的风。开头三句无一"风"字,但捕捉住了风"色",把风的猛烈写得历历在目。这是白天的景象。

"轮台九月风夜吼,一川碎石大如斗,随风满地石乱走。"对风由暗写转入明写,由白日转入黑夜,由风"色"转到风声。狂风怒吼咆哮,"吼"字形象地显示了风猛风大。接着又通过写石头来写风之猛烈。"石乱走",写出了风力之强、风速之快,斗大的石头,居然被风吹得满地滚动。"走",奔跑之意,"乱"字就更表现出风的狂暴。"平沙莽莽"句写天,"石乱走"句写地,三言两语就把环境的险恶生动地勾勒出来了。

接着由写景转入写人。写匈奴利用草黄马肥的时机发动了进攻,"金山西见烟尘飞"中"烟尘飞"三字,既可指匈奴铁骑卷起的烟尘飞扬,表现了匈奴军旅的气势,也可指唐军报警的烽烟(情报)的迅速,说明了唐军早有戒备。诗人抓住典型的环境和细节来描写唐军将士勇武无敌的飒爽英姿。如环境是夜间,"将军金甲夜不脱",以夜不脱甲,写出了天气的寒冷、军情的紧张,更写出了将军重任在肩,以身作则。"半夜军行戈相拨"写半夜行军,从"戈相拨"的细节可以想见夜晚一片漆黑,大军寂静无声,因风势猛烈,兵器为风所逼,发出互相碰撞的声音。"风头如刀面如割",从大漠行军人的角度,再次写出风的猛烈刺骨。

"马毛带雪汗气蒸,五花连钱旋作冰。"马身上的毛挂着雪片仍然汗气蒸腾,片刻汗气就变成了冰,而马儿一点也不退缩,英勇无畏,慷慨以赴。诗人抓住了马身上那凝而又化、化而又凝的汗水进行细致的刻画,以少胜多,充分渲染了天气的严寒、环境的艰苦和临战的紧张气氛。"幕中草檄砚水凝",在幕帐中起草檄文的砚台里的水也凝结了。诗人巧妙地抓住了这个细节,笔墨酣畅地表现出将士们斗风傲雪的战斗豪情。料想敌军听到唐军出征一定会惧怕,这样的军队谁人能敌?料想他们不敢短兵相接来交战,一定可以在车师西门等待捷报。行文至此,水到渠成。

这首诗奇而壮,风沙的猛烈、人物的豪迈,都给人以雄浑壮美之感。诗歌运用了比喻、夸张、反衬等艺术手法,想象丰富。从视觉、听觉、触觉的角度,抓住有边地特征的景物,绘声绘色,极力渲染状写环境的艰险、恶劣,突出人物的不畏艰险,表现了慷慨报国的英雄气概和不畏艰难的乐观精神。

朗读这首诗要表现出急促有力的节奏感和气势。 (邰国安)

伊州歌①

〔唐〕盖嘉运

打起黄莺儿，莫教枝上啼。

啼时惊妾梦，不得到辽西。

〔注释〕

①伊州歌：是乐府曲调名，大多描写与边疆战争相关的人或事。伊州，即今新疆维吾尔自治区哈密市。

〔赏读提示〕

首句从黄莺的啼鸣写起。黄莺鸟的鸣叫声本是清脆悦耳的，在春日里能听到自然该是赏心愉悦的。可是次句中诗歌的女主人公却将其打散，不愿意听到它在枝头啼叫。这一反常举动让人不解，不禁暗暗揣测她的幽情。诗的第三句顺理成章地解决了读者的疑惑，原来是黄莺的鸣叫声打破了女子的美梦。梦中一定是有非常美好喜悦的事情，女子沉浸于其中，不愿醒来。

究竟是怎样的一番美好梦境使得女子不愿醒来？尾句终于将答案揭晓。原来，女子在梦中去到了辽西。不用说，边塞有自己爱的人，日夜思念却不得见的人。此时，整首诗才让人豁然开朗：原来是一对爱人，一个独居在家，一个征战沙场，因隔着千山万水不能相见，女子唯有借梦来解相思。

诗人并没有具体描写梦境情形，但读者可以想见，那一定是甜蜜而美好的。可惜，美好的东西难以长久，偏偏叫黄莺给扰了，遗憾，更有埋怨、责怪。因而有了首句的"打起"、"莫教"。读最后两句时，语气中有幽怨，还应该有不可名状的哀伤，语速放慢，语调低沉下去。重读"不得"二字，拖长并加重"辽西"的发音，表达深深的遗憾、忧伤之情。

（田玮玮）

野老歌①

〔唐〕张　籍

老农家贫在山住②，耕种山田三四亩。

苗疏税多不得食，输入官仓化为土。

岁暮锄犁傍空室③，呼儿登山收橡实④。

西江贾客珠百斛⑤，船中养犬长食肉。

〔注释〕

①野老歌：一作"山农词"。②农：一作"翁"。③傍：一作"倚"。④橡实：橡树的果实，荒年可充饥。⑤西江：今江西省九江市一带，商业繁盛之地。斛：量器，是容量单位。

〔赏读提示〕

这首诗共八句，韵脚频换。前四句开门见山，写山农劳苦被官方盘剥没东西吃。"老农家贫在山住，耕种山田三四亩"，"山"字重复出现，强调贫苦的自然原因。山地贫瘠，广种薄收，"三四亩"收成不会很多。深山为农，或许有逃租之意，但安史之乱后，财政困难，"纵使深山更深处，也应无计避征徭"。

"苗疏税多不得食，输入官仓化为土"中"苗疏"一词，意味着这个山农收成不好，然而"税多"，于是必然导致劳动者"不得食"的结果。"化为土"三字揭示出一种令人悲愤的社会现实：一方面是老农终年做牛马，使土地长出粮食；一方面是官家不劳而获，且轻易把粮食"化为土"，这就构成了鲜明的对比。这不但表现出老农被剥夺的痛苦无奈，而且表现出他眼见心血被践踏的痛心绝望。这几句，虽然只道事实，语极平易，然而读来至为沉痛，字字饱含血泪。因而朗读的时候注意读出老农的痛苦无奈乃至绝望之情。前两句压的是仄声韵，诵读语速宜缓，语气宜沉；后两句对比意味较浓，悲悯之情，愤怒之情，诵读时应注意体会，读出变化。

五、六句写到了年末，老农面对空室，呼儿上山捡拾橡果求生存的事，诗人仍是直陈其事："岁暮锄犁傍空室，呼儿登山收橡实。"可是，这是多么发人深思的事实：辛苦一年到头，赢得的是"空室"——一无所有，真叫人"何以卒岁"！冬来农闲，锄犁空室，怎不让人悲伤？农人无计可施，于是"呼儿登山"，上山采野果。鲁迅先生说，悲剧将人生有价值的东西毁灭给人看。农夫如此老实本分，在遭受不公平的掠夺之后，竟不见一言半语的怨气，怎不叫人心酸？老农携儿"收橡实"实出无奈，然而不见怨怼之气，诵读这一句的时候，应注意读出这一点，语速宜缓，语调宜沉、宜平，有别于上一句。

老农之事，叙犹未已，结尾两句牵入一"西江贾客"。"西江贾客"当指做珠宝生意的商人，故诗中言"珠百斛"。其地其人与山农野老似全不相干，这种跳跃性恰恰有力表现了诗人由同情愤怒而迁怒的情感变化。一边是老小登山攀摘野果，极度贫困；一边是"船中养犬长食肉"，极度奢靡，是可忍孰不可忍？朗读中要注意读出诗人的愤怒之情，语气宜愤宜沉。读出诗人对人不如狗这种两极分化的不合理社会现象的愤怒之情是关键。

全诗重于叙事，像一个没有说完的故事，与"卒章显其志"的做法不同，但读来发人深思。诗人的思想倾向十分鲜明，感情丰富而真挚，对现实的批判极其深刻。诗中两次对比，前者较隐，后者较显，我们在诵读中要注意读出这种变化。

（乔化永）

卖炭翁①

［唐］白居易

卖炭翁，伐薪烧炭南山中②。
满面尘灰烟火色，两鬓苍苍十指黑。
卖炭得钱何所营？身上衣裳口中食。
可怜身上衣正单，心忧炭贱愿天寒。
夜来城外一尺雪，晓驾炭车辗冰辙③。
牛困人饥日已高，市南门外泥中歇④。
翩翩两骑来是谁⑤？黄衣使者白衫儿⑥。
手把文书口称敕⑦，回车叱牛牵向北⑧。
一车炭，千余斤，宫使驱将惜不得⑨。
半匹红绡一丈绫⑩，系向牛头充炭直⑪。

〔注释〕

①此篇是组诗《新乐府》中的第 32 首，作者自注为："苦宫市也。"②薪：柴。南山：城南之山。③辗（niǎn）：同"碾"，压。辙：车轮滚过地面碾出的痕迹。④市：长安有商业集中的地区，称"市"，市周围有墙有门。⑤骑（jì）：骑马的人。⑥黄衣使者：指皇宫内的太监。白衫儿：指太监手下的爪牙。⑦把：拿。敕（chì）：皇帝的命令或诏书。⑧牵向北：指牵向宫中。⑨将：语气助词。⑩半匹

红绡(xiāo)一丈绫：唐代商务交易，绢帛等丝织品可以代货币使用。当时钱贵绢贱，半匹绡和一丈绫，比一车炭的价值相差很远。⑪系(jì)：绑扎。这里是"挂"的意思。直：通"值"，指价格。

〔赏读提示〕

　　封建统治阶级为了一己私欲，对百姓不择手段，巧取豪夺。中唐以后，朝廷里经常由宦官负责，派人到市场上去"采购"物品。他们一看到中意的东西，就象征性地付给很低的价钱，或任意公然地掠夺而去。白居易在长安时目睹这类行径，十分愤慨。

　　在这首叙事诗中，作者以朴实的叙述、描写，成功塑造了卖炭老人的艰辛形象。"满面尘灰烟火色，两鬓苍苍十指黑。"不加修饰的肖像描写，使人眼前立刻呈现出他辛酸劳作的画面：长期烟熏火烤使"满面"变成了"烟火色"，终日与木炭打交道使十指乌黑，而"两鬓苍苍"又尽现卖炭翁的凄楚和衰老。其中的"满"、"两"、"十"等可重读，读出对老人可怜境遇的同情。这样辛劳只不过为了"身上衣裳口中食"，能勉强度日而已。这两句展现了几乎濒于生活绝境的老翁所能有的唯一希望，这是全诗的诗眼。这就为后面写官使掠夺木炭的罪行做了有力的铺垫。

　　"可怜身上衣正单，心忧炭贱愿天寒。"这是脍炙人口的名句。卖炭翁衣着单薄，理应希望天气暖和，但又怕天气暖，炭卖不掉，衣食无所依靠，所以反而又希望天气寒冷，让炭卖个好价钱。这种复杂矛盾的心理，集中反映了他十分悲惨的生活境遇。同时，这样写使下文"一车炭，千余斤，宫使驱将惜不得"显得更有表现力，更能激起读者对颐指气使的"黄衣使者白衫儿"的痛恨。

　　铺垫至此，故事才真正开始。诗人连用了五个动词，"手把文书"的"把"，"口称敕"的"称"，"回车"的"回"，"叱牛"的"叱"，"牵向北"的"牵"，这一连串的动作，使年迈力衰的卖炭翁根本没有选择的余地，宫使凶残掠夺的可憎面目也暴露无遗。同时，在对比之下，卖炭老人的悲苦形象也更加突出了。这些词可以重读。

　　这首诗语言简练传神。"系向牛头充炭直"中的"系"和"充"也很能体现这一点。卖炭翁自然拒绝接受"绡"和"绫"的"代价"，但是蛮横的宫使硬把它"系向牛头"，巧取豪夺。

　　多处运用反衬。"衣正单"却"愿天寒"，"牛困人饥"和"翩翩两骑"，"一车炭，千余斤"和"半匹红绡一丈绫"，矛盾中反衬出劳动者生活的艰辛，反衬出"宫市"掠夺的残酷。再从全诗来看,前面极力表现卖炭老人的希望,正是为了反衬后面希望落空的悲愤。

全诗体现了白居易《新乐府》的创作特点:形象鲜明,主题突出,语言通俗而生动,叙事简洁而完整。这首诗没有像《新乐府》中有些篇目那样直接表明自己的爱憎感情,而是穷尽笔力直接展现真实场景,留给作者丰富的想象余地,因而更含蓄,更有力,更引人深思。

（徐连松）

琵琶行①（并序）

[唐] 白居易

元和十年,予左迁九江郡司马②。明年秋③,送客湓浦口,闻舟中夜弹琵琶者,听其音,铮铮然有京都声④。问其人,本长安倡女⑤,尝学琵琶于穆、曹二善才⑥,年长色衰,委身为贾人妇⑦。遂命酒⑧,使快弹数曲⑨。曲罢悯然⑩,自叙少小时欢乐事,今漂沦憔悴⑪,转徙于江湖间。予出官二年⑫,恬然自安⑬,感斯人言,是夕始觉有迁谪意⑭。因为长句⑮,歌以赠之⑯,凡六百一十六言⑰,命曰《琵琶行》⑱。

浔阳江头夜送客⑲,枫叶荻花秋瑟瑟⑳。
主人下马客在船㉑,举酒欲饮无管弦。
醉不成欢惨将别,别时茫茫江浸月。
忽闻水上琵琶声,主人忘归客不发。
寻声暗问弹者谁? 琵琶声停欲语迟。
移船相近邀相见,添酒回灯重开宴㉒。
千呼万唤始出来,犹抱琵琶半遮面。
转轴拨弦三两声㉓,未成曲调先有情。
弦弦掩抑声声思㉔,似诉生平不得志。
低眉信手续续弹㉕,说尽心中无限事。
轻拢慢捻抹复挑㉖,初为《霓裳》后《六幺》㉗。
大弦嘈嘈如急雨㉘,小弦切切如私语㉙。

嘈嘈切切错杂弹，大珠小珠落玉盘。
间关莺语花底滑㉚，幽咽泉流冰下难㉛。
冰泉冷涩弦凝绝㉜，凝绝不通声暂歇。
别有幽愁暗恨生，此时无声胜有声。
银瓶乍破水浆迸㉝，铁骑突出刀枪鸣。
曲终收拨当心画㉞，四弦一声如裂帛。
东船西舫悄无言㉟，唯见江心秋月白。
沉吟放拨插弦中，整顿衣裳起敛容㊱。
自言本是京城女，家在虾蟆陵下住㊲。
十三学得琵琶成，名属教坊第一部㊳。
曲罢曾教善才服，妆成每被秋娘妒㊴。
五陵年少争缠头㊵，一曲红绡不知数㊶。
钿头银篦击节碎㊷，血色罗裙翻酒污。
今年欢笑复明年，秋月春风等闲度。
弟走从军阿姨死，暮去朝来颜色故㊸。
门前冷落车马稀，老大嫁作商人妇。
商人重利轻别离，前月浮梁买茶去㊹。
去来江口守空船㊺，绕船月明江水寒。
夜深忽梦少年事，梦啼妆泪红阑干㊻。
我闻琵琶已叹息，又闻此语重唧唧㊼。
同是天涯沦落人，相逢何必曾相识！
我从去年辞帝京，谪居卧病浔阳城。
浔阳地僻无音乐，终岁不闻丝竹声。
住近湓江地低湿，黄芦苦竹绕宅生。
其间旦暮闻何物？杜鹃啼血猿哀鸣。
春江花朝秋月夜，往往取酒还独倾。
岂无山歌与村笛？呕哑嘲哳难为听㊽。
今夜闻君琵琶语㊾，如听仙乐耳暂明㊿。
莫辞更坐弹一曲，为君翻作琵琶行。
感我此言良久立，却坐促弦弦转急㊿。

凄凄不似向前声㉜，满座重闻皆掩泣㉝。
座中泣下谁最多？江州司马青衫湿㉞。

〔注释〕

①《琵琶行》原作《琵琶引》。行，又叫"歌行"，源于汉魏乐府，是其名曲之一。篇幅较长，句式灵活，平仄不拘，用韵富于变化，可多次换韵。歌、行、引（还有曲、吟、谣等）本是古代歌曲的三种形式，后来成为古代诗歌中的一种体裁。②左迁：贬官，降职。③明年：第二年，指下一年。④铮铮：形容金属、玉器等相击声。京都声：指唐代京城流行的乐曲声调。⑤倡女：歌女。倡，古时歌舞艺人。⑥善才：指能手。当时对琵琶师或曲师的通称。⑦委身：托身，这里指嫁的意思。为：做。贾人：商人。⑧命酒：叫（手下人）摆酒。⑨快：畅快。⑩悯然：忧郁的样子。⑪漂沦：漂泊沦落。⑫出官：（京官）外调。⑬恬然：淡泊宁静的样子。⑭迁谪：贬官降职或流放。⑮为：创作。长句：指七言诗。⑯歌：作歌。⑰凡：总共。言：字。⑱命：命名，题名。⑲浔阳江：据考究，为流经浔阳城中的溢水，即今江西省九江市中的龙开河（1997年被人工填埋），经溢浦口注入长江。⑳瑟瑟：形容枫树、芦荻被秋风吹动的声音。㉑主人：诗人自指。㉒回灯：重新拨亮灯光。回，再。㉓转轴拨弦：转动琵琶上缠绕丝弦的轴，以调音定调。㉔掩抑：掩蔽，遏抑。思：悲，伤。㉕信手：随手。续续弹：连续弹奏。㉖拢：左手手指按弦向里（琵琶的中部）推。捻：揉弦的动作。抹：向左拨弦，也称为"弹"。挑：反手回拨的动作。㉗《霓裳》：即《霓裳羽衣曲》，本为西域乐舞，唐开元年间西凉节度使杨敬述依曲创声后流入中原。《六幺》：大曲名，又叫《乐世》、《绿腰》、《录要》，为歌舞曲。㉘大弦：指最粗的弦。嘈嘈：声音沉重抑扬。㉙小弦：指最细的弦。切切：细促轻幽，急切细碎。㉚间关：鸟鸣声。滑：形容莺声婉转流利。㉛幽咽：遏塞不畅状。冰下难：泉流冰下阻塞难通，形容乐声由流畅变为冷涩。㉜凝绝：凝滞。㉝迸：溅射。㉞曲终：乐曲结束。拨：弹奏弦乐时所用的拨工具。当心画：用拨子在琵琶的中部划过四弦，是一曲结束时经常用到的右手手法。㉟舫：船。㊱敛容：收敛（深思时悲愤深怨的）面部表情。㊲虾（há）蟆陵：在长安城东南，曲江附近，是当时有名的游乐地区。㊳教坊：唐代官办管领音乐杂技、教练歌舞的机关。㊴秋娘：唐时歌舞伎常用的名字。㊵五陵：在长安城外，汉代五个皇帝的陵墓。缠头：用锦帛之类的财物送给歌伎舞女。㊶绡：精细轻美的丝织品。㊷钿（diàn）头银篦（bì）：此指镶嵌着花钿的篦形发饰。击

节：打拍子。㊸颜色故：容貌衰老。㊹浮梁：古县名，唐属饶州。在今江西省景德镇市，盛产茶叶。㊺去来：走了以后。㊻梦啼妆泪：梦中啼哭，匀过脂粉的脸上带着泪痕。阑干：纵横散乱的样子。㊼重：重新，重又之意。唧唧：叹声。㊽呕哑嘲（zhāo）哳（zhā）：形容声音噪杂。㊾琵琶语：琵琶声，琵琶所弹奏的乐曲。㊿暂：突然。(51)却坐：退回到原处。促弦：把弦拧得更紧。(52)向前声：刚才奏过的曲调。(53)掩泣：掩面哭泣。(54)青衫：青黑色单衣，唐朝八品、九品文官的服色。白居易当时的官阶是将侍郎，从九品，所以服青衫。后人常用"司马青衫"形容悲伤凄切。

〔**赏读提示**〕

　　这首诗作于唐元和十一年（816）深秋，白居易时年45岁，在江州任司马。司马是刺史的佐官，掌管军事，但白居易此时是有虚职而无实权。

　　诗的序言不仅交代了时间、背景和写作原因，并与诗中的相关内容相照应，巧妙地点明了全诗的主旨，为我们准确把握全诗的思想内容起到了提示作用。"恬然自安"者，是话中有话，实际是说遭受贬谪的苦闷始终萦绕心头，一直无法自安，而"迁谪意"当然也不是"是夕"才感受到的。这两句反话，既是委婉地表达自己的抑郁愤慨之情，也是强调这次与琵琶女偶然相遇的事件给他的感受之深，是扣住"同是天涯沦落人"来说的。正如《唐宋诗醇》所说："满腔迁谪之感，借商妇以发之，有同病相怜之意焉。比兴相纬，寄托遥深，其意微以显，其情哀以思，其辞丽以则。"明写琵琶女，暗写白居易。

　　这首长诗结构严谨，层次分明，可分为四部分。

　　从开头到"犹抱琵琶半遮面"为第一部分，通过对秋夜浔阳江头景色与送客场面的描写，烘托出凄凉冷落的氛围。

　　这一部分是全诗的引子，交代了故事发生的时间、地点、人物，引出了琵琶声。头两句写江头送客，正当秋夜，枫叶如丹，荻花飘白，风声瑟瑟，这就烘托了一种惆怅惜别的悲凉气氛。中间四句写船中饯别，"举酒欲饮无管弦"为琵琶女的出场埋下伏笔，并和后文"浔阳地僻无音乐"照应。在无管弦的寂寞中饮酒，自然"醉不成欢"。酒喝得虽多，却不成欢，言外之意是心情郁闷，一个"惨"字不但渲染出气氛的特点，而且含蓄地吐露了诗人的悲抑心情。而船外则是江面茫茫、月影沉璧，诗人的离情别绪，犹如荒江冷月。这些景物描写不仅带有浓厚的感情色彩，而且也为琵琶女的出场营造了环境气氛。

　　此后两句用"忽闻"造成语气的强烈转折，"忽闻水上琵琶声，主人忘归客不发"，未见其人先闻其琵琶声，用水上传来的琵琶声打破了寂寞、郁闷和凄清。用"主人忘归客不发"突出琵琶声的艺术魅力，感情由悲抑转为惊喜。第一次描写琵琶曲为侧面描写。

"千呼万唤始出来，犹抱琵琶半遮面"，一个红极一时的歌女年长色衰之后，嫁作商人妇，又遭到重利薄情商人的抛弃，面对这世态的炎凉，她有满腹的哀怨和苦衷。她弹奏琵琶不是招徕顾客，而是借琵琶抒发自己哀怨的心曲。这一系列不同寻常的举止情状，表现了她不愿随便重新抛头露面的心理，暗示出她有着不同寻常的生活经历和艺术才能。

第二部分从"转轴拨弦三两声"到"唯见江心秋月白"，正面描述琵琶女的高超技艺和感人至深的音乐效果，并为她自叙身世作了有力的铺垫。这一部分有三个层次：第一层是序奏，饱含深情，低缓哀婉；第二层是弹奏的第一个高潮；第三层是转折，琴音由疾速强劲转入舒缓。

这是诗中第二次描写琵琶曲，这一段描写历来被人们所称道，堪称音乐描写文学史上的绝唱。其成功的原因在于：一是运用比喻、摹声描写音乐。二是"别有幽愁暗恨生，此时无声胜有声"，道出了"无声"与"有声"之间的辩证关系，道出了音乐上停顿的奇特功效。三是"东船西舫悄无言，唯见江心秋月白"，侧面描写，用悄寂无声的环境来衬托演奏的效果。乐声已停，然而余音绕梁，经久不息，人们还久久沉醉在音乐创造的氛围中，从侧面烘托出琵琶女技艺的高超绝妙。

第三部分从"沉吟放拨插弦中"到"梦啼妆泪红阑干"，介绍琵琶女由少年欢乐到老年伤悲的不同寻常的经历。这一部分采用了对比的手法：少年得意——老年失意；年轻貌美——年长色衰；门庭若市——独守空船；昔日欢笑——今日心酸。

第四部分从"我闻琵琶已叹息"到结尾，把琵琶女和诗人自身的命运联系起来，抒发了诗人政治失意的抑郁之情。

"同是天涯沦落人，相逢何必曾相识！"作者与琵琶女有许多相似之处——都是从京都长安来到遥远偏僻的江州；都是出类拔萃的人才：一个因年长色衰而嫁商人，一个因直言敢谏而遭贬谪；都同样怀着满腹的"幽愁暗恨"，过着冷落凄凉的寂寞生活。这两句千古传诵的名句揭示出了一种带有普遍意义的典型情绪，所以能够在历史的长河中激起广泛的同情，成为后世饱经忧患的人邂逅时的共同心声。

第三次写到琵琶曲:"感我此言良久立,却坐促弦弦转急。"诗人的一片盛情与悲怀深深打动了琵琶女,她既同情诗人的不幸遭遇,又感激诗人的知遇之恩,这复杂的情感共鸣化作了不似前声的凄凄之音,致使"满座重闻皆掩泣"。尽管"凄凄不似向前声",但诗人并没有展开笔墨描绘这"凄凄"之声,而是以一句高度的概括写出了重弹的特点,语言精练,笔墨经济得当。写重弹的效果,也一变前面借景抒情的笔法,改为直接写听者的反响,"满座重闻皆掩泣",使悲剧气氛更为浓烈,简约含蓄的表达给读者留下了更广阔的想象余地。"座中泣下谁最多? 江州司马青衫湿。"最后两句以设问收束全诗,从侧面表现自己重闻琵琶之后的强烈感受,哀怨之情令人潸然泪下。这两句紧扣了"同是天涯沦落人,相逢何必曾相识"的主题句,使全诗的主题表达在感情的层次上得到了升华。诵读时可以抓住感情线索,形成一个个小高潮。

(徐承平)

新制绫袄成,感而有咏

[唐]白居易

水波文袄造新成①,绫软绵匀温复轻。
晨兴好拥向阳坐,晚出宜披踏雪行。
鹤氅毳疏无实事②,木棉花冷得虚名。
宴安往往叹侵夜,卧稳昏昏睡到明。
百姓多寒无可救,一身独暖亦何情!
心中为念农桑苦③,耳里如闻饥冻声。
争得大裘长万丈,与君都盖洛阳城!

〔注释〕

①水波文:水波纹。②鹤氅(chǎng):一种以鸟毛为原料的毛织物,大概样子像道袍,而不缝袖,所以披在身上像一只鹤。毳(cuì)疏:鸟兽的细毛。③农桑:农业,农事。

〔赏读提示〕

这首诗是白居易于唐太和五年至六年(831—832)冬任河南尹时所作。白居易在此诗中由己及人,推想老百姓的疾苦,表达了对百姓的同情。

　　诗的前半部分是从不同的角度描写绫袄的温暖、轻盈。读起来语气应轻缓、平和些。"水波文袄造新成，绫软绵匀温复轻"是介绍新袄的用料、式样。绫是一种提花软缎，制成棉袄，自然地呈现出水波状的衣纹，这是外表；至于袄内则是丝绵絮成，故暖而且轻。可见，这是一种极高档的过冬御寒之物。"晨兴好拥向阳坐，晚出宜披踏雪行"，在"好拥"、"晚出"后停顿，读出那种惬意之感。此句说明这件绫袄的用途。"兴"是指早晨睡醒起床，"好"与下文"宜"互文见意，都是适宜于做某事的意思。冬天的早晨天气寒冷，能够晒会儿太阳自是舒适可人；而晚上出门访友，穿着暖而轻的棉袄，踏雪赏月更不失为雅事。

　　"鹤氅毳疏无实事，木棉花冷得虚名"，是从侧面表现绫袄的优点。此句读来有种由衷的赞叹之情，诗人用对比的手法突出这件棉袄的不凡、舒适。作为古代官僚贵族时髦的披戴鹤氅，以及作为珍稀品的木棉，它们徒有虚名，不如我的新袄实用舒适，穿着这样高级舒适的衣服，安然睡到天明也就不奇怪了。

　　然而，诗人忽然笔锋一转，"百姓多寒无可救，一身独暖亦何情"作了鲜明的回答。这一句可以读得深沉一些，充满了忧虑之情。由己及人，想到大多数平民百姓都处在饥寒交迫之中，无法得到救济，他独独一个人温暖，心中滋味并不好受。这并不是矫情，只有想着百姓的艰难，才会穿一件普通棉衣就想到百姓冻馁，这是诗人日夜为贫寒百姓思虑所致。"心中为念农桑苦，耳里如闻饥冻声"，真挚地表达了诗人为百姓着想的可贵精神。"争得大裘长万丈，与君都盖洛阳城"，则体现了诗人的人道主义思想，自己温饱不忘受苦的寒民。

　　从整首诗歌朗诵来看，全诗用了很大篇幅表现轻松愉快之感，这与下文百姓的冻馁形成强烈的反差，前者愈舒适、愈平和，愈显出后者的艰辛和感情的深沉。

（李娟）

后宫词

［唐］白居易

泪湿罗巾梦不成①，夜深前殿按歌声。
红颜未老恩先断②，斜倚熏笼坐到明③。

〔注释〕

①泪湿:犹湿透。②恩:指皇帝对她的恩爱。③熏笼:熏香炉子上罩的竹笼。

〔赏读提示〕

这首诗是白居易借宫人之口而作的怨词。曾经有人批评此诗过于浅白,无深意可寻,这实在是误读。白居易的诗歌特色就是平白如话,老妪能懂,以真情动人心魄,以深意耐人寻味,何来浅白一说呢?

诗歌首句是一个深夜未眠的失意人形象,微凉之夜,寂静无声,这个不幸的宫人辗转反侧,难以入眠,想必她在现实中有诸多苦闷难以排解,所以想借助梦境来一遣情怀。可是愈想得就愈不可得,费尽周折却始终不得美梦,她禁不住泪水涟涟,打湿了罗巾。吟诵"泪湿罗巾梦不成"这句时,应有几分凄苦、几分寥落之意。

可就在她独自咀嚼孤独滋味时,前殿又传来阵阵笙歌,原来自己心心念念的君王此时正在寻欢作乐,尽情享受。她这里是"我自垂泪到天明",君王那里是"芙蓉帐暖度春宵",两相对比怎不叫她心生怨怒?读到"夜深前殿按歌声"这句时,定要有恼怒、失望相互掺杂的复杂感情。

听着前殿的音乐笙歌,脑海中浮现的是自己往昔的快乐时光。她曾经就如一朵刚刚绽放的玫瑰,吐出迷人的芬芳,显出动人的光泽。君王也曾经在此驻足流连,深深迷恋,所以她也拥有过"春风拂槛露华浓"的甜蜜时光,只是所有的恩宠缠绵敌不过君王那颗善变的心。后宫佳丽何其多也,就算她现在红颜未老、青春依旧,君王总有生厌的一刻,而那一刻就是恩宠断绝之时。后宫里每天都上演着你方唱罢我登场的大戏,谁都无法永远成为这个舞台的主角,每个女子的命运都操控在君王手里。这第三句读起来更是有肝肠寸断之悲楚,令人心生同情。

夜更深了,愁肠百结的她还带着最后一丝希冀斜倚熏笼,幻想着君王或许会在歌舞之后记起她来,记起她与众不同的舞姿,记起她纯真无邪的笑颜,记起只属于他们的时光……可是更漏声点点滴滴,直到天明,也无人来理会她,这才让她"如梦初醒"! 现实就是如此冰凉残酷,它连你做梦的权利都统统剥夺,只留给你"凄凄惨惨戚戚"的灰暗现实。最后一句要读出悲凉之感、凄切之感。

整首诗语言平白,一气呵成,但绝不平淡,写尽失意人在现实与幻想中的挣扎和痛苦。读毕全诗,读者都不禁要掬一把同情之泪,为之深深叹息。

(崔晨香)

悯 农^①（其一）

［唐］李 绅

春种一粒粟^②,秋收万颗子^③。
四海无闲田^④,农夫犹饿死^⑤。

〔注释〕

①悯(mǐn):怜悯。②粟(sù):泛指谷类。③子:指粮食颗粒。④四海:指全国。闲田:没有耕种的田。⑤犹:仍然。

〔赏读提示〕

这是一首揭露社会不平、同情农民疾苦的诗,着重写旧社会农民所受的残酷剥削。

第一、二两句写"春种"、"秋收"两组画面:万物复苏的春天,农民们在辛苦劳作,满怀希望地播下一粒粒谷种;金秋十月中,他们又挥汗收割,喜获丰收。诗人以"一粒粟"变成"万颗子"的喜人景象,突出表现了农民的巨大丰收。由春播到秋收,唤起了读者丰富的联想,使读者体会到农民长年累月劳动的艰辛。诵读时,节奏舒缓,重读"一粒"和"万颗",通过对比,表现农民喜获丰收之情。

"四海无闲田"一句,由点到面,由近到远,放眼望去,到处都是一派丰收的景象。"四海"写出耕种范围之广,"无闲田"说明土地利用率极高。不难想象,"一粒"获"万颗"、"四海无闲田",喜人的丰收背后说明了农民们在大规模的耕作中付出的劳动也是惊人的。

"农夫犹饿死"一句,意思是说那些辛劳一年的农民们最终还是要饿死。这一出人意料的结句,使读者思绪万千,发人深思。到底是谁剥夺了劳动成果,让喜获丰收的农民饿死呢? 在当时的社会里,丰收只能给剥削者带来更多的享受,并不能丝毫改变劳动者悲惨的命运。最后一句含蓄委婉地揭示出当时剥削者与被剥削者之间尖锐的社会矛盾,表现了诗人对统治阶级横征暴敛、不顾农民死活的无比憎恨,也寄寓了诗人强烈的愤慨和真挚的同情。诵读最后一句

时,情感、语调要和前三句形成对比,读出悲愤之情。　　　　　(刘荣)

悯　农(其二)

[唐]李　绅

锄禾日当午①,汗滴禾下土。
谁知盘中餐,粒粒皆辛苦。

〔注释〕

①锄禾:用锄头松禾苗周围的土。日当午:太阳当头直晒的时候,指中午。

〔赏读提示〕

这首诗描写了农民劳动的艰辛,说明了劳动果实来之不易,表现了诗人对广大农民的深切同情。

第一、二句"锄禾日当午,汗滴禾下土",用非常简洁的十个字,给读者描绘了这样一幅图画:夏日炎炎,烈日当空,农夫在埋头锄草,辛勤劳作,汗水湿透了衣衫,他那黄豆般大的汗珠,一滴一滴地洒落在脚下长着禾苗的土地里……这两句诗选择特定的劳动场景,生动形象地写出劳动的艰辛。诵读过程中,应语速放慢,边读边想象画面,想象农人艰辛劳作的情景,把自己融入诗词的意境之中,和农民们一起承受着那痛苦的煎熬。

第三、四句"谁知盘中餐,粒粒皆辛苦",意思是:有谁知道盘中的饭食,每颗每粒都是农民用辛勤的劳动换来的呢? 有了前两句的具体描写,使得后两句的感叹和告诫就显得真实自然、有说服力。这两句时刻教育人们在享受劳动果实时,要想到农民劳动生产的辛苦,珍惜每一粒粮食。诗人在这一深沉的感慨之中,蕴含了对农民的真挚的同情。诵读时,语速放慢,表现出诗人的悲悯之情。

　　　　　(刘荣)

行 宫

［唐］元 稹

寥落古行宫^①，宫花寂寞红。

白头宫女在，闲坐说玄宗^②。

〔注释〕

①寥落：寂寞冷落。行宫：皇帝在京城之外的宫殿。②玄宗：唐明皇李隆基，这是他的庙号。

〔赏读提示〕

元稹的这首《行宫》是一首抒发盛衰之感的诗作。首句指明地点，是一座空虚冷落的古行宫，"寥落"两字应读得感伤；次句暗示环境和时间，宫中红花盛开，正当春天季节，"寂寞"要读出孤独之感；第三句交代人物，几个白头宫女，与末句联系起来推想，可知是玄宗天宝末年进宫而幸存下来的老宫人；末句描写动作，宫女们正闲坐回忆、谈论天宝遗事。整首诗构筑了一幅完整动人的图画：当年花容月貌，娇姿艳质，辗转落入宫中，寂寞幽怨；此时青春消逝，红颜憔悴，闲坐无聊，只有谈论以往。此情此景，十分凄绝。"闲"字要重读，读出宫女的无聊哀怨之感。

这首诗语言平实但有很强的概括力，也很含蓄，给人以想象的天地，历史沧桑之感尽在不言之中。诗人在艺术上主要运用了两种表现手法：

一是以少总多。四句诗，二十个字，地点、时间、人物、动作，全都表现出来了，构成了一幅非常生动的画面。这个画面触发读者联翩的浮想：宫女们年轻时月貌花容，娇姿艳质，却被禁闭在冷落的古行宫之中，成日寂寞无聊，看着宫花。花开花落，年复一年，青春消逝，红颜憔悴，白发频添，宫女们如此被摧残，往事更是不堪重省。然而，她们被禁闭冷宫，与世隔绝，别无话题，却只能回顾天宝时代玄宗遗事。

二是以乐景写哀情。这首诗所要表现的是凄凉哀怨的心境，但却着意描绘红艳的宫花。红花一般是表现热闹场面、烘托欢乐情绪的，但在这里却起了很重要的反衬作用：盛开的红花和寥落的行宫相映衬，加强了时移世迁的盛衰之感；春天的红花和宫女的白发相映衬，表现了红颜易老的人生感慨；红花美景与凄寂心境相映衬,突出了宫女被禁闭的哀怨情绪。

这首短小精悍的五绝具有深邃的意境,富有隽永的诗味,使我们体味到宫女无穷的哀怨之情,以及诗人深沉的盛衰之感。在朗诵时,应读出身世凄凉、情怀哀怨、盛衰无常之感。

（罗伟）

老夫采玉歌

〔唐〕李　贺

采玉采玉须水碧[①],琢作步摇徒好色[②]。
老夫饥寒龙为愁,蓝溪水气无清白[③]。
夜雨冈头食蓁子[④],杜鹃口血老夫泪[⑤]。
蓝溪之水厌生人,身死千年恨溪水[⑥]。
斜山柏风雨如啸,泉脚挂绳青袅袅[⑦]。
村寒白屋念娇婴[⑧],古台石磴悬肠草[⑨]。

〔注释〕

①水碧:碧玉名,产于水中。②步摇:妇女的首饰。③"老夫"二句:年老的玉工们为饥寒所迫,不断到蓝溪水中翻搅寻玉,搞得溪水没有清白的时候,龙都烦恼了。蓝田县在陕西省长安附近,产玉,世称蓝田玉。《太平寰宇记》:"蓝田山在蓝田县南三十里,一名玉山,一名覆车山,灞水之源出于此。"蓝溪水中出产一种名贵的碧玉,叫蓝田碧。④蓁:同"榛"。榛子可食。⑤"杜鹃"句:写采玉的老汉哭得眼中出血,就像杜鹃啼血一样悲惨。⑥"蓝溪"二句:写溪水与采玉者互相憎厌,溪水夺去人命。⑦"泉脚"句:岩石上道道水流之间,还悬挂着采玉人攀援时用的绳索,在风雨中摇摆不定。⑧白屋:穷人住的简陋的房屋。⑨悬肠草:又名思子蔓、离别草等。这里用作生死离别的象征和见证。

〔赏读提示〕

开篇"采玉"二字重叠,言采玉时间之久、之辛劳。"徒"字表明了诗人对于这种劳民伤财,只是表面修饰工作的态度:叹惜人力的徒劳,批评统治阶级的骄奢淫逸,一语双关,包含作者价值取向。故"徒"字应适当重读,读出叹息之意。

从第三句开始专写一个采玉的老汉。"龙为愁"和"水气无清白"都是衬托

"老夫饥寒"的，龙犹如此，人何以堪！

下面两句就"饥寒"二字作进一步的描写。"夜雨冈头食蓁子"把老夫的悲惨境遇像图画似的展现在读者面前，具有高度的艺术概括力。"杜鹃口血老夫泪"，杜鹃之血即老夫之泪，两者同样悲惨，这里以杜鹃泪衬托老夫泪，悲伤之情溢于言表。这两句语气应放缓，悲苦辛劳细细道来。

七、八句写采玉的民夫经常死在溪水里，好像溪水厌恶生人，必定要致之死地。而那些惨死的民夫，千年后也消不掉对溪水的怨恨。"恨溪水"三字意味深长，正如王琦所说："夫不恨官吏，而恨溪水，微词也。"（《汇解》)这种写法很委婉，对官府的恨含蓄在字里行间。"恨"字要加重，读出人民因生活所迫，死后怨愤亦不得纾解的感情。

接下来诗人描写了惊心的一幕："斜山柏风雨如啸，泉脚挂绳青袅袅。"语速加快，语气加急，读出环境之恶，情况之危急。"村寒白屋念娇婴，古台不磴悬肠草。"就在这生命攸关的一刹那，采玉老汉看到石级上的悬肠草，这种草又叫思子蔓，见思子蔓即生思子之情——他一旦丧命，儿女将如何安置？

《老夫采玉歌》是以现实社会生活为题材的作品，老夫之悲惨，生活之心酸，社会之黑暗，寥寥数笔已悉数勾勒。它深深扎根于现实的土壤，读来充满生活气息。正是这样的文字，才能够历经时间的洗礼依然焕发着蓬勃的生机。

（孙璐）

陇西行①（其二）

［唐］陈 陶

誓扫匈奴不顾身，五千貂锦丧胡尘②。
可怜无定河边骨③，犹是春闺梦里人④。

〔注释〕

①陇西行：古代歌曲名，是乐府旧题，此类乐府诗内容一般写边塞战争。②貂锦：这里指战士。③无定河：在陕西北部，发源于内蒙，流经陕北米脂、绥德等地，此处自古是兵家必争之地，汉唐时北方少数民族军队常从这里入侵。④春闺：这里指战死者的妻子。

〔赏读提示〕

《陇西行》共四首,这是第二首。首句"誓扫匈奴不顾身"写将士忠勇报国,奋不顾身。"誓扫"、"不顾",表现了唐军将士奋勇杀敌的英雄气概和献身精神。该句应读出慷慨雄壮的豪迈之气,视死如归的高亢之势,语速稍快,"不"重读。但结果"五千貂锦"全部丧生"胡尘","貂裘"借指汉代羽林军,他们穿锦衣貂裘,是装备精锐的部队。部队如此精良,战死者达五千之众,足见战斗之激烈和伤亡之惨重,此时语气转为悲壮、低沉,"丧"声调拖长,读出扼腕叹息之意。

接着,诗人笔锋一转,"可怜无定河边骨,犹是春闺梦里人",诗人略去了战后的伏尸百万、流血漂橹的腥风血雨,没有直写战争带来的悲惨景象,也没有渲染家人哀痛欲绝的情绪,而是以特写镜头,把"河边骨"和"春闺梦"组合起来,写闺中妻子不知征人战死,仍然在梦中思恋自己的丈夫,可悲的是丈夫不知何时已身成骨,魂远游。这里没有"孤儿号于道,老母、寡妻饮泣巷"的悲凉,展现的却是妻子满怀着团聚期盼的甜蜜,这才是真正的悲剧。诗人别具匠心,将现实与梦境,累累白骨与健壮后生对比,虚实相对,荣枯迥异,全诗的悲怆意味被推向高潮,从而产生了震撼心灵的悲剧效应,令人潸然泪下。这一惨状反映了征战带给人民的痛苦和灾难,从而表达了诗人的反战情绪。此两联语调深沉,"可怜"重读且语音拖长,要读出诗人的控诉、悲叹之意。　　　　　　　　（王小红）

秋　夕①

〔唐〕杜　牧

银烛秋光冷画屏②,轻罗小扇扑流萤③。
天阶夜色凉如水④,坐看牵牛织女星。

〔注释〕

①秋夕:秋天的夜晚。②银烛:银色而精美的蜡烛。画屏:画有图案的屏风。③轻罗小扇:轻巧的丝质团扇。流萤:飞动的萤火虫。④天阶:皇宫中的石阶。

〔赏读提示〕

读诗歌标题可知,本诗写的是秋天夜晚之事。"夕",意为黄昏,日落时分;

又可泛指晚上。本诗前三句写出了秋天某夜从夜初到夜深的景色。

秋天的晚上,银白色的蜡烛发出微弱的光,映射到屏风上,给屏风上的图画添了几分幽冷的色调。萤火虫飞来飞去,夜色渐渐深了,宫殿里的台阶清凉如冷水。"天阶",指宫殿里的台阶,本诗景色在宫廷之内。萤火虫本该长于草木盛而人迹少的地方,宫内庭院却有萤火虫,其荒凉可想而知。

在这样的秋夜氛围中,诗歌的第二、四两句写宫女的活动。宫女用丝质小扇扑打着飞来飞去的萤火虫,在"冷"的月光里,在"凉"的夜色里,想必庭院里仍然清寂无声,只有扇子扑打时发出的略微风声。所以,宫女是寂寞、无聊的,她扑打流萤似乎想得到一些热闹,驱赶包围着她的寂寞,但是没有用。夜色在渐渐入深,凉意在渐渐加重,该进屋去睡了,可是宫女依旧坐在石阶上,抬头看天河两旁的牵牛星和织女星。民间传说织女是天帝的孙女,爱上了凡间的牛郎,王母娘娘大怒,用银河隔开了他们,只允许他们每年农历七月七日在鹊桥相见。孤独的宫女又能与谁相见呢?君王又怎能轻易得见呢?诗中虽没有一句直接抒情,但失意宫女的孤寂幽怨与秋夜冷冷的气氛相映衬,诵读时应当饱含同情。

(陈莉)

蜂

[唐] 罗 隐

不论平地与山尖^①,无限风光尽被占^②。
采得百花成蜜后,为谁辛苦为谁甜^③?

〔注释〕

①山尖:小山包的顶尖。②尽:都。③为:替。

〔赏读提示〕

罗隐的诗歌语言通俗,常借助自然界之物来予以表现,思维独特,多数具有讽刺意义。

前两句"不论平地与山尖,无限风光尽被占"描写了蜜蜂的辛苦劳作,说无论是平原田野还是崇山峻岭,凡是鲜花盛开的地方,都是蜜蜂的领地。诗人用"平地"、"山尖"写尽蜜蜂活动范围;"无限风光"写遍春光四溢的自然之美,也暗示了蜜蜂辛勤劳作的范围之大。"尽被占"即占其所有,用拟人手法表现蜜蜂。诗人用"不论"把这两句诗连接成一个无条件关系的复句,描写了春来繁花似锦的景象,为蜜蜂的出场营造了一幅美丽的背景画,而且也暗示着蜜蜂不停地辛勤劳作。

后两句"采得百花成蜜后,为谁辛苦为谁甜"以议论为主。蜜蜂采尽百花酿成蜜后,到头来又是在为谁忙碌? 为谁酿造香甜的蜂蜜呢? 其中,"百花"中"百"表示数量多,表明酿蜜的不易,扣住后面的"辛苦"。"成蜜"是劳作结果,也扣住后面的"甜"。从常理来看,蜜蜂如此辛苦,自然要享用这蜜,不料末句出乎意料的一句"为谁辛苦为谁甜"表明了自己的观点。诗人运用了反问的手法,用"为谁"来反复咏叹,反复而不重复。表明了蜜蜂的辛苦劳作却是给予别人以甜蜜生活。

诗的前两句原是正言欲反、欲夺故予的手法,是为后两句造势。诗人借蜜蜂在酿蜜中劳苦一生,积累甚多而享受甚少的这一情况,暗喻对不劳而获的人的痛恨与不满。诵读时如何处理此句是一个有意思的难题,无论怎样抑扬,与整首诗和谐一致即可。抛开阶级观念,"蜂"也成为一种美德的象征,现在人们在读罗隐这诗的时候,自然更多地倾向于赞美蜜蜂这样辛勤劳作、无私奉献的精神。可见,"寓言"的寓意并非一成不变,古老的"寓言"也会与日俱新。

(韩美霞)

咏田家

〔唐〕聂夷中

二月卖新丝,五月粜新谷①。
医得眼前疮②,剜却心头肉③。
我愿君王心,化作光明烛。
不照绮罗筵④,只照逃亡屋。

〔注释〕

①二月卖新丝,五月粜(tiào)新谷:指农民为应急,二月蚕未生即预卖新丝,五月禾未秀即以苗卖谷。粜,意为卖粮食。②眼前疮:比喻眼前急难。疮,

外伤。③剜：用刀挖取。心头肉：即新丝新谷，比喻农家维持生计的根本。④绮罗筵：富贵人家的筵席。绮罗，指身着绮罗的贵人。

〔赏读提示〕

《咏田家》是晚唐诗人聂夷中的代表作，诗人用饱蘸热泪的笔触写出当时高利贷给唐末农民所带来的深重苦难，表达了对广大农民的深厚同情。此诗问世后，深受朝廷重视。据《资治通鉴》记载，后唐宰相冯道向皇帝李嗣源述说农民现状时，在朝堂上高声朗读此诗，震动朝廷。

诗的前四句为第一层，主要描写残酷的高利贷剥削给广大农民所带来的痛彻心扉的苦楚。"二月卖新丝，五月粜新谷"，写出了农民在青黄不接之时被迫借贷的悲惨境地。二月还未着手养蚕，五月稻子尚处青苗期，然而，贫苦的农民迫于生计，为济燃眉之急，竟不得不以未来的新丝、新谷作抵押，借上"驴打滚"的高利贷。"二"和"五"两个数字重读，极言时间之早，这么早就背上阎王债，足以说明农民已到了山穷水尽的地步。"卖"、"粜"状其只出不入，深刻反映了农民的辛酸血泪和无比痛苦。"医得眼前疮，剜却心头肉"两句，运用比喻的手法，形象地揭示出高利贷吮血噬骨的残酷剥削本质。剜却性命攸关的"心头肉"以疗眼前毒疮，是迫不得已，其后果更是不堪想象。旧伤未愈添新伤，穷困伴着死亡行，这就是对当时广大农民濒临绝境的高度概括和生动写照，诗人的忧民悯农之心亦跃然纸上。这四句诵读时应用低沉舒缓的语调，读出深受剥削与压榨的农民的悲痛与绝望之情，同时能体现诗人对他们的深切同情。

诗的后四句为第二层，运用比喻和对比，表达诗人对解决正在激化的社会矛盾的希望和设想，深寄对"君主"的讥刺之意。"我愿君王心，化作光明烛。不照绮罗筵，只照逃亡屋。"应读出一种语重心长、满含希冀之情。诗人把解决矛盾的希望寄托在"君王"身上，希望"君王"之"烛"不只照地主豪绅、权贵达官，也要照一照逃亡的农人，体恤黎庶之疾苦。这样的希冀一方面反映出作者存在一定的时代和阶级的局限性，同时也从另一个侧面含蓄而尖锐地讥刺了"君王"恩泽不均，只顾富室，不恤贫苦。一边是权贵豪门华丽的衣着，丰盛的筵宴；一边却是无衣无食，贫困破产，逃亡在外。这一对比，透视出贫富悬殊的黑暗社会现实的根源之所在。

这首诗历来为人们所传诵，原因在于：它如同一部写实的摄像机，还原了农民生活的原貌，毫不留情地批判了当时唐末社会的黑暗现实，使当朝统治者无可逃遁！

（陈小爱）

浣溪沙①

[南唐] 李　璟

菡萏香销翠叶残②，西风愁起绿波间③。还与韶光共憔悴④，不堪看。

细雨梦回鸡塞远⑤，小楼吹彻玉笙寒⑥。多少泪珠何限恨，倚阑干⑦。

〔注释〕

①浣溪沙：词牌名。这首词又名"摊破浣溪沙"、"添字浣溪沙"、"山花子"、"南唐浣溪沙"。双调四十八字，前阕三平韵，后阕两平韵，一韵到底。前后阕基本相同，只是前阕首句平脚押韵，后阕首句仄脚不押韵。后阕开始两句一般要求对仗。这是把四十二字的"浣溪沙"前后阕末句扩展成两句，所以叫"摊破浣溪沙"。②菡萏：荷花的别称。③西风愁起：西风从绿波之间起来。因花叶凋零，故曰"愁起"。④韶光：美好的时光。⑤梦回：梦醒。鸡塞：即鸡鹿塞，汉时边塞名，故址在今内蒙古。这里泛指边塞。⑥吹彻：意谓吹到最后一曲。彻，大曲中的最后一遍。玉笙寒：玉笙以铜质簧片发声，遇冷则音声不畅，需要加热，叫暖笙。⑦阑干：同"栏杆"。

〔赏读提示〕

李璟是南唐烈祖李昇长子，南唐后主李煜的父亲，为南唐中主。在位十九年，因受北周的威胁，迁都南昌，抑郁而死。他的词，感情真挚，风格清新，语言不事雕琢，对南唐词坛产生过一定的影响。存词五首，其中《南唐二主词》收四首，《草堂诗余》收一首。这首《浣溪沙》通过秋景写出了作者身为一国之君，在国家面临灭亡危险的时候却无能为力的无限哀愁。

词的上阕着重写景。"菡萏香销翠叶残"，池塘里鲜艳芬芳的荷花都凋谢了，翠绿的荷叶也残败了。"菡萏"即"荷花"，也叫"莲花"，称"菡萏"，别有一种庄严珍贵之感。"翠叶"即"荷叶"，而"翠"字又表现了一种情感上的珍美。说"香"，点其"味"；说"翠"，重其"色"。然后于"香"之后，缀以"销"一字，又于"翠"之后缀一"残"字。诗人虽未明写自己的任何感情，而其对如此珍贵芬芳生命的消逝摧伤的哀感，便已经尽在不言中了。"西风愁起绿波间"，秋风裹带着忧愁刮来,在池塘里吹起绿色的波纹,便是写珍美的生命在充满萧瑟悲伤的环境中重现。"西风"二字原已代表了秋季的肃杀凄清,其下又接"愁起绿波间",便造成多种不同的联想和效果:一则就人而言,满眼风波,使人想见其一片动荡凄凉的景象;再则就花而言,"绿波"原为其托身之所在,而今则绿波风起,当然便更有一种惊心的悲感和惶惧,故曰"愁起"。"愁起"者,既是愁随风起,也是风起之堪愁。如果说上句是重在写秋色,那么这一句则重在写秋容。一个"愁"字,把秋风和秋水都拟人化了,于是,外在的景物也霎时同词人的内在感情融为一体了,词作也因之而笼罩了一层浓重的萧瑟气氛。"还与韶光共憔悴,不堪看",这池中的荷花和时节一样都憔悴了,真叫人不忍心再看。"韶光"一般指"春光",引申为青春岁月。这里的"韶光"后紧跟"憔悴",既是美好的景物时节的憔悴,也是美好的人间年华容色的憔悴。在这里,词人以其独特而深刻的感受告诉人们:在这秋色满天的时节,美好的春光连同荷花的清芬、荷叶的秀翠,还有观荷人的情趣一起憔悴了,在浓重的萧瑟气氛中又平添了一种悲凉凄清的气氛。"不堪看"三字,质朴而有力,明白而深沉,有力地抒发了词人无限深重的悲慨。此词上阕从"菡萏香销"的眼前景物叙写下来,层层引发,直写到所有的景物时光与年华同此凋伤憔悴的下场,并以"韶光"、"不堪看"作结,呼应了开端的"菡萏香销"、"西风愁起"的景色。

词的下阕着重抒情。"细雨梦回鸡塞远,小楼吹彻玉笙寒",夜里下起了淅淅沥沥的小雨,梦中回想起国家边塞的战事,是对上阕的呼应。上阕景中虽也有人,但基本上却是以景物之感发为主;下阕则是写已被景物所感发以后的人之情意。全句托梦境诉哀情,寄托着思妇之情。"小楼吹彻玉笙寒",小楼上有人吹奏起哀婉幽怨的玉笙的声音,让人感到透心的寒意和无限的凄凉,寂寞孤清溢于言表。"小楼"之高迥,"玉笙"之珍美,"吹彻"之深情,方能体会到"细雨梦回"、"小楼吹彻"之苦想与深悲。这两句亦远亦近、亦虚亦实、亦声亦情,而且对仗工巧,是千古传唱的名句。这种意境,一直到"多少泪珠何限恨",方将前两句所渲染的悲苦之情以极为质直的叙述一泻而出。"多少泪珠何限恨,倚阑干",倚着栏杆远望,心中有多少愁苦怨恨,又流淌了多少泪珠啊!这是在梦回曲尽时所作的情绪宣泄和排遣。"多少"与"何限"刚好说明了悲愁的饱和点;而"泪珠"冠以"多少"一词,也说明了词人悲情澎湃难抑。语虽平淡,但很能打动人心。前一句,词人把强弩拉满,可谓蓄势千里。可下一句却是引而不发,戛然而止,把文笔一推,不复再作情语,而只以"倚阑干"三字结尾,写物写人更写情,脉脉深长，使得前一句之"泪"与"恨"，也都更有了一种悠远含蕴的余味，语已尽而意无穷。这样的结语，比起直接的倾诉更见深邃，更具力量。朗读时要通过抑扬顿挫体现这些变化。

这首词有些版本题名"秋思"，看来是切合的。李廷机评论过这首词是"字字佳，含秋思极妙"。确实，它布景生思，情景交融，具有很强的艺术感染力。

（徐承平）

江上渔者①

［宋］范仲淹

江上往来人，但爱鲈鱼美②。
君看一叶舟，出没风波里。

〔注释〕

①渔者：捕鱼的人。②但：只。鲈鱼：一种头大口大、体扁鳞细、背青腹白、味道鲜美的鱼。生长快，体大味美。

〔赏读提示〕

这是一首语言朴实、形象生动、对比强烈、耐人寻味的小诗。

小诗如同一幕电影，它由两组平行对比的镜头组成：江边繁荣的码头，客船豪华，岸上行人熙熙攘攘，精致的餐桌上摆着诱人的鲈鱼，客人们一边品尝，一边赞叹着它的鲜美；风雨苍茫的宽阔江面上，狂风卷起波涛，一条小渔船在风浪中沉浮，一位打鱼人挺立船头，不时抛出手中的渔网。

诗人只是为我们展示了两幅动态的画面，但通过这两幅生动的图景，足以使读者体味到其中的深意：那些江边来来往往的有钱人，只知道鲈鱼鲜美可口，又有谁知道打鱼人捕捉鲈鱼的辛苦与危险呢？诵读时前两句要读出对"但爱鲈鱼美"的"往来人"的有力的责问和善意的告诫，后两句要读出对"出没风波里"的打鱼人的深切的同情与真诚的关心，又微含一种赞叹。本诗诗意与唐诗《悯农》中"谁知盘中餐，粒粒皆辛苦"的诗句，十分相似，有异曲同工之妙。

这首诗写作上最大的特点就是运用了形象对比的手法，诗人的思想感情倾向并不是直白地说出来的，而是将吃鱼人与打鱼人、岸上与江中进行形象的对比,从而产生了强烈的形象反差。前两句"往"和"来"两个反义词构成词组,形容人多;而以"往来"之人多与"但爱"之独宠的对比,凸显了鲈鱼之美味超越其他鱼类。在后两句中,有更多层的对比:一"叶"轻舟对比"风波"。轻舟之"小"与风波之"大"对比,"出"与"没"反义词构成的词组又对前面的对比形成递进。前后两句"鲈鱼之美味"与"打鱼之艰辛"的对比,体现出"鲈鱼之珍贵",使人追问这珍贵的鲈鱼是谁捕来的呢?诗题"江上渔者"就是那画龙点睛的一笔。最后一个对比就是诗的文体之小与诗所描述的意境之大:短短20个字,叠加出一层一层的对比,近景的一盘鲈鱼之至鲜至美与远景的惊涛骇浪里小船出没对比,朗读时可以体现这种反差。正是在这种巨大的形象反差中,诗人的意图和倾向性自然地流露了出来,而留在读者记忆中的,也正是那一叶永远"出没风波里"的渔舟,使人强烈感到渔民们身危如寄,命轻如叶。这里饱含着诗人对这些劳动者的关切和同情,表达了诗人以民为念的思想感情。

(邱兼顾)

渔家傲

[宋] 范仲淹

塞下秋来风景异①,衡阳雁去无留意。四面边声连角起②,千嶂里,长烟落日孤城闭③。

浊酒一杯家万里,燕然未勒归无计④。羌管悠悠霜满地,人不寐,将军白发征夫泪。

〔注释〕

①塞下:边界要塞之地,这里指西北边疆。②边声:边塞种种声响。连角起:(边声)随着军中号角声响起来。③孤城闭:边塞上孤零零的一座城,经常关闭城门。当时,宋军较弱,以防守为主,故"孤城闭"。④燕然未勒:指未建军功。《后汉书·窦宪传》:窦宪穷追北单于,登燕然山,刻石记功而还。燕然,即杭爱山,今在蒙古国境内。勒,刻。归无计:归期还不知从何谈起。

〔赏读提示〕

北宋景仁五年(1038),西夏元昊称帝后连年侵宋,宋军连连战败。1040年,范仲淹任陕西经略安抚副使兼知延州(今陕西延安),抗击西夏。这首反映边塞艰苦生活、表现守边将士思乡之情和英雄气概的《渔家傲》，就是在此时写成的。

上阕首句"塞下秋来风景异"，"塞下"点明了区域。当时延州为西北边地，是防止西夏进攻的军事重镇，故称"塞下"。"秋来"点明了季节。"风景异"，一个"异"字，高度概括了延州秋季和内地全然不同的凄异景象。

次句"衡阳雁去无留意"，即"雁去衡阳无留意"。古代传说，雁南飞，到衡阳即止，衡山的回雁峰即因此而得名。"无留意"，就连南归的大雁也无意在边地停留，诗人以此来反衬边地荒凉的程度。诵读中，可突出"异"、"无"两字，尽力体现出边塞的这份"凄异"来。

接着，"四面边声"三句，描绘傍晚时候的战地景象。"边声"，指带有边地特色的众多声响。这种声音随着军中的号角声而起，形成了浓厚的悲凉气氛，为下阕的抒情奠定基调。"千嶂里，长烟落日孤城闭"，上句写延州周围环境，它处在层层山岭的环抱之中；下句引到对西夏的军事斗争。"长烟落日"，颇具王维名句"大漠孤烟直，长河落日圆"的韵味，写出了塞外的壮阔景象。而在"长烟落日"之后，却是令人窒息的"孤城闭"，透露出对边塞军事形势的隐忧。"四面"、"千嶂"的重读，能尽显边塞的开阔；而"孤"与"闭"的突出，则将几多怅惘尽行显现。

下阕"浊酒一杯"二句，尽显诗人愁绪。他防守边塞日久，难免思念家乡亲人。这"一杯"与"万里"数字之间对比悬殊，读起来情感尽出。这两句词意是说，思乡之情再切，而战争还没有取得胜利，归期也便无从谈起。这里应读出无可奈何而又留意坚决的转折之意。

"羌管悠悠霜满地"，深夜里传来凄切的羌笛声，大地上铺满了秋霜，尽给人以凄清、悲凉之感。"人不寐"，表明自己彻夜未眠，与上句夜间所见景象相应和，也自然引出末句的抒怀："将军白发征夫泪。"将军与征夫们思乡不得、报国无门的复杂而又矛盾的情绪久久盘旋。这种情绪主要是通过全词凄异边塞景象的描写和凄切气氛的渲染，苍凉而悲壮地传达出来的。

此词慷慨悲凉，尽显范仲淹报国立功的壮烈情怀。更为可贵的是，范仲淹以其守边的实际经历首创豪放的边塞词，有力地冲击了长期以来柔靡无骨的花间派词风，在豪放词作的发展道路上竖起了一面亮丽的旗帜。　　　　（徐连松）

陶　者

[宋] 梅尧臣

陶尽门前土①,屋上无片瓦。

寸指不沾泥,鳞鳞居大厦②。

[注释]

①陶:挖。②"鳞鳞"句:居住着瓦片如鱼鳞的高楼大厦。

[赏读提示]

梅尧臣此诗写烧窑工人。前两句以陶者"陶尽门前土"与"屋上无片瓦"相对比,付出如彼,所得如此。应该用低沉、悲伤的语调朗读,情感上充满了对弱者的同情。其中"尽"和"无"两个词对比鲜明,重读,延长,用上行语调。后两句以居者"寸指不沾泥"与"鳞鳞居大厦"对比,付出如彼,所得如此,人间之不公尽在其中,对比鲜明令人惊叹。朗读的语调逐渐上扬,一词一顿,产生顿挫感。"寸指/不沾泥,鳞鳞/居大厦。""寸指"、"泥"和"鳞鳞"、"大厦"要重读,突出愤恨、斥责之情。此句又作"十指不沾泥","十"字似不如"寸"字尖新,极写富贵人家的根本不劳动;而以"鳞鳞"形容大厦,形象也非常鲜明,饱含对不劳而获者的愤恨和斥责。《陶者》一诗正以这种环环相扣的对比,道出了人世间的不公平,表达了对弱者的同情。

聚焦日常生活的细节,在生活场景中开拓,取材平而用意深远,语句平而情感厚重,寓奇峭于朴素,正是梅诗的创造与追求,也是宋诗的审美取向。

(陈京晶)

蚕　妇①

[宋] 张　俞

昨日入城市②,归来泪满巾③。

遍身罗绮者④,不是养蚕人。

〔注释〕

①蚕妇：养蚕的妇女。蚕，一种昆虫，通常专指桑蚕，幼虫吐的丝是重要的纺织原料。②市：交易物品的场所，市场。③巾：古代擦拭用的布，相当于今天的手巾。④遍：全。罗绮：丝织品的统称。诗中指丝绸做的衣服。罗，稀疏而轻软的丝织品。绮，有花纹的丝织品。

〔赏读提示〕

诗人张俞走近苦难的劳动人民，选择了一位蚕妇作为诗歌的主角，由她自己向我们娓娓讲述：昨天，我进城到集市上去了一趟，卖丝回来后，泪水湿透了手巾。你一定要问我为何如此伤心？唉，我看到了那些浑身绫罗绸缎的人，竟没有一个是养蚕的人。

张俞的诗歌作品并不是很多，一首《蚕妇》，成为反映人民生活苦难的传世名篇，使他在中国古典诗歌的大舞台上占据了一席之地。诗歌通过蚕妇的所见所感，真切地揭示了当时令人触目惊心的社会现实："剥削者不劳而获，劳动者无衣无食"，表现了诗人对劳动人民的同情，对统治阶级的剥削压迫的强烈不满。朗读时应充分体现这种情感。

诗歌客观叙述，不着评论，也没有什么高深的联想，但是从字里行间，我们可以轻易地感受到诗歌的实际寓意，体会到诗人的思想感情——对蚕妇命运的同情，对社会不公的愤慨，发人深思。

（张华）

明妃曲①（其一）

[宋] 王安石

明妃初出汉宫时，泪湿春风鬓脚垂②。
低徊顾影无颜色③，尚得君王不自持④。
归来却怪丹青手⑤，入眼平生几曾有？
意态由来画不成，当时枉杀毛延寿。
一去心知更不归，可怜着尽汉宫衣⑥；
寄声欲问塞南事⑦，只有年年鸿雁飞。
家人万里传消息，好在毡城莫相忆⑧；
君不见咫尺长门闭阿娇⑨，人生失意无南北！

〔注释〕

①明妃：即王昭君。②春风：比喻面容之美。杜甫《咏怀古迹》五首中咏昭君一首有"画图省识春风面"之句。这里的"春风"即"春风面"的省称。③低徊：徘徊不前。④不自持：不能控制自己的感情。⑤丹青手：指画师毛延寿。⑥着尽汉宫衣：指昭君仍全身穿着汉服。⑦塞南：指汉王朝。⑧毡城：指匈奴所居之地。游牧民族以毡为帐篷（蒙古包）。⑨长门：汉别宫名。阿娇：汉武帝的表妹。武帝小时候很喜欢她，曾说：若得到阿娇，就要筑一金屋将她藏起。后来阿娇虽然做了皇后，却因年久失宠，退居长门宫。

〔赏读提示〕

这是一首七言古诗，起首四句，写明妃离宫时的形象。"明妃初出汉宫时，泪湿春风鬓脚垂。低徊顾影无颜色，尚得君王不自持。"剪取明妃失意离宫的关键情节，昭君出来，泪湿鬓脚，自顾"无颜色"，但元帝见了，竟不能自持。原来昭君美不在容貌，而在精神，即"意态"。而画师又是个画肉不画骨的，所以"意态由来画不成，当时枉杀毛延寿"。"泪湿春风"最好读出许多身锁后宫的辛酸；"不自持"要读出元帝的激动不已。这是用反衬的方法写明妃的美丽。

"归来却怪"四句，写汉元帝问罪画师和作者对此的评论。"归来却怪丹青手，入眼平生几曾有？"这是侧面的写法，从元帝平生所见反衬明妃的美。"意态由来画不成，当时枉杀毛延寿。"这是作者的议论，他强调风采是难以通过绘画来表现的。"却怪"句要读出对汉元帝按图召幸的好色与愚笨的讥讽，读出对王昭君的精神风采之美的强调。表现了作者对明妃失意的同情和对元帝昏庸的讽刺。

"一去心知更不归，可怜着尽汉宫衣；寄声欲问塞南事，只有年年鸿雁飞。"写明妃思汉情绪。"可怜"可以读出思乡而不得归的无奈，"只有"还应读出托鸿雁传递沉沉乡愁的期盼。昭君远嫁匈奴，仍然热爱家乡，宫衣穿尽，雁信难传，十分悲惨。

"家人万里传消息，好在毡城莫相忆。""莫相忆"读出家人对昭君的慰藉。安慰来自家人，而非宫廷。宫廷呢？"君不见咫尺长门闭阿娇，人生失意无南北。"这才是诗的主题。玩弄、遗弃女子，历代帝王皆如此，古今中外，概莫能外。

这首诗中王安石借事抒情，用王昭君的经历表现出自己怀才不遇，在政坛上没有知音的郁结伤感之情。

（周宁宁）

催租行

[宋] 范成大

输租得钞官更催①，踉跄里正敲门来②。
手持文书杂嗔喜③：我亦来营醉归耳④！
床头悭囊大如拳⑤，扑破正有三百钱。
不堪与君成一醉⑥，聊复偿君草鞋费⑦。

〔注释〕

①输租：缴了租。钞：户钞。官府发给缴租户的收据。《宋史·食货上二》"四钞"注："曰户钞，付民执凭。" ②踉跄（liàng qiàng）：走路不稳的样子。里正：即里长，古代乡里小吏，专管催督赋税。③文书：催租的文件。一说指上文的户钞。杂嗔（chēn）喜：又是生气又是高兴。嗔，怒，生气。④亦：只是，不过。营醉归：图谋一醉以归，意即勒索。营，图求。⑤悭（qiān）囊：悭客者的钱袋。此处指储蓄零钱的瓦罐，即"扑满"。取钱时须把罐打破，故下文说"扑破"。⑥不堪：不够。⑦聊：姑且。草鞋费：行脚僧人有所谓"草鞋钱"。此指"跑腿费"，是公差、地保等勒索小费的代名词。

〔赏读提示〕

《催租行》是一首反映地方官吏向农民敲诈勒索的作品。这首诗，通过特定的情节和人物，展现了一个颇具戏剧性的场面。首句直接点出"催租"主题。"输租得钞"四字简洁交代了官家催租、农民已交租的过程，"官更催"出人意表。次句将催租官吏的流氓无赖相刻画得栩栩如生。三、四句写里正手拿农民交租的收据，始怒后喜，并索钱买酒的神态。里正先是"催"，见文书后发现无法"催"，于是亦怒亦喜地诈钱，其狡诈无耻的形象，勾画得活灵活现。后四句写农民不得已倾其所有，打发里正。

本诗八句五十六字，官吏百计盘剥农民的无耻嘴脸，社会的腐败黑暗，农民遭遇的极端悲惨，被描写得曲折生动，令人回味难忘。诗而有小说味是此诗的一大特点，也是此诗别具魅力的重要原因。

这首诗抓住里正上门催租这一短暂过程，以里正为中心，写出了故事的场面、人物及对话，语言非常凝练准确。"输租得钞官更催"，"更"重读，读出农民得钱反而生活愈加困难的艰辛与反常。"踉跄"二字,形容里正走路的样子,含义非常丰富,既写出了里正站没站相、坐没坐相的猥琐姿态,也描绘出里正那种醉醺醺、懒洋洋的神情,故这两个字可以适当拖长,要读出里正游手好闲的猥琐行状。"杂嗔喜"三字用来描写里正催租,非常准确。由于里正有官府撑腰,所以催租的时候凶神恶煞,睁大眼睛发怒,不可一世。这三个字需要重读,展现出里正为了假公济私,乘机捞一把,所以敲诈的时候,他又嬉皮笑脸、软硬兼施的丑陋嘴脸。再如诗歌结句:"不堪与君成一醉,聊复偿君草鞋费。"写的是农民对里正所说的话,精练含蓄,诵读的时候,要读出农民那种低声下气、忍气吞声的辛酸,语调宜缓,语气宜哀伤。这样读者自然可以想象出农民是如何双手捧钱,不断地作揖打躬,送瘟神似的把里正送出门外的形象,也自然可以想象里正那依旧嬉皮笑脸、踉踉跄跄走出农家的神态。

全诗没有一点主观议论,诗人抓住了里正催租的特写镜头,通过行动尤其是人物对话的描写,活灵活现地写出了里正的滑头无赖及农夫的无奈酸楚。诗人的憎恶与怜悯是在这催租情形的客观描写中自然而然地流露出来的,这是范成大民生问题诗篇与唐代白居易新乐府诗"卒章显志"的不同之处。　　(孙璐)

干荷叶①

〔元〕刘秉忠

　　干荷叶,色苍苍②,老柄风摇荡。减了清香,越添黄。都因昨夜一场霜,寂寞在秋江上。

〔注释〕

　　①干荷叶:原是以"干荷叶"起兴的民间小曲。在当时又被作为女子色衰失偶的隐语。②苍苍:深青色。

〔赏读提示〕

　　《干荷叶》本是一首民间小曲,又名"翠盘秋",是刘秉忠自己创作的曲子。它以"干荷叶"起兴,是作者因题起意、即物取喻之作。

　　"干荷叶,色苍苍,老柄风摇荡",以"干荷叶"总领,以干荷叶惨败凋零之景起兴,用简练的笔触勾勒出一幅苍茫荒凉而富有禅意的秋江败荷图。作者面对着一池的枯荷，秋意油然而生，读者自然而然地被引到了作者所营造的意境中。接着作者从颜色入手，"色苍苍"指原本已经脆弱无比的枯叶，在经历了昨夜一场严霜的摧残后愈加憔悴，已失去了夏天的苍翠欲滴，变成了毫无生机的深青色，那承受不了任何重量的叶柄在瑟瑟的寒风中寂寞地摇荡着，让人不禁担心随时会折断。一个"老"字渲染了荷叶干枯的苍凉之感，让读者体会到了时光流逝的无奈，更加显得寂寞凄凉。"老"字应当重读。

第二句"减了清香，越添黄"，盛夏时，田田的荷叶好像也能传来一阵阵清香，可是现在，面对满池的荷叶，再也闻不到那迷人的清香，感受到的只是一种颓废的气息。而此时的荷叶，连最后的一丝绿也失去了，变得愈加枯黄。

第三句道出了这一切的始作俑者——"都因昨夜一场霜"。一场秋霜，肃杀之气甚浓，天下万物遇之而变色。最后词人以"寂寞在秋江上"作结，"秋江"本身就给人以萧条、孤寂、冷清之感，再加上"寂寞"一词，更是写尽了人生的无限凄凉啊！

这首小令字虽少，但意无穷，每个字的运用都恰到好处。"干"、"苍苍"、"老柄"、"黄"、"霜"、"秋江"，字字写枯黄，句句显凄凉，好像写尽了入秋荷塘的无限凄凉，写尽了无限凄凉背后的无奈与寂寞。

关于本曲的理解一向有很多种：在元人习语中，"干荷叶"是女子色衰失偶的隐喻，所以有人认为这首小令是写一个女子色衰而遭丈夫抛弃，失宠后孤苦伶仃的哀叹；也有人结合刘秉忠的生活时代，认为这小令象征着南宋的灭亡，一个朝代也像荷叶一样，经历了外族的入侵，失去了生命力，最终在落寞中灭亡。

其实，我们可以将"干荷叶"的象征理解为：一个有生命力、有魅力的人或物在遭到打击或摧残之后无可挽回的悲惨命运。借这种象征，表达了一种人事与历史兴衰之慨，一种虚无与幻灭之感，这样的慨叹在刘秉忠诗词中也曾反复被抒写。

（朱晓滨）

蚕妇吟①

[宋] 谢枋得

子规啼彻四更时②，起视蚕稠怕叶稀③。
不信楼头杨柳月，玉人歌舞未曾归④。

〔注释〕

①吟：诗体的名称。②子规：杜鹃鸟的别称。③稠：多而密。④玉人：美人，此处指歌女。

〔赏读提示〕

起句点出节令、时间。子规啼个不停，从黄昏到四更。万籁俱寂之时，这啼声更显响亮凄清，惊醒了酣睡的蚕妇，也为全诗笼上一层悲凉的气氛。吟读此句声调宜悠长凄哀。

第二句解释蚕妇彻夜不眠的原因。"怕"这个心理贯穿"蚕稠"和"桑叶稀"两处。担心蚕没桑叶吃，影响做茧，所以要不断地给蚕添加新叶。而且起身迅捷，没有困意，一方面可以说是习惯，一方面可以说是对蚕的重视——那是全家的生计所在，容不得半点犹豫和马虎啊。一个"起"字，饱蘸辛苦。

第三、四句笔锋一转，说到蚕妇以外去。残月依柳，曙光将现，犹闻歌舞之声，这使蚕妇大为惊诧：难道那些伺候老爷们的美女，还在轻歌曼舞没有回来？"不信"二字是蚕妇对自己判断时间的怀疑，是对"玉人"通宵陪乐的不可思议，也是对贵人达旦娱乐的不可想象。这首诗将蚕妇、"玉人"和未出场的达官贵人置于同一时间内，因身份不同而苦乐不均。由蚕妇、"玉人"的身不由己写出民众的悲苦、生活的艰辛，反衬出官僚阶层的荒淫享乐。

与张俞的《蚕妇》相比，这首诗少了点尖锐，多了点含蓄，但更有想象的空间，读罢余音袅袅，不绝如缕。　　　　　　　　　　　　　　　　（韩美霞）

山坡羊 潼关怀古①

［元］张养浩

峰峦如聚，波涛如怒，山河表里潼关路②。望西都③，意踌躇。伤心秦汉经行处④，宫阙万间都做了土。兴，百姓苦；亡，百姓苦！

〔注释〕

①山坡羊：曲牌名，是这首散曲的格式。潼关怀古：标题。潼关，古关口名，现属陕西省潼关县。②山河表里：指潼关外有黄河，内有华山。③西都：指长安（今陕西西安）。④经行：经过。

〔**赏读提示**〕

元天历二年(1329)，关中大旱。原本隐居不愿再做官的张养浩为了灾民，不顾年事已高，毅然应命担任陕西行台中丞一职，赶赴关中赈济灾民。在奔赴西秦途中，张养浩目睹灾民流离失所，饿殍遍野，心中感喟，于是散尽家财，尽力救灾。上任不过四月，就因过分操劳而殉职。这首小令就写于奔赴关中的途中。

这首小令可以分为三个层次。

第一层为开头三句："峰峦如聚，波涛如怒，山河表里潼关路。"这几句生动形象地描绘了潼关雄伟险要的地势特点。"峰峦如聚，波涛如怒"一句描写了华山、黄河的壮景。一个"聚"字化静为动，写出了群山聚集环绕潼关城的景象，表现了峰峦的众多。一个"怒"字把河水人格化，赋予汹涌的黄河以人的情感，写出了黄河波涛的汹涌澎湃，让人仿佛能听到滔滔不绝的河水冲击着两岸石壁激荡前行的怒吼声。"山河表里"，潼关城内是华山，城外是黄河，山水相映，造就了潼关独特的地理特点，也赋予它雄伟的气势。潼关被称为中国十大名关之一，拱卫着西边的长安城。古人曾以"人间路止潼关险"来比拟这里地势的险要，潼关也就成了兵家必争之地。由此句引发了下文作者的感慨。

第二层是四至七句，从"望西都"直到"宫阙万间都做了土"。承接上层所见之景转而抒发所见之感。作者驻足潼关路上，翘首西望六朝古都长安，心潮澎湃，难以平复。想那秦皇汉武、唐宗宋祖何等豪杰，这几个朝代又曾是多么的强大富足。秦朝的阿房宫、汉代的未央宫都是金碧辉煌，奢侈至极。可是，时光荏苒，朝代更迭，再华美的宫阙如今也不过是断壁残垣。"伤心"一词，更多的是表达了一种感伤之情、怀古之意：历朝历代都是如此，可能会强盛一时，但终究难以逃脱败落的命运。

第一层写眼前之景，第二层写遥望西都，感怀朝代的更迭，而第三层则在怀古伤今的基础上，更深入地进行议论，表兴亡之叹。

这里的兴亡之叹，不再是对风云变幻的感慨，不再是对时代变迁的怅惋，而是对一个国家、一个民族的根本——底层百姓——命运的怜惜。兴盛之时的朝代，苦的是百姓。正如秦朝统一之后，大兴土木，北修长城，内建阿房宫、始皇陵，南攻夷越。如此繁重的劳役都如巨石一样压在百姓的身上。而一旦国力衰弱，自然战乱频仍。"乱世之人不如狗"，乱世中，百姓流离失所，赤地千里，民不聊生。

诵读此曲时，开篇应气势雄浑，表现山河的险峻气势；继而苍凉沉郁，读出对历史上朝代更替的怅然；最后应悲哀痛惜，表现出作者对百姓多难命运的同情和悲愤。

这首小令把咏史怀古融入曲中，不止于喟叹历朝的兴衰，更表达了对在朝代更迭中遭受蹂躏的百姓的同情，对千百年的历史进行了深入的哲理思考和人文关怀，是咏史作品中的佳作。 （朱晓滨）

第五编

乐观旷达

"且乐生前一杯酒，何须身后千载名！""澹然离言说，悟悦心自足。"

乐观旷达，是对世界的乐观，是对生命的热爱。乐观旷达者，胸怀浩大，但不野心膨胀；目光深远，但不肆意贪婪。乐观旷达，是崇高的思想修养与伟大人格的自我表现，是内在美苑的外在花环。

"一竿风月，一蓑烟雨，家在钓台西住。""满载一船明月，平铺千里秋江。"

乐观旷达不是山野豪气，山野豪气是放大的个人主义；乐观旷达不是玩世不恭，玩世不恭是盲目有害的自由主义；乐观旷达不是醉生梦死，醉生梦死是贬损生命的享乐主义。乐观旷达突出的特点是坦荡无私，主要表现是豪迈乐观。不用透视镜，却见透明度，所怀无隐私，但凭人观去。

"尽挹西江，细斟北斗，万象为宾客。"

乐观旷达者不是不追求非凡，也不是不安于平凡，因为他知道，从平凡的此岸到达非凡的彼岸，是要乘坐现实之船的；乐观旷达者不是不向往伟大，也不是不想脱离渺小，因为他知道，自己生存的空间，自己占据的领地，自己现在的坐标，自己未来的轨迹。

移　居（其一）

[晋] 陶渊明

昔欲居南村，非为卜其宅①。

闻多素心人②，乐与数晨夕③。

怀此颇有年，今日从兹役④。

敝庐何必广，取足蔽床席⑤。

邻曲时时来⑥，抗言谈在昔⑦。

奇文共欣赏，疑义相与析⑧。

〔注释〕

①卜其宅：占卜问宅之吉凶。②素心人：心地朴素的人。③数：屡，好多次。晨夕：朝夕相见。④从兹役：顺从心愿。⑤取足蔽床席：能够放一张床、一条席子就可以了。⑥邻曲：邻居，指颜延之、殷景仁、庞通等，即所谓"素心人"。⑦抗言：高谈阔论或高尚其志的言论。抗，同"亢"，高的意思。谈在昔：谈论古事。⑧析：剖析文义。

〔赏读提示〕

陶渊明不为五斗米折腰，回到了有着"方宅十余亩，草屋八九间"的园田居住，这成为他赖以生存的物质基础。然而不幸的事情却接二连三发生在这位诗人身上。他归隐不久，一场大火毁了他的物质基础，让他一度失去栖身之所，只能靠门前一条破船遮风避雨。后来，他将家搬到南里之南村。这首诗就写在这几经坎坷之后。

"昔欲居南村，非为卜其宅。闻多素心人，乐与数晨夕。"追溯往事，以"昔"字领起，将移居和求友联系起来。所以"昔"字慢读、拖长音，表现回忆之感。古人认为，移居选宅要先卜算。宅地吉利才移居，凶险则不移居。但也有如古谚所云："非宅是卜，惟邻是卜。"（《左传·昭公三年》）移居者不在乎宅地之吉凶，而在乎邻里之善恶。诗人巧用其典表明自己早就向往南村，卜宅不为风水吉利，而为求友共乐。

三、四两句，补足卜居的心情。"素心人"，指心性纯洁善良的人。诗人听说南村多有本心质素的人，很愿意和他们一同度日，共处晨夕。这与陶渊明的经历是有关的。他生活的社会虚伪、奸诈、钻营、倾轧,他痛心疾首,却又无力改变,只能洁身自好,这才归隐田园,躬耕自给。那么他选择的朋友一定不趋炎附势,不祈福求显。唯择善者为邻,侧面表现了诗人清高的情志和崇高的人格。

"怀此颇有年,今日从兹役。敝庐何必广,取足蔽床席。"由卜居初衷写到如愿移居。此时作者如愿以偿,所以要读出欣欣喜悦之情。接着又说,敝庐虽小,乐在其中,诵读时要注意表现旷达不群的胸襟和物外之乐的情趣。"何必"二字,率直中见深曲,从反面表现出时人普遍的追名逐利的心态,需要重读且短促。

"邻曲时时来,抗言谈在昔。奇文共欣赏,疑义相与析。"具体描写得友之乐。他们一起回忆往事,畅所欲言,坦诚交流。他们一起欣赏奇文,共同分析疑难的文义。诵读时要读出旷达、自足之感。"时时来"词句简单,却已把相交之乐之平常表现了出来。"共"与"相与"同意,前后相续而出,表现出热烈、兴奋之情状,诵读时需要速度略快并作强化。

陶渊明田园诗的风格向来以朴素平淡、自然真率见称。这种独特的风格,正是诗人质性自然的个性的外化。本诗所写移居情事,就是我们生活中搬家这么一件寻常事,但在诗人笔下却娓娓而谈,读来亲切有感。本诗写于陶渊明的中年时代,这是人生在各方面均臻成熟的时期。中年的妙趣和魅力,在于认识自己,做自己不仅能做而且也愿意做的事,享受自己简单的生活。这也与他的语言风格相得益彰。

(包丽玲)

题袁氏别业①

[唐] 贺知章

主人不相识,偶坐为林泉。
莫谩愁沽酒②,囊中自有钱。

〔注释〕:

①别业:指本宅以外另建的园林游憩处所,也称为别墅、别馆。与王维的《终南别业》的"别业"是一个意思。②谩(mán):欺骗,欺诳,蒙蔽。沽(gū):买。

〔赏读提示〕

我们多是从脍炙人口的《回乡偶书》和《咏柳》开始了解贺知章的。他的诗文以绝句见长，其写景、抒怀作品清新独特。

在《回乡偶书》中他是一位慈祥和蔼的老人，阔别多年，重回家乡，已是鬓发斑白。而《题袁氏别业》中的他却更符合贺知章的实际形象，被称为贺知章的"自画像"。

作者提笔就写自己和别业的主人（袁氏）并不相识，也毫无交情，这不禁使人产生疑问：既然不相识，为什么要在人家别业的墙上题诗呢？不相识为什么进入袁氏的别业呢？作者和袁氏之间究竟发生了什么事情呢？首句就设置悬念，勾起读者强烈的阅读兴趣。

然而，在精短见长的五、七言诗歌中，作者没有时间卖关子，因此第二句就给出了答案——他进入袁氏别业是因为看到了林泉的美丽景色，想坐下来欣赏和体味一番。从"偶"字我们可以看出作者只是路过，偶然被美景吸引驻足，并非有意而来。对首句的悬念作了交代，同时作者的潇洒随意已从字里行间飘逸而出，浑然天成处，不减于"小时不识月，呼作白玉盘"。

这里有一个问题：使得久负盛名的大文人停下来欣赏的景色到底美到什么程度呢？作者没有给出正面的描写，而是用"自己偶然一瞥就被吸引"的侧面手法来写景色之美，给读者留下无限的遐想空间。这种侧面留白的手法，达到了人之雅趣、物之静美、艺术追求之蕴藉的一举三得。

前两句交代了作者进入袁氏别业的原因，第三、四句则写了作者和袁氏之间发生的具体事情。

作者当时辞官归乡路过袁氏别业，被美景所吸引，一时暂缓征程。然而作者并没有受到盛情的款待，从"谩"字，我们可以看出别业主人的话里含有欺骗之意，他只是一味推说自己"愁沽酒"，言外之意是在下逐客令。此举使得乘兴而来的作者颇为不满，字里行间可以想见作者手持杯箸，朗声说道："主人家，你不用再欺瞒我说为买酒发愁了啊……"面对遮遮掩掩、欲盖弥彰的主人，作者一句道破其言辞之虚伪、人情之鄙薄，洒脱、豪爽之态跃然纸上。

最后一句，作者紧接着说道："我包袱里本就有钱！"言下之意可以理解为——我不会白吃白喝你的，放心吧！至此，作者面对主人的市侩之态，仍没有计较太多，只是希望在美景中陶然一醉，则我心足矣。三、四两句语言描写，把人生态度、品性言行迥然不同的两个人不着痕迹地进行了鲜明的对比，凸显出作者心无拘检、行迹洒脱的酒客形象。

整首诗语言简洁、明白如话，场面富有生活情趣，读来如在眼前；全诗采用白描写法，而作者的洒脱和豪爽、态度的褒贬却有迹可循，反复吟咏，韵味无穷。

（董晓强）

早发白帝城

〔唐〕李　白

朝辞白帝彩云间①，千里江陵一日还②。
两岸猿声啼不住③，轻舟已过万重山。

〔注释〕：

①朝：早晨。辞：告别。②江陵：今湖北荆州市。从白帝城到江陵约一千二百里，其间包括七百里三峡。③住：停。

〔赏读提示〕

早晨，诗人告别了白帝城，沿江而下，回望来处，觉得自己仿佛来自彩色的云彩中。李白想象奇异而美丽，真不愧为诗仙。从白帝城出发到江陵千里迢迢，然而诗人感觉一天就到了。这当然是因为水流速度奇快，所以船行速度也飞快；更重要的是诗人心情愉快。一个"还"字，可不能放过品味。江陵，并不是李白的故乡，但作者还是觉得跟回家一样，原因在哪里呢？原来作者写这首诗的时候，恰好是他遇赦的时候。李白曾被流放夜郎，从四川赶赴被贬谪的地方。到白帝城的时候，忽然收到赦免的消息，惊喜交加，随即乘舟东下江陵，难怪他这样高兴！

"两岸猿声啼不住"，是说作者在船上听到两岸山上猿猴的叫声，这叫声不绝于耳。这种情景写出了这一带山多路险，也写出了船行进的速度非常快。所以，下面一句自然而然写到"轻舟已过万重山"。舟是轻的，你有过这样的感受么？这其实还是写作者的心情，心情愉快，所以感觉船是轻的。当然，这里还写出了船行速度之快，万重山都抛掷到身后了，作者当然开心。生活中，难免会遇到重重困难，就像这重重的大山，然而在李白看来，那都是过去的事情了，可见诗人的洒脱旷达之情。诵读时要读出这种感情。

（乔化永）

月下独酌①（其一）

〔唐〕李　白

花间一壶酒，独酌无相亲②。

举杯邀明月，对影成三人。

月既不解饮③，影徒随我身。

暂伴月将影④，行乐须及春。

我歌月徘徊，我舞影零乱。

醒时同交欢，醉后各分散。

永结无情游⑤，相期邈云汉⑥。

〔注释〕

①酌：饮酒。②无相亲：没有亲近的人。③不解饮：不会喝酒。④将：和。⑤无情游：忘却世情的交游。⑥相期邈（miǎo）云汉：约定在天上相见。期，约会。邈，远。云汉，银河，泛指天空。

〔赏读提示〕

《月下独酌》是唐代诗人李白的组诗作品，共四首。写诗人在月夜花下独酌、无人亲近的冷落情景，以第一首流传最广。这首诗"以乐景写哀情"，突出强调了诗人李白深沉的寂寞凄凉之情。

开头两句，点明环境和事件，"花前月下"是良辰美景，可惜只能"独酌"，场面单调冷清。在这良辰美景之中，诗人难以排遣这种孤独和寂寞，环顾左右，只有一轮孤月相伴，只有一轮明月可邀。于是天边的明月和月光下的影子，连诗人自己，举杯共酌。看似热闹的场面，凄凉孤独之情溢于言表。

后两句中"不解"、"徒随"、"暂伴"，表明了作者以物为友，实是无奈之举，排遣不了作者的孤独苦闷之情。诗人借酒消愁，酒兴一发，既歌且舞，"我歌月徘徊，我舞影零乱"，月下独舞，以闹写静。醒时相互欢欣，直到酩酊大醉，月光与身影，才无可奈何地分别。

诗歌结尾，诗人真诚地和"月"、"影"相约，在仙境中重逢，可见诗人在现实生活中的孤单落寞。李白所选定的人生道路，是不愿同流合污、阿谀奉承的，那么在当时的情况下，是注定要以寂寞与潦倒为伴，所以除了自己，他是没有人可以依靠的，也只能引天上的月亮和地上的身影这些"无情"之物为一生的知己，这可真是此时无情胜有情了。诵读全诗宜由疾至缓。　　　　　（王欢）

宣州谢朓楼饯别校书叔云①

〔唐〕李　白

弃我去者，昨日之日不可留；
乱我心者，今日之日多烦忧。
长风万里送秋雁，对此可以酣高楼②。
蓬莱文章建安骨③，中间小谢又清发④。
俱怀逸兴壮思飞⑤，欲上青天览明月⑥。
抽刀断水水更流，举杯消愁愁更愁。
人生在世不称意⑦，明朝散发弄扁舟⑧。

〔注释〕

①此诗选自《李太白全集》。宣州，今安徽宣城一带。谢朓楼，又名北楼、谢公楼，在陵阳山上，谢朓任宣城太守时所建。饯别，以酒食送行。校书，官名，即校书郎，掌管朝廷的图书整理工作。叔云，李白的叔叔李云。②酣（hān）高楼：畅饮于高楼。③蓬莱：此指东汉时藏书之东观。蓬莱文章，借指李云的文章。建安骨：汉末建安年间，"三曹"和"七子"等作家所作之诗风骨遒上，后人称之为"建安风骨"。④小谢：指谢朓，南朝齐诗人。后人将他和谢灵运并举，称为大谢、小谢。这里用以自喻。清发：指清新秀发的诗风。发，诗文俊逸。⑤逸兴（xīng）：飘逸豪放的兴致，多指山水游兴。王勃《滕王阁序》："遥襟甫畅，逸兴遄飞。"壮思：雄心壮志　⑥览：通"揽"，摘取。⑦称（chèn）意：称心如意。⑧弄扁（piān）舟：指隐逸于江湖之中。扁舟，小船。

〔赏读提示〕

天宝以来朝政愈趋腐败，李白的个人遭遇愈趋困窘，政治上不受重视，又受权贵谗毁，过着飘荡四方的游荡生活，理想与现实的尖锐矛盾引起了诗人强烈的精神苦闷。这首诗就是此时李白内心的真实写照,感情色彩浓烈,情绪如狂涛漫卷,笔势如天马行空。

诗作的发端既不写楼,更不叙别,而是陡起壁立,直抒心中郁闷。弃我而去的昨天已不可挽留,扰乱我心绪的今天使我极为烦忧。满腹牢骚,一见到可以倾诉衷肠的族叔李云,就宣泄出来,一吐为快。

之后诗人心情舒畅起来,看到寥廓明净的秋空,遥望万里长风吹送鸿雁的壮美景色,不由得激起了酣饮高楼的豪情逸兴。"蓬莱"两句承高楼饯别分写主客双方。以"建安骨"赞美李云的文章风格刚健,李白自比小谢,流露出对自己才能的自信,他坚信"天生我材必有用"! 紧接着"俱怀逸兴壮思飞,欲上青天览明月"两句,写出了诗人神驰宇宙的豪情,对理想境界的向往和追求。

诗人的精神在幻想中遨游驰骋,诗人的身体却始终被羁绊在污浊的现实世界之中,现实中不存在"长风万里送秋雁"那种可以自由飞翔的天地。诗歌最后四句,诗人从幻想的高空跌落到现实的土地上。面对长流不息的宛溪水,抽刀去砍,水不但没有被斩断,反而流得更猛了;本想借酒排遣烦忧,结果反倒愁上加愁,这两句生动地写出了诗人力图摆脱精神苦闷的要求。李白的进步理想与黑暗现实之间的矛盾,在当时的历史条件下,是无法解决的,因此他总是陷入"不称意"的苦闷之中,只找到"散发弄扁舟"这样一条摆脱苦闷的出路。

这首诗运用了起伏跌宕的笔法,一开始直抒胸中忧愁,表达对现实强烈的不满;既而又转向万里长空,精神一振,相信自己的才华,表露远大抱负;接着诗人又从美丽的理想境界回到了苦闷的现实当中,只得无奈地选择逃避。全诗大起大落,一波三折,通篇在悲愤之中又贯穿着一种慷慨豪迈的激情和雄壮豪放的气概。

(沈童)

江上吟①

[唐]李 白

木兰之枻沙棠舟②,玉箫金管坐两头③。
美酒樽中置千斛④,载伎随波任去留⑤。
仙人有待乘黄鹤⑥,海客无心随白鸥。

屈平词赋悬日月⑦，楚王台榭空山丘⑧。

兴酣落笔摇五岳，诗成笑傲凌沧洲⑨。

功名富贵若长在，汉水亦应西北流⑩。

〔注释〕

①江上吟：李白自创之歌行体。江，指汉江。②木兰：即辛夷，香木名。枻：同"楫"，舟旁划水的工具，即船桨。《九歌·湘君》："桂棹兮兰枻。"沙棠：木名。南朝梁任昉《述异记》："汉成帝与赵飞燕游太液池，以沙棠木为舟。其木出昆仑山，人食其实，入水不溺。"木兰枻、沙棠舟，形容船和桨的名贵。③玉箫金管：用金玉装饰的箫笛。此处指吹箫笛等乐器的歌伎。④樽：盛酒的器具。置：盛放。千斛：形容船中置酒极多。斛，古时十斗为一斛。⑤伎：歌舞的女子。⑥乘黄鹤：用黄鹤楼的神话传说。黄鹤楼故址在今湖北省武汉市武昌西黄鹤山上，下临江汉。旧传仙人子安曾驾黄鹤过此，因而得名。一说是费文祎乘黄鹤登仙，曾在此休息，故名。⑦屈平：屈原名平，战国末期楚国大诗人，著有《离骚》、《天问》等。《史记·屈原贾生列传》评价《离骚》是："自疏濯淖污泥之中，蝉蜕于浊秽，以浮游尘埃之外，不获世之滋垢，皭然泥而不滓者也。推此志也，虽与日月争光可也。"⑧台榭：泛指楼台亭阁。榭，台上建有房屋叫榭。楚灵王有章华台，楚庄王有钓台，均以豪奢著名。⑨凌：凌驾，高出。沧洲：江海。⑩汉水：发源于陕西省宁强县，东南流经湖北襄阳，至汉口汇入长江。汉水向西北倒流，比喻不可能的事情。

〔赏读提示〕

这首诗在思想和艺术上，都是很能代表李白特色的篇章之一。此诗大约是李白三四十岁客游江夏时所作，以江上的遨游起兴，表现了诗人美好的生活理想追求。

诗歌开头四句写自己江上之游，所坐之船是珍贵而神奇的木料制成的，所听之乐是精美的乐器吹奏的，所饮之物是千斛的美酒，所伴之人是才艺绝色的美姬，所去之处任意随性。这四句极写游乐的酣畅恣肆，呈现给读者的是一个超越了纷浊现实的、理想化的、自由而美好的世界。

中间四句两联，是两两对比。成为"仙人"，但仍然还有所待，黄鹤不来，也上不了天；怎及我坦荡君子，常能与海鸥同游，忘却机巧之心。诗人屈原，他的辞赋与日月同辉，和天地共寿，而喧嚣一时的楚怀王宫殿、襄王楼台，渺然无存，只留下空悠悠的山丘。在这两两对比中,彰显了诗人人生追求和理想抱负。此时的李白,一方面更向往自由美好、无拘无束的生活,以屈原自比,希望自己的爱国情怀和诗赋才华可以与日月争光,永垂不朽;另一方面已经厌倦了追逐人世间的功名富贵,厌倦了官场生活。

后两句写自己乘着酒兴下笔挥写,巍巍五岳也得一摇三抖,作成诗歌纵声高吟,仙境蓬莱在我脚下俯首,此联紧接"屈平"一句,极写自己的才华,极其豪壮。

诗歌最后说"功名富贵若长在,汉水亦应西北流",是承"楚王"一句,表达了功名若粪土,富贵如浮云,转瞬即逝并不持久的意思,但诗人却是从反面进行假设。固然,汉水不会向西北倒流,这种反面假设,不仅加强了否定的力量,更带着诗人对"功名富贵"的不屑和蔑视。

全诗开头是绚丽美好的形象描写;中间两联对仗工整,诗意则正反对比相生;结尾四句,极意强调夸张,感情激昂,显出不尽的力量,朗读时要体现这种力量。

(沈童)

南陵别儿童入京①

[唐] 李 白

白酒新熟山中归,黄鸡啄黍秋正肥。
呼童烹鸡酌白酒,儿女嬉笑牵人衣。
高歌取醉欲自慰,起舞落日争光辉②。
游说万乘苦不早③,著鞭跨马涉远道。
会稽愚妇轻买臣④,余亦辞家西入秦⑤。
仰天大笑出门去,我辈岂是蓬蒿人⑥。

〔注释〕

①南陵:一说在东鲁,曲阜县南有陵城村,人称南陵;一说在今安徽省南陵县。②"起舞"句:指人逢喜事光彩焕发,与日光相辉映。③游说:战国时,有才之人以口辩舌战打动诸侯,获取官位,称为游说。万乘:君主。周朝制度,天子地方千里,车万乘。后来称皇帝为万乘。苦不早:意思是恨不能早些年头见到皇帝。④"会稽"句:用朱买臣典故。据《汉书·朱买臣传》:"朱买臣,会稽郡吴

人,家贫,好读书,不治产业。常刈薪樵,卖以给食,担束薪行且诵读。其妻亦负担相随,数止买臣毋歌讴道中,买臣愈益疾歌,妻羞之求去。买臣笑曰:'我年五十当富贵,今已四十余矣。汝苦日久,待我富贵报汝功。'妻恚怒曰:'如公等,终饿死沟中耳,何能富贵?'买臣不能留,即听去。后买臣为会稽太守,入吴界见其故妻、妻夫治道。买臣驻车,呼令后车载其夫妻到太守舍,置园中,给食之。居一月,妻自尽死。"⑤西入秦:即从南陵动身西行到长安去。秦,指唐时首都长安,春秋战国时为秦地。⑥蓬蒿人:草野之人,没有当官的人。蓬、蒿,都是草本植物,这里借指草野民间。

〔赏读提示〕

　　李白抱负远大,却苦于没有实现的机会。天宝元年(742),李白42岁的时候,终于等到了唐玄宗召他入京做官,实现自己政治理想的机会。他立刻回到南陵家中,与儿女告别,并挥笔写下了这首激情洋溢的诗篇。

　　诗歌前六句就显示出一种欢快的气氛:家酿的酒熟了,正在啄食的黄鸡长得多么肥。诗人刚从山中归来,就叫家人宰鸡备酒祝贺,孩子们笑呵呵地拉着他的衣裳。饮酒似乎还不足以表现诗人的兴奋之情,李白开始边喝边唱自寻快乐,酒酣兴浓,起身舞剑,剑光与落日争辉。诗人兴高采烈的情绪,为下面的议论作了铺垫。

　　"游说万乘苦不早,著鞭跨马涉远道。"诗人遗憾不能在更早的时候见到皇帝,并受到皇帝的重用以实现自己的政治主张,所以,一旦有机会辅佐皇上,便会快马扬鞭,巴不得一下子跑完遥远的路程,早一点赶到皇帝身边,尽忠效命,报效国家。"苦不早"和"著鞭跨马",表现出诗人的满怀希望和急切之情。

　　"会稽愚妇轻买臣,余亦辞家西入秦。"诗人运用典故来抒发自己情感,李白把那些鼠目寸光藐视自己的世俗小人比作"会稽愚妇",有眼无珠,愚不可及;而把自己比作大器晚成的朱买臣,扬言西去长安,就可青云直上。其傲视群伦、睥睨天下的骄狂之态宛然可睹!

　　诗歌最后一句,感情的波澜涌向高潮。"仰天大笑出门去,我辈岂是蓬蒿人。"李白的自信满满、傲气十足、昂扬奋发、乐观进取、大济苍生……凡此种种,尽在放浪形骸的诗句中显露无遗,诵读时宜激昂慷慨!

　　这首诗直陈其事,手法灵活多变,情感真挚而又鲜明。　　　　　　(沈童)

行路难（其三）

［唐］李　白

有耳莫洗颍川水①，有口莫食首阳蕨②。

含光混世贵无名，何用孤高比云月？

吾观自古贤达人，功成不退皆殒身。

子胥既弃吴江上，屈原终投湘水滨。

陆机雄才岂自保？李斯税驾苦不早。

华亭鹤唳讵可闻③？上蔡苍鹰何足道④？

君不见，吴中张翰称达生，秋风忽忆江东行。

且乐生前一杯酒，何须身后千载名？

〔注释〕

①"有耳"句：传说尧时隐者许由，因为听了尧请他出来做官的话，便跑到颍水边去洗耳，以示清高。②"有口"句：商末孤竹国君之子伯夷、叔齐，商亡后他们不食周粟，逃到首阳山采蕨为食，最后饿死。③"华亭"句：陆机临刑时神色自若，继而叹曰："欲闻华亭鹤唳，可复得乎？"华亭在今上海市松江县西。陆机于吴亡入洛以前，常与弟云游于华亭墅中。后以"华亭鹤唳"为感慨生平，悔入仕途之典。④"上蔡"句：李斯为上蔡人，《太平御览》引《史记》曰："李斯临刑，思牵黄犬、臂苍鹰，出上蔡门，不可得矣。"

〔赏读提示〕

《行路难》是乐府旧题，很多诗人均用过此题，最著名的是李白的《行路难》三首。唐天宝元年（742），李白奉诏入京，担任翰林供奉。李白本是个积极入世的人，才高志大，很想像伊尹、姜太公、诸葛亮等杰出人物一样干一番大事业。可是入京后，他却没被唐玄宗重用，还受到权臣的谗毁排挤，两年后被"赐金放还"，变相撵出了长安。《行路难》三首就是李白于公元天宝三年（744）离开长安时所作，这三首诗联系紧密，不可分割，集中抒写了诗人在政治道路上遭遇艰难后的感慨，表现出怀才不遇、愤世嫉俗的情感。本首诗与前两篇心情有些差异，诗人为自己设计了一条"功成、名遂、身退"、"功成不退皆殒身"的道路。

前四句写人生最重要的不是像许由、伯夷、叔齐一样寻求虚名，而是要务实,率性而为。用颍水洗耳的许由是"弃天下如敝屣"式的高士,不食周粟的伯夷、叔齐也是我国历史上有名的清高之士,后人诗作不乏对他们的赞扬。但这些在李白看来都是有意为之的,并不能称得上真正的高洁。世间的大隐是不在乎任何虚名的,从中可看出李白那彻底而纯粹的人格。开头两句用较平缓的语气,其中第二句较第一句语速稍微加快,重音在"莫洗"和"莫食"上。"含光"两句中反问句语调上扬,其中"何用"重读,"比云月"三个字稍延长,语速放慢。

中间八句以伍子胥、屈原、陆机、李斯为例,阐明贤达之人都应该功成身退,否则就会像这四个人一样招致杀身之祸,以为求功恋位者诫。李白借用这四人的典故,深刻揭露了宫廷政治的黑暗和险恶,表达出愤世嫉俗的思想。"吾观自古贤达人,功成不退皆殒身。"这是诗人的感叹,情感是复杂的,有惋惜、悲伤、愤怒、无奈之情,所以这两句要带着感慨的语气来读,"皆殒身"语速放慢,读出诗人心中复杂的情感,既惋惜,又无奈。"子胥既弃吴江上,屈原终投湘水滨。"节奏平缓。"陆机雄才岂自保?李斯税驾苦不早。华亭鹤唳讵可闻?上蔡苍鹰何足道!"陆机和李斯的典故用了两个反问句,反问句语调上扬,"李斯税驾苦不早"陈述句语调相对低沉些,"上蔡苍鹰何足道"语调相对高昂些,读出感慨意味。

接着借用张翰见秋风起而思家乡的菰菜、莼羹、鲈鱼脍而毅然归隐的典故,称赞他有预见,退而避祸。人生短促,不能在朝廷建功立业,不如像张翰一样过上自由自在的生活,这也不失为一种好的选择。功成则须及时退身,一为避祸,二求适意自由,这也是李白人生哲学的基调。这几句要注意诗人感情的忽然转变,"君不见"三字声调弱一些,后面两句音调陡然提高,音量加大,欲扬之而先抑之。

在诗的最后,诗人一声长叹:"且乐生前一杯酒,何须身后千载名?"在理想与现实的冲突中,在自由与羁绊的挣扎中,李白选择及时行乐,不务虚名。诗人积蓄的感情喷薄而出,呼吁要及时行乐,所以语调要高昂,豪放不羁。"一杯酒"、"何须"、"千载名"均要重读。

(王静)

将进酒①

[唐]李　白

君不见黄河之水天上来，奔流到海不复回。

君不见，高堂明镜悲白发②，朝如青丝暮成雪③！

人生得意须尽欢，莫使金樽空对月。

天生我材必有用，千金散尽还复来。

烹羊宰牛且为乐，会须一饮三百杯④。

岑夫子，丹丘生⑤，将进酒，杯莫停。

与君歌一曲，请君为我倾耳听。

钟鼓馔玉何足贵⑥，但愿长醉不愿醒。

古来圣贤皆寂寞，惟有饮者留其名。

陈王昔时宴平乐⑦，斗酒十千恣欢谑⑧。

主人何为言少钱，径须沽取对君酌⑨。

五花马，千金裘⑩，呼儿将出换美酒，与尔同销万古愁。

〔注释〕

①将(qiāng)进酒：乐府旧题。将，请。②高堂：父母。③朝如青丝暮成雪：形容时光匆促，人生短暂。青丝，黑色的头发。暮成雪，到晚上黑发变白。④会须：应该。⑤岑夫子，丹丘生：李白的朋友岑勋、元丹丘。⑥钟鼓馔玉：代指富贵利禄。钟鼓，古时豪贵之家宴饮以钟鼓伴奏。馔玉，形容食物珍美如玉。⑦陈王：指三国时魏诗人曹植，封陈王。宴平乐：在洛阳的平乐观宴饮。⑧斗酒十千：一斗酒值十千钱，指酒美价昂。曹植《名都篇》："归来宴平乐，美酒斗十千。"斗，盛酒器，有柄。恣欢谑：尽情寻欢作乐。谑，喜乐。⑨径须：只管。⑩五花马：名贵的马。千金裘：名贵的皮衣。

〔赏读提示〕

《将进酒》是李白诗歌的代表作之一，气势磅礴，情感充沛，为世人所传诵。

开篇四句就不同凡响，以"君不见"开端，似乎在质问众人，叩问天地，郁积在诗人胸中的激情喷薄而出。诗人以奔腾咆哮的黄河起兴，想象它从天而下，奔流到海，其气势恢弘且不可阻挡。青丝旦暮变为花白，可见人生在大自然面前是多么短暂。这开篇的两句排比，给人以无限广阔的空间和时间背景，来衬托人生之苦短不易，这种千古而来的人生的悲哀是强烈、悲壮的。

李白终究是李白，旷达的个性不会因此而摧折。"人生得意须尽欢，莫使金樽空对月。"表示自己要在有限的生命中充分享受欢乐。"须尽欢"、"莫使"指要尽情享受此短暂的欢乐，这次饮宴一定要一醉方休。纵酒狂歌，个性张扬，自信而无畏。"天生我材必有用，千金散尽还复来"，就是此诗最好的精神写照。诗人相信千金复来，其实是相信自己的人生价值终会实现。这两句诗表现了诗人对自己才能、力量的充分肯定和屡遭失败之后不肯屈服的倔强性格。下句"烹羊宰牛且为乐，会须一饮三百杯"，竭力夸张宴会之尽情，饮酒之多，感情之豪迈。开头至此，从感慨人生短暂写到宴饮的欢乐，感情跌宕起伏。

"岑夫子，丹丘生，将进酒，杯莫停。"诗人兴致越来越高，竭力劝友人。句式缩短了，节奏加快了，诗人借酒劲愈加兴奋了，下文开始乘兴放歌。"倾耳听"开始吐露心声，那是郁结在心中的块垒啊。"钟鼓馔玉何足贵，但愿长醉不愿醒。""钟鼓"、"馔玉"，借代古代贵族奢侈繁华的生活。"何足贵"，不值得羡慕。这里再次表明诗人的人生追求不是功名利禄，而是希望在政治上有所作为。可是仕途不顺，坎坷多难，在理想不能实现欲求出路而不得的痛苦中，他只能"但愿长醉不愿醒"，才能麻醉自己。之后两句是为麻醉自己的做法开脱，也是悲愤之词。"古来圣贤皆寂寞，惟有饮者留其名"，自古"圣贤"往往寂寞，不为时人所理解，何况我李白呢？而能够得以全身留名的，还只有那些在醉乡的古代"饮者"。诗人由此联想到陈王曹植，曹植用这快意一时的宴乐来平息他因受到猜忌所产生的痛苦与愤懑，李白也想买酒取醉来安慰自己寂寞的灵魂，两人有相通契合之处。诗人对"饮者"的赞颂，其实更是对黑暗现实的不平与抗议，行文至此，感情由高昂欢快转向愤慨悲凉。

可是，"主人""言少钱"，颇具戏剧性，而李白却反客为主，进出"径须沽取对君酌"，不必考虑什么钱，把酒打来，先喝个痛快再说。"五花马"、"千金裘"都可以拿出来换美酒喝，此时，李白天真直率近于狂的风格跃然纸上。当然，迫切求一醉的目的则是"与尔同销万古愁"。此时诗人狂放已极，已忘掉了一切世俗的礼法。这个"愁"内涵极为丰富，包含了诗人对人生短暂的慨叹，是功名不立、岁月蹉跎、时不我与的忧愁，是古往今来所有怀才不遇、壮志难酬之人的"愁"。这个"愁"没有时空限制，无穷无尽。至此，诗歌由感情振奋、狂放转到悲愤，从而结束全篇。

通观全篇，真是大起大落，非如椽巨笔不可。诗人善于用力透纸背的语言把强烈的感情表达得淋漓尽致，此诗豪迈奔放，感情充沛而富于变化，悲欢交迭。但此诗的欢乐只是悲愤的变奏，具有王夫之所说"以乐景写哀情"的效果，给读者的感染极深刻。诵读时要注意到情感的变化。　　　　　（王欢）

浪淘沙①（其一）

［唐］刘禹锡

九曲黄河万里沙②，浪淘风簸自天涯③。
如今直上银河去④，同到牵牛织女家。

〔注释〕

①浪淘沙：原是民间的曲名。②九曲：形容弯曲的地方很多。万里沙：指黄河漫长，夹带着大量泥沙。③浪淘风簸（bǒ）：形容黄河风浪很大，汹涌澎湃。簸，掀翻。自天涯：从天边来，指黄河源长流急。④直上银河：传说汉武帝派张骞（qiān）寻找黄河的源头，张骞乘筏经过一个多月来到一处，见城郭如官府，室内有一女织布，又见一丈夫牵牛饮河。后还至蜀中，方知已至牛郎、织女二星座。直，径直。

〔赏读提示〕

《浪淘沙》组诗共九首，此其第一首。

诗的开头就不同凡响，犹如站在云端俯瞰大地，顺黄河奔流之势着墨。"九曲"写黄河之曲折，"自天涯"写黄河之源远，弯弯曲曲的黄河，挟带着泥沙，浪涛汹涌，奔腾万里，从遥远的天边滚滚而来。既有李白"黄河之水天上来"奔腾不息的动态美，又有王之涣"黄河远上白云间"闲远流长的静态美。诵读时可以出语响亮。

迎着狂风巨浪，顶着万里黄沙，逆流而上，直到银河，同黄河一起去牛郎织女家中做客。以"直上"为转折，把人们的视线从"奔流到海不复回"中拉回，从地下引到天上，从现实世界进入神话世界。诗人结合优美的传说，把黄河之汹涌写得具体生动形象。用浪漫的想象虚拟意境，突破时间限制，扩大了诗词的容量。

有人说这首绝句模仿的是淘金者的口吻，表明他们对淘金生涯的厌恶和对美好生活的向往。同是在河边生活，牛郎织女生活的天河恬静而优美，黄河边的淘金者却整天在风浪泥沙中讨生活。刘禹锡在这九首《浪淘沙》里是写过底层人民的生活困苦，可单凭"浪淘风簸自天涯"就认为是写淘金者生活，不免有些捕风捉影，儒人说诗。不妨简单地把它当作一首写黄河的诗篇，借写黄河雄伟气势来表达对祖国大好河山的热爱。只是该诗在王之涣、李太白之外，另辟一番境界，想象直上银河，同访牛郎织女，行文增添了一层奇妙的神话色彩，寄托了诗人心底对宁静的田园牧歌生活的憧憬。这种浪漫的理想，以豪迈的口语倾吐出来，有一种朴素无华的美，撇开思想上教条的束缚，我们才能体会其奔放宕逸之气。

（韩美霞）

再游玄都观①

[唐] 刘禹锡

百亩庭中半是苔②，桃花净尽菜花开。
种桃道士归何处③。前度刘郎今又来。

〔注释〕

①唐元和十年（815），刘禹锡作玄都观赏花诗（当时玄都观有桃林灿然，传为仙人所种，刘禹锡作诗给予讽刺）得罪权臣武元衡，被贬出京，14年后重被召回京城做官，写下此篇。因此这首诗又被看作《元和十年自朗州至京戏赠看花诸君子》的续篇。②百亩庭中：指玄都观百亩大的观园。苔：青苔。③种桃道士：暗指当初打击王叔文（唐顺宗时权臣之一，后被贬）、贬斥刘禹锡的权贵们。

〔赏读提示〕

这首诗和《元和十年自朗州至京戏赠看花诸君子》一样，从表面上看，它只是写玄都观中桃花之盛衰存亡，实则是暗指朝代的更迭、政治局势的起伏。

起首一句"百亩庭中半是苔"，如横云断岭，把我们期待的美景或者闲情一刀裁断，直接道出观内之荒芜。宽阔的场院一半已经长满青苔，经常有人迹的地方，青苔是长不起来的，说明其地已无人来游赏了。用"百亩"之大对比"一半青苔"，写尽凄清，往年灿若"红霞"的满观桃花，如今"荡然无复一树"，但作者想表达的却不是"人面不知何处去,桃花依旧笑春风"的伤感,而是胸中壅塞一扫而尽的敞阔。

第二句"桃花净尽菜花开"——桃花去也,只剩不足观览的菜花,菜花黄,菜叶青,从色彩上给人的感觉是一片凉薄,这与《元和十年自朗州至京戏赠看花诸君子》之"玄都观里桃千树"、"无人不道看花回",形成强烈的对照。这句话短短七个字,一虚一实,使人感慨风云变幻,同时又使作为当事者的诗人感到快意。诗人在此毫不掩饰自己看到这凉薄景色的快慰之情,果有豪放情怀。

后两句由花事之变迁,联想到自己之进退。

"种桃道士归何处",由桃花无存、游人绝迹,联想到那一位辛勤种桃的道士也不知所终。诗歌到此,若没有后一句,怎么看都是一首平淡无奇的叙事写景小气文章,但是有了后一句就大不相同,我们也就琢磨出作者的寓意原来是以"桃花"比喻得势的新贵,即《元和十年自朗州至京戏赠看花诸君子》中的诸君子。"种桃道士"则暗指打击"永贞革新"派的当权者们。在作者贬官偏远地区的二十多年中,这些人,死的死,失势的失势,当年"新贵"的显赫声势,也让与他人,暗合"桃花净尽"。而桃花之所以净尽,正是"种桃道士归何处"的结果,使我们想起那句"眼见着他起高楼,眼见着他宴宾客,眼见他楼塌了"(孔尚任《桃花扇》)。然而,对比"新贵"们的"树倒猢狲散",十多年前因看花题诗被贬的刘某人如今重回长安,故地重游,这一切,是不能预料的。作者言下又有无穷的感慨,这里有风云变幻的感慨,有宦海浮沉的感慨,有世事无常的感慨,又有对保守派、顽固派的嘲讽,显示了作者的不屈和乐观,显示了他将继续战斗下去。读"前度刘郎今又来"时,可以体现作者内心的豪迈之情。

刘禹锡的"玄都观"两诗,都是以比拟的方法,对当时的人物和事件加以讽刺,是托物言志诗歌的常例。而且《重游玄都观》的最后一句压轴,四两拨千斤造成的巨大落差,使整首诗焕然生辉,这也是中国诗歌的一贯追求。刘禹锡这首诗的最后一句,很好地实现了这一艺术追求,在整体结构上实现了"文似看山不喜平"的写作效果。

（董晓强）

溪 居

[唐] 柳宗元

久为簪组累①，幸此南夷谪。
闲依农圃邻，偶似山林客。
晓耕翻露草，夜榜响溪石②。
来往不逢人，长歌楚天碧③。

〔注释〕

①簪组：这里是做官的意思。②夜榜：夜航。③楚天：永州古属楚地。

〔赏读提示〕

这首诗是柳宗元贬官永州居处冉溪之畔时的作品，写他迁居后的生活。诗的大意是说：长久被官职所缚不得自由，有幸这次被贬谪来到南夷。闲时常常与农田菜圃为邻，偶然间像个隐居山中的人。清晨我去耕作翻除带露杂草，傍晚乘船沿着溪石哗哗前进。独往独来碰不到那庸俗之辈，仰望楚天的碧空而高歌自娱。此诗表面写溪居生活的闲适，然而字里行间隐含着孤独的忧愤。

开头二句，诗意突兀，耐人寻味。贬官本是不如意的事，诗人却以反意落笔，说久为做官所"累"，而为这次贬官南荒为"幸"，可读出饱含辛酸的苦闷。

"闲依"、"偶似"相对，读来轻而缓、略拖长，强调闲适的意味，"闲依"包含着投闲置散的无聊，"偶似"说明他并不真正具有隐士的淡泊、闲适。

"来往不逢人"，看似自由自在，无拘无束，但也很孤独。这里也透露出诗人是强作闲适，这首诗的韵味也就在这些地方。读时先高昂后转低沉延长，表现其矛盾而不可排解的孤独心情。

初读《溪居》，仿佛感受到陶渊明"采菊东篱下，悠然见南山"的情怀，但细细品味之下，一种"强欢强乐"之感便油然而生。诗人开篇以"久为簪组累，幸此南夷谪"来自慰，仿佛这种贬居生活正合他意，但末句就以"来往不逢人，长歌楚天碧"抒情，则完全表露出这种贬居生活的无奈。诗人所贬之地"永州"，为旧时楚地，固末句"长歌楚天碧"更有一种意味深长的蕴意，诗人在冥冥之中又与屈原感同身受，对自己的贬居生活的无奈又找到一个依托。所以，整首诗的诵读总基调是低缓沉郁的。

(包丽玲)

晨诣超师院读禅经①

［唐］柳宗元

汲井漱寒齿②，清心拂尘服③。
闲持贝叶书④，步出东斋读。
真源了无取⑤，妄迹世所逐。
遗言冀可冥⑥，缮性何由熟⑦。
道人庭宇静，苔色连深竹。
日出雾露余，青松如膏沐。
澹然离言说，悟悦心自足⑧。

〔注释〕

①诣：到，往。超师院：指龙兴寺净土院。超师，指住持僧重巽。禅经：佛教经典。②汲：从井里取水。③拂：抖动。④贝叶书：在贝多罗树叶上写的佛经。因古代印度用贝叶书写佛经而得名，又叫"贝书"。⑤真源：指佛理"真如"之源，即佛家的真意。⑥冥：暗合。⑦缮性：修养本性。⑧悟悦：悟道的快乐。

〔赏读提示〕

这首诗写的是诗人到超师院读禅经的情景和感受，既表达了他满怀壮志而身遭贬谪，欲于佛经中寻求治世之道的心境，又流露出寻求超越尘世，流连于冲淡宁静的闲适佳境的复杂心情，曲折地表达了埋藏在心底的抑郁之情，抒发了诗人读经的哲学见解。

整首诗语调平和沉着，语速宜放慢，语气相对平缓。要能读出诗人轻松愉悦的心境下掩盖着的鄙视尘俗的孤傲之情和壮志难已的抑郁之情。

头四句总说"晨诣超师院读禅经"，主要是叙事。"汲井漱寒齿，清心拂尘服。"清晨早起，以井水漱牙可以清心，又弹冠振衣拂去灰尘，身心内外俱净方可读经，可见用心虔诚。充分表现了诗人对佛教的倾心和崇信，其沉溺之深溢于言表。以叙述的语气，平和地写出自己所做的事情和心情，舒缓的语气传达出虔诚笃信欢愉的感情，要读出画面感，将简单的生活跃然纸上，为下文写感受做铺垫。

"闲持贝叶书，步出东斋读"，一个"读"字，是全诗内容的纲领；一个"闲"字，是全诗抒情的主调。两字皆宜重读。"持"和"出"要拉长声调，读出期待、高兴、轻松之感。

中间四句紧承上文"读"字而来，正面写读"经"的感想。"真源了无取，妄迹世所逐"，是指责世人不去领悟书中真意，反而追逐妄诞之言。这是诗人读经的感受，也是诗人对现实生活的感悟。后两句转写对待佛经的正确态度，"遗言冀可冥，缮性何由熟"，意思是说：佛家遗言值得深思，修养本性怎能圆熟？"冀可"是希望能够的意思，这还是就世人的行为所言。佛教教义艰深，必须深入钻研思考，方能有领悟。如果仅想通过修持本性去精通它，是不可能达到精审圆满的目的的。言下之意是说：愚妄地佞佛不足取，只有学习它于变革社会有益的内容才算真有所得。这四句语气稍有激动，是在前面叙述的基础上生发议论，语调相对高昂些，态度严肃庄重，于沉静之中流露出愤世嫉俗之感。

末六句承上文"闲"字而来，诗人在叙写了对待佛经的正确态度后，转而抒发对寺院清净幽闲的景物的流连赏玩，以至到了忘言的境界。"日出雾露余，青松如膏沐"，是眼前景，亦是心中景。诗人通过优美宁静的寺院之景传达出一种独特的心境和思想感情。至此"闲人"眼中才能看得出的静谧清幽之景跃然纸上，淋漓尽致地抒发了"闲人"胸中才有的超逸旷达之情。朗读时要充满想象，语速舒缓，气韵相谐，读出诗中画意，体悟物我相融、超逸旷达之情，要读得沉静而空灵。大有"此中有真意，欲辨已忘言"的超尘脱俗之感。

结尾两句"澹然离言说，悟悦心自足"，是说宁静冲淡难以言说，悟道之乐心满意足。它既与前面的景物紧密相连，写出"闲人"欣喜愉悦而又多少带点落寞孤寂的韵味；照应前面的读"经"，表现出诗人独特的内心感受，诗人自认为是精通了禅经三昧，与当时的佞佛者大相径庭，其悟道之乐自然心满意足了。朗读时要延续前面的空灵超脱的感觉，语气平和自然，把握诗文中透露出闲适之外的孤傲之情。

从章法上看，全诗自晨起读经开始，最后以日出赏景、禅悟结束，浑然无痕，相映成趣。诗中有禅味而又寓情于景，情趣浓郁。朗读时需要注意把握好全诗描写的深得禅趣那种轻松、愉悦、闲适的心态，以及超逸孤傲之情。

柳宗元生活在一个腐朽衰败的时代，客观上受到无数打击，主观上又受到儒、释、道"三教调和"思想的限制，才华得不到施展，抱负无法实现，贬斥终身，其诗文记录了其坎坷的一生。

（伏祥红）

破阵子①

[宋] 晏　殊

燕子来时新社②，梨花落后清明。池上碧苔三四点，叶底黄鹂一两声。日长飞絮轻③。

巧笑东邻女伴④，采桑径里逢迎⑤。疑怪昨宵春梦好⑥，元是今朝斗草赢⑦。笑从双脸生⑧。

〔注释〕

①破阵子：词牌名，双调六十二字，上下片各五句三平韵。原是唐教坊曲，又名《十拍子》。②新社：社日是古代祭土地神的日子，以祈丰收，有春秋两社。新社即春社，时间在立春后、清明前。③飞絮：飘荡着的柳絮。④巧笑：形容少女美好的笑容。⑤逢迎：相逢。⑥疑怪：诧异，奇怪。这里是"怪不得"的意思。⑦斗草：古代妇女的一种游戏，也叫"斗百草"。其玩法大抵如下：比赛双方先各自采摘具有一定韧性的草，然后相互交叉成"十"字状并各自用劲拉扯，以不断者为胜，此谓"武斗"。所谓"文斗"，就是对花草名，女孩们采来百草，以对仗的形式互报草名，谁采的草种多，对仗的水平高，坚持到最后，谁便赢。⑧双脸：指脸颊。

〔赏读提示〕

本词描绘了在怡人春光中古代少女们的一个生活小片段，作品用词精巧，画面生动，耐人寻味。

词的上片写景。开头两句既点明了季节，又写出了季节与景物的关系，行文轻快流丽，蕴含喜悦的情意，为全词的明丽、和谐基调打下了基础。古代每年有春、秋两个社日，而尤重春社，邻里聚会，酒食分餐，赛会欢腾，非常热闹。后三句写春水池塘，点缀那三四点青苔，密林深处，不时传来莺儿的歌唱。"燕子"、"梨花""碧苔"、"黄鹂"、"飞絮"，满眼春光，盈耳妙音，作者选取春天几点最动人处加以展示，以点带面，写出春之灿烂和美好，春日渐长，生活悠闲，正好可以尽情享受美好春景。

词的下片写人。词中对于这位在美丽春景上场的少女——"东邻女伴"——的刻画，重点写了她的笑。这位女子一出场，在采桑路上与他人相逢，便是巧笑嫣然。真情流露的一刹那，巧妙地揭示了人物的精神世界。"疑怪昨宵春梦好，原是今朝斗草赢。笑从双脸生。"少女们相逢的时候，一块儿玩着那斗草的游戏，这位天真的少女获得胜利。她忽然想起昨天夜里做的那个好梦，认为那原来是"斗草赢"的兆头，脸上又飞起了笑容。作者有意回避了对于斗草场面的正面描写，而只写了人物在斗草前后的活动和心理，给读者以丰富的联想和想象的空间。

此词通过清明时节的一个生活片断，反映出少女身上显示的青春活力，充满着一种欢乐的气氛。词人晏殊的风格是温润秀洁的，全词纯用白描，笔调活泼，风格朴实，形象生动，展示了少女的纯洁心灵。诵读全词宜出声敞亮、上扬。

（沈童）

朝中措①

［宋］欧阳修

平山栏槛倚晴空②，山色有无中。手种堂前垂柳，别来几度春风？

文章太守，挥毫万字，一饮千钟③。行乐直须年少④，尊前看取衰翁⑤。

〔注释〕

①朝中措：词牌名。双调四十八字，前片三平韵，后片两平韵。②槛（jiàn）：栏杆。古建筑常于轩斋四面房基之上围以木栏，上承屋角，下临阶砌，谓之槛。③千钟：千杯。④直须：应当。⑤尊：通"樽"，酒杯。取：作助词，无义。

〔赏读提示〕

宋嘉祐元年（1056），欧阳修的朋友刘敞因避亲出守扬州，欧阳修便作此词送给他。欧阳修曾知扬州，借酬赠友人追忆自己扬州的生活，为我们塑造了一个风流儒雅、豪放达观的"文章太守"形象。

"平山栏槛倚晴空，山色有无中。"本词开篇便以"倚晴空"三字点出平山堂的凌空矗立的气势。词人在平山堂倚栏眺望，栏杆外是晴朗的天空，远山似有似无，一片迷蒙。苏轼曾云："长记平山堂上，欹枕江南烟雨，杳杳没孤鸿。认取醉翁语：'山色有无中。'"此句音韵响亮，"有无中"三字可适当拖长音调。

"手种堂前垂柳，别来几度春风？"意思是，我曾经在堂前亲手栽种的垂柳，而今离别它已经好几年了吧？据宋张邦基《墨庄漫录》记载,扬州蜀冈上大明寺平山堂前,欧阳文忠公手植柳一株,谓之"欧公柳"。词人在平山堂前种下垂柳,不到一年,便离开扬州,移任颍州。杨柳在中国传统诗词里,因谐音"留",而被寄予了丰富的内涵,在这儿,词人明写对垂柳的牵挂,却委婉地表达了自己对于友人出任他方的不舍,也借此表达了自己对逝去岁月的留恋和不舍。此句应读出委婉的深情来,"手种"、"几度"应重读。

"文章太守,挥毫万字,一饮千钟。"此处三句每句四字,句短意长,朗读时,语速可渐快,声调可渐高。既是在赞扬友人的倚马之才,也是在追述自己当年得意往事。爱好写文章的太守,下笔就是洋洋洒洒数万言,喝酒是酣畅淋漓一饮千杯。这是何等的豪迈与自信!

词的结尾"行乐直须年少,尊前看取衰翁",意思是说应当在年少时及时行乐啊,看那坐在面前喝酒的人已经是个衰颓的老者了。表面上是在劝慰友人,其实何尝不是词人的人生感慨呢?欧阳修写此词时,已年逾五十,几经贬谪,历尽宦海沉浮,此时虽在京师供职,然已头发花白,胸中有抑郁之思。饯别时,面对年轻的知交,词人自然而然有了深沉的感慨。虽然句中流露出及时行乐的思想,但是遮掩不了词人的豪迈之气。所以在朗读时,应读出坚定的语气,可字字强调。

(胡炜)

戏答元珍①

[宋] 欧阳修

春风疑不到天涯②,二月山城未见花。
残雪压枝犹有桔,冻雷惊笋欲抽芽③。
夜闻归雁生乡思,病入新年感物华④。
曾是洛阳花下客,野芳虽晚不须嗟⑤。

〔注释〕

①元珍:丁宝臣,字元珍,常州晋陵(今江苏常州市)人,时为峡州军事判官。②天涯:诗人贬官夷陵(今湖北宜昌市),距京城已远,故云。后文"山城"亦指此。③"残雪"二句:诗人在《夷陵县四喜堂记》中说,夷陵"又有橘柚茶笋四时之

味"。残雪，初春雪还未完全融化。冻雷，初春时节的雷，因仍有雪，故称。④物华：美好的景物。⑤"曾是"句：宋天圣八年(1030)至景祐元年(1034)，欧阳修曾任洛阳留守推官。洛阳以花著称，作者《洛阳牡丹记·风俗记》："洛阳之俗，大抵好花。春时，城中无贵贱皆插花，虽负担者亦然。花开时，士庶竞为游遨。"

〔赏读提示〕

宋景祐三年(1036)，欧阳修被贬为峡州夷陵县令。此诗乃次年春在夷陵所作。题目冠以"戏"字，是声明此篇不过是游戏之作，实是他受贬后政治失意的掩饰之辞。

首联描写荒远山城的凄凉春景：我怀疑春风吹不到这荒远的天涯，不然已是二月，这山城怎么还看不见春花？二月时分在其他地方早就应该花开满眼香气逼人了，但在此地却遍地荒凉。俗话说知人知心，听话听音，诗人表面上是写自然环境的恶劣，但言下之意则是朝廷的关怀怎么就不远度天涯光顾一下这小城的官员呢？"疑"、"未"二字需重读，读出故作纳闷的意思。开头二句起得超妙，欧阳修自己也颇为自得，他曾说："若无下句，则上句不见佳处。并读之，便觉精神顿出。"(蔡绦《西清诗话》)起句不凡，下面又环环相扣，故方回《瀛奎律髓》说："以后句句有味。"陈衍《宋诗精华录》说："结韵用高一层意自慰。"

颔联更是意味深长。虽然残雪压枝，但还能品味鲜美的柑橘。言下之意就是说官场再怎么失意，心情再怎么糟糕，生活还要继续，饭还要吃，觉还要睡，并且还要品出美味打破生活的寂寞，苦中作乐，活出精彩来。冻雷初响，惊醒熟睡的竹笋，它亦积蓄着力量，正要冒出新生的嫩芽。这俨然就是不甘束缚、不屈不挠的抗争宣言！朗读此联，"残雪压枝"要读得压抑、沉重，以渲染磨难；"冻雷惊笋"要读出震颤不屈的意志。"犹"、"欲"二字加重音，表现苦中作乐、绝处求生的精神气度。

颈联接着抒发自己迁谪山乡的寂寞情怀及眷眷乡思。"夜闻归雁"与"病入新年"两句要读得沉痛伤怀，以映照诗人内心的苦闷，流放山城兴起乡思之情在所难免，而这乡思之情又变成乡思之病，面对新年又至物华更新，不免要感慨时光的流逝和人生的短暂。

尾联两句虽是诗人自作宽慰之言，但却透露出极为矛盾的心情。表面上说他曾在洛阳做过留守推官，见过盛盖天下的洛阳名花名园，见不到此地晚开的野花也不须嗟叹了，但实际上却充满着一种无奈和凄凉。"不须嗟"实际上是大可嗟，故才借"未见花"的琐屑小事生发出人生的感慨。此联朗读难度较大，因为是"戏答"，不宜过分沉痛；但是看似超脱，实是悲凉，所以又不能过于轻浮。最好的处理方法是用一种叹息的语调慢慢吟出，一点一点将诗人平静的表面下更深沉的痛苦渗透出来。当然，出于押韵的需要，"嗟"字需要恢复古音，念"jiā"。

此诗之妙，就妙在它既以小喻大，又怨而不怒。它借"春风"与"花"的关系来寄喻君臣、君民关系，是历代以来以"香草美人"来比喻君臣关系的进一步拓展。在他的内心中，他是深信明君不会抛弃智臣的。但在专制时代中，君臣更多的是一种依附关系，臣民要做到真正的人生自主与自择是非常痛苦的，所以他也只能以"戏赠"、"戏答"的方式表达一下他的怨而已，他所秉承的也是中国古典诗歌的"怨而不怒"的风雅传统。

（周晟）

定风波①

［宋］苏　轼

三月七日，沙湖道中遇雨。雨具先去，同行皆狼狈②，余独不觉，已而遂晴③，故作此。

莫听穿林打叶声④，何妨吟啸且徐行⑤。竹杖芒鞋轻胜马⑥，谁怕？一蓑烟雨任平生⑦。

料峭春风吹酒醒⑧，微冷，山头斜照却相迎。回首向来萧瑟处⑨，归去，也无风雨也无晴⑩。

〔注释〕

①定风波：词牌名。②狼狈：进退皆难的困顿窘迫之状。③已而：过了一会儿。④穿林打叶声：指大雨点透过树林打在树叶上的声音。⑤吟啸：放声吟咏。⑥芒鞋：草鞋。⑦"一蓑（suō）"句：披着蓑衣在风雨里过一辈子也处之泰然。一蓑，蓑衣，用棕制成的雨披。⑧料峭：微寒的样子。⑨向来：先前。萧瑟：风雨吹打树叶声。⑩"也无"句：意谓既不怕雨，也不喜晴。

〔赏读提示〕

此词作于苏轼被贬黄州后的第三个春天。词人借雨中潇洒徐行之举动，表现了虽处逆境屡遭挫折而不畏惧不颓丧的倔强性格和旷达胸怀,寄寓着超凡脱俗的人生理想。

上片写遇雨后的情境。

"穿林打叶声",渲染出雨骤风狂,但"莫听"二字点明外物不足萦怀之意。"何妨吟啸且徐行",在雨中照常舒徐行步,和小序"同行皆狼狈,余独不觉"呼应,道出了苏轼的心境:对客观事物,不要太在意,不妨去欣赏它,从容而淡定。此句要读出一种潇洒从容。

下句写词人竹杖芒鞋,从容前行,比做官时骑马轻快,看来贬谪之痛已经荡然无存,而此时的苏轼心中是一种笑傲人生的轻松、喜悦和豪迈之情。"一蓑烟雨任平生"中的"烟雨",已不仅是刚才那场"穿林打叶"的风雨了,可以推及整个人生风风雨雨。"任平生"表现出苏轼旷达超逸的胸襟,寄寓着独到的人生感悟,诵读时可以传递舒阔之感,要读出一种洒脱自如。

下片写雨后天晴的景象和心境。

"酒醒"、"微冷",可见苏轼贬谪初期却有失意痛苦之情,借酒消愁之举,但一切都过去了。"山头斜照却相迎",是写雨过天晴的景象,亦是暗示诗人自己终将走出人生阴霾。这几句既与上片所写风雨对应,又为下文所发人生感慨作铺垫。"却"字要重读,"相迎"读出一种欣喜与温暖。

结句写天晴后,回头看看"萧瑟处",刚才还是大雨,现在已经天晴了。大自然就是这样,如同月有阴晴圆缺,雨后便是天晴,天晴后便是下雨。如此循环,难道不是"也无风雨也无晴"吗?此句饱含人生哲理,道出了词人在大自然微妙的一瞬所获得的顿悟和启示:自然界的雨晴既属寻常,那么社会人生中的政治风云、荣辱得失又何足挂齿?朗读时要读出一种自信、从容、淡然。　　　　(王欢)

江城子 密州出猎

[宋] 苏 轼

老夫聊发少年狂①,左牵黄,右擎苍②,锦帽貂裘,千骑卷平冈③。为报倾城随太守④,亲射虎,看孙郎⑤。

酒酣胸胆尚开张⑥,鬓微霜,又何妨?持节云中⑦,何日遣冯唐⑧?会挽雕弓如满月⑨,西北望,射天狼⑩。

〔注释〕

　　①老夫：作者自称。聊：姑且，暂且。②左牵黄，右擎苍：左手牵着黄狗，右臂托起苍鹰。黄，黄犬。苍，苍鹰。③千骑(jì)：上千个骑马的人。一人一马称"一骑"。④倾城：全城的人都出来了。形容随观者之众。⑤孙郎：三国时期东吴的孙权，这里作者自喻。《三国志·吴志·孙权传》载，孙权曾经"乘马射虎"。⑥"酒酣"句：胸怀还很宽阔，胆气还很豪壮。⑦节：符节。古代朝廷使者所持的凭证。云中：古郡名，在现在内蒙古托克托东北。⑧冯唐：人名，汉文帝时的一位郎官。据《史记·张释之冯唐列传》载：汉云中太守魏尚抵御匈奴有功，却因为报战果时多报了杀敌六人而获罪削职。冯唐向文帝进谏，文帝命冯唐持符节去云中郡赦免魏尚，复为云中守。这里作者是以魏尚自比。⑨会：定将。雕弓：饰以彩绘的弓。⑩天狼：星名。传说天狼星"主侵掠"(《晋书·天文志》)，这里借指自西北来侵扰的西夏军队。

〔赏读提示〕

　　宋熙宁四年(1071)，苏轼因对王安石变法持不同政见而自请外任。朝廷派他去当杭州通判，三年任满转任密州太守。这首词是熙宁七年(1074)冬，苏轼与同僚出城打猎时所作。

　　词的上片记叙此次出猎的情况。此时苏轼仅仅37岁，便自称为"老夫"，联系他才情满天下和政治上不得志、屡屡遭贬的遭遇，我们不难体会他这一声叹息之中的郁结之气。虽然"老夫"本不该"狂"，但就此终了一生，心中难免不甘，自然是要抒发一下，于是就有了"聊发少年狂"。起始一句，来得突然，也来得石破天惊。一个"狂"字贯穿全篇。你看，他左手牵黄狗，右手擎苍鹰，头戴锦绣帽子，身披貂皮大氅，一身猎装，气宇轩昂，何等威武。"千骑"，可以理解为夸张，也可以理解为写实，因为毕竟是倾城而出。一"卷"字，有席卷天下之势，速度奇快，让人如见漫天飞尘，遮天蔽日，如闻人嘶马鸣，声裂山冈。这四句凸显这支狩猎队伍装备齐整，人强马壮，场面宏大，声势磅礴，雄壮威武，豪气冲天，极富战斗力！这是怎样一幅声势浩大的行猎图啊，看来太守不仅是打猎，更有练兵的意味。面对如此场面，太守倍受鼓舞，气冲斗牛，为了报答百姓随行出猎的盛情，他要像当年的孙权那样亲自挽弓马前射虎。孙郎即孙权，《三国志》记载，在一次出行中，孙权的坐骑为虎所伤，他镇定地在马前打死了老虎。尤其是这个"看"字，我们可以理解为让百姓看看我怎么射虎，也可以理解为自己射完虎之后，挑衅地看着孙权，意思是说我的威武不比你差，还可以理解为我也可以像孙权一样建功立业。这就在浓墨重彩地描绘出猎的群众场面后，又特别突出地表现了作者的少年狂劲。上片诵读时，语调应高亢一点，突出"狂"、"卷"、"看"，以此展现作者踌躇满志的英雄气概和不服老的冲天豪情。

下片以抒情为主，意在请战。意境由实而虚，进一步抒写"少年狂"的胸怀，抒发由打猎而激发的雄心壮志。苏轼本来就是一个豪放不羁的人，加上"酒酣"，自然是雄心万丈。虽然他也知道此时鬓发已经如霜一般微白，但又怎么样呢？他并没有因为衰老而自怨自艾，他只希望朝廷能够重用他，给他机会去建功立业。这里作者以魏尚自喻，希望朝廷能像派冯唐赦魏尚那样重用自己。如果有那么一天，我定当将雕弓拉得满满的，向西北方的天狼星猛射过去。天狼星，指从西北来侵扰的西夏军队。全篇就在这不计个人得失、关怀国家命运、渴望建功立业的壮志豪情中结束，神完气足，读来令人荡气回肠，一扫当时词作柔弱的格调，充满阳刚之美，成为历久弥珍的名篇。难怪苏轼自豪地说："虽无柳七郎（柳永）风味，亦自是一家……颇壮观也。"（《与鲜于子骏简》）诵读下片，我们要承接上片的豪气，但也要体会其中情绪的细微变化，例如"鬓微霜"的略微一沉，"又何妨"的再度扬起，"持节云中，何日遣冯唐"的期待。　　　　（谭志刚）

月夜与客饮酒杏花下

[宋] 苏　轼

杏花飞帘散余春，明月入户寻幽人。
褰衣步月踏花影①，炯如流水涵青苹②。
花间置酒清香发，争挽长条落香雪③。
山城酒薄不堪饮，劝君且吸杯中月④。
洞箫声断月明中，惟忧月落酒杯空。
明朝卷地春风恶，但见绿叶栖残红。

〔注释〕

①褰（qiān）：提起，撩起。②炯如流水：月光清澈如水。炯，明亮。涵青苹：似水的月光穿过杏花之后，便投下斑斑光影，宛如流水中荡漾着青苹一般。涵，浸润，润泽。③长条、香雪：均指花。杜甫《遣兴》诗中有"狂风挽断最长条"之

句,白居易《晚春》诗中则说"百花落如雪"。④"劝君"句:化用白居易《寓龙潭寺》诗"云随飞燕月随杯",表明诗人对月之爱,远远超出了对酒之爱。

〔**赏读提示**〕

宋熙宁十年四月,苏轼由密州改知徐州,这首七言古诗即作于他徙知徐州之时,即"乌台诗案"事发之前。这一时期,苏轼的诗词作品在整体风格上是大漠长天挥洒自如,内容上则多指向仕宦人生以抒政治豪情。

从诗题"月夜与客饮酒杏花下"可见,作者写了月、人、酒、花,四者在诗中糅合、穿插,完美统一而又错落有致。

开头两句开门见山,写花、写月。首句写花,"杏花飞帘散余春"点明了时令;次句写月,"明月入户寻幽人"交代了具体时间和地点。两句大意是说,暮春时节,清幽之夜,杏花随风飘散,飞落在竹帘之上,似乎把春色都给驱散了。而此时,月色寂寥,穿花入院,来寻幽闲雅致之人。"寻幽人"的"寻"字很有意趣,读时应稍作停顿,表现出明月寻人的多情,为下文诗人被明月的盛情所感,从而高兴地与月赏花对饮铺垫。

"褰衣步月踏花影,炯如流水涵青苹"两句,是说诗人在明月的邀约之下,撩衣举步,沿阶而下,在月光花影之中漫步,欣赏这空明似水的月色。这两句诗都是先写月光,后写月影。"步月"、"炯如流水"是月光,"踏花"、"涵青苹"是月影。流动的月光与摇曳的青苹,赋予沉静的夜色以动感,勾画了一个清虚、明静的超凡境界。这两句应重音轻读,表现出环境的幽静和应月之邀的欣喜。

"花间置酒清香发,争挽长条落香雪"两句写花、写酒。美酒置于花间,酒香更显浓郁;趁着酒兴赏花,兴致也就更高。这两句读时语速稍快,语调上扬,着力表现在花与酒的相互映发之下诗人兴致勃勃的心情。

"山城酒薄不堪饮,劝君且吸杯中月"两句突出"爱月"之心。山城偏僻,好酒难得,可若借月待客,便弥补了酒薄的不足。"洞箫声断月明中,惟忧月落酒杯空"两句表现"惜月"之情。在明月的流转中,悠扬的洞箫声停息了,我只是忧愁月落人散酒杯空。这四句朗读之时,速度逐渐放慢,语调逐渐轻缓,表现出情绪的渐转低沉。作为一个被排挤出朝廷的诗人,虽然此时处境略有好转,但去国之情难免有凄清之感,在此山城,诗人唯与明月长伴,可月落西山,叫诗人情何以堪?

最后两句"明朝卷地春风恶,但见绿叶栖残红"转而写花,不过这花是诗人想象中的凋零之花。明朝一阵恶风刮起,便会落英满地,而满树杏花也将只剩下点点残红。这两句要读出惜花之情,月落杯空,夜色将尽,于是诗人对月的哀愁转为对花的怜惜,其间寄寓了人生命运的感慨。

这首诗韵味浓厚,声调流美。诗人笔下的月是拟人化的,她含情脉脉,自有一股仙气、一腔诗情。而诗人超脱飘逸的风格、热爱自然的心情也借此表露无遗。

（席玮玮）

西江月

［宋］黄庭坚

老夫既戒酒不饮,遇宴集,独醒其旁。坐客欲得小词,援笔为赋。

断送一生惟有①,破除万事无过②。远山横黛蘸秋波③,不饮旁人笑我。

花病等闲瘦弱,春愁无处遮拦。杯行到手莫留残,不道月斜人散④。

〔注释〕

①断送一生惟有:化用韩愈《遣兴》诗句:"断送一生惟有酒"。②破除万事无过:化用韩愈《赠郑兵曹》诗句:"破除万事无过酒"。③远山横黛:指眉毛。秋波:眼波。④不道:不思,不想。

〔赏读提示〕

此词作于黄庭坚贬谪黔州之后。序交代了写作缘由,读来不紧不慢即可。

"断送一生惟有,破除万事无过"开门见山,要读得破空而来,高昂而有气势。这一句蕴含了作者自己的人生体验,是他饱经人世沧桑后产生的理性的深刻的感慨。但它却以"歇后"的形式出之,把这种深沉之情表现得有出奇制胜、诙谐玩世之妙趣。

在这里化用了韩愈的两句诗——韩愈《遣兴》云:"断送一生惟有酒,寻思百计不如闲。莫忧世事兼身事,须著人间比梦间。"又《赠郑兵曹》云:"当今贤俊皆周行,君何为乎亦遑遑? 杯行到君莫停手,破除万事无过酒。"韩愈的两句诗经过他的妙手成为工整的对偶,可见其妙。

　　"远山横黛蘸秋波"句是指酒席宴上侑觞歌女的情态。"远山横黛"指眉毛。《西京杂记》称："（卓）文君姣好,眉色如望远山。"又汉赵飞燕妹合德为薄眉,号"远山黛",见伶玄《赵飞燕外传》。"秋波"则指眼波。这两个词现在也多借代美女。所以"远山黛"和"秋波"要读得轻柔婉转。此句中"蘸"让整句诗活了起来,这是一幅黛色远山傍水而卧的美景,不由让人想起女子含情脉脉、盈盈闪动的双眸,让人怎么不浮想联翩。所以,在诵读时强调一"蘸"字。如此良辰,如此佳人,作者却因为戒酒不饮而被人笑话了。上片以"不饮旁人笑我"巧妙结束。

　　"花病等闲瘦弱,春愁无处遮拦。"下片因为花自凋零而起伤春之情,于是又有了"劝饮"。前句把群花凋零比作多病瘦弱之人。"等闲"意谓"无端",显然这写的是暮春花残之时。"遮拦"即"排遣"之意。自古诗人极少只因"伤春"而"伤春",它的背后一定有更深层的原因。它是作者因为宦海浮沉、坎坷多舛的人生经历而必然产生的牢骚愤懑、愁苦不平。慢读、重读"等闲"、"无处",突出强调春愁和那人生之愁的浓烈、缠绵、不可化解之感。

　　所以接下来说:"杯行到手莫留残。"只能一醉解千愁了! 故读出酒脱豪放之感。这一句也是化用韩愈《赠郑兵曹》中的诗句。而"留残"则又本于庾信六言诗《舞媚娘》:"少年唯有欢乐,饮酒那得留残。"

　　末句"不道月斜人散","不道"意为"不思"、"不想"。是真的可以不思不想吗? 这里其实是反语,要表达的是何不思月斜人散后,无复会饮之乐乎。读得沉郁而无奈,表现表面的酒脱而内心隐痛的矛盾感觉。

　　词中以作者戒酒后重又开戒饮酒之事说起,表达了作者被贬谪后想要借酒浇愁,想要及时行乐,更想拥有旷达的胸怀。但最终我们却感受到的是作者内心的无奈和痛苦,意味无穷。

（包丽玲）

登快阁①

[宋] 黄庭坚

痴儿了却公家事②,快阁东西倚晚晴。
落木千山天远大,澄江一道月分明③。
朱弦已为佳人绝④,青眼聊因美酒横⑤。
万里归船弄长笛,此心吾与白鸥盟⑥。

〔注释〕

①快阁：在江西太和县。②痴儿：不谙世事的呆子，作者自指。了却：办完。作者自嘲痴心，要办完一天公事，才能休息游玩。③澄江：清澈的江水，这里指赣江。④朱弦：指琴。佳人：指知音，道德美好的人。⑤青眼：《晋书·阮籍传》载，阮籍能作青、白眼，用白眼看礼俗之士，用青眼看他所喜欢的人。⑥与白鸥盟：跟白鸥打交道，表示要辞官归隐。

〔赏读提示〕

这首诗是黄庭坚于元丰五年（1082）任吉州太和县县令时所作，年38岁。快阁在太和县东面澄江之上，因江山广远、景物清华，故名。

首两句叙写于公事之暇登快阁眺望，但是构思奇妙。《晋书·傅咸传》中载有夏侯济的话："生子痴，了官事，官事未易了也。了事正作痴，复为快耳。"黄庭坚却说，自己正是痴儿了却官事，所以有空闲登快阁玩赏，显示出一种孤傲的神情。诵读此句，可以读出坦然自若以及孤傲的感情，建议在"了却"二字上重读。"倚"字用得好，含有倚阁赏晚晴两重意思。整句话既是写傍晚登阁所见，便要读出欣赏的意味，语调明快。第三、四两句写景，因为是雨后初晴，空气清朗，所以看到天之远大、月之分明，气象阔远。这两句要读出景物的阔大感，可以适当放慢语速，尤其强调天、月的气象。

第五、六两句提笔抒发感慨。第五句用俞伯牙、钟子期的典故。子期听伯牙鼓琴，最能知音。"钟子期死，伯牙破琴绝弦，终身不复鼓琴。""青眼"，用阮籍典故。阮籍能为青白眼，嵇喜来吊，籍作白眼，喜不怿而退。喜弟康闻之，乃赍酒挟琴造焉，籍大悦，乃见青眼。（《晋书·阮籍传》）"横"字用得新颖。第二句"倚晚晴"之"倚"字，此处"聊因美酒横"之"横"字，都是极平常的字，但是经过黄庭坚的运化，即能点铁成金，可见黄诗炼字之法。这两句的诵读建议强调"已为"、"聊因"，也可以同时强调"绝"、"横"。末两句是说，想弃官归隐，"归船"、"长笛"、"白鸥"等，都足以增加诗中形象之美，这句话要读得潇洒自然。

这首诗是黄诗中的名作，通首"一气盘旋而下，而中间抑扬顿挫又极浏亮"。姚鼐认为，这首诗"能移太白歌行于律诗"，很能道出它的特点。元代韦居安《梅磵诗话》说，太和的快阁，经黄庭坚作诗品题，"名重天下，前后和者无虑数百篇，罕有杰出者"。

（王悦）

游山西村

〔宋〕陆　游

莫笑农家腊酒浑①，丰年留客足鸡豚②。
山重水复疑无路③，柳暗花明又一村④。
箫鼓追随春社近⑤，衣冠简朴古风存⑥。
从今若许闲乘月⑦，拄杖无时夜叩门⑧。

〔注释〕

　　①腊酒：指上一年腊月酿制的米酒。②足：丰盛。③山重水复：一座座的山，一条条的河流。④柳暗花明：柳色深绿，花红明艳。⑤春社：春季祭祀土地神的日子。人们在这一天祭土地神，以祈祷丰年。同时这也是农人在一年的辛苦劳作刚开始时的一个尽情欢乐的日子。⑥古风：传统的习俗和风尚。⑦若许：如果能够。⑧无时：随时。

〔赏读提示〕

　　此诗作于宋孝宗乾道初年陆游罢官退居山阴(今浙江绍兴)乡里时。"山西村"即山西面的村子，这是对家乡山村的随便叫法，含亲切之意。"游"也只是随意漫游，并非刻意追求名胜古迹。

　　首联"莫笑农家腊酒浑，丰年留客足鸡豚"，"腊酒"指农家自酿的米酒，"鸡豚"就是指自家养的鸡和小猪。这句话是说：请不要笑话农家自酿的腊酒口感粗糙、不澄澈，在丰收的年景里他们待客菜肴有酒有肉，非常丰盛。弦外之音是：这农家酒味虽薄，待客情意却厚；鸡肉、猪肉虽不是珍馐佳肴，但是管饱。诗人并没有直接写村民的笑貌举止，但是从一个"足"字，可以看出农家尽其所有的盛情；"莫笑"二字，道出诗人对农村淳朴民风的由衷赞赏。

　　颔联"山重水复疑无路，柳暗花明又一村"，诗句流畅绚丽、开朗明快。我们可以想见，诗人漫步于青山碧水中，徜徉在山野小径，欣赏溪水潺潺，聆听百鸟脆鸣。也许是这美景太诱人，诗人似乎迷路了，他感到无路可走，驻足望去一座座山峰似乎都是一样的，一条条溪流也都相似。正踌躇间，突然柳暗花明，原来是花木扶疏的掩映之下，一片村舍出现在眼前，如《桃花源记》之武陵人辗转来至那世外桃源，惊喜之情溢于言表。此联写景中寓含哲理，千百年来被人广泛引用。人们在探讨学问、研究问题时,往往会有这样的情况:山回路转,出路难寻,于是顿生茫茫之感。但是,如果锲而不舍,继续前行,忽然间眼前出现一线亮光,再往前行,便发现了一个前所未见的新天地,就能享受那种豁然开朗的欣喜感觉,诵读时宜传递出这种情感。这就是此联给人们的启发,也是宋诗特有的理趣。

颈联"箫鼓追随春社近,衣冠简朴古风存",写农人身着简朴的传统服饰举行祭社祈年活动。"追随"二字极有气氛,农人吹箫打鼓,你追着我,我绕着你,欢欣热闹。这热闹不但透露了农人丰收的喜悦,也写出了他们对来年丰收的殷殷期待。这是一幅极质朴的农村风俗画,它溢满了诗人对传统文化的深挚情怀,对家国故土的深切热爱。

另一方面,诗人从繁华热闹的城市退隐到这山清水秀的山村,古朴的民风和简朴的风俗让他有欣喜也有感怀。从尾联"从今若许闲乘月,拄杖无时夜叩门"中可以看出,诗人设想:如果今后有时间空闲下来,在这样的月光中,乘着大好月色手拄竹杖出外缓缓而行,欣赏这让人心怡的夜景,如果想聊天了,就随便哪家敲门,轻叩柴扉,与农人老友窃窃絮语,该是多么惬意啊!

"趁月闲游"是古代文人雅士的风雅之事,苏东坡的《记承天寺夜游》也有所记载。但是事实上只是诗人感慨之余的美好向往。诗人当时被变法派弹劾罢归故里,心中愤愤不平。对照伪诈的官场,家乡纯朴的生活自然令诗人产生了无限欣慰之情。然而,诗人貌似闲适,却未能忘情国事。执政者目光短浅,无深谋长策,然而诗人并未丧失信心,深信总有一天否极泰来。这种心境和所游之境恰相吻合,于是两相交涉,产生了传诵千古的"山重水复疑无路,柳暗花明又一村"一联。

这首七律结构严谨,主线突出,全诗无一"游"字,而处处切中"游"字,游兴十足,游意不尽,又层次分明。尤其是颔联,对仗工整,善写难状之景,如珠落玉盘,圆润流转,达到了很高的艺术水平。

(董晓强)

鹊桥仙

[宋] 陆 游

一竿风月,一蓑烟雨,家在钓台西住①。卖鱼生怕近城门,况肯到红尘深处^②?

潮生理棹^③,潮平系缆^④,潮落浩歌归去。时人错把比严光,我自是无名渔父。

〔注释〕

①钓台:指严光钓台,在今浙江省桐庐县富春江畔。此处借用严光不应汉光武的征召,独自披羊裘钓于浙江富春江上的典故。②红尘深处:喻指人们争名夺利的中心所在。③理棹:指划船出发。④系缆:指停船捕鱼。

〔赏读提示〕

这首词是陆游在出师北伐计划夭折以后,回到山阴故乡时所作。借渔父生涯来抒写隐居生活中的高尚品质,把渔父和高人联系在一起,发人深思。这一时期,陆游的诗作多表现一种清旷淡远的田园风味,并不时流露着苍凉的人生感慨,表现出趋向质朴而沉实的创作风格。

上阕前两句"一竿风月,一蓑烟雨",形象地表现了渔父常年的生活状态,使人如见其人。"风月""烟雨"概括了天气的几种情况,"一竿""一蓑"则是渔父的工具服饰。"家在钓台西住"这一句既点明渔父的住地,又与严光联系到一起,喻渔父的心情近似严光。这三句朗读时一字一顿,节奏舒缓,给人极强的画面感和想象的空间。

上阕结句"卖鱼生怕近城门,况肯到红尘深处",写出了渔父的高尚情操。从常理上来说,卖东西都挑人多之处,人越多,越可能卖得好价钱。但是这位渔父卖鱼还生怕走近城门,当然就更不肯向红尘深处追名逐利了。这里从城门引出"红尘",就是从一般意义的怕热闹,扩展到对名利官场深恶痛绝的情怀。因此,这两句读时要尾音上扬,读出反问语气,表现出孤高傲世之情。

下阕前三句"潮生理棹,潮平系缆,潮落浩歌归去",与开头"一竿"句呼应。渔父在潮生时出船觅鱼,在潮平时系缆捕鱼,在潮落时驾船归家。潮水的"生""平""落"有其自然规律,渔父的乘潮而去、乘潮而归,体现其生活规律,两相适应,并无分外的要求,与沽名钓誉、利令智昏的世俗之人截然不同。正是因为远离红尘,自食其力,所以又着"浩歌"二字,表现出一种自得其乐的心境。这三句重音轻读,语速稍缓,要读出优游自得的情怀。

下阕最后两句"时人错把比严光,我自是无名渔父"承上阕"钓台"句。"时人错把比严光"是对上面的总结,因为这样的生活,这样的情操,和严光相比毫不逊色。这是用"时人"来间接赞扬渔父,但作者在句中着一"错"字,自然引出末句。"我自是无名渔父",自认身份更高。严光把老同学刘秀做了皇帝这件事看得非常平淡,自己仍然是垂钓过活,这是历史上"有名"的渔父,而"我"这个渔父却连名也隐了,岂不更胜一筹! 结尾两句是全诗的顶点,"错"字略拖长音,"自"字重读,"无名渔父"四字语调逐字上扬,突出强调的意味。

文人词中写渔父最早、最著名的是张志和的《渔父》,后人仿作颇多。陆游的这首词,意在讽刺当时那些被名利牵绊的俗人,思想内容在张志和等诸人之上。

(席玮玮)

西江月

[宋] 张孝祥

满载一船秋色,平铺十里湖光。波神留我看斜阳①,唤起鳞鳞细浪。

明日风回更好,今宵露宿何妨? 水晶宫里奏霓裳,准拟岳阳楼上②。

〔注释〕

①波神:水神。②准拟:预料,打算。

〔赏读提示〕

这首词作于词人离开湖南乘舟北上之际,途经洞庭湖畔的黄陵山,遇风雨受阻停泊。

"满载一船秋色,平铺十里湖光。"开篇一派平静春色,风雨未至。此时渲染出一幅平静闲适的场景,语调应平缓。此二句纯属写景,而词人欣悦之情尽在其中,一切景语皆情语。此处在诵读的时候,应该读出词人内心平静闲适的心情,语气平稳。

"波神留我看斜阳,唤起鳞鳞细浪",水神有意留住我观看夕阳西下的美丽景色,所以水面起了鱼鳞样的波浪,此时风雨降至。这两句以幽默的手法写航船遇风受阻被迫停泊的情景,反映出词人此时的心境是十分欢快自乐的。

下片写停船后词人的心态。"明日风回更好",写他期待风向回转,天气变好,及时登程的心情。诵读时语调应轻快,要读出词人内心的愉悦。"今宵露宿何妨?""何妨",反问,此处语调不妨上扬,读出一种豁达、不在意的豪情。"水晶宫里奏霓裳","水晶宫",也就是我们所谓的"龙宫";"霓裳",即《霓裳羽衣曲》,相传为唐玄宗与杨玉环所作。词人在这里突发奇想,表现出词人奇特的想象力。水晶宫里霓裳羽衣,那么明天又有什么好担心的!"准拟岳阳楼上",尾句设想,明天准能在岳阳楼上欣赏洞庭湖的美景胜状。

本词写航船遇风受阻的情景,写景、抒情,表露出对"明日"的设想,笔调轻松欢快,毫无遇到风雨的颓废沮丧,读来也觉得幽默轻松。这是此词的特色,也是词人构思独到之处。所以我们在诵读的时候,可以在语调上多加处理,平缓兼欢快为主,力求读出词人乐观旷达的内心情感。　　　　　　　　(孙璐)

念奴娇

[宋] 张孝祥

　　洞庭青草①,近中秋、更无一点风色②。玉鉴琼田三万顷③,著我扁舟一叶。素月分辉,明河共影④,表里俱澄澈。悠然心会,妙处难与君说。

　　应念岭表经年,孤光自照,肝胆皆冰雪。短发萧骚襟袖冷⑤,稳泛沧溟空阔⑥。尽挹西江⑦,细斟北斗,万象为宾客。扣舷独啸,不知今夕何夕!

〔注释〕

　　①洞庭:湖名,在湖南岳阳西南。青草:湖名,在洞庭之西南。二湖相通,总称洞庭湖。②风色:风势。③玉鉴琼田:形容月下晶莹如玉的洞庭湖水。玉鉴,玉镜。琼田,玉田。④明河:银河,天河。⑤萧骚:稀疏。一作"萧疏"。⑥沧溟:青苍色的水。一作"沧浪"。⑦挹:舀。一作"吸"。西江:长江连通洞庭湖,中上游在洞庭以西,故称西江。

〔赏读提示〕

　　本词上阕重在描写泛舟洞庭湖中所见月夜之景。开篇直说"洞庭青草,近中秋、更无一点风色",清晰点出"地点与时间",意即洞庭湖边小草青碧,中秋将至时候，全然没有一丝风意。词人从视觉和触觉的角度，写了自己对身处环境的整体感受。"更无一点风色"，既表现洞庭湖上水波不兴的平静，也让人感受天地的清冷潇洒，令人神往。

在平静无风、绿草如茵的洞庭湖上，词人放眼远眺，"玉鉴琼田三万顷，著我扁舟一叶"，词人充分运用想象、比喻、对比等手法，将洞庭湖晶莹明亮的湖水想象比喻为美玉，让人感受到湖水的明静皎洁、珍贵美丽。"三万顷"以夸张手法表现洞庭湖的宽阔，与词人身处的一叶小舟形成了鲜明对比。著，意为"附着"。船行湖上，应是漂浮流动着，为何词人却说附着呢？南宋爱国诗人陆游在《题斋壁》写道"稽山千载翠依然，著我山前一钓船"。一"著"字表现出在"三万顷"广阔的湖面上，安置"我"的一叶扁舟，好似自然造化全都为"我"而用，力衬诗人之豪迈。

上阕重在描写，词人调用多种感官，生动描摹出秋高气爽、玉宇澄清的景色，是词人纵目游览洞庭湖总的印象。诵读上阕时，声音可以轻柔和缓，语速缓急相间，尽情感受天地间的美好。

"应念岭表经年，孤光自照，肝胆皆冰雪。"词人曾经在广南西路任经略安抚使，感怀这一轮孤光朗照的明月，照着漂泊无定的自己，照着像冰雪一样透明坚贞身心的自己。在广阔的洞庭湖上，词人泛舟湖中，尽情体会着独自泛舟自然的独特乐趣。"短发萧骚襟袖冷，稳泛沧溟空阔。"萧骚，此处形容头发的稀疏短少。正因为头发少，才会有后面的"冷"的感受，加上词人如今被免职，不免更增几分萧条与冷落。但词人的豪气却丝毫不减："稳泛沧溟空阔。"不管处境如何，自己依旧是沉稳面对的。这句是说，自己安稳地泛舟于浩淼的洞庭湖上，心境并未受到现实的影响。不但如此，词人还更加豪迈，"尽挹西江，细斟北斗，万象为宾客"，这是全词情感高潮。"尽挹西江"，意为尽汲西江之水以为酒。"细斟北斗"，即以北斗星为酒杯，慢慢斟酒来喝。这里暗用屈原在《九歌·东君》中所写的"援北斗兮酌桂浆"，塑造了诗人极其宏伟的高大形象。"万象"，天地间的万物。这几句是设想自己做主人，请万象做宾客，陪伴我纵情豪饮。一个被逐罢官的人，竟有这样的气派，不能不让人惊叹！

词的最后两句更显出词人艺术手法的高超："扣舷独啸，不知今夕何夕！"词人独自敲着船舷，打着节拍，慨然高歌，甚至都忘却了身处何地，今夕何夕。前者化用了苏轼《赤壁赋》的句子"扣舷而歌之"，后者化用苏轼《念奴娇·中秋》的成句："起舞徘徊风露下，今夕不知何夕！"夜色的美好，豪壮的气魄，已经让词人完全沉醉,忘记这是一个什么日子了,照应开头"近中秋",收束全词。

在诵读下阕时,不同于上阕的闲适愉悦,建议前段低缓,后段逐步转入高亢,表现词人的心理活动,借自然的大美来逐步化解现实的不得意,充分体现出一个高大豪迈、坚贞不屈、胸襟宽广的词人形象。重音的处理上,可以重点突出"应念"、"肝胆皆冰雪"、"稳"、"尽"、"万象为宾客"等字句,充分体会词人的博大形象。

如果说苏轼在《水调歌头》中是举杯与月交流,那么在本首《念奴娇》中,词人则直接将自己与月亮相融合,将人与天地自然、物与仕途失意之我完美交融,带给读者美好的享受与深刻的启发。

（杨大宁）

清平乐 忆吴江赏木樨①

[宋] 辛弃疾

少年痛饮②,忆向吴江醒。明月团团高树影③,十里水沉烟冷④。
大都一点宫黄⑤,人间直恁芬芳⑥。怕是秋天风露,染教世界都香⑦。

〔注释〕

①木樨:亦作"木犀",桂花别名。一本题作"谢叔良惠木樨"。两种词题,互为补充。友人赠桂,思绪流向当年的吴江之行。②少年:泛指青少年时期。③团团:圆形。也指树木簇聚的样子。④水沉:即沉香。水沉是高品质的沉香。⑤大都:不过。宫黄:宫中妇女化妆用的黄粉,此借指黄色的桂花,俗称金桂。⑥直恁:竟然如此。⑦教:叫,使得。

〔赏读提示〕

辛弃疾一生力主抗金,但由于朝廷不愿作战,加上受到弹劾,官职被罢,于是回到上饶,开始了他中年以后的闲居生活。这首词便是辛弃疾闲居上饶时与他的朋友余叔良的一首唱和之词。

词的上片一开始便以"少年痛饮,忆向吴江醒"两句,点明这是回忆之作,词人回忆起自己在少年时曾从痛饮中醒来。"痛"、"忆"、"醒"应作重读处理。吴江即吴松江,亦名松江,苏州河,是太湖最大的支流。辛弃疾年轻时游过吴江,据说当时吴江两岸桂花颇为繁盛。所以词人忆起吴江,就忆起当时看见的景色是"明月团团高树影,十里水沉烟冷"。这里的"团团"有双重含义,既可以指一轮圆月高高地悬挂在中天,也可以指桂树高大繁盛。李白在《古朗月行》中就曾有"仙人垂两足,桂树何团团"的诗句。看到的是圆月朗照,桂树繁盛,嗅到的则是桂子馨香,直溢十里。这香气飘散在烟波江上,倍添秋夜清冷之气。天地之间,都笼罩在桂香桂影构成的曼妙氛围之中。"明月"句声调上扬,声音稍微拉长;而"十里"句声调下降,语速放缓慢。

下片"大都一点宫黄,人间直恁芬芳"由对桂花的整体描绘转到细节上来。金黄色的桂花不过像妇女涂额的"宫黄",星星点点,可是它却使人间这般芬芳。朗读时应读出欣喜和惊奇的语气,重音突出"一点"、"直恁"。最后别出新意:"怕是秋天风露,染教世界都香。"或许是它借着秋天风露的传播,要使得世界都浓郁芬芳吧! 朗读此句时语气要坚定,"染教"之后略微停顿,"世界都香"需要重点突出。

这是一首答谢友人赠桂的词,但词人在字里行间流露出来的,却不仅仅是对桂花香气的赞美。在中国传统文化中,桂花一向是崇高、美好、吉祥的象征,辛弃疾是否在"染教世界都香"的词句中,也隐含着自己远大的抱负呢?(胡炜)

出 塞

[清] 徐锡麟

军歌应唱大刀环①,誓灭胡奴出玉关②。
只解沙场为国死③,何须马革裹尸还④。

〔注释〕

①"军歌"句:军队应唱凯旋战歌。环,与"还"音近,古人用作还乡的隐语。②胡奴:指清王朝封建统治者。玉关:此处代指山海关。汉时为出塞要道。③解:知道,懂得。④马革裹尸:东汉名将马援:"男儿要当死于边野,以马革裹尸还葬耳。"(《后汉书·马援传》)

〔赏读提示〕

这是一首边塞诗,作者旅日归国,曾北上游历,在东北一带写下了这首七言诗。

开头两句气势宏大："军歌应唱大刀环，誓灭胡奴出玉关。"故在诵读的时候，语调应刚劲有力。"应"、"誓"等字要加重，读出出征的战士高唱着战歌，挥举大刀，一直把清朝统治者杀到关外的英勇情形。此时列强已经破关入国，失守的岂止是山海关一处。作者在这里怀着积极的心态，斗志昂扬地喊出内心的誓言：誓灭胡奴出玉关。

后两句写得十分悲壮："只解沙场为国死，何须马革裹尸还。"抒发了作者的个人情感，作为为国杀敌的战士，想到的只是捐躯赴国难，马革裹尸又何足挂齿！"只解"、"何须"两个词应重读，读出诗人慷慨赴国难的豪情壮志。末句反问，既是问自己，也是问世人。在诵读的时候，要能够读出诗人将个人安危置之度外的男儿豪情。这首诗抒发了作者义无反顾的革命激情和牺牲精神，充满了英雄主义气概，作者在这里抒发了自己捐躯赴国、誓要杀敌救国的雄心壮志。

好男儿自当胸怀天下，兼济苍生。在写下了这首诗的一年以后，作者在安庆起义被捕，清政府要他写口供，他挥笔直书："尔等杀我好了，将我心剖了，两手两足断了，全身碎了，均可，不可冤杀学生。"尔后，慷慨就义！这首诗感情豪放激扬，语气慷慨悲壮，英气逼人，最后一句"何须马革裹尸还"，写出了他壮怀激烈、视死如归的英雄气概。人如其文，作者在诗中所抒发的情感，正是他自己一生的写照。这首诗平白如话，并不艰深，其中所蕴含的情感却是需要我们细细琢磨的。

（孙璐）

第六编

珍惜情谊

诗言志，诗言情。诗歌的精妙之处就在于言有尽而情无穷。它通过景，通过物，通过人，甚至一个动词、形容词、副词，都可以传递出或喜，或悲，或哀而不伤，或乐而不淫的丰富情感。诗歌中的情谊，展现人与人之间纯净美好的情感。它内涵丰富，有"江南无所有，聊寄一枝春"，平淡而真诚的朋友情；有"露从今夜白，月是故乡明"，甜蜜而哀伤的思乡情；有"香雾云鬟湿，清辉玉臂寒"，浓烈而深沉的亲情；有"风乍起，吹皱一池春水"，惆怅无奈的闺情……细读这些诗歌，我们可以感受到诗人对人间情感的敏锐捕捉力和对情谊的珍惜态度；精读这些诗歌，我们可以通过诗歌探寻诗人真诚而丰富的情感世界；吟咏这些诗歌，我们会更懂得要重视亲情，珍视友情，理解并祝福美好的爱情。

　　慢慢品，沉沉思。让诗歌带我们畅游情感的海洋，让我们体会并珍惜人世间最美好、最朴实、最真实、最浓烈的情感吧！

关　雎

《诗　经》

关关雎鸠①，在河之洲②。窈窕淑女③，君子好逑④。
参差荇菜⑤，左右流之⑥。窈窕淑女，寤寐求之⑦。
求之不得，寤寐思服⑧。悠哉游哉，辗转反侧。
参差荇菜，左右采之。窈窕淑女，琴瑟友之⑨。
参差荇菜，左右芼之⑩。窈窕淑女，钟鼓乐之⑪。

〔注释〕

①关关：象声词，雌雄二鸟相互应和的叫声。雎鸠（jūjiū）：一种水鸟名。
②洲：水中的陆地。③窈窕（yǎotiǎo）淑女：贤良美好的女子。窈窕，身材体态美好的样子。窈，深邃，喻女子心灵美；窕，幽美，喻女子仪表美。淑，好，善良。④好逑（hǎoqiú）：好的配偶。逑，配偶。⑤参差荇菜：长短不齐的荇菜。参差，长短高低、大小不齐。荇菜，水生植物，圆叶细茎，根生水底，叶浮在水面，可供食用。⑥左右流之：时而向左、时而向右地择取荇菜。这里是以勉力求取荇菜，隐喻"君子"努力追求"淑女"。⑦寤寐（wùmèi）：醒和睡，指日夜。寤，醒觉。寐，入睡。⑧思服：思念。服，想。⑨琴瑟友之：弹琴鼓瑟来亲近她。⑩芼（mào）：择取，挑选。⑪钟鼓乐之：用钟奏乐来使她快乐。乐，使动用法，使……快乐。

〔赏读提示〕

《诗经》是我国第一部诗歌总集，收集了自西周初年至春秋中叶五百多年的诗歌 305 篇。先秦称为《诗》，或取其整数称《诗三百》、《三百篇》。西汉时被尊为儒家经典，才称为《诗经》，并沿用至今。

《关雎》是《诗经》第一篇。古人把它冠于三百篇之首，说明对它评价很高。这首诗通过一个男子在河边遇到一个采摘荇菜的姑娘，并被姑娘的勤劳、美貌和娴静深深打动，随之引起了强烈的爱慕之情，在梦里也会梦见那位姑娘的一系列追求过程，充分表现了古代劳动人民内心对美好爱情的向往和追求，突出表达了青年男女健康、真挚的爱情观。

全诗古人常分为五章。第一章，以雎鸠和鸣比兴，引出一位美丽善良的好姑娘,她正是君子合适的配偶。接着,诗歌以采摘荇菜为喻,采到好的荇菜不容易,求得"窈窕淑女"也不容易,不管醒着还是睡着都想着追求她。第三章,情节发生了转变,追求没有成功,怎么办?那就更加深了对她的思念,不管醒着还是睡着都在想念她。这思念是如此悠长,以致辗转反侧无法入睡。最后两章,又以采摘荇菜作喻,想象一旦求得她,则必以美妙的音乐迎接她,使她高兴。短短五章,把青年男子的思念之情和复杂内心世界以及对美好爱情的大胆热烈的追求,刻画得栩栩如生。

这诗的主要表现手法是兴寄。《毛传》云:"兴也。"什么是"兴"?孔颖达的解释最得要领,他在《毛诗正义》中说:"'兴'者,起也。取譬引类,起发己心,《诗》文诸举草木鸟兽以见意者,皆'兴'辞也。"所谓"兴",即先从别的景物引起所咏之物,以为寄托,这是一种委婉含蓄的表现手法。如此诗以雎鸠之"挚而有别",兴淑女应配君子;以荇菜流动无方,兴淑女之难求;又以荇菜既得而"采之"、"芼之",兴淑女既得而"友之"、"乐之"等。这种手法的优点在于寄托深远,能产生文已尽而意有余的效果。

这首诗还采用了一些双声叠韵的联绵词,以增强诗歌音调的和谐美和描写人物的生动性。如"窈窕"是叠韵,"参差"是双声,"辗转"既是双声又是叠韵。用这类词修饰动作,如"辗转反侧";摹拟形象,如"窈窕淑女";描写景物,如"参差荇菜",无不活泼逼真,声情并茂。刘师培《论文杂记》云:"上古之时,……谣谚之音,多循天籁之自然,其所以能谐音律者,一由句各叶韵,二由语句之间多用叠韵双声之字。"此诗虽非句各叶韵,但对双声叠韵联绵词的运用,却保持了古代诗歌淳朴自然的风格。

(王生福)

蒹 葭

《诗 经》

蒹葭苍苍①,白露为霜。所谓伊人②,在水一方③。
溯洄从之④,道阻且长。溯游从之⑤,宛在水中央⑥。
蒹葭萋萋⑦,白露未晞⑧。所谓伊人,在水之湄⑨。
溯洄从之,道阻且跻⑩。溯游从之,宛在水中坻⑪。
蒹葭采采,白露未已⑫。所谓伊人,在水之涘。

溯洄从之,道阻且右⑬。溯游从之,宛在水中沚。

〔注释〕

①蒹葭(jiānjiā):芦苇。苍苍:茂盛的样子。②所谓:所说,这里指心里所想。伊人:那人。指所爱,所想念的人。③在水一方:在河的那一边,指对岸。④溯(sù)洄从之:逆流而上去追寻她。溯洄,逆流而上。从,跟随,这里是追寻的意思。之,代"伊人"。⑤溯游:顺流而下。⑥宛:宛然,仿佛。中央:中间。⑦萋萋:和下文的"苍苍"、"采采"都是指茂盛的样子。⑧晞(xī):干。⑨湄(méi):和下文中的"涘(sì)"都指水边,即河的岸边。⑩道阻且跻(jī):道路又险又高。跻,高。⑪坻(chí):和下文中的"沚"都指水中小块陆地。⑫未已:还没有完。⑬右:指道路迂回弯曲。

〔赏读提示〕

　　全诗共三章。每章开头二句皆以秋景起兴,描绘出一幅水乡清秋图;三、四句展示诗的中心意象,点明主题:"伊人"在水一方,主人公隔河企望,追寻"伊人";后四句描述追寻境况:一是道阻且长,二是幻象迷离,两者皆以"伊人"不可得为旨归。

　　每章前两句写景,点明时令,烘托气氛;后六句写寻求"伊人"不得的心情。全诗一唱三叹,情调凄婉动人,意境朦胧深远。诗中写"苍苍"、"萋萋"、"采采"的蒹葭,既是用来起兴而怀"伊人",又是用来烘托抒情主人公的。对于"伊人",诗人知其地,而莫定其所,故"溯洄"、"溯游",往复其间,希望能与"伊人"一遇。用"蒹葭"起兴,引出对"伊人"的寻求自然顺理成章。尽管诗人满腔热情地去"溯洄"、"溯游",不畏"道阻且长"、"且跻"、"且右",结果却是可望而不可即。全诗意境朦胧凄清,感情执着真切,形成了独特的艺术美感。

　　本诗朗读起来,也极富音乐的美感。听觉上的美感来自于这首诗歌的韵律,重章叠句回环往复是《诗经》的特色之一,《蒹葭》亦如此。第一章采取偶句入韵的方式,"苍"、"霜"、"方"、"长"、"央",读来朗朗上口,极具韵律美。

　　同时,本诗在结构上又采用重章叠句。三章,句式相同,字数相等,只是在少数地方选用了近义词或同义词,如"萋萋"、"采采"分别放在"苍苍"的位置上,用"未晞"、"未已"去分别取代"为霜",这样既做到了一唱三叹,使诗人的感情得到了充分的表达,又使行文富有变化而无重复笨拙之感。全诗以四字句为主,只有每章最后一句变化成五字句。另外,"蒹葭"属于双声词,"苍苍"、"萋萋"、

"采采"等是叠词,用韵和句式的参差变化以及双声叠词的运用,极大地增强了诗歌的节奏感和音乐美。 （王生福）

桃 夭

《诗 经》

桃之夭夭①,灼灼其华②。之子于归③,宜其室家。
桃之夭夭,有蕡其实④。之子于归,宜其家室。
桃之夭夭,其叶蓁蓁⑤。之子于归,宜其家人。

〔注释〕

①夭夭:桃花怒放的样子。②华:古"花"字。③之子:这位姑娘。于归:出嫁。古代把丈夫家看作女子的归宿,故称"归"。④有蕡(fén)其实:它的果实十分繁盛。蕡,肥大,果实将熟的样子。⑤蓁蓁:繁茂的样子。

〔赏读提示〕

这是《诗经》里一首传唱广泛的民歌,唱出了女子出嫁时对婚姻生活的希望和憧憬,用桃树的枝叶茂盛、果实累累来比喻婚姻生活的幸福美满。歌中没有浓墨重彩,没有夸张铺垫,平平淡淡,但却情真意切,读来不仅朗朗上口,更觉得幸福之感跃然纸上。它的意思也很简单:桃树含苞满枝头,花开灿烂如红霞。姑娘就要出嫁了,喜气洋洋归夫家。桃树含苞满枝头,果实累累坠树丫。姑娘就要出嫁了,早生贵子后嗣旺。桃树含苞满枝头,桃叶茂密色葱绿。姑娘就要出嫁了,齐心协力家和睦。

《桃夭》的写法也很讲究。看似只变换了几个字,反复咏唱,实际上却有递进的含义在其中。第一章写"花",第二章写"实",第三章写"叶",利用桃树的自然三变,表达了三层不同的意思。先是待嫁的姑娘,接着是新为人妇,接着便是开枝散叶,结出了累累果实。写花,是形容新娘子的美丽;写实、写叶,让人联想到多子多孙。密密麻麻的桃子,郁郁葱葱的桃叶,真是一派兴旺景象。首章"桃之夭夭,灼灼其华"一句就给读者带来一片生机勃勃、春光明媚的灿烂景色,灼灼的桃花象征青年男女嫁娶的大好时光,并烘托着容貌如花的美丽的待嫁女子的青春气息,预示着婚姻的美满幸福。接着二、三章,用桃实硕大且多,象征女子出嫁多子多孙;用桃叶茂密葱绿象征新娘嫁过来后,家族昌盛。表现她对婚姻生活的无限憧憬和希望。

(杨辉)

垓下歌

〔西楚〕项 羽

力拔山兮气盖世①,时不利兮骓不逝②。
骓不逝兮可奈何③! 虞兮虞兮奈若何!

〔注释〕

①兮:文言助词,相当于现代的"啊"或"呀"。②骓(zhuī):青白杂色的马。
③奈何:怎么办。

〔赏读提示〕

本诗是楚霸王项羽在进行必死战斗的前夕所作的绝命词。在这首诗中,既洋溢着无与伦比的豪气,又蕴含着满腔深情;既显示出罕见的自信,却又为人的渺小而沉重地叹息。以短短的四句,表现出如此丰富的内容和复杂的感情,真可说是个奇迹。

秦亡以后,长达五年的时间内项羽与刘邦展开了争夺天下的战争。但由于坑杀 20 万秦国降卒,进咸阳后又烧杀抢掠,项羽早已失去民心。项羽最终在垓下(在今安徽灵璧县南沱河北岸)陷入刘邦的重重包围之中,到了山穷水尽的地步。项羽身边有一个美人,名叫虞姬,对她十分宠爱,多年来一直跟随左右,与他形影不离;还有一匹毛色青白相间的骏马,项羽经常骑着它行军打仗。项羽看着即将永别的美人,看着心爱的骏马,忍不住唱出了这首慷慨悲壮的《垓下歌》。作诗之后,项羽率部突围,终因兵力单薄,自刎于乌江(今安徽和县东北)。

"力拔山兮气盖世"一句,项羽概括了自己咤吒风云的业绩。项羽是将门之子,少年气盛,力能扛鼎,才气超群。他胸怀大志,面对不可一世的秦始皇,敢于喊出"彼可取而代之"的豪言壮语。项羽浴血奋战,消灭了秦军主力,被各路诸侯推举为"上将军",直至进军咸阳,自封为西楚霸王。

在第二、三句里,这位盖世英雄却突然变得极度苍白无力。这两句是说:由于天时不利,他所骑的那匹名马——骓,不能向前行进了,这使他陷入了失败的绝境而无法自拔，只好徒唤"奈何"。在这里值得注意的是：骓的"不逝"为什么会引起那样严重的后果？对此恐怕只能这样回答：他之得以建立如此伟大的功绩，最主要的依靠说是这匹名马；有了它的配合，他就可以所向无敌。换言之，他几乎是单人独骑地打天下的，因此他的最主要的战友就是骓。至于别人，对他的事业所起的作用实在微乎其微，他们对他的成败起不了多少作用，从而他只要注意骓就够了。这也就意味着：他的强大使得任何人对他的帮助都没有多大意义，没有一个人配作他的主要战友，这是何等的傲岸，真可谓天地间唯我独尊！不过，无论他如何英勇无敌，举世无双，一旦天时不利，除了灭亡以外，他就没有别的选择。在强大的"天"的面前，人是多么渺小；即使是最了不起的英雄，也经不起"天"的轻微一击。

"虞兮虞兮奈若何！"是项羽面临绝境时的悲叹。深夜，当四面传来阵阵楚歌，项羽愕然失色，明白自己到了穷途末日，绝望的痛苦袭击着他。王位、天下，得而复失，连自己心爱的女人和战马都保不住了。项羽关心他们的命运，不忍弃之而去，此种情谊令人动容。

是的，相对于永恒的自然界来说，个体的人确实极其脆弱，即使是英雄豪杰，在奔腾不息的历史长河里也不过像一朵大的浪花，转瞬即逝，令人感喟不已。但爱却是长存的，它一直是人类使自己奋发和纯净的有力精神支柱之一，纵然是杀人不眨眼的魔头，在爱的面前也不免有匍匐拜倒的一日，使人欢喜赞叹。《垓下歌》虽然篇幅短小，却深刻地表现了人生的这两个方面。千百年来，它曾经打动过无数读者的心，其魅力大概就在于此吧！ （王生福）

迢迢牵牛星

《古诗十九首》

迢迢牵牛星[1]，皎皎河汉女[2]。
纤纤擢素手[3]，札札弄机杼[4]。
终日不成章[5]，泣涕零如雨。
河汉清且浅，相去复几许？
盈盈一水间，脉脉不得语。

〔注释〕

①迢迢(tiáo)：遥远。②皎皎：明亮。河汉女：银河边上的那个女子，指织女星。河汉，即银河。③擢(zhuó)：伸出，拔出，抽出。④"札(zhá)札"句：正摆弄着织机(织着布)，发出札札的织布声。杼(zhù)，织机的梭子。⑤"终日"句：用《诗经·大东》语意，说织女终日也织不成布。《诗经》原意是织女徒有虚名，不会织布；这里则是说织女因害相思，而无心织布。

〔赏读提示〕

《迢迢牵牛星》是《古诗十九首》中的第十首，是借助古老神话传说牛郎织女的故事来反映爱情生活的诗篇。这一首诗，以其独特的视角、深情的笔调和浑然天成的艺术效果，千百年来颇受人们喜爱，被广泛传诵。

诗歌前两句写遥远的牵牛星与明亮的织女星在夜空中遥遥相对。站在织女的角度，写她惆怅地望着自己的情郎，"迢迢"既是空间上的距离，也是织女心里的距离，是情人眼里的咫尺天涯。"皎皎河汉女"一句中，"皎皎"的意思是明亮，既写出织女的明艳动人，也勾勒了银河的清亮景象。

接下来的四句话，从正面写织女的神态动作。"纤纤"，形容女子的手纤细柔长。素手，是说她的手白皙，并无任何装点。全诗对织女的美貌并无描述，然而从"纤纤擢素手"一句里，窥一斑而见全豹，令人联想到织女的美丽。"札扎弄机杼"一句里的"弄"字非常传神。织女在织布机前干活，并没有全神贯注，双手穿梭其中，只是摆弄，一个字便勾勒出织女的心不在焉。而这种不专心又从何而来，因为心上人不在身边，连织布也没有了耐心，只是随便摆弄罢了。也就有了接下来的一句"终日不成章"，一整天都没有织出一匹完整的布。织女劳而无果，并且泪落如雨，写出了她饱受相思折磨的痛苦与哀愁。

最后四句，是织女的心理活动，也是全诗情感最浓烈的地方。前两句是说，银河的水清冽且浅，其实两人相隔并不遥远。而后两句却说，两人的距离只有浅浅一条银河相隔，却只能含情对望，无法对话。"盈盈"、"脉脉"两组叠词的运用，更突出地表达了织女对牛郎之间的缠绵情意。诗句委婉，含而不露，言有尽而意无穷，读者可以尽情想象织女在爱情中经历的爱慕、思念和甘苦。整首诗正如古人读《古诗十九首》时的评语那样："诗思深远而有余意。"　　　　（杨辉）

七步诗

〔魏〕曹　植

煮豆持作羹①，漉菽以为汁②。
萁在釜下燃③，豆在釜中泣。
本是同根生④，相煎何太急⑤？

〔注释〕

①持：用来。羹（gēng）：用肉或菜做成的糊状食物。②漉（lù）：过滤。菽（shū）：豆。这句的意思是说把豆子的残渣过滤出去，留下豆汁作羹。③萁（qí）：豆类植物脱粒后剩下的茎。釜（fǔ）：锅。④本：原本，本来。⑤煎（jiān）：煎熬，这里指迫害。

〔赏读提示〕

曹操之子曹植是著名的才子，曾写出著名的《洛神赋》流传千古。南朝宋文学家谢灵运称赞他"天下才有一石（dàn），曹子建独占八斗"。这就是成语"才高八斗"的由来。他在治国方面也颇有见识，曾被曹操视为继承人选。相传，曹操去世后，长子曹丕即位，屡次怀疑曹植有不轨之心，心中不安，终于找到机会，要惩治曹植。只是碍于母亲苦苦求情，曹丕才勉强答应，如果曹植能在七步之内成诗，方可免除责罚。

曹植大祸临头，依然镇定自若，迈出第一步。恰在此时，远处飘来阵阵煮豆香气，曹植灵感乍现，吟起了煮豆之事。煮豆做羹，只留豆汁，豆渣滤出，就成了无用的东西。可是那用来煮豆的萁还在熊熊燃烧，仿佛要快点把豆子煮熟。想到这些，豆子在锅中哭泣："萁和豆本来就是同根生出，何苦如此煎熬我呀！"六句说完，刚好迈完第七步。

曹植吟豆萁相煎之事，正是比喻眼前的处境。哥哥已然登基，曹植早就放弃了非分之想，可是曹丕还苛刻地要求弟弟七步成诗，不就像燃萁煮豆，把弟弟放在锅中煎熬一样吗？他用拟人手法写豆子的哭泣，实际上就是他悲愤的心声："你我兄弟一母同胞，骨肉亲情，何必如此苦苦相逼？"曹丕既惊叹于弟弟的才思敏捷，也听懂了弟弟的心声，终于放过了他。后来人们常常用这句话来规劝兄弟和睦，避免自相残杀的悲剧。朗读这一千古名句，应带着反问语气，以深沉悲愤的语调读出曹植性命攸关时刻的复杂心境,既为自己的处境感到悲哀,更为哥哥被权力蒙蔽了双眼,不念手足之情倍感愤怒。　　　　　　（翁靖琳）

送应氏①（其二）

［魏］曹　植

清时难屡得②,嘉会不可常③。

天地无终极④,人命若朝霜。

愿得展嬿婉⑤,我友之朔方⑥。

亲昵并集送⑦,置酒此河阳⑧。

中馈岂独薄⑨,宾饮不尽觞⑩。

爱至望苦深,岂不愧中肠?

山川阻且远,别促会日长。

愿为比翼鸟⑪,施翮起高翔⑫。

〔注释〕

　　①应氏:应氏兄弟,应玚(yáng)和应璩(qú)。应玚为建安七子之一,东汉应劭的侄子,应璩是应玚的弟弟,二人并为曹植的好友。②清时:太平之时,黄河变清,叫清时。喻政治清明之时。屡:接连着,不止一次。③嘉会:欢会。常:时时,不止一次。④终极:穷尽。⑤嬿(yàn)婉:欢乐。⑥我友:指应氏。之:去,往。朔方:北方,指邺之冀州。⑦亲昵:朋友。⑧河阳:黄河北岸。此处指孟津渡,在河南省孟县南。南朝梁江淹《别赋》:"君居淄右,妾家河阳。"元袁桷《清明》诗:"河南禁酒河阳饮,醉醒相看总有情。"⑨中馈(kuì):酒食。古代多由妇女主持馈食之事,进食给长者,叫主中馈。这里指饯行的酒宴。⑩觞(shāng):古代酒器。⑪比翼鸟:中国古代传说中的鸟名,又名鹣鹣、蛮蛮。此鸟仅一目一翼,雌雄须并翼飞行,故常比喻恩爱夫妻,亦比喻情深谊厚、形影不离的朋友。⑫施翮(hé):展翅。翮,鸟翎的茎,代指鸟的翅膀。

〔赏读提示〕

　　本诗着重抒写与朋友分离时的不舍。

　　"清时难屡得,嘉会不可常。"政治清明的时世难以多得,美好的盛会不能经常。诗人何故生有此意？这与本诗的写作背景是分不开的。此时距董卓作乱、焚烧洛阳已历二十余年，但因不断的军阀混战，洛阳根本不得恢复，昔日繁华的京都已经残破不堪，更见荒凉。面对荒凉萧条之景，又遇与好友分别之事，悲景悲事，更悲情。

　　本句诗上下对偶，暗示了时下背景，社会动荡，战乱纷起。这样的环境，自然清时难得、嘉会不常，造成一种聚会难得、机不可失的气氛，领起全篇，表达了诗人内心对时局的不满以及对友人聚会的珍惜之情。诵读时，一"难"一"不"，引起人生短促的感慨。难掩内心的悲伤，奠定了全诗的情感基调，建议予以重读。

　　面对时历战乱，世事多变，清平之时与嘉会之美怎能常有？想到这里，诗人不由得顿生与天地的难以穷尽相比，人生岂不是像朝霜一般转瞬即逝之感慨。故曰"天地无终极，人命若朝霜"。"无终极"和"若朝霜"两者形成鲜明的对比，天地无穷无尽，而人的寿命却像早晨的霜露般短暂。在诵读时，语调需低沉舒缓，配以古筝或长笛哀伤悠长之乐，以渲染情感。

　　应场曾为曹植的属僚，同曹植一起，随曹操西征马超，路过洛阳。不久，应场受命投奔留守于邺城的五官中郎将曹丕。"愿得展嬿婉，我友之朔方。"送别离宴，诗人正面描写，直抒胸臆，向朋友们发出美好的祝福：祝愿朋友诸事如意，平安顺利地到达北方。

　　离情别宴参加者有谁？在哪里设宴的呢？诗人写道："亲昵并集送，置酒此河阳。"意为亲密朋友们聚集一堂，设酒置宴，为应氏送行。直接描写送别宴会，道明叙事主体，交代设宴的主题和地点。

　　离别之宴，自然离不开丰盛酒食。诗人又是如何描摹的呢？"中馈岂独薄，宾饮不尽觞。"这句说：难道是预备的酒食不够丰盛吗？致使参加宴饮的宾客们不够欢畅。从诗句来看，诗人运用反衬之法，美酒佳肴当前，与会宾客却无展颜纵饮之欢，既是暗合离别之宴的悲伤，也是表现了朋友们之间深刻的友谊以及依依难舍之情。

　　面对美酒佳肴毫无食欲，何以使然？"爱至望苦深，岂不愧中肠？"先描写后抒情，面对佳友难以掩饰的悲伤之情，诗人发出了反问，于问中进一步抒发强烈的内心情感。爱之深，悲之切，舍之难，还有何心思把酒言欢呢？面对朋友，无力改变和朋友的离别境遇，无力满足应氏对自己的殷殷期望，又怎能心中不含愧意？诗句中蕴含了诗人对友人深深的歉疚及自己内心的抑郁之情。本句感情色彩尤为强烈,诵读时,重点突出直接体现诗人情感之字的"爱"与"愧",声音低沉悲苦,语速宜缓。

"山川阻且远,别促会日长。"别后的路途艰险而遥远,匆匆一别后,你我要过很长的时间方能再相会了。这二句,前指对朋友前程艰险的担忧,后喻今日一别后会难期。表达诗人内心的悲苦,与朋友分别的难舍之情,对别后朋友境遇的担忧之情,也表达了希望友人和自己对难得的聚会的珍惜之情。言简意丰,和上文"中馈岂独薄,宾饮不尽觞"二句相照应,劝慰友人机会难得,何不开怀畅饮,及时行乐。

"愿为比翼鸟,施翮起高翔。"面对现实无法解决的矛盾苦闷,诗人借助神奇的想象解决。在此,诗人以比翼鸟比喻和朋友间的深情,发出希望的慨叹:让我们一起化作天际的比翼鸟,并翅翱翔于广阔的天际,充满了浪漫主义色彩。这是符合曹植的个性特点的。曹植天资聪颖,建功立业和享受人生一直是他的人生信条。结尾处,诗人没有抒写离愁别绪,而是满含激情,愿与朋友们比翼双飞,表现了诗人对美好未来的希望,读来荡气回肠,感人至深。最后以比翼鸟展翅高翔作结,表现了朋友间离别之情和对友人的慰勉。诵读时,配以疾速如行云流水的古筝曲,辅之以高亢之声而诵。

有的学者说:"曹植诗中所见对友情如此强烈的赞美,在文学史上具有划时代的性质。在曹植之后,友情成为中国诗歌最为重要的主题,它所占有的地位,如男女爱情之于西洋诗。这个创始者就是曹植。"全诗虚写聚会,实写欢送惜别之情,虚实相生,用意宛转,曲曲入情,自有感人心扉之处。 　　　　　(杨大宁)

赠范晔

[三国·吴] 陆　凯

折梅逢驿使①,寄与陇头人②。
江南无所有,聊赠一枝春③。

〔注释〕

①驿使:古代驿站传递公文、书信的使者。②陇头:即陇山,在今陕西陇县西北。③聊:姑且。一枝春:此处借代一枝梅。

〔赏读提示〕

　　古今赠友、咏梅诗词不下千章,陆凯这一首以其短小、平直独具一格。全诗似一封给友人的书信,亲切随和,颇有情趣。

　　诗的开篇"折梅逢驿使,寄与陇头人",即点明诗人与友人远离千里,难以聚首,只能凭驿使来往互递问候。而这一次,诗人传送的不是书信却是梅花,可见两人之间关系亲密,已不拘泥形式上的情感表达。一个"逢"字看似不经意,实际上却是有心;由驿使而联想到友人,于是寄梅问候,体现了对朋友的殷殷挂念。诵读时要读出悠远、殷殷思念之情,

　　如果说诗的前两句直白平淡,那么后两句则在淡淡致意中透出深深祝福。不言而喻,陆凯折花遥赠之地是江南,江南的梅花是驰名于世的。隐居西湖的林逋有咏梅诗:"疏影横斜水清浅,暗香浮动月黄昏。"正是江南梅花神韵的写照。江南是文物之邦,物阜文萃,但陆凯认为别的礼物不足以表达他与范晔的友情,所以说江南没有什么可贵的东西堪以相赠,唯有先春而至为报春讯的梅花是最适当的,因而遥遥千里,以寄思慕之情,而梅花也象征他们之间的崇高友谊。

　　大概从陆凯赠诗开始,"一枝春"就成为梅花及赠别的代称了。可见影响之深远。唐宋以来,历代诗人都有类似的吟咏。刘克庄写道:"轻烟小雪孤行路,折滕梅花寄一枝",是袭取了陆凯的意境;高启写道:"无限春愁在一枝",是套用了陆凯诗以寄托感情。后来连唱曲的词牌也取了《一枝春》的曲名,可见一首小诗也有传世的艺术魅力。它的艺术美在于朴素、自然而又借物寄喻,在特定的季节,特定的环境,把怀友的感情,通过一种为世公认具有高洁情操的梅花表达出来,把抽象的感情与形象的梅花结为一体。诵读时,"江南无所有"可读得缓慢一些,而"聊赠一枝春"后三个字全为平声字,可拖长音,维持在一个高度上,从而体现出意味深长、含蓄隽永的深情。

（潘易）

子夜四时歌

南朝民歌

渊冰厚三尺,素雪覆千里①。
我心如松柏,君情复何似②?

〔**注释**〕

①素雪：白雪。②复：又。

〔**赏读提示**〕

《子夜四时歌》又称《吴声四时歌》或《子夜吴歌》，简称《四时歌》，为南朝乐府民歌，收录在宋代郭茂倩所编的《乐府诗集》中。相传是一名女子创制，多写哀怨或眷恋之情。分春歌、夏歌、秋歌、冬歌，共 75 首。本首为《冬歌》第一首。

《子夜四时歌》本是民间一种歌唱四时的曲调，其中又大多属女子所唱的情歌，风格一般质朴真率，热情奔放，并不像后世婉约词风那样含蓄蕴藉。纵观全篇，婉约清丽者有之，质朴清新者有之，细腻缠绵者有之，大胆率真者有之，且因民歌本身的歌谣性质，音节摇曳，朗朗上口，实为值得一诵的好诗。

我们知道，民歌最常用比兴手法。南宋朱熹认为："比者，以彼物比此物也"，"兴者，先言他物以引起所咏之词也。"于是这首诗是先从"冰雪"咏起的："渊冰厚三尺，素雪覆千里。"眼前是一片被冰雪覆盖的世界，晶莹剔透，素雅清寒。我们朗诵的时候重音要落在"三尺"和"千里"上，以表现那样一个没有生机的境界。"渊"要念得饱满稳重，这样才能表现坚贞；"素"的平舌音务必念准，这样才能给人一种纯净利落的感觉。汉语的形、音、义三者往往有着微妙的联系："素雪"就是"白雪"，但这里如果说成"白雪覆千里"，就没有那种清雅纯净的味道了。

起首两句所摹绘的世界没有一丝生机，但这并不意味着情绪的冷落。也许只有在冰封寒锁的世界中才能更加真切地感受到心的律动："我心如松柏，君情复何似？"如果我的心意就像凌寒而不凋的松柏，那么您的情意又可以用什么来比呢？这是一个问句，问得很迫切。朗读的时候首先要强调"我心"，这是一种郑重的表白——我的心就像松柏，如果不是刻意追求普通话的规范读音，强烈建议这里将"柏"字恢复成古音念。"柏"古音念 bò，音节短促，急发急收，反而更能模仿出坚定不移的口吻。尾句"君情复何似"五字虽然情绪热烈，但朗读时却要语速舒徐，一字一顿，用一种深情款款、掷地有声的口吻诠释出内心对忠贞爱情的美好期待！

（周晟）

别　诗

〔南朝·梁〕范　云

洛阳城东西^①，长作经时别^②。
昔去雪如花^③，今来花似雪。

〔注释〕

①洛阳城：今河南省洛阳市。先后有十三朝在此定都。当时是北魏的都城。范云是南朝诗人，南朝的都城是建康（今南京市）。南朝人大多是西晋末年东渡者的后代，对西晋故都洛阳念念不忘，人们常常借用洛阳来代指建康城。东西：东边和西边。②经时：经过很长时间。③昔：过去，前次。

〔赏读提示〕

这是与朋友久别重逢时，诗人写下的感悟。"洛阳城东西，长作经时别"告诉我们，诗人与朋友各自住在京城东边和西边，此次分别竟经过很长时间才能相见，但这并不能阻挡两人的友谊。

最为人称道的是"昔去雪如花，今来花似雪"两句。诗人还记得，当时分别，是个下雪天，漫天的雪花像盛开的白花。把雪比作花，写雪花纷飞，暗示分别时天气寒冷，也有几分分别的悲凉心境。如今再次相见，遍地花朵绽放，好像雪片纷飞。把花比作雪，说明此刻繁花盛开，灿然绚烂，也是以景衬情，如此温暖美好的景象正是重逢时喜悦心情的写照。

"雪如花"、"花似雪"，花与雪的呼应，巧妙照应了"经时别"，给诗歌带来了浪漫的色彩。按理说，一城之中，相隔不远，不会久别。然而，这一别，竟然已经冬去春来，冷暖交替，更让人珍惜友谊，珍惜眼前相聚的时刻。"昔"与"今"，"去"与"来"的时间感与空间感，都包含在花与雪的交替中、互换。自然贴切的呼应，尽是诗歌的凝练与回环之美，让人感到好诗当是"清水出芙蓉，天然去雕饰"。

朗读这首诗，起句要平稳，"经时别"要略略拉长，有一些久别的感慨。诵读后两句要带有重逢的欣喜，"昔去雪如花"略下抑，"今来花似雪"略上扬，读出花、雪呼应回环的声韵之妙。

（翁靖琳）

木兰诗

北朝民歌

唧唧复唧唧①，木兰当户织。

不闻机杼声②，惟闻女叹息。

问女何所思，问女何所忆。

女亦无所思，女亦无所忆。

昨夜见军帖③，可汗大点兵。

军书十二卷④，卷卷有爷名⑤。

阿爷无大儿，木兰无长兄。

愿为市鞍马⑥，从此替爷征。

东市买骏马，西市买鞍鞯⑦，

南市买辔头⑧，北市买长鞭。

旦辞爷娘去，暮宿黄河边。

不闻爷娘唤女声，但闻黄河流水鸣溅溅⑨。

旦辞黄河去，暮至黑山头。

不闻爷娘唤女声，但闻燕山胡骑鸣啾啾。

万里赴戎机⑩，关山度若飞。

朔气传金柝⑪，寒光照铁衣⑫。

将军百战死，壮士十年归。

归来见天子，天子坐明堂。

策勋十二转，赏赐百千强⑬。

可汗问所欲，木兰不用尚书郎，

愿驰千里足，送儿还故乡。

爷娘闻女来，出郭相扶将；

阿姊闻妹来，当户理红妆；

小弟闻姊来，磨刀霍霍向猪羊。

开我东阁门，坐我西阁床。

脱我战时袍，著我旧时裳。

当窗理云鬓，对镜帖花黄。

出门看火伴，火伴皆惊忙：

同行十二年，不知木兰是女郎。

雄兔脚扑朔，雌兔眼迷离⑭；

双兔傍地走，安能辨我是雄雌⑮？

〔注释〕

①唧唧(jījī)：织布机的声音。②机杼(zhù)声：织布机发出的声音。机，指织布机。杼，织布梭子。③军帖(tiě)：征兵的文书。④军书十二卷：征兵的名册很多卷。十二，表示很多，不是确指。下文的"十年"、"十二转"、"十二年"，用法与此相同。⑤爷：和下文的"阿爷"一样，都指父亲。⑥为：为此。市：买。鞍(ān)马：泛指马和马具。⑦鞯(jiān)：马鞍下的垫子。⑧辔(pèi)头：驾驭牲口用的嚼子、笼头和缰绳。⑨溅溅(jiānjiān)：水流声。⑩万里赴戎机：不远万里，奔赴战场。戎机，指战争。⑪朔(shuò)气传金柝：北方的寒气传送着打更的声音。朔，北方。金柝(tuò)，古代军中用来报更的器具。⑫寒光照铁衣：冰冷的月光照在将士们的铠甲上。寒光，指清冷的月光。铁衣，古代战士穿的铠甲。⑬赏赐百千强(qiáng)：赏赐很多的财物。百千，形容数量多。强，有余。⑭"雄兔"二句：据说，提着兔子的耳朵悬在半空时，雄兔两只前脚时时动弹，雌兔两只眼睛时常眯着，所以容易辨认。扑朔，动弹。迷离，眯着眼。⑮"双兔"二句：当雌雄两只兔子并排跑时，怎么能辨别哪个是雄兔，哪个是雌兔呢？傍(bàng)地走，指在地上并排跑。

〔赏读提示〕

《木兰诗》是中国南北朝时期北方的一首长篇叙事民歌，是一个家喻户晓的故事。据地方志所载，在今安徽亳县、河南商丘、河北完县等地，都曾立庙奉祀木兰。直到今天，舞台银幕上的木兰形象仍然深受大家的喜爱。

诗歌记述了木兰女扮男装，代父从军，征战沙场，凯旋回朝，建功受封，辞官还家的经过，充满传奇色彩。

开篇写木兰决定代父从军，用一问一答的形式道出木兰的心事。木兰之所以"叹息"，不是因为女儿家的心事，而是因为天子征兵，父亲在被征之列，父亲既已年老，家中又无长男，于是木兰决定代父从军。

第二部分写木兰踏上了征途。"旦辞爷娘去"以下八句是写木兰辞别了父母奔赴战场。这里用了重复句式,将木兰从军的征途分作两段来写,句式虽同,但其中地名却在变换,显出战事紧迫、木兰马不停蹄地赶去参战。但作者并没有忘记他所着力刻画的英雄人物是个女扮男装、初次远离父母的女子,"不闻爷娘唤女声"正符合木兰当时的处境和她的身份。明代谭元春评论这句说:"尤妙在语带香奁,无男子征戍气。""无男子征戍气"也正是作者的高明之处,也只有这样,才能使木兰的形象更鲜明,更富有个性。木兰能毅然替父从军,去经受严酷战争的考验,说明她不同于一般的女子,但她毕竟还是个女子,对家乡、父母毕竟是有依恋之情的。这样突出她的女子身份,非但没有削弱她的英雄形象,相反使她的从军举动更富有传奇性,更引人入胜。

随后写木兰在军中的征战生活,但这部分内容写得极概括,从南征北战一直到立功归来,仅用了"关山度若飞"以下六句,可谓简而又简。这里"戎机"指战争,"朔气"是北方的寒气,"金柝"是军中用来做饭和打更的铜器,这几句用律工整。这一段写木兰的从军作战生活,本来是可以有许多东西写的,但作者寥寥数语就将这段经历概括了出来,可见作者的兴趣不在于表现战争,而在于木兰女扮男装替父从军这一戏剧性事件上。

接下来写木兰还朝辞官。先写木兰朝见天子,然后写木兰功劳之大,天子赏赐之多,再说到木兰辞官不就,愿意回到自己的故乡。"木兰不用尚书郎"而愿"还故乡",固然是她对家园生活的眷念,但也自有秘密在,即她是女儿身。天子不知底里,木兰不便明言,颇有戏剧意味。

诗歌详细描写木兰还乡与亲人团聚的场面。先以父母双亲和兄弟姐妹们的言行,描写家中的欢乐气氛,展现浓郁的亲情;再以木兰一连串的行动,写她对故居的亲切感受和对女儿妆的喜爱,表现她归来后情不自禁的喜悦;作为故事的结局和全诗的高潮,是恢复女儿装束的木兰与伙伴相见时惊诧的喜剧场面。

诗歌最后用比喻作结。以双兔在一起奔跑,难辨雌雄的隐喻,对木兰女扮男装,代父从军多年未被发现的奥秘加以巧妙的解答,妙趣横生而又令人回味。

此诗在写法上运用了较多的修辞手法,主要是对偶、排比及互文。其中互文是此诗极有特色的修辞手法,在刻画人物心理,塑造人物形象,渲染气氛等方面起了很大作用。全诗朗朗上口,富有音韵美,在朗读时把握好节奏,读出不同情节中的情感变化。

(王生福)

暂使下都夜发新林至京邑赠西府同僚①

[南朝·齐] 谢 朓

大江流日夜，客心悲未央②。
徒念关山近③，终知返路长④。
秋河曙耿耿⑤，寒渚夜苍苍⑥。
引领见京室，宫雉正相望⑦。
金波丽鳷鹊⑧，玉绳低建章⑨。
驱车鼎门外⑩，思见昭丘阳⑪。
驰晖不可接⑫，何况隔两乡⑬？
风云有鸟路⑭，江汉限无梁⑮。
常恐鹰隼击⑯，时菊委严霜⑰。
寄言翳罗者⑱，寥廓已高翔⑲。

〔注释〕

①暂使下都：指短期奉命做荆州随王府的文学。下都，指荆州，荆州是藩国的都城，所以称"下都"。新林：在今南京西南。西府：萧子隆的荆州随王府。谢朓当时任随王府的文学，随王萧子隆爱好辞赋，很赏识他，长史王秀之很嫉妒，于是向齐武帝进了谗言，谢朓便被召还都，因此谢朓的心情很不愉快。他虽还京邑，却不忘西府，于是写了这首诗赠给西府的同僚。②未央：不已，不止。③关山：这里指建康的关山，也就是指建康的城郊。④返路：指回荆州的路。这两句是说，虽然距离建康很近了，但是，重返荆州的路却很遥远了。⑤秋河：秋天的银河。耿耿：天微明的样子。⑥苍苍：深青色。这两句是说，秋天的夜空已经出现微明的曙色，水边陆地还笼罩在苍茫的夜色之中。⑦宫雉：宫墙。雉，雉堞，即城上的短墙。⑧金波：指月光。丽：附丽，这里有"照在……之上"的意思。鳷鹊：汉代观名，这里借指齐都建康的台观。⑨玉绳：星宿名。位于斗柄北边。建章：汉代宫名，这里也是借指建康的宫殿。这两句是说，月光正照耀着建康的台观，而玉绳星已经斜挂在建康宫殿旁边的天空了。⑩鼎门：指建康的南门。《文选》李善注引《帝王世纪》："成王定鼎于郏鄏，其南门名定鼎门。"因此，后代就用"鼎门"称"南门"。⑪昭丘阳：昭丘的南面，这里用以代指荆州。昭丘，楚昭

王的墓,在荆州。这两句是说乘车赶到了建康城门,心中却怀念着荆州。⑫驰晖:指日光。接:迎。⑬两乡:指荆州和建康两地。这两句是说自己到了建康之后,连昭丘的日光都看不到,何况相隔两乡的人呢?⑭风云有鸟路:天空虽有风烟,仍有鸟道可以飞过。⑮江汉限无梁:人间有江水汉水,却无桥梁可以通行。这是比喻自己不如飞鸟那样自由,无法回到荆州。⑯隼:鹰类,比喻凶险的人。⑰委:委弃于……严霜:比喻迫害者。这两句是说,自己平时常怕谗人陷害,就像鸟怕鹰隼、菊怕严霜一样。⑱罻罗者:张设罗网捕鸟的人,比喻设计害人者,指王秀之之流。⑲寥廓:空阔、高远。这两句是说,自己已经远走高飞,可以避祸了。

〔**赏读提示**〕

　　这首诗,作于谢朓"还都"的途中。诗题点明了作诗的具体时间、地点和缘由。从"下都"到"京邑",诗人经历了漫长的征途跋涉,情感上也经历了悲、喜的反复变化。

　　诗的起句"大江流日夜,客心悲未央",日夜不息,滚滚东流的滔滔长江水,恰似诗人的一腔悲愤之情,无边无际,永不止息。"悲未央"直接点出诗人心境的悲沉。朗读时,建议语速缓慢,语调低沉,读出悲痛之情。"悲未央"重读。

　　"徒念关山近,终知返路长",此时征途即将结束,都城近郊已经到达,但未能使诗人摆脱悲愤的情绪,萦回于心的,仍然是荆州西府。"返路"指返回荆州西府的路,"返路长"一句,透露了他对荆州生活的无限眷念。朗读时,建议语调低沉,读出不舍之情。"返路长"重读。

　　但是,当他继续前进,还是被都城的美丽景象深深吸引了:秋天的夜空,已泛动着微微曙色,而水边的陆地却还笼罩在苍茫寒色之中;在夜空的映衬下,远处城阙,巍峨耸立,微明的天色中,连绵的宫墙已遥遥可见;天边的淡月,把那余晖洒落在雄伟的宫殿之上,玉绳星也已悄然低垂,隐隐约约好像斜挂在宫殿下面了。这一切,都是如此令人神往,诗人不由得伸长了脖颈,凝神注目。至此,诗人的心境经历了一个由黯淡至明朗的变化过程。所以朗读"秋河曙耿耿,寒渚夜苍苍。引领见京室,宫雉正相望。金波丽鳷鹊,玉绳低建章"时,建议语调要轻快一些。

　　诗的前十句写第一次情感变化过程,即心境由灰暗转到明亮。

　　然而,这一明朗之色很快又被心灵深处的巨大阴影遮盖了。他驱车到达建康南门,不由得悲从中来:一进此门,便将供职京师,那荆州城外的楚昭王墓,何时能重见？建康与荆州，远隔千山万水，飞转的日轮尚且不可使两地相接，更不用说诗人与西府同僚了。他的情绪，随即又跌入了悲的深谷。所以朗读"驱车鼎门外，思见昭丘阳。驰晖不可接，何况隔两乡"时，建议语调转入低沉、悲伤。

接下来的六句，诗人别具匠心地引入了小鸟的形象，从三个方面巧妙设喻，委婉曲折地表达了自己复杂的心情。首先，他竟羡慕起小鸟来了：天空中虽有疾风恶云，但毕竟还有小鸟飞行的通道，而自己呢，却不能去想去的地方，犹如江水和汉水间没有桥梁相连。"江汉限无梁"一句，表面是说诗人对自然条件的不满和埋怨，实际是对谗邪当道、忠良受阻的谴责。正是这些流言蜚语、恶意中伤，在他与西府——能够充分施展抱负、发挥才华的地方——之间开掘了一条无形的江汉之水。接着，他仍以小鸟为喻，"常恐鹰隼击，时菊委严霜"。这两句的主语仍是小鸟，是说那小鸟时时担心被恶鹰袭击而死于非命，犹如秋菊一夜之间受严霜摧残而枯萎。"时菊"是喻中之喻。这两个比喻，生动形象地描画出了作者自己平时害怕谗人陷害，战战兢兢的心情。最后，还是以小鸟为喻，抒写了脱离奸佞小人包围之后的愉快心情。所以朗读"风云有鸟路，江汉限无梁。常恐鹰隼击，时菊委严霜"时，建议读出悲愤之情；"寄言翦罗者，寥廓已高翔"读出获得解放的激动之情。 （谢正华）

人日思归①

〔隋〕薛道衡

入春才七日，离家已二年。
人归落雁后，思发在花前。

〔注释〕

①人日：指农历正月初七。相传农历正月初一为鸡日，初二为狗日，初三为猪日，初四为羊日，初五为牛日，初六为马日，初七为人日。

〔赏读提示〕

这是一首典型的思乡诗，诗题中"思归"二字直揭题旨。这首诗篇幅短小，通俗易懂，寥寥几笔就抒发了无限的思乡之情。

开头二句，笔调平淡，似乎仅在叙事，然而低吟之际，就会读出一股热切的思乡之情。人日就是农历正月初七,相传为女娲娘娘造人的日子,也是新春伊始、阖家团聚的日子。"才"是仅仅的意思,可见诗人满腹抱怨,似乎在数着日子,感觉新年已经过了好久,却原来仅仅过了七天,一个"才"字,可见诗人抱怨时间过得慢,与下句的"已"形成对比。转眼间,我离开家乡,竟然已经两年了!其实,诗人并非真的离家两年,只不过他在旧年的岁末来到南方,转眼进入新年,时间虽短,却已经历了新、旧两个年头,这可真是度日如年。"才"与"已"相对,"七日"和"二年"对比,平淡中却可见诗人对故乡亲人的深切思念。

后两句运用对比,一个"后"一个"前",写出了诗人在春花开放前就有了归家的念头,但却要落在北归的大雁之后。大雁是候鸟,每年秋末到南方越冬,春暖花开之后北归故乡。春天来了,大雁就要从南方飞回北方的故乡去了,自己却不能回归家乡,这令人多么无奈和惆怅。这迟归的结局与思归的愿望相对照,更见出诗人身不由己、思归不得的苦衷。诗人渴望与亲人团聚的心情是多么急切,这思归盼归的心情,在春花盛放以前就早早地萌生出来,设若真的到了百花齐放的时候,这思归盼归的心绪又该多浓多盛呢?

这首五言小诗即景生情,善用对比,以平实自然的语言,表达出诗人思归不得、身不由己的苦闷。诗句朴实无华,韵味悠长。　　　　　　　　　　　　　（刘珍）

和晋陵陆丞早春游望①

［唐］杜审言

独有宦游人②,偏惊物候新③。
云霞出海曙,梅柳渡江春。
淑气催黄鸟④,晴光转绿蘋⑤。
忽闻歌古调⑥,归思欲沾襟⑦。

〔注释〕

①和:指用诗应答。晋陵:现江苏省常州市。②宦游人:离家做官的人。③物候:指自然界的气象和季节变化。④淑气:和暖的天气。⑤绿蘋(pín):浮萍。⑥古调:指陆丞写的诗,即题目中的《早春游望》。

〔赏读提示〕

这是一首和诗。原唱是晋陵陆丞作的《早春游望》。晋陵即今江苏常州,其时杜审言在江阴县任职,与时在晋陵任县丞的陆某同为僚友,他们同游唱和,陆丞原唱已不可知。杜审言这首和诗是用原唱同题抒发了自己宦游江南的感慨和归思。

诗人仕途失意,宦游已近二十年,却一直沉沦底层,诗名甚高,却仍然远离京洛,在江阴这个小县当小官,心情很不高兴。所以这首和诗写得别有情致,惊新而不快,赏心而不乐,感受新鲜而思绪凄清,景色优美而情调淡然甚至于伤感,有满腹牢骚在言外。

首联起笔就从同为"宦游人"的角度来应和陆丞《早春游望》的心理感受,说明只有宦游他乡的人,才对异乡的物象和气候的变化特别敏感。如果在家乡,或是当地人,则习见而不怪。在这"独有"、"偏惊"的强调语气中,生动表现出诗人宦游江南的矛盾心情。

颔联和颈联是"物候新"的具体化,展示了题中"游望"的详细内容。表面看,这两联写江南新春伊始至仲春二月的物候变化特点,表现出江南春光明媚、鸟语花香的水乡景色;实际上,诗人是从比较故乡中原物候来写异乡江南的新奇的,在江南仲春的新鲜风光里有着诗人怀念中原暮春的故土情意,句句惊新而处处怀乡。

颔联"云霞出海曙,梅柳渡江春",是说清晨太阳从东海海面升起,曙光乍现,云气被朝阳折射,变成绚烂的彩霞,布满东方天际,从江北来到江南,忽见早春的江南梅树已经开花,杨柳也遍抽新绿,仿佛梅柳一过长江就染上了迷人的春色。在中原,新春伊始的物候是风已暖而水犹寒,而江南水乡近海,春风春水都暖,并且多云。所以同是梅花柳树,同属初春正月,在北方是雪里寻梅,遥看柳色,残冬未消;而江南已经梅花缤纷,柳叶翩翩,春意盎然。梅柳渡过江来,江南就完全是花发木荣的春天了。

颈联"淑气催黄鸟,晴光转绿蘋",是说江南那温暖的春的气息,似乎在催促着黄莺婉转早啼;江南那明媚的阳光,也使水中的蘋草颜色愈染愈绿。"淑气"就是春天温暖气候,一个"催"字,突出了江南二月春鸟欢鸣的特点。"晴光"即谓春光,"绿蘋"是浮萍,后句暗示出江南二月仲春的物候,恰同中原三月暮春,比中原整整早了一个月。

这两联中,"云霞"、"梅柳"、"黄鸟"、"绿蘋"、"曙"、"春"、"淑气"、"晴光"色彩鲜明,给人春光明媚春意盎然之感,而这种细致生动的景物描写中融注了诗人对江南春光的无比惊慕、喜悦之情。在"宦游人"眼中,江南春景越美,越容易引起令人触景伤情的"归思"。因为更容易引起对故乡春色的回忆,从而也就更能加重身在异乡的客游感。正因为这两联铺衬,"归思"宛然而生,有了它的渲染,才使尾联的"归思"水到渠成,顺理成章。

尾联"忽闻歌古调,归思欲沾巾",点明思归和道出自己伤春的本意。"古调"是尊重陆丞原唱的用语。当诗人正陶醉于江南佳景,忽然读到陆丞寄来的游春诗,乡思不禁油然而生,几乎要潸然泪下。这里"忽"字的意外语气,巧妙地表现出陆丞的诗在无意中触到诗人心中思乡之痛,因而感伤流泪。反过来看,正因为诗人本来思乡情切,所以一经触发,便伤心流泪。这个结尾,既点明归思,又点出和意,结构谨严缜密。在突兀中寓有对陆诗表示惊喜的感情,又使上文对江南美景流连忘返的诗情陡转,由兴发而转感伤,由眼前景而勾起归乡情,从而给画面景物进一步浸染了感情的色彩,增强了诗歌的容量和深沉感。

（王琨）

送杜少府之任蜀州①

〔唐〕王　勃

城阙辅三秦②,风烟望五津③。
与君离别意④,同是宦游人⑤。
海内存知己⑥,天涯若比邻⑦。
无为在歧路⑧,儿女共沾巾⑨。

〔注释〕

①少府:官名。之:到,往。蜀州:今四川崇州。②城阙(què):即城楼,指唐代京师长安城。辅:护卫。三秦:指长安城附近的关中之地,即今陕西省潼关以西一带。秦朝末年,项羽破秦,把关中分为三区,分别封给三个秦国的降将,所以称三秦。③风烟:名词用作状语,表示行为的处所。五津:指岷江的五个渡口白华津、万里津、江首津、涉头津、江南津。这里泛指蜀川。④君:对人的尊称,相当于"您"。⑤同:一作"俱"。宦(huàn)游:出外做官。⑥海内:四海之

内,即全国各地。古代人认为我国疆土四周环海,所以称天下为四海之内。⑦天涯:天边,这里比喻极远的地方。比邻:并邻,近邻。⑧无为:无须,不必。歧(qí)路:岔路。古人送行常在大路分岔处告别。⑨沾巾:泪水沾湿衣服和腰带。意思是挥泪告别。

〔赏读提示〕

这首诗是王勃送他的一位姓杜的好友去任蜀州的少府,在长安城外分别时写下的。

"城阙辅三秦,风烟望五津",首联描写了关中一带的茫茫大野护卫着长安城,交代了送别的地点。"五津"指岷江五个渡口,远远望去,但见四川一带风尘烟霭苍茫无际。这一句说的是杜少府要去的处所,虽然看不见,却仿佛能想象得到。这样一种夸张的手法,更突出了两个地方相距很远,我们仿佛能从诗中两人远望的目光中体会心中的不舍之情。因此,在朗读时应该读的舒缓一些,以营造苍茫、遥远、极目眺望的意味,诗人心中的感受就跃然纸上了。

"与君离别意,同是宦游人",道出了两个人虽然即将身处异地,但却拥有同样的心情。只要是身处官场,这里的"宦游"不正是两人真实的写照吗? 有时人生得意,仕途顺畅,心情愉快;有时却郁郁不得志,感慨时运不济,被贬官降职。这样的一句话,给了友人亲切的关怀与安慰,两人的情感产生了共鸣。

更可贵的是第五、六两句,王勃能从个人遭遇联想到"海内存知己,天涯若比邻"这样的人生常态与情感,让人不禁感叹:远离分不开知己,只要同在四海之内,就是天涯海角也如同近在邻居一样,一秦一蜀又算得了什么呢? 正如苏轼《水调歌头》中"但愿人长久,千里共婵娟",实在是异曲同工之妙! 这样的豁达与洒脱是何等的境界! 也正因为这样,此句流传千古。在朗读上,可以激昂、豪迈一些,以凸显诗人的胸襟。

尾联"无为在歧路,儿女共沾巾",意思是:在这即将分手的岔路口,不要同那小儿女一般挥泪告别啊! 一下子从情感的宣泄与畅谈中回到眼前。本是"相顾无言",泪湿衣襟,可是诗人却以大丈夫的气度勉励友人,潇洒地分别,留下美好的回忆。

(张国强)

春夜别友人

〔唐〕陈子昂

银烛吐青烟,金樽对绮筵^①。
离堂思琴瑟^②,别路绕山川。
明月隐高树,长河没晓天^③。
悠悠洛阳道^④,此会在何年。

〔注释〕

①绮筵:华丽的酒席。②离堂:饯别的处所。琴瑟:指朋友宴会之乐。语出《诗经·小雅·鹿鸣》:"我有嘉宾,鼓琴鼓瑟。"③长河:指银河。④悠悠:遥远。洛阳道:通往洛阳的路。

〔赏读提示〕

一个春天的夜晚,诗人送别友人。分别时刻,只见银质的烛台,袅袅的青烟,金质的酒杯,华美的筵席,这一组意象向我们传达的是一次庄重的道别,是一次弥足珍贵的送别。"其志洁,故其称物芳",标举精美之物入诗,是我国古代诗歌创作的传统。这里所标举之"银烛"、"金樽"恐怕也在向我们暗示友人品格高洁。一"吐"字对一"对"字,别有情趣,给读者留下想象的空间,让我们想到,即将分别,友人相对无言、举杯宽慰的情形,真正达到了"此时无声胜有声"的艺术境界。

"琴瑟"指朋友宴会之乐,是借用丝弦乐器演奏时的音韵协调来比拟情谊深厚的意思。跟朋友分别于堂前,深厚的情谊怎能忘却?分别的道路环绕山川,"挥手自兹去,萧萧班马鸣","山回路转不见君,雪上空留马行处",此之谓也。移步换景,人去情留,依依惜别,简直缠绵悱恻。

诗人远望朋友远去,直到明月西下隐于高树之下,直到银河消失在晨光之中。可见,诗人对朋友的牵挂与深情。朋友到哪里去了呢?洛阳,悠悠远道,不知何年再能相见!别情到此,真可谓"此恨绵绵无绝期"了。　　　　(乔化永)

回乡偶书

〔唐〕贺知章

少小离家老大回，乡音无改鬓毛衰①。
儿童相见不相识，笑问客从何处来。

〔注释〕

①鬓毛衰：两鬓头发已经斑白稀疏。

〔赏读提示〕

《回乡偶书》是唐代诗人贺知章所作一首七言绝句。此时诗人辞去朝廷官职，告老还乡，已86岁，距他中年离乡已有五十多个年头了。人生易老，世事沧桑，心头有无限感慨。

前两句诗人置身于故乡熟悉而又陌生的环境之中，一路迤逦行来，心情颇不平静："少小离家"与"老大回"的句中自对，概括写出数十年久客他乡的事实，离家时的少年英姿和回家时的老态龙钟，可以想象得出来，感慨悲伤和喜悦庆幸也尽在不言之中。"乡音无改鬓毛衰"，形象地写衰老之态，含蓄地表露了作者对故土的深情。以不变的"乡音"映衬变化了的"鬓毛"，然而，我不忘故乡，故乡可还认得我吗？在朗读时语调要略微上扬，这隐含的揣测，为后两句儿童发问作了铺垫。

后两句峰回路转，虽为写己，却从儿童一面翻出；虽写哀情，却借欢乐场面表现。在这样极富情趣的场景中，作者那百感交集的心情很难一一说清。"相见不相识"是意料中的事，"笑问客从何处来"是意料之外的事。在儿童，这只是淡淡的一问，言尽而意止；在诗人，却成了重重的一击。一个"笑"字写尽了作者的悲哀。两相对比，诗人对家乡的深情厚谊与自己反主为宾的悲哀，都包含在这看似平淡的一问中了。在朗读时，语势渐落，带着无奈，凸显作者怅然若失的浓浓乡愁。

（丁骎）

望月怀远

［唐］张九龄

海上生明月，天涯共此时。
情人怨遥夜^①，竟夕起相思^②。
灭烛怜光满^③，披衣觉露滋^④。
不堪盈手赠^⑤，还寝梦佳期。

〔注释〕

①情人：多情的人，指作者自己。一说指亲人，一说美好的理想。②竟夕：终宵，即一整夜。③怜光满：爱惜满屋的月光。怜，爱。④滋：湿润。⑤盈手：双手捧满之意。盈，满，指那种满当当的充盈的状态。

〔赏读提示〕

这是一首望月怀人诗，由望月而引起相思，进而彻夜难眠，月光是引起相思的原因，又是相思的见证。望月怀人，是古诗词中常见的题材，但像张九龄写得如此幽清淡远，深情绵邈的，却不多见。

首联"海上生明月，天涯共此时"是千古佳句。看着月亮在海面上冉冉升起，想着你我都在天涯共相望。前句扣"望月"，后句点"怀远"，虚实结合，悬想远在天涯的友人也因月怀我，深化了怀远的深情，也留下了联想和想象的空间。作者用"生"，而不是"升"，让我们想到张若虚在《春江花月夜》"春江潮水连海平，海上明月共潮生"也是用"生"，这不是误用，而是妙处所在。若用"升"字，明月共潮水而升，乃平时习见之景，淡而无味。"生"，赋予了海水与明月以鲜活的生命，也象征诗人的情愫随海潮与明月油然而生。既活化了景物，丰富了情感，还点染出海月同生共命的缠绵，增添了诗歌的感染力。首联意境雄浑，感情深切，致思高远，创设出了一幅宁静空灵、清新淡雅的画面，为后面的描写抒情作好了铺垫，烘托出一个有情人的形象。

颔联直接抒发思念之情。月升月落，需要一段很长的时间，可诗中却说是"竟夕"，即通宵。可见抒情主人公一夜无眠，通宵思念，相思之强烈。这通宵月色对一般人来说，可以说是漠不相关的；而远隔天涯的亲人，因为对月相思而久不能寐，只觉得长夜漫漫，故而落出一个"怨"字。相思无眠，竟埋怨长夜漫漫，令人无法入睡,这种无理取闹之举,倒见人物的情深义重。三、四两句,就以"怨"为中心,"遥夜"与"竟夕"呼应,上承起首两句,蝉联而下,自然流畅,颇具古诗气韵。

颈联是颔联的延续,既然夜不能寐,该如何打发这"遥夜"呢?那就"灭烛"、"披衣"辗转室外吧。《唐诗刊选脉会通评林》云:"通篇全以骨力胜,即'灭烛'、'光满'四字,正是月之神。用一'怜'字,便含下结意,可思不可言。"吹灭灯烛,满屋的月光,静静柔柔,催人"怜"爱,又逗起了相思之情;因为"怜"爱这月光,幻想月光能成为所思念之人的化身,身可与之相依为伴。于是"披衣",到庭院走走,独自对月凝思,不知过了多久,直到露水沾湿了衣裳方才"觉"醒。这是一个因相思所苦的非痴即呆的形象。"滋"不仅是润湿,而且含滋生不已的意思。这联貌似写赏月,实则寓写怀远幽思。情景相生,勾勒出一个烛暗月明、更深露重、人单思苦、望月怀远的幽清意境。

尾联"不堪盈手赠,还寝梦佳期",意思是月光虽美,可无法捧在手中送给远方思念的人,还不如回屋睡觉,在梦里与思念的人团聚。该句化用了晋人陆机拟古诗《明月何皎皎》"照之有余晖,揽之不盈手",翻古为新。原诗只是面对月华情不自禁地产生把月赠送远人的想法,而张九龄在此基础上产生寻梦之想,低沉而不绝望,让人感到"佳期"一定会到来!正所谓"哀而不伤"。寄希望于梦中,是思念之切,也是无可奈何的痴念。全诗便在这失望和希望的交集中戛然收住,读毕仍觉韵余情长。

这首诗"清浑不著,又不佻薄"(《增定评注唐诗正声》),黑夜中有"月、烛、露"相映,黑白相辅,虚实相间,宛如一幅淡雅的中国水墨画。　　　　(韩美霞)

送朱大入秦①

[唐] 孟浩然

游人五陵去②,宝剑值千金③。
分手脱相赠④,平生一片心。

〔注释〕

①朱大:孟浩然的好友。秦:指长安。②游人:游子或旅客,此诗指的是朱

大。五陵:地点在长安,唐朝的时候是贵族聚居的地方。③值千金:形容剑之名贵。值,价值。④脱:解下。

〔赏读提示〕

这首送别诗,语言浅近,如白话一般叙写朱大的豪侠以及自己与朱大的情谊。

首句破题,点出朱大此行的目的地。"游人"一词强调其浪游者的身份;"五陵"指长安,京华之地也是游侠云集之处。第二句"宝剑值千金"不仅强调宝剑本身的价值,而且有身无长物的意味,这样的赠品,将是无比珍贵的。从诗题看,可理解为作者送朱大以剑,也可理解为朱大临行与作者赠剑告别。不管是其中哪一种情况,它都表现了双方平素的仗义相期,意味深长。朗读时,语调应该上扬,声音洪亮开阔,慷慨激昂。

千金之剑,分手脱赠,大有疏财重义的慷慨之风。不禁令人联想到一个著名的故事,那便是"延陵许剑"。《史记·吴太伯世家》载,季札刚出使时,北行时造访徐君。徐君喜欢季札的宝剑,但嘴里没敢说,季札心里也明白徐君之意,但因还要到中原各国去出使,所以没献宝剑给徐君。出使回来又经徐国,徐君已死,季札解下宝剑,挂在徐君坟墓上方的树木间才离开。

"分手脱相赠"一句痛快淋漓:现在我就把这宝剑解下来送给你,以表示我今生对你的友情。最后的"平生一片心"似是赠剑时的赠言,又似赠剑本身的含义——即不赠言的赠言。只说"一片心"而不说一片什么心,妙在能激发人海阔天空的联想。朗读时,语调应该上扬,读出诗人的豪放之情与激昂之意。

(刘晓燕)

秋登万山寄张五①

[唐] 孟浩然

北山白云里,隐者自怡悦。
相望试登高,心随雁飞灭。
愁因薄暮起,兴是清秋发。
时见归村人,沙行渡头歇。
天边树若荠②,江畔洲如月。

何当载酒来③，共醉重阳节④。

〔注释〕

①万山：又名汉皋山，在今湖北省襄阳市西北十里，孟浩然园庐在岘山附近，与万山相望。张五：名子容，是孟浩然的同乡好友，隐居于襄阳岘山附近的白鹤山。②荠：野菜名。这里形容远望天边树林的细小。③何当：商量之辞，相当于"何妨"或"何如"。④重阳节：阴历九月九日为重阳节，有登高风俗。

〔赏读提示〕

这是一首临秋登高远望，怀念友人的诗。秋天里，诗人怀故友而登高，望飞雁而孤寂，临薄暮而惆怅，处清秋而发兴，希望挚友到来与自己一起共度佳节。全诗感情真挚，景物疏淡，情景交融，浑然一体。

开头两句由晋陶弘景《诏问山中何所有赋诗以答》变化而来："山中何所有？岭上多白云。只可自怡悦，不堪持赠君。"点明"自怡悦"，为登高望远的缘由之一。

"相望"两句写登山相望的情思。在晴朗的秋天，诗人登上万山，遥望隐居在远山的友人，只看见雁群向天边飞去直至消失，诗人的心里涌起了无限的牵挂，由思念而登山远望，望而不见友人，但见北雁南飞。这是写景，又是抒情，情景交融。读这两句，宜边吟诵边遥想，想象自己随雁阵飞到了友人的身旁。

"愁因"两句写思念之情，跃然纸上。眼前之景本已令诗人心生惆怅，黄昏时分更让诗人心头愁思增加几分。清秋季节愈发勾起诗人登高相望的兴致，而俯瞰山下明净爽朗的秋色，又不禁使诗人逸兴勃发。因此读这两句时，语调应有变化，前一句宜稍稍低沉，以突出其"愁"，后一句宜略略上扬，以突出其"兴"。

"时见"四句是全篇精华所在。这四句诗描绘诗人登上高丘，纵目远眺所见到的景象。首先映入眼帘的是山下暮归的村人。天至薄暮，村人劳动一日，三三两两陆续归来。他们从容不迫，颇带几分悠闲，有的行走于沙滩，有的坐歇于渡头。接着诗人放眼向远处望去，眼前是一片苍茫的景色：远处的树木显得很矮小，好像荠菜一样，而那白色的沙洲，在黄昏的朦胧中却清晰可见，似乎蒙上了一层月色。诗人善于捕捉一些具有代表性的景物，由近及远，用写意法构成了一幅水墨画。在这幅画面上，点缀着暮归村人、平沙渡头、天边树影、江畔小舟，景中融情，情景一炉，创造出一个幽远宁静的境界，显示出农村的静谧气氛，自然平淡而又富有情味。朗读时要注意节奏，读出作者对此景的深深陶醉之情,体会作者丝丝缕缕的茫远孤寂的心境。

结尾两句用"何当"一转,以"重阳节"照应开头,既明点出"秋"字,更表明了对张五的思念,显示出友情的真挚深切。

这首诗先写因怀人而登高眺望,然后通过对自然景物的细致描写,抒发了对友人的思念之情。整首诗素净描白、清新雅致,历来被视作孟浩然的代表作之一。

（孙竹青）

过故人庄

〔唐〕孟浩然

故人具鸡黍①,邀我至田家。
绿树村边合②,青山郭外斜③。
开轩面场圃④,把酒话桑麻⑤。
待到重阳日⑥,还来就菊花⑦。

〔注释〕

①黍(shǔ):黄米饭。②合:环绕。③郭:这里指村庄的四周。④轩:窗户。场圃(pǔ):打谷场和菜园。⑤把酒:端起酒杯。桑麻:这里泛指庄稼。⑥重阳日:农历九月九日重阳节。⑦就菊花:指欣赏菊花与饮酒。就,接近。

〔赏读提示〕

这首诗是作者隐居鹿门山时应故人邀请到田家做客之作。全诗写田园景物清新恬静,写朋友情谊真挚深厚,写田家生活简朴亲切。

首联写应邀而来。一"邀"一"至",文字简单干净,毫无夸饰,——因为是"故人",是彼此不用客套的至交,才会有这般毋须多言、招之即来的邀请形式。而以"鸡黍"相邀,既显出田家特有风味,又见待客之简朴——因为是"故人",才会有这种不讲虚礼和排场的招待。读这两句,可以放慢语速,带点自得,带点欣喜,好似跟随作者一道去赴这场亲切朴素的宴会一般。

颔联为我们描绘了一幅优美恬静的乡村风光图。"绿树村边合"是工笔描绘,描写的是近景。一个"合"字,表现了绿树环抱相拥、围绕整个田庄的情态,显现出田庄环境之宁静幽美。"青山郭外斜"是浓墨重泼,描写的是远景。隐隐青山，横卧相伴，一个"斜"字，表明远处一脉脉青山斜向天际。这两句诗犹如一幅清淡的水墨画，景物远近相映，色彩和谐相配，形成开阔旷远的空间，表现出清幽和谐的自然之美，也反映了诗人陶醉于田园风光的喜悦之情。诵读这两句，语速不宜过快，可以带着一种陶醉欣赏的语气去读，想象着一个坐落平畴而又遥接青山，清淡幽静而又不显孤寂的美丽乡村就在眼前。

颈联写入室与主人边饮酒边叙谈。前一句紧承上文之景，写畅饮的环境，"开轩面场圃"是说打开窗子，面对着打谷场和菜园子。"场圃"更见田园生活的平静安适。后一句写两个老朋友在一起谈耕织等农事，他们端着酒杯，一杯一杯尽情畅饮，是那么亲切欢畅。读这两句，语气里可以带着点更强一点的喜悦：有老友，有美景，有农家薄酒淡饭，还有长势正好的庄稼，甚至仿佛可以嗅到场圃上的泥土味，这一切，怎不叫人欣喜呢？

尾联写酒后告别。在离别主人时，诗人不邀自约，向主人率真地表示将在秋高气爽的重阳节再来观赏菊花和品菊花酒。淡淡两句诗，故人相待的热情，自己做客的愉快，主客之间的亲切融洽，都跃然纸上了。"菊花"在中国古典文学中是品格高洁的象征，这里的"就菊花"更表现出两位朋友的志趣相投，隐隐含有对官场生活的厌恶。字里行间，传递出对再相逢的盼望与期待。

全诗描绘了美丽的田园风光和恬淡的农家生活，诗歌结构完整，层次分明，语言朴素洗练，感情纯朴真挚，意境鲜明清新。在诗人笔下，笔笔都显得轻松至极，仿佛信手写就，但细加品之，却又字字含情，句句有意，足见诗人的非凡功力。

（孙竹青）

宿桐庐江寄广陵旧游①

［唐］孟浩然

山暝听猿愁②，沧江急夜流③。
风鸣两岸叶，月照一孤舟。
建德非吾土④，维扬忆旧游⑤。
还将两行泪，遥寄海西头⑥。

〔注释〕

①桐庐江:即桐江,在今浙江省桐庐县境。广陵:今江苏省扬州市。旧游:指故交。②暝:指黄昏。③沧江:指桐庐江。沧,同"苍",因江色苍青,故称。④建德:唐时郡名,今浙江省建德县一带。非吾土:不是我的故乡。⑤维扬:即扬州。⑥遥寄:远寄。海西头:指扬州。隋炀帝《泛龙舟歌》:"借问扬州在何处,淮南江北海西头。"

〔赏读提示〕

从题目所给信息中我们得知,这首诗是作者一人乘舟停宿桐庐江,怀念扬州友人时所作。整首诗在意境上显得凄清冷寂,情绪上则有深重的孤独感。因此诵读时语调应低沉,语速应偏缓。

"山暝听猿愁,沧江急夜流。"首句一来便选用日暮、苍山、猿啼这些带有愁绪的意象。此时低沉的天空,淡远的山峰,哀怨的猿声,激荡的江水在一起组成了一幅令人神伤图景。因此这两句整体上语调应低沉并带有凄凉之感,语速宜缓。"山暝"两字后停顿延长,重音落在"愁"字上。次句"沧江夜急流",一叶孤舟飘荡在激流之中,给人一种激荡和不平之感,此时语调应稍高,读出不安之感,重音落在"急"字上。

"风鸣两岸叶,月照一孤舟。"夜晚江风袭来,吹动两岸的树叶,枝摇沙沙作响,月光如水静静地映照江畔,此时有风有月夜,尚算得上惬意,但目随月光流转,所见唯沧江中的小小孤舟,孤寂之感裹挟着江风一起沁入骨髓。此时语势应趋向自然平缓。

而诗人之所以会有这样的感受,是因为此地不是他自己的故乡。因此"建德非吾土",要读出独在异乡的惆怅、孤独的情绪。在眼前这特定的环境下,对于友人的思念愈加强烈,以至于潸然泪下。"还将两行泪,遥寄海西头。"这两句应有遥想的语气,语调轻缓,带有惆怅之感。　　　　　　　　　　（薛倩倩）

次北固山下①

[唐] 王　湾

客路青山外,行舟绿水前。

潮平两岸阔，风正一帆悬。

海日生残夜②，江春入旧年③。

乡书何处达？归雁洛阳边④。

〔注释〕

①次：停留。②残夜：天快亮时。③"江春"句：还没到新年，江南就有了春天的音讯。④"归雁"句：古时传说雁能带信，这句的意思是希望北归的大雁能将家信带到故乡洛阳。

〔赏读提示〕

古往今来，乡愁始终是诗歌创作的重要题材之一。这首诗写于冬末春初，诗人旅行江中，触景生情，而起乡愁。

诗歌以对偶句发端，行文整齐。"客路"指作者要去的路，"青山外"暗合题中"北固山"，作者行船在湛蓝的"绿水"上，驶向远方。短短两句话，便写出诗人的漂泊羁旅情怀。颔联写在"潮平"、"风正"的江上行船，潮水已经涨上来，江面更显开阔，情景恢弘阔大。但也令人联想到此刻宽阔的江面上，只有诗人的一叶扁舟在行驶，宏大的场景之中略显游子的孤独。

颈联"海日生残夜，江春入旧年"，既写景又点明了时令，为历来传诵的名句。"残夜"指夜将尽而未尽之际，残夜而东方海日已升，旧年而江上已是春天——时间过得这么快，怎能不令人感慨系之！此联描绘了昼夜和冬春交替过程中的景象和心中的喜悦，此句里蕴含新旧交替的哲理，可谓奇妙的构思。由此而引动末句的乡思，以归雁传书表达了作者对家乡的思念，春景和乡思和谐交融。因此后人赞誉此句"形容景物，妙绝千古"，给人积极向上的艺术魅力。

大雁是思乡诗里常见的意象，尾联写诗人离家日久，日复一日、年复一年地旅食他乡，见到此景，情何以堪？由此他自然想到要借雁足来给他传递家书了，与首联呼应。全诗笼罩着一层淡淡的乡思愁绪。 （杨辉）

芙蓉楼送辛渐①

[唐] 王昌龄

寒雨连江夜入吴②，平明送客楚山孤③。

洛阳亲友如相问，一片冰心在玉壶④。

〔**注释**〕

①芙蓉楼：旧址在今江苏省镇江市西北,登楼可以眺望长江江景。辛渐：人名,诗人的朋友。②连江：雨水与江面连成一片,指雨很大。③平明：清晨,天亮时。④冰心：比喻像冰一样洁白明亮的心。

〔**赏读提示**〕

《芙蓉楼送辛渐》是唐代诗人王昌龄被贬为江宁县丞时所写的一首送别诗。这诗原题共两首,另一首写前一天晚上诗人在芙蓉楼为辛渐饯别,这一首写的是第二天早晨在江边离别的情景。

诗的第一句,"连"与"入"写出了夜雨的连绵迷蒙,一个"寒"字更是体现出弥漫在满江烟雨之中、沁透在离人心头的阵阵寒意。江雨悄然而来织成无边无际的愁网,笼罩在吴地江天,渲染了离别的黯淡气氛。寒冷的夜雨,滔滔的江流,清晨的别离,连朦胧的远山也显得孤单,衬托出诗人对朋友的依依惜别之情,烘托送别时的凄寒孤寂。

后两句诗人以晶莹透明的冰心玉壶自喻,与前面屹立在江天之中的孤山之间形成一种有意无意的照应。这捎去的不是给洛阳亲友报平安的口信,也不是洗刷谗名的表白,而是对自己依然冰清玉洁、坚持操守信念的告慰,对蔑视谤议的自誉。凄寒孤寂中,更展现了诗人阔大的胸怀和坚强的性格。

全诗构思新颖,寓情于景,淡写彼此的离情别绪,重写心中的高风亮节,含蓄蕴藉,韵味无穷。朗读时前两句要读出诗人凄清孤寂的心境,后两句语气要亲切,是诗人对友人真诚的诉说,更是在表露自己的心迹,体现作者坦荡的胸怀和坚贞的品格。

（丁骙）

送魏二

〔唐〕王昌龄

醉别江楼橘柚香,江风引雨入舟凉。
忆君遥在潇湘月①,愁听清猿梦里长。

〔**注释**〕

①潇湘月：一作"湘江上"。

〔赏读提示〕

本诗作于王昌龄被贬为龙标县尉时。

首句"醉别江楼橘柚香"交代了饯别的时间、地点、情景。"醉别"这一动作，说明离别前酒喝得深，再究其原因，是因情深。两位情深义重的朋友分别自然是少不了酒的，助兴也好，浇愁也罢，总之喝着喝着就醉了，是因为情深而"醉别"。起笔便流露出了浓浓的离别之情。

在橘柚飘香的清秋时节却要与友人离别，怎不叫人倍生几分凄凉之意？诵读时，语速稍慢，重读"醉别"二字，表达浓郁的惜别之情。第二句中的"凉"字写出了江风夹杂着雨水吹入船中给人的客观感觉，同时也是凄凉氛围、情感的反映，景"凉"心亦"凉"。寓情于景，将情景很好地融合在了一起。用和缓、低沉的语调表达心中的不舍与凄凉之感，"凉"字读出微微颤音，使离别之情更加浓烈感人。

三、四两句，诗人并未按传统诗歌写法那样承接上两句的景来抒情或感慨，而是推开一笔，用"忆"字领入想象的空间：想象着彼此离别后，友人夜泊潇湘之上，孤独凄清，长夜难眠，即便是在梦中，也似乎听得见两岸传来声声清冽、悲凉的猿啼，哀婉凄厉，不绝如缕。"忆"字之后稍作停顿，呈遥想之态。"梦里长"三字慢读，一字一字地延长，形成拖腔。这两句诵读时，声音低沉而婉转久绝，表现出梦中听猿的惆怅别情。

诗歌由实而虚，在叙写离别场景后，用一个"忆"字，想象魏二梦里听见猿啼难以入眠。诗歌表面写好友分别后愁绪满怀，实际写出了作者送别魏二时难舍难分的情感。这种表现手法称为"对写法"，就是诗中主人公明明在苦苦思念对方，却不进行直接的描述，而是从对方着笔，将这种深挚的思念之情委婉含蓄地表达出来。明人陆时雍《诗镜总论》云："代为之思，其情更远。" （田玮玮）

送柴侍御①

[唐] 王昌龄

流水通波接武冈②，送君不觉有离伤。
青山一道同云雨，明月何曾是两乡③。

〔注释〕

①侍御:官职名。②通波:四处水路相通。武冈:县名,在湖南省西部。③两乡:作者与柴侍御分处的两地。

〔赏读提示〕

"七绝圣手"王昌龄,不仅擅长边塞军旅诗,也极擅长送别之作。这首诗大约是诗人被贬龙标(今湖南省黔阳县)县尉时的作品。这位柴侍御可能是从龙标前往武冈(今湖南省武冈县),王昌龄为他送行而写下了这首诗。

不同于一般送别诗的惆怅伤感,这首诗显得乐观开朗,格调高昂。全诗应读得深情而又洒脱,优雅而又亲切。

起句语调流畅而轻快,"流水通波接武冈"(一作"沅水通波接武冈"),点出了友人要去的地方,"流水"与"通波"蝉联而下,显得江河相连,道无艰阻,再加上一个"接"字,更给人一种两地比邻相近之感,这是为下一句造势。所以第二句便说"送君不觉有离伤"。龙标、武冈虽然两地相"接",但毕竟是隔山隔水的"两乡"。于是诗人再用两句申述其意,"青山一道同云雨,明月何曾是两乡"。笔法灵巧,一句肯定,一句反诘,反复致意,恳切感人。如果说诗的第一句意在表现两地相近,那么这两句更是云雨相同,明月共睹,这种迁想妙得的诗句,既富有浓郁的抒情韵味,又有它鲜明的个性。

诗人用丰富的想象,去创造各种形象,以化"远"为"近",使"两乡"为"一乡"。语意新颖,出人意料,然亦在情理之中,因为它蕴含的正是人分两地、情同一心的深情厚谊。而这种情谊不也就是别后相思的种子吗?又何况那青山云雨、明月之夜,更能撩起人们对友人的思念,所以这三、四两句,一面是对朋友的宽慰,另一面已将深挚不渝的友情和别后的思念,渗透在字里行间了。

行文至此,读者便可以感到诗人未必没有"离伤",但是为了宽慰友人,也只有将它强压心底,不让它去触发、感染对方。更可能是对方已经表现出"离伤"之情,才使得工于用意、善于言情的诗人,不得不用那些离而不远、别而未分,既乐观开朗又深情婉转的语言,以减轻对方的离愁,这是更体贴、更感人的友情。正是如此,"送君不觉有离伤",它绝不会被柴侍御和读者误认为诗人寡情;恰恰相反,人们于此感到的倒是无比的亲切和难得的深情。这便是生活的辩证法,艺术的辩证法。这种"道是无情却有情"的抒情手法,更显离别的曲折深情。

(钱玉芳)

送郭司仓①

[唐] 王昌龄

映门淮水绿②，留骑主人心③。
明月随良掾④，春潮夜夜深。

[注释]

①郭司仓：作者的朋友。司仓，管理仓库的小官。②淮水：淮河，发源于河南桐柏山，流经安徽、江苏，注入长江。③留骑：留客的意思。骑(jì)，坐骑。④良掾(yuàn)：好官吏，此指郭司仓。

[赏读提示]

这是一首送别诗。诗写春日送别友人，以淮水春潮为喻，委婉地抒发了对友人远行的依依不舍之情与无限思念。

诗的开头两句描写送别友人的环境：春天的淮水，碧波荡漾，映照门楣，而诗人对即将分别的郭司仓的情意像淮水一样深长。送别的时间应该是晚上，白天太阳下水的影子应该是闪烁不定的，怎么能看清楚颜色呢？只有静夜下平静的水面才会将绿色抹在人家的门户上。惜别饯饮，直到明月高照，诗人挽留的心意越发浓厚。朗读时语调舒缓，语速要适中，使听者能够产生身临其境之感。

后面的两个短句都有祝福的意思：友人终于在皎洁的月光中登程上路，好像明月也伴随着他前行；友人离去，诗人思念之情久久不能平静，就像春潮一样波浪起伏。诗人真是在用善良的心对待朋友，用渐渐高升的明月来比喻朋友将要得到的发展，表明诗人希望他能步步高升，成为清正廉明的官。春季的淮河潮水会夜夜高涨，这里诗人用潮水来形容自己对朋友的思念之心，这一比喻将诗人看不见的心绪写得形象具体，可见可感。诵读时语调应该上扬，语速要缓慢，读出送别的深情与祝福的意味。

作者以淮水之绿表明主人留客之心殷殷切切，以明月、春潮来表达分别之愁，从环境入手，让周围景物表达出自己的心情和思想。这种融情入景、情景交融的手法，在王昌龄的送别诗中是很常见的。

（刘晓燕）

江南旅情

〔唐〕祖 咏

楚山不可极①，归路但萧条。

海色晴看雨，江声夜听潮。

剑留南斗近②，书寄北风遥。

为报空潭橘③，无媒寄洛桥④。

〔注释〕

①楚山：楚地之山。极：尽。②南斗（dǒu）：星名，南斗六星，即斗宿（xiù）。古人有"南斗在吴"的说法。③潭橘：吴潭的橘子。④洛桥：洛阳天津桥，此代指洛阳。

〔赏读提示〕

祖咏诗作以山水为主，颇近王维、孟浩然一派，但却时有豪放、雄阔之作，为王、孟所罕见。《江南旅情》中的江南便是既婉约又壮阔。

这里的"江南"不同于现在一般所指的江苏、浙江的部分地区。在不同历史时期，江南的文学意象是不尽相同的。在唐时设立的江南道，范围包括长江中下游地区的江西、湖南、湖北地区的长江以南部分。

第一句"楚山不可极"描绘了广阔的背景，诗人在客途江南，古楚之地的山川一眼望不到尽头，想到自己的家乡，心中是无尽的怅然："归路但萧条。""归路"即归乡之路，归乡的路途是萧瑟寂寞的。

颔联又转到眼中所见江南的江景，这里是晴空万里，那里却被雨丝遮住了。夜里投宿在旅店，耳边是绵延不绝的江潮声。这一联对仗工整，视觉与听觉相结合，以丰富的感官描写来写出江南之地的晴雨相间的奇异景象，以及潮声澎湃的壮阔景象。同时，在潮声中，透露出诗人的羁旅之情。

接着，诗人看到江南的星空里南斗星是较为明亮的，这时他觉得自己的宝剑就仿佛挂在南斗星旁。北风中遥远的家乡人给诗人寄来了家书。江南优美景色固然不俗，但心中对故乡的思念之情却更殷切。颈联两句以星象和季风这样的细节来说明远离故乡、羁绊在外的情况。一"近"一"遥"又是鲜明的对比，羁留客地，而家乡遥远。

因为接到了家书,因而诗人自然想把江南的特产空潭橘寄回老家洛阳作为回报,但是要找一个捎递的人实在是一件很难的事情。这份苦恼是思乡情怀的自然流露。

江南烟雨名扬天下,但是江南临海,海岸线很长,这固有的广阔风光却历来少有写者。诗人在这首诗中表现出来的恰恰就是江南山川广袤的景致。祖咏将自己浓烈的乡愁寄托在了这江南广阔的景色中,心思巧妙。　　　　　(徐洁)

长干行①

[唐] 崔　颢

君家在何处②,妾住在横塘③。
停船暂借问,或恐是同乡④。

〔注释〕

①长干行:乐府曲名。是长干里一带的民歌。②君:古代对男子的尊称。③妾:古代女子自称的谦词。横塘:现江苏省南京市江宁区。④或恐:也许。

〔赏读提示〕

初读这首诗,一定会被它别具一格的结构所吸引。这首诗全由对话构成,出于女子之口。无头无尾,显得突兀,仿佛是断章一般。同时,诗中对人物的描写不着一字,却使读者不但如闻其声,而且如见其人。

"君家在何处"一问,可见两人是素昧平生,萍水相逢。这位年轻女子主动与陌生男子搭话,显得突兀,似有不妥,担心男子不理睬或是有疑惑,于是自己急急地加上一句"妾住在横塘",自报家门,虽然有点唐突,然而女子的真诚、直率也历历可见。

三、四句依然是女子自话,向男子解释,我询问你的原因只是想或许我们彼此是同乡,所以停下船来相问一声。从"停船"可看出她热情,从她向陌生男子发问可看出她落落大方。"或恐是同乡"解释了"暂借问"的原因,显得合情合理,却让人不禁会心一笑,女子因对男子倾慕而急切询问、恐失良机的热情与自感突兀、羞赧解释、稍加掩饰的情状跃然纸上。

当两艘船对面相擦而过,女子匆忙停下船来相问,所以只有寥寥数语。然而对方还没来得及回答,更没有反问她家住何处,她却急着自报家门。这是为什么?偶然见到一个陌生男子,便开口问他是否同乡,有这个必要吗?然而这一切将女子的满腔情意道尽。

这首诗以简练、含蓄见长。虽然诗中对人物的形貌、动作、心理一字未提及,但我们却恍然若见那翘首发问、急切羞赧、脸颊绯红的撑篙女子,至于下文如何,留足了想象空间,真是言简义丰! (刘珍)

黄鹤楼

[唐] 崔 颢

昔人已乘黄鹤去①,此地空余黄鹤楼②。
黄鹤一去不复返③,白云千载空悠悠④。
晴川历历汉阳树⑤,芳草萋萋鹦鹉洲⑥。
日暮乡关何处是⑦? 烟波江上使人愁⑧。

〔注释〕

①昔人:指传说的骑鹤仙人。②空:只,仅。③一去不复返:一去之后就不再回来。④悠悠:这里形容白云浮荡的样子。⑤晴川:阳光照耀下的平川。这里指汉水平原。历历:分明的样子。⑥芳草:香草。萋萋:茂盛的样子。⑦日暮:太阳将要落山。乡关:故乡。何处是:在何处。⑧烟波江上:江上的烟雾波涛。

〔赏读提示〕

黄鹤楼是一处名胜。题咏黄鹤楼的作品很多,但举世公认崔颢的《黄鹤楼》堪称绝唱,连大诗人李白也因"崔颢题诗在上头"而搁笔,可见此诗的艺术成就之高。

此诗以充满遐想的"仙人骑鹤"故事开头,给黄鹤楼蒙上了一层朦胧的神话色彩。而这位仙风道骨的昔人已经离去,空余黄鹤楼。一个"空"字,暗示了诗人心里对这座富于传说的黄鹤楼的憧憬和看见空楼时的怅然若失。

"黄鹤一去不复返,白云千载空悠悠",楼头目送,江天相接的自然画面因白云的衬托愈显宏丽阔大,黄鹤楼久远的历史和美丽的传说终归物在人非,鹤去楼空。"晴川历历汉阳树,芳草萋萋鹦鹉洲"二句,由退想回到现实,阳光照耀下的汉阳树木清晰可见,鹦鹉洲上有一片碧绿的芳草覆盖。

"日暮乡关何处是?烟波江上使人愁。"日暮时分,最容易生出旖旎的愁思。日暮后面是夜晚,鸟要归巢,船要归航,游子要归乡。水雾江烟,一片迷蒙,问乡乡不语,思乡不见乡,面对此情此景,谁人不生乡愁?诗作以一"愁"收篇,准确地表达了日暮时分诗人登临黄鹤楼的心情,也暗合了开头时怅然若失的心情。

诗人的风采与秉性亦随诗篇的展开跃然纸上,乡愁情怀的抒发也没有愁苦万分,而是波澜壮阔、豪迈昂扬,不愧为唐朝七律诗中的第一佳作。　　　　(杨辉)

别董大①

[唐] 高　适

千里黄云白日曛②,北风吹雁雪纷纷。
莫愁前路无知己,天下谁人不识君③。

〔注释〕

①董大:指董庭兰,是当时有名的音乐家。在其兄弟中排第一,故称"董大"。②黄云:天上的乌云。在阳光下,乌云是暗黄色,所以叫黄云。白日曛:即太阳黯淡无光。曛,昏暗。③谁人:哪个人。君:你,这里指董大。

〔赏读提示〕

诗人高适与好友董大久别重逢,经过短暂的聚会以后,又要各奔他方。在晦暗寒冷的季节里,在两个人都处于困顿贫贱的处境下,诗人没有悲伤落寞,没有缠绵低回,没有千丝万缕的离愁别绪,而是情真意切,豪迈豁达,写下了这首送别诗。

"千里黄云白日曛,北风吹雁雪纷纷",北风呼啸,黄沙千里,遮天蔽日,到处都是灰蒙蒙的一片,以致大片的云似乎都变成了暗黄色,本来璀璨耀眼的阳光现在也黯然失色。大雪纷纷扬扬地飘落,大雁排着整齐的队伍向南飞去。诗人就是在这荒寒壮阔的环境中,送别这位身怀绝技却又无人赏识的音乐家。

"莫愁前路无知己,天下谁人不识君",这是对朋友的劝慰:此去你不要担心遇不到知己,天下有谁不知道你董庭兰啊!话说得多么响亮,多么有力,于慰藉中充满着信心和力量,激励朋友抖擞精神去奋斗、去拼搏。这种激励的话语,只有知音才能说出吧。

这首送别诗中,高适以开朗的胸襟、豪迈的语调把临别赠言说得激昂慷慨,鼓舞人心。朗读时,要把这种精神表现在洪亮的声调中。　　　　　　　　（万敏）

送元二使安西①

[唐] 王　维

渭城朝雨浥轻尘②,客舍青青柳色新③。
劝君更尽一杯酒④,西出阳关无故人。

〔注释〕

①使:出使。②浥:湿润。③客舍:旅店。④更:再一次。

〔赏读提示〕

《送元二使安西》是盛唐诗人、画家和音乐家王维写的一首七言古诗。友人奉朝廷使命前往西北边疆,诗人在渭城为其送别,有感而发写下此诗。

诗歌题目明确地交代了诗人的写作背景,友人"元二"就要出使偏远的西北边疆"安西",诗人为其送行。"送"、"使"两个动词,生动、简洁地展现了诗人与友人分别时的景象。

前两句是一个整体,描写了送别的时间、地点和环境。"朝"时、"新"柳,一幅初春早晨的清新画卷展开在眼前。"浥"是湿润的意思,在这里用得颇有分寸,显出这清晨的小雨只是湿润了飞扬的尘土,却未浸湿这土地,仿佛是特意为远行者准备了一条轻尘不扬的道路。客舍是旅人的歇脚处,杨柳更是离别的象征,这两件事物共同烘托了送别的氛围。诗歌前两句勾勒出一幅色调清新明朗的图景,为这场送别提供了典型的自然环境。朗读时,既要注意送别时诗人的内心情感,也要读出这片微雨中的初春清朗景色。

后两句是诗人在与友人倾诉着送别时内心的复杂情感。"更尽"是再次饮尽的意思,表现诗人与友人分别时一杯又一杯借酒抒情的动态画面。最后一句既是对前一句劝酒缘由的解释,又强烈地抒发了诗人面对友人即将远行,心中真挚的惜别之情。这两句是送别者的劝酒词,将情感推至最高点,除却依依惜别之情外，更饱含了对远行者处境、心情的理解，对其前路珍重的祝愿。朗读时应加强语气，读出诗文中送别场景下蕴含着的强烈感情。

本诗所描写的是一种最有普遍性的离别。它自有的深挚惜别之情，使其适合于绝大多数离筵别席演唱，后被编入乐府，成为最流行、传唱最久的离别曲。

（丁骎）

九月九日忆山东兄弟①

〔唐〕王　维

独在异乡为异客②，每逢佳节倍思亲③。
遥知兄弟登高处，遍插茱萸少一人④。

〔注释〕

①九月九日：即重阳节。古人有在重阳节登高、佩戴茱萸、饮菊花酒的习俗。山东：指华山以东，王维的家乡就在这一带。②异客：身在他乡的客人。③倍：更加。④茱萸：一种有浓烈香气的植物。古时人们认为重阳节插戴茱萸可以避灾克邪。

〔赏读提示〕

《九月九日忆山东兄弟》是盛唐诗人王维在17岁时写下的一首七言古诗。重阳节之际，诗人独自一人漂泊在外，思及家乡的亲人，回忆起往日同亲人们一起欢度重阳时的景象，有感而作此诗。

诗歌题目明确地交代了诗人写作的背景与缘由，在"九月九日"重阳节到来的浓浓节日氛围中，诗人回忆起旧时与亲人们一同度过重阳的场景，思念着远在家乡的"兄弟"。

首句一个"独"字，既表现出诗人是孤独一人，刻画其举目无亲、孑然孤单的形象，又表现出诗人内心的孤寂，传达其寂寞凄凉的心境。两个"异"字叠用，更加重了诗人的孤独之感，为诗的画面增添了凄楚的色彩。第二句朴素直白地描述了诗人的内心状态，"每逢"表示诗人的"思亲"之情并非偶然为之，而一个"倍"字，更渲染了此刻诗人思亲之情的强烈。朗读时应强调渲染诗人孤独与思亲情感的词汇，引发听者的思考与共鸣。

后两句借重阳节"登高"、"插茱萸"的传统习俗,将思念亲人的情感具象地表现在生活细节之中。"少"字直接表述的虽是家乡兄弟们过节时缺少了自己,实际上却是诗人感叹"少"了亲人陪伴在身边。通过直述情景,抒发内心的伤感、遗憾,形象地表达了蕴含其中的浓浓思乡、思亲之情。朗读时要读出直白朴素诗句中蕴含的真挚、深切的思乡、思亲之情。　　　　　　　　(丁騄)

相　思

〔唐〕王　维

红豆生南国①,春来发几枝。
愿君多采撷②,此物最相思。

〔注释〕

①南国:南方,指红豆产地,又指朋友所在之地。②采撷(xié):采摘。

〔赏读提示〕

《相思》是唐代诗人王维的一首五言诗,借咏物寄相思,情真意切,婉曲动人。

首句因物起兴,简简单单却触人远思。轻轻一问,更是承得自然,明问红豆发几枝,暗说相思几许,语近情遥,令人神往,不知不觉便将人的思绪带到了红豆树下。相传有位温柔美丽的姑娘,她的恋人随军远征却不幸战死,姑娘朝夕盼归不得,哭死于树下,她的泪水化作颗颗鲜红的血滴。血滴融入土中,生根发芽,长成大树。日复一日,春去秋来,伴着姑娘心中的思念,大树结出了世上最动人的果实——红豆。红豆鲜红光亮,小巧浑圆,热烈坚贞,本为相思之血滴凝结而成,被后人称为"相思豆"。

后两句寄意对方采摘红豆,暗示对方珍重彼此的情谊。嘱人相思,让这相思之情又多了一份,情感双向流动,曲折纤巧,语意高妙。一个"多"字,蕴含了诗人的声声叮咛;一个"最"字,凸显了诗人的丝丝深情。全诗只写红豆,却是"超以象外,得其环中",虽未直接表白却字字情深,相思之情溢于言表。

"相思"不仅限于男女之情,朋友、亲人亦有此情。此诗又名《江上赠李龟年》,是王维赠予友人李龟年的一首诗,抒写眷念朋友之思。据说天宝之乱后,李龟年流落江南,经常为人演唱此诗,听者无不为之动容落泪。唐代绝句名篇经乐工谱曲而广为流传者甚多,王维的《相思》语浅情深,传唱一时。　（汪文蔚）

杂　诗（其二）

〔唐〕王　维

君自故乡来,应知故乡事。
来日绮窗前^①,寒梅著花未^②？

〔注释〕

①来日:指动身前来的那天。绮(qǐ)窗:雕画花纹的窗户。②著(zhuó)花未:开花没有。著花,开花。未,用于句末,相当于"否",表疑问。

〔赏读提示〕

全诗描绘了一个久在异乡之人,偶遇故乡人,轻询故乡事的画面。

开头两句连用两个"故乡",读来并不嫌重复,倒觉得亲切、真实。异乡人得见故乡人,惊喜不已,情感自然流露,简单直接地说,不加修饰地问:"您刚从故乡来,应该知道故乡的事情吧?"这儿童式的天真、直接,显示了异乡人对于了解故乡事的急切,思乡之情可见一斑。这两句纯用白描,却将异乡人独在异乡的感情、心理、神态、口吻等表现得栩栩如生。

故乡事何其多,诗人不写山川景物,不写风土人情,只写窗前寒梅,以此寄托相思,是将故乡诗化了。"您动身那天,我家窗前的那株寒梅,开花了没有啊?"问得这样真挚,这样雅致,又这样充实。小小的寒梅,当是意义非凡。或许陪他长大,它是"陪伴";或许来自父母的馈赠,它是"关爱";或许由同窗好友相约种下,它是"情谊"……"于细微处见精神",一株寒梅,看似细小、平常,却深深地存在于异乡人的心间,它不是一个简单的物象,而是故乡的一种象征,是思乡之情的集中寄托。诗人的留白,也给了读者无限的想象空间。读者想象着异乡人与寒梅的故事,与故乡的故事,自是细腻绵长、清新悠远。

这首诗平淡质朴如叙家常,前两句简洁生动,后两句韵味雅致,皆是寓巧于朴,是匠心独具之作。　（汪文蔚）

春夜洛城闻笛①

[唐]李 白

谁家玉笛暗飞声②,散入春风满洛城。
此夜曲中闻折柳③,何人不起故园情④。

〔注释〕

①洛城:洛阳(现在河南洛阳)。②玉笛:精美的笛。暗飞声:声音不知从何处传来。③折柳:即《折杨柳》笛曲,乐府"鼓角横吹曲"调名,内容多写离情别绪。④故园:指故乡,家乡。

〔赏读提示〕

这首诗是735年李白游洛阳时所作。题中"洛城"表明是客居,"春夜"点出季节及具体时间,描写在夜深人静之时,诗人听到笛声而引起思乡之情。

"谁家玉笛暗飞声",谁家的玉笛,在静夜里悄悄地响起?诗人或许正在读书、闲坐,或许做着其他的事,一曲笛声不期然响起,夜深人静,笛声清远而动听。他被吸引住了,循声望去,却辨不清笛声来自哪里。"散入春风满洛城",春风徐徐,笛声飘散在风中,风又吹送笛声,飘满了洛阳城。这一句虽带有艺术的夸张,却衬出笛声的动人和夜的安静,似乎全城人都在凝神静听。朗读时,前两句语调应该平和,语速舒缓深情,能够体现出诗人对笛声的陶醉与欣赏之情。

"此夜曲中闻折柳",今夜,缥缈的笛乐中,我听到了思乡怀亲的《折杨柳》。"折柳"即《折杨柳》曲的简称,这首曲往往用来表示惜别怀远之情。"柳"谐音"留"。古人送别亲友时,折柳相赠,暗示留恋、留念的意思。折柳既是一种习俗,也代表一个场景,一种情绪。古人还有折柳寄远的习惯,是盼远游亲人早归的意思。"何人不起故园情",听到这笛声的人,谁不会动思乡之情呢?作者由"折柳"曲想到,此时正是折柳的季节了,春天已到而自己却还漂泊在外,不禁更引起了思乡之情。朗读时语速应舒缓低沉,读出游子思乡的无奈之情。

此诗短短四句,乍看作者是在闻笛,可实际意义侧重表达作者对故乡的思念,这也正是它感人的地方。

(刘晓燕)

静夜思

[唐] 李 白

床前明月光①，疑是地上霜②。
举头望明月③，低头思故乡。

〔注释〕

　　①床：井栏。古代井栏有数米高，成方框形围住井口，防止人跌入井内，这方框形既像四堵墙，又像古代的床。因此古代井栏又叫银床。②疑：好像。③举头：抬头。

〔赏读提示〕

　　本诗是一首千古传诵的名篇。在一个月朗星稀的夜晚，背井离乡的诗人抬头望见天空中的一轮皓月，思乡之情油然而生，于是写下了这首诗歌。

　　"独在异乡为异客"，夜深人静之时，诗人心头难免泛起阵阵思念故乡的波澜，更何况是在一个有月亮的晚上。于是，夜深难寐的他就来到井栏外的空地上独自踱步。银色的月光洒在这片开阔空旷的地上，好像深秋的浓霜。这个比喻非常巧妙，既形容了月光的皎洁，又写出了深秋的寒冷，还烘托出诗人漂泊他乡的孤寂凄凉之情。

　　诗的后两句，则是通过抬头、低头这具体的动作来深化思乡之情。"井"在古代是家乡的代称，古时候的人们为了生活方便，都是围着井聚族而居的，人们便把八家住户叫做井。诗人翘首凝望着明月，不禁想起，此时此刻，他的故乡也正处在这轮明月的照耀下，于是自然地引出了"低头思故乡"的结句。秋月是分外明亮的，然而它又是清冷的。对孤身远客来说，最容易触动某些情思，使人感到凄凉悲伤，感慨年华易逝。低头沉思，诗人会思念什么呢？思念家乡的一草一木，思念亲人的一颦一笑，思念过去的一朝一暮……朗读时，声调要低沉，表达对家乡的思念之深。

　　短短四句，从时间、环境、气氛及对人物细微动作的描绘，写出了一个游子对故乡的深切思念，既清新质朴，又意蕴丰富，令人不得不感叹李白绝句的巧夺天工！

（万敏）

赠汪伦

〔唐〕李　白

李白乘舟将欲行，忽闻岸上踏歌声①。
桃花潭水深千尺②，不及汪伦送我情③。

〔注释〕

①踏歌：民间的一种唱歌形式，一边唱歌，一边用脚踏地打拍子，可以边走边唱。②桃花潭：在今安徽泾（jīng）县西南一百里，据说潭水深不可测。③不及：不如，比不上。汪伦：李白的朋友，性格非常豪爽。李白游泾县桃花潭时，附近贾村的汪伦经常用自己酿的美酒款待李白，两人由此结下了深厚的友谊。

〔赏读提示〕

755年，李白因受排挤离开长安，此后十年游遍大江南北，每到一个地方，广泛结交朋友。李白游泾县桃花潭时，常在村民汪伦家做客。临走时，汪伦脚踏地打着节拍，为李白送行。看到这种场面，李白激动地流下了热泪，当场写下了《赠汪伦》这首诗作为感谢，表达了李白对汪伦的深情厚谊。

"李白乘舟将欲行"一句，表明李白将要乘舟离去，就在这轻舟待发之时，"忽闻岸上踏歌声"，汪伦带着一群村民前来送行，他们手挽着手，一边走，一边唱。"将欲行"的心情一定是有些怅惘的，而"忽闻"一词表明汪伦前来送行是多么让人惊喜啊！先"闻"其声而后见其人，这足以看出汪伦一行送别场面的热闹，主人的深情厚谊，古朴的送客形式，使李白十分感动。

这种惊喜、感动之情该用什么语言来表达呢？桃花潭就在附近，于是诗人信手拈来，用桃花潭的水深与汪伦对自己的情深作喻，就把无形的情谊化为有形，既形象生动，又耐人寻味。"不及"二字，更是写出了李白对汪伦的情谊之深：那"深千尺"的潭水都比不上。因此，"桃花潭水深千尺，不及汪伦送我情"两句，历来为人所称道。朗读这两句，要带着对友人相送的惊喜与感动，语调略略上扬。

《赠汪伦》这首诗，使普通村民汪伦的名字流传后世，桃花潭也因此成为游览的胜地。为了纪念李白，村民们在潭的东南岸建起"踏歌岸阁"，至今还吸引着众多游人。

（万敏）

黄鹤楼送孟浩然之广陵①

〔唐〕李　白

故人西辞黄鹤楼②，烟花三月下扬州③。
孤帆远影碧空尽④，唯见长江天际流⑤。

〔注释〕

①黄鹤楼：是中国著名的名胜古迹，故址在今湖北武汉市武昌蛇山的黄鹤矶上，属于长江下游地带，传说三国时期的费祎于此登仙乘黄鹤而去，故称黄鹤楼。之：往，去。广陵：指扬州。②西辞：黄鹤楼在广陵的西面，在黄鹤楼辞别去广陵，所以说"西辞"。③烟花：指柳如烟、花似锦的明媚春光。下：沿江顺流而下。④尽：尽头，消失了。⑤唯见：只能见到。天际：天边。

〔赏读提示〕

阳春三月，诗人与老朋友孟浩然分别于天下江山第一楼——黄鹤楼，友人的孤帆已渐渐消失于碧水蓝天之际，诗人却仍默默伫立，久久不愿离开，似乎渴望东流的江水能载着他的深情，伴友人远行。全诗意境阔大，情深意挚，不愧为一首传诵千古的杰作。

"故人西辞黄鹤楼"，开篇点题，黄鹤楼是天下名胜，又是两位好友经常流连聚会之所，于是，此次送别之地就选在了黄鹤楼。"烟花三月下扬州"，紧承上句，在"三月"前加上"烟花"二字，给人一种浪漫的诗意美。烟花，指烟雾迷蒙，繁花似锦。那种感觉不是一块地、一朵花，而是看不尽、看不透的大片明媚春光。"下"，表示顺流而下，在烟花之时，去往繁华的烟花之地，想必大家的心情都如烟花般明丽。

"孤帆远影碧空尽"，连天空似乎都受到人的心情的感染，变得明丽了，在那一碧如洗的天空下，顺流行进的"孤帆远影"，也都让人感觉不那么孤独和苍凉了。"唯见长江天际流"，生命如流水，离别之情如流水，诗人对友人那无限关注的目光追随着消失在视野中的"孤帆远影"，也就化作这长江流水流向天边了，所谓言有尽而意无穷，大概说的就是这个意思吧。

此时正值开元盛世，国家太平而又繁荣；加之烟花三月、春意最浓的时候，从黄鹤楼到扬州，这一路都是繁花似锦；而扬州，更是当时整个东南地区最繁华的都会,是那人人向往的"烟花之地";诗人李白本身又是一个充满了诗情画意的浪漫诗人。因此,这里的送别,不同于一般离别时的浓重的伤感,那是在一片赏心悦目的美景之下的送别,会有一丝丝的不舍,但是更多的是愉快的分别,是带着诗人美好向往的分别。朗读时,声音洪亮开阔,仿佛宏阔的长江天际就在眼前。

(万敏)

闻王昌龄左迁龙标遥有此寄①

〔唐〕李 白

杨花落尽子规啼②,闻道龙标过五溪③。
我寄愁心与明月,随风直到夜郎西。

〔注释〕

①左迁:古人把降职称为左迁。②杨花:柳絮。③龙标:诗中指王昌龄,古人常用官职或任官之地的州县名来称呼一个人。五溪:武溪、巫溪、酉溪、沅溪、辰溪的总称,在今湖南省西部。

〔赏读提示〕

李白的《闻王昌龄左迁龙标遥有此寄》是抒写真诚友谊的名篇。王昌龄有"诗家天子王江宁"的美誉,曾任江宁丞,后贬龙标尉。当时,李白已被朝廷排挤,苦闷忧愤,当听到王昌龄被贬的消息,深感同情与不平,遂写下这首诗,给朋友以精神上的慰藉和道义上的支持。

诗的开头,巧妙地运用比兴手法,紧紧抓住"杨花落"和"子规啼"这两个表现暮春特点的景物。杨花落尽让人慨叹春尽花残,忧伤不已;子规就是杜鹃,它啼声哀切,自古有"杜鹃啼血"之说,"子规啼"使暮春景色笼罩上了一片哀愁气氛。

就在这凄凉哀伤的氛围里,诗人又听说自己的好友被贬到荒凉之地方去了。"过五溪"足见行程之艰难、路途之荒远,诗人对友人的关切、担心油然而生并越发浓重。开头两句既写了时节,又渲染了气氛;既点明了题目,又为下面抒情铺垫。

友人被贬龙标,相隔万水千山,一个"遥"字便可看出,诗人恨自己不能相伴友人身旁，只得将一腔愁情托付给明月，把明月想象成传递消息的信使，让月光载着自己的愁情，带上对友人的怀念和慰问，陪伴着孤独的友人，走向那荒僻不毛之地。这"愁心"之中，既有对友人遭遇的担忧，也有对当时现实的不平，有恳切的思念，也有热诚的关怀。明月传情，既表达了诗人对朋友的真挚情感，也丰富了诗歌的意境。

这首诗善用地名，妙用拟人，托月寄情，整首诗的格调愁而不悲，读来朗朗上口，回味无穷。

（刘珍）

送友人入蜀

[唐] 李 白

见说蚕丛路①，崎岖不易行。
山从人面起②，云傍马头生③。
芳树笼秦栈④，春流绕蜀城⑤。
升沉应已定⑥，不必问君平⑦。

〔注释〕

①见说：唐代俗语，即"听说"。蚕丛路：代称入蜀的道路。②山从人面起：人在栈道上走时，紧靠峭壁，山崖好像从人的脸侧突兀而起。③云傍马头生：云气依傍着马头而上升翻腾。④芳树：开着香花的树木。秦栈：由秦（今陕西省）入蜀的栈道。⑤春流：春江水涨，江水奔流。或指流经成都的郫江、流江。蜀城：指成都，也可泛指蜀中城市。⑥升沉：进退升沉，即人在世间的遭遇和命运。⑦君平：泛指占卜的人。

〔赏读提示〕

这是一首以描绘蜀道山川的奇美著称的抒情诗，作于天宝二年。当时李白正在长安，一位友人要离开长安去蜀中，李白作诗为他送行。

这首诗的前三联写的都是入蜀的道路。

首联写入蜀的道路艰难。临别之际，李白亲切地叮嘱友人：听说蜀道崎岖险阻，路上处处是层峦叠嶂，不易通行。朗读时语调应放缓，语速要平缓自然，恍若两个好友在娓娓而谈。

颔联就"崎岖不易行"的蜀道作进一步地具体描画:走在路上,山崖就像从人的面前或脸旁矗起一样,山高谷深,人迹罕至,栈道建于悬崖峭壁上,飘渺的白云又如从马头畔升腾而起,使人和马似腾云驾雾一般。诗中的"从"、"起"、"傍"、"生"等词具有极强的动感,十分生动传神地写出了蜀道蜀山的奇险与高峻。蜀道既有难行之险,也有动人之美。颈联则从另一方面描述了蜀道瑰丽的风光:花树笼罩,枝叶婆娑,笼罩着栈道;春江碧水,风光旖旎,环绕成都而奔流。中间两联诗人极力描绘蜀道胜景,这对入蜀的友人来说,无疑是一种抚慰与鼓舞。朗读时语调应该上扬,声音洪亮开阔,要体现诗人对蜀中景物的喜爱之情,使听者能够产生置身其中之感。

尾联离开了对蜀道的描写,直接扣到送别的题意上来:个人的官爵地位、进退升沉都早有定局,何必再去询问善卜的君平呢! 李白借用君平的典故,婉转地劝诫他的朋友不要沉迷于功名利禄之中,表现了诗人对挚友的坦诚。朗读时语调沉稳,语速稍慢,要读出诗人对友人深挚的情谊和真挚的劝诫。 （刘晓燕）

客中行

[唐]李 白

兰陵美酒郁金香①,玉碗盛来琥珀光。
但使主人能醉客,不知何处是他乡。

〔注释〕

①兰陵:中国古代名邑,今山东省临沂市苍山县兰陵镇。郁金:一种香草,可入药,可用来浸酒,浸酒后呈金黄色。

〔赏读提示〕

这是一首表现羁旅乡愁的诗歌。题目"客中行"之"客"指在外游历,旅居他乡的人。文学史上有许多表现乡愁的作品,悲伤感人,令人叹惋。这首诗却抒写了另一种独特感受。

诗歌开篇就是宴饮场景,诗人极力描写了酒,从产地兰陵,到香气郁金,再到酒器玉碗,最后是色泽琥珀,这组成了极美的一幅画面。尤其是第二句中,玉碗的温润,配上琥珀的色泽,本就诱人。诗人还用到了"光",为什么酒会有光泽？我们可以借此想象宴会中烛光高照，满座宾客的欢乐场景。这两句诗从视觉、嗅觉、味觉等多重角度来描写酒，看到这里，联想到诗人李白对酒的挚爱，实在让人不由莞尔。读起来也应该是欢乐高亢的。

于是后两句诗也就顺势而来了。"但使主人能醉客，不知何处是他乡"，只要主人能够让客人喝醉，我根本就不在乎这里是不是家乡。诗人似乎已经完全沉醉在美酒之中，无暇他顾。其实谁人不思乡，不想念怎么会在这欢快的宴会上想起故乡、他乡来呢？只是诗人生性乐观豪迈，将自己投入到这欢畅的饮酒中，不做多想。所以这两句诗虽然隐隐流露出思乡之情，但是读起来语气是上扬的。两句都是"二二三"的节奏，前一句重音落在"醉"字上，这里用了使动用法，表达的是客人的愿望，流露出客人的轻松愉快和主人的殷勤。后一句重音落在"是他乡"上，但不是一字一顿地大声读，而是连读，读出轻松调侃的味道。

这首诗歌一反通常乡愁诗的悲苦，表现出诗人的豪迈不羁，显得轻松快意，这与诗人的性格是相合的，也与盛唐开阔的风气相合。　　　　　（汪洋）

渡荆门送别

〔唐〕李　白

渡远荆门外①，来从楚国游②。
山随平野尽③，江入大荒流④。
月下飞天镜⑤，云生结海楼⑥。
仍怜故乡水⑦，万里送行舟⑧。

〔注释〕

①荆门：位于今湖北省宜都县西北长江南岸，与北岸虎牙山对峙，地势险要，自古即有楚蜀咽喉之称。山形上合下开，状若门。②楚国：楚地，今湖北、湖南一带。其地春秋、战国时属楚国境域。③平野：平坦广阔的原野。④江：大河。大荒：广阔无垠的原野。⑤月下飞天镜：明月映入江水，如同飞下的天镜。下，移下，下来。⑥海楼：海市蜃楼，这里形容江上云霞的美丽景象。⑦仍：频频。⑧万里：喻行程之远。

〔赏读提示〕

这首诗是诗仙李白青年时期出蜀至荆门时赠别家乡而作。全诗风格绮丽，大气开阔，是李白浪漫主义格调的代表作。

首联叙述了目的地。可以想象一个年轻男子离开家乡云游四海，一展抱负的雄心壮志。"山随平野尽，江入大荒流"，形象地描绘了船出三峡、渡过荆门山后长江两岸的特有景色：山逐渐消失了，眼前是一望无际的低平的原野。那连日来跟在诗人身边的两岸群山逐渐消退殆尽，开阔的江面扑入视野，奔腾咆哮的江水向远方流去，直到那水天相连的荒漠和辽远的原野，何其壮美。可以想象诗人心中此刻的惊喜。

颈联"月下飞天镜，云生结海楼"，"下"与"飞"之配搭，"生"与"结"之合用，把水中月影的变化过程及海市蜃楼的奇特幻象写活了，画面精妙，色彩瑰丽：夜半时分，俯瞰江面，月亮在水中的倒影好像天上飞来的一面明镜；白昼晴空，远眺天边，云蒸霞蔚，变幻无穷，又似海市蜃楼一般奇妙，令人叹为观止。这样的景色，与初出茅庐的年轻人喜悦期待的心情相得益彰。而面对这样变幻万千的美景，诗人心里依然惦记的是送他走上前方的"故乡水"。"万里送行舟"，从对面写来，越发显出自己思乡深情。诗以浓重的怀念惜别之情结尾，言有尽而情无穷。

全诗以启程远游起笔，以途中所见景色为干，最后以惜别作结。结构严谨，过渡自然，气势磅礴，情思绵长。

（杨辉）

送友人

[唐]李　白

青山横北郭[①]，白水绕东城[②]。
此地一为别，孤蓬万里征[③]。
浮云游子意，落日故人情。
挥手自兹去[④]，萧萧班马鸣[⑤]。

〔注释〕

①郭：古代在城外修筑的一种外墙。②白水：清澈的水。③蓬：古书上说的

一种植物,干枯后根株断开,遇风飞旋,也称"飞蓬"。诗人用"孤蓬"喻指远行的朋友。④兹:此。⑤萧萧:马的呻吟嘶叫声。班马:离群的马,这里指载人远离的马。班,分别,离别,一作"斑"。

〔赏读提示〕

这是一首送别诗。颈联中的"别"字呼应标题"送友人"。送别、离别之离愁别恨,是唐诗中的第一大主题。古代交通不便,通讯不便,"黯然销魂者,惟别而已矣。"(江淹《别赋》)在古人心中,离别引起的心理感受特别深。比如李白的这首《送友人》,依依惜别之情跃然纸上。

尾句点到诗人与友人是骑马相送的,想必两人的马儿并行,速度缓缓的,这样,才能一路走一路说,才能让时间不要流逝太快,友人不要迅速离去。一路走来,诗人送友人到了城外,往北看,有青翠的山峦,随外城墙一路横亘绵延。往东看,河水波光粼粼,绕着城墙外流动。阳光照射下,河水闪闪发亮,像是白色一样。首联交代了告别的地点,更是描摹出一幅寥廓秀丽的图景,用词准确而传神,对仗工巧而讲究。

接下来"此地一为别"语意陡转,从前面的诗情画意转折到离别心绪。在这里告别以后,友人就要像那随风飞舞的蓬草,飘到万里之外去了。古人常以飞蓬、转蓬、飘蓬比喻飘零生涯,因为蓬草飘忽,屈从命运,不由自主。"孤蓬",一根孤独的渺小的轻微的蓬草,与将要远行的"万里"形成对比,诗句中透出打动人的悲剧美,令人有不忍之心。这么想来,"孤蓬"的形象又是沉重的。

友人就要走了,做一个游子流浪漂泊,李白觉得用飘飘荡荡、行踪不定的"浮云"比喻"游子"很合适,所以写"浮云游子意"。游子将要漂泊到哪里呢?内心情感是复杂的吧。终究要告别了,将要下山的夕阳往往恋恋不舍,不忍心就此下落,所以李白以"落日情"比喻"故人情",写出游子复杂的情感。老朋友眷恋不舍之情正是诗人自己的依依不舍之情,含蓄而真切地表达出李白对友人的关切。这两句又是典型的李白式的大手笔,景色寥廓旷远:天上一片白云飘然而去,地上一轮红日缓缓落下,烘托出诗人与友人的深情。

首联、颔联对仗工整,对景怀人,意味深远。所写景色辽远,蕴含的感情真诚深厚,如此完美的表达,令人陶醉。

尾联两句,到了两人不得不分离的时刻。"挥手自兹去",是分离时的动作,诗人和友人在马上挥手告别,友人在此刻在此地离去,感情到了最热烈的时候:挥手代表祝福,祝友人一路平安;挥手代表绵绵的牵挂,长长的想念;挥手代表依依不舍,边挥手边凝望。送君千里,终有一别。最后,友人越走越远,李白看不到友人了。李白与友人本是骑马结伴而行,现在两人分开了。马儿仿佛懂得主人心情,为自己脱离同伴而萧萧长鸣,似有无限深情。李白化用《诗经》"萧萧马鸣"之句,融进一个"班"字,末联的马鸣之声便成了别离之声,衬托离情别绪。

这首送别诗中,青山流水,红日白云,相互映衬,色彩清新,与班马长鸣,组成了一幅有声有色的画面。画面中流淌着无限的真情,依依不舍。施重光《唐诗近体》称赞《送友人》:"每句整齐。结得洒脱,悠然不尽。"　　　　(陈莉)

赠孟浩然

[唐]李　白

吾爱孟夫子①,风流天下闻。
红颜弃轩冕②,白首卧松云。
醉月频中圣,迷花不事君③。
高山安可仰④,徒此揖清芬⑤。

〔注释〕

①孟夫子:指孟浩然。②"红颜"句:意谓从青年时代起就对轩冕荣华(仕宦)不感兴趣。③迷花:迷恋花草,此指陶醉于自然美景。事君:侍奉皇帝。④高山:言孟品格高尚,令人敬仰。⑤"徒此"句:只有在此向您清高的人品致敬了。李白专程去襄阳拜访孟浩然,孟已外游,李白写了这首诗,表达遗憾和仰慕之情。

〔赏读提示〕

这首律诗没有拘泥于律诗的起承转合、中间两联对仗的格律要求,行文自然流畅,直抒胸臆,以抒情起笔,以抒情作结,叙述与描写相间其间。

首联开门见山,其中的"爱"与"风流"可以理解为本诗的总纲。

颔联、颈联勾勒出一个高卧林泉、超然物外、月下醉饮、风流自赏的高士形象。颔联合乎格律要求,"红颜"对"白首",概括孟浩然从青年时代起就对轩冕荣华(仕宦)不感兴趣,一直到年长仍超脱世外,闲卧松云。"轩冕"与"松云"相比,前者代指荣华富贵,后者代指荒野独处。孟浩然从年轻时便"弃"前者,选后者,高风亮节凸显。"红颜"、"白首",显出其不变的劲节,"卧"则写出了孟浩然寄情山水、超然物外的风流高致。颔联写孟浩然的生平,叙述中有描写;颈联描写他的隐居生活,描写中有叙述。皓月当空何不醉于月下?迷恋花草远胜侍奉君王!这两联自成一体,由叙事起笔,中间用描写塑体,再用叙事小结。他把酒临风,往往至于沉醉,有时则于繁花丛中,流连忘返。一个厌弃世俗、寄情山水的风流高士的形象跃然纸上。诵读此二联,宜在叙事时语调平和,遇描写处声音激越高昂。

中间二联表情婉致,尾联则直抒胸臆,升华感情。"高山安可仰,徒此揖清芬"把世人对孟浩然的"爱"具象化,这"爱"是仰望高山,但是高山太高大、巍峨,怎么可以仰望得了?这"爱"只能是"揖清芬",向他纯洁芳馨的品格拜揖。这样的"爱"并非弱于仰望高山,反而胜于仰望高山,因为这更显得孟浩然的风流高格之远胜常人,也更显得诗人的情感真挚、不羁!诵读这一联同样也可以用高低二分法处理,读前一句高,含有反诘语气,读后一句低但要悠长,包含无限敬仰之情。

(张国彦)

子夜吴歌①（秋歌）

〔唐〕李　白

长安一片月,万户捣衣声②。
秋风吹不尽,总是玉关情③。
何日平胡虏④,良人罢远征⑤。

〔注释〕

①子夜吴歌:《子夜歌》系六朝乐府中的吴声歌曲。②捣衣:将洗过的衣服放在砧石上,用木杵捣去碱质。这里指人们准备寒衣。③玉关:即玉门关。④虏:对敌方的蔑称。⑤良人:丈夫。

〔赏读提示〕

吴歌出自江南,东晋南迁,更为流行。《子夜四时歌》是吴声歌曲的一种,歌词的内容多数是写男女爱恋之情。"四时"是指春夏、秋、冬四个季节。李白这四首《子夜吴歌》,是仿《子夜四时歌》而作的,四时各咏一首。这首是第三首,即

"秋歌"。诗的内容不是写行乐,而是写闺思。这首《子夜吴歌》,写思妇秋夜捣衣,怀念征夫。

一轮皎洁的秋月高挂在天上,照耀着长安。女子们正在捣衣,为征夫准备寒衣。

"长安一片月"开阔大气,可想象着一轮明月照在长安城上时,清辉遍地的风景,读出一种疏朗的意味。"万户捣衣声"则是写长安城中女子们的举动,朗读时要比上一句多一点温情,表达出女子们绵密的思念。

秋风从西方吹来,吹过玉门关,直到长安。思妇则因秋风送来寒意,更挂念着玉门关外受寒的征夫,思念之情转而急切,捣衣声也就随之急促起来。

这一句中"不尽"二字和"情"字可作为重音强调。"不尽"写出秋风的绵长但更是思念的绵长,要带着饱满的感情去读;"情"字点破女子们的牵挂,应读出一份婉转缠绵的深情。

最后一句写出思妇的心愿——早日平定胡虏,丈夫可以不要再出外远征。

直抒胸臆的表达,诵读时可化身为一个翘首企盼丈夫归来的思妇,怀着无限的温情与关怀,仰头望着明月诉说着自己的思念和牵挂。读的时候要表现出温柔期盼的情感,余韵悠长的意味。

(宗蓓)

绝 句

[唐]杜 甫

江碧鸟逾白①,山青花欲燃②。
今春看又过,何日是归年?

〔注释〕

①逾(yú):更加。②欲:好像。燃:燃烧,在此指鲜艳夺目。

〔赏读提示〕

这首诗是杜甫流离他乡而作。诗歌语言朴素清丽,描绘了一派色彩绚烂的暮春之景。而诗人置身其中,以乐景写哀情,抒发了羁旅异乡的感慨、思念家乡的深情。

漫江碧波荡漾,洁白的水鸟掠过江面,白得耀眼;群山青翠欲滴,鲜花开满山坡,热烈艳丽,像一团团燃烧的火焰,红得夺目。这两句对仗工整,用字巧妙,寥寥十字却勾勒出一幅生机盎然的山水画。诗人选用典型景物,不写其形态,只写其颜色,让人顿觉色彩鲜艳,春光无限。这画面中,碧绿、洁白、青葱、火红,相互交织,相映成趣,令人心旷神怡。

可是,岁月荏苒,归期遥遥。后两句笔锋陡转,慨而叹之。今年的春天眼看又要过去了,一年又一年,何时"我"才能回家啊?诗人漂泊异乡,风光虽美却无心观赏,只盼归期。

杜甫生活在唐朝由盛转衰的历史时期,他历经战乱,流离失所,后在友人的帮助下,在异乡成都有了一处简单的草堂,过着较为闲适的生活。草堂一带,风光旖旎,一年四季都富于变化,诗中所描绘便是暮春之景。可这秀美的风光、安逸的生活,杜甫却不能安然享受。杜甫忧国忧民,始终心系社会的安定。此前一年,杜甫听说了朝廷收复家乡河南的消息,欣喜若狂,更加思乡心切,日夜盼归,而年复一年,时光匆匆,自己却还是没能回到家乡。诗人将截然不同的客观景物与主观感受放在一起呈现,别具一格,引人叹息。

(汪文蔚)

江南逢李龟年①

[唐]杜 甫

岐王宅里寻常见②,崔九堂前几度闻③。
正是江南好风景④,落花时节又逢君⑤。

[注释]

①李龟年:唐代著名的音乐家,受唐玄宗赏识,后流落江南。②岐(qí)王:唐玄宗李隆基的弟弟,名叫李隆范(后改名李范),以好学爱才著称,雅善音律。寻常:经常。③崔九:中书令崔湜的弟弟,在兄弟中排行第九,名叫崔涤。玄宗时,曾任殿中监,出入禁中,得玄宗宠幸。④江南:这里指今湖南省一带。⑤落花时节:通常指阴历三月,暮春时节。君:指李龟年。

[赏读提示]

这首七言古诗是杜甫晚年所作,诗中两位憔悴多病的老人相逢于落花流水的暮春江南,成为时代沧桑的一幅典型图画。

开头两句,遥想当年,"我"在岐王宅里常常看见你的演出,在崔九堂前聆听你的演唱。当年正值开元盛世,杜甫是才华横溢、备受赞誉的年轻诗人,李龟年是艺术精湛、风光无限的当红歌唱家,他们在贵族豪门频频相见,都是春风得意。

前两句虚写当年的盛世风光、年少得意,后两句实写今日的国事凋零、流离感怀。

正逢江南美丽的暮春时节,落英缤纷,"我们"又在此相逢。这暮春的江南,风光秀丽,本是相逢的友人结伴同游的好地方,可诗人置身其中,满眼只见凋零的落花。这时的唐王朝像这落花一般,经历了繁荣的盛世,败落了;这时的"我们"也像这落花一般,经历了鼎盛的青年,苍老了。"落花时节",指暮春之景,又指诗人与李龟年之境遇,寄情感于有意、无意之间,不空写,不刻意,浑然天成。这四个字,暗喻了世运的衰颓、社会的动乱和诗人的衰病漂泊。加上两句当中"正是"和"又"这两个虚词的一转一跌,更在字里行间寓藏着无限感慨。

全诗四句,没有一笔正面涉及时世身世,但透过诗人的追忆感喟,却表现出了整个开元时期的时代沧桑和人生巨变。诗歌语言平淡无奇,内涵却无限丰满。

(汪文蔚)

月　夜

〔唐〕杜　甫

今夜鄜州月①,闺中只独看②。
遥怜小儿女③,未解忆长安④。
香雾云鬟湿,清辉玉臂寒⑤。
何时倚虚幌⑥,双照泪痕干⑦。

〔注释〕

①鄜(fū)州:今陕西省富县。当时杜甫的家属在鄜州的羌(qiāng)村,杜甫在长安。②闺中:内室。③怜:想。④未解:尚不懂得。⑤"香雾"二句:写想象中妻独自久立,望月怀人的形象。⑥虚幌:透明的窗帷。幌,帷幔。⑦双照:与上面的"独看"对应,表示对未来团聚的期望。

〔赏读提示〕

　　月亮一向是诗人所钟爱的艺术形象,通常在诗里表达思乡怀人的愁思。杜甫的这首《月夜》,是在安史之乱之中被禁长安而作,所以此诗借看月而抒离情。与普通的抒情诗不一样的是,愁思里不仅有夫妇分离之苦,更带有时代特征。

　　首联中诗人惦记着家中妻儿,今夜的鄜州明月,却只有妻子一人独看了。一个"只",一个"独",大有意味。或许诗人曾与妻子共赏明月,然而此刻,夫妻分离,天各一方。而第二联中的"遥怜"和"未解",更为这样的孤独笼罩了一层愁思。如今呢,妻子"独看"鄜州之月而"忆长安","遥怜"小儿女们天真幼稚,只能增加她的负担,不能为她分忧。这个"怜"字,也是饱含深情,感人肺腑的。孩子还小,并不懂得想念,但大人不能不念。从小孩的"不念"更能体现出大人的"念"之深切。

　　"香雾云鬟湿,清辉玉臂寒"是诗人遥想中的妻子的形象,因为思念和愁绪,夜很深了也没有进屋,以至于雾深露重,故云鬟沾湿,玉臂生寒,将妻子的忧心忡忡和满腹心事表现了出来。而也正因为这样的忧心和伤感,使得诗人发出进一步的心声与希望:"何时倚虚幌,双照泪痕干。"重新团圆,两人共同依偎看月,不再因为分离而伤感。

　　《读杜心解》中这样评价这首诗:"心已驰神到彼,诗从对面飞来,悲婉微至,精丽绝伦,又妙在无一字不从月色照出也。"题为"月夜",字字都从月色中照出,从对方那里发出自己的情感,回忆往昔的"同看",期待未来的"共赏",词旨婉切,感情真挚。

(杨辉)

月夜忆舍弟①

〔唐〕杜　甫

戍鼓断人行②,边秋一雁声③。
露从今夜白④,月是故乡明。
有弟皆分散,无家问死生。
寄书长不达⑤,况乃未休兵⑥。

〔**注释**〕

①舍弟：谦称自己的弟弟。②戍鼓：戍楼上的更鼓。戍，驻防。断人行：指鼓声响起后，就开始宵禁。③边秋：秋天的边地，边塞的秋天。④露从今夜白：指在气节"白露"的一个夜晚。⑤长：一直，老是。⑥况乃：何况是。休兵：停止交战，战争结束。

〔**赏读提示**〕

这首诗是唐乾元二年(759)秋杜甫在秦州所作。这时安史之乱尚未平定，诗人于战乱之中，颠沛流离，望秋月而思念手足兄弟，历尽国难家忧，寄托满腔悲愤。

首联两句出其不意，从别处落笔。题目是"月夜"，作者却不从月夜写起，而是首先从边塞的秋景写起："戍鼓断人行，边秋一雁声。""断人行"，乃目之所见，人迹寂寥点明环境，表明边塞战事仍然频繁、激烈；耳边传来阵阵沉重单调的戍鼓与天边孤雁的哀鸣之声，以有声衬无声，使本就荒凉的边塞显得更加冷落沉寂——耳目所及一片凄凉，渲染出一种浓重悲凉的气氛，点明"忆舍弟"的自然环境与社会背景。

颔联点题。"露从今夜白"，既写出了月夜之景，又点明时令。"白露"之时，四野茫茫，令人生寒。"月是故乡明"，虽也是写景却与上句略有不同。"对明月而忆弟，觉露增其白，但月不如故乡之明，忆在故乡兄弟之故也，盖情异而景为之变也。"(明王嗣奭《杜臆》卷三)明明是"天涯共此时"，却要说故乡的月亮最明；明明是主观感觉，却说得如此肯定。然而又使人觉得合乎情理，这是因为作者所写之景融入了自己的主观感情，深刻地表现了作者微妙的心理，突出了对故乡与亲人的感怀，"月是人非，故思乡益切"。这两句在炼句上很见功力，它要说的不过是"今夜露白"、"故乡月明"，只是将词序一换，"则语峻而体健，意亦深稳"(宋王得臣《麈史》卷中)。

上两联看似与忆弟无关，其实不然。不仅望月怀乡写出"忆"，就是闻戍鼓、听雁声、见寒露，也无不使作者感物伤怀，引起思念之情。所以是字字忆弟，句句有情。

颈联由写景转入抒情，在这清冷月夜，诗人遭逢离乱，兄弟分隔，杳无音信，生离死别的焦虑和无限愁思萦绕心头。"有弟皆分散，无家问死生"，上句写弟兄离散，天各一方；下句说家已不在，生死未卜。而这两句诗也概括了安史之乱中饱经忧患、流离失所的百姓的普遍境遇。

尾联紧承上句进一步抒发内心的焦虑。亲人们分隔异地,平时书信尚且常常邮寄不到,更何况在这样一个战事频繁、激烈的时期,真是生死难料。

全诗层次井然,"戌鼓"、"休兵"首尾呼应,结构严谨;中间承转自然,战事未停则人迹寂寥,望月则"忆舍弟","无家"则"寄书不达",人"分散"则"死生"不明,一句一转,一气呵成。怀乡思亲之情凄楚哀感,沉郁顿挫。　　　　　　(刘跟成)

客　至①

[唐]杜　甫

舍南舍北皆春水②,但见群鸥日日来③。
花径不曾缘客扫,蓬门今始为君开。
盘飧市远无兼味④,樽酒家贫只旧醅⑤。
肯与邻翁相对饮⑥,隔篱呼取尽余杯。

〔注释〕

①客至:客指崔明府,杜甫在题后自注:"喜崔明府相过。"明府,唐人对县令的称呼。相过,即探望,相访。②舍:指家。③但见:只见。此句意为平时交游很少,只有鸥鸟不嫌弃能与之相亲。④市远:离市集远。无兼味:谦言菜少。兼味,多种美味佳肴。⑤"樽酒"句:古人好饮新酒,杜甫以家贫无新酒感到歉意。樽,酒器。旧醅,隔年的陈酒。⑥肯:能否允许,这是向客人征询。

〔赏读提示〕

此诗是唐上元二年(761)春天,杜甫50岁时,在成都草堂所作。诗人历经颠沛流离,结束了长期漂泊的生涯,在成都西郊浣花溪头盖了一座草堂,暂时定居下来。安居草堂后不久,客人崔明府来访,诗人作了这首诗。全诗流露诗人淳朴恬淡的情怀和热情好客的心境,自然清新,迎客、待客的生活场景刻画得细腻逼真,具有浓郁的生活气息。首联从草堂的周围环境下笔,房前屋后春水萦绕、春意盎然,"皆"字暗示出春江水势涨溢的情景,给人以江波浩渺之感,用"春水"、"群鸥"意象,渲染出一种充满情趣的生活氛围,流露出诗人因客至而欢欣的心情;日日鸥鸟(鸥鸟在古人笔下常常作水边隐士的伴侣)相伴,点出环境清幽僻静;而"但见"一词却又让我们感受到,景色固然秀丽,群鸥固然可爱,却无人为伴,无意之中流露出面对单调生活的孤寂心境,也为后文抒发迎客、待客的喜悦作了巧妙的铺垫。

颔联视角转向庭院,花草遍地的庭院小路,还没有因为迎客打扫过;用蓬草编成的门,因为你的到来,今天才打开。诗人长久居于孤寂之中,朋友来访,自然喜出望外,似乎能看到诗人早早打开院门,坐立不宁、焦急等待的情形,可见日常生活之孤寂,两人情谊之深厚,也使下文的酣畅对饮有了着落。

以上写"客至",下面转入"待客"。好友久别重逢自然"千杯少",但是幽僻之地无佳肴,贫困潦倒无佳酿,话语之中显现出主人竭诚尽意的盛情和力不从心的歉疚,也可以体会到主客之间真诚相待的深厚情谊,字里行间充满了心意相通的融洽气氛。

主客二人情绪高涨,并不从正面去写欢愉畅饮之乐,而是巧妙地写到"肯与邻翁相对饮,隔篱呼取尽余杯",询问客人肯不肯与邻家的老翁相对而饮,如果肯的话,我就隔着篱笆,唤他过来,一起喝尽这最后的几杯。可以想见,挚友对饮酒意之浓、兴致之高,兴奋欢快,气氛热烈,把席间的气氛推向更热烈的高潮。这一邀邻助兴细节描写,细腻逼真、妙趣横生,真可谓峰回路转,别开境界。

全诗采用第一人称,亲切自然的语言,平淡无奇的小事,欢快愉悦,其风格迥异于杜甫其他律诗的字斟句酌、严谨工整、沉郁顿挫,给人以清新之感。

(刘跟成)

天末怀李白

〔唐〕杜　甫

凉风起天末①,君子意如何②?
鸿雁几时到③? 江湖秋水多④。
文章憎命达⑤,魑魅喜人过⑥。
应共冤魂语⑦,投诗赠汨罗⑧。

〔注释〕

①天末:天的尽头。秦州地处边塞,如在天之尽头。当时李白因永王李璘案被流放夜郎,途中遇赦还至湖南。②君子:指李白。③鸿雁:喻指书信。古代

有鸿雁传书的说法。④江湖:喻指充满风波的路途。这是为李白的行程担忧之语。⑤"文章"句:有文才的人总是薄命遭忌。文章,这里泛指文学。命,命运,时运。⑥"魑魅"句:暗指李白被贬是被诬陷的。魑魅,鬼怪,这里指坏人或邪恶势力。⑦冤魂:指屈原。屈原被放逐,投汨罗江而死。杜甫深知李白从璘实出于爱国,却蒙冤放逐,正和屈原一样。所以说,应和屈原一起诉说冤屈。⑧汨罗:汨罗江,在湖南湘阴县东北。

〔**赏读提示**〕

这首诗是杜甫创作于唐乾元二年(759)秋,和《梦李白二首》为同一时期作品。

当时诗人弃官远游,客居秦州(今甘肃天水),对李白的怀念与忧虑丝毫未减,于是写下这首《天末怀李白》来表达他的牵挂之情。

首句以秋风起兴,给全诗笼罩一片悲愁。诗人说:时值凉风乍起,景物萧疏,怅望云天,此意如何? 只此两句,已觉人海苍茫,世路凶险,无限悲凉,凭空而起。次句不言自己心境,却反问远人:"君子意如何?"看似不经意的寒暄,而于许多话不知应从何说起时,用这不经意语,表现出最关切的心情。

这一句的上句"凉风起天末"在诵读时可表达出身在秋天的萧瑟感,好像天气寒冷了,一阵秋风吹过。下句"君子意如何"则要在冷中透入一丝暖,那是诗人对友人的关怀和慰问,隔着时间与空间,款款而来。

挚友遇赦,急盼音讯,故问"鸿雁几时到";潇湘洞庭,风波险阻,因虑"江湖秋水多"。李慈铭曰:"楚天实多恨之乡,秋水乃怀人之物。"悠悠远隔,望消息而不可得;茫茫江湖,唯寄语以祈珍摄。然而鸿雁不到,江湖多险,觉一种压抑惆怅之感,袭人心灵。

"鸿雁几时到"是一个问句,应该用询问的语气来表达;"江湖秋水多"可带一点感叹,表达心下的沧桑。

接下来,对友人深沉的怀念,进而转化成对其身世的同情。"文章憎命达",意谓文才出众者总是命途多舛,语极悲愤,有"怅望千秋一洒泪"之痛;"魑魅喜人过",隐喻李白长流夜郎,是遭人诬陷。此二句意味深长,有极为感人的艺术力量,是传诵千古的名句。在朗读时宜作为重点句加以强调,"憎"字和"喜"字应重音强调。

此时李白流寓江湘,杜甫很自然地想到被谗放逐、自沉汨罗的爱国诗人屈原。所以诗人飞驰想象,遥想李白会向屈原的冤魂倾诉内心的愤懑:"欲共冤魂语，投诗赠汨罗。"

末句因秋风而寄意，投诗以赠情，含蓄委婉，百转千回，诵读时不需奔腾浩荡、一泻千里，要将这份殷切的思念、细微的关注和发自心灵深处的感情真挚隽永地表达出来，其低回婉转，沉郁深微，尤易引发听者的共鸣。　　　　（宗蓓）

白雪歌送武判官归京[①]

[唐] 岑　参

北风卷地白草折，胡天八月即飞雪[②]。
忽如一夜春风来，千树万树梨花开。
散入珠帘湿罗幕，狐裘不暖锦衾薄。
将军角弓不得控，都护铁衣冷难着[③]。
瀚海阑干百丈冰[④]，愁云惨淡万里凝。
中军置酒饮归客，胡琴琵琶与羌笛。
纷纷暮雪下辕门[⑤]，风掣红旗冻不翻。
轮台东门送君去，去时雪满天山路。
山回路转不见君，雪上空留马行处。

〔注释〕

①武判官：名不详。判官，官职名。唐代节度使等朝廷派出的持节大使，可委任幕僚协助判处公事，称判官，是节度使、观察使一类的僚属。②胡天：指塞北的天空。胡，古代汉民族对北方各民族的通称。③都（dū）护：镇守边镇的长官，此为泛指，与上文的"将军"是互文。铁衣：铠甲。难着（zhuó）：一作"犹着"。着，亦写作"著"。④瀚（hàn）海：沙漠。阑干：纵横交错的样子。⑤辕门：军营的门。古代军队扎营，用车环围，出入处以两车车辕相向竖立，状如门。这里指帅衙署的外门。

〔赏读提示〕

唐天宝年间，李唐边境战事连连，许多文人投身战场，谋求个人发展，这样一批诗人逐渐形成了盛唐"边塞诗派"，岑参就是杰出的代表。《白雪歌送武判官归京》是诗人岑参边塞诗的代表作。这首诗是他第二次出塞时所作，当时他很受安西节度使封常青的器重，他的大多数边塞诗就写于这一时期。

全诗以一天雪景的变化为线索，共十八句。内容可以分成两大部分，前半部分"咏雪"(诗的前十句)，后半部分"送别"(诗的后八句)。全诗写景与抒情相结合，情景交融。诗歌记叙了诗人送别归京使臣的过程，抒发了无尽的思念之情。文思开阔，结构缜密。

前十句为第一部分，诗歌描写了塞北奇丽雪景和奇异寒冷。开头"北风卷地白草折，胡天八月即飞雪"两句，极写天气之寒冷，突出了边塞的特征：风很大，冬天来得很早。"忽如一夜春风来，千树万树梨花开"，友人即将登上归京之途，看到树上的积雪，仿佛看到春天盛开的梨花，一片洁白。比喻新奇，化苦为乐，表现出诗人积极乐观的情怀。接下来的四句诗极写天气的严寒。诗人的视线从帐外逐渐转入帐内，"散入珠帘湿罗幕，狐裘不暖锦衾薄"，雪花悠闲地飘进了珠帘，打湿了军帐，显得轻柔而浪漫。"将军角弓不得控，都护铁衣冷难着"，寒冷折磨着诗人，考验着将士们，考验着他们的毅力和耐心。诗人选取居住、睡眠、穿衣、拉弓等日常活动来表现寒冷，如同选取早晨观雪表现奇异一样是很恰当的。"瀚海阑干百丈冰，愁云惨淡万里凝"，用浪漫夸张的手法，描绘白天雪景的雄伟壮阔。这两句诗是过渡句，诗人的视线又转向了帐外，以万里之愁云引出下文的送别场景。

后八句为第二部分，诗歌描写饯别宴会的盛况，以及送别友人踏上归途。"中军置酒饮归客，胡琴琵琶与羌笛"，笔墨不多，却表现了送别的热烈与隆重，边塞特色的乐器给边塞的宴饮增添了几分苍凉悲壮的氛围。且歌且舞，为了友情，将士们开怀畅饮，持续到暮色来临。暮雪纷纷，红旗不卷。"纷纷暮雪下辕门，风掣红旗冻不翻"，友人迎着纷飞的大雪步出帐幕，走向辕门，却看见冻结在空中的鲜艳旗帜，在白雪中显得绚丽。这两句一动一静，一白一红，色彩鲜明，形成鲜明的对比。天气奇寒，挡不住友人归京的脚步。"轮台东门送君去，去时雪满天山路"，边塞的雪真大呀，送行的人走了一阵又一阵。"山回路转不见君，雪上空留马行处"，把思念延续到远方，给人以无限的遐想。诗人用平淡质朴的语言表现了将士们对战友的真挚感情。这一部分主要描写了对友人惜别之情，也表现了边塞将士的豪迈精神。

《白雪歌送武判官归京》以奇丽的雪景、豪放的笔调、自如的结构，描绘了边塞的大风雪和气候的早寒，抒写了惜别之情和思乡之情。但诗中没有伤感的情绪，只带有雄浑悲壮的色彩，是一首不可多得的边塞佳作。

(马本盛)

行军九日思长安故园①

[唐] 岑 参

强欲登高去②,无人送酒来。
遥怜故园菊③,应傍战场开④。

〔注释〕

①九日:指九月九日重阳节。②强(qiǎng):勉强。登高:重阳节有登高赏菊饮酒以避灾祸的风俗。③怜:怜惜。④傍:靠近、接近。

〔赏读提示〕

九月九日重阳节,古人有登高饮菊花酒的习俗。与王维的"独在异乡为异客,每逢佳节倍思亲"围绕一己身世的思亲情绪不同,岑参的这首五言绝句境界宽阔得多,诗人更多地抒写了他对国事的忧虑和对战乱中人民疾苦的关切。

开篇一个"强"字,表现了诗人在战乱中的凄清景况。九九重阳,本应亲人团聚,登高望远,饮酒赏菊。可是,对于逃难中的诗人来说,哪里还有心思欢度佳节? 只能是为难自己,勉强登高,一个"强"字,道出了无奈与挣扎,道出了落魄与凄清;一个"欲"字,将行未行,矛盾痛苦。诗人既思故园,更思帝都,伤心感慨之情交汇撞击着他的心房。朗读时应声音低沉,语调低缓,"强"、"欲"二字可拉长声调,读出伤心感慨之情。

第二句化用了陶渊明的典故。也是重阳节,也是落魄潦倒,陶渊明独赏迎风绽放的菊花,暗自伤神。此时陶渊明的朋友王弘送酒前来,两人开怀畅饮,大醉而散。陶渊明还有朋友送酒相伴,岑参却身处战乱,无以为伴。所以,"无人送酒来"句,实际上是在写旅况的凄凉萧瑟,无酒可饮,更无菊可赏,暗寓着题中"行军"的特定环境。朗读时可重读"无人"二字,读出孤独凄凉的感觉。

诗人的心早已飞越万水千山,飞临帝都长安。那里发生了什么? 第三句开头一个"遥"字,写尽了天遥地远,渲染自己和故园长安相隔之远,更见思乡之切。"故园菊"代表整个故园长安,显得形象鲜明,具体可感。

末句"应傍战场开"承接前句,扣住诗题中的"行军"二字,真实形象,使读者仿佛看到了一幅鲜明的战乱图:长安城中战火纷飞,血染天街,断垣残壁间,一丛丛菊花依然寂寞地开放着。此处的想象之辞已经突破了单纯的惜花和思乡,寄托着诗人对饱经战争忧患的人民的同情,对早日平定安史之乱的渴望。一个"菊"字增加了节日的苍凉,流露出诗人的悲凄,折射出故园的惨淡。诗人怜惜朵朵菊黄,诗人忧虑芸芸众生。何日平胡虏,长安百姓欢?结句表现的不是一般的节日思乡,而是对百姓疾苦的关切,顿使全诗的思想和艺术境界出现了一个飞跃。朗读时可重读"遥"、"菊"二字,舒缓舒缓,读出诗人深重的忧虑和对和平的祈盼。

(刘晓燕)

逢入京使^①

[唐] 岑 参

故园东望路漫漫^②,双袖龙钟泪不干^③。
马上相逢无纸笔,凭君传语报平安^④。

〔注释〕

①入京使:回京城长安的使者。②故园:指长安和自己在长安的家。漫漫:形容路途十分遥远。③龙钟:涕泪淋漓的样子,这里是沾湿的意思。④凭:托,烦,请。传语:捎口信。

〔赏读提示〕

诗歌是生活的再现,更是情感的寄托。唐代边塞诗人岑参的《逢入京使》就是这样的一首诗。749 年,岑参第一次远赴西域,充安西节度使高仙芝幕府书记。此时诗人 34 岁,前半生功名不如意,无奈之下,出塞任职。此诗作于诗人赴安西途中。

远离京都和家园的心情是凄凉的,就在从京城向西行进的途中,他偶遇前往长安的东行使者,立马而谈,互叙寒温,知道对方要返京述职,不免有些感伤,同时想到请他捎封家信回长安去安慰家人,报个平安。此诗就描写了这一情景。诗人将思念故乡亲人这样朴素而又复杂的人之常情,用朴实无华的叙述语气道出,更觉得真切感人。

"故园东望路漫漫"描写的是眼前的生活实景和内心的实际感受。诗人已经离开"故园"多日,正行进在去往西域的途中,回望东边的家乡长安城,思念之情不免涌上心头,乡愁难收。"故园",指的是在长安的家。"东望"是点明长安的位置,建议"望"字要重读,体会一个简单的动作所传达出的复杂的内心感受,从而读出诗人远涉边塞的思乡怀亲之情。"漫漫"两字含义深刻,既指离家之路漫长,又有思乡之情浓郁之意,因此要读得意味深长,饱含深情。

"双袖龙钟泪不干",意思是说思乡之泪怎么也擦不干,以至于把两只袖子都擦湿了。这句运用了夸张的修辞手法,"龙钟"和"泪不干"都形象地描绘了诗人对长安亲人无限眷念的深情神态。朗读时在前一句平缓的语调上,放慢语速,做一点艺术化处理,可以运用颤音,突出"泪不干"三字,"干"字拉长声调,读出思念亲人之情,也为下文写捎书回家"报平安"做一个很好的铺垫。

"马上相逢无纸笔,凭君传语报平安",这两句完全是马上相逢、行者匆匆的口气,细致地写出遇到入京使者时欲捎书回家报平安又苦于没有纸笔的情形,将内心的急迫失望之情刻画得十分传神。"逢"字点出了题目,暗示是偶遇入京复命的故人,彼此都鞍马倥偬,交臂而过,而自己的妻子也正在长安,正好托故人带封平安家信回去,此时本该满怀欣喜之情,可偏偏没有带纸笔,只好托故人带个口信。此句朗读语气较难把握,先惊喜激动,后失望歉疚。建议"无"字语调拉长,以表现内心的失望伤感。"凭君传语报平安",内心明明很伤感、很无奈,但为了安慰家人却口称平安,装作开朗。简洁明净之中寄寓着诗人的一片深情,寓至味于淡薄,颇有韵味,看似简单的话语暗含复杂的情感。岑参此行是抱着"功名只向马上取"的雄心的,因此心情是复杂的。他一方面有对帝京、故园相思眷恋的柔情,一方面也表现了诗人开阔豪迈的胸襟。因此这一句要读得高昂而有激情,厚重而沉稳。语气要有力度,结句收束要干净利落,以显示思亲念乡之外的建功立业之壮志豪情。

这首诗语言朴素自然,充满了浓郁的边塞生活气息,既有生活情趣,又有人情味;清新明快,不加雕琢,而又感情真挚。诗人善于用艺术手法提炼和概括简单的生活事件,使之具有典型的意义。清人刘熙载曾说:"诗能于易处见工,便觉亲切有味。"(《艺概·诗概》)在平易之中而又显出丰富的韵味,自能深入人心,历久不忘。岑参这首诗,正具有这一特色。

（伏祥红）

同王徵君湘中有怀①

[唐] 张　谓

八月洞庭秋，潇湘水北流。
还家万里梦，为客五更愁。
不用开书帙②，偏宜上酒楼③。
故人京洛满④，何日复同游？

〔注释〕

①王徵君：姓王的徵君，名不详。徵君，对不接受朝廷征聘做官的隐士的尊称。②书帙(zhì)：书卷。《说文》："帙，书衣也。"③偏宜：只适宜。④京洛：京城长安和洛阳。

〔赏读提示〕

张谓的诗，不刻意经营，常常浅白得犹如说话，然而感情真挚，自然蕴藉，这首诗就是在平易中见深远、朴素中见高华的作品。

开篇写景起兴，"八月"、"洞庭"、"秋"、"潇湘水"、"流"等写所见之景，以自然时令和景物为下文的抒情抒怀营造凄凉愁苦的浓烈气氛。张谓24岁时以一介书生从军北征，往来边塞十多年。后因将军获罪，他也就失去了归依，流落在燕蓟一带。秋天自古以来就是一个令人多愁善感的季节，诗人面对洞庭，想起远在北方的家乡，湘江水能向北流去，而自己却只能滞留南方，怎会不让人触景生情呢？

颔联对仗工整，诗人运用实写和虚写相结合的手法。"万里梦"，点空间，魂飞万里，极言家乡之遥远，此为虚写；"五更愁"，点时间，整夜为愁思所缠绕，极言客居他乡时乡愁之深，此为实写。这样，将诗人对故乡的满腔思念之情表达得真切、感人。

颈联宕开一笔，翻开爱读的书籍已然无法自慰，登酒楼而醉饮或者可以忘忧。这些含意诗人并没有明白道出，但却使人于言外感知。同时，诗人连用了"不用"、"偏宜"这种具有否定与肯定意义的虚字斡旋其间，不仅使人情意态表达得更为深婉有致，而且使篇章开合动宕，句法灵妙流动。登楼把酒，应该有友朋相对才是，然而现在却是诗人把酒独酌，即使是"上酒楼"，也无法解脱天涯寂寞之感,也无法了结一个"愁"字。

尾联以问句作结,更是流露出心中的无限愁苦,把自己的愁情写足写透。我的许多朋友都在长安和洛阳,什么时候能和他们一起畅游?可谓一问百般愁,"京洛满"和"水北流"相照应,"故人"、"同游"与"为客"相照应,首尾环合,结体绵密。何日?没有人能够回答。或许能有这样的日子,或许永远也没有了。一种孤独的思乡怀人的愁苦之情溢于言表,虽然没有用上繁复华丽的辞藻,也没有用各种手法,但却直入读者的内心。从全诗来看,没有秾丽的辞藻和过多的渲染,信笔写来,皆成妙谛,流水行云,悠然隽永。

淡妆之美是诗美的一种,平易中见深远,朴素中见高华。它虽然不一定是诗美中的极致,但却是很不容易达到的美妙境界,所以梅圣俞说:"作诗无古今,唯造平淡难。"扫除腻粉呈风骨,褪却红衣学淡妆,清雅中有风骨,素淡中出情韵,张谓这首诗,就是这方面的成功之作。

(任义兵)

枫桥夜泊

[唐]张　继

月落乌啼霜满天,江枫渔火对愁眠。
姑苏城外寒山寺①,夜半钟声到客船。

〔注释〕

①姑苏:苏州市的别称,因姑苏山而得名。寒山寺:位于苏州市姑苏区,始建于南朝武帝天监年间(502—519),后因唐代名僧寒山而得名。

〔赏读提示〕

唐天宝十四年,爆发了著名的"安史之乱",因当时江南比较安定,文士们纷纷逃到了江浙一带避乱。就在那样的一个秋夜,张继辗转难眠,面对着这幽远、秀丽的秋夜水乡,吟出了这首千古绝唱。

"月落乌啼霜满天",晓月西落,惊得栖乌空啼,抬眼望,依然是霜飞满天。来得早必然去得快,早起之月,随即早早离去。深秋的月光自是清冷,然而终究是有一丝光明,现在竟然也决然而去,牵扯得乌鹊惊魂不宁,哀号不息,可唤来的却是更加凄冷的漫天飞霜……动乱之世,眼中所见,耳中所闻,各种感觉所及，还能有什么？

"江枫渔火对愁眠"，寒江漂泊，红枫滴血，虽有渔火点点，任你怎么明暗合拍、动静映衬，怎能驱散得了心中的千般愁绪。盛世局面，竟然遭此厄运，叫人怎能不添愁；寒窗苦读，终于心遂人愿，欣喜地捧出宏图，却迎来岁月烽火，叫人怎能不添愁；开明盛世，唯才是举，书生千古夙愿，竟然与我如此匆匆，叫人怎能不添愁……或许对于"愁人"而言，沉睡于愁中，倒不如枕愁而眠来得痛快淋漓。

"姑苏城外寒山寺，夜半钟声到客船"，千年古城、百年古寺、得道高僧、佛缘禅意，冥冥之中一切仿佛早有安排；这样的时间，这样的地点，这样的世道，这样的契机，汇集得如此天衣无缝。"菩提本无树，明镜亦非台。本来无一物，何处惹尘埃。"——夜半晨钟，仿佛传来惠能大师的点化：白天黑夜，岁月轮回，时来运转，兴衰成败，一切自有定数，与其百转千愁，不如随缘同化。盛世明主，未必不是命运过客；枫桥泊客，何必枉添盛世哀愁。晓月、乌啼、飞霜、渔火、晨钟、客船，何来有愁，何来有眠！

全诗不事雕琢，意境幽远，含蓄蕴藉，充满禅意，尽显唐人神韵。　　　　（王敏）

淮上喜会梁川故人①

[唐]韦应物

江汉曾为客②，相逢每醉还③。
浮云一别后，流水十年间④。
欢笑情如旧，萧疏鬓已斑⑤。
何因不归去⑥，淮上有秋山。

[注释]

①淮上：淮河水边，即今江苏淮阴一带。梁川：梁州，古代行政区划名，曾是古九州之一；三国时始设梁州，治所在陕西汉中，唐德宗改其为兴元府。②江汉：汉江，流经梁州。此指汉水，其北段属梁州。③每：总是。④"浮云"二句：意思是说人生聚散无常而时光流逝如水。流水，喻岁月，又暗指江汉。⑤萧疏：形容鬓发稀疏零落。斑：头发花白。⑥何因：什么原因。

〔**赏读提示**〕

本诗写诗人与故人十年后的不期而遇,表达了诗人悲喜交加的感情。

诗歌以倒叙开头。"江汉曾为客,相逢每醉还。"一开头诗人即交代了与故友相知的地点、缘由:在江汉作客时相知。交代了曾经相处的情状,相逢即不醉不归。一个"曾"字暗示事件的发生是在过去的某个时段,一个"每"字则形象地表明诗人和故友相见之频和相见之欢。在诵读时自然应该重读以强调。古人云"酒逢知己千杯少",诗人和故友相遇,绝非三两杯酒敷衍了事,从一个"醉"字可见两人喝酒的程度,表现出诗人和故友深厚的感情。"相逢每醉还"形象地描绘诗人喜逢故人,一下子勾勒出诗人和友人相处时最深刻、最开心的细节场景。尤其"每醉"二字,在诵读时加以重音,既强调诗人与故友的深厚感情,也自然衬托出诗人与故友久别重逢的欣喜之情。独在异乡,身为异客,此时的诗人最渴望的莫过于结交知己。有一个相知相惜的朋友陪伴,该是诗人莫大的欣慰,该可以消解诗人内心多深重的愁绪。在与故友的相知相处中,诗人内心隐隐有化解不开的淡淡哀愁。读者可以细细揣度。

很快,诗人由过去回归现实,"浮云一别后,流水十年间"。时光无情流逝,诗人和故友如浮云般各自分散漂泊,转眼间,好似流水,已经过了十年的时间。"一"与"十"对比鲜明,在诵读中可以重读。前者表现二人如断线的风筝,分别之速,分别之痛,不知今日一别,何日方可相见;后者表现分别之久,十年的时间,看似轻淡,实则沉重。十年的光阴,无数个日夜,人生又有几个十年;十年的时间,生命的辉煌不再,生命的激情不存。此句暗含了诗人内心错综交织的复杂心情。总结而言,本联中,诗人运用比喻的修辞手法,巧借"浮云"、"流水"的意象,描绘了诗人故交分别之态和时光之逝。

他乡遇故知,畅叙别后离情实乃意料之中。颈联"欢笑情如旧,萧疏鬓已斑。"就对此做了生动描摹。诗人与故友久别重逢,并没有因为长时间的分别而生疏,欢笑聊故,一如往昔,喜意顿生。上句言"旧",下句看"今"。奈何喜是暂时的,悲是长久的。下句诗人笔锋一转,十年再相逢,未老发先白,喜悦的情感下难掩的是时光匆匆、人已衰老的悲愁,难解的是功业无成、岁月蹉跎的失意。乐景衬悲情,更显其悲。斑鬓是一处对人物肖像的细节描写,古时,诗人常借鬓白由表及里,表达壮志未酬,内心悲伤。

尾联反诘作转,以景作结。"何因不归去,淮上有秋山。"什么原因使你留恋此处不回去呢? 只因淮水边上的秋色中的群山。韦应物在《登楼》中写道:"坐厌淮南守,秋山红树多。"秋季来临,满山枫树叶红,层林尽染,如此良辰佳景,自然引得诗人难以割舍,难以离去。但是,难道诗人真的是因景而停留么? 从韦应物《闻雁》"故园渺何处? 归思方悠哉。淮南秋雨夜,高斋闻雁来"中可以看出,独坐高斋的诗人独听淅淅沥沥的秋雨,难掩归思之情,但空有其情而不能归去,无限低回怅惘之情跃然纸上。诗人在《淮上即事寄广陵亲故》中也提到"风波离思满,宿昔容鬓改。独鸟下东南,广陵何处在"。可见,诗人孤身北去,对故园的亲友是怀着极为深厚的情感的,鸟尚且归往东南,人却空思故园,情何以堪? 从这两首来看,韦应物对自己的家乡和亲人皆怀浓重离情,深切思念。奈何有家难归,表面的豁达,其实难掩内在的悲愁,给人回味无穷的余想。在诵读时,声音低而不悲,语速渐缓,"不归去"与"有秋山"一字一顿,宛如在眼前真正看见淮水边的连绵秋山。

本诗重在表现诗人和故友阔别十年的相逢。十年的时间,往昔的历历,难以三言两语概之。诗人独具匠心,精心择其二三叙之,首联写酒醉之情景,颈联写谈笑和斑鬓,尾联写秋山美景,详略得当,疏密有致。　　　　　(杨大宁)

闺　情

[唐]李　端

月落星稀天欲明,孤灯未灭梦难成。
披衣更向门前望,不忿朝来鹊喜声①!

〔注释〕

①不忿:不满,恼恨。

〔赏读提示〕

《闺情》这首诗以清新朴实、明白晓畅的语言,把一个闺中少妇急切盼望丈夫归来的情景,描写得含蓄细腻。

"月落星稀天欲明,孤灯未灭梦难成。"诗人从室外转向室内,天已将明,孤灯闪烁,诗中的女主人公仍在那儿辗转反侧,不能成眠。"天欲明"与"梦难成"应重读,前者缓慢逐渐响亮,后者缓慢逐渐低沉,读出心事重重的女主人公的形象。

"披衣更向门前望",女主人公在等待什么?要去看什么?"不忿朝来鹊喜声"啊,原来是黎明时分那声声悦耳动听的喜鹊鸣叫,把她引到门前去的。"乾鹊噪,行人至。"这预示着日夜思念的"行人"——出了远门的丈夫马上要回来啊,所以她忙不迭地跑到门前去了。"更"即"又、再",朗读时应是重音,"更向门前望"语速加快,"望"字读得稍长,以表现出女主人公的急切期盼之情。可是,门外哪里有丈夫的影儿!女主人公伤心透了:有失望,又有一种被欺骗的感觉。长夜漫漫,孤灯独对,该是怎样的滋味!"不忿朝来鹊喜声!"不仅是对一只鸟儿的恼恨,更是对丈夫痴恋的深情、多年来独守空房的痛苦以及对不能把握自己命运的无望的怨叹。"不忿"应重读,读出女主人公充满怨恨之情,传达出女主人公由惊喜陡转忧伤的心情。

(付向红)

夜上受降城闻笛

〔唐〕李　益

回乐峰前沙似雪①,受降城外月如霜②。

不知何处吹芦管③,一夜征人尽望乡④。

〔注释〕

①回乐峰:唐代有回乐县,灵州治所,在今宁夏回族自治区灵武县西南。回乐峰即当地山峰。一作"回乐烽",指回乐县附近的烽火台。故址在今宁夏灵武县西南。一说应在西受降城附近。②受降城:唐初名将张仁愿为了防御突厥,在黄河以北筑受降城,分东、中、西三城,都在今内蒙古自治区境内。③芦管:乐器名,笛子。一作"芦笛"。④征人:戍边的将士。

〔赏读提示〕

这首诗写得有色有声有情。烽火台、沙漠、高城、月色,构成了征人思乡的典型环境;如泣如诉的笛声更触发征人无限的乡思。全诗将诗情、画意和音乐美熔于一炉,构成了幽邃的艺术境界。这首抒写戍边将士乡情的诗作,从多角度描绘了戍边将士(包括吹笛人)浓烈的思乡和满心的哀愁之情。

诗的开头两句,写登城时所见的月下景色,这是触发征人乡思的典型环境。一种置身边地之感、怀念故乡之情,隐隐地袭上了诗人的心头,营造了一种寂寥、凄清的征人乡思的典型环境。这两句可读得凄婉、悠长。

"不知何处吹芦管，一夜征人尽望乡"，"不知"两字可重读，并用低沉的语调表现征人迷惘的心情；"尽"字应强调，以突出他们无一例外的不尽的乡愁。

这首诗语言优美，节奏平缓，寓情于景，以景写情，写出了征人眼前之景、心中之情，感人肺腑。诗意婉曲深远，让人回味无穷。刘禹锡《和令狐相公言怀寄河中杨少尹》中提到李益，有"边月空悲芦管秋"句，即指此诗。可见此诗在当时已传诵很广。《唐诗纪事》说这首诗在当时便被度曲入画，仔细体味全诗意境，的确也是非常适合谱歌作画的佳品。 （唐峰）

游子吟①

〔唐〕孟　郊

慈母手中线②，游子身上衣。
临行密密缝③，意恐迟迟归④。
谁言寸草心⑤，报得三春晖⑥。

〔**注释**〕

①游子：古代称在外远游、旅居的人。吟（yín）：诗体名称。②慈母：与严父相对，指母亲对子女的爱。③临：将要。④意恐：担心。归：回来，回家。⑤言：说。寸草：小草。这里比喻子女。心：语义双关，既指草木的茎干，也指子女的心意。⑥报得：报答。三春晖（huī）：春天灿烂的阳光，指慈母之恩。形容母爱如春天温暖、和煦的阳光照耀着子女。三春，旧称农历正月为孟春，二月为仲春，三月为季春，合称三春。晖，阳光。

〔**赏读提示**〕

孟郊早年家境贫困，直到50岁时才得到了一个溧阳县尉的职位，结束了长年漂泊的生活，终于可以接母亲同住，孝敬母亲了。有些版本的诗题下记有"迎母溧上作"，表明这首诗就是他迎接母亲时所发的感慨。

在长期漂泊的游子印象中，与母亲分别的时刻，既十分痛苦，也令人珍惜。诗人只用两件物品就浓缩了母子情深——"慈母手中线，游子身上衣"。孩子要出远门，母亲心有不舍，只好抓紧时间缝好衣服，免得孩子一路上受冻受累。接下来两句主要写慈母的动作和内心:就要分别了,母亲的一针一线都如此细密,把衣服缝得结实,就怕孩子迟迟难归,自己没法帮他缝补。如果不是母亲对孩子至亲至爱的深情,哪能有这样最细致的关心! 读到这里,每个人都会想起对母爱的回忆。诵读时,声音要平缓低沉,特别注意两个叠词的处理,"密密"、"迟迟"都要放慢节奏、加重语气,突出母亲深切的担忧和细腻的关爱。接下来两句,是诗人也是众多游子的独白:"谁言寸草心,报得三春晖。"虽然是句号结尾,却带有反问语气:谁说那小小的萱草,就能报答得了春天阳光的恩泽呢? 写小草与阳光,实际上一语双关,用比喻手法来写赤子感恩的情义:对于春天阳光般厚博的母爱,孩子如同小小的萱草花一样的孝心怎么报答得了呢? 作者漂泊多年,饱尝世态炎凉,更能感觉到亲情珍贵,自己这一点点孝心,与母爱相比真是微不足道。朗读最后一句,要怀着对母亲的感恩之心。可以轻读"寸草心",重读"三春晖",用声调的对比,突出儿子对母亲的深情。

(翁靖琳)

十五夜望月①

[唐] 王　建

中庭地白树栖鸦②,冷露无声湿桂花。
今夜月明人尽望,不知秋思落谁家③?

〔注释〕

　①十五夜:指农历八月十五。②中庭:即庭中。地白:指月光照在庭院的样子。③秋思:秋天的情思,这里指怀人的思绪。

〔赏读提示〕

　这首诗描绘了中秋之夜的月色和望月怀人的心情,以写景开篇,以抒情结篇,想象丰美,意味无穷。在唐代咏中秋的诗歌中,这是较为著名的一首。

　首句"中庭地白树栖鸦",情景历历如画,明写赏月环境,暗写人物情态,精练而含蓄。它像马致远的《天净沙·秋思》一样,借助特有的景物一下子就将萧瑟苍凉之景推到读者眼前,予人以难忘的印象——夜深了,诗人步出厅堂,来到庭院。诗人仅用"地白"二字,就写出了月华如积水空明,给人以澄静素洁、清冷之感。树荫里,鸦鹊的聒噪声逐渐消停下来,它们终于适应了皎月的刺眼惊扰,先后进入了睡乡。夜色中,即使是明月之夜,人们也不大可能看到鸦鹊的栖宿;故而此句应是写听觉,鸦鹊在月光树荫中从开始的惊惶喧闹到最后的安定入睡,由听觉表现。"树栖鸦"三字,朴实、简洁、凝练,既写了鸦鹊栖树的情状,又烘托出了月夜的寂静。全句无一字提到人,而又处处有望月者之姿。诵读时应以"二二三"的节奏读得缓慢一些,低沉一些,仿佛夜半无人之冷静,体会其中悠远之境,清冷之味。

第二句"冷露无声湿桂花",则写望月者的周遭感受。古人以为霜露雨雪都从天而降,因而诗人探桂时奇怪冰凉的露水把花枝沁得这么湿,却没听到一点声音。如此落笔,既写出了一个具体可感的中秋之夕,又表现了夜之深和静。诵读时要语速轻缓,表现出中秋之夜冷静而清美的意境。

结句"今夜月明人尽望,不知秋思落谁家",采取了忽然宕开的写法,从作者等一群人的望月联想到天下人的望月,又由赏月的活动升华到思人怀远,意境阔大,含蓄不露。唐张若虚《春江花月夜》也写游子、思妇之月下相思,张九龄《望月怀远》有"海上生明月,天涯共此时。情人怨遥夜,竟夕起相思"之句。此诗"不知秋思落谁家"中,诗人并非真不知,而是极写秋思的浩茫浑涵,深得诗歌含蓄之美。诵读时可以缓慢低吟,"落谁家"三个字可拖音绵长,读出诗人的相思痴情。

（潘易）

望月有感

[唐] 白居易

自河南经乱,关内阻饥①,兄弟离散,各在一处。因望月有感,聊书所怀,寄上浮梁大兄、於潜七兄、乌江十五兄,兼示符离及下邽弟妹②。

时难年荒世业空,弟兄羁旅各西东③。
田园寥落干戈后④,骨肉流离道路中。
吊影分为千里雁⑤,辞根散作九秋蓬⑥。
共看明月应垂泪,一夜乡心五处同。

〔注释〕

①阻饥:遭受饥荒等困难。②符离:在今安徽宿县内。白居易的父亲在彭城(今江苏徐州)做官多年,把家安置在符离。③羁旅:漂泊流浪。④寥落:荒芜零落。干戈:古代两种兵器,此代指战争。⑤吊影:一个人孤身独处,形影相伴,没有伴侣。⑥辞根:草木离开根部,比喻兄弟们各自背井离乡。九秋蓬:深秋时节随风飘转的蓬草,古人用来比喻游子在异乡漂泊。九秋,秋天。

〔赏读提示〕

从序言中我们了解了本诗的写作背景:战乱、饥馑,兄弟离散,天各一方,望月有感,写诗抒怀。

首联"时难年荒世业空,弟兄羁旅各西东",揭示时世艰难,祖业无存,兄弟姊妹离散,羁旅行役,各奔东西。"时难"指题中所言"河南经乱","年荒"指题中所言"关内阻饥","世业空"指祖传的家业荡然一空。这一联是对题目中前三句的解说。颔联"田园寥落干戈后,骨肉流离道路中",写出了战乱后荒凉景象。战乱毁坏了田园,田地荒芜零落,为了生存亲人被迫流离失所,背井离乡,奔走逃亡于道。战乱给人们带来巨大的灾难,满目疮痍,民不聊生。朗读这两联宜语调低沉,一字一顿。

颈联"吊影分为千里雁,辞根散作九秋蓬",承前句形象地揭示了骨肉兄弟为生计被迫背井离乡、各奔东西的悲惨境遇。诗人以"千里雁"描写了骨肉离散,犹如孤雁分飞千里,各自只能孤身独处,形影相伴;诗人用"九秋蓬"描写了亲人分离,犹如深秋中离开根部的蓬草,随着凄冷的劲风四处飘散,飞转无依。形影相吊的"千里雁"、飞转无依的"九秋蓬"是战乱给人们带来巨大的苦难的写真,贴切、形象、传神,读之犹见其伶仃孤苦之行,闻其凄切孤号之声。朗读这一联可以语调上扬但饱含悲慨!

尾联"共看明月应垂泪,一夜乡心五处同",描绘了一幅五地望月同生乡愁的图景。"明月"是古诗词中常用的意象,诗人描绘千里共婵娟的无奈之举且定格、放大,"一夜"与"五处"数量上对应,鲜明地揭示了骨肉离散、天各一方的凄楚情状,同一时刻,遥望明月,乡思无限,亲人相思而不得相见的愁情无限,唯有共对明月,潸潸泪垂,心意相连。以此收结全诗,艺术境界明净真淳、质朴动人!朗读这一联可以语调进一步上扬,重音落在"一"、"五"上,悲慨之情更深!

全诗用平易的语言抒写人之常情却能平中见奇。正如清刘熙载在《艺概》中说:"常语易,奇语难,此诗之初关也。奇语易,常语难,此诗之重关也。香山常得奇,此境良非易到。"

(张国彦)

问刘十九①

[唐] 白居易

绿蚁新醅酒②，红泥小火炉。
晚来天欲雪③，能饮一杯无④？

〔注释〕

①刘十九：白居易留下的诗作中，提到刘十九的不多，仅两首。但提到刘二十八、二十八使君的，就很多了。刘二十八就是刘禹锡。刘十九乃其堂兄刘禹铜，系洛阳一富商，与白居易常有应酬。②"绿蚁"句：酒是新酿的酒。新酿酒未滤清时，酒面浮起酒渣，色微绿，细如蚁，称为"绿蚁"。③雪：下雪，这里作动词用。④无：表示疑问的语气词，相当于"么"或"吗"。

〔赏读提示〕

《问刘十九》乃白居易晚年隐居洛阳时所作。刘十九是作者在江州时的朋友。全诗寥寥二十字，没有深远寄托，没有华丽辞藻，字里行间却洋溢着热烈欢快的色调和温馨炽热的情谊，表现了温暖如春的诗情。

本诗首句"绿蚁新醅酒，红泥小火炉"勾画出一幅温暖明快的画面，酒是新酿的酒，炉火又正烧得通红，正宜一二挚友小饮一场。新酒与炉火颜色相映照，更显得诱人。诵读时可读得轻快一些，读出诗人恬然自喜的意味。

"晚来天欲雪"，一场暮雪眼看就要飘洒下来。天色已晚，除了围炉对酒，还有什么更适合于消度这欲雪的黄昏呢？所谓"独酌无相亲"，说明酒还要加上知己，才能使生活更富有情味。结句"能饮一杯无"，是诗人对好友刘十九殷勤的探问，诵读时语气可稍稍上扬，饱含笑意，更要读出一份悠闲自得的韵味。

此诗语言平淡，却逐层渲染而又极富余味。可以想象，在这样一个暮雪黄昏，二位知己在温暖的室内把酒小酌，一定是极为温暖闲适的。这样，友人间深挚的情谊也就不言自明了。

（潘易）

竹枝词①（其一）

［唐］刘禹锡

杨柳青青江水平，闻郎江上踏歌声。

东边日出西边雨，道是无晴却有晴②。

〔注释〕

　　①竹枝词：原是巴渝一带的民歌，刘禹锡在被贬郎州、夔州之时，被当地风物所感，作《竹枝词》。②晴：与"情"谐音。

〔赏读提示〕

　　这首格调清新、语意双关的《竹枝词》，为唐代诗人刘禹锡的《竹枝词二首》之一，诗歌以细腻的笔触刻画了初恋的少女在江边听到情人唱歌时的惊喜、迟疑的复杂心绪。

　　首句写景，"杨柳青青江水平"，描写少女眼前所见景物，用的是起兴手法。所谓"兴"，就是先言他物，以引起所咏之情。翠色欲滴的杨柳，平静无澜的江水，这怡人景色极易引人遐思，于是自然地引入第二句的叙事。"闻郎江上踏歌声"，少女听到江边有青年在唱歌，"踏"字可见歌声的节奏，少女心潮亦随之起伏。

　　后两句运用了民歌惯用的两种修辞手法：一是双关谐音，"道是无晴却有晴"，"晴"与"情"谐音，既指天气阴晴，又指人之情；一是歇后语，"东边日出西边雨"，如同谜面，意在后一句"道是无晴却有晴"。这两句紧承"歌声"而来，江上青年的歌声里，在表达怎样的感情呢？他这歌声里是有情还是无情？哎，这真像那东边日出西边下雨，叫人分不清是晴天还是雨天啊！这二句写出少女听曲后，惊喜不定、忐忑不安、迟疑烦恼的复杂心思。

　　纵观全诗，我们在杨柳依依、江水潺潺的如画风光里，看到了一幅少男少女江边相会、情歌应答的动人画面，一边是放声歌唱，一边是侧耳倾听，含蓄又灵动。欧阳修赞之曰："状难写之景如在目前，含不尽之意见于言外。"

　　本诗虽然篇幅短小，却蕴含着丰富多彩的情感世界，以清新质朴的民歌语调，展现了一幕轻松活泼的爱情短剧，取材于眼前景象，含蓄地表达了微妙复杂的感情。

（刘珍）

登柳州城楼寄漳、汀、封、连四州①

〔唐〕柳宗元

城上高楼接大荒②，海天愁思正茫茫。
惊风乱飐芙蓉水③，密雨斜侵薜荔墙。
岭树重遮千里目，江流曲似九回肠④。
共来百越文身地⑤，犹自音书滞一乡⑥。

〔注释〕

①柳州：今属广西。漳：漳州；汀：汀州（今属福建）。封：封州；连：连州（今属广东）。②大荒：泛指荒僻的边远地区。③惊风：急风，狂风。飐(zhǎn)：吹动。芙蓉：指荷花。④九回肠：愁肠九转，形容愁绪缠结难解。司马迁《报任少卿书》："肠一日而九回。"⑤共来：指和韩泰、韩华、陈谏、刘禹锡四人同时被贬远方。百越：即百粤，泛指五岭以南的少数民族。文身：身上文刺花绣，古代有些民族有此习俗。文，通"纹"，用作动词。⑥犹自：仍然是。音书：音信。滞：阻隔。

〔赏读提示〕

柳宗元等八人因参加王叔文的政治改革失败而被贬谪，十年之后再次被贬谪。这首诗写的就是后一次被贬谪，题目中的"漳、汀、封、连四州"正是当年八司马中的四位朋友所在地。作者借这首诗向朋友诉说自己的苦楚与哀伤，以排解内心的痛苦。

首联写作者登上柳州城楼，举目远望，目力所及一片茫茫，不见尽头，诗人的愁思弥漫整个天地。登高望远，通常是要宠辱皆忘、摆脱羁绊的，然而此时柳宗元满目所见皆愁，剪不断，理还乱，天地茫茫无可遁逃。

颔联更进一层写愁，芙蓉很美，然而狂风肆虐，怎一个乱字了得，怎不让人心惊肉跳？薜荔护墙，怎奈密雨不肯放过，一个"斜"字道出了其中的秘密，也道出了作者的无奈与愤怒。

颈联直接扣诗题来写，诗人再次举目远眺，思念老朋友，但山上树木丛生，遮住视线。作者以有形写无形，写出了对故友不尽的思念，所以接下去就有了江流宛转，似九曲回肠的诗句。诗人借"九回肠"的意象极写自己内心对朋友的挂念与悲哀。

　　"百越"在唐朝时是荒远的少数民族居住地，所以有"文身"之说。"共来"点明跟四位朋友共命运的现实，表达同病相怜之意。然而，不能往来，书信不通，最后只剩下彼此孤独的思念。柳宗元受了这样的打击，不堪重负可以想见。柳宗元 46 岁即告别人世，或许可以从这首诗里略知一二。　　　　　　（乔化永）

离　思（其四）

[唐]元　稹

曾经沧海难为水，除却巫山不是云①。
取次花丛懒回顾②，半缘修道半缘君③。

〔注释〕

　　①巫山：山名。在重庆、湖北两省边境，形如"巫"字，故名。②取次：随便，任意。③缘：介词，由于，因为。

〔赏读提示〕

　　这是唐代诗人元稹表达对亡妻情感的诗歌。题目为"离思"，即为表达对逝去之人的伤感怀念。诗人一共写了五首，这是其中的第四首，也是最著名的一首。

　　诗歌开篇很大气。"曾经沧海难为水，除却巫山不是云"，意思是：经历过无边沧海的人，别处的水再难以吸引他；看过了巫山的云，别处的云都黯然失色。"沧海"是一个多么广阔的意象，波涛浩荡，吞吐日月，气势磅礴，仿佛亘古不变。这一句是"二二三"的节奏，重音落在最后三个字上，尤其是"难为"二字，表达自己对沧海的坚定深情；但是"沧海"二字的朗读也非常重要，可以尝试拖长一点声音，把声音压到中音，读出海的辽阔，与山中云的秀美区分。巫山的云则是变幻莫测的，我们可以想象青山之中，云蒸霞蔚的奇幻景致，一定引人入胜。这秀美的景象可以将声音放柔和来表现。同样是"二二三"的节奏，重点也同样落在最后三个字，尤其是"不是"二字上，但是这里可以拉长声音来强调，从而表现出云丝丝缕缕，缭绕山间的柔美景象。其实这一句诗人是将"沧海水"、"巫山云"

当做自己的亡妻,表达逝去的妻子是自己唯一的挚爱,除了妻子再没别的女子能够打动自己。诗人将个人的情感投放在天地间最不易改变的景物上,既使得诗歌境界阔大,又表现出情感的坚定真挚,令人动容。

与前两句沧海桑田的悲感不同,接着的第三句舒缓下来,形成一个跌宕。"取次"、"懒回顾"显得随意、慵懒,节奏放慢,氛围似乎变得轻松,不必要一字一顿了,就用"四三"的节奏。但是,其实一点也不轻松,诗人为什么这么随意慵懒呢?因为妻子已逝,心灰意冷之下,没什么能提起兴趣,第四句"半缘修道半缘君"顺势而来。诗人为何修道?应该说他一生都想积极进取,施展个人抱负,这样消极的想法从何而来?自然是因为"君"——也就是亡妻了。

全诗既有悲歌绝响,又有婉转抒情,张弛有度,胜在虽是悼亡诗,但境界阔大,哀而不伤,实属佳作,"曾经沧海难为水,除却巫山不是云"也成为千古名句,为后人传唱。

(汪洋)

闻乐天授江州司马①

[唐] 元　稹

残灯无焰影幢幢②,此夕闻君谪九江③。
垂死病中惊坐起④,暗风吹雨入寒窗。

〔注释〕

①授:授职,任命。江州:即九江郡,治所在今江西省九江市。司马:官名。唐代以司马为州刺史的辅佐之官,协助处理州务。②残灯:快要熄灭的灯。焰:火苗。幢幢(chuáng):灯影昏暗摇曳之状。③夕:夜。谪:古代官吏因罪被降职或流放。④垂死:病危。

〔赏读提示〕

唐元和五年(810),元稹因弹劾和惩治不法官吏,被贬为江陵士曹参军,后来又改授通州(州治在今四川达县)司马。元和十年(815),白居易上书,请求逮捕刺杀宰相武元衡的凶手,结果得罪权贵,被贬为江州司马。这首诗就是元稹在通州听到白居易被贬的消息时写的。

首句先写室内景物,渲染了一种悲凉的气氛,为全篇涂抹了一层暗淡感伤的色彩。夜已深,周遭一片暗寂;屋内,残存的灯油已将燃尽,昏黄的火星在暗夜中忽明忽灭,徒劳地作着彻底消失前最后的挣扎;摇曳的灯影映在墙壁上,室内显得格外阴沉幽寂。此情此景是何等的凄惨悲凉! 读这一句,音调宜低沉,语速应放慢,尽量读出作者那种悲凉凄苦的感情。

接下来的两句是叙事言情。次句言简意赅,点明题意。读这句时,语气里应带有些意外。"垂死病中惊坐起"一语,是传神之笔。其中的"惊",道出了作者当时震惊的感情;其中的"坐起",写出了作者当时震惊的程度:不是一般的震惊,而是从濒临病危的病榻上强坐起来!"惊坐起"三字,正是传神逼真地摹写出作者在乍一听到这个不幸消息时的陡然一惊的神态。作者十分善于捕捉人们刹那间的心灵震颤而引起的剧烈动态,言语看似寻常却意味深长。诗人对挚友的关切同情,以及由此产生的愤激不平,都被强烈地表现出来了。读此句时,宜在"病中"后稍作停顿,为后面的"惊坐起"蓄势;读"惊坐起"三字时,语调应略略上扬,吐字应格外清楚,以体会作者当时那种无以复加的剧烈震惊。"起"后似乎还可以适当拉长语音:此时此刻,百感交集,千言万语涌上心头,但是,又如何能够表达得出?

"暗风吹雨入寒窗"一句将上句中"惊"的具体内涵予以延伸。惊闻此消息后,作者再也不能入睡。在阴惨的灯影里,只觉得凄风夹苦雨,凉彻心扉的冷气透过疏窗一阵阵地往身上,更往心里袭来。这里的景物描写兼顾室内与室外,与首句既浑然一体又富有变化。这样,残灯、阴影、暗风、秋雨、寒窗等景物,便都与作者的悲凉愤懑凄惨孤独的心情有机地融会在一起,产生了极其强烈的艺术感染力。读这句,在处理好停顿节奏的基础上,更可以在"窗"后予以一定的延长音,给读者一种余音绕梁、不绝于耳的艺术体验。

此诗以景衬情,以景传情,以哀景抒哀情,是一首情景交融、含蓄蕴藉、情深意浓的好诗,具有很强的艺术感染力。

（孙竹青）

旅次朔方①

[唐]刘 皂

客舍并州已十霜②,归心日夜忆咸阳③。
无端更渡桑干水④,却望并州是故乡。

〔注释〕

①次：临时住宿。朔方：古都名，桑干河以北，属朔方地区。②十霜：一年一霜，故称十年为"十霜"。③咸阳：陕西咸阳是作者的故乡。④桑干水：即桑干河。相传，在每年桑葚成熟时河水干涸，故有此名。

〔赏读提示〕

这是一首七言绝句，事件简单，篇幅短小，却刻画了一个漂泊异乡、潦倒失意的旅人形象，描写了诗人客居他乡十年又再次远行的坎坷的生活经历。

诗歌开篇便道出无限的乡愁。"十霜"、"日夜"两个时间词，写出诗人客居并州已经十年，心中每天每夜时时刻刻都想回到家乡咸阳去。无数的"日夜"拼成了并州的"十霜"时光，十年的乡愁伴着十年的光阴与青春年华。这让人深感诗人乡心的沉重与辛酸，给全诗定下了情感基调。

"无端更渡桑干水"，一个"更"字暗示不是第一次，把十年前离开家乡咸阳北赴并州的往事勾带了出来。而十年之后，日夜思乡的诗人非但不能回归故里，而且还要北渡桑干，到距离咸阳更远的地方去，这是为何？诗中没有明说。然而我们从"无端"二字，可以揣摩一二。"无端"就是没来由，无缘无故的意思，这"无端"恰恰表明了诗人两次远行的无奈，这事与愿违的痛苦，图谋生路的艰辛，漂泊异乡的孤独，都隐藏在这"无端"二字中。

"却望并州是故乡"让人困惑，却又在情理之中。诗人客居并州时，日夜忆咸阳，如今渡过桑干水，要到更远的北方去，诗人万万没有想到另一种情绪竟强烈地涌上心头，那就是留恋并州。此时，对北行的诗人来说，自己居住了十年的并州竟然也同故乡一样可亲可念了。可是，这时，想留在第二故乡却也成了奢望。诗人"望并州是故乡"固然是对并州的深深依恋，同时也表达了作者对前途的忧虑。这忧思寄寓在乡思之中，愈发显得沉重。

全篇以"归心"二字为线索，用时空的交织变化来展现诗人心迹。十年的漫长时光和横亘的空间距离，将归期杳然的惆怅和渐行渐远的哀愁弥漫之上。

(刘珍)

赠　别

［唐］杜　牧

娉娉袅袅十三余①，豆蔻梢头二月初②。

春风十里扬州路，卷上珠帘总不如。

〔注释〕

①娉（pīng）娉袅（niǎo）袅：形容女子姿态美好的样子。②豆蔻（kòu）：喻处女，后因称十三四岁女子为豆蔻年华。

〔赏读提示〕

这首诗是诗人调任监察御史离扬州赴长安时所作，"赠别"的对象就是他在幕僚失意生活中结识的一位扬州的歌女。

首句描摹少女身姿体态，妙龄丰韵。"娉娉袅袅"写出了这位女子身姿的轻盈美好，"十三余"则是女子的芳龄。开篇七个字避实就虚，虽没有对女子的容貌作具体细致的直接刻画，但因其空灵入妙给读者留下鲜明生动的印象和广阔的想象空间：有着如此美丽倩影的妙龄女郎，该是怎样一副沉鱼落雁之貌啊！第二句以花喻人，写歌女的娇小秀美。豆蔻花蕊中央有两瓣相并，形似同心，因而它一向被视为爱情的象征。此花在未盛开时显得非常丰满，以此来比喻"十三余"的小歌女，形象优美而又自然贴切。试想，春风拂面，豆蔻花在枝头悄绽笑颜，临风摇曳，该是一幅多么清新可爱的画面！读这两句诗时语速不宜过快，音调不宜过高，试着体察作者对歌女的无比怜爱之情。

三、四两句，烘云托月，写扬州佳丽极多，唯这位歌女最为出众。唐代时，扬州经济文化繁荣，"春风"句渲染出大都会富丽豪华的气派，好一派十里长街，车水马龙，流光溢彩，花枝招展！读这句时，语调宜上扬，读出对繁华的扬州城的赞颂与眷恋。"卷上"句不仅道出了扬州城珠光宝气的繁华气象，还指出这里歌台舞榭密集，美貌女子如云。最妙的是"总不如"三字，纵有再多再美的女子，也不如面前的这位歌女啊！这里用压低扬州所有美人来突出一人之美，有众星拱月的效果。读这句，语气里应该饱含作者对这位歌女的喜爱，也似乎含有因即将离别而产生的淡淡的不舍与留恋。

杜牧此诗，从意中人写到花，从花写到闹市，从闹市写到美人，最后又烘托出意中人。二十八字挥洒自如,情感真挚明朗,语言空灵清妙。与女子作别,不用一个"恋"字;赞颂女子美貌,不用一个"美"字,而这"恋"、这"美",却深深地留在了读者心中,正可谓"不著一字,尽得风流"。 　　　　　　(孙竹青)

商山早行①

[唐] 温庭筠

晨起动征铎②,客行悲故乡。
鸡声茅店月,人迹板桥霜。
槲叶落山路③,枳花明驿墙④。
因思杜陵梦⑤,凫雁满回塘⑥。

〔注释〕

①商山:山名,在今陕西商洛市。作者曾于唐大中末年离开长安,经过这里。②动征铎:震动出行的铃铛。征铎,车行时悬挂在马颈上的铃铛。③槲(hú):陕西山阳县盛长的一种落叶乔木。叶子在冬天虽枯而不落,春天树枝发芽时才落。每逢端午用这种树叶包出的槲叶粽也成了当地特色。④枳(zhǐ):也叫"臭橘",一种落叶灌木或小乔木。春天开白花,果实似橘而略小,酸不可吃,可用作中药。明:使……明艳。驿(yì)墙:驿站的墙壁。驿,古时候递送公文的人或来往官员暂住、换马的处所。⑤杜陵:地名,今陕西西安东南,古为杜伯国,秦置杜县,汉宣帝筑陵于东原上,因名杜陵,这里指长安。作者此时从长安赴襄阳投友,途经商山。⑥凫(fú):野鸭。雁:一种候鸟,春往北飞,秋往南飞。回塘:岸边曲折的池塘。

〔赏读提示〕

这首诗真切地反映了羁旅之人的一些心理感受。

首句概括"早行"的典型情景:清晨起床,旅店里外已经响起了车马的铃铎声,旅客们也开始套马、驾车等等。第二句"悲故乡"三字则点出了诗人早行的痛楚心情和倍加思乡的原因,引起读者情感上的共鸣。"悲"字可略加重读并适当延长。

颔联写诗人初离驿站之所见。诗人用了可代表十种景物的十个名词:鸡、声、茅、店、月、人、迹、板、桥、霜,构成了一幅别具情彩的早行图:雄鸡啼鸣,昂首啄开了新的一页日历,正在此时,一轮残月却仍悬于西天上方,清冷的月光伴随着早行人的脚步踏上旅途。铺满银霜的店前木板小桥上,已经留下行人的依稀可见的足迹。

诗人既然写的是早行,那么鸡声和月自然要写的,而茅店是山区有特征性的景物,当然少不得。"鸡声茅店月",把旅人住在茅店里,听见鸡声就爬起来看天色,看见天上有月,就收拾行装起身赶路的特征都有声有色地表现了出来。同样,对于早行者来说,板桥、霜和霜上的人迹也都是有特征性的景物。作者于雄鸡报晓、残月未落之时上路,也算得上"早行"了;然而已经是"人迹板桥霜",这真是"莫道君行早,更有早行人"啊!两句纯用名词组成的诗句,写早行情景宛然在目,确实称得上"意象具足"的佳句。经过诗人这样一词一景致的层叠皴染,一幅凄清有致的霜晨图便跃然纸上了。这两句要读出一种清冷的意境来。

颈联"槲叶落山路,枳花明驿墙",写的是早行路上的景色。商县、洛南一带,枳树、槲树很多。槲树的叶片很大,冬天虽干枯,却存留枝上;直到第二年早春树枝将发嫩芽的时候,才纷纷脱落。而这时候,枳树的白花已在开放。因为天还没有大亮,驿墙旁边的白色枳花,就比较显眼,所以用了个"明"字,同时也暗示出先行时天光之暗,从而反衬出始行之"早"。

尾联"因思杜陵梦,凫雁满回塘",继上联而来,是回写早行之先夜晚所得梦境的。温庭筠虽是山西人,而久居杜陵,已视之为故乡。眼里看的是枳花明艳、"槲叶落山路"的动人景象,心里想的是昨夜梦中出现的"凫雁满回塘"的故乡景色。春天来了,故乡杜陵,回塘水暖,凫雁自得其乐;而自己,却离家日远,在茅店里歇脚,在山路上奔波。"杜陵梦",补出了夜间在茅店里思家的心情,与"客行悲故乡"首尾照应;而梦中的故乡景色与旅途上的景色又形成鲜明的对照。以"凫雁"之"满"塘的形象画面,传出自己希冀早日与家人欢聚一堂的言外之意。这样,就形成与首联遥相呼应的完美构思,进一步突出了早行的原因,展示了诗人归心似箭的心情。前半句要读出低回悲伤,后半句要读出一种回味不已之感。

(王琨)

菩萨蛮

〔唐〕温庭筠

　　小山重叠金明灭①，鬓云欲度香腮雪②。懒起画蛾眉③，弄妆梳洗迟④。

　　照花前后镜，花面交相映。新帖绣罗襦⑤，双双金鹧鸪⑥。

〔注释〕

　　①小山：眉妆的名目，指小山眉，弯弯的眉毛。金明灭：形容阳光照在"额黄"上金光闪闪的样子。金，指唐时妇女眉际妆饰之"额黄"。明灭，隐现明灭的样子。一说描写女子头上插戴的饰金小梳子重叠闪烁的情形，或指女子额上涂成梅花图案的额黄有所脱落而或明或暗。②鬓云：像云朵似的鬓发。形容发髻蓬松如云。度：覆盖。形容鬓角延伸向脸颊，逐渐轻淡，像云影轻度。香腮雪：雪白的面颊。③蛾眉：女子的眉毛细长弯曲像蚕蛾的触须，故称蛾眉。一说指元和以后浓阔的时新眉式"蛾翅眉"。④弄妆：梳妆打扮，修饰仪容。⑤罗襦：丝绸短袄。⑥鹧鸪：贴绣上去的鹧鸪图，这说的是当时的衣饰，就是用金线绣好花样，再绣贴在衣服上，谓之"贴金"。

〔赏读提示〕

　　这首词是唐代文学家温庭筠的代表词作。此词主要描写一位闺中女子起床梳洗以及妆成之后的动作与情态，女子容貌美丽，服饰华贵，体态娇柔，仿佛是一幅唐代仕女图。

　　词学专家周汝昌先生认为：此篇通体一气。全词所写只"梳妆"一事。妆者，以眉为始；梳者，以鬓为主；故首句即写眉，次句即写鬓。词人将眉喻为山，再将鬓喻为云，再将腮喻为雪。可以想象，清晨女子端坐闺中，其眉"重叠"紧锁，凌乱之发拂于额头，所以微掩眉端额黄，阳光映照，闪烁明灭；两侧头发披于雪白的双颊之上，若隐若现。

　　"懒起画蛾眉，弄妆梳洗迟"，句中"懒"、"迟"遥相呼应，从二字可见该女子对梳妆并无兴致，"梳妆"为何写作"弄妆"，一个"弄"字也许更能显示出女子梳洗时漫不经心而又不得不为之的情态和意味，一怀愁绪溢于言表，委婉含蓄地揭示了人物孤独寂寞的内心世界。

"照花前后镜,花面交相映",梳妆已罢,最后以前后妆台奁内之座镜和手中所持之柄镜——"把儿镜",两镜对映而仔细端详,看两鬓簪花是否妥当。两镜之中,人面相映,花影重叠。至此,一位稍带慵懒的闺中女子经过一番梳洗之后的柔美姿容跃然纸上。

词笔至此,梳妆已毕,但不免让人疑窦丛生,女子为何如此慵懒,梳妆为何如此漫不经心、毫无兴致?"新帖绣罗襦,双双金鹧鸪",更换新绣之罗衣,低头忽见衣上鹧鸪双双,"遂兴孤独之哀与膏沐谁容之感"。回想前文,也就不难理解"小山重叠"、"懒起"、"梳洗迟"与"弄妆"之意了,皆因有一段怨情蕴蓄于其中。此处成功地运用反衬手法,以鹧鸪双双反衬人物的孤独。

全词塑造人物手法多样,比喻形象生动,反衬含蓄蕴藉,细节描写栩栩如生。诵读时应多多体会"绮丽香艳、婉约柔媚"的词风。"《菩萨蛮》不仅称物芳美,也具有'其文约,其词微'的特点,富有暗示性,容易使人产生种种联想。"(《唐宋词选析》)那么你从词人"约文微词"中又能体会到女主人公怎样的情怀和词人之寄托呢?

(刘跟成)

夜雨寄北①

[唐]李商隐

君问归期未有期②,巴山夜雨涨秋池③。
何当共剪西窗烛④,却话巴山夜雨时⑤。

[注释]

①寄北:写诗寄给北方的人。诗人当时在巴蜀(现在四川省),他的亲友在长安,所以说"寄北"。这首诗表达了诗人对亲友的深刻怀念。②君:指作者的妻子。一说指友人。③秋池:秋天的池塘。④剪烛:剪去燃焦的烛芯,使灯光明亮。这里形容深夜秉烛长谈。⑤却话:回头说,追述。

[赏读提示]

关于这首诗的题目《夜雨寄北》,有多种解读。诗人所寄者是何人?至少有这样两种说法:一说指作者的妻子,一说指友人。虽然诗中的"君"是写信探问归期的友人也好,还是未曾分别先问归期的妻子也好,诗的情韵一样动人,但从诗中所表现出热烈的思念和缠绵的情感来看,笔者认为似乎寄给妻子更为贴切。

首句"君问归期未有期",说明这首诗是以诗代书回答妻子的询问。是妻子在分手时"问归期"呢,还是诗人离开家乡游历巴蜀时来信询问的?诗中并没有交代。但既然是"问归期",就说明妻子盼夫归去心切,也表明诗人同样不忘这充满希望的询问,把归期时时念于心中。然而"未有期"的回答包含了诗人满腹的抱歉、心酸、欲归不得的痛楚,愧对妻子挂念的无奈。这三个字对妻子来说浇灭了满心的希望,还未归去就问归期,有多少不舍不忍啊。面对遥遥无期的分别,又是怎样的心痛。

第二句描绘眼前景物:季节已到秋天,客居巴山,对游子来说离愁已浓,而眼前又夜雨淅沥,不仅注满了池塘,还滴满了离人心头,更牵动羁旅愁思,浓重得无法化开。往事一幕幕涌上心头,巴山夜雨勾起他无限深思。也许,在这样的雨夜,妻子和自己一样对灯枯坐不能成寐,还在细数着日子,计算着归期。茫茫夜雨,思情何处寄放?

诗的前两句写过去,写现在;后两句向往将来。

杜工部的"夜阑更秉烛,相对如梦寐"一句,写战乱流离中偶然回到妻子身边的情景。"何当共剪西窗烛,却话巴山夜雨时",李商隐也盼望什么时候能与妻子相守窗下剪烛夜谈啊?诗人热烈向往之情跃然纸上。诗人想象着再聚首的那天,一定要倾诉"巴山夜雨"之时自己刻骨的思念。后两句在构思上是很值得玩味的。"何当共剪西窗烛"是想象之景,不同于杜甫的"夜阑更秉烛"写实之景,此为虚写,更带有强烈的抒情色彩;"巴山夜雨"由眼前实景一变而为来日话题,这一角色转换也极富表现力,此时巴山夜雨的凄苦,来日西窗话雨,这是诗人期待的一个温暖的画面。这样的构思让人唏嘘感动。

这首诗从问"归期"到"未有期",从"巴山夜雨"到"西窗剪烛"再到"话巴山夜雨",情感跌宕起伏,在强烈的对比中,既突出了巴山夜雨中的羁旅况味,又带上一些温暖的色调。苦涩中有甘甜,甘甜中又有重说"巴山夜雨"的苦涩。巴山夜雨之时凄凉孤寂的情怀,恰可成为将来见面话题的生动内容,这也许是对异乡中的诗人的一点安慰吧!这也是对妻子孤寂情怀的一种安慰,试想她听到丈夫亲口述说对自己的满腔思念,这又是多么大的安慰啊!

这首七言绝句情真意切,"巴山夜雨"首尾重复出现,令人荡气回肠。桂馥在《札朴》卷六里说:"眼前景反作后日怀想,此意更深。"它言浅意深,语言朴素流畅,打动无数读者,后人常借"西窗话雨"、"西窗剪烛"的成语,表达恋人或朋友之间的思念之情。　　　　　　　　　　　　　　　　　　　　（马本盛）

无　题

[唐] 李商隐

昨夜星辰昨夜风,画楼西畔桂堂东①。
身无彩凤双飞翼,心有灵犀一点通②。
隔座送钩春酒暖③,分曹射覆蜡灯红④。
嗟余听鼓应官去⑤,走马兰台类转蓬⑥。

〔注释〕

①画楼:装饰彩绘的楼阁。桂堂:用桂木构造的厅堂。均比喻富贵人家的屋舍。②灵犀:犀牛角,古代当作灵物,中央色白,有角髓贯通两头。一点通:喻心心相印。③送钩:也称藏钩,行酒时的一种游戏。参加者分为两队,一方把钩藏到手里,另一方应立即猜出,不中者则罚酒。④分曹:分队,分组。射覆:行酒时的游戏。在覆盖的器具下放置物件,让人猜测。分曹、射覆未必是实指,只是借喻宴会时的热闹。⑤听鼓:唐代制度规定,五更二点击鼓,坊市开门。这里表示天亮。应官:上班应差。⑥兰台:指秘书省,此时诗人在此任职。秘书省,掌管图书秘籍。类:像。转蓬:飘荡不定的蓬草。

〔赏读提示〕

"义山佳处,不可思议,实为唐人之冠",此言不虚。李商隐是一个比较奇特的诗人,他写过不少"无题"诗,此为其中之一。他的诗不容易说清楚,好得不可想象,是"绝句之神境也"。

首句"昨夜星辰昨夜风"是追忆昨夜的欢聚。两个"昨夜"叠用,可见诗人的回味,在音节上又带来一种回环往复的音韵之美。"画楼西畔桂堂东",则点明现如今一人在精美雕画的阁楼,而另一人则已在奢华绮丽的厅堂。两者分离,只徒留对那样一个夜风温柔、夜星闪耀的浪漫夜晚的绮思回想,也蕴含着诗人对韶光易逝、盛筵难再的感慨。首联虚实相生,由今宵过渡到昨夜的回忆,诵读时可舒缓语调并拖长音韵,引出遐思。

　　颔联"身无彩凤双飞翼,心有灵犀一点通"则历来为人们交口称赞。运用新奇而贴切的比喻,上半句写相思之苦,说自己渴望也能如彩凤一样身有双翼飞到恋人身边双宿双飞;下半句则写彼此如同"灵犀"一般心意相通。可谓精工富丽,将那种刻骨相思却不能相依厮守的恋人间的情愫刻画得细致入微。也许一个眼神、一个动作就可读出对方所想,这确是恋爱中的人们所特有的样子。这便是秦观眼中的"两情若是久长时,又岂在朝朝暮暮"了。爱情受到阻隔,但相爱的人却心意相通,带给人更多的深思。诗人要表达的不单单是相思之苦、相爱之深,更是这种阻隔后的坚贞与执着。李商隐少有才名,又得令狐楚赏识,锦绣前程大有可为。然而令狐楚死后不久,泾原节度使王茂元对李商隐的才华极为赏识,就把自己的女儿嫁给了他。却未料这一场婚姻给李商隐带来的却是惨重的代价,最终他成为晚唐"牛李党争"的政治牺牲品。无怪乎有人把这两句理解为诗人的自况。即现实的困顿、旁人的误解,仍希望能有一颗毋庸多言、相互赏识的慧心。诵读时应揣摩诗中百转千回的相思,读得纡徐回环,适当重音,以读出情感跌宕起伏的情韵。

　　颈联"隔座送钩春酒暖,分曹射覆蜡灯红"则应是回忆初见时的情意绵绵。我们的诗人身处欢乐热闹的宴席上,眼见隔座的人们玩着"送钩"、"射覆"的游戏,而自己却冷眼观之,远远独立。这种于热闹中的孤独最让人沉痛,不由得让人想到朱自清的《荷塘月色》中的文字:"热闹是他们的,而我什么也没有。"这种深重的悲凉与孤单难道仅仅是饱受相思之苦吗?诵读时应读出抑扬,语速稍快,声调可稍微高扬。

　　尾联"嗟余听鼓应官去,走马兰台类转蓬"立刻为我们含蓄地指明了诗人的羁旅行役之苦。当晨鼓响起,诗人不得不再次踏上未卜的仕途,无根无主,被命运摆布,根本没有掌握自己命运的能力。李商隐一生饱受党争之祸,困顿不堪,沉沦下僚,在长期的幕府游历中已耗尽了自己所有的政治热情。昨夜片刻的欢愉正因其美好而显得短暂,人生终归归于冷寂的现实。当那命运的晨鼓敲响,诗人早已明了天明后自己堪哀的命运,与恋人的分别,未卜的前路,只能是"此恨绵绵无绝期"。诵读时可拖长语调,声调稍落,感受诗人的无限怅惘之情。

　　对这首诗的理解历来众说纷纭,元好问《论诗绝句》对李商隐的无题诗的评价可谓入木三分:"诗家总爱西昆好,独恨无人作郑笺。"朦胧的意象、曲折的情思、精工的语言,或许就是李商隐最神秘,最耐人寻味的无题诗永恒的魅力吧。

(潘易)

无　题

〔唐〕李商隐

相见时难别亦难，东风无力百花残。
春蚕到死丝方尽，蜡炬成灰泪始干。
晓镜但愁云鬓改①，夜吟应觉月光寒②。
蓬山此去无多路③，青鸟殷勤为探看④。

〔注释〕

①云鬓：青年女子的头发，代指青春年华。②夜吟：夜晚吟诗。③蓬山：海上仙山。此指想念对象的住处。④青鸟：传说中西王母的使者，有意为情人传递消息。殷勤：情谊深厚。

〔赏读提示〕

"相见时难别亦难"，开篇直接抒情，作者以女主人公的口吻，脱口而出，从内心深处喷涌而出，毫无滞碍，可见情之深、吐之切。"东风无力百花残"，接着前句转而写景，东风虽然无力，百花还是凋零，无可改变，无可奈何，花犹如此，人何以堪？相见不易，分别难舍，对有情人而言都是"难"。

颔联咏物，不即不离，神形兼备，是女主人公至死不渝的爱情宣言。其中"丝"，一般认为是谐音"思"，极言女主人公的思念至死不变。这一句已经成为后人借来抒发理想情怀的名句。

颈联前半句写女主人公早晨醒来，照镜发现自己鬓发已改，担心自己的青春逝去，不能为爱情永驻，更添愁绪。后半句，女主人公转而想象自己的心上人在这样的夜晚应该感到寒冷吧，细腻地表现了女主人公的细心体贴。

尾联紧接着进一步写主人公的心理活动：从此到蓬山该不会很远吧？希望青鸟代我探望心上人。诗中的青鸟是一位女性仙人西王母的使者，蓬山是神话传说中的一座仙山，这里以蓬山为心上人居处的象征，以青鸟作为女主人公的使者出现。这一内容呼应了"相见时难"的内容，把女主人公对心上人的思念之情表达得更为深远缠绵与美好。

(乔化永)

锦 瑟

〔唐〕李商隐

锦瑟无端五十弦①，一弦一柱思华年。
庄生晓梦迷蝴蝶②，望帝春心托杜鹃③。
沧海月明珠有泪④，蓝田日暖玉生烟⑤。
此情可待成追忆，只是当时已惘然。

〔注释〕

①锦瑟：装饰华美的瑟。瑟，拨弦乐器，通常为二十五弦。②"庄生"句：语出《庄子·齐物论》："庄周梦为蝴蝶，栩栩然蝴蝶也；自喻适志与！不知周也。俄然觉，则蘧蘧然周也。不知周之梦为蝴蝶与？蝴蝶之梦为周与？"③望帝：古代神话中蜀王杜宇的称号。传说他因水灾让位给他的臣子，自己隐居山中，死后灵魂化为杜鹃，啼声非常悲凄。春心：美好的理想和情思。④"沧海"句：珠生于蚌，蚌在于海，每当月明宵静，蚌则向月张开，以养其珠，珠得月华，始极光莹。《博物志》里亦有南海鲛人泣泪成珠的故事。⑤"蓝田"句：唐朝司空图在《与极浦书》里这样写道——戴容州云："诗家之景，如蓝田日暖，良玉生烟，可望而不可置于眉睫之前也。"形容可望而不可即。

〔赏读提示〕

《锦瑟》是李商隐的晚年之作，对于诗歌内容的解读，众说纷纭。不管是悼亡、爱情还是自伤，诗歌呈现出的状态是一种朦胧怅惘的哀伤。王蒙说："情种从《锦瑟》中痛感情爱，诗家从《锦瑟》中深得诗心，不平者从《锦瑟》中共鸣牢骚，久旅不归者吟《锦瑟》而思乡垂泪。"不同的解读源于不同的人生经历，抛开具体的争论，不妨从彼时彼刻作者的心境考虑，把具体的感情泛化为一种情感的兴起和幻灭，从一个人的生存状态去窥看。

首联以"锦瑟"开篇，"无端"则是毫无缘故之意，由二十五弦增至五十弦，这并非写实，而是借用"黄帝使素女鼓瑟。哀不自胜，乃破为二十五弦"的神话故事，写出其悲的突如其来。这里暗含诗人的怨艾，看似不合理的文句背后，其实是诗人内心风云变幻，悲从中来。他想到的也许就是自己的青春年华，在暮年时回首意气风发的青年时代，只能留下"想当年"的悲叹吧！时光流逝，岁月变迁,于人生之秋总会添上几分感伤,瑟音悲切,更奠定了全文凄怆的感情基调。

　　诗歌的颔联、颈联,均化用典故,从而造成含义的指向不明,带来理解上的困难。集中的意象和典故,恰如作者彼时的心境,思绪万端,心结千转。颔联"庄生"一句,运用庄周梦蝶的典故,营造出现实与梦境交织、人与物齐等的迷茫意境,那一刻回忆华年的作者,和回忆中的作者到底如何区分呢? 这是一种茫然。"望帝"一句,明写望帝借助杜鹃鸟传达出自己的心愿,细细体会,却也好像是反用典故,写出了自己的无凭无依,自己的情怀无处落脚,自己的回忆无从印证。因此,颔联整体呈现出迷茫无奈的感伤,道出了不能自已的渺渺情怀。

　　"沧海月明珠有泪"一句并用两个神话故事,碧海之中、皎洁月下的珠泪这样的意象,仿佛天地一粟,寂寥渺小,给人的感觉晶莹剔透却又冰凉哀婉。"蓝田日暖玉生烟"一句,是说蓝田山一带的玉沉埋在地下,不为人所见,但它那温润的精气却能透过泥土,如烟雾般升腾在空中,为山增辉。这样的景象却只能远观而无法近触,如同回忆场景中的画面,终究只是梦幻。颈联两句,一冷一暖,一实一虚,虽初步给人的感觉相异,却都是辽阔旷远的景致,都写出了回忆时的凄凉和虚幻,不可触摸,无法企及,也写出了人生天地间的渺茫之感。

　　尾联"此情可待成追忆,只是当时已惘然"含意相对明了,意思是说:这样的情感不用等到今日才来追忆。只是在当年发生之时,便已惘然自失,何从追寻? 再回首,一切成空。能怎么样呢? 只好是强忍着这一段回忆带来的悲伤了。

　　从陷入回忆到对于回忆的迷惘和无处求证,再到回到现实后的故作镇定,李商隐展现给我们的是一个人在回忆往昔时候的迷茫,以及这种迷茫得不到确证的痛苦。他想要求证的是自己的红袖添香还是自己的春风得意,其实都不重要了,重要的是这样一种带有迷离神伤的感情带给我们情感上的共鸣。恰如一个失去了佩剑的战士,在回忆往昔拔剑杀敌的那一幕时,是否会有这样一丝怀疑,即自己是否真的在沙场上驰骋过?

　　梁启超在他的讲稿《中国韵文里头所表现的情感》中提到过李商隐的《锦瑟》一诗,他是这样说的:义山的《锦瑟》等诗,讲的什么事,我理会不着。拆开来一句一句叫我解释,我连文义也解不出来。但我觉得它美,读起来令我精神上得一种新鲜的愉快。须知美是多方面的,美是含有神秘性的。

　　《锦瑟》的美,需要我们去仔细体会。年华、红颜、功名……这样一些让人向往的东西,无论是什么,在回忆的时候,激起的情感总是相似的。读诗,读出自己的感觉,也是一种美。

(张剑)

淮上与友人别①

〔唐〕郑　谷

扬子江头杨柳春②，杨花愁杀渡江人③。
数声风笛离亭晚④，君向潇湘我向秦⑤。

〔注释〕

①淮上：即扬州。②扬子江：长江在江苏镇江、扬州一带的干流，古称扬子江。③杨花：柳絮。④风笛：风中传来的笛声。离亭：驿亭。亭，古代路旁供人休息的地方，人们常在此送别，所以称为"离亭"。⑤潇湘：指今湖南一带。秦：指当时的都城长安。

〔赏读提示〕

《淮上与友人别》是诗人在扬州与友人分手时所作。诗题点出了离别的地点（淮上）、人物（我、友人）、事件（离别），明确告诉读者这是一首离别诗。之所以不说是"送别诗"，是因为和通常的送行不同，这是一次各自奔赴前程的离别：友人渡江南往潇湘（今湖南一带），自己则向北赶往长安。

这首诗一句一景，一景一情。首句"扬子江头杨柳春"，交代了握别的时间和地点：时间是春天，正是杨柳依依的季节；地点是扬子江（长江）边的渡口。离别赠"柳"（谐音"留"）表示难分难离、不忍相别、恋恋不舍的心意。依依袅袅的柳丝随着春日晚风飘摇，空气中弥漫的尽是彼此依依惜别的浓情。

次句"杨花愁杀渡江人"，借景抒情，寓情于景，情景结合，写出了诗人与友人彼此分别，愁上心头的况味。由青青依依的杨柳，自然过渡到飘飞零落的"杨花"，也恰触动了诗人与友人缭乱纷杂的离绪，顿生即将天涯羁旅的漂泊之感。而心中这离情别绪，恰好与眼前大好的春光形成鲜明的反差。"愁杀"二字，直抒胸臆，将友人间依依惜别的思绪写到极致。诵读时需重读，使得愁绪加深变浓。"渡江人"则紧扣题目中的"淮上"这一地点。两句中"扬子江头"、"杨柳春"、"杨花"等同音字的有意重复，构成了一种既轻爽流利又回环往复的感觉。朗读时，要做到音停意连，隽永而不感伤，富于情韵美。一、二两句，读时要语流连贯，一气呵成，切忌中断。

诗人贪恋这眼前的春光美景，可分别在即，正是"留恋处、兰舟催发"，再多的美景也难以纾解心头浓浓的愁绪。

第三句"数声风笛离亭晚",清凉的晚风吹来凄清怨慕的笛音,引发了诗人与友人的依依惜别之情。送友人过了扬子江,在长亭话别,不觉天已近黑,触景生情,离愁倍增,难舍难分。从送别时眼前所见之景写到耳闻之销魂笛音,视觉与听觉叠合到一起,一股难言的离愁滚涌至心头,朗读时要读出怅然若失之感。

末句"君向潇湘我向秦",写我与友人分别后,各自奔赴远方。这一别,天高路远,音讯难托,想来不禁令人黯然销魂。重读"君"与"我"二字,表现彼此举步不前的难舍离情,更传达出朋友之间互道珍重的真诚祝福与深情慰勉之意。

(田玮玮)

鹊踏枝
[南唐] 冯延巳

谁道闲情抛掷久①,每到春来,惆怅还依旧。旧日花前常病酒②,不辞镜里朱颜瘦。

河畔青芜堤上柳,为问新愁,何事年年有? 独立小桥风满袖,平林新月人归后。

〔注释〕

①闲情:闲愁。②病酒:饮酒过量,醉酒。

〔赏读提示〕

王国维认为冯延巳的词最可谓"深美闳约",《鹊踏枝》等词是《阳春集》中"最煊赫"之作。冯延巳可谓抒情方家,在《鹊踏枝》中,其情有显有隐,若隐若显,感情深婉,情韵悠长。

上阕首句先直言内心被闲情纠缠长久,用反诘的语气虽显得曲折婉转却更加凸显这种闲情难以抛却。"抛掷"与"谁道",一个是主观上鲜明的决绝,一个是对这种态度的否定,矛盾中表明了不矛盾:内心被闲情纠缠长久,缠绵悱恻,无法抛却。次句中的"每"字和"还依旧"三字,与首句中的"久"字呼应,进一步强化了内心被闲情纠缠长久,在春日里生出惆怅之情,这是值得品味的时节。春天可以是早春、阳春时节,生机盎然,也可是春花凋零的暮春时节,正衬、反衬均可。第四句"旧日花前常病酒"承前句写明春花开放，春花在前，不赏花、写花，却常常过量饮酒，足见惆怅之情的沉重、缠绵，美好的春花成了反衬的乐景。郁积在怀的"闲愁"勃发在春花烂漫时，言说的背后便有了许多无法言说或无须言说的幽情。花前病酒也无法排遣愁绪，揽镜自照，镜中人朱颜消瘦，但"闲愁"依然难解、难忘。

下阕开头承上阕"春来"二字写春景，融情于景，却未承上阕写春花。可以理解为避免重复，也可理解为春花太绚烂，不若春草、柳丝。河畔漫无边际的青草，堤上细丝飘动的柳条，无边的碧绿，无限的柔细，无不是词人内心深长缠绵的情思、清寂悠远的境界的写真。可谓字字是景语，字字亦是情语。接下来，又承上阕"惆怅还依旧"发问："为问新愁，何事年年有？"这是在问春景，也是在问自己。无边的春色年年有，无边的愁情年年有。末二句转而刻画词人的自我形象："独立小桥风满袖，平林新月人归后。"一人形影相吊于小桥之上，风劲吹，新月平林，人归后路无行人，孤寂，清冷，落寞！词人可能认为因春景而引发的愁情借景抒发得仍不称意，由景物与感受融合而创造出的词人孤寂忧伤的自我形象豁然兀立！词境更显"深美闳约"。

因为上阕直接抒情居多，所以诵读时可以语速缓慢，语调低沉；下阕间接抒情居多，但情韵深远，诵读时可以语速缓慢，语调略有上扬。　　　　　　（张国彦）

谒金门①

［南唐］冯延巳

风乍起，吹皱一池春水。闲引鸳鸯香径里，手挼红杏蕊②。

斗鸭阑干独倚③，碧玉搔头斜坠④。终日望君君不至，举头闻鹊喜⑤。

〔注释〕

　　①谒金门：唐教坊曲名，后用为词牌。上下阕，共45字，仄韵。②挼（ruó）：揉搓。③斗鸭阑干：用阑干圈养着一些鸭，使它们互斗为戏。④碧玉搔头：即碧玉簪。坠：掉下。但这里只形容斜露玉簪，仿佛欲落。⑤鹊喜：俗传喜鹊鸣啼报喜，汉代已有此习俗。

〔**赏读提示**〕

这是一首少女怀春词,写的仍然是传统的闺怨题材,问世以来,一直颇为人们赞赏。全词以写思妇的动作为主,就像是电影中的活动镜头一般。闺中少女的情思、态度于行动中历历可见,极为生动。

开头点明时令、环境。在春光明媚的时节,春风袅袅,春水涟漪。"风乍起,吹皱一池春水"两句,前句为因,后句为果。"吹皱"一词,不仅写出了水波微兴,满池涟漪;而且也暗写了"乍起"的是徐徐春风;同时也暗示了少女内心的不平静。就在这风和日丽的春光下,一位怀春的少女漫步在池畔溪旁,信手搓着杏花,洒向春水中,引逗鸳鸯。一个"闲"字勾出了少女怀春,百无聊赖之态;"香径"描绘了少女所游之处的优美,在幽僻的曲径中,杏花怒放,清香四溢。因此上片可以读出闲适轻盈的感觉,语调宜偏轻柔。"风乍起"三个字语速可以略快,后一句再放慢;"吹皱"后略做停顿,突出水波微兴的感觉。

词的下片紧承上片,继续写少女的行踪和情态。少女在"闲引鸳鸯"之后,又独倚在养鸭池栏杆旁沉思默想。"斜坠"即低头沉思之状,说明她没有心思看鸭,而在思念盼望着心上人。这句话要读出自伤落寞之感,强调"独"字。"终日望君君不至",写出她等待意中人的时间已经很长了。这句要读出失望伤感,可适当放缓语调。最后以"举头闻鹊喜"作结,写少女虽然"望君不至",但仍然满怀爱慕的喜悦,满怀信心地等待着。她相信:喜鹊叫,好事到,意中人会爱自己,会前来相会的。最后一句五个字,却写出了三个内容——闻鹊叫、举头、心中喜悦。这一结句洋溢着青春的欢乐,充满着对幸福的憧憬。语调可以明快,虽是结尾却可以干脆而充满期待。

这首词是脍炙人口的名篇,尤其"风乍起,吹皱一池春水"两句,在当时就很为人称道,是传诵千古的名句。《南唐书》载:李璟尝戏延巳曰:"'吹皱一池春水',干卿何事?"延巳曰:"未如陛下'小楼吹彻玉笙寒'。"

全篇塑造形象完美统一,情景交融,画面和谐,通过景物的渲染、禽类的点缀、人物的行动来勾勒人物的内心世界。词语朴实自然,清新流畅,推敲精当,无斧凿痕迹,"闲引"、"手挼"、"独倚"、"斜坠"几个词,都极有力地表现了少女怀春的惆怅聊赖、淡淡闺愁。

俞陛云《唐五代两宋词选释》:"'风乍起'二句,破空而来,在有意无意间。如絮浮水,似沾非著,宜后主盛加称赏。此在南唐全盛时作。'喜闻鹊报'及'为君起舞'句,殆有束带弹冠之庆,及效忠尽瘁之思也。"可见"少女怀春",是本词

表面上揭示的内容,实际用的是"托儿女之辞,写君臣之事"的手法。　　（王悦）

虞美人

〔南唐〕李　煜

　　春花秋月何时了,往事知多少? 小楼昨夜又东风,故国不堪回首月明中!

　　雕栏玉砌应犹在^①,只是朱颜改。问君能有几多愁^②? 恰似一江春水向东流。

〔注释〕

　　①雕栏玉砌:指远在金陵的南唐故宫。②君:作者自称。

〔赏读提示〕

　　《虞美人》是李煜的代表作,也是李后主的绝命词。相传他于自己生日(七月七日)之夜("七夕"),让歌妓作乐,唱新词《虞美人》,后流传开来。宋太宗听到后大怒,命人赐药酒,将他毒死。词作通过今昔交错对比,表现了一个亡国之君丝毫不加掩饰、无比深切的故国之思和无限哀怨。

　　首句"春花秋月"从眼前实景落笔,但"何时了"却出人意料,本是美好之物,为何希望其"了"呢? 原来今非昔比啊,这一切物非人非,身处异国,身为阶下之囚,眼前的"春花秋月"怎能不勾起自己无限美好的回忆呢? 而此时此境又只能徒增无穷的悲怨,有多少往事就有多少痛苦,景愈美而情愈悲。

　　"小楼昨夜又东风,故国不堪回首月明中",不难想象,夜阑人静、明月晓风之时,幽囚在小楼中的不眠之人,不由凭栏远望,对着故国家园的方向,多少凄楚涌上心头,又有谁能忍受这其中的况味? 回首往昔,身为国君,日日纵情声色,不理朝政……而此时沦为阶下之囚,愁绪万千,夜不能寐。一个"又"字,表明此情此景多次出现,内心屡受刺痛,苟活于斯,难以忍受的哀痛、悔恨与怀念不禁流露。

　　"雕栏玉砌应犹在,只是朱颜改",故国不堪回首,但实在难以忘怀。这两句选取"雕栏玉砌"这一意象,具体描写故国的今非昔比——今日的故国一定早已"剥蚀了古殿檐头浮夸的琉璃,淡褪了门壁上炫耀的朱红,坍圮了一段段高墙,又散落了玉砌雕栏"。"他身为国主,富贵繁华到了极点;而身经亡国,繁华消歇,不堪回首,悲哀也到了极点"(唐圭璋语),山河破碎,繁华落尽,只剩无限凄凉!

以上六句,诗人触景生情,把眼前之景与胸中之景,今日之囚与昔日之君融为一体,蕴蓄于胸的悲愁悔恨曲折有致地倾吐而出,化为末句的千古绝唱——"问君能有几多愁?恰似一江春水向东流。"诗人用发人深思的设问与生动贴切的比喻,说尽了心中翻腾不已、悠长深远的愁绪,愁思如春水涨溢恣肆,奔放倾泻;又如春水不舍昼夜,无尽东流,所谓"真伤心人语"也。

全词意境深远,感情真挚,结构精妙,词虽短小,余味无穷。难怪王国维说:"唐五代之词,有句而无篇。南宋名家之词,有篇而无句。有篇有句,唯李后主降宋后之作……"(《人间词话》)正所谓"国家不幸诗家幸,话到沧桑语始工",让我们"在欢乐的词里,看见一朵朵美丽之花;在悲哀的词里,看见一缕缕的血痕泪痕"(唐圭璋语)。

(刘跟成)

相见欢①

[南唐]李　煜

无言独上西楼,月如钩。寂寞梧桐深院锁清秋②。
剪不断,理还乱,是离愁③。别是一番滋味在心头④。

〔注释〕

①相见欢:原为唐教坊曲,又名"乌夜啼"、"秋夜月"、"上西楼"。②锁清秋:深深被秋色所笼罩。③离愁:指去国之愁。④别是一番:另有一种。

〔赏读提示〕

这首词写的是从人上人的帝王到幽囚生活的愁苦滋味,表现了作者在一个冷清的秋夜独自登楼时,为离别的愁苦所纠缠的心情。

读这首词,语调应是缓慢而低沉的。首句"无言独上西楼",点出了他的行踪,也为全词奠定了凄凉寂静的基调。"无言",他并非无语可诉,而是无人共语,只能把满腔心事埋在心底。"独上",他孤单一人走上西楼,可见他的寂寞。在读这一句的时候,这个"独"字可以稍作延长,以体会词人孤寂沉重的心情。

由作者"无言"、"独上"的滞重步履和凝重神情，可见他的孤独哀愁程度之深。这里的神态与动作揭示了词人身份巨变之后，面对陌生的一切，想到身为阶下囚的哀婉凄凉。他上得楼来，抬头看到天上挂着一弯如钩的月牙。这里又出现了中国古代诗歌里的古老意象"月亮"，清冷的月光，映照着孑然一身的作者，怎不引起他对往事的遐想？"如钩"不仅写出月形，表明时令，而且别有深意：那见证了多少人事变迁的月亮啊，今夜又怎能不勾起人的离愁别恨呢？在这深秋的夜里，他俯视庭院，在这幽深的院子里，高高的梧桐树也是悄无声息，茂密的梧桐叶已被无情的秋风扫荡殆尽，只剩下光秃秃的树干和几片残叶在秋风中瑟缩，使他分外感到庭院的寂寞，也格外感到笼罩着院中的一片凄凉的秋意。"寂寞梧桐深院锁清秋"，一个"锁"字，以突出院中充满着的秋意。读这一句，除语速不应过快以外，还应读出词人深深的伤感与无奈：落魄的人，孤寂的心，思乡的情，亡国的恨，都被这高墙深院禁锢起来，此景此情，怎一个愁字了得？

这是一种怎样的愁呢？"剪不断，理还乱"，不仅概括了"千头万绪，心乱如麻"的情怀，还更进一步突出了这种乱的难以理清。这里只用两个简单明了的比喻，就形象逼真地写出了那种牵肠挂肚、纠缠不去的离愁。末句"别是一番滋味在心头"，"别是"二字极佳，昔日贵为天子，如今阶下囚徒，备受屈辱，遍历愁苦，心头淤积的是思，是苦，是悔，还是恨……恐怕词人自己也难以说清，岂又是常人所能体会到的呢？哀愁、悲伤、痛苦、悔恨只能强压在心底，这种无言的哀伤更胜过号啕痛哭之深重啊！缺月、梧桐、深院、清秋，无不渲染出一份凄凉的境界，人物动态和景物描绘，好像一幅高明的剪影，反映出词人内心的孤寂之情，为下片抒情做好铺垫。读此句，语气应更凝重，更深沉。

这首词情景交融，感情沉郁。上片选取典型的景物，为感情的抒发渲染铺垫；下片借用形象的比喻，委婉含蓄地抒发真挚的感情，给人以不尽的艺术享受。

（孙竹青）

清平乐

[南唐] 李　煜

别来春半，触目柔肠断。砌下落梅如雪乱①，拂了一身还满。
雁来音信无凭②，路遥归梦难成。离恨恰如春草③，更行更远还生。

〔**注释**〕

①砌下：台阶下。砌，台阶。落梅：指白梅花，开放较晚。②"雁来"句：是说鸿雁虽然来了，却没将书信传来。古代有凭借雁足传递书信的故事，故见雁就联想到了所思之人的音信。③恰如：正像。

〔**赏读提示**〕

词的上阕，开篇即直抒胸臆，这位李后主毫无遮拦地道出抑郁于心的离愁别恨。"别"字起意，单刀直入，让读者读到此词便知晓作者用意何在。李煜前期作品多委婉缠绵，似这般直抒胸臆者甚少；但后来经历亡国之痛，一夜之间由帝王变为阶下囚，心中愁苦自不必说，料想是说也说不清楚。这样的愁苦郁结心中，怎能不一吐为快？所以后期作品中，这样直抒胸臆的作品不少，比如最有名的一句："问君能有几多愁？恰似一江春水向东流。""春半"有人释为春已过半，未尝不可；但如释为相别半春，于情于理也说得过去；或者兼取两者之意也行。

"触目柔肠断"，这该是怎样的景色，竟然让他目之所及，柔肠寸断。其实景物是无心的，有意的是人的心境。"砌下落梅如雪乱"，一个"乱"字，既写出了主人公独立梅树下无语又心乱如麻的心绪，也写出了"物皆着我之色"的深刻道理。愁绪本抽象，"落梅如雪乱"却是实在之景，化虚为实，让人读来甚为动容。梅落如雪，愁绪满心，即使这飘落的花瓣非常美丽，哪有心思欣赏？"拂了一身还满"，将这美丽的落花拂去，眨眼之间却又积了一身，这恰似作者此时内心的愁绪一样，哪里能够全部拂尽呢？而此时李煜久立花下，在想什么呢？

远方的亲人何在？昔日的温情何在？大雁传书，却无法给他传来远方的消息，他孤身一人在这里，南飞的大雁哪里知晓他所期盼的东西呢？既然现实中无法盼到家书，那么梦中呢？但"路遥归梦难成"，这句看似矛盾荒唐，现实中的"路遥"和做梦有什么关系呢？其一是古人认为人们在梦境中往往是相通的，对方作不成"归梦"，自己也就梦不到对方了；其二是作者在这里用这种荒诞的说法，道破了自己与昔日的亲人早已天各一方，即便是梦中也难得团聚了。梦中一见都不可能，其苦痛之情不言自明。俞平伯曾评价这首词说："梦的成否原不在乎路的远近，却说路远以至归梦难成，语婉而意悲。"（《唐宋词简释》）

最后两句"离恨恰如春草，更行更远还生"和"问君能有几多愁，恰似一江春水向东流"一样，化虚为实，直抒胸臆。"于愁则喻春水，于恨则喻春草……千里长江，滔滔一往；绵绵芳草，寸接天涯。"（《论诗词曲杂著》）离恨本是无形之物，但李煜将它化为实在的"春草"——野火烧不尽，春风吹又生。这样的离愁别绪，哪有消尽的一刻！"更行更远还生"，无论我走得多远，心中的"离恨"就像这生生不息的春草一样，一路生长，一路相随。　　（张金鑫）

八声甘州

〔宋〕柳　永

对潇潇、暮雨洒江天，一番洗清秋①。渐霜风凄紧②，关河冷落③，残照当楼。是处红衰翠减④，苒苒物华休⑤。惟有长江水，无语东流。

不忍登高临远，望故乡渺邈⑥，归思难收⑦。叹年来踪迹，何事苦淹留。想佳人妆楼颙望⑧，误几回、天际识归舟。争知我⑨，倚栏杆处，正恁凝愁⑩！

〔注释〕

①潇潇：形容雨势急骤。②霜风：指秋风。③关河：关口和渡口河流，此处泛指江山。④"是处"句：到处红花枯萎，绿叶凋零。⑤苒苒（rǎn）：茂盛的样子。一作"冉冉"，缓慢移动的样子。⑥渺邈：渺茫而又遥远。⑦归思（sì）：渴望回家团聚的心思。思，心绪愁思。⑧颙（yóng）望：举头凝望。⑨争：怎。⑩恁（nèn）：如此。

〔赏读提示〕

开篇极有气势，首字"对"领起两句十二字，写出词人登高远眺所见。秋天的傍晚，骤雨潇潇，洒遍江天；雨后的江天，澄澈如洗。"潇"和"洒"字，两字皆为三点水旁，用来形容暮雨，读来仿佛看到了雨的动态，听到了雨的声音。"一番"，暗示了此为急雨一阵。

紧接着用一"渐"字领起四言三句，连用三个排比句："霜风凄紧，关河冷落，残照当楼。"这几句被苏轼赞叹"何减唐人高处"。"渐"句紧承上文，词人面"对"雨洗暮空之景，"渐渐"感到凉意重了。凄冷的寒风吹来，关口渡口都冷落了，"一番"风雨后天很快放晴，夕阳的余晖映照着词人登临的高楼。暮雨、霜风、江天、关河的苍茫大景下,"残照当楼",残阳照在词人登临处,大景归结,词人伫立,肃杀的"秋气"似乎一下子向词人袭来,词人承受得可谓多,可谓重矣。

"是处红衰翠减,苒苒物华休。""是处",到处都是。"红",代指花;"翠",代指绿叶;用了借代的修辞手法。"红衰翠减"通俗又直接地写出了花儿衰败、绿叶飘落之象。南宋的李清照后来写了"绿肥红瘦",表达得也极贴切。景物烘托心情,"惟有长江水,无语东流"暗示了江水无情,韶华易逝。

词的上阕以写景为主,景中有情,层层铺叙,把寒凉秋气与内心的悲慨融合,悲秋伤时,境界辽远而又深厚。

词的下阕重在抒情。用"不忍"二字领起,委婉曲折,"不忍登高临远",原因是故乡太远,哪里望得见呢,只是徒然勾起自己渴望团聚的心思。"登高临远"四字紧承上阕,总结了上阕内容,又开启下阕的抒情:"望故乡渺邈,归思难收。"全词其实都是围绕"故乡渺邈,归思难收"的中心来写。

这时候,词人"叹年来踪迹",回顾自己的经历,悲叹"何事苦淹留",拷问自己为什么滞留外乡不能归乡。词人没有写出答案,这正是茫然无奈的心绪的反映。

可是词人实在思乡甚切,于是用"想"字领起,思绪飞回故乡,想象佳人也在怀念自己:佳人倚楼凝望,盼归心切,好几回错把远处驶来的船当作心上人回家的船。词人还想象:佳人历经多次失望后,肯定会埋怨自己的不归。于是词人为自己辩解:"你"知道么?"我"何尝不是"倚阑"而忧愁凝结呢!一幕幕全然是词人想象自己与佳人异地相思、互相遥望的情景,想象佳人埋怨而自己赶紧解释的情景,丰富而曲折地将思乡之苦和怀人之情表达出来。

全词一层深一层,一步接一步,长词慢调,在转折处多安排有力的领词,承上启下,串起词句,串起寥廓凄清之景,也串起他乡做客、叹老悲秋的苦楚之情。晚清郑文焯在《与人论词遗札》中评价《八声甘州》:"柳词本以柔婉见长,此词却以沉雄之魄,清劲之气,写奇丽之情。"

(陈莉)

雨霖铃

［宋］柳　永

　　寒蝉凄切①,对长亭晚②,骤雨初歇。都门帐饮无绪③,留恋处,兰舟催发。执手相看泪眼,竟无语凝噎④。念去去⑤,千里烟波,暮霭沉沉楚天阔⑥。

多情自古伤离别，更那堪、冷落清秋节⑦！今宵酒醒何处？杨柳岸，晓风残月。此去经年⑧，应是良辰好景虚设。便纵有千种风情，更与何人说？

〔注释〕

①寒蝉：蝉的一种，又名寒蜩（tiáo）。②对长亭晚：面对长亭，正是傍晚时分。长亭，人们饯行送别地方。③都门帐饮：在京都郊外搭起帐幕设宴饯行。都门，京城门外。无绪：没有心思，心情不好。④凝噎：悲痛气塞，说不出话来。即是"凝咽"。⑤去去：重复言之，表示行程之远。⑥沉沉：深厚的样子。楚天：南天。古时长江下游地区属楚国，故称。⑦清秋节：萧瑟冷落的秋季。⑧经年：经过一年或多年，此指年复一年。

〔赏读提示〕

此词为抒写离情别绪的千古名篇，也是柳词和北宋婉约词的杰出代表。词中，词人将他离开汴京与恋人惜别时的真情实感表达得缠绵悱恻、凄婉动人。

全词围绕"伤离别"而构思，先实写离别之时，勾勒环境，描写情态；后虚写离别之后，想象前路，刻画心理。

首三句"寒蝉凄切，对长亭晚，骤雨初歇"点明了离别的时间、地点和环境。寥寥数语，把离别的氛围渲染得无比凄凉。秋季、暮色、骤雨、寒蝉，所见所闻，无处不凄凉。开始即道出"凄切"，为这首词定下了凄婉哀怨的调子。接下两句，极写饯别时的心情，两情依依，难舍难分，而此时客船却不断催促，使词人内心的焦急与痛苦，陡然骤增。"执手相看泪眼，竟无语凝噎"，可以想见二人十指相扣，难舍难分，四目相对，"无语凝噎"，雨已止，而泪长流——寥寥十一字，语言通俗而感情深挚，形象逼真，如在目前，真是力敌千钧！此情此景怎不使人伤心失魄，为之呜咽！末句"念"字后"去去"二字连用，愈显示出激越的声情，愈觉前路茫茫，相见无期。"千里"以下，声调和谐，景色如绘。"烟波"、"暮霭"、"沉沉"，着色一层浓似一层，一程远似一程，真是"离愁渐远渐无穷"啊！

上片正面话别，下片则宕开一笔，由己及人。"多情自古伤离别"意谓伤离惜别，自古皆然，"黯然销魂者，唯别而已矣"。可是离别却又恰逢这萧瑟冷落的清秋，使人哪能经受得了如此这般的离愁之苦啊！在首句的基础上，将离别之"伤"又推进一层。"今宵酒醒何处？杨柳岸，晓风残月。"遥想自己不久酒醒之后,却只见习习晓风吹拂萧萧疏柳,一弯残月高挂杨柳梢头。画面充满了凄清之气,情之冷落,景之清幽,愁之邈远,凝聚于画面之中,似工笔小帧,无比清丽。"此去"二句,再推想别后长久的孤寂,无人相伴话凄凉,也只是荒废"虚设"了"良辰好景"。"此去经年"与上片"念去去"遥相呼应,景语渐淡而情语愈浓,自然呼出结句:"便纵有千种风情,更与何人说?"一吐蓄积于胸的无边的离愁别恨! 忆昔日无限恩爱,叹今后无人诉说,把离别之情推向高潮,"余恨无穷,余味不尽"。

　　这首词之所以能够经久不衰,成为脍炙人口的名篇,在于词人运用了独特的艺术手法来处理情与景,把离情别绪熔铸于画面之中,而画面又由近及远、由实到虚,层层铺叙、恣意渲染,处处有景而时时有情,具有强烈的艺术感染力;无论叙事、写景还是抒情,用语平实自然;结构脉络清晰,层层推进;语句音韵优美,节奏缓急、婉转有度,声文并茂,要注重通过吟诵去领略其低回悲怆、凄楚欲绝的情味。

(刘跟成)

苏幕遮

[宋] 范仲淹

　　碧云天,黄叶地,秋色连波,波上寒烟翠①。山映斜阳天接水,芳草无情,更在斜阳外。

　　黯乡魂②,追旅思③,夜夜除非,好梦留人睡。明月楼高休独倚,酒入愁肠,化作相思泪。

〔注释〕

　　①波上寒烟翠:江波之上笼罩着一层翠色的寒烟。②黯乡魂:因为思念家乡而神伤。黯,黯淡。形容心情忧郁。③追旅思:撇不开羁旅的愁思。追,追随,可以引申为纠缠。

〔赏读提示〕

　　范仲淹在岳阳楼上留下了"先天下之忧而忧,后天下之乐而乐"这为后人传颂的诗文,欧阳修在范仲淹逝世之后为其刻碑时说:"公少有大志,每以天下为己任。"这首词虽是写羁旅行役之事,抒黯然销魂之伤,在境界上却呈现出一种宏大的时空感,不同于"小园香径"、"深深庭院"这样的私人院落里的自伤自叹,范仲淹把他的情感融在了天地山河之间。虽是婉约词,亦见其大气。

上阕"碧云天,黄叶地",视角上一高一低,一俯一仰,展示了一幅极天际地的苍茫秋景,意境开阔。后人王实甫《西厢记》中"碧云天,黄花地,西风紧"正是化用此句。"秋色连波,波上寒烟翠"则是将视角投向远处,水天相接,碧云入水,这一波秋水也呈现碧透的视觉体验。而本来是白色的烟霭,在水色的映衬之下,也呈现出与云水一致的青碧色。这样的一层烟霭,作者未感其美而感其寒,也衬托出自己内心的寒凉。"山映斜阳天接水"一句,点明时间已是傍晚时分,而在写景之上,又将天地山水重新纳入画面,以残阳晚照为背景,景物之间交相辉映,碧云、黄叶、秋波、翠烟、远山、斜阳,给我们描绘出一幅色彩绚烂、寥廓壮观的秋景。

斜阳已是遥不可及,作者又感叹更在斜阳之外的芳草无情。芳草本是无情物,作者埋怨芳草无情,似是不可理喻,实则感慨良多。《楚辞》中有"王孙游兮不归,春草生兮萋萋"的诗句,这是在写游人远去之后,这里只有芳草萋萋的景象,因此芳草在这里也被寄予了故乡旧地的意味。作者明写天涯芳草,暗表内心离情,写芳草无情,更衬托出自己心中的有情,对于故乡的企盼。这样就自然而然地引起了下阕的抒情。

下阕"黯乡魂"两句,直抒胸臆,点出作者心头萦绕不去、纠缠不已的怀乡之情和羁旅之思。"夜夜除非,好梦留人睡"两句,则是正话反说,每天晚上只有在好梦之中我才能够安睡,可"除非"一词显出作者更多的情况下是孤枕难眠的。在梦中,他或许能够梦回故乡得到一丝宽慰,可是梦醒之后,短暂的宁静瞬间消散,只留下更深的无奈。这样一来,很自然地引出下文自己失眠时的举动,"明月楼高休独倚",从斜阳到明月,这里暗示作者的行动是在一天之内、一地之间,他的情感亦是连续缠绵的。作者在告诫我们,不要在明月之下倚楼远望,不然就会落得个愁肠百结、涕泗横流的下场。明月本是圆满之物,易勾人相思之情,月满人缺,月亮人暗,将人的孤独处境反衬得无处逃遁,而倚楼,古人登高望远,有单纯赏花观物的,更多的却会在登高望远之后产生独特的内心体验。

上阕提及远在斜阳外的芳草,带给作者故乡的暗示,而倚楼远望,若是能望见芳草的一丝痕迹,倒也能了却心愿,但如果登楼远眺,不见所望,那失望可是要倍增的。这样一来,诗人内心的感情再也遏制不住,本想借酒浇愁,酒却化作相思泪涌出,这真是欲解乡愁不得而反增乡愁之苦了。

这首词上阕写景,下阕抒情,方式也是常规,却凭得范仲淹本人的大眼界、大气魄雄浑壮阔起来,跳脱了这一类诗歌传统的亭台楼阁低沉哀婉的常规。

（张剑）

蝶恋花

［宋］欧阳修

庭院深深深几许①,杨柳堆烟②,帘幕无重数。玉勒雕鞍游冶处③,楼高不见章台路④。

雨横风狂三月暮,门掩黄昏,无计留春住。泪眼问花花不语,乱红飞过秋千去⑤。

〔注释〕

①几许:多少。②堆烟:形容杨柳浓密。③玉勒:玉制的马衔。雕鞍:精雕的马鞍。游冶处:指歌楼妓院。④章台:汉时长安城有章台街,是当时长安妓院集中之处,后人以章台代指妓院、赌场等场所。⑤乱红:落花。

〔赏读提示〕

这是一首描写暮春闺怨的词,词在景物和感情的处理上颇具匠心,历来为人称赞,堪称欧阳修诗文的典范。

上阕以写景为主,首句句读应为"庭院深深/深几许","庭院深深"不写庭院的布局讲究、装饰精美,而是开门见山以"深深"叠字运用,干净利落地写出院子幽深、空旷的特点,将一个幽僻的院子呈现在我们面前。本已是得古人用字精髓,却再用一个"深"字领起疑问,让庭院的"深深"更加扣人心弦,耐人寻味。"杨柳"、"帘幕"两句,则是写出丛丛柳叶长得浓密,远远望去好像是一层又一层的帘幕将庭院遮蔽了起来的情景,把本来就幽深的院子点染得更加昏暗了。"玉勒雕鞍游冶处"则在一瞬间,把我们的视角带到了一片灯红酒绿、纸醉金迷的闹市区,这当然不是思妇所处的位置,而是她所盼望的人——她的丈夫混迹的场所,妇人早已知晓夫君的去向,明知无果却还登楼远眺。烟柳之中、深院之内、高楼之上的落寞女子,思念车马奔流、明灯映月、章台之处的风流丈夫,这样一种对比,把妇人的幽怨压抑的情感表现得淋漓尽致。

在庭院之中被禁锢的心灵,即使是莺飞草长、杂花生树的明丽春色,也断然不会触动她快乐的神经,她可能更会感叹人比红花瘦。而在暮春傍晚,风雨交加这样晦暗凄惨的环境之下,我们可以想象风把一片片的花瓣打落在地,散落在地上的花瓣又被风裹挟着四处飘散,甚至于在风雨中的枝干也是东倒西歪。女子感到的是一种无法留住美好春天的无奈,同样也有一种触景生情的悲凉,感觉自己的命运就好像是这眼前的红花一样,风雨飘摇,无可依托。这是她唯一的精神寄托,所以她恳求能把春色留住,可时间悠悠,纵使千方百计也难让花延长生命。

"泪眼问花花不语,乱红飞过秋千去",这是本首词中传唱最为广泛的两句,也是情感最为浓烈的两句。"泪眼"是由眼前被风雨摧残的落花想到被冷落被遗弃的自己,是自己悲恸情感的外露。"问花",妇人关心花,觉得"同是天涯沦落人",自己内心的愁苦需要找一个人来倾诉,这时候的花幻化成了人,或是说她把自己比成了落花。问花,多么希望花能给她一个回复啊;"花不语",让女主人公失望的是她寄予深情的伙伴似乎并没有听到她痛彻心扉的倾诉,是花不解人情,还是花不愿回答呢?本是人花相对、默默无言的状态,却因一阵风起而改变,"乱红飞过秋千去"写出了落花不但没有劝慰妇人两句,而且听得不耐烦似的飞过了秋千而离开的场景。

王国维在《人间词话》里认为本首词刻画的是一种"有我之境",即"以我观物,故物皆着我之色彩"。在古典诗词中,主人公的情感常常会通过一些景物含蓄委婉地呈现出来。而这些景物的特点,也在无形之中深化了诗词的意蕴和内涵。

诗人一层一层地加深感情,在暮雨、落花、柳色、横雨、狂风这些灰暗压抑的景物围绕下的深深庭院之中,本身就难以自遣。此时此刻,心上人走马章台,心归他处,有情之人弃她而去,落花儿飞过秋千,乘风而去,无情之物"以怨报德",这些叠加在一起怎能不令人痛心呢?简单几笔,一个怅然若失、伤痛不已的女主人公形象已跃然纸上,可谓妙矣!

(张剑)

踏莎行

[宋] 欧阳修

候馆梅残①,溪桥柳细,草薰风暖摇征辔②。离愁渐远渐无穷,迢迢不断如春水。

寸寸柔肠，盈盈粉泪，楼高莫近危阑倚③。平芜尽处是春山④，行人更在春山外。

〔注释〕

①候馆：迎候宾客的馆舍，这里指旅社。②摇征辔：指策马起程。征，远行。辔，马缰绳。③危阑：高楼上的栏杆。④平芜：平阔的草地。

〔赏读提示〕

上阕写离家远行的人在旅途中的所见所感，来寄托胸中的离愁别绪。"候馆梅残，溪桥柳细，草薰风暖摇征辔。"开头三句即描绘出一幅充满春天气息的溪山行旅图：旅舍旁的梅花已经开过了，只剩下几朵残英，溪桥边的柳树刚抽出细嫩的枝叶。暖风吹送着春草的芳香，远行的人就在这美好的环境中摇动马缰，赶马行路。梅残、柳细、草薰、风暖等意象，正是早春之景，也交代了行人出发的情形。融怡明媚的春光，既让人流连欣赏，却又容易触动愁肠。行人在如此美好的时光和景色中动身远行，更加衬托出内心之愁苦。以乐景衬哀情，倍增离人内心之愁苦。

"离愁渐远渐无穷，迢迢不断如春水。"直抒胸臆，点明主旨。离愁随着时间和路程的变化也越积越多，就像眼前这一溪春水一样，无穷无尽。这两句以水喻愁，将离人心中之愁思具象化，将离人心中不断增长、不断加深的愁思形象地展现在读者面前。这不由得让人想到南唐后主，当年一句"问君能有几多愁，恰似一江春水向东流"让人感慨亡国之君几多无奈，今日词人同样以春水喻愁，读来不禁唏嘘。

下阕采用对写法，从闺中少妇的角度，写闺中少妇对陌上游子的深切思念。行者愁苦之极，则设想远方少妇的相思之形。"寸寸柔肠，盈盈粉泪"，良人远行，闺中少妇思念远方之人，亦是肝肠寸断、泪流满腮，伤心至极。

"楼高莫近危阑倚"，既可以理解为少妇自我的提醒，也可以理解为是行人对于远方思妇的温情提示。这一句采用了层深手法，层层推进。不要登楼，此其一；如果登楼但不要登高楼，此其二；如果登高楼但不要近阑干，此其三；近阑干但不要近危阑，此其四；近危阑但不要远望，此其五。但为何"莫近危阑倚"？原来是因为"平芜尽处是春山，行人更在春山外"！

少妇登上高楼远望会出现怎样的结果呢？是一片杂草繁茂的原野，原野的尽头是隐隐春山,所思念的行人,更远在春山之外,渺不可寻。这久盼丈夫归来的思妇,试图越过春山的阻隔,视线一直伴随着渐行渐远的征人飞向天涯,然而终究是无法寻觅行人的踪迹。登上高处亦无法排解相思之苦,所以告诫自己不要登上高处了吧!

欧阳修词多以恋情游宴、伤春别怨为题材,风格清新婉丽,几近晏殊。这首词堪称其代表佳作,词人在抒写游子思乡的同时,联想到闺中佳人相忆念的情景,"一种相思,两处闲愁"。上阕写马上旅人,以景为主,融情于景;下阕写闺中思妇,以抒情为主,情寓景中,构成了清丽缠绵的意境。 (张金鑫)

生查子 元夕

[宋] 欧阳修

去年元夜时①,花市灯如昼②。月上柳梢头,人约黄昏后。

今年元夜时,月与灯依旧。不见去年人,泪湿春衫袖③。

〔注释〕

①元夜:又称"元夕",指农历正月十五夜,也称上元节。自唐代元夜张灯,故又称"灯节"。②花市:指元夜花灯照耀的灯市。③春衫:年少时穿的衣服,可指代年轻时的自己。

〔赏读提示〕

这是首相思词,写去年与情人相会的甜蜜与今日不见情人的痛苦,明白如话,饶有韵味。

词的上阕写"去年元夜"的事情,花市的灯像白天一样亮,不但是观灯赏月的好时节,也是恋爱中的青年男女在灯火阑珊处秘密相会的好时机。"月上柳梢头,人约黄昏后"二句是本篇中的名句,言有尽而意无穷。

诗歌营造了甜蜜的氛围,朗读时也要尽量体会这种情境中的感受。"去年元夜时,花市灯如昼",以一种怀想和憧憬的情绪,让美好的过去重现。"月上柳梢头,人约黄昏后",则是带着点羞涩,带着点甜美,把青年男女情窦初开时私密的幽情表达出来。

接下来写"今年元夜"的情景。"月与灯依旧",虽然只举月与灯,但其实应包括二、三两句的花和柳,表达闹市佳节的良宵与去年一样,景物依旧。

这一句在情感上可以说是个过渡,朗读的时候也应作为过渡处理,仿佛带着一丝似曾相识的亲切,看着身边这熟悉的风景。

最后一句"不见去年人,泪湿春衫袖"是全篇最强烈的抒情,"泪湿"两字,将物是人非、旧情难续的感伤表现得淋漓尽致。

朗读时必须在之前营造出的甜蜜与眷恋的基础上,把这种旧日恋情破灭后的失落感与孤独感表达出来。带着无限的叹惋与悲戚,把这种情深犹在而故人不在的怅惘传达出来。

这首词采用了对比写法,使今昔情景之间形成哀乐迥异的鲜明对比,从而有效地表达了词人伤感苦痛的情感体验。这种回旋咏叹的重叠,读来一唱三叹,令人感慨。

(宗蓓)

泊船瓜洲①

[宋] 王安石

京口瓜洲一水间②,钟山只隔数重山③。
春风又绿江南岸④,明月何时照我还⑤。

〔注释〕

①泊船:停船。泊,停泊,指停泊靠岸。瓜洲:在长江北岸,扬州南面。②京口:今江苏镇江。一水:一条河。这里指长江。③钟山:今南京市紫金山。④绿:吹绿,拂绿。⑤还:回。

〔赏读提示〕

王安石即将赴京城就任时,曾从京口出发,途中在瓜洲渡口靠岸。诗人站在渡口,向南遥望,几乎可以看到一水之隔的京口。"一水间"强调镇江、扬州距离很近,也指船行迅速。如此接近的两地,令诗人联想起略远一些的钟山。钟山与瓜洲隔了"数重山",在作者看来却是"只隔"。原因在于,王安石祖籍江西,少年时曾随父亲定居江宁(今江苏南京);被贬官后,也曾在南京钟山隐居。南京犹如他的第二故乡、心灵寓所。诗人说"只隔",其实暗含着再回钟山的愿望。可是,钟山与瓜洲始终还是"隔"呀!朗读这两句,要带着对家乡的无限依恋,感受诗人暂不能归的淡淡遗憾。

"春风又绿江南岸"是人们耳熟能详的名句,其中"绿"字历来备受赞赏。相传,王安石曾在诗稿中写下过"又到江南岸",然后又陆续改为"过"、"入"、"满"等三个字,仍觉不够生动,难以表达春天的生机。最终选定的"绿"字,可谓别开生面:春风过处,仿佛仙女施了魔法,百草萌芽,江南两岸,焕然新绿,生机勃发。

不过,若从全诗的情感品读,"又"字最能表现出诗人心里幽微的感慨。季节流转,春风又一次吹绿了江南大地,可是自己却不得不离开家乡,真是面对乐景,更添愁思! 于是,诗人把这份无奈寄托给明月。古人们常借月寄托思念之情,希望普照千里的月光把深情带给远方的人。诗人也想问一问,明月什么时候才能照我归乡呢? 这一句有问无答,让诗人的乡愁更加深厚。读后两句,应带着深深的思念与无奈。读"照我还"可以略略延长,读出诗人乡愁的深沉绵长。

(翁靖琳)

水调歌头

〔宋〕苏 轼

丙辰中秋,欢饮达旦,大醉。作此篇,兼怀子由。

明月几时有? 把酒问青天①。不知天上宫阙②,今夕是何年。我欲乘风归去③,又恐琼楼玉宇④,高处不胜寒⑤。起舞弄清影⑥,何似在人间?

转朱阁⑦,低绮户⑧,照无眠。不应有恨,何事长向别时圆? 人有悲欢离合,月有阴晴圆缺,此事古难全。但愿人长久,千里共婵娟⑨。

〔注释〕

①把酒:端起酒杯。②宫阙:宫殿。③乘风归去:驾着风,回到天上去。④琼楼玉宇:白玉砌成的楼阁,相传月亮上有这样美丽的建筑。指月宫。⑤不胜:忍受不住。⑥弄清影,在月光下起舞,自己的影子也翻动不已,仿佛自己和影子一起嬉戏。⑦朱阁:朱红色的楼阁。⑧绮户:刻有纹饰的门窗。⑨婵娟:美丽的月光,代指月亮。

〔赏读提示〕

　　从李白的"床前明月光"到王安石的"明月何时照我还",月亮已然是古代文人骚客用来寄托思念之情的常见物象之一。所以这首词的小序,"丙辰中秋,欢饮达旦,大醉。作此篇,兼怀子由",读来便有对月怀人之感。

　　上片写中秋赏月,面对皎皎月光,月下独酌的词人就有了欣赏和对话的对象。他把酒相问,将青天作为自己的倾听者,性格豪放,气魄不凡。纵观苏轼一生,开创宋代豪放词先河,几无顾影自怜的时候,自视甚高。他一直以"谪仙"自居,因此在面对浩瀚天空时,突发奇想要看看人间的"今夕"是天上的何年。又想要御风回去,回到琼楼玉宇中去过逍遥自在的神仙生活,借以摆脱这人世间的纷繁杂扰。然而,他又清楚地认识到,"高处不胜寒",那遥不可及的地方,是高寒的月宫。不如留在人间,起码还能"举杯邀明月,对影成三人",在月光下起舞,自得其乐。

　　下片望月怀人,这里的人即多年不能团聚的胞弟子由,同时感念人生的离合无常。"月亮"再一次出现了,它转过朱阁,低绮户,照在了夜深的未眠人身上,对月陷入沉思,这月圆人不圆的情景是多么令人遗憾啊!于是词人便无理埋怨圆月:"不应有恨,何事长向别时圆?"在这里,思念胞弟的心情便隐约而出,更加重了离人的愁苦了。然而以"谪仙"自居的词人毕竟是旷达的,他随即想到"人有悲欢离合,月有阴晴圆缺,此事古难全",既然悲欢离合和阴晴圆缺一样难以两全,又何必为暂时的离别而忧伤呢?结尾"但愿人长久,千里共婵娟"便推出了美好的祝愿。既然不能团聚,那么就让这美好的月色带去自己的心意。唐朝张九龄《望月怀远》说"海上生明月,天涯共此时",许浑《秋霁寄远》说"唯应待明月,千里与君同",苏轼就是把前人的诗意化解到自己的作品中,熔铸成对天下离人的共同美好祝愿。

　　　　　　　　　　　　　　　　　　　　　　　　　　　　　　　　(杨辉)

江城子 乙卯正月二十日夜记梦①

[宋] 苏　轼

　　十年生死两茫茫②,不思量③,自难忘。千里孤坟④,无处话凄凉。纵使相逢应不识,尘满面,鬓如霜⑤。

　　夜来幽梦忽还乡⑥,小轩窗⑦,正梳妆。相顾无言,惟有泪千行。

料得年年肠断处⑧，明月夜，短松冈⑨。

〔注释〕

①乙卯：即宋熙宁八年（1075）。②十年：指结发妻子王弗去世已十年。③思量：想念。④千里：王弗葬于四川眉山，与苏轼任所山东密州，相隔遥远，故称"千里"。孤坟：其妻王氏之墓。⑤尘满面，鬓如霜：即饱经沧桑，面容憔悴。⑥幽梦：梦境隐约，故云"幽梦"。⑦小轩窗：指小室的窗前。小轩，有窗槛的小屋。⑧料得：料想，想来。⑨短松冈：王弗所葬之地。短松，矮小的松树。

〔赏读提示〕

王弗初嫁苏轼时，正是二八妙龄，彼时苏轼十九。王弗貌美，且心地温婉、贤惠淑良，少年夫妻，恩爱无比。但天命无常，相伴十年之后，王弗便先一步而去，仅二十七岁。苏轼悲痛异常，在《亡妻王氏墓志铭》里说："治平二年五月丁亥，赵郡苏轼之妻王氏，卒于京师。六月甲午，殡于京城之西。其明年六月壬午，葬于眉之东北彭山县安镇乡可龙里先君、先夫人墓之西北八步。"巨大悲痛藏于平静语句之下。后苏轼因反对王安石变法，屡遭新党打击。1075年，知密州，当年正月二十日，他梦见亡妻，便写下了这首"有声当彻天，有泪当彻泉"（陈师道语）的传诵千古的悼亡词。

"悼亡"这一主题，从《诗经》开始便已有了，《邶风》中的《绿衣》，《唐风》中的《葛生》，《小雅》中的《蓼莪》等，都属此类。但一直以来，"悼亡诗"屡见不鲜，"悼亡词"却闻所未闻，苏轼是首创。

这首词名曰"记梦"，实为抒怀。开头三句，直抒胸怀，真情直语，令人动容。"十年生死两茫茫"，苏轼与亡妻天人永隔已十年，但往事历历，"不思量，自难忘"。欢愉往事，从未忘却；斯人已逝，当初二人多少可喜可乐之事，于今竟是悲痛伤心之处。恰如归有光在《项脊轩志》中怀念亡妻所云："多可喜，亦多可悲。"我们不难想象苏轼在怀念王弗之时，是怀着怎样复杂和难以言说的情绪，满腹情感如今只是无处所话的凄凉。亡妻之墓远在四川，而自己正在山东，千里之遥，无法亲自祭拜——然而纵然妻之墓地就在咫尺之遥，但天人永隔，又如何说得清自己满腹的凄凉呢？生与死、远与近，在苏轼内心已经模糊了界限，这样看似荒唐的语句，正是苏轼内心无法言说之痛的体现。退一步说，"纵使相逢"又怎样呢？我已经不是当年初娶你时的翩翩少年郎，"尘满面，鬓如霜"，多年宦海沉浮，我早已形容憔悴，衰老许多，你怕是不会认得我了吧！苏轼对亡妻的思念,已经超越生死之限,假设自己上天入地若能相会,却也只是"不识"的无奈。

下阕记梦,记叙了自己与亡妻幽梦相会的场景。这是全词的精华所在,千百年来感动了无数人。

"夜来幽梦忽还乡",日有所思,夜有所梦。夜来驾梦回归四川老家,梦境里场景真切如斯:"小轩窗,正梳妆。"一切仿佛都没有改变,还是当日当时的模样,王弗的小女儿形态跃然纸上,临窗梳妆,无限美好。寻常夫妻的细水流年,不过如此吧!这正是苏轼十年来萦绕心间,不能忘却的场景,也正是当日最美好而今最难以释怀的场景。但一别十年,忽然相见时却不似常人相拥亲昵,而是"相顾无言,惟有泪千行"!这正是苏轼笔墨奇崛之处,应该也是苏轼真情所动而致。日思夜想的人忽然相见,却无言相对,这比"执手相看泪眼,竟无语凝噎"更胜一筹:同是无言,苏轼已不是哽咽,而是清泪千行。无言之处往往蕴藏着巨大的、无法用语言承载的情感:离愁、相思、苦痛、变迁、过往等等,都在这相对无语、相顾流泪之中了!

梦境美好,梦醒时却是无限凄凉。"料得年年肠断处,明月夜,短松冈。"明月夜,短松冈,想亡妻也是年年肠断吧!妻之心境,即我之心境。在这里苏轼设想亡妻的难舍之情,以寓自己的悼念之意。这种表现手法,类似杜甫的《月夜》,不言自己如何,假借对方之口说出,这使得作品更加含蓄蕴藉,充满味道。

苏轼曾在《亡妻王氏墓志铭》记述了"妇从汝于艰难,不可忘也"的父训。但料想苏轼在这首词中所表露的情感,怕不仅是尊崇父训吧!少年夫妻,不料中途分阴阳,其间悲怆,亦是"不思量,自难忘"。

　　　　　　　　　　　　　　　　　　　　　　　　　　　(孙璐)

临江仙①

[宋] 晏几道

梦后楼台高锁,酒醒帘幕低垂。去年春恨却来时②,落花人独立,微雨燕双飞。

记得小苹初见,两重心字罗衣③。琵琶弦上说相思,当时明月在,曾照彩云④归。

〔**注释**〕

①临江仙：双调小令，唐教坊曲名，后用为词牌。②却来：又来，再来。③心字罗衣：一说心字香所熏过的衣服，一说有"心"字纹样的衣服。④彩云：比喻美人。

〔**赏读提示**〕

据晏几道在《小山词·自跋》里说："沈廉叔，陈君宠家有莲、鸿、苹、云几个歌女。"当时，晏几道每填一词就交给她们演唱，晏与陈、沈"持酒听之，为一笑乐"。晏几道写的词就是通过两家"歌儿酒使，俱流传人间"，而晏几道也因此和她们结下了不解之缘。他的《破阵子·柳下笙歌庭院》有"记得青楼当日事，写向红窗夜月前，凭伊寄小莲"之句，写的就是歌女。这首《临江仙》就是他众多怀念歌女词作中的一首，也是最好的一首，怀念对象是一个叫做"小苹"的女子。

"梦后楼台高锁，酒醒帘幕低垂"，这两句采用互文形式，将酒醒梦后之景呈于眼前。"楼台高锁"、"帘幕低垂"本是实景，这里却给人以梦幻之感。词人用两处与歌舞相关的场景，表达了他对小苹的思念之情。晏几道在这里用的是一种曲折含蓄的修辞手法，所以并不使人感到啰唆，反而加强了这种忧伤迷惘之感。醒后望着高楼、帘幕黯然神伤——高楼依旧，帘幕依旧，但是却不见佳人翩跹起舞，由此说来，所梦之境当也是与小苹相关才是。但到底梦到了什么？词里并未详说，留待读者去想。

后面紧接着"去年春恨却来时"，让人不由得联想到词人所作之梦怕是与此时内心无处排遣的春愁相关。"去年"说明两人相恋已久，所以今日想来刻骨铭心。下文的"记得"、"当时"、"曾照"就有了依据，可见这是久别之感叹。所以词中"却"字应和李商隐《夜雨寄北》中"却话巴山夜雨时"中的"却"字一样，当"又"解。这句的意思就是：去年的离愁别恨又涌上了心头。紧接着词人借用五代翁宏《春残》"又是春残也，如何出翠帏？落花人独立，微雨燕双飞"的最后两句，但比翁诗用意更深，而这两句也因为晏几道的借用而广为人知。"落花"暗含伤春之情。伤春之际，一人独立，怎能不让人倍感伤神呢？"微雨"之中，燕儿双飞，相形之下"独立"之人更显孑然寂寥。这样的对比，使得这首词中的伤感之意溢于言表。"燕双飞"寓缱绻之情，古人也常用"双燕"反衬行文中人物的孤寂之感。冯延巳《醉桃源·南园春半踏青时》中的"秋千慵困解罗衣，画梁双燕飞"就是其中一例。

"记得小苹初见，两重心字罗衣"，明白如话，却真切感人。"心字罗衣"为小苹当年着装,至今想来依旧清晰如昨,可见两人之间亲密的情谊。"琵琶弦上说相思",与白居易《琵琶行》"低眉信手续续弹,说尽心中无限事"有异曲同工之妙,都是借用"琵琶"这一乐器来表达相思之情。当日场景历历在目,佳人倩影犹在眼前,就连琵琶声也似萦绕耳畔,不曾断绝,但是这一切都已经是昨日旧梦。现在呈于眼前的,不过是楼台高锁、帘幕低垂、一人茕茕独立的凄凉场景罢了。"当时明月在,曾照彩云归"这两句是化用李白《宫中行乐词》"只愁歌舞散,化作彩云飞",可以理解为"当初曾经照着小苹归去的明月仍在,而小苹却已不见眼前"。美人不在,月亮犹兀自照着失意离人,此情此景,不由得让人感叹!

(孙璐)

南歌子^①

〔宋〕黄庭坚

　　槐绿低窗暗,榴红照眼明。玉人邀我少留行。无奈一帆烟雨画船轻。

　　柳叶随歌皱^②,梨花与泪倾^③。别时不似见时情。今夜月明江上酒初醒。

〔注释〕

　　①南歌子:词牌名,源于唐教坊曲名。有单调、双调两体。宋词一般为双调。②柳叶:喻双眉。③梨花:喻脸庞。

〔赏读提示〕

　　这首词写别情,是作者少有的不用典故的作品之一。全词诵读时的基本语调可用:舒缓—无奈—感伤—凄苦。

　　上片写行客即将乘舟出发,正与伊人依依话别。

　　这时正当初夏,窗前槐树绿叶繁茂,室外榴花竞放,红艳似火,耀人双眼,这与室内昏暗的气氛恰好形成强烈对比。以室内黯淡的气氛来曲折地反映话别者的心情。

　　"玉人邀我少留行",不仅是伊人挽留,行客自己也是迟迟不愿离开。"无奈"两字一转,写出事与愿违,出发时间已到,不能迟留。接着绘出江上烟雨凄迷,轻舟挂帆待发,融情于景。以"烟雨"的迷蒙渲染话别的感伤凄苦,就在这诗情画意的描述中宛转流露两人无限凄楚的别情。

下片"柳叶"两句,承上片"无奈"而来,由于舟行即,不能少留,而两人情意缠绵,难舍难分。这两句,写临行饯别时伊人蹙眉而歌,泪如雨倾。这里运用比喻,以柳叶喻双眉,梨花喻脸庞。"别时"句又一转,由眼前凄凄惨惨的离别场面回想到当初相见时的欢乐情景,心情更加沉重。

末句宕开,略去登舟以后借酒遣怀的描写,只说半夜酒醒,唯见月色皓洁,江水悠悠,无限离恨,尽在不言之中。

这首词在黄庭坚词作中属别具一格之作。如"柳叶"两句,以柳叶和梨花来比喻伊人的双眉和脸庞,以"皱"眉和"倾"泪刻画伊人伤离的形象,通俗而又贴切。"槐绿"两句,例用对句,做到了对偶工整、色泽鲜艳;槐叶浓绿,榴花火红,"窗暗"、"眼明"用来渲染叶之绿与花之红,"绿"与"红"、"暗"与"明",色彩与光度上形成两组强烈的对比,这两个字眼简洁形象地描绘出初夏繁茂明艳的景色,曲折地反衬出话别双方感伤凄苦的心境,对人物形象和环境气氛起着烘托渲染的作用。

全诗虚实结合,写到眼前分别时的凄恻缠绵,这是实写;又宕开一笔,想象别后酒醒的孤寂凄冷,这是虚写,把离愁别恨抒发得更加淋漓尽致。 （钱玉芳）

卜算子

[宋] 李之仪

我住长江头,君住长江尾。日日思君不见君,共饮长江水。
此水几时休①,此恨何时已②。只愿君心似我心,定不负相思意。

〔注释〕

①休:停止。②已:完结,停止。

〔赏读提示〕

这首词言简意赅,读来朗朗上口,不同的心境下读这首词,会有不一样的感受。它以女子的口吻写出了相思之意,那绵绵不断的情思,就好像这源源不断的长江水,绵远而悠长。开头两句,"我"、"君"对起,分别住在长江头与尾,这遥远而漫长的距离,既写出了空间上的相隔,也暗寓绵远悠长的相思。

　　"日日思君不见君,共饮长江水"两句,从前两句直接引出,字面意思浅直:日日思君而不得见,却又共饮一江之水。这"共饮",既可以理解成虽然思而不见,然而能共饮长江水,多少也缓解了相思之苦;又可以理解成,日日思念心上人却见不到,饱受这样的相思之苦,却还要与之共饮一江之水,那样的相隔不相见,更使人心生埋怨。词人只淡淡道出"不见"与"共饮"的事实,任人揣度吟味,反使词情分外深婉含蕴。"此水几时休,此恨何时已",长江之水,悠悠东流,不知道什么时候才能休止,自己的相思离别之恨也不知道什么时候才能停歇。江水永无不流之日,自己的相思隔离之恨也永无消歇之时,此处深挚婉曲,简约含蓄。最后则是一层心愿:"只愿君心似我心,定不负相思意。"这大概是所有闺怨词的心声,希望"君心似我心",定不负我相思之意。江头江尾的阻隔纵然不能飞越,而两相挚爱的心灵却一脉遥通。

　　　　　　　　　　　　　　　　　　　　　　　　　　　(杨辉)

踏莎行　郴州旅舍①

［宋］秦　观

　　雾失楼台②,月迷津渡③,桃源望断无寻处。可堪孤馆闭春寒④,杜鹃声里斜阳暮⑤。

　　驿寄梅花,鱼传尺素⑥,砌成此恨无重数⑦。郴江幸自绕郴山,为谁流下潇湘去?

〔注释〕

　　①郴州:今属湖南。②雾失楼台:暮霭沉沉,楼台消失在浓雾中。③月迷津渡:月色朦胧,渡口迷失不见。④可堪:怎堪,哪堪,受不住。⑤杜鹃:鸟名,相传其鸣叫声像人言"不如归去",容易勾起人的思乡之情。⑥鱼传尺素:古时舟车劳顿,信件很容易损坏,古人便将信件放入匣子中,再将信匣刻成鱼形,美观而又方便携带。"鱼传尺素"成了传递书信的代名词。⑦砌:堆积。无重数:数不尽。

〔赏读提示〕

　　宋元祐六年(1091)七月,苏轼受到贾易的弹劾。秦观从苏轼处得知自己亦附带被劾，便立刻去找有关台谏官员疏通。秦观的失态使得苏轼兄弟的政治操行遭到政敌的攻讦，而苏轼与秦观的关系也因此发生了微妙的变化。当时作者因新旧党争先被贬杭州通判，再被贬监州酒税，后又被罗织罪名贬谪郴州，削去所有官爵和俸禄；又贬横州。此词作于离郴前，有人认为，这首《踏莎行》的下阕，很可能是秦观在流放岁月中，通过同为苏门友人的黄庭坚，向苏轼所作的曲折表白。

"雾失楼台，月迷津渡，桃源望断无寻处。"三句文字虽不同，但所述之情却相同：漫天迷雾隐去了楼台，月色朦胧中渡口显得迷茫难辨，想寻见当年陶渊明笔下的桃花源也是无处可寻。开篇三句给人一种迷茫、凄楚的感觉。其中"雾失楼台，月迷津渡"互文见义，不仅对仗工整，而且情景交融，堪称一个惊艳亮相，作者仕途不顺的惆怅黯然之形象跃然纸上。"楼台"、"津渡"在中国文人的心目中具有很重的精神文化蕴涵，它们是现实世界的楼台渡口，也是精神得以提升扩展的关口。而词人心中通向精神解脱的渡口此时却一"失"一"迷"，留给他的只是不堪的现实。"桃源望断无寻处"，可见词人站在旅舍观望应该已经很久了，他想找到当年陶渊明笔下的那块世外桃源。桃源，其地在武陵，距郴州不远。可目之所及哪有桃源！更何况陶渊明笔下的"桃花源"本就是世外之境，哪里能够找到呢？这样的避乱之地，同样是词人心中的乐土，千古关情，异代同心。"望断"中一个"断"字，表达了词人内心的枉然、伤神之意。词中的"雾"、"月"虽是现实中令人迷乱的景象，但放在这样的语境中，这样虚无缥缈的景象便也具有了极大的象征意义。

"可堪孤馆闭春寒，杜鹃声里斜阳暮"，既然精神上的超越不可求，那么转而向现实呢？孤身一人在春寒料峭的时刻，独居在郴州的驿馆之中，杜鹃啼叫，催人归去，词人动了思乡之意。是啊，此时远离家乡，又功名无着。想当年离家宦游时应也是踌躇满志，而今呢？斜阳日暮，孤身一人，凄凉之感充斥于整篇。

下阕"驿寄梅花，鱼传尺素"，远方故人问候在这样一个时刻到来，本应该倍感温暖，但此时秦观被贬，故人书信所牵发的更多是其内心追忆、痛定思痛的感慨。"砌成此恨无重数"，一个"砌"字化虚为实，将"恨"具象化。他在《自挽词》中所说："一朝奇祸作，飘零至于是。"可知他的恨，与飘零有关，与官场失意有关。但是性格使然，环境使然，他忧谗畏讥不能说透。接下来又将实际愁绪抽象，借水抒怀："郴江幸自绕郴山，为谁流下潇湘去？"郴江啊，你本来是围绕着郴山而流的，为什么却要老远地北流向潇湘而去呢？就像他秦观自己一样，本来有着自己的生活轨迹,却身不由己被谪居至此。个人沉浮与这水流走向一样,都是不能自己控制,可见命运、天数之荒唐! 　　　　　　　　　　　　　（张金鑫）

鹊桥仙①

［宋］秦　观

　　纤云弄巧②,飞星传恨③,银汉迢迢暗渡④。金风玉露一相逢⑤,便胜却人间无数。

　　柔情似水,佳期如梦,忍顾鹊桥归路⑥。两情若是久长时,又岂在朝朝暮暮⑦。

〔注释〕

　　①鹊桥仙:词牌名。此调专咏牛郎织女七夕相会事。始见欧阳修词,中有"鹊迎桥路接天津"句,故名。双调,五十六字,仄韵。②弄巧:指云彩在空中幻化成各种巧妙的花样。③飞星:流星。一说指牵牛、织女二星。④银汉:银河。④金风玉露:指秋风白露。李商隐《辛未七夕》:"由来碧落银河畔,可要金风玉露时。"金风,即秋风,秋天在五行中属金。玉露,秋露。⑥忍顾:怎忍回视。⑦朝朝暮暮:指朝夕相聚。语出宋玉《高唐赋》:"妾在巫山之阳,高丘之阻,旦为朝云,暮为行雨。朝朝暮暮,阳台之下。"

〔赏读提示〕

　　这是一首咏七夕的节序词,亦为古代爱情名篇。本词借牛郎织女的传说,以超人间的方式表现人间的悲欢离合。历代写牛郎织女传说的诗词如《古诗十九首》中的"迢迢牵牛星",曹丕的《燕歌行》,李商隐的《辛未七夕》,以及宋代的欧阳修、柳永、苏轼、张先等人吟咏这一题材的诗词,虽遣词造句各异,却多半表现"欢娱苦短"的传统主题,秦观此词一反以往哀婉凄楚的格调,歌颂真挚的爱情胜过朝暮相守的庸常快乐,独出机杼,立意高远。

　　上阕写佳期相会的盛况,感叹相会艰难,真情可贵。

　　起句"纤云弄巧",写轻柔多姿的云彩,变化出许多优美巧妙的图案,显示出织女的手艺何其精巧绝伦。可是,这样美、巧的织女却不能与自己心爱的人共相厮守。"飞星传恨",那些闪亮的星星仿佛都传递着他们的离愁别恨,正飞驰长空。起句"纤云弄巧"便为牛郎织女每年一度的聚会渲染气氛,"巧"、"恨"二字将七夕人间"乞巧"的主题及"牛郎织女"故事的悲剧性特征点明,用墨经济,笔触轻盈,要读得舒缓委婉、凄美而略带怅恨。

"银汉"句写牛郎织女渡河赴会。作者以"迢迢"二字形容银河的辽阔,牛郎织女相距之遥远,突出相思之苦,要渡过迢迢银河水相见多么不易!"暗渡"二字既点"七夕"题意,同时紧扣一个"恨"字,如此良宵,他们踽踽夜行,千里迢迢来相会。"迢迢"二字须读得缓慢,"暗渡"二字语气沉重,要突出相会艰难。

"金风玉露一相逢,便胜却人间无数",一对久别的情侣金风玉露之夜,碧落银河之畔相会了,这美好的一刻,抵得上人间千遍万遍的相会! 词人把这次珍贵的相会,映衬于金风玉露、冰清玉洁的背景之下,显示出这一爱情的高尚纯洁和超凡脱俗。这两句由叙述转为议论,表达作者的爱情理想:他们虽然难得见面,却心心相印、息息相通,而一旦得以聚会,在那清凉的秋风白露中,他们对诉衷肠,互吐心音,是那样富有诗情画意! 这岂不远远胜过尘世间那些长相厮守却貌合神离的夫妻? 此两句读来轻盈而坚定,带着欣然与赞叹。

上阕借牛郎织女悲欢离合的故事,热情歌颂了一种理想的坚贞不渝、圣洁永恒的爱情。

下阕写依依惜别的情形,揭示永恒爱情的真谛。

"柔情似水",即景设喻,形容牛郎织女缠绵柔情,犹如天河中的悠悠流水。"佳期如梦",既点出了欢会的短暂,又真实地揭示了他们久别重逢后那种如梦似幻的心境。"忍顾鹊桥归路",写牛郎织女临别前的依恋与怅惘。刚刚借以相会的鹊桥,转瞬间又成了和爱人分别的归路,又要回各自岸边久久守候。作者不说不忍离去,却说怎忍看鹊桥归路,婉转语意中,含有无限惜别之情,含有无限辛酸眼泪。"柔情似水"三句,要读出痛苦而无奈的复杂心情,包括牛郎织女相会情意之缠绵,相会之短暂,离别之不舍,读之令人揪心,思之催人泪下。

但词人并未耽于令人黯然销魂的离别伤感。回顾佳期幽会,疑真疑假,似梦似幻,及至鹊桥言别,恋恋之情,已至于极。词笔至此又转为对牛郎织女的真挚慰勉:只要两人两情不渝,天长地久,又何必探求凡俗相守的朝欢暮乐? 秦观这两句词既对牛郎织女爱情进行了高度赞美,又揭示了爱情的真谛:爱情要经得起长久分离的考验,只要能彼此真诚相爱,即使终年天各一方,也比朝夕相伴的庸俗情趣可贵得多。

"两情若是久长时,又岂在朝朝暮暮",既指牛郎、织女的爱情,又表述了作者的爱情观,是高度凝练的千古绝唱。在他的精心提炼和巧妙构思下,古老的题材化为闪光的笔墨,从而使全词至此升华到了一个新的思想高度。这首词因而也就具有了跨时代、跨国度的审美价值和艺术品位。末两句要读出真挚慰勉和热烈赞美乃至歌颂的意味。末句虽为反问句,读来却更像表白与深沉的感叹,故"朝朝暮暮"四字可一字一顿,缓慢、坚定而不乏憧憬。

这首词熔写景、抒情、议论于一炉,叙写牵牛、织女二星相爱的神话故事,赋予这对神仙眷侣浓郁的人情味,讴歌了真挚、纯洁、坚贞的爱情。词中明写天上双星,暗写人间情侣;将画龙点睛的议论、散文句法与优美的形象、深沉的情感结合起来,意境新颖,设想奇巧,独辟蹊径。整首词读来荡气回肠,感人肺腑,蕴藉隽永。

（莫春雷）

青玉案

[宋] 贺　铸

凌波不过横塘路①,但目送、芳尘去。锦瑟华年谁与度②?月桥花院,琐窗朱户,只有春知处。

飞云冉冉蘅皋暮③,彩笔新题断肠句④。试问闲愁都几许⑤?一川烟草,满城风絮,梅子黄时雨⑥。

〔注释〕

①凌波:形容女子步态轻盈。②锦瑟华年:指美好的青春时期。③蘅皋:长着香草的沼泽中的高地。④彩笔:比喻有写作的才华。⑤都几许:总计为多少。⑥梅子黄时雨:江南一带初夏梅熟时多连绵之雨,俗称"梅雨"。

〔赏读提示〕

据王方俊《唐宋词赏析》记载:贺铸晚年退隐至苏州,在城外十里处横塘有住所,词人常往来其间。这首词写于此时此地。词中写路遇一女子,而引起了作者对生活的感慨。全词通过对暮春景色的描绘,倾吐了词人胸中的"闲愁"。其中下阕的"试问闲愁都几许?一川烟草,满城风絮,梅子黄时雨"堪称神来之笔,贺铸也因此被冠以"贺梅子"的称谓。

"凌波不过横塘路,但目送、芳尘去。""凌波"典出曹植《洛神赋》:"凌波微波，罗袜生尘。"这里指的是美人在横塘匆匆走过。"但目送、芳尘去"，作者目送美人匆匆远行，心生爱慕之意，继而展开丰富的想象，揣测佳人平日生活景象如何："锦瑟华年谁与度？"此处化用李商隐《无题》"锦瑟无端五十弦，一弦一柱思华年"之句。接着答道："月桥花院，琐窗朱户，只有春知处。"词人在这里多情地自问自答，跨越时空界限，亦虚亦实，让人不由得生疑：何以见得佳人，就失神若此呢？

"飞云冉冉蘅皋暮，彩笔新题断肠句。"邂逅佳人擦肩而过，便遥想其生活场景如何，想象美人独处幽闺的怅惘情怀。"飞云"即天上云彩，"蘅皋"本指长满香草的水边高地，此处用来代指美人寓所。这两句由景色变化写起，表明美人伫立良久，直到苍茫暮色由远而近，笼罩了周围的景物，才蓦然醒觉。"最是人间留不住，朱颜辞镜花辞树"，时光飞逝，佳人独处深闺却无人欣赏，怕是等到红颜老去也没有知音吧？想到这里，任谁都不由悲从中来，提笔写下柔肠寸断的诗句。"试问闲愁都几许？"这一句的点睛之笔乃是"闲愁"二字，离愁别绪尚能捉摸知晓，但"闲愁"却无从说起。正是因为独居，所以才会生发这种无所事事、飘渺不定的愁绪。这样的愁绪似有还无，也许是情愁，也许是别绪，或者只是伤春？不知。

只有那"一川烟草，满城风絮，梅子黄时雨"差堪比拟。这一句可谓神来之笔！连用三个比喻，将无形闲愁化作有形之物。深闺佳人萦绕心头的闲愁，就像这遍地春草一样"更行更远还生"，就像这满城风絮一样"拂了一身还满"，就像这沥沥梅雨一样"无边丝雨细如愁"。清王闿运说："一句一月，非一时也。"就是赞叹末句之妙。

读罢全词，萦绕于心头的问题还不得解：邂逅美人，何以多情多思至此？贺铸一生沉抑下僚，怀才不遇，做过一些小官，却没有什么前途。这样一个政坛失意之人，难免产生"香草"、"美人"之叹，幽居无人顾的美人，与郁郁不得志却耿直不屈的词人一样。这首词历来为文人称道，恐怕也是由于文人总能从这位美人身上看到自己，寄托一些求而不得的惆怅吧！

（张金鑫）

苏幕遮

〔宋〕周邦彦

燎沈香①，消溽暑。鸟雀呼晴，侵晓窥檐语②。叶上初阳干宿雨③，水面清圆，一一风荷举④。

故乡遥，何日去？家住吴门⑤，久作长安旅⑥。五月渔郎相忆否？小楫轻舟，梦入芙蓉浦⑦。

〔注释〕

①沈：现写作"沉"。沈（沉）香：一种名贵香料，置水中则下沉，故又名沉水香，其香味可辟恶气。②侵晓：临近拂晓的时候。侵，渐近。③宿雨：昨夜的雨。④举：挺出水面。⑤吴门：原指春秋吴都（今江苏苏州）阊门，此处以吴门泛指吴越一带，包括词人的家乡钱塘。⑥长安：借指北宋的都城汴京（今河南开封）。⑦芙蓉浦：荷花塘。浦，这里指流动的浅水。

〔赏读提示〕

这首《苏幕遮》写得清新自然。上阕描写了词人醒后之所感、所闻、所见。"燎沈香，消溽暑。鸟雀呼晴，侵晓窥檐语。"这几句交代了时间、季节的特点，夏日暑气逼人，让人无处可躲。"燎沈香，消溽暑"让人眼前不禁浮现出如此景象：清早起床，暑气难耐，燃起沉香试图缓解这令人生厌的暑气。夏日又是如此令人难耐，只好以香消之，暗示出词人此时的寂寞之情。这一句看似动作，实则包含了嗅觉和触觉的描写。

"鸟雀呼晴，侵晓窥檐语。"则从听觉和视觉方面描写了鸟雀鸣叫呼唤着晴天，拂晓时分鸟儿东张西望地在屋檐下的"言语"的景象。溽暑消失，天气放晴，故鸟雀也十分活跃，从争噪的鸣声之中透露出雨后新晴带来的喜悦。而鸟儿一边在屋檐上往下窥视，一边彼此叫个不停，让人不禁想到鸟鸣时摇头张口的动作，是如此的可爱动人。这几句写得生动活泼，运用多种感官，描绘出醒来所见之景，将夏日之景淋漓尽致地展现在读者面前。

"叶上初阳干宿雨，水面清圆，一一风荷举。"词人来至户外，突然发现连昨夜之雨都已被蒸发殆尽，天气之晴朗明媚直接展现在读者眼前。将天气之晴具象化，生动清新。"水面清圆，一一风荷举"。再向水面看去，水面上的荷花清润圆正，荷叶儿正迎着晨风，每一片荷叶都争先恐后地挺出水面，那荷花亭亭玉立，挺直着腰杆，争相摇摆。"莲叶何田田"，千里之外的故乡也是此番景象吧！而今我却客居他乡，离家远游，相似的景色，让人生发出怀乡之思。这几句从室内到屋外，描写荷塘一片新晴景色，构成了一幅恬淡、清丽的美景。

下阕直抒胸怀，写对故乡的怀念。面对如此清新之景，词人感觉仿佛回到了他所熟悉的，同样以荷花、池塘著称的家乡——钱塘。周邦彦久客京师，从入都到为太学生到任太学正，处于人生上升阶段。然而多美的异地之景、多好的前途都难以抑制词人此时对家乡的思念。"故乡遥，何日去？家住吴门，久作长安旅。"词人家乡本在吴越一带，长久地客居长安，不禁会想起故乡之景、故乡之人，从而生发出不如归去的情感。古人讲究"学成文武艺，贷与帝王家"，读书人终生所求，就是能够位极人臣，一展抱负！而今这一切得以实现的时候，作者内心却怀念那个江南小院和儿时伙伴。

"五月渔郎相忆否？"词人不说自己思念家乡朋友，却写渔郎是否思念自己。或许小时候和小伙伴们的游戏之景涌上词人心头，想到在我思念他们的同时，他们也必然会在思念着我吧！从对方的角度入手描写，衬托出词人对家乡亲朋的思念。"小楫轻舟，梦入芙蓉浦"，那一片莲花塘正是词人日思夜想、魂牵梦萦的地方吧，连梦中都划着小船去向莲花深处。既然现实当中无法回到故乡，那么还是通过梦境再次体会当初游戏之乐吧！这两句通过虚写梦境，使作者思归之心得到片刻的满足，将自己的思归情绪再次深化。

周邦彦这首词一改往日绮丽之风，可能是情之至深处为无色吧！所以这份由心底生发出来的游子情感，被词人用最清新质朴的语言表达出来，不但不显单薄，反而感人至深。寥寥几十字，从不同的侧面、不同的角度来加以烘托，将夏日荷花之美呈现在读者面前，使读者有身临其境的感受，却又以乐景衬哀情，将乡愁归思在清新之景中得以呈现并深化，词人思乡怀人之感溢于言表。

（张金鑫）

醉花阴

［宋］李清照

薄雾浓云愁永昼，瑞脑销金兽^①。佳节又重阳，玉枕纱橱^②，半夜凉初透。

　　东篱把酒黄昏后，有暗香盈袖。莫道不销魂，帘卷西风，人比黄花瘦③。

〔注释〕

　　①瑞脑：一种薰香名。又称龙脑，即冰片。②纱橱：即防蚊蝇的纱帐。③黄花：指菊花。

〔赏读提示〕

　　《醉花阴》是李清照前期所作的怀人之作。赵明诚与李清照婚后不久，便"负笈远游"。宋崇宁二年(1103)，时值重九，李清照写了这首表达相思情怀的词寄给赵明诚。传说赵明诚欲与李清照比试高下，作词多首，但是没有胜过李清照的这首《醉花阴》的。

　　上阕写秋凉人难寐的情景。"薄雾浓云愁永昼"中的"薄雾浓云"既是写景，又是写情，薄雾浓云弥漫天地，愁情也似薄雾浓云般弥漫天地，笼罩心田。"瑞脑消金兽"，写出了环境的凄寂。上阕首句点出时间"永昼"，上阕后三句有两句点出时间，"佳节又重阳"点明节令，"半夜凉初透"点明时刻。这样的时节，这样的时刻，均让人易生惆怅，思念远方的亲人。思念的愁情从白天到黑夜，无止无休。"玉枕纱橱，半夜凉初透"暗示词中女主人公夜难寐，独守空房，秋寒难耐，沁入肌骨。这是为下阕"人比黄花瘦"铺写了原因。诵读上阕时可以把重音放在标明时间的词上，这样读既可以明示主线，又可以暗示愁情。

　　下阕首两句写重九赏菊饮酒。在重九时节，古人有赏菊饮酒的习俗。词人"东篱把酒"直至"黄昏后"，菊花的幽香盛满了衣袖。此两句写的是词人佳节中饮酒赏菊，可谓十分尽兴。但人的情状却与之形成鲜明的对比："莫道不销魂，帘卷西风，人比黄花瘦。"古今以花喻人的诗词作品很多，李清照词中以花喻人之法广获赞誉，自然应是其中的一条原因。上阕点明菊黄之时，下阕点明赏菊之事。写菊，虽然无一句一字直接言菊，却多句与菊花有关："佳节又重阳"言菊黄时节；"东篱"用陶渊明"采菊东篱下"诗意，却隐去了"采菊"二字；"把酒"二字实言九月九日有饮菊花酒的风习，却不言菊花；"暗香"指的是菊花的香气。藏而不露，呼之欲出。最后一句方花与人齐出，人比花憔悴，情味悠然难消。

　　下阕中的"莫道不销魂"句在全词中是极关键的一句。明茅映在《词的》中说："人们但知传诵结语(指"人比黄花瘦"句)，不知妙处全在'莫道不销魂'。"此句形若律诗中的颈联,转折之后,引出了情景交融的尾二句,遂成千古名句。诵读下阕,可以"莫道不销魂"句为分水岭,其前略显高昂,其后低沉。 （张国彦）

声声慢

［宋］李清照

寻寻觅觅,冷冷清清,凄凄惨惨戚戚。乍暖还寒时候,最难将息①。三杯两盏淡酒,怎敌他、晚来风急②？雁过也,正伤心,却是旧时相识。

满地黄花堆积。憔悴损③,如今有谁堪摘④？守着窗儿,独自怎生得黑⑤？梧桐更兼细雨,到黄昏、点点滴滴。这次第⑥,怎一个愁字了得！

〔注释〕

①将息:旧时方言,休养调理之意。②怎敌他:对付,抵挡。晚:一本作"晓"。③损:表示程度极高。④堪:可。⑤怎生:怎样的。生,语助词。⑥这次第:这光景、这情形。

〔赏读提示〕

上下求索,寻寻觅觅,丈夫赵明诚早逝,晚年的李清照,孤寂无依,所以冷冷清清,以至于诗人觉得"凄凄惨惨"。这一组叠词的运用,历来被人们称道,赞其语言形式上的创新,美其音节上的音乐美,赏其表情达意的层次感。

秋冬季节交替,乍暖还寒,冷暖变化,易安居士觉得最难熬,因而借酒驱寒,然而三两杯薄酒怎能抵御傍晚的疾风！忽听得雁声惊叫,原来是北雁南飞,那是来自北国故土的声音,怎不让南渡的诗人睹物思人、思绪万千呢？正伤感的时候,忽遇旧时相识,自然"最难将息"了。此为上阕。

秋来,满地黄花,然而诗人无绪,所以只见菊花"堆积"。如今,还有谁能跟自己一起赏菊饮酒呢？果然,雁声引发了作者的回忆,然而人已憔悴,往事不堪回首。如此,一个人怎捱到天黑呢！守着,就那么孤独地守着,看窗外秋雨迷蒙,觉清寒透骨；听雨滴,一点,一点,穿林打叶,怎一个愁字说得清啊！结尾直接抒情,言有尽而意无穷。

（乔化永）

武陵春 春晚

［宋］李清照

　　风住尘香花已尽①，日晚倦梳头。物是人非事事休，欲语泪先流。闻说双溪春尚好②，也拟泛轻舟。只恐双溪舴艋舟③，载不动许多愁。

〔注释〕

　　①尘香：意指落花触地，尘土也沾染上落花的香气。②双溪：水名，在浙江金华，是唐宋时有名的风光佳丽的游览胜地。③舴艋舟：两头尖如蚱蜢的小船。

〔赏读提示〕

　　这首词是李清照于南宋绍兴五年(1135)寓居浙江金华时所写，此时的女词人已经53岁了。经历了国家败亡、家乡沦陷、文物丢失、丈夫病死等种种不幸遭遇的她，不得不说是晚景凄凉、内心悲楚的。而这首词中所反映的正是她真实的生活片断和思想情感。

　　"风住尘香花已尽"先是交代了季节特点，在一场风雨之后，红花满地碾作泥，也暗示了时间乃是近于暮春。王国维在《人间词话》里有云，"一切景语皆情语"，这一幕残红败绿亦是作者历经人生风雨，不堪其苦的真实写照。"日晚倦梳头"一句是写天色已晚而仍无心梳洗，传达出自己内心的疲倦哀伤，古有"自伯之东，首如飞蓬"的思妇，这里李清照的内心当比那位思妇沉重得多，除了和丈夫阴阳两隔的痛苦，还有飘零无寄的沧桑。"物是人非事事休，欲语泪先流"一句直抒胸臆，不似常见的婉转，也说明在这"年年岁岁花相似"面前，"岁岁年年人不在"的感伤早已控制不住，漫出心头。词的上阕侧重于描写，情感却低沉压抑。

　　词的下阕以"闻说双溪春尚好"领起，听说双溪一带的春色尚好，女人易伤春，在风雨中零落的春色勾起了女词人心中的无限往事，心情郁结不得排遣，那索性就换个风光明媚的地方散散心也好。"也拟泛轻舟"，也打算去那里划着小船在湖面荡漾，释放心绪了。这一句中"轻舟"一词类似于李白"两岸猿声啼不住，轻舟已过万重山"的那艘小船，不在于船只的轻巧，而在于此时心境的轻快。一个"拟"字，打算想着，却只是词人此时此刻的设想，并没有马上付诸行动。这样的犹豫迟疑间，读者却仿佛看到了他们最不愿意看到的一幕，女词人犹豫的并不是没办法到达双溪，也不是怕天色已晚，没有足够的时间来放松自己，而是"只恐双溪舴艋舟，载不动许多愁"。愁本是无形之物，诗词中常见的是以连绵不断的春水或是风吹还生的野草为喻，写其绵延不绝，郁积难遣。这里李清照另辟蹊径，以有形载无形，化抽象为具体，将虚幻之物描绘得具体可感，仿佛置于船中的一块巨石，写尽了自己背负愁怨的压抑沉重之感。不是船儿载不动许多愁，只是此刻的李清照内心早已不能承载那许多愁了。

　　本是为了散心而计划的行程，却在最后怀疑双溪春景对于自己是否真的有效，这样的一种愁肠百结，事未成而先言其败，足以窥见李清照当时内心的悲观和困苦。

　　我们在《如梦令》里看到过这样的场景："兴尽晚回舟，误入藕花深处。争渡，争渡，惊起一滩鸥鹭。"那时的她未经沧桑，泛舟之间显现的是女子的青春活泼和无忧无虑。而当我们读到"只恐双溪舴艋舟，载不动许多愁"时，我们大概会看到那个凭窗而倚的妇人，眼中闪过一丝光亮后继而很快又恢复无边无际的黑暗。这样的一生，于一个词人而言，是幸运的；于一个女子而言，却是不幸的。

（张剑）

一剪梅

［宋］李清照

　　红藕香残玉簟秋①，轻解罗裳，独上兰舟②。云中谁寄锦书来③？雁字回时，月满西楼。

　　花自飘零水自流，一种相思，两处闲愁。此情无计可消除，才下眉头，却上心头。

〔注释〕

　　①玉簟（diàn）秋：意谓时至深秋，精美的竹席已嫌清冷。②兰舟：《述异记》谓：木质坚硬而有香味的木兰树是制作舟船的好材料，诗家遂以"木兰舟"或"兰舟"为舟之美称。一说"兰舟"特指睡眠的床榻。③锦书：对书信的一种美称。《晋书·窦滔妻苏氏传》云：苏蕙织锦为回文旋图诗，以赠其被徙流沙的丈夫窦

滔。这种用锦织成的字称"锦字",又称"锦书"。

〔**赏读提示**〕

　　起句"红藕香残玉簟秋"领起全篇,从视觉、嗅觉、触觉三个角度写了秋之色、秋之味、秋之韵。整个句子读来,节奏鲜明,朗朗上口,意象清丽,别具韵味。红藕、残香、玉簟堪为精美之物,一一标举,全在秋意之中;更兼枕席生凉,独处之凄寂已出。这一兼写户内外景物而景物中又暗寓情意的起句,一开头就显示了这首词的环境气氛和它的感情色彩。诵读应注意节奏缓慢,语气低沉,突出凄凉的氛围。

　　接下来的五句写词人从昼到夜一天内所做之事、所触之景。前两句"轻解罗裳,独上兰舟",写的是白天泛舟之事,以"轻解"二字写女主人公之优雅,以"独上"二字暗示处境,暗写离情。其后"云中谁寄锦书来"一句,则明写别后的悬念。这一句是主人公的遐思,暗含着希冀与思念,诵读时语调上扬,与之后的句子形成高低对比。词人独上兰舟,有心排遣离愁;怅望云天,为问锦书谁寄,怀远之思油然而生。这一句与上句紧相衔接写舟中所望、所思;下两句"雁字回时,月满西楼"情景交融,词人因惦念游子,盼望锦书,遂生出雁足传书的遐想。这一望断天涯、绵绵无尽的遐想和情思,迢迢不断如春水。此处朗读,语气宜平和自然,注意读出主人公的希冀之情。

　　词的下阕"花自飘零水自流",承上启下。首句写景兼比兴,后几句直接抒情。花落水流之景,与上阕"红藕香残"、"独上兰舟"两句呼应,给人以"无可奈何花落去"之感。词的下阕就从这一句自然过渡到后面的五句,直抒胸臆,可谓水到渠成,情到真处难以遏阻,自然而然,情浓理生。

　　"一种相思,两处闲愁"二句,在写自己的相思之苦、闲愁之深的同时,由自身想到对方,代为之思,情深而意切。这两句,从"一种相思"到"两处闲愁",工整而自然。分合之间,感情得以深化,情由"思"而化为"愁"。朗读的时候,应注意其中"一种"、"两处"的对照处理,重读而要有变化。下句"此情无计可消除",紧接这两句。正因人已分在两处,心已笼罩深愁,此情就当然难以排遣,而是"才下眉头,却上心头"了。

　　这首诗的结句,是历来为人所称道的名句。这里,"眉头"与"心头"相对应,"才下"与"却上"成起伏,语句结构既十分工整,表现手法也十分巧妙,艺术上极具魅力。它与前面另两个同样工巧的四字句"一种相思,两处闲愁"前后衬映,相得益彰,全篇因这几个句子更具韵味。诵读时,"才下眉头"和"却上心头"之

间停顿宜显宜长，声气宜轻宜缓宜沉。 （乔化永）

舟中对月

〔宋〕陆 游

百壶载酒游凌云①，醉中挥袖别故人。
依依向我不忍别，谁似峨眉半轮月②？
月窥船窗挂凄冷，欲到渝州酒初醒③。
江空袅袅钓丝风④，人静翩翩葛巾影⑤。
哦诗不睡月满船⑥，清寒入骨我欲仙。
人间更漏不到处，时有沙禽背船去⑦。

〔注释〕

①凌云：山名，在嘉州（今四川乐山）。②峨眉半轮月：用李白《峨眉山月歌》：“峨眉山月半轮秋，影入平羌江水流。”③渝州：今重庆市。④钓丝：竹名。疏节，枝梢细长，叶繁。产于蜀中。元刘美之《续竹谱》：“蜀土有竹状如垂钓，俗名钓丝竹也。”⑤葛巾：用葛布所做的头巾。⑥哦诗：吟诗，作诗。哦，低声地唱。⑦沙禽：沙鸥，沙滩上的鸟。此泛指江面上飞翔的水鸟。

〔赏读提示〕

这首七古短章作于南宋淳熙五年（1178）陆游奉召东归，从成都出发、过嘉州向渝州的旅船上。诗以“对月”为题，抒写无人理解的孤独处境和凄凉情怀。开头四句，写自己即将离开四川的时候，故人纷纷作别而去，只有月亮成了继续跟随这趟远行的伴侣。既然是“百壶”载酒，可见在凌云山设酒送行者之众，但“谁似”二字轻轻一拨，就在故人的衬托下突出了峨眉山月同作者的联系。这是《舟中对月》一诗最成功的艺术手法之一：从此“月”便成了故人，下边的抒写全在“月”和“我”之间进行。因此，前两句要读出潇洒的气度，第三句语调宜平缓，第四句强调“谁似”二字，语调上扬。

中间四句承第四句，专写舟中人、月相对的情景，月有情、人有意，境界十分清幽感人。峨眉之月到了渝州，尚且频频“窥船”，可见月有情；靠近渝州，凌云之酒方才“初醒”，在浓醉的背后，读者也许读得出“不忍别”时作者借酒浇愁的初衷，是人有意。更妙的是，人初醒时看见的只有月光的"凄冷"。诵读这两句可以强调"挂凄冷"和"酒初醒"。"钓丝"既可以指钓竿上的丝，也是竹名。"葛巾"则是用葛布做的头巾，常为位卑者所服。诗中说"江空"、"人静"，因此"钓丝"当指竹，"葛巾影"当是作者自己的影子。"江空"并没有直接写"月"字，但竹形袅袅，人影翩翩，分明是月光普照下的景象。对月只见"葛巾影"，足见孤独。这两句语速放缓，语调沉稳，要读出孤独静谧之境。

　　最后四句在前八句酿成的意境的基础上再作突破，升华出"清寒"的高境，表现了作者精神上的自我解脱。诗至此，人由醉中别友到江船初醒，再到吟诗不睡；月则由峨眉山巅到时窥船窗，再到清光满船，最后月光入骨、月人一体。读到"我欲仙"三个字时，语调可以上扬，放慢语速，造成似断实续的效果。特别值得一提的是末尾两句。这两句中，"更漏不到"直承"我欲仙"，明写更漏，暗写月光。结果虚无的是更漏，实际存在的倒是月光。"沙禽背船"还是在写"月满船"，因为只有月光明亮，离去的沙禽才清晰可见。不过，诗句又以沙禽背船而去照应诗人遗世欲仙。这两句字字不离"月"和"我"，却又能字字不涉"月"和"我"。《白石道人诗说》云："一篇全在尾句，如截奔马。"本篇截中有纵，是善于收束的神品。诵读这结尾二句应特别注意节奏，强调"更漏不到"。轻读"时有沙禽"，"背船去"三个字不作停顿，轻松飘渺，与前句"我欲仙"构成语调差异。

　　方东树《昭昧詹言》评此诗："超妙。太白、坡公合作。"足见这首诗豪放飘逸酷似李白，轻灵流利又颇类苏轼。但实际上，这首诗不但有学习李白、苏轼之处，还有陆游自己的创造。他根据自抒其情的需要，以大手笔熔李、苏于一炉，自铸出一种既有别于李又有别于苏的雄浑奔放、高朗清畅的风格。　　　（王悦）

钗头凤

[宋] 陆　游

　　红酥手，黄縢酒①，满城春色宫墙柳②。东风恶，欢情薄。一怀愁绪，几年离索③。错、错、错。

　　春如旧，人空瘦，泪痕红浥鲛绡透④。桃花落，闲池阁。山盟虽在⑤，锦书难托⑥。莫、莫、莫！

〔注释〕

①黄滕(téng)：酒名，宋代官酒以黄纸为封，故以黄封代指美酒。②宫墙：南宋以绍兴为陪都，因此有宫墙。③离索：离群索居的简括。④浥(yì)：湿润。鲛绡(jiāoxiāo)：神话传说鲛人所织的绡，极薄，后用以泛指薄纱，这里指手帕。绡，生丝，生丝织物。⑤山盟：旧时常用山盟海誓，指对山立盟，指海起誓。⑥锦书：写在锦上的书信。

〔赏读提示〕

这首词写的是陆游自己的爱情悲剧。

陆游的原配夫人是同郡唐姓士族的一个大家闺秀唐氏（有人说唐氏即陆游的表妹唐琬）。婚后，他们"伉俪相得"，情投意合。不料，陆母却对儿媳产生了厌恶感，逼迫陆游休弃唐氏。在陆游百般劝谏、哀求而无效的情况下，二人终于被迫分离，唐氏改嫁"同郡宗子"赵士程，彼此之间也就音讯全无了。几年以后的一个春日，陆游在家乡山阴（今浙江省绍兴市）的沈园，与偕夫同游的唐氏邂逅。唐氏安排酒肴，聊表对陆游的抚慰之情。陆游满怀感慨，遂乘醉吟赋这首词，信笔题于园壁之上。

全词记述了词人与唐氏的这次相遇，以洗练而平实的词句充分表达了他们的眷恋之深和相思之切，也抒发了词人怨恨愁苦而又难以言状的凄楚心情。朗读时要把握整首词的感情基调，外化这种复杂的情感。全词的感情基调以哀怨悲怆为主，兼有甜蜜幸福愁苦与无奈等。朗读时要注意充分理解并把握，读出缠绵悱恻而又凄楚哀怨的凄美恋情。

词的上片追忆往昔美满的爱情生活，感叹被迫离异的痛苦，分两层意思。

开头三句为上片的第一层，回忆往昔与唐氏偕游沈园时的美好情景："红酥手，黄滕酒。满城春色宫墙柳。"因为填词不可能把整个场面全部写下来，所以作者只选取一两个最富有代表性和特征性的情事细节来写。"红酥手，黄滕酒"，红润酥腻的手，捧着盛上黄滕酒的杯子，如特写镜头，不仅写出了唐氏为词人殷勤把盏时的美丽姿态，还具体而形象地表现出这对恩爱夫妻婚后生活的美满幸福。朗读时速度要稍慢，应一字一顿地读，充满甜蜜幸福之感，昔日的美好时光历历在目，柔情蜜意呼之欲出。这几句皆宜以欢快抒情的语气读出。"满城春色宫墙柳"为这幅春园夫妻把酒图勾勒出一个广阔而深远的背景，"宫墙柳"虽然是写眼前的实景，但同时也暗含着可望而难近的意思，城中春色依旧，而人事全非。满城荡漾着春天的景色，而爱人却早已像宫墙中的绿柳那般遥不可及。这三句抚今追昔,所表现的情感是极其丰富而又复杂的,朗读时于深情中暗含无奈与幽怨,由欢快过渡到略带怨恨,语调渐渐拉高。

"东风恶"几句为第二层,写词人与唐氏离异后的痛苦心情。词人痛苦激愤的感情潮水一下子冲破心灵的闸门,不可遏止地宣泄下来。词人借春风吹落繁花来比喻好景不长,欢情难再。"东风恶"三字,一语双关,是全词的关键所在,也是造成词人爱情悲剧的症结所在。春风多么可恶,欢情被吹得那样稀薄。下片所云"桃花落,闲池阁",就正是它狂吹乱扫所带来的严重后果。这几句朗诵的语调由上面的欢快深情转入怨恨悲苦,语气上扬,"恶"与"薄"应重读,以突出内心的哀怨与愁苦。接下来,"错、错、错",一连三个"错"字,连迸而出,感情极为沉痛,字字含恨,渐趋低沉。但这到底是谁错了呢?是对自己懦弱的否定,还是对不合理的婚姻制度的否定?词人没有明说,留给读者来品味。这一层虽直抒胸臆,激愤的感情如江河奔泻,一气贯注;但又不是一泻无余,应稍作压抑,将满腔悲怨之情推向高潮,语调快速上扬之后,稍稍停顿几秒,以平缓一下激动的情绪。建议这几句略带哭腔读出,以示幽怨。

词的下片,由感慨往事回到现实,进一步抒写被迫离异的巨大哀痛,也分为两层。

头三句为第一层,写沈园重逢时唐氏的表现。"春如旧"承上片"满城春色"句而来,这又是此时相逢的背景。眼前风光依稀如旧,而人事已改。"人空瘦",虽说写的只是唐氏容颜方面的变化,但分明表现出"几年离索"给她带来的巨大痛苦。容颜形貌的变化表现的却是内心世界的变化,泪水洗尽脸上的胭脂红,又把薄绸的手帕全都湿透。像词人一样,她也为"一怀愁绪"折磨着;像词人一样,她也是旧情不断、相思不舍啊!一个"空"字,就把词人那种怜惜之情、抚慰之意、痛伤之感等等,全都表现了出来。读此句可用颤音哭音,缓缓地道出内心的无限痛楚。而一个"透"字,不仅见其流泪之多,亦见其伤心之甚。宜重读,读出千钧重之感。

词的最后几句,是下片的第二层,写词人与唐氏相遇以后的痛苦心情。"桃花落"两句与上片的"东风恶"句前后照应,虽是写景,但同时也隐含出人事。像桃花一样美丽姣好的唐氏,不是也被无情的"东风"摧残折磨得憔悴消瘦了么?词人自己的心境,不也像"闲池阁"一样凄寂冷落么?一笔而兼有二意很巧妙,也很自然。"落"、"闲"、"在"、"难托"皆需重读,直接赋情,语调一句高过一句,字字含情,句句有意,淋漓尽致地表现出词人内心的哀婉与痛苦之情。虽说自己情如磐石，痴情不改，但是，这样一片赤诚的心意又如何表达呢？刹那间，有爱，有恨，有痛，有怨，再加上看到唐氏的憔悴容颜和悲戚情状所产生的怜惜之情、抚慰之意，真是百感交集，万箭钻心，一种难以名状的悲愤，再一次冲胸破喉而出："莫、莫、莫！"事已至此，再也无可补救、无法挽回了，这万千感慨还想它做什么，说它做什么？于是快刀斩乱麻：罢了，罢了，罢了！明明言犹未尽，意犹未了，情犹未终，却偏偏这么不了了之，而在极其沉痛的喟叹声中全词戛然而止。"莫、莫、莫"需一字一顿，重如千钧，但语调却由高扬渐渐低沉，压住哀婉幽怨之情，将无限痛苦埋在心中，千言万语化为催人泪下的哀叹。

全词节奏时而急促，时而舒缓，错落有致，声情凄紧。再加上"错、错、错"和"莫、莫、莫"先后两次感叹，荡气回肠，大有恸不忍言、恸不能言的情感。朗读时要把握好词中极其复杂的情感，既要能放得出去，还要能收得回来。 （伏祥红）

寒　夜

［宋］杜小山

寒夜客来茶当酒，竹炉汤沸火初红①。
寻常一样窗前月，才有梅花便不同。

〔注释〕

①竹炉：指用竹篾做成的套子套着的火炉。汤沸：热水沸腾。

〔赏读提示〕

这是一首清新淡雅而又韵味无穷的友情诗。

首句"寒夜客来茶当酒"写客至之难得与待客之盛情，看似平淡无奇，实则耐人寻味。寒冷的夜晚本不是访客的时间，可恰在此时，友人冒严寒而登门，主人自然欢喜万分。用什么来待客呢？以茶代酒，足见二人交往之脱俗高雅，亦更能表现出作者内心难以抑制的兴奋。主客二人寒夜煮茗，围炉清谈，茶香之清幽远胜于酒味之浓郁，寥寥数语中寓欣喜之情。朗读时可重读"寒夜"、"茶当酒"，读出欣喜之情。

"竹炉汤沸火初红"一句从侧面烘托了主客相谈甚欢的氛围：火炉炭火刚红，壶中热水滚滚，平和甘醇的茶汤已把两人相融。此刻，只有茶，只有友情。

这一句场景描写足以让人感受到二人交谈时的热烈气氛,让读者切身感受二人之间深深的友情。朗读时应读出陶醉与自得之情。

诗歌最后两句,虚实结合,含蓄地表达了作者此时的愉悦与对客人的盛赞。主客交谈得很投机,不觉已是夜深,抬眼一望,明月照在窗前,隐约还能嗅到阵阵寒梅的清香。梅花在传统文化中向来是清雅高洁的代表,作者借梅花来赞美客人品格的高雅。月光虽是寻常,但有志同道合的朋友在月下啜茗清谈,这气氛可就与平常大不一样了呀。作者用景之美来写心情之愉悦,使这首诗歌表现出了极其丰富的意蕴。朗读时可将"寻常"与"不同"对举,以突出诗人无比满足与喜悦的情感。

整首诗语言清新、自然,很形象地反映了诗人喜悦的心情,言有尽而意无穷。

(刘晓燕)

天净沙 秋思^①

［元］马致远

枯藤老树昏鸦^②,小桥流水人家,古道西风瘦马^③。夕阳西下,断肠人在天涯^④。

〔注释〕

①天净沙:曲牌名。秋思:题目。②昏鸦:黄昏时的乌鸦。昏,傍晚。③西风:寒冷、萧瑟的秋风。④断肠人:形容伤心悲痛到极点的人。

〔赏读提示〕

马致远的这首小令被称为"秋思之祖"。作品内容简单易懂,记述了漂泊在外的羁旅之人的生活,黄昏时分,睹物生情,情动于衷,感发而出。由景及情,悲从中生,使人读之不免唏嘘。

"枯藤老树昏鸦",黄昏时分,举目所见,荒凉的杂草中,一根枯败的藤枝,缠绕着满目沧桑的老树,黑枝间,时运不济的老鸦,发出凄切的叫声,对于一个仕途不顺、壮志难酬的流浪者来说,再也没有比这个更摧人心肝的了。

"小桥流水人家",流水潺潺,小桥斜跨,人家点缀。黄昏时分,更显出一分温馨与幽雅。天晚了,不论是多么的普通,总能有一声知冷知热的问候,虽然不过是山村野人,或许也没什么宏图伟志,但炊烟缭绕,作息有常,总比我这满身风尘、漂泊无定强得多。

"古道西风瘦马",也许我可以用壮志来自我安慰,但精瘦的老马,仿佛已经说尽了承载生命的不堪;也许我可以强从古道的印迹中,追寻圣人的高华,但凄凉的秋风会卷起尘土,以无言的冷峻将我那飘渺的倔强掩埋。

"夕阳西下,断肠人在天涯",夕阳终究会收回它最后一丝善意,将我抛入无尽的黑暗之中,于是落寞的余晖下,凄苦的西风里,漂泊的游子只能信步游走,游走在不知家门的古道中,游走在似曾相识的荒野里,等待的是"哒哒"的马蹄声,一次次将愁肠踏烂。

整首曲子看似随意道来,然而景物的巧妙组合,却潜藏着千万惆怅:你能看到"枯藤"与"老树"的萧瑟,也能看到"小桥"与"人家"的温馨;你能看到对比折射的凄惨,更能听到天涯游子的抽泣。于是轻轻唱出,失意、痛苦之情将慢慢流出;字字读罢,悲苦、孤独之意会阵阵袭来。

人生旅途,谁人不曾是漂泊孤客,谁人不曾有失意、难堪,每当此时,美梦的温馨与家的甜蜜将是最大的慰藉。此曲通过层层渲染,可以说将这种人世间的深情表现得近乎完美。

（王敏）

正宫·端正好

［元］王实甫

碧云天①,黄花地②,西风紧,北雁南飞。
晓来谁染霜林醉③? 总是离人泪。

〔注释〕

①碧云天:碧蓝的天空。②黄花:菊花。③霜林:经霜的枫林。醉:指的是枫叶变红,似醉酒脸色。

〔赏读提示〕

这支曲词是历来公认的写景名段。传说王实甫写完此句后"思虑殚尽,扑地而死(晕厥)",这种杜鹃啼血般的创作经历,可见王实甫在选取景物和刻画人物内心所耗费的心血之多,也可见这支曲子历来为人们称道的原因何在。

曲子中选取的景物独具匠心,颜色明快且画面感强。"碧云天,黄花地",湛蓝的秋空一碧如洗,高远澄澈;盛放的秋菊满地金黄,夺人眼球。这与范仲淹的《苏幕遮》词"碧云天,黄叶地,秋色连波,波上寒烟翠"有着相似之处。碧空、黄花相互映衬,一仰一俯之间视角转换,将秋日干净、苍茫的景象悉数展示出来。"西风紧",萧瑟秋风却不似秋景般明媚动人,仿佛催发的声音一声紧似一声。在我国传统意象中,"西风"往往代表着悲凉、苍凉之感,这里也不例外。之前还是明媚鲜艳的高远秋景,转瞬间耳边就刮过紧密的秋风,怎能不让人感叹乐景之悲!"北雁南飞",迁徙的候鸟只是按照族群的记忆南飞越冬,但在出远门的人看来,不由得会产生"于我心戚戚然"的悲凉感受。鸟儿如此,人又何异?不过都是在天地之间乞讨生存罢了!况鸟儿尚且能与族群一起迁徙,而张生今日却要只身远行。相形之下,愁苦之绪怕是更甚了!

"晓来谁染霜林醉?总是离人泪",碧空、黄花、红叶,景色不悲反美,但"以我之心观物,则物皆着我之色彩"。我们读来倍感伤神的原因不在于景物之悲,而在于这些景物是借莺莺之眼来看,所以充满离愁别绪。早起送别,枫叶经霜打而更加红艳。但在莺莺眼中,这似火的枫叶毫无杜牧的"霜叶红于二月花"的活力与美感,而是让她愁肠寸断,感叹这枫叶哪里是霜露浸红的,全是她的眼泪染红的。离人眼中,丽景也充满悲情。

以乐景写哀情,这在我国古典诗歌当中是非常常见的一种手法。这支"端正好"曲词用的也是这种手法。"晓"表示长亭送别的时间在早晨,新的一天刚刚开始;"碧云天,黄花地"、"雁南飞"、"霜林醉",景物明快,本应该使得这个难得出门的大家小姐眼前一亮。但在她眼里,这些景物都是别人的,而她只有悲伤的情绪。她的悲伤来自哪里?一是张生即将赴京赶考,往日和张生"腿儿相挨,脸儿相偎,手儿相携"的场面将不复存在,情深意浓之时却要分开,怎能不让人肝肠寸断?其二,其家庭对功名的看中,让这个对张生、自由充满喜爱的小姐倍感压抑。母亲却对张生说:"俺三辈儿不招白衣女婿,你明日便上朝取应去。"在母亲的压力之下,这对恋人只得分别。所以在她看来,这满目美景只能是充满悲情,哪有美可谈?

我们在赏读这支曲子的时候,不要先入为主地认为所有景色都是悲凉的,而是要在充分理解人物内心的基础上,发现原来用美景来写哀情,非但不减其悲哀色彩,反而使得悲情更甚。

(孙璐)

长相思 出塞

〔清〕纳兰性德

山一程，水一程，身向榆关那畔行①，夜深千帐灯。

风一更，雪一更②，聒碎乡心梦不成③，故园无此声。

〔注释〕

①榆关：指山海关，古代军事重镇，现属河北抚宁。②风一更、雪一更：即言整夜风雪交加。更，旧时一夜分五更，每更大约两小时。③聒：声音嘈杂，使人厌烦。

〔赏读提示〕

"山一程，水一程"，语句平易而内容丰富，具有形象的画面感，描绘出戍边军队向着边塞出发的行军情态。一路上，山是亲切的山，水是熟悉的水，就仿佛是亲人故知相伴相送，这种感觉里是戍边将士们对故土河山的依依不舍，与故乡亲人的聚散之愁。毕竟，军队出征塞外，戍边艰苦，可能还面临危险。"身向榆关那畔行"一句，语句为之一紧，"行"字点出使命在身，行色匆匆，"榆关那畔"让人生发"万里赴戎机"的豪情。作为军人，保家卫国是其职责，作为年轻人，建功立业是其渴望。本词写于词人二十多岁的时候，当时的纳兰性德风华正茂，出生于书香豪门世家，又是皇帝贴身侍卫。纳兰的出塞经历多是伴随康熙出巡，眼界开阔，见解非凡。他出征的心情也正在离别故土的不舍与成就大业的雄心中交织。于是，下一句为"夜深千帐灯"，千万个帐篷中，千万盏灯光在漆黑夜色中闪亮，壮观雄浑。想必这灯火中还有康熙帝一行人马夜晚宿营之灯，词人心中涌动出壮志豪情。因而，上阕感情丰富而跌宕，在"千帐灯"里达到高潮：思家别情，建功渴望，烈烈豪情，交织在一起。

"夜深"，也是夜静，种种心绪就会涌上心头，身边的其他声音也会传来。灯火里是词人的不眠，也是千万将士的不眠。词意在"夜深千帐灯"中转入下阕，重点落在"故园"二字。

一程又一程，"关山度若飞"，扎营处已经离故乡很远。"风一更，雪一更"，风是塞外的风，雪是塞外的雪，气候与故乡不同，整夜风声凛冽，大雪弥漫，静夜中大风之声更加萦绕耳边而不去。如果是一家人在一起，暖炉暖酒暖炕，温暖融融。可是现在词人和将士远在塞外宿营,心情大不相同。故乡已远,水土不同;亲人已别,衷肠难诉;词人和将士们辗转反侧,卧不成眠。顺理成章地引出下句"聒碎乡心梦不成",风雪之声嘈杂烦心,想要入梦回乡都做不到。既然此声聒噪,故园之声就是美好,词人不直接写故园之美之温暖,而是用暗比的方式委婉道出,心思细腻,含蓄深沉。

上阕的"山一程,水一程"与下阕的"风一更,雪一更"两相映照,又暗示出词人在风雨兼程中加深了对人生、征途、功业的体验。越是路途艰难而戍边遥远,天气苦寒而风雪弥漫,就越要砥砺心志,越要记住故乡的好,记住亲人的爱,从中鼓舞自己,从而迎来功成之日,也是迎来团聚的那一天。词人书写亲身经历,体验丰富。

本词语句平实又感情丰富,集豪放婉约于一体。韵律优美,反复手法的运用使词具有民歌风味,纯真清丽又含蓄深沉,将塞外游牧文化的豪壮与中原传统文化的审美相融合,风骨神韵俱佳。

（陈莉）

南乡子① 为亡妇题照②

［清］纳兰性德

泪咽却无声。只向从前悔薄情。凭仗丹青重省识,盈盈。一片伤心画不成③。

别语忒分明④。午夜鹣鹣梦早醒⑤。卿自早醒侬自梦,更更。泣尽风檐夜雨铃。

〔注释〕

①南乡子:词牌名,唐教坊曲。②为亡妇题照:1674 年,纳兰性德 20 岁时,娶两广总督卢兴祖之女卢氏为妻,赐淑人。成婚后,二人夫妻恩爱,感情笃深,新婚后的美满生活激发了他的诗词创作。不幸,婚后三年,卢氏因难产而死。本词是一首悼亡词,作于其妻逝世不久,写于其妻的画像之上。③一片伤心画不成:化用唐朝诗人高蟾在《金陵晚望》中的诗句"世间无限丹青手,一片伤心画不成。"④忒:太,过于。⑤鹣鹣:即比翼鸟,中国古代传说中的鸟。传说中的比翼鸟只有一目一翼,因此必须雌雄两只鸟相互协助才能飞行,常喻恩爱夫妻。

〔**赏读提示**〕

哭泣之中，无声无疑最痛。哭不出声音的泣，正是人伤心至极的体现。本词以感慨起调，首句"泪咽却无声"，眼泪顺流面颊，词人无声地哽咽悲泣，立现画面的是一个悲痛欲绝的词人形象。诗词开篇，即为全词奠定了悲伤凄怆的氛围。诵读此句，语速宜缓，声调宜低，带有悲痛欲绝的颤音，配以低沉悲缓的笛声，营造浓浓的伤情气氛。

纳兰性德与妻子卢氏，相知相爱，伉俪情深。不幸，婚后三年，卢氏因难产而死。痴情的纳兰，在这一沉重打击下，陷入无尽的悲哀之中。

心中的悲愁无法派遣，无法责怪无情的命运，无法改变痛苦的现实，词人只有深深地责备自己，"只向从前悔薄情"。无声悲泣中，词人不禁悔从心生，回忆妻子尚活人世时和妻子共同度过的幸福日子，当时的自己却不懂得珍惜，现在再想回到从前，却是天人永隔，幸福难续，悲悔交集。纳兰婚后极为专情，他的词中有不少是描述他与卢氏婚后幸福生活的，如"玉局类弹棋，颠倒双栖影。花月不曾闲，莫放相思醒"（《生查子》），又如"被酒莫惊春睡重，赌书消得泼茶香"（《浣溪沙》）。在纳兰的笔下，他与妻子志趣相投，生活美满和谐。而转瞬之间，琴瑟和谐的幸福生活消失得无影无踪，再不能够重来，昔日的幸福，现今的孤寂，如此鲜明的对比反差，怎能不让诗人哽咽无声、悲痛欲绝呢？让人情何以堪！词句体现的正是词人在矛盾和痛苦中辗转反侧、欲言又止的浓重悲苦之状。

在万般无奈、无法排遣的痛苦之中，诗人想着"凭仗丹青重省识"，想借重新描画妻子的音容笑貌再来认识亡妻，回忆往事，以姑且聊慰自己的思念之情。希望在这个过程中，亡妻和自己一样，也能够对自己"重识省"，也算夫妻二人虽不在同一空间却可以再相见！但是，这又谈何容易？"盈盈"，叠词的运用，仿佛妻子巧笑倩兮的娇美仪态犹在眼前，触手可及。斯人已逝，斯人的一颦一蹙却那样深地刻印在纳兰的脑海里。可是词人无论如何努力，都难以画出爱妻之万一。词人借用古人诗句"一片伤心画不成"直抒胸臆，表达内心极度伤心之情。——伤心啊，斯人在心，执笔难画，天人永隔，难以企及。诵读时，要深深体味词人内心无限浓重的思念悲伤之情，以情入词，生动演绎。

想人，不见；画人，不成。万般努力皆成空，无法改变，无力改变，思念之深，爱妻之情跃然纸上。但对妻子一往情深的纳兰性德并没有放弃努力，他坚持相信真正的爱情是可以穿越生死，产生感应。

　　既然思念之苦、伤心之情无法排遣,词人索性就听凭自己沉浸其中。下阕中词人不再寻求解脱之法,也不再反省、节制自己,而是一任感情倾泻。

　　"别语忒分明",别语自然指夫妻二人话别之景,深深刻印在词人脑海的是妻子临终时说的话,也是挚爱的妻子在世时对自己说的最后的话,词人不能忘不会忘,任凭它们在自己的心里百转千回。"午夜鹣鹣梦早醒",回归现实,夫妻白头偕老的美梦早早地破灭了,夫妻共处的幸福时光一去不回了,怎不令人眉头千蹙、愁肠百转?

　　痴情的词人仍旧不想放弃对心爱之人的追思。现实清醒时难以实现相聚,那就到梦里去寻找爱人的身影。"卿自早醒侬自梦","卿"意指其妻,"侬"则为作者本人,逝去的人解脱了,活着的人却陷在梦里。你醒我复梦,我们约定在梦里相见。"更更",意指"一天又一天",叠词的运用,深切地表达出词人对妻子的情感并没有因为时间的流逝而淡忘,相反,对妻子的思念之情却是与日俱增,一天又一天,一个时辰又是一个时辰,时时刻刻,度日如年,积聚词人心头。

　　江淹《别赋》中写"黯然销魂者,唯别而已矣",痴情词人,思念爱妻,眼泪已流尽。"泣尽风檐夜雨铃","夜雨铃"应取典于唐明皇与杨玉环之事。每当午夜更深,这对有如鹣鹣鸟的恩爱夫妻能从各自的梦中醒来,相聚在一起。那相对垂泪的痛泣声,伴和着整夜的风雨声、檐铃声,无止无休。至此,痴情的词人似乎忘却了自我,将整个生命投入到对爱妻的怀念之中,让人潸然泪下。诵读时,诵者应深味词人内心悲痛,酝酿情绪,配低缓悲苦的古筝曲,以低沉慢缓的声音诠释词人的肝肠寸断之苦。

　　本首悼亡词,情感缠绵悱恻,凄楚动人,如杜鹃啼血,哀婉凄切,不忍卒读。人生最大的悲哀是最宝贵的东西丧失后却永无机会再挽回,这是一种最强烈的生命体验,不能不引起悲伤人的共鸣。

(杨大宁)

岁暮到家①

[清] 蒋士铨

爱子心无尽②,归家喜及辰③。
寒衣针线密,家信墨痕新。
见面怜清瘦,呼儿问苦辛④。

低徊愧人子⑤，不敢叹风尘⑥。

〔注释〕

①岁暮：年底。②无尽：没有边限。③及辰：及时。④问苦辛：询问在外的辛苦情况。⑤低徊：纡回曲折的意思。这里指回答母亲问话时曲折的心情。愧人子：惭愧没有尽到儿子的责任。⑥风尘：借以指旅途上的艰辛。

〔赏读提示〕

《岁暮到家》是蒋士铨游学归来，于年终前夕赶到家中，深感母亲对自己的关怀之情，而作此诗。本诗风格情真意切，语浅情浓。

游子归家，最高兴的莫过于母亲。诗歌首联写道"爱子心无尽，归家喜及辰"，意即："慈母爱子女的心是无穷无尽的，我在过年前夕及时赶至家门，母亲多高兴啊!"语言平实质朴，几乎是大白话，生动地表现游子求学在外，母亲殷殷牵挂的心情。语虽直白，却意蕴深厚。"心无尽"直接歌颂伟大的母爱，"喜及辰"抒发母子团聚的喜悦之情。作者直抒胸臆，表达对母爱的赞美和自己回家的喜悦。诵读时，格外重读"爱"与"喜"字，突出母亲对子女的无限关爱和子女年前归家的巨大欣喜。

客居他乡，诗人心中挂念着家中的父母。"寒衣针线密"中"针线密"三字，通过描写细密的针线寄托母亲无尽的爱子之心，表现了母亲唯恐寒风侵袭儿子的忧虑；"墨痕新"三字，含蓄地表现了作者对母亲和故乡的牵挂和关切。在诵读过程中，可以重点突出一"密"一"新"。寥寥两字，语淡情浓，质朴自然中蕴含真情，在重读中体现母亲对儿子深切绵密的爱。在诵读中，建议配以舒缓的古筝曲，按照"寒衣——针线密，家信——墨痕新"的的节奏体悟诗人的情感。

儿子远游归来，母子久别重逢，母亲自然是要牵着儿子的手，细细打量一番。颈联两句"见面怜清瘦，呼儿问苦辛"，就生动地再现了此情此景。在母亲眼中，远游归家的游子消瘦了，格外心疼，不禁一番嘘寒问暖，想把孩子在外远游的情况都一一知晓，对孩子在外远游的喜乐悲愁感同身受。一"怜"一"问"，把母亲对爱子无微不至的关怀写得真实而生动。

如果说颈联是从母亲的角度再现了母亲对儿子的深深眷念，那么尾联就是从作者的角度真实再现了儿子的真实感受，一"愧"一"叹"平白如话，表现了诗人对母亲的关心体贴。

蒋士铨之父蒋坚生而颖异，行侠仗义，游幕一生，所以蒋士铨从小由母亲钟氏单独抚养,寄居于外祖父家,家境贫寒,全靠母亲一人维系家用。母有病,铨则坐枕侧不去。母视铨辄无言而悲,铨亦凄楚依恋之,尝问曰:"母有忧乎?"曰:"然。""然则何以解忧?"曰:"儿能背诵所读书,斯解也。"铨诵声琅琅然,及药鼎沸。母微笑曰:"病少差矣。"由是母有病,铨即持书诵于侧,而病辄能愈。可见作者和母亲相依为命的至深之情。母对子的牵念慈爱,子对母无法尽孝于前的愧疚,在诵读时,重读"愧"与"不敢",建议配以长笛的舒缓悲戚之声,以现其情。

《岁暮到家》写的是蒋士铨与母亲久别团圆的悲喜交集的真实场景。全诗虽语言质朴,少用典故,但诗人善于抓住母亲的动作、语言、神态的细节描写,并真实再现了自己的内心活动,向读者展现了一位栩栩如生的慈母形象,真切表现了母子之间相互关心体贴的骨肉之情,朴质的作品自有让人感动至深、潸然泪下的力量。

（杨大宁）

台湾竹枝词①

［近代］梁启超

相思树底说相思②,思郎恨郎郎不知③。
树头结得相思子④,可是郎行思妾时⑤。

〔注释〕

①竹枝词:本是巴渝民歌,一首七言四句,多吟唱民间疾苦,所谓"竹枝苦怨怨何人""怪来调苦缘词苦"(白居易《竹枝》)。②相思树:别名台湾柳,含羞草科金合欢属植物,常绿乔木,树冠圆形,树形高大,种子红色。③郎:对年轻男子的称呼;旧时妻子称丈夫或女子称情人。④相思子:为豆科蝶形花亚科相思子属的植物。种子椭圆形,脐的一端黑色,上端朱红色,有光泽。诗中指前文所说相思树的种子。⑤郎行:哥哥那里。行,后置词,在宋元明词曲中众多用例皆解释为"这那里,这那边"。妾:女子对自己的谦称。

〔赏读提示〕

1911年农历2月28日,"戊戌变法"失败后流亡海外的梁启超乘笠户丸轮离日本到达基隆,开始了他的台湾之游。此时,祖国宝岛沦丧已经十五个年头,梁氏"明知此是伤心地","惜非吾土忽伤神"。面对破碎故土、遗民逸士,他不免触景生情,伤土哀民之血泪悉数化为诗词。在台所作百首诗词多格调低沉,十有七八为噙泪伤心之作。其中,最有特色的便是他改编台湾民歌而成的十首《台湾竹枝词》。

词前有小序:"晚凉步墟落,辄闻男女相从而歌。译其词意,恻恻然若不胜谷风小弁之怨者。乃掇拾成什,为遗黎写哀云尔。"梁任公到台湾,听到当地居民亦"相从而歌"《竹枝》,听上去哀伤悲痛,像有《诗经·邶风·谷风》里被抛弃的妇人或《诗经·小雅·小弁》中被弃逐儿子那样的哀怨愤恨,心有所感,于是将它们翻译出来,加工改编成上述十首《台湾竹枝词》,为遗民黎庶写出心中哀曲。本诗是其中第三首。

"相思树底说相思,思郎恨郎郎不知。"诗中的女主人公在相思树底思念心上人,吐露自己的相思之情,但思念也好,怨恨也罢,远方的那位情郎丝毫不明白自己的心意。既思且恨,这本是热恋女子常有之心理;而"郎不知",又是最使她们为之心寒的。字面写的是女子对情郎的思念、怨愤之情,字里行间流露出台湾遗民的心中哀曲。因根植于台湾热土之上,诗歌明显有地道的民歌风格,语言明白晓畅,但读来要带哀怨之情。

"树头结得相思子,可是郎行思妾时。"痴情女子仰头看树上结了许多红色的相思子,一时心中情思难抑,遥想情郎在远方或许也在思念自己吧。远方情郎的"不知"并没有使她绝望,她依然怀着一种单纯而美好的幻想,遥想对方可能也在牵挂着自己。这两句读来应带着美好的幻想,却不能太明朗,因为这种设想对方在思念自己的幻想终究又比较无望,所以又不乏一点哀愁凄凉。

这些民歌是经过梁启超先生精心加工而成的,是融合了自己情思与血泪的再创作。全诗的中心是第二句:"思郎恨郎郎不知。"作者到台湾,见全岛遍植相思树,更加深了他对台湾遗民思归祖国的同情,也更激发了他自己的"思"、"恨"之心。梁启超流亡海外,先后编辑《清议报》、《新民丛报》,反清廷不反帝制,宣扬君主立宪,不赞同孙中山先生所领导的民主主义革命。因此,这首诗,也是他当时心迹的一种表露。

从字面上看,这是以女子口吻写男女思恋的情歌,实际则借女子的哀怨之辞来"为遗黎写哀",也替自己抒发思念和哀怨的心声。因此朗读时应语带哀怨之气又较为含蓄内敛。

(莫春雷)

第七编

亲近自然

"天地有长风，生命自浩荡。""一点浩然气，千里快哉风。"人要养气必须亲山临水，走到大自然中去。唯有在山水之间，才能找到灵魂的皈依；唯有在山水之间，才能养出博大的胸怀。

本专题有"三秋桂子，十里荷花"之馥郁芬芳，有"浓似春云淡似烟，参差绿到大江边"之美好静谧，有"荷尽已无擎雨盖，菊残犹有傲霜枝"之孤标傲世，有"野桃含笑竹篱短，溪柳自摇沙水清"之勃勃生机，有"清风明月无人管，并作南楼一味凉"之意味深长，有"暖风熏细草，凉月照晴沙"之四季转换……

让我们跟随优美的诗篇亲山临水听鸟鸣，感受四季的表情，丰富人生的体验。"登山则情满于山，观海则意溢于海。"四时不同，山水各异，让我们在山水自然、日月星辰的更迭中怡情养性。

江 南

汉乐府民歌

江南可采莲①,莲叶何田田②,鱼戏莲叶间。

鱼戏莲叶东,鱼戏莲叶西,鱼戏莲叶南,鱼戏莲叶北。

〔注释〕

①可:适宜、正好。②田田:荷叶茂盛的样子。

〔赏读提示〕

这是一首汉乐府民歌,读来真是明朗痛快。语言畅达明快浅白,音调回旋反复疏朗,意境淡雅幽静隽永,格调清丽,极富江南水乡韵致的图画美感。

荷叶一碧无垠,鱼儿在莲叶间穿梭,一会儿窜到莲叶东,一会儿游到莲叶西,一会儿钻到莲叶南,一会儿又从莲叶北冒出来。整体画面极富美感,碧绿的莲叶与天相接,郁郁葱葱,这是江南的夏天特有的韵致。叠词"田田"状极了水中荷叶的茂盛无边。"何田田","何"字朗诵时应有拖音,可巧妙地还原诗歌的意境,读时应有淡淡的欣喜之情,于唇间自然流露。无边的莲叶下,尾尾鱼儿自由自在、欢快地游弋,嬉戏;采莲蓬的人们,此时应该是斜坐舟上,无拘无束地唱着俚歌乡音,嬉笑嫣嫣。江南风光,绮丽无边! 采莲场景,如睹眼前!

反复诵读此诗,即使身处盛夏,仿佛也能感受到丝丝清凉沁人心脾;即使身处漠北,也仿佛能感受到江南的韵致。作诗者的情怀无疑是安宁恬静豁达的,读诗者的心情无疑也是轻松愉悦享受的。

诗歌浅白如话,似乎没有一句是写人的,但是又仿佛处处如闻人声,如见其人,如临其境,使人感受到了一股勃勃的青春活力。朗读时,节奏要欢快,要体现出采莲人内心的欢乐和甜蜜。

(孙霁蔚)

敕勒歌①

北朝民歌

敕勒川,阴山下②。

天似穹庐③,笼盖四野。
天苍苍④,野茫茫,
风吹草低见牛羊。

〔注释〕

　　①敕勒:我国古代北方民族名,北齐时居住在朔州(今山西省北部)一带。②阴山:在今内蒙古自治区北部。③穹庐:用毡布搭成的帐篷,即蒙古包。④苍苍:青色。

〔赏读提示〕

　　这是一首北方民歌。敕勒族人居住在草原,位于阴山脚下。蓝蓝的天空好像一顶巨大的圆顶帐篷笼罩着整个大草原。天空无边无际,草原也一眼看不到尽头。一阵风吹过,草被吹弯了腰,这时草原上成群的牛羊就显露出来。这首诗歌唱了大草原的景色和游牧民族的生活,具有北朝民歌所特有的明朗豪爽的风格,境界开阔,音调雄壮,语言明白如话。

　　"敕勒川,阴山下",交代了地理位置,雄伟的阴山脚下就是敕勒川,这是草原的背景。"天似穹庐,笼盖四野",这句用了来自牧民生活的贴切比喻,辽阔的天空就像是一顶巨大的帐篷将茫茫草原笼罩其中,只有极目远眺才能看到天地相接的壮阔画面。这是属于大草原的独特景象,就像选用的喻体"穹庐"只属于大草原一样。语言直白如话,但却十分形象生动。"天苍苍,野茫茫,风吹草低见牛羊"则写出了草原的生机勃勃。草原空阔却同时充满生机,这里水草丰盛、牛羊肥壮,当一阵风吹过时,你就能看到高高的牧草下隐藏的吃草的牛羊。

　　宋诗人黄庭坚说这首民歌的作者"仓卒之间,语奇如此,盖率意道事实耳"(《山谷题跋》卷七)。正因为熟悉牧民生活,才能一下子抓住特点,写出如此贴近生活而又大气磅礴的作品。

　　诗中叠字的运用也极富音韵美,"天苍苍,野茫茫",读来朗朗上口,具有民歌特色。朗读时要缓慢而深情,体现北朝民歌优美壮丽的风格。　　　　(孙霁蔚)

饮 酒（其五）

[晋] 陶渊明

结庐在人境①，而无车马喧。
问君何能尔？心远地自偏②。
采菊东篱下，悠然见南山③。
山气日夕佳，飞鸟相与还④。
此中有真意⑤，欲辨已忘言⑥。

〔注释〕

①结庐：构筑屋子。人境：人间，人类居住的地方。②"问君"二句：设为问答之辞，意为心远离尘世，虽处喧嚣之境也如同居住在偏僻之地。君，对人的尊称，这里指作者自己。尔，这样。③悠然：自得的样子。南山：指庐山。④相与：相交，结伴。⑤此中：即此时此地的情和境，也指隐居生活。真意：人生的真正意义。⑥欲辨已忘言：想要辨识却不知怎样表达。辨，辨识。

〔赏读提示〕

陶渊明被誉为千古第一隐逸诗人。生于乱世的他，历经东晋到南朝刘宋时代几个短命的王朝。在频繁的王朝更替中，政治黑暗，社会动荡，诗人做过五次短暂的小官。最后一次是在义熙元年（405）八月，他迫于"幼稚盈室"、"瓶无储粟"，做了八十多天彭泽县令，就毅然辞官，并写下了《归去来兮辞》，表示对官场的弃绝之心。从此，终老林泉，再未出仕。

组诗《饮酒》共20首就是诗人在归隐之后，农闲时所写。本诗为第五首，是其中脍炙人口的代表作。

前四句"结庐在人境，而无车马喧。问君何能尔？心远地自偏"，朴实无华的句子似乎在讲一个道理：为什么我的居所没有世俗的浮华喧闹，因为我的心很安静，远离了那些喧嚣。如果知道他住的是"穷巷隔深辙"的偏僻之地，就理解他说的不是矫情的话。这种生活是他心甘情愿的选择，因为"心远"，离了官场，所以自然离开了喧闹繁华的生活。因此，这四句完全是一种真实生活的感受，是实话实说的坦荡表达。朗读时，适合采用不加修饰的语气、语调，读出淡然真切的味道。

　　"采菊东篱下，悠然见南山"，这两句历来被人所称道。周敦颐说"晋陶渊明独爱菊"，诗人为何唯独钟情菊花呢？其一，菊花可赏。传闻他种的菊花叫九华菊，白花黄心，清香怡人。诗人曾赞美"秋菊有佳色，裛（通"浥"，沾湿）露掇其英"（《饮酒》其四）。其二，菊花可尝。"酒能祛百虑，菊为制颓龄。"（陶渊明《九日闲居·并序》）当诗人闲时篱边驻足，边赏菊边嚼几瓣令人齿颊生香的菊英，那种自足真是令人销魂的了。其三，菊花可颂。《和郭主簿》诗中有言："芳菊开林耀，青松冠岩列。怀此贞秀姿，卓为霜下杰。"在陶渊明看来，菊花有青松一样坚韧的品格，越是经历寒霜磨炼就越显得它美丽姿态的可贵。而花落之后，它仍旧枝叶长青，这种不畏严寒、坚贞顽强的生命堪称霜下英杰。当然，它也成了诗人的人格写照。"悠然"一词，不仅指闲来无事，更是一种恬淡安适的生活趣味。于是，蓦然间，无所用心地一抬眼，那莽莽榛榛的南山就在远方了。读此句时，可以采用较缓的语速，将"悠然"一词延长、停顿，体现诗人淡泊闲适的心境。

　　碧山将暮，傍晚的秋岚轻拂着氤氲的云气，峰峦便朦胧在眼底。三三两两的归鸟，在绚烂的落霞中鸣声起伏，返回各自的巢穴。"归鸟"是陶诗中重要的意象，是他生命理想的象征。《归园田居》（其一）中，诗人说自己是"羁鸟恋旧林"，将归隐前的自己比作笼中鸟，"误落尘网中"。《归去来兮辞》中说"鸟倦飞而知还"，将归隐后的自己比作厌倦世俗而"知还"的归鸟。可见，还于旧林，返璞归真，成为他晚年的最大心愿。从此，诗人的心真正归于悠然平静，在山林中"独与天地精神往来"。读此句时，宜用平淡的语气，演绎诗人含而不露的欣悦感。

　　"乐夫天命复奚疑"的诗人，在田园生活中付出了很多，却也收获了自得其乐的满足。如同倦鸟还林一般，找到归宿的诗人，显然在融入自然后领会了人生真谛。这种人生意味，无须言说，也无法言说。正所谓"言者所以在意，得意而忘言"（《庄子·外物篇》），陶渊明得到了人生的真感受、真体验，实在是"欲辨已忘言"。当我们朗读此句时，不妨忘记一切刻意的技巧，只将身心真真切切地融入，然后自然地表达出来即可。

（方凌）

野　望

［唐］王　绩

东皋薄暮望①，徙倚欲何依②。
树树皆秋色，山山惟落晖。
牧人驱犊返③，猎马带禽归④。
相顾无相识，长歌怀采薇⑤。

〔注释〕

①东皋：绛州龙门的一个地方，诗人隐居于此，曾自号"东皋子"。薄暮：傍晚。薄，靠近、迫近。②徙倚：徘徊，来回地走。欲何依：化用曹操《短歌行》中"月明星稀，乌鹊南飞，绕树三匝，何枝可依"。③犊：小牛，这里指牛群。④禽：鸟兽，这里指猎物。⑤采薇：相传周武王灭商后，伯夷、叔齐不愿做周的臣子，在首阳山上采薇而食，最后饿死。薇，一种植物。

〔赏读提示〕

秋天黄昏，东皋村头，诗人彷徨徘徊，心中已经没有了主张，不知何去何从。怅然四望，山林间已经到处呈现一片秋色，周围的每一棵树上，树叶不是凋谢在地，就是枯黄垂挂；每一座山峰，虽都涂上了落日的余晖，却也越发显得萧瑟。牛铃声中，牧人们各自牵着牛儿回家了，猎人们骑着骏马带着猎物也都满载而归。看着这些熟悉的陌生人，似曾相识却又叫不上名字，心情一时郁闷，不禁怀念起古代采薇而食的隐士，只能面向山野，纵声高歌一曲《诗经》中的"采薇采薇"，聊以释怀。

全诗首尾两联抒情言事，中间两联写景，融情于景，朴素清新，流畅自然，于萧瑟恬静的景色描写中，流露出诗人百无聊赖中的彷徨心情，在现实中孤独无依、与世俗不合只好追怀古人的落寞情怀，闲逸的情调中略带几分彷徨和苦闷，使诗的意境又深了一层。

首联交代时间、地点和事件，首句给中间两联的所"望"之景施以薄薄的暮色，次句又和尾句遥相呼应，"欲何依"之间，使全诗于清新之中，又笼上一层淡淡的哀愁。这两句诗读起来，语调应该稳重干脆，语速前快后慢，为下文暮景抒怀留下空间。

　　颔联的两句诗,运用自然而朴实的白描手法,写薄暮中的秋野静景,互文见义,山山、树树,一片秋色,一抹落晖,由近而远,点面结合,光影交织,营造出一种萧瑟而静谧的氛围。这两句诗读起来,语速可以稍微舒缓一些,尽量营造想象的时间和空间,一起感受那寥廓、萧瑟和温润、恬静的山野秋景。

　　颈联的两句诗,写秋野动景,于山山、树树、秋色、落晖的背景上,展现牧人与猎马的特写,带来田园牧歌式的灵动气氛,牧人和猎户一"返"一"归",虽互不相识,但各得其乐,其由远而近的动态,也依稀可见,使整个画面一下子活了起来。这两句诗读起来,语速可以偏快,语调略带欣喜。

　　颔联、颈联的光与色,远景与近景,静态与动态,搭配得恰到好处,就像一幅山家秋晚图,极具典型性。

　　尾联写诗人看到此景,不由得心神向往,也想追慕前贤,融入其中,从田园生活中得到慰藉,却又无从说起,内心的空落感油然而生,顿露彷徨、怅惘之情,也就自然引出"相顾无相识",只能长歌以抒苦闷。这两句诗中,作者无奈中怀有希望,孤独中仍有信念。诵读时语速不宜太快,语调不宜太高,最后的"采薇"两字可适当拉长。

　　　　　　　　　　　　　　　　　　　　　　　　　　　　　　　　　(杨菁)

风

[唐] 李 峤

解落三秋叶①,能开二月花②。
过江千尺浪③,入竹万竿斜④。

〔注释〕

①解:能够。三秋:农历九月,指秋天。②二月:农历二月,指春天。③过:经过。④斜:倾斜。

〔赏读提示〕

　　这是一首活泼、清新的咏物五绝,全诗四句都在夸赞"风"的特殊才能,朗读时的整体语调宜轻快、俏皮。

　　首句妙在一"解"字。描写"风"的动词最常见的莫过于"吹"字,此处避而不用,应嫌"吹"字过于熟滥。不用"吹",亦不用"扫"、"摘"、"折"、"刮",不仅有音韵上的考虑,也在于意蕴上的锤炼。"轻解罗裳,独上兰舟",一个"解"字,总让我们联想到多情与轻柔。"风"吹落叶是肃杀之境,"风"本有杀伐果断的才能,却不露威严,反用柔情,更显"风"之可爱可亲可赞。读此句时,不妨重读"解"字,且稍加停顿再读后面的音节。相应的,第二句中"能"字亦可如此处理。"三秋叶"对"二月花",工整而又有美感,朗读时可读得轻快、美好。

如果说,前两句中的"风"是温柔多情的,那么三、四句中的"风"则显得威武雄壮。"风"无色无臭,如何见其威力呢?看那江上掀起的千尺巨浪吧!看那骤然倾侧的万竿修竹吧!诗人用夸张的手法,把无形之风的强大力量描绘得气势磅礴,生动可感。这两句在朗读的时候既要读得轻快,又要读出气势。"千"、"万"两个数词应适当重读。

"风"的力量在自然界中处处可见,如何选择恰当的意象来表达最见诗人匠心。李峤在选择意象时,不仅注意了"春、秋"相对,"花、叶"相对,还注意了"水、陆"相对,"视、听"相对以及色彩相谐,使得这首简洁的小诗色彩亮丽,时空辽阔,声色俱全,诗人匠心可见一斑。朗读时应注意读出诗人对"风"的由衷赞美之情。

（唐丽花）

咏　柳

［唐］贺知章

碧玉妆成一树高①,万条垂下绿丝绦②。
不知细叶谁裁出,二月春风似剪刀。

〔注释〕

①碧玉:这里比喻春天嫩绿的柳叶。妆:装饰,打扮。一树:满树。一,满,全。在中国古典诗文中,数量词并不一定表示确切的数量。②万:很多。绦(tāo):用丝编成的绳带。这里指像丝带一样的柳条。

〔赏读提示〕

这是一首咏物诗,七言绝句,通过写柳树表达对大自然的喜爱之情。

全诗最大的特色是用比喻来描摹柳树的形态。首先用"碧玉"来比喻柳叶。"碧玉妆成一树高",高高的柳树像是碧玉妆饰成的亭亭玉立的美人。用"碧玉"

形容柳叶的色泽晶莹剔透，突出柳树的颜色美；接着用"丝绦"来比喻柳条。"万条垂下绿丝绦"，那千条万条随风摇曳的柳条就像是美人身上的丝带，在美人起舞的时候随着摇摆，突出柳树的姿态美。

"不知细叶谁裁出，二月春风似剪刀"，一问一答间诗人依然在描摹形态。先问谁能裁出这么细致精巧的柳叶呢？首先突出柳叶的形状之美。再问如此美妙的柳叶是谁的杰作呢？原来是像剪刀一样善于裁剪的春风。一问一答，就由柳树巧妙地过渡到春风。剪刀的比喻，描摹出春风的灵巧，可谓别出心裁。作者由赞美柳树，进而赞美春风，以及赞美由春风代表的春天、大自然，因为这把剪刀就在大自然手中。这美妙的柳树，美好的春天，这一切美好都是大自然的杰作啊！大自然是富有创造力的，大自然就是神奇的造物主。这两句把比喻和设问结合起来，用拟人手法刻画春天的美好和大自然的工巧，新颖别致。把春风比喻为"剪刀"，将无形的"春风"形象地表现出来，立意新奇，饱含韵味。

在朗读时，前两句语调缓慢舒展，可读出欣赏柳树时的喜悦轻松；三、四两句读出发现大自然的神奇时的惊喜，以及对大自然的赞美之情。　　　　（孙霁蔚）

春　晓①

〔唐〕孟浩然

春眠不觉晓②，处处闻啼鸟③。
夜来风雨声④，花落知多少。

〔注释〕

①春晓：春天的清晨。晓，指天刚亮的时候。②不觉：不知不觉，没有察觉到。③闻啼鸟：听到小鸟的鸣叫声。闻，听到。啼，鸣叫。④夜来：夜里。

〔赏读提示〕

这是一首描写春天雨后的早晨的诗，诗人抓住早晨刚刚醒来时的一瞬间展开描写和联想，表达了诗人对美好春光的喜爱和对落花的惋惜之情。这首诗是诗人隐居时所作，意境优美。

春日好睡眠，不知不觉中天已大亮。"晓"即为早晨，"不觉晓"即为未觉察天已亮，可见诗人隐居时心无杂念，一夜酣眠。一句"处处闻啼鸟"写出春天的早晨充满活力。我们也可以推知是这些鸟儿的欢鸣把酣睡中的诗人唤醒的,可以想见此时屋外已是一片明媚的春光。"闻啼鸟"寥寥数字,涵盖了对大好春光的描摹,可见诗人惜墨如金。由眼前的美好春晓,诗人自然而然想起昨夜朦胧中曾听到一阵风雨声,现在庭院里盛开的花儿到底被打落了多少呢?这两句是由眼前之景展开的联想,可谓虚实结合。春光好,春风春雨也好,可吹落春花也会带走春光,因此一句"花落知多少",又隐含着诗人对春光流逝的淡淡哀怨以及无限遐想。全诗到这里戛然而止,给人以无穷的想象空间。喜爱春天,留恋春天,感伤春天,是诗歌中常见的主题。隐居中的诗人在某个春天的早晨,对大自然的细微变化感触尤深吧。

　　这首诗语言明白晓畅,音调朗朗上口,通过听觉和联想来感知外面的春色,写法独特。本诗情景交融,意味隽永,音韵和谐,是一首千古传唱的佳作。前两句朗读时,声音要高亢,读出对春天的喜爱之情;后两句一转,"花落知多少"要读降调,表现人对春光流逝的淡淡哀怨。

(孙霁蔚)

宿建德江①

[唐] 孟浩然

移舟泊烟渚②,日暮客愁新。
野旷天低树,江清月近人。

〔注释〕

　　①建德江:在浙江省,新安江流经建德的一段。②移舟:靠岸。烟渚:弥漫雾气的沙洲。

〔赏读提示〕

　　这是一首抒写羁旅之思的诗,以日暮小船在江边停靠夜泊为背景,通过景物描写表现诗人的愁绪。

　　起句"移舟泊烟渚","移舟"即小船靠岸,"泊"即停船宿夜,船停靠在江中的一个烟雾朦胧的小洲边。这句诗点题。

　　"日暮客愁新","日暮"是核心,因为日暮,船需要停宿;因为是薄暮时分,江面上才烟水蒙蒙。同时"日暮"又是引发"客愁新"的原因。游子在外漂泊,舟车劳顿一天，在众鸟归林、牛羊下山的黄昏时刻安静下来，羁旅之愁油然而生。"君子于役，不知其期。曷至哉？鸡栖于埘，日之夕矣，羊牛下来。君子于役，如之何勿思？"《诗经》里的这位女子，每当夕阳西下、鸡进笼舍、牛羊归栏的时刻，就越发思念在外服役的丈夫，不也是同样的道理吗？如果说羁旅之愁是新添的愁，那么诗人此前应该还有不少旧愁吧。诗人却没有再说，而是通过景物描写把一颗愁心放入寂寥的天地间了。

"野旷天低树，江清月近人"，天空竟显得比树还低，那必须是在平旷的原野放眼望去。"低"和"旷"是相互依存、相互映衬的。天上的明月和舟中的人是那么亲近，那必须是月亮倒映在澄澈的江水中，而人夜宿在小船上才能感受到的。"清"和"近"又是互相映衬的。这番夜晚的景致空阔辽远，天地广袤宁静，诗人的"愁"与天地相融，到此戛然而止，言有尽而意无穷。

诗人仕途失意，怀着一腔被弃置的忧愤辗转吴越。此刻，他孑然一身，面对着四野茫茫、江水悠悠、明月孤舟的景色，那羁旅的孤独，思乡的惆怅，理想的幻灭，人生的坎坷……千愁万绪，不禁纷至沓来，涌上心头。这"宿"而"未宿"，不正意味深长地表现出"日暮客愁新"吗？

诵读这首诗，我们要语调低沉、节奏缓慢，读出空寂之感，读出寂寞的愁绪。

（程云）

秋登兰山寄张五

[唐] 孟浩然

北山白云里，隐者自怡悦。
相望试登高，心随雁飞灭。
愁因薄暮起，兴是清秋发^①。
时见归村人，沙行渡头歇。
天边树若荠^②，江畔洲如月。
何当载酒来，共醉重阳节。

〔注释〕

①兴：秋兴。②"天边"句：形容远望中天边树木的细小。荠，荠菜。

〔赏读提示〕

　　孟浩然的山水田园诗"情飘逸而真挚，景清淡而优美"，语言淳朴隽永。这首诗名为"寄"，实为隔山遥望，并不能相见。由清秋登高，日暮归雁，唤起愁心，来抒发诗人心中对朋友的思念之情，希望朋友重阳佳节携酒登高而欢聚。语意亲切自然，寄托了诗人对朋友真挚的思念之情。

　　晋代陶弘景《诏问山中何所有》云："山中何所有，岭上多白云。只可自怡悦，不堪持赠君。"开头两句"北山白云里，隐者自怡悦"就从陶诗脱化而来，"自怡悦"要读得轻快悠然。

　　三、四两句起，进入题意。"相望"巧妙地抒发了作者对朋友张五的思念。由思念而"登万山"远望，望而不见友人，但见北雁南飞。上半句要读出期盼急切见到老友之情，"相望"、"心随"要读出悠远的意味。后半句要读出望不见友人的怅然若失之情。王国维说"一切景语皆情语"，这是写景，又是抒情，情景交融。雁已经看不见了，此时又近黄昏时分，心头不禁泛起淡淡的哀愁，然而，清秋的山色却使人逸兴勃发。

　　"愁因薄暮起，兴是清秋发"，诗人从山上向下眺望。诗人在秋天怀故友登高，随性感发，他特别希冀与朋友一起共度，足以见得其思念友人的浓重情感。"愁"、"薄暮"要读出悲伤的味道。"时见归村人，平沙渡头歇。天边树若荠，江畔洲如月"，是写作者眺望到天已薄暮，劳作了一天的村人们渐渐回来。他们神态各异，那天边的树细如荠菜，江畔的白色沙洲，从远而望，好似蒙上了一层月色。诗人情感都浓缩于诗中，非常值得我们品味。

　　"何当载酒来，共醉重阳节"，首尾呼应。一个"醉"字把作者迫切想与老友张五把酒言欢一醉方休的感情表达出来。诵读时应将"醉"字读音加重拖长，读出回味悠长之情。

（田新星）

夜归鹿门山歌^①

［唐］孟浩然

山寺钟鸣昼已昏，渔梁渡头争渡喧^②。
人随沙路向江村，余亦乘舟归鹿门。

鹿门月照开烟树③,忽到庞公栖隐处。
岩扉松径长寂寥④,惟有幽人自来去⑤。

〔注释〕

①鹿门山:在今湖北襄阳县东南三十里。汉末著名隐士庞德公因拒绝荆州刺史刘表征辟,携家隐居鹿门山,从此鹿门山成了隐逸圣地。孟浩然曾长期在此隐居。②渔梁:沙洲名,在鹿门山的沔水中。《水经注·沔水》中记载:"襄阳城东沔水中有渔梁洲,庞德公所居。"喧:喧哗声。③开烟树:鹿门山上的树被暮色笼罩,看不分明,在月光照耀下重新显现出来。④岩扉松径:指岩壁当门,松林夹路。寂寥:寂静空虚。这里的意思是人迹稀少,冷落萧条。⑤幽人:隐居者,此是诗人自称。

〔赏读提示〕

孟浩然的诗多写隐居闲适和羁旅愁思,在山水田园景色的描写中寄托自己的性情。《夜归鹿门歌》正是他隐居生活的生动写照。这首七言古诗,直以白描手法勾画出回归路遇,其题虽有纪实之意,但主旨却是歌咏归隐的情怀志趣。

首二句即写傍晚江行见闻。白昼已尽,黄昏降临,幽僻的古寺传来了报时的钟声,沔水口附近的渔梁渡头人们急于归家时抢渡,无比喧闹。首句安宁静谧的环境与次句的喧嚣形成了鲜明而强烈的比照,这是远离人寰的禅境与喧杂纷扰的尘世的比照,表现了诗人在船上闲望沉思的神情和潇洒超脱的襟怀。诵读时前句要平读,读出清幽气息;"争渡喧"要重读,与前句形成对比。

三、四句继续对比着写。前句承"渔梁"诗意,写村人各自上岸还家;后句承"山寺"诗意,写自己回到鹿门。两种归途展现两样不同的心境,这又是一个比衬,从而表现出诗人与世无争的隐逸志趣和不慕荣利的淡泊情怀。"随"、"亦"可重读拖长,"归鹿门"要读出恬然且微喜之味。

五、六句写夜登鹿门山,到庞德公栖隐处,感受到隐逸之妙处。"鹿门月照开烟树",朦胧的山树被月光映照得格外美妙,诗人陶醉了。诵读时要读出微喜、陶醉之感。忽然很快地,仿佛在不知不觉中就到了归宿地,原来庞德公就是隐居在这里,诗人恍然了。"忽"字要读得短促。这种微妙的感受,亲切的体验,表现出隐逸的情趣和意境,隐者为大自然所融化,到了忘乎所以的境界。尤其是"月照开烟树"中的一个"开"字,更是用得相当绝妙,既有佛家"开慧怡神"的欣慰,又有"借灯开路"的喜悦,同时更有朦胧中"开心于隐"的惬意。这句要读出一丝微微的欣慰与喜悦。

最后两句便写"庞公栖隐处"的境况，点破隐逸的真谛。这"幽人"，既指庞德公，也是诗人自况。因为诗人彻底领悟了"遁世无闷"的妙趣和真谛，躬身实践了庞德公"采药不返"的道路和归宿。在这个天地里，人与尘世隔绝，唯与山林为伴，无尘世纷扰，自来自去，过的是一种清闲、安逸却也不无孤单的生活。诵读时"长"要微拖，"寂寥"微降；"惟有"平读，"自"微重，"来去"轻读且结尾干脆，读出内心的清闲与无奈。

此诗描写诗人夜归鹿门山的所见所闻所感。整首诗按照时空顺序，分别写了江边和山中两个场景：上个场景着眼于钟鸣、争渡、向江村、归鹿门等人物的动态描绘；下个场景侧重于月照、岩扉、松径等静态刻画，先动后静，以动衬静。这写出了鹿门清幽的景色，表现了诗人恬静的心境。全诗虽歌咏归隐的清闲淡雅，但也透露出对尘世热闹的不能忘情，表达了隐居乃迫于无奈的情怀。感情真挚飘逸，于平淡中见其优美、真实。

诗的题材是写"夜归鹿门"，颇像一则随笔素描的山水小记，但它的主题是抒写清高隐逸的情怀志趣和道路归宿。诗中所写从日落黄昏到月悬夜空，从汉江舟行到鹿门山途，实质上是从尘杂世俗到寂寥自然的隐逸道路。诗人以谈心的语调，自然的结构，省净的笔墨，疏豁的点染，真实地表现出他的内心体验和感受，动人地显现出恬然超脱的隐士形象，形成一种独到的意境和风格。

（邱兼顾）

采莲曲

［唐］王昌龄

荷叶罗裙一色裁①，芙蓉向脸两边开②。
乱入池中看不见，闻歌始觉有人来。

〔注释〕

①罗裙：丝绸制作的裙子。②芙蓉：即荷花。

〔赏读提示〕

这首诗描绘了一幅少女采莲图，整个画面洋溢着青春气息，宜用优美欢快的语调来朗读。

一、二两句将采莲少女和荷塘景色融为一体。这种融合不仅在于罗裙与荷叶颜色、形状相似,荷花和少女的脸庞都粉嫩润泽,还在于两者都有天成之美,两者都充满着青春活力,蓬勃生机。"芙蓉向脸两边开",鲜艳而多情的荷花正朝着少女的脸庞开放,你注视我,我凝视你,好似在相互比美,又似在互相欣赏。这些采莲女子简直就是大自然的一部分,就是荷花的化身。朗读这两句可用轻快的语调,读出优美、俏皮的味道来。

第三句"乱入池中看不见",紧承前两句而来。乱入,即杂入、混入之意,采莲的女子们与荷塘融为一体,所以很容易消失在诗人的视线外。正当诗人怅惘懊恼之际,莲塘中歌声四起,诗人恍然,原来采莲女子仍在这田田荷叶、艳艳荷花之中。这两句描绘了采莲女在荷塘中若隐若现、若有若无、花人相映的生动画面,表现出采莲女天真烂漫、朝气蓬勃的特点。第三句要读出怅然若失之情,读完稍作停顿再读最后一句,读出恍然大悟之感。

这首诗将采莲少女与莲花荷塘相互映衬,歌颂了青春之美、自然之美。诵读时,要读得生动活泼,饶有情趣。

（唐丽花）

鹿　柴①

［唐］王　维

空山不见人,但闻人语响②。
返景入深林③,复照青苔上④。

〔注释〕

①鹿柴(zhài)：此为地名。柴,同"寨",栅栏。②但：只。闻：听见。③返景：夕阳返照的光。景,同"影"。④照：照耀(着)。

〔赏读提示〕

王维的诗历来以"诗中有画,画中有诗"为人们所称道。这首诗正体现出诗、画的结合。他以画家对光的把握,诗人对语言的锤炼,再加上音乐家对声的感知,刻画了空山人语、斜晖返照那一瞬间特有的寂静清幽,耐人寻味。诗中充满清幽与禅意,王维不愧被称作"诗佛"。

此诗从"空山不见人，但闻人语响"起笔。山中空无一人，寂静到了极致，却突然听到人语声。声音从哪里而来？是什么人在山中？层峦叠嶂中只闻其声不见其人。直白的语言，略作点染，境界即出。山中的空旷、幽静，由这几声"人语"衬托出来。以声衬静，空谷传音，愈见其空。

"返景入深林，复照青苔上"，人语过后，山中重归寂静。这时，一缕夕照返射入树林深处，又有几缕光线落到青苔上面。这里选取傍晚时分的光影作为描写对象。天色将暗，山林的昏暗中忽而有一丝明亮，那是夕阳折射进来的光，可见山林的幽深，夕阳余晖过后将会越发幽暗。这里以明衬暗，以暗衬深。

这首诗整体描绘的是空山深林在傍晚时分的幽静景色。诗的绝妙之处在于，前二句写幽静，因声传神；后二句写幽深，以光敷色。

王维是诗人、画家兼音乐家。朗读时语气要平和舒缓，读出空寂幽深、动静相宜、明暗互补以及哲思的韵味。

（孙霁蔚）

竹里馆①

[唐] 王　维

独坐幽篁里②，弹琴复长啸③。
深林人不知，明月来相照④。

〔注释〕

①竹里馆：辋川别墅胜景之一，房屋周围有竹林，故名。②幽篁（huáng）：幽深的竹林。③啸（xiào）：撮口发出长而清脆的声音。④"深林"二句：左右无人相伴，唯有明月似解人意，偏来相照。深林，指"幽篁"。相照，与"独坐"相应。

〔赏读提示〕

这是一首描写隐者的闲幽生活情趣的诗。朗读时语调要闲雅平静。

一、二两句描写诗人独自坐在幽深的竹林中，弹着古琴抒发寂寞情怀。王维早年信奉佛教，加之仕途坎坷，四十岁以后就过着半官半隐的生活。正如他自己所说："晚年惟好静，万事不关心。"闲暇时常常弹琴，但琴声似乎不足以宣情，所以复以长啸。王维居竹林之中，效阮籍长啸，以阮籍自比，表现自己高洁的风骨。这两句宜读得低沉舒缓。

三、四两句进一步渲染那种孤寂的情绪和氛围。皎皎明月在青天碧海中独放光辉，就像诗人离群索居，在竹林中空自高洁。暗夜深林有寂寞压抑之感，然而"明月来相照"，给这幽暗的竹林，洒上银白的色彩，使得竹林增加了生气，变得明媚，孤寂之感一扫而光，竹林、明月、弹琴的诗人也融化在这静穆夜色中了。人不知又有何妨，明月知我心，我心似明月。朗读这两句时，要在孤寂中读出孤傲之感。

这首诗的画面呈青白之色，素雅幽静；配以古琴之声和诗人长啸之声，表现出诗人宁静中的孤傲，孤傲归于平静后的淡泊。朗读这首诗时宜一、三句低沉，二、四句稍稍扬起，表达出一个隐者的高洁情怀。　　　　　　（程云）

山　中

[唐] 王　维

荆溪白石出^①，天寒红叶稀。
山路元无雨^②，空翠湿人衣^③。

〔注释〕

①荆溪：即长水，又称荆谷水，源出陕西蓝田县西北。②元：原，本来。③空翠：指山间岚气。

〔赏读提示〕

这首诗描写了山中冬景，虽然是冬天，却丝毫没有萧瑟枯寂之感，反而色彩斑斓，充满诗情画意。山中的冬天很美好！

首句"荆溪白石出"写山中溪水。冬天水浅，所以溪流不再是潺潺流淌，而是水落石出。涓涓细流中，露出磷磷白石，可见水的清浅。第二句"天寒红叶稀"写山中红叶。枫叶在秋天的时候最绚烂，到深秋已渐渐凋零，"红叶稀"写出山中红叶已经很稀少。尽管稀少，但能在冬天的山中见到红叶仍然是让人欣喜的。在一片浓翠的山色背景上，点缀着几片红叶，色彩立刻绚丽起来。所以"红叶稀"，并不给人以萧瑟、凋零之感，相反能引发对美好事物的感叹和珍惜。

"山路元无雨，空翠湿人衣"这两句写山中的环境。既然"无雨"，怎么会"湿衣"？诗句告诉我们，是因为"空翠"。尽管是冬天，山中仍是苍松翠柏，蓊蓊郁郁，山路就穿行在无边的浓翠之中。苍翠的山色本身是空明的，所以说"空翠"。山中的空气是清新的，山中的颜色是翠绿的，行走在山中的感觉是湿润的。所以"空翠"本不会"湿衣"，但人行空翠之中，能产生微雨湿衣之感。这是视觉、触觉、感觉的融合，是山中的环境带给人的神清气爽的感觉。

这幅山中冬景图，由白石磷磷的小溪、鲜艳的红叶和无边的浓翠组成。冬天行走在其中，感觉是轻松愉悦的。朗读这首诗时，语调应轻快，读出行走山中观赏美景、呼吸清新空气时的喜悦之情。　　　　　　　　　　（孙霁蔚）

终南山①

[唐] 王　维

太乙近天都②，连山到海隅③。

白云回望合，青霭入看无④。

分野中峰变⑤，阴晴众壑殊⑥。

欲投人宿处，隔水问樵夫。

〔注释〕

①终南山：又名太乙山，是秦岭山脉的一段。王维于开元二十九年曾隐居于终南山，本诗即为当时所作。②太乙：一作"太一"，即终南山。天都：传说天帝居所。这里指帝都长安。③"连山"句：山峰连接不断，直到海边。隅（yú），靠边的地方。④青霭（ǎi）：山中的岚气。霭，云气。⑤分野：古人以地上的州国同天上的星辰位置相配叫做分野，即地上的每一个区域都对应星空的某一处分野。⑥壑（hè）：山谷。

〔赏读提示〕

这首诗描写了终南山的宏伟壮观。诗人当时隐居在终南山，一心向佛，淡泊名利，将终南山看成了他的精神家园，想从终南山的灵秀之气中得到慰藉，因而创作了大量与终南山有关的诗篇。而这首五言律诗，则以寥寥四十字，成为偌大一座终南山传神的写照。

首联写远景，用夸张手法勾画了终南山的总轮廓。"近天都"是指从平地遥望终南山，其顶峰与天连接，凸显终南山之高；"接海隅"则是指从长安遥望终南山，西边望不到头，东边望不到尾，与其他山脉连接不断，直到海边，凸显终南山东西之辽阔。

颔联写近景，用两句互文的对偶句描写了身在山中之所见。诗人行走在终南山中，朝前看，茫茫云海，蒙蒙青霭，以为很快便可浮游于云气雾霭中；然而继续前进，云雾却向两边分开，可望而不可即；回头看，山岚漫漫，云屯雾集，白云青霭又汇成一片，依旧是可望而不可即。这两句写烟云变化，移步换形，于朦胧中给人以无尽的遐想。因此，前两联诵读时可以将语调放缓，语速放慢，使听者感受到终南山之高远，对山中之景产生朦胧美好的想象。

颈联高度概括，进一步写终南山南北之辽阔和千岩万壑的千形万态。诗人因行走山间而有"分野中峰变"的认识，于是乎，诗人立足"中峰"，纵目四望，将终南全景收于眼底。而"阴晴众壑殊"则是尽收眼底的全景，因为阳光的光影变化，各个山谷显出不同的美好情态，让人流连忘返，更添隐居于此之意。诗人从大处着眼，短短两句诗便概括了终南山全貌，形象地表现出了终南山的雄伟气势。诵读时不妨上句语调稍稍昂扬，下句语调趋于平缓，强化听者对终南山高远幽美的感受。

尾联由写景转为叙事，写诗人为了入山穷胜，想投宿山中人家。"隔水"二字点出了诗人"远望"的位置，"问樵夫"则点明诗人游兴正浓，还将留宿山中，继续游山赏景，表现了诗人对终南山的喜爱之情，也表达了诗人的归隐之心。因此，诵读此联时除了要注意"二二一，二一二"的节奏，还可上句升调，下句降调，语气欢快一些。

全诗写景、写人、写物，动如脱兔，静若淑女，有声有色，意境清新，虽"语不必深僻"，但的确"清夺众妙"。

（陈卉）

过香积寺①

［唐］王　维

不知香积寺，数里入云峰②。
古木无人径，深山何处钟③。
泉声咽危石④，日色冷青松⑤。
薄暮空潭曲⑥，安禅制毒龙⑦。

〔注释〕

①过:访问,探望。香积寺:唐代著名寺院。②入云峰:登上入云的高峰。③钟:寺庙的钟鸣声。④咽:呜咽。危石:高耸的崖石。危,高。⑤冷青松:为青松所冷。⑥薄暮:黄昏。曲:水边。⑦安禅:为佛家术语,指身心安然进入清寂宁静的境界,在这里指佛家思想。毒龙:佛家比喻俗人的欲念妄想。

〔赏读提示〕

这是晚年的王维探访香积寺后写下的一首咏物诗。诗歌语言精练,表达有节制,少见宣泄主观情感的词语,只在几乎白描的景物中微微流露着寻觅人生真谛的心迹。

诗歌以"不知"开篇,告诉我们诗人要寻找的东西是一个未知的存在,留下神秘的悬念。他,要在毫无预备的心境下步入莽莽山林,展开一段寻幽之旅。诗人要寻找的那个地方在哪里呢?他不知道。他只能不停地走啊,走啊,走在烟云缭绕、幽寂深邃的茫茫大山之中。这里,古木参天,树林荫翳,峭壁林立,实在是一个人迹罕至的地方。"古木无人径",林海深僻,满目森然,几乎没有一条小路可走。正踌躇彷徨之际,耳畔传来杳远悠扬的钟声,恰似灵台拂照醍醐灌顶,方才的惶惑、无奈一扫而空。就循着这"当——当——"的钟声去寻吧!而此时,空林中久久回响、余韵悠长的钟声又让人感到多么悄怆寂寥!诵读这些句子,要强调"不知"、"无人"、"何处"等词语,品味字里行间孤寂悠远的韵味。

随着钟声传来的方向,眼前赫然是刀研斧劈般高耸的悬崖峭壁。难得有一眼细细流淌的清泉飞漱其间,唱着幽幽的调子,如怨如诉,似人悲泣。凝神谛听,周身又被万壑的簌簌松涛包裹。"日色冷青松",松林密而绿,森森然寒意袭人。斜晖脉脉,本来让人温暖,然而当丝丝缕缕的金光透过横柯上蔽的枝叶,留下一点点淡淡的金黄,反而让人更添一分寒意。朗读本诗的颈联,要特别注意"咽"、"冷"二字的处理。泉流呜咽,斜阳映山,冷绿调和着金黄,一切是这样的静谧安然。这一刻,空间仿佛凝固,时间静若永恒,世间的一切变得如此庄严肃穆,诗人曾经在俗世热切跳动过的心也变得空阔沉静。面对寺庙前净若"空"无的水潭,心系禅理的诗人自然而然地想起了那个佛经故事:在西方的一个水潭中,有一条生性暴烈的毒龙,佛门高僧以无上佛法制服了它,并迫使其离开水潭,永不伤人。故事中的"毒龙"已然降服,它昭示着诗人心中的"毒龙"——邪念欲望——也可以借佛法彻底平息。恍然间,他明白了,无论何时,无论何地,都可以参禅悟道。在苦苦追寻的过程中,忽然发现,追寻本身可能就是禅悟的方式,何必执着于"登堂入室"呢?

通读全诗,虽然题为"过香积寺",却无一句正面写寺庙。然而,当"云峰"、"古木"、"深山"、"钟"、"危石"、"青松"、"空潭"这些形象徐徐展开的时候,一种源自空门的超然气息扑面而来。因此,读此诗时,从茫然开始,到豁然终结,渐渐要读出超尘脱俗的禅意来。

值得一提的是香积寺,传此寺名出自《维摩诘经》"天竺有众香之国,佛名香积"之句。而"维摩诘"梵语意为洁净无垢尘,王维的名、字与香积寺当有很深的渊源。在他探访香积寺的所见、所闻、所想中,隐隐透露的居士情怀,使得这次探幽之旅带有寻找自我的深层意味。所以,这首诗的诵读,要注意王维这种出世的情怀,语气宜缓,语调宜平,节奏宜慢。   (方凌)

山居秋暝①

[唐] 王　维

空山新雨后,天气晚来秋。
明月松间照,清泉石上流。
竹喧归浣女②,莲动下渔舟。
随意春芳歇③,王孙自可留。

〔注释〕

①暝:夜色。②浣女:洗衣服的女子。③春芳:春草。歇:干枯。

〔赏读提示〕

这是王维的一首山水田园诗,堪称"诗中有画,画中有诗"的典范。诗中描摹了一幅山中的清新空灵的美景图,写出了清新、幽静、恬淡、优美的山中秋季黄昏的美景。

首联"空山新雨后,天气晚来秋",交代了这幅图景的具体时间、地点。"空山",无人之山,可见山中的幽静。"新雨后",一场雨刚停,山中的空气格外清新。"晚来秋",交代了时间是秋天傍晚。这幅图要描写的是山居秋日薄暮之景,山雨初霁,薄暮时分游人已无,山中幽静闲适、清新宜人。

颔联"明月松间照,清泉石上流",夜幕降临,明月初升,月光透过松林照射在山林间,月光皎洁,景色空灵明净。山中泉水在石上潺潺流淌,越发衬托出山中的幽静。只有居住在山上的人才能在夜晚静静地欣赏这样的山中夜景吧。明月、松林、清泉、白石,这是一幅由自然之景构成的画面,天地纯净,充满禅意。

诗人正沉浸在这样的美景中,突然有人语声传来。颈联"竹喧归浣女,莲动下渔舟",可谓匠心独运。诗人先是听到远处竹林里的喧闹声,接着看到莲叶颤动,就着夜色仔细辨认才知道竹林中的喧闹是因为一群浣衣女子劳作归来,莲叶颤动是因为渔民捕鱼归来。淳朴的山民们劳作一天趁着夜色归家,他们的欢声笑语暂时打破了山中的宁静。人的活动使得画面由静态转为动态,在幽静中增添了生机活力。诗人在这两句中顺序的安排也更符合自然,恰到好处。

最后一联诗人由山中的美景不由发出感慨:"随意春芳歇,王孙自可留。"这句诗反用《楚辞·招隐士》中"王孙兮归来,山中兮不可久留"。《楚辞》中这句是劝隐士走出山林,而诗人是说美好的春景虽然消失了,但山中的秋景依然美好,王孙公子可以留在山中不必归去了,表达了诗人留恋山中美景,想隐居山中的想法。他在另一首诗里也有对友人的挽留:"明年春草绿,王孙归不归?"足见王维对山林的喜爱。

诵读这首诗时,眼前宛如出现一幅充满诗情画意的山居秋暝图,读时应语调缓慢,读出清新、幽静、恬淡、优美之感,读出诗人的向往之情。　　　　(孙霁蔚)

汉江临眺①

〔唐〕王　维

楚塞三湘接②,荆门九派通③。
江流天地外④,山色有无中。
郡邑浮前浦⑤,波澜动远空。
襄阳好风日⑥,留醉与山翁⑦。

〔注释〕

①汉江:即汉水,发源于陕西省宁强县,经湖北省至汉阳入长江。临眺:登高望远。一作"临泛",则是临流泛舟之意。②楚塞:指襄阳一带的汉水,因其在古楚国之北境,故称楚塞。三湘:湘水合漓水称"漓湘",合蒸水称"蒸湘",合潇

水称"潇湘",故又称"三湘"。此当泛指洞庭湖南北诸流域。③荆门：荆门山。九派：长江至浔阳分为九支。④"江流"句：极言汉江的浩淼。⑤郡邑：指汉水两岸的城镇。浦：水边。⑥好风日：风景天气好。一作"风日好"。⑦山翁：指山简，晋代"竹林七贤"之一山涛的幼子，西晋将领，镇守襄阳，有政绩，好酒，每饮必醉。这里借指襄阳地方官。这里是作者以山简自喻。

〔赏读提示〕

唐开元二十八年（740）秋，王维时年40岁，以殿中侍御史的身份去黔中、岭南任选补使，这是一种为期几个月的临时出差，不同于放外任或贬谪，所以王维此时的心情是比较舒畅的。赴任途中经过襄阳，面对汉江浩浩无涯、包载天地的浩淼江景，诗人激情满怀，即兴赋诗，写下了这首山水诗。

全诗格调清新，意境优美，是王维融画法入诗的力作。

诗人一开始，就以"视通万里之势"从大处落墨，勾勒了一幅荆门楚地的波涛汹涌、气势磅礴的江流纵横图："楚塞三湘接，荆门九派通。"上句纵观，写楚塞与三湘连接；下句横看，写荆门与九派沟通，这是何等的气派！诗人将眼前所见实景，与联想中的"三湘"、"荆门"、"九派"沟通起来，为整个画面渲染了气氛。"三湘"、"九派"可拖长，而"接"与"通"将四个相对地名勾连，收漠漠平野于纸端，纳浩浩江流于画边，概述了汉江的地理位置，可短促重读。整联诵读时，要读出一种气势。

"江流天地外，山色有无中"二句，以山光水色作为画幅的远景。汉江滔滔远去，好像一直涌流到天地之外去了；两岸重重青山，迷迷蒙蒙，若有若无。上句纵看，写水，直承"九派"。水势浩大，像要奔流出天地之外。这真是玄妙的想法，夸张而得体。后句又以苍茫山色烘托出江势的浩瀚空阔。下句横看，写山，暗接"三湘"，以山色的苍茫烘托出江流之浩瀚空阔。江的浩大，使群山时隐时现；群山的时隐时现，又反衬了江流的浩瀚无涯。上下两句山水相映，动静相兼，虚实相济，在有无、远近、疏密、浓淡的错综描写中，极生动而又鲜明地刻画了汉江雄浑辽阔、变幻多姿和奇伟秀丽的个性特征，两句诗炼字方面亦见精到。"外"、"中"两个方位词极普通，却用得神妙，把江流的气势和山色的朦胧鲜明地烘托了出来。朗读时这两个字的尾音可以适当拖长，以来展现现代的摄影特写、聚焦、广角、焦距淡入淡出的效果。诗人着墨极淡，却给人以伟丽新奇之感，其效果远胜于重彩浓墨的油画和色调浓丽的水彩。而"外"、"无"又为诗歌平添了一种迷茫、玄远、无可穷尽的意境，所谓"含不尽之意见于言外"。此联开阔空白、疏可走马,与上联众水交流、密不间发,形成画面上错综有致的疏密相间。

　　此诗着意写水,写水势浩淼,到底如何浩大?诗人没有采取一般的形容手法,而是从倒影的观察入手,突出刻画水中的世界。"郡邑浮前浦,波澜动远空",天上人间的一切,几乎都在水中浮动,摇撼。这样大的气势,简直吞噬了一切,有了这样一种形象,才会使人感受到"江流天地外,山色有无中"是怎样一种形象。诗人所使用的绘画中的倒影表现手法,在这里起了决定性作用。也有人认为这两句的理解是:襄阳楼阁互望、市井相连,似漂浮在浩浩洪波之上;汉江动荡不息,远望天宇,仿佛也随之摇动。"动"、"浮"两个动词需要升调重读,要读出变郡邑和远空的静为动的感觉,读出汉江波澜壮阔的气势。

　　"襄阳好风日,留醉与山翁",这是总赞襄阳风景之美,以诗人沉醉于汉江壮丽风光作有力的收结。"襄阳的风光是这样的美好,我愿意留下与山翁似的友人酣饮共赏。"朗诵这两句时,速度不能太快,要注意自然停顿。"好"声音响亮延长,既读出山光水色之美,也要读出全诗的乐观基调。强调"留"字,这切合诗人的身份,又点明了山水的可游性与可居性。尾字"山翁"可以拖长,以引起听众的遐想。《唐诗成法》:"前六雄俊阔大,甚难收拾,却以'好风日'三字结之,笔力千钧。"这两句诗直抒胸臆,笔法潇洒飘逸,颇似山水画轴上的题诗,与全幅画面相得益彰,浑然一体。

　　在这首诗中,王维把画家的观察、诗人的思考、绘画的技巧和诗歌的手法极自然地结合了起来。全诗气韵生动,俨如一幅素雅而富有气势的水墨画,充分体现了"诗中有画,画中有诗"的特点。

(邱兼顾)

望天门山①

[唐] 李　白

天门中断楚江开②,碧水东流至此回③。
两岸青山相对出④,孤帆一片日边来⑤。

〔注释〕

　　①天门山:位于安徽省和县与当涂县西南的长江两岸,在江北的叫西梁山,在江南的叫东梁山。两山隔江对峙,形同门户,所以叫"天门"。②楚江:即长

江。古代长江中游地带属楚国,所以叫"楚江"。③至此回:长江东流至天门山附近回旋向北流去。回,回旋。④出:突出。⑤日边:天边。

〔赏读提示〕

　　这是诗人舟行江上时的即兴写景诗。天门山两山隔江对峙,形同门户,所以叫"天门"。诗人舟行江中溯流而上,远望"天门"。"天门中断楚江开",浩浩荡荡的长江冲破"天门"向大海奔流而去,大江的气势不可阻挡,连天的门户都可以冲破。诗人的一支生花妙笔把大自然的壮观景象描绘得淋漓尽致,当然这和"诗仙"的大胆想象分不开。"碧水东流至此回",水可以冲破山,反过来,夹江对峙的天门山也在阻挡着汹涌奔腾的长江。大自然就这么抗衡着,谁也不屈服于谁,诗人的狂放气质在这两句诗中也可见一斑。所以在诵读时要铿锵有力,读出大自然的雄浑壮阔,也要读出诗人的开阔胸襟。

　　在伟大的自然面前,诗人也意兴盎然。"两岸青山相对出,孤帆一片日边来",这两句不可分割。上句写"望天门山"之所见,写出天门两山夹江对望的雄姿;下句点出"望"的立足点,诗人在江中"孤帆"上。青山伫立两旁迎接远客,而诗人乘船从天边远道而来。既然山对远客有情,远客自当更加兴味盎然。虽然是"孤舟一片",但我是"日边来",自有青山远迎。这是何等的气魄和胸襟!好一个豪放飘逸的李白!在读这两句的时候,要读出诗人的乐观自信来。

　　诗人将自我形象放置在雄伟的自然景色中,物我合一,充满激情。诗人眼中的自然是雄伟壮阔的,同时也是色彩绚烂的。由碧水、青山、白帆、红日交映成一幅色彩绚丽的画面。随着诗人的逆流而上,画面层层展开,山断江开,东流水回,青山相迎,孤帆驶来。景色由远及近再及远地展开。大自然在诗人眼中充满活力,因为诗人充满活力,诗人在充分赞美自然,也在充分释放自我。

　　诵读时,要大气磅礴,要读出诗人乐观豪迈的情感。　　　　　　(孙霁蔚)

望庐山瀑布①

〔唐〕李　白

日照香炉生紫烟②,遥看瀑布挂前川③。
飞流直下三千尺④,疑是银河落九天⑤。

〔注释〕

①庐山:我国名山之一,在今江西省九江市北部的鄱阳湖盆地,九江市庐山区境内。②香炉:即香炉峰,在庐山西北,因形状像香炉且山上笼罩烟云而得名。紫烟:指日光照射下,呈现出紫色的云雾水气。③川:河流,这里指瀑布。④三千尺:形容山高,这里是夸张的说法,不是实指。⑤九天:古人认为天有九重,九天是天的最高层,此处指极高的天空。

〔赏读提示〕

李白的诗风豪放飘逸,显露出诗人开阔的胸襟和超凡脱俗的气质。诵读李白的诗首先要音色饱满,音调高昂,读出诗仙的超脱气质。

诗人一生游历过许多名山大川,这是一首写庐山的诗。全诗的视角都是在庐山香炉峰下,远远地观赏。"日照香炉生紫烟",阳光照射在香炉峰上,远远望去,"香炉"中升腾起紫色的烟雾,如果身在此山中是看不到这样的美景的,只能是远望才能观其全貌。形似香炉的山峰中升腾出紫色的烟雾,多么奇特的比喻,多么壮观的景象!但烟为什么是紫色的呢?这要跟下句连起来读。"遥看瀑布挂前川",远远望去,一条瀑布从山上倾泻而下。诗人用字的传神又体现出来,一个"挂"以静写动,信手拈来。因为香炉峰下有瀑布,水汽蒸腾,透着日光,再加上山中的云气,所以远远望去,在形似香炉的高峰上缭绕的就是紫色的烟云了。这样的风景多么美妙啊!朗读这两句的时候要读出诗人观赏美景时的好奇、赞叹、喜悦,语调平和轻快。

接下来的两句进一步描写瀑布,"飞流直下三千尺",写出瀑布的急速、壮观,李白总是在诗中把夸张、想象发挥得淋漓尽致。在诗人那里,"三千尺"的夸张还不足以表达这种声势浩大,还要用"疑是银河落九天"这样奇特的想象,写出瀑布的银光闪闪,气势磅礴。不愧是李白,才能如此别出心裁!朗读这两句的时候应该比前面两句更加铿锵有力,读出大气磅礴的气势来。　　　　(孙霁蔚)

峨眉山月歌

〔唐〕李　白

峨眉山月半轮秋①,影入平羌江水流②。
夜发清溪向三峡,思君不见下渝州③。

〔注释〕

①半轮秋：半圆的秋月，即上弦月或下弦月。②影：月光。平羌：江名，即今青衣江，在峨眉山东北，源出四川芦山，流经乐山汇入岷江。③君：指峨眉山月。一说指作者的友人。

〔赏读提示〕

首联写"峨眉山月"，点出了时令是在秋天。在诵读时"山"字可重读，"月"字语音可适当延长，"半轮秋"中的"秋"字可重读。秋高气爽，月色特明，月"半轮"，营造青山吐月的优美意境。

颔联写月影投在青衣江上，由于人在船上，船行江中，月影好像也随着江水在流动。"羌"、"流"二字读时声音可适当延长，语调略扬。此句不仅写出了月映清江的美景，同时暗点秋夜行船之事，意境空灵入妙。

颔联景中有人，颈联中人开始露面：他正连夜从清溪驿出发进入岷江，向三峡驶去。一个"仗剑去国，辞亲远游"的青年，乍离乡土，对故国故人恋恋不舍。江行见月，如见故人。古人常常望月怀远，所以有了尾联"思君不见下渝州"。朗读时"不见"二字重读，读出思故人而不可见的忧伤；"下渝州"三字要读得低沉悠长，读出失落无奈之情。

除"峨眉山月"以外，诗中几乎没有更具体的景物描写；除"思君"二字，也没有更多的抒情。然而"峨眉山月"这一集中的艺术形象贯穿整个诗境，成为诗情的触媒：月明山高，月下行船，望月怀远，见月不见人的忧伤。诗中处处有月光笼罩，如思人情怀处处笼罩在诗人心间。理解到这里，再体会首联的"峨眉秋月"四字，诵读时恐怕别有心得。

这首诗被视为绝唱，其原因大概在于：诗中无处不渗透着诗人江行体验和思友之情，无处不贯穿着山月这一具有象征意义的艺术形象，这就把广阔的空间和较长的时间统一起来。其次，地名的处理也富于变化。诗中连用了五个地名，构思精巧，不着痕迹，诗人依次经过的地点是：峨眉山—平羌江—清溪—三峡—渝州，诗境就这样渐次为读者展开了一幅千里蜀江行旅图。"峨眉山月""平羌江水"是地名附加于景物，是虚用；"发清溪"、"向三峡"、"下渝州"则是实用，而在句中位置亦有不同，读起来也就觉不着痕迹，出神入化了。　　　　（孙艳）

绝 句

[唐]杜 甫

两个黄鹂鸣翠柳，一行白鹭上青天。
窗含西岭千秋雪^①，门泊东吴万里船^②。

〔注释〕

①西岭：泛指绵亘于四川西北西南的岷山。岷山位于成都之西，终年积雪。千秋雪：指西岭雪山上千年不化的积雪。②泊：停泊。东吴：古时候吴国的领地。此处泛指今江南地区。万里船：不远万里开来的船只。

〔赏读提示〕

这是一首即景抒怀的小诗，表达了安史之乱后诗人重回成都草堂的喜悦之情。全诗朗读时，基调应该是喜悦畅快的。

"两个黄鹂鸣翠柳，一行白鹭上青天"，描绘了一幅亮丽动人的春景图。黄鹂对白鹭，不仅颜色相衬，大小相对，多少相对，而且一在眉睫之前，一在辽阔长空，一是静景中传来婉转啼鸣，一是动景中有江面之静美。"鸣"与"上"两个动词用得准确而生动。对仗工整，语言清新，画面感强，而且表现出早春之清新与万物之自由奋发的气象，体现了杜甫"语不惊人死不休"的可贵追求。这两句朗读时声调宜轻快愉悦，适当加强"鸣"和"上"的语音，"天"字声调可稍拖长。

如果说诗歌前两句所写之景的观察点在室外，那么"窗含西岭千秋雪，门泊东吴万里船"两句，则将观察点移到了室内。诗人在草堂门前徜徉，抒发喜悦之情后，渐渐平静了下来。他回到草堂之中或起居或读书，却又忍不住往外张望。从窗口可以看到西岭山上千年不化的积雪，从门口可以见到远从东吴赶来停泊于此的船只。一个"含"字，将千年雪景嵌入了窗框，白雪黑框，颜色鲜明。也可理解为，初春之雪将融未融，草堂窗口含润着湿润之气，而窗外西岭之上的积雪则似乎坚而未动。"千秋雪"对"万里船"，时空相对，景物相对，工整而引人遐想。船能从万里之外的东吴开到成都来，说明安史之乱已经过去，水运重又畅通，这是足以让诗人"漫卷诗书喜欲狂"的乐事；"千秋雪"未化，一切都还处在早春中，又隐含着诗人对前途和国运的隐隐担忧。这两句在朗读时，前句声调稍低，后句声调扬起；前句深思，后句欣慰。

（唐丽花）

春夜喜雨

〔唐〕杜 甫

好雨知时节，当春乃发生①。
随风潜入夜②，润物细无声③。
野径云俱黑④，江船火独明。
晓看红湿处⑤，花重锦官城⑥。

〔注释〕

①乃：就。发生：萌发生长。②潜：暗暗地，悄悄地。③润物：使植物受到雨水的滋养。④野径：田野间的小路。⑤晓：天刚亮的时候。红湿处：指有带雨水的红花的地方。⑥花重：花沾上雨水而变得沉重。重（zhòng），沉重。锦官城：成都的别称。

〔赏读提示〕

《春夜喜雨》是杜甫来到成都草堂后第二年所写的一首五言律诗，表达了诗人对春夜所下及时之雨的喜爱之情。整首诗朗读时，感情基调应是轻松、喜悦的。

一、二句中"好"、"乃"二字寓意颇丰，春雨之"好"恰好在顺时而下。"知时节"赋予春雨以人的生命和情感，在作者看来，春雨体贴人意，知晓时节，在人们急需的时候飘然而至，悄无声息。首联既言春雨的"发生"，又含蓄地传达出作者热切盼望春雨降临的焦急心绪。朗读时"好"字要读得响亮，读得神完气足，"当"、"乃"二字也要适当重读。整个首联都要读出快活、欣慰之感。

颔联"随风潜入夜，润物细无声"，用拟人化手法，写出了春雨可贵的品质。春雨就像有德的君子，但做好事，不求闻达。它顺应春风，"潜入"黑夜而来，不妨碍人们的劳动和起居。它轻柔而公正地滋润万物，对生命潜移默化地呵护和帮助。这两句应读得轻柔深情，把赞美之情融入声音，淡而有味，不夸张，不矫饰。

颈联紧承颔联，春雨有情滋润万物，诗人有情外出寻雨，只见田野小径融入漆黑的夜色，而江船渔火明艳夺目，从侧面烘托出春雨之繁密。此二句宜读得平淡悠远，为尾联抒情蓄势。

也许是真的待到明晨,也许只是诗人凭经验推断,尾联描写了第二天天亮的时候,人们看到锦官城一片万紫千红的春色时的欣喜之情。作者未用"喜"字,只描写了一幅雨后花朵浓重的景色,就把人们的这种情感传达了出来。朗读时要重读最后一句,读出欣喜与惊喜。

历史记载成都前一年干旱至易子而食,今春却风调而雨顺,润物无声,难怪杜甫在题目中用一"喜"字统领全诗情感,第一句又用一"好"字对春雨不吝赞美。我们朗读时要读出这种天降喜雨的愉悦、轻快。　　　　　　　　　　　(唐丽花)

绝　句

[唐]杜　甫

迟日江山丽①,春风花草香。
泥融飞燕子②,沙暖睡鸳鸯③。

〔注释〕

①迟日:春天日渐长,所以说"迟日"。②泥融:这里指泥土滋润、湿润。③鸳鸯:一种水鸟,雄鸟与雌鸟常常双双出没。

〔赏读提示〕

诗人以"江山丽"领起全篇,描绘了一幅明丽和谐的春色图。此诗朗读时的总体基调是快乐、温馨的。

一、二句出笔时空宏大,诗人似登高远眺,饱览春日江山,用一"丽"字概括了自己所见。赏心悦目之际,却又闻到随轻柔的春风而至的花草芬芳,怎能不让人心醉神驰。此两句用简笔快速勾勒出了春天的宜人景色,朗读时可读得舒缓而优美,将"丽"、"香"二字拖长音调,表达陶醉之意。

三、四句描写了冰雪融化后鸟儿们惬意的情态。春天来了,燕子从南方飞回,忙忙碌碌地衔起雪融后湿润的泥土筑爱巢,哺育后代。水暖沙温,美丽多情的鸳鸯相依相偎,恬然静睡,十分可爱、温馨。这两幅工笔细描的画面,动静结合,相映成趣,给人以春光旖旎之感。朗读这两句时应饱含温情,重读"融"、"暖"二字。"泥融"、"燕飞"、"沙暖"是春天特有的细节,充满了生活气息,加上相依而眠的鸳鸯,整个画面显得美好、安宁、温馨,朗读时宜用声音引导听者想象画面,感受春日之美。

　　整首诗中诗人调动了自己的视觉、嗅觉、触觉,全方位地打开自己,拥抱春天,使自己的整个身心都沉浸于柔美和谐的春意之中。用宁静而优美的语调反复诵读品味此诗,你也会有春不醉人人自醉的感觉。苏轼说过:"大凡为文……渐老渐熟,乃造平淡。"这首诗就是这样一首貌似平淡,涵泳之后却越来越有滋味的好诗。

　　　　　　　　　　　　　　　　　　　　　　　　　　　（唐丽花）

江畔独步寻花①（其五）

〔唐〕杜　甫

黄师塔前江水东②,春光懒困倚微风③。
桃花一簇开无主④,可爱深红爱浅红。

〔注释〕

　　①江畔:指成都锦江之滨。独步:独自散步。②黄师塔:和尚所葬之塔。陆游《老学庵笔记》:"余以事至犀浦,过松林甚茂,问驭卒,此何处? 答曰:'师塔也。'"蜀人呼僧为师,葬所为塔,乃悟少陵"黄师塔前"之句。③倚(yǐ):靠着。④簇(cù):量词,用于聚集成团的东西。

〔赏读提示〕

　　《江畔独步寻花》一共七首,作于杜甫定居成都草堂的第二年,即上元二年(761)春。历经安史之乱的颠沛流离,此时的杜甫生活稍稍安定。春暖花开的时节,杜甫独自沿江畔散步,情随景生,每经过一处,便写一处,一连成诗七首。如果说前四首恼花、怕春、报春、怜花,或多或少流露出一些悲愁情怀的话,那么,这第五首已表达出爱花、赏花时的喜悦之情。此后更是由愁入喜,造成了节奏的起伏变化,以致在第六首达到了最高潮,所以说此诗在这七首中是一个必要的情感过渡。

　　首先,诗人勾勒出一幅境界开阔的风景画。高耸的黄师塔,巍然屹立着;流动的江水,叠浪而去。塔是静止的,水是流动的,画面有动有静;塔是笔直的,江是蜿蜒的,线条有直有曲;塔是刚硬的,水是柔软的,质地刚柔相济;塔是立体的,江是平面的,形体富于变化。塔前、水东,标明了方位,为后文的风景提供了具体的位置和广阔的空间。其中,"黄师塔"以地名入诗,颇有创意,值得品味。僧亡塔在,时间流转,江水横流,夹杂着几分感伤。

作者踏春而行,万物复苏,为什么会感觉"懒困"呢?试想一下,春光融融,暖风习习,怎能不令人精神慵懒,陶醉其中呢?身体倦怠,得倚靠而睡,作者倚靠的是什么呢?"倚微风"!微风无形,怎么能倚靠?当是作者将自己与大好春光融合为一,双眼微闭,身体变轻,飘浮于如水流一般的微风之中。这就达到了寓情于景、以景寄情的完美境界。这两句诵读时语速不宜太快,第二句要读出御风而眠的惬意。

后两句镜头拉近,着力写桃花。"簇",本义是小竹丛生,这里是聚集成团的意思,它写出了桃花之盛。但是仅止于"一簇",不禁让人浮想:这一簇是一树桃花构成的一簇火焰,还是绿树丛中伸出来的一簇呢?"无主",我们可以得出两种理解:主人去了哪里,无主的桃花会不会感到寂寞?无主的桃花也能开得如此之盛,我们又该得到怎样的启发?你选哪一种?

难选的不仅仅是你,诗人也是为难:深红有深红的热情,浅红有浅红的淡雅,你说我爱深红好呢,还是爱浅红好呢?其实呀,作者两种都爱。这两个"红"写出了桃花争妍斗艳的景象,为画面增添了亮丽的色彩。这两个"爱"字让我们好像看到了诗人在桃花丛中欣赏玩味、目不暇接的神态。以反问的语气作结,不仅饶有兴味,而且由己及人,让读者自选,这就扩大了审美的范围,强化了美感。

这两句诵读时更要突出作者的欣喜之情,语气应当轻快一些。第一句可以配合捧花或轻抚的动作,第二句可以展示驻足微思的神情。　　　　(谭志刚)

漫　兴(其七)

〔唐〕杜　甫

糁径杨花铺白毡[①],点溪荷叶叠青钱。
笋根雉子无人见[②],沙上凫雏傍母眠[③]。

〔注释〕

①糁(sǎn)径杨花:即杨花散落在小径上。糁,散开,散落。②雉子:意为

幼雉,小野鸡。③凫雏:刚刚孵出的小水鸭子。凫,是一种水鸟,俗称"野鸭"。雄的头部绿色,背部黑褐色;雌的全身黑褐色,常群游湖泊中,能飞。

〔赏读提示〕

这首绝句是杜甫《漫兴》组诗中的第七首,这组诗创作于唐上元二年(761),当时杜甫的成都草堂已建成两年了。诗人在这一段时期内兴之所至而陆续写下了一组诗,因此叫做"漫兴",即信手拈来、草草点缀而意趣盎然,自成佳篇,如一个精通金石书画的大手笔,偶然随意点染小幅花鸟画,虽然质朴率真,而于活泼生趣之中亦见功力之深厚。

诗中展现了一幅明丽的初夏风景图:轻盈曼舞的杨花,因风随意散落在小径上,好像下了一场花瓣雨;远远看去,幽幽小径仿佛铺上了一层白毡,踏上去温软而富有弹性。抬首,浣花溪水中片片青绿的荷叶点染其间,似层叠在水面上的圆圆铜钱。蓦然回首,猛然发现:那一只只幼雉隐伏在竹丛笋根旁边,好像在与你捉迷藏,不仔细看还真不易发现。那岸边沙滩上,小凫雏们亲昵地依傍在母凫身边安然入睡。

首句中的"糁径",形容杨花纷散落于路面。一个"糁"字,精妙地绘出杨花漫天飞舞的轻盈之姿,给人以鲜活的画面感。"铺白毡"暗含比喻,一方面写出杨花之多,另一方面营造出诗意浪漫的氛围,给人以无限的想象。朗读时,语气宜舒缓,营造氛围。

第二句中的"点"、"叠"二字,把荷叶在溪水中的状态写得十分生动传神,使全句活了起来。层层叠叠的荷叶,挤挤挨挨,仿佛也争相去迎接杨花的轻吻,点染得整个小溪郁郁青青,生机盎然。"青"与"白"对举,从视觉上给人以清丽之感。朗读时,不妨在"点"和"叠"字上读出一种跳跃感,语调上扬。

后两句好似工笔细描的特定画面,"笋根雉子"也好,"沙上凫雏"也罢,无不透露出初夏暖阳的慵懒和闲适,使诗人整个身心都融入在自然的温柔怀抱中,给人以惬意之感。朗读时,前一句读出一种人与自然游戏的情趣来,节奏轻快,富有生趣;后一句语气宜舒缓,表现出柔美和谐之意,余音绕梁。

这四句诗,一句一景,字面看似乎是各自独立的,一句诗一幅画面,而联系在一起,就构成了初夏郊野的自然景观。细致的观察描绘,透露出作者漫步林溪间时,对初夏美妙自然景物的流连欣赏的心情。这首诗的语言明白如话,一反杜甫律诗的常规。不用典,采用口语、俗语入诗,这也是杜甫绝句语言的一大特色。意境清新隽永,而又充满深挚淳厚的生活情趣。

(杨菁)

寻南溪常山道人隐居

[唐] 刘长卿

一路经行处，莓苔见履痕①。
白云依静渚②，春草闭闲门③。
过雨看松色，随山到水源。
溪花与禅意，相对亦忘言④。

〔注释〕

①莓苔：即青苔。一作"苍苔"。履痕：木屐的印迹，此处指足迹。一作"屐痕"。②渚：水中的小洲。③春草：一作"芳草"。④"溪花"二句：因悟禅意，故也相对忘言。禅，佛教指清寂凝定的心境。

〔赏读提示〕

诗人步行山中，寻找一位隐居的道人，却不曾寻得。于是他在道人居所附近寻找其踪迹，仍未能如愿。然而诗人并没有失望惆怅，而是从山间景色中寻得精神的慰藉。

全诗格调恬淡，诵读基调应以舒缓为主。"一路经行处，莓苔见履痕"，首联两句虽未曾点明"寻"字，字里行间却突出一个"寻"字来。人迹罕至的山路之上，满路莓苔，履痕屐齿，说明此处正是常山道人出入往来之地。诗人此刻充满希望与幻想，能否直接见到常山道人呢？要么是幽人不远，晤面在即；否则就是其人出游，相会须费些周折。而此处隐秘幽静，正是诗人所向往之地。

颔联"白云依静渚，春草闭闲门"两句，由首联沿着隐者所行之路向前，到了隐者所居之所。白云缭绕小渚，仿佛是彼此依恋一般。碧草当门，则直截了当地展现出道士不在寓所。颔联刻画了白云、芳草、静渚、闲门等意象，透露出一股恬然、静默的氛围。而诗人寻隐者不遇的惆怅情绪，仿佛也被这种恬淡的氛围所融化，其心境自然变得恬淡、宁静，仿佛一切均消释在这静默的世界之中。

前两联记叙寻隐者不遇的过程，而后四句继写一路景观，浑化无迹，诵读时须缓缓道出。"过雨看松色，随山到水源"，"看"和"到"字可适当加重，移步换景，以语调的转换体现景物的变化。两句以景带叙，下句叙事成分更多些。诗人来此山中寻找隐居道人，既然不遇，那就随缘而寻，一个"随"字写出诗人的洒脱之意。而"过雨"暗示忽然遇雨,一幅雨后松树葱翠欲滴的景象展现在读者眼前。文史大家金性尧评价此句说:"'过雨',涮新了松色,也带来冥想。自生自灭的短暂一'过',和静静白云一样,已在写'禅意'。"

尾联"溪花与禅意,相对亦忘言",诗人看到了溪花,却从摇曳的野花之中领悟到了一股禅意。这种禅意的领悟确实是诗人将领略到的恬静心绪融化于心灵深处,是一种自在恬然的心境与清幽静谧的物象交融为一。此种禅意的妙处正是可悟却不足为外人道。明明是寻找隐居道人,却在山中领悟到"禅意",恰是一种妙不可言之处。禅宗的妙悟和道家的得意忘言,有内在相通之处。佛道都喜占山林,幽径寻真,荡入冥思,于此佛道互融,而进入"相对亦忘言"的精神境界。

芳草松色、白云溪花的美感,"禅意"默想的清享,都清美极了。乘兴而来,兴尽而返的惬意自得的感受,也都含融在诗的"忘言"之中。　　　　(孙璐)

逢雪宿芙蓉山主人①

[唐] 刘长卿

日暮苍山远②,天寒白屋贫③。
柴门闻犬吠④,风雪夜归人。

〔注释〕

①芙蓉山主人:这里指作者投宿的人家。芙蓉山,地名,在今湖南省郴州市桂阳县。②苍山:青山。③白屋:通常指房顶用白茅覆盖或木材不加油漆的房屋。这里说的是诗人投宿的贫苦人家。④犬吠:狗叫。

〔赏读提示〕

这是一首冷寂、清远的五言绝句,描写了诗人日暮在山野投宿贫家之事,并描绘了一幅风雪夜归图。诵读时总体语调应是低沉、缓慢的。

"日暮苍山远,天寒白屋贫"交代了诗人投宿的背景。天气寒冷,日色已暮,远处的苍山显得无穷无尽,该是投宿的时候了。诗人焦急的目光落在了山间的一所茅屋上。这是一座毫无修饰的茅屋,在灰色的暮色中显得孤独萧瑟,可以想见主人家的贫寒。走进屋中一看,确实如此。但对诗人而言,此时此刻能有一所避寒过夜的小屋已然是一件让人欣喜的事了。上句"暮"、"苍"字宜重读，"远"字宜延长声调，以引听者退思。下句"寒"、"白"宜重读，"贫"字宜短促，给听者戛然而止之感。

行文至此，一个投宿故事似已落幕，读者尽可想象诗人在主人家受到如何接待，如何用餐，如何闲聊，如何入睡。此处诗人俱未下笔，诗歌显得简洁凝练，也留给了我们想象的空间。"柴门闻犬吠，风雪夜归人"，在短暂的空白之后，诗人集中笔墨白描了一幅风雪夜归之图。此时，诗人也许已经入眠被犬吠声惊醒，也许在这凄冷异乡之夜根本就没有睡意，辗转之时听到了屋外的风雪之声中突然加入了犬吠之声，也许还有敲门之声，木门打开之音，归人和主人的对话之声……"柴门"宜读得缓慢，"闻犬吠"可读得稍急促，读出一种意外之感。"风雪"、"夜"、"归人"可读得一个节拍比一个节拍舒缓，让听者感觉意在言外，可浮想无穷。

（唐丽花）

兰溪棹歌^①

〔唐〕戴叔伦

凉月如眉挂柳湾，越中山色镜中看^②。
兰溪三日桃花雨^③，半夜鲤鱼来上滩。

〔注释〕

①兰溪：兰溪江，也称"兰江"，浙江富春江上游一支流，在今浙江省兰溪市西南。棹（zhào）歌：船家摇橹时唱的歌。②越中：古代东南沿海一带称为越，今浙江省中部。③桃花雨：江南春天桃花盛开时下的雨。

〔赏读提示〕

这首诗仿拟民歌的韵致，以清新灵妙的笔触，通过独坐船头的渔人的眼，写出兰溪一带的山水之美和渔家的欢快之情，宛如一支妙曲，一幅佳画。

前两句写舟行所见岸边景色，把月光下的兰溪山水写得极为飘逸迷人。先写抬头仰望天空：西南溪水转弯处的上空，一弯清冷的新月挂在杨柳梢头，长长的、细细的、尖尖的，宛如女儿家秀丽的眉。"凉月"二字，既写出月色的秀朗，又点出春雨过后凉爽宜人的气候，诵读时要读出清新气息。"挂柳湾"要轻读，边读边想象月挂梢头、光泻兰溪、细绿弄影、溪月相映增辉的情景。眉月新柳，相映成趣，富于清新之感。次句"越中山色镜中看"是低头观看溪水："镜"，喻溪水，并且暗示出月光的明洁、溪面的平静、水色的清澈。月光不多，却很明亮，把平静的溪水照得像镜面一般；越中峰峦本来就亭亭如靓女，现在将她们的倩影投入水中，看去更增添了几分妩媚。本句转写水色山影，没有着意渲染疏星秀月、夹岸青山，只说了"镜中看"三字，启发读者去想象那幽雅的兰溪山色，在溪水的倒影中摇曳生姿，朦胧而缥缈，使人如坠入仙境一般。这三字要读出惊奇、赞叹之情。淡淡的笔墨，描绘出一个多么美妙的艺术境界。句内"中"字复迭，要轻轻带出，既传达出一种民歌的咏叹风味，又传递出夜间行舟时于水中一边观赏景色，一边即景歌唱的怡然自得的情趣。

溪景诚然至美，然而对于泛舟溪上的渔人来说，最大的乐趣还在春潮渔汛："兰溪三日桃花雨，半夜鲤鱼来上滩。"船继续前行，不觉间已从平缓如镜的水面驶到滩头。连日春雨，兰溪水涨，滩声听起来也变得更加急骤了。在滩声中，似乎时不时听到鱼儿逆水而行时发出的泼剌声，这该是撒欢的鲤鱼趁着春江涨水，在奔滩而上了。鲫鲤之类的淡水鱼，极爱新水（雨水）、逆流，一连三天的春雨，溪水猛涨，鱼群便联翩而来。"桃花雨"不仅明示季节，更见美景快情：春水盎盎，鱼抢新水，调皮地涌上溪头浅滩，拨鳍摆尾，啪啪蹦跳。"桃花"要微微重读，"雨"可适度拖长读音。夜间本来比较宁静，这里特意写到鲤鱼上滩的声响，遂使静夜增添了活泼的生命跃动气息。三、四两句给人的感觉则全然不同，像是引用了民间流传的物候语，朗朗上口，朴实无华，又叙述了一个事实：春雨一下，兰溪江的鱼就多起来了。最后一句要读出欢快之情。实际上，这里所写的"三月桃花雨"与"鲤鱼来上滩"都不是目接之景，前者因滩声喧哗而有此联想，后者因游鱼泼剌而有此猜测。两首都是想象之景。正因为多了这一层想象的因素，诗情便显得更为浓郁。看到这种情景，怎不使人从心底漾起欢乐之情！上下两联诗句虽然文笔不同，却协调地组合出一幅春夜江边休闲式的捕鱼图。

这首诗，从头至尾没有写到"人"，也没有写到"情"，而读来却使人感到景中有人、景中有情。诗人将山水的明丽动人、月色的清爽皎洁、渔民的欣快欢畅，淋漓尽致地展现在明澈秀丽的画卷中，读后给人以如临其境的美感，体现出这首诗独特的民歌气韵。从诗的结构看，前二句是静景，后二句是动景，结句尤为生动传神，一笔勾勒把整个画面画活了，使人感受到了美好的兰溪山水的蓬勃生机，是全诗最精彩的点睛之笔。

（邱兼顾）

滁州西涧①

〔唐〕韦应物

独怜幽草涧边生②,上有黄鹂深树鸣。
春潮带雨晚来急,野渡无人舟自横③。

〔注释〕

①涧:滁州城西郊的一条小溪,有人称上马河,即今天的西涧湖(原滁州城西水库)。②独怜:独爱。③野渡:荒郊野外无人管理的渡口。横:指随意漂浮。

〔赏读提示〕

这首诗是韦应物出任滁州刺史时所作,描写了滁州西郊一条小溪边的清幽景色,也显现了诗人高洁幽静的品性。朗读此诗时的语调宜平静、闲远。

"独怜幽草涧边生,上有黄鹂深树鸣",写暮春晴时之景。幽草自甘寂寞、自爱自赏的品格与诗人生性高洁、喜爱幽静的性格正好相合,使诗人不由生出一番喜爱之情。这里,"独怜"二字,感情色彩至为浓郁,表达了诗人惺惺相惜之感,也表露了作者闲适恬淡的心境。第一句写静景、写低处,第二句换了一个角度,写动景、写高处。间关莺语树间滑动,莺啼似乎打破了刚才的沉寂和悠闲,实则以声衬静,更显出了环境的清幽。这两句描写了诗人闲行中发现的滁州西郊的幽静景色:溪水潺潺,岸边绿草如茵,树木葱茏,黄鹂鸟在树林深处啼鸣。表达了诗人随缘自适、怡然自得的开朗和豁达。情浓语淡,朗读时情感不宜过于强烈。

接下来两句,转而描写暮春小溪雨后之景。"春潮带雨晚来急,野渡无人舟自横",诗人徜徉于此久久不肯离去,到了傍晚时分,飘起淅沥春雨,西涧水势顿见湍急,春潮涨起来了。荒野寒渡,无人照看,只剩空舟随波纵横。诗人想要觅渡归去,恐是不易了。难得的是诗人并不以为意,舟"自"横,着一"自"字,潇洒忘我之态顿出。诗人以舟自比,自己宦海受冷,无人赏识,又有什么关系呢? 兰生幽谷,不为无人而不芳;草生幽涧,不为荒僻而不长;舟在野渡,无人摆渡,照样可以怡然自得。潮急而我自闲,由此可见诗人高洁的品性、豁达的胸怀。朗读这两句时,前句宜急,后句宜缓,后句中宜强调"横"字。　　　　(唐丽花)

早春呈水部张十八员外①

[唐] 韩 愈

天街小雨润如酥②,草色遥看近却无。
最是一年春好处,绝胜烟柳满皇都③。

〔注释〕

①呈:恭敬地送给。②天街:京城中的街道。③绝胜:远远胜过。

〔赏读提示〕

这是一首描写和赞美初春景色的七言绝句。它是写给水部员外郎张籍的,张籍在兄弟辈中排行十八,故称张十八。大约张籍以年老事忙推脱与之游春,韩愈便写这首诗来激发张籍的游兴。朗读此诗宜对早春之景饱含赞美,用响亮坚定的语调来赞美早春。

首句是个比喻,抓住了春雨细滑润泽的特点,把它比作牛羊奶提炼而成的香滑酥油,暗示了"春雨贵如油"。第二句紧承首句,写初春细雨中的草色,远看似有,近看却无,捉住了初春小草刚刚发芽时稀疏矮小、若有若无的特点,可与王维的"山色有无中"相媲美。此两句朗读时除饱含赞美之情外,第二句可读出一点俏皮感,草色好似在和人们捉迷藏呢! 当人们经过一个寒冬,终于可以带着无限喜悦之情走近春草时,地上却只有稀稀朗朗、极为纤细的草芽,反而不见春的颜色了。

第三、四句用对比的手法,扬此抑彼,大赞初春之景。"最是一年春好处,绝胜烟柳满皇都",早春的小雨和草色是一年中最美的东西,远远超过了烟柳满城的晚春景色。"暮春三月,江南草长,杂花生树,群莺乱飞",暮春时节是诗人笔下常见的主角,这首诗独独咏叹早春,认为早春比晚春景色尤胜,可谓独出机杼。虽然暮春景色浓丽,春意盎然,然而毕竟容易让人产生审美疲劳,而且让人不由担心盛极必衰。初春草色带给我们大地春回的消息,让我们在荒凉寂寞中终于眼看着希望变成现实。春来了,春天刚刚来,一切都是欣欣然的模样,一切都是希望含苞待放的状态。莫放春秋佳日过,张十八,快随我踏青去吧! 此两句朗读时,应着重强调"最是"、"绝胜"处,要读得铿锵,自信。 (唐丽花)

忆江南①

［唐］白居易

江南好，风景旧曾谙②。日出江花红胜火，春来江水绿如蓝③。能不忆江南？

〔注释〕

①忆江南：本为唐教坊曲名，后用作词牌。②谙（ān）：熟悉。③绿如蓝：绿得比蓝还要绿。如，用法犹"于"，有胜过的意思。蓝，蓝草，其叶可制青绿染料。

〔赏读提示〕

首句"江南好"，诗歌开门见山，道出自己所要描写歌颂的对象——江南，同时表现了自己对江南的赞美之情感。一个"好"字总括了江南春色之美，同时，也表现出诗人的赞颂之意与向往之情。

次句"风景旧曾谙"，紧承上句而来，点明"风景"之"好"。"旧"字说明这"风景"之"好"并非得之传闻，而是自己"曾"亲身经历过的、熟悉的自然美景。我们知道，诗人在杭州为官时，对江南之美好自然是少不了亲身游历、体验的，当然，也少不了对自然之美的感受。所以，诗人用一个"曾"字，不但说明江南"好"的真实性，而且暗中照应着"忆"，从而前后关联，表现出诗歌结构的内在美。

三、四句"日出江花红胜火，春来江水绿如蓝"，是对江南之"好"进一步进行渲染。"江花"即江边的花。"蓝"指一种植物名，可以作染料。上句"日出江花红胜火"，写春天的早晨，江边的红花映着阳光比火还红；下句"春来江水绿如蓝"，写春天的早晨，江水显得那样的墨绿。这里，诗人用"红"与"蓝"，"绿"与"蓝"对照，突出花红水绿相映的明艳色彩，给人以光彩夺目的强烈印象，从而表现出江南春色的五彩缤纷之美。

末句"能不忆江南"，是诗人情感的集中体现。江南之美，美在风景如画，人在风景中，如在画中游。诗人用一个反问句作结，更好地强调了自己对江南之美无法忘记之情。其中，一个"忆"字，不但照应了诗题中"忆"字，成为诗歌的脉络，更是对江南美景描写（实写）的延伸（虚写）——对江南春色美的喜爱与赞美之情。同时，诗人把现在（"江南好"）与过去（"旧曾谙"）联系起来，不但提高了诗歌的审美想象空间，而且在描绘与抒情中引发读者的审美想象，产生情感共

鸣。朗读时要读出对江南的向往之情。 （唐丽花）

暮江吟①

〔唐〕白居易

一道残阳铺水中②，半江瑟瑟半江红③。
可怜九月初三夜④，露似真珠月似弓⑤。

〔注释〕

①暮江吟：黄昏时分在江边所作的诗。吟，古代诗歌的一种形式。②残阳：快落山的太阳的光。也指晚霞。③瑟瑟：原意为碧色珍宝，此处指碧绿色。④可怜：可爱。⑤真珠：即珍珠。月似弓：农历九月初三，上弦月，其弯如弓。

〔赏读提示〕

这是一首写景诗，描绘了秋天日暮到月出时分江边的自然景色，创造出和谐、宁静的意境。朗读时应体会诗人对大自然的热爱和自求外任，离开政治斗争旋涡后的轻松愉快。

一、二两句写夕阳下的江面之景。不说"照"，偏说"铺"，因为"残阳"已经落近地平线，几乎是贴着地面照过来，夕阳之手将暮色"铺"在了江上。"铺"字写出了秋日夕阳柔和、安逸的感觉。然而这柔光的力量毕竟不足，"半江瑟瑟半江红"，夕阳下的江面，贴近夕阳的地方受光多，呈现出一片"红"色；远离夕阳的地方受光少，呈现深碧色。诗人准确地抓住了残阳照射下，暮江细波粼粼、光色瞬息变化的特点。怀着轻松愉快的心情而来的诗人见此美景，更有心旷神怡之感。朗读时声音宜轻柔平静，速度舒缓，读出美感来。

三、四两句写随着时间推移，新月初升之景。残阳落尽，新月初升，如同在碧蓝的天幕上，悬挂了一张精巧的银弓。秋露降落在江边的草丛中，草叶上垂坠着晶莹的露珠，仿佛粒粒珍珠，在新月的清辉下闪烁着银色的光泽。诗人将农历九月初三傍晚天上地下的两种特有美景，浓缩成一句"露似真珠月似弓"。诗人忍不住直接抒情，脱口而叹其可爱，把整首诗的感情推向高潮。朗读这两句时，声音可稍稍扬起，宜读得响亮婉转，读出喜悦之情来。 （唐丽花）

钱塘湖春行①

［唐］白居易

孤山寺北贾亭西②，水面初平云脚低③。
几处早莺争暖树④，谁家新燕啄春泥⑤。
乱花渐欲迷人眼⑥，浅草才能没马蹄⑦。
最爱湖东行不足⑧，绿杨阴里白沙堤⑨。

〔注释〕

①钱塘湖：即杭州西湖。②孤山寺：南北朝时期建。孤山，在西湖的里、外湖之间，因与其他山不相接连，所以称孤山。上有孤山亭，可俯瞰西湖全景。贾亭：又叫贾公亭。西湖名胜之一，唐朝贾全所筑，人称"贾亭"或"贾公亭"。③水面初平：湖水才同堤岸齐平，即春水初涨。云脚低：白云重重叠叠，同湖面上的波澜连成一片，看上去，浮云很低，所以说"云脚低"。④早莺争暖树：初春时早来的黄莺，争着飞到向阳的树枝上去。暖树，向阳的树。⑤新燕啄春泥：刚从南方飞回来的燕子衔泥筑巢。啄，衔取。⑥乱花：纷繁的花。迷人眼：使人眼花缭乱。⑦浅草：浅浅的青草。没（mò）：遮没，盖没。⑧湖东：白沙堤（即白堤）在孤山的东北面。行不足：百游不厌。足，够。⑨白沙堤：即白堤，在西湖东畔，唐朝以前已有。白居易任杭州刺史时所筑白堤在钱塘门外，是另一条。

〔赏读提示〕

这是一首七言律诗。全诗以"行"字为线索，四联八句像短篇的游记。全诗又以"春"字为主要描写内容，随物赋形，是一幅生动的西湖游春图。

诗人春游西湖的起点在孤山寺的北面，贾公亭的西畔。当画卷徐徐地从横向展开，我们渐渐看到坐落在西湖的后湖与外湖之间的孤山，峰峦叠嶂，草木青葱，一座飞檐斗拱的小亭掩映其间。不远处，贾公亭轩榭楼台，俨然在望。马背上的诗人沿湖漫游，边行边看。他忍不住向湖心望去，只见春水涟涟，春云矮矮，天上有行云，水中有云行。满满的一湖春水明镜一般，在春光山色的映衬下，仿佛与天幕浑然一体。真是良辰美景，千种风情，这纵向展开的画卷竟是如此迷人！读"孤山寺北贾亭西，水面初平云脚低"，不妨带着春游的畅快，给全诗定下一个轻松愉悦的基调。

别急着惊喜，西湖早春带给人的视听盛宴远不止如此！当诗人正沉醉在湖光山色之中，暖暖的春风忽然把悦耳的鸟鸣送入耳中。循声望去，那向阳的树林里，黄莺正在呼朋引伴，争先恐后地卖弄着清脆的喉咙。水边上，偶尔飞过几只舞姿轻盈的燕子，它们有的忽然旋身坠落，有的忽然衔着春泥，晾翅而飞。它们会返回哪一户人家的屋檐下喃喃自语呢？"几处早莺争暖树，谁家新燕啄春泥"，好一派莺歌燕舞、活泼热闹的春天景象！一"争"、一"啄"，声形兼备，写尽了春光物态，展现了勃勃生机。朗读此联，"争"、"啄"二字宜略微重读，"谁家"一词可适当延长，赋予诗人看到新燕啄泥时心中丰富的想象空间。

当诗人的目光从空中又转向广袤的大地，他忽然发现，春风又绿江南，不知不觉间眼花缭乱。这儿一丛，那儿一束，叫出名字的花儿，叫不出名字的花儿，如同一个个灿烂的笑容惹人喜爱。有的是含苞的初蕾，有的是带蕊的新花，红的，黄的，白的，紫的……长在树的高枝上，散在如茵的草野里，微风里尚未馥郁，却也沁人心脾。也许明天那些花苞就会绽放吧？也许过几天就会有漫山遍野的红或者黄了吧？谁知道呢，这是春天，一切都有可能。那草儿也可爱！青青的，柔柔的，嫩嫩的，浅浅的，刚没过马蹄。踏春归来马蹄香，此刻，马蹄声是不是更轻柔了，马蹄上是否还残留着花草的芬芳——那是春天的味道啊！朗读颈联，要毫不吝惜地释放对春天的赞美之情。当中的"渐欲"、"才能"两词宜略加节制，为下面的词语蓄势，这样可以读出更加美好可爱的情韵来。

"春风得意马蹄疾"，不会的，因为诗人舍不得踏坏这些大地的精灵，更舍不得这繁花似锦的西子湖畔！要细细地看个够才行！可是诗人驻足的地方分明是离出发点不远的白堤了。白堤起点位于湖东一带，连接孤山，纵贯西湖。流连堤上，可总揽全湖盛景。成行的杨树，叶子绿得发亮，于微风中轻轻招手。绿荫包裹的白堤静静地卧在万顷碧波之上，天蓝、水碧、草青、树荣，真是"湖"光物态弄春晖，主人余兴马不催。至此，诗人难掩心中愉悦，直抒胸臆："最爱湖东行不足。"读"最爱"一词，应加重语气，突出诗人那份意犹未尽的热情。

读完《钱塘湖春行》，感佩于诗人"清浅可爱"的文字，以及那双善于发现美的眼睛，更倾心于他盎然的生活情趣。　　　　　　　　　　　　　　（方凌）

望洞庭

〔唐〕刘禹锡

湖光秋月两相和①，潭面无风镜未磨②。

遥望洞庭山水翠，白银盘里一青螺。

〔注释〕

①和(hé)：相安，谐调。②镜：照形取影的器具，古镜以铜或铁铸，也有用玉的，盘状，正面磨光发亮，背面有纹饰。

〔赏读提示〕

刘禹锡数次被贬南荒，二十年间来去路过洞庭湖达六次之多。长庆四年八月，刘禹锡自夔州刺史转任和州刺史，路过洞庭湖时写下了这首七绝。

此诗首句即点出了时间——"秋月"。秋夜是最澄澈的，秋月是最皎洁的，秋水是最平静的。我们可以尝试着想象一下，展现在作者面前的湖光月色该是怎样的宁静与绝美？玉宇无尘，秋月高悬，波光粼粼，水天弥漫的是一片纯净的乳白。"和"字精练，很是下了一番功夫，令湖月融为一体，上有月下有影，顾盼生辉，上面月光挥洒，下面银光跳跃，互相辉映，俨如琼田玉鉴，呈现空灵、缥缈、宁静、和谐的境界，似乎还蕴含着一种水国月夜的独特节奏——荡漾的月光与湖水吞吐的唱和。"镜未磨"很是贴切。未磨的镜面，是平的但也并不是十分光滑，用来形容波光粼粼的湖面，是不是很形象？而且它还展现了波光粼粼、莹莹生辉、明而不亮的朦胧之美。这两句在意境上互相补充，互相应和，可以"望"到洞庭湖的壮阔，可以感受湖光月色的和谐美。诵读时，我们的语调不宜太高，语速不要太快，同时最好能突出"和"字。

接着，诗人将视线集中到湖中小岛——君山。诗人纵目远眺，在皓月银辉之下，洞庭山愈显青翠，洞庭水愈显清澈，山水浑然一体。我们仿佛能窥见月光明媚，山水一翠。"白银盘里一青螺"，匪夷所思，妙句。因为远望，故显其小，那君山如同一只澄澈透明的银盘里，放置了一颗小巧玲珑、晶莹剔透的青螺，惹人爱怜。洞庭山水似乎成了一件精美绝伦的工艺美术珍品，光泽统一为晶莹，颜色白绿相衬，给人以莫大的艺术享受。如果没有磅礴浩然的气魄，没有豁达脱俗的胸襟，没有富有浪漫主义色彩的奇思妙想，谁人能写出这样的诗句！这两

句,诵读时要读得轻快、欣喜,尤其最后一句,更要读出我们的赞叹。 (谭志刚)

浪淘沙①（其一）

[唐] 刘禹锡

九曲黄河万里沙②,浪淘风簸自天涯③。
如今直上银河④去,同到牵牛织女家⑤。

〔注释〕

①浪淘沙:原为唐代教坊曲名,后来刘禹锡、白居易等改创为诗题、词牌。②九曲(qū):黄河弯弯曲曲,俗称"九曲十八弯"。万里沙:黄河一路流下,挟带着许多泥沙。③浪淘风簸(bǒ):指巨风扬起波浪。簸,掀翻,上下簸动。④银河:天河。古人认为黄河与天河相通。⑤牵牛:即神话人物牛郎。相传织女是天帝的孙女,私自嫁与牛郎,被天帝分隔在银河两岸,只允许每年农历七月初七相会于鹊桥之上。

〔赏读提示〕

这首政治抒怀诗,是刘禹锡所作《浪淘沙》组诗九首的第一首。

前两句诗人以夸张的手法描写了黄河的雄壮之美。黄河"九曲"的形美让人迷恋,而"万里沙"、"自天涯"、"浪淘风簸"的雄伟壮丽又让人惊叹。弯弯曲曲的黄河夹杂着大量的泥沙不远万里从天边奔流而来,一路上不知经过了多少大浪的淘洗和大风的颠簸。万里之遥,奔腾咆哮,排山倒海,势不可挡,真是"黄河之水天上来"啊! 这种雄奇给人以一种无坚不摧的力量。观之力拔山兮,听之震耳欲聋。诗人站得高看得远,视线由远而近,展现了一番博大高远的壮景。诵读时可放慢语速,把握好"二二二一,二二一二"的节奏,读出这种磅礴的气势和诗人发自内心的赞叹之情。

但是,黄河并不是本诗表现的中心。诗人在诗中写它的气势之大,是为表达自己的意愿作铺垫的。试问,在浊流咆哮的黄河面前,有谁敢做逆流而上之想? 但诗人却说:"如今直上银河去,同到牵牛织女家。"在他的笔下,这来自天上的黄河是跟银河相通的,他要沿着这黄河往上走,一直走到银河深处,上牛郎织女家瞧瞧!"如今"二字,力重千钧,说的是"古来无人敢做的事,今天我要去做一做"。"直上"一词,把作者逆流奋进的斗争意志写得气魄十足。中唐永贞年间,王叔文等人进行政治革新,史称"永贞革新"。刘禹锡也参加了这次政治改革。改革失败后,刘禹锡被贬连州刺史,行至江陵,再贬朗州司马。一度奉诏还京后,他又因作《游玄都观》触怒当朝权贵而被贬连州刺史,后历任夔州刺史、和州刺史等职。此处诗人恰恰是用大胆而又独辟蹊径的想象寄托了自己对美好未来的高度向往。可见,诗人在"永贞革新"失败后,虽屡遭贬谪,但依旧不畏流俗,坚持自己的政治主张和思想,不动摇,不屈服。面对困境,他不仅没有沉沦,还以更为积极乐观的态度面对世事的变迁。诵读这两句时,除了注意"二二二一,二二二一"的节奏,还可抑扬顿挫,重读"直上"、"同到",读出诗人的乐观与坚定。

　　这首诗抒发了诗人的浪漫主义情怀,气势大起大落,给人一种磅礴壮阔的雄浑之美。白居易称其为"诗豪",由此诗可见一斑。　　　　　　　　　　(陈卉)

渔　翁

[唐] 柳宗元

渔翁夜傍西岩宿①,晓汲清湘燃楚竹②。
烟销日出不见人③,欸乃一声山水绿④。
回看天际下中流⑤,岩上无心云相逐。

〔注释〕

　　①西岩:即西山,在今湖南零陵西湘江外。②汲:取水。湘:湘江。楚:西山古属楚地。③销:消散。④欸乃:摇橹声。唐代湘中有棹歌《欸乃曲》。⑤下中流:由中流而下。

〔赏读提示〕

　　这是诗人被贬永州时所创作的一首山水小诗,描写了一位在青山绿水中独来独往、自遣自得的渔翁,含有几分自况的意味,表达了作者孤清高洁的情怀。

　　第一句用平淡的叙述推出一位夜宿山脚的普通渔翁;第二句描写渔翁晨炊细节,顿时显出这位渔翁的卓然不俗。汲"清湘",燃"楚竹",不仅写出了渔翁生活的悠然自得,也不免让人联想到屈原的高洁自守。这两句可用叙述的语调读得平静舒缓。

第三、四句写得奇趣盎然。烟销日出的瞬间,诗的主人公渔翁却倏忽不见,留给人无限遐想。正想得出神,却听得耳畔传来桨橹"欸乃一声",渔翁不知何时已现身青山绿水之中乘船而去了。在悦耳怡情的山水之中,渔翁颇有几分神龙见首不见尾的神秘,仿佛世外高人一般。这两句可带着好奇来读,声音比前两句略高。

五、六两句是全诗的余韵,渔翁已沿中流而下,此时回看天际,山巅上正浮动着片片白云,好似无心无虑地前后相逐,诗境极是闲远。

《渔翁》以充满奇趣的景色描写渔翁和大自然的相契相融,表现出孤寂、清高、淡逸、闲远的情调。　　　　　　　　　　　　　　　　　　（孙霁蔚）

寻隐者不遇①

〔唐〕贾　岛

松下问童子②,言师采药去。
只在此山中,云深不知处。

〔注释〕

①隐者:古代指不肯做官而隐居在山野之间的人。②童子:小孩。这里指隐者的弟子。

〔赏读提示〕

这首诗以问答结构全篇。写诗人寻访隐者不遇,愈发衬托作者对隐者的钦慕之情。

贾岛是以"推敲"典故出名的苦吟诗人。一般认为他只是在炼字方面下工夫,其实他的"推敲"不仅着眼于锤字炼句,在谋篇构思方面也是苦心孤诣的。此诗就是一个例证。

这首诗的特点是寓问于答。短短二十字,包含了三次问答,来回计六次。"汝师何在?""采药去也。""何处采药?""只在此山中。""此山中何处?""云深不知处。"诗人隐去了问句,直接用答句将诗串起,显得简洁而高妙。

一般寻隐者不遇,也就扫兴而返了。但这首诗中,一问之后并不罢休,又继之以二问三问，其言甚繁，而其笔则简，以简笔写繁情，益见其情深与情切，使得这首诗的抒情具有了平淡中见深沉的特点。而且这三番答问，逐层深入，表达感情起伏有致，朗读时注意读出诗中情感的变化："松下问童子"，心情轻快，满怀希望；"言师采药去"，答非所想，一坠而为失望；"只在此山中"，在失望中又萌生了一线希望；及至最后一答"云深不知处"，就惘然若失，无可奈何了。

诗中隐者采药为生，济世活人，是一个真隐士。所以贾岛对他有高山仰止的钦慕之情。诗中白云显其高洁，苍松赞其风骨，写景中也含有比兴之义。唯其如此，钦慕而不遇，就更突出其怅惘之情了。诵读最后一句时，宜拖长语调，用舒缓深沉的语调表达出这种怅惘之情。

（唐丽花）

题金陵渡①

[唐] 张　祜

金陵津渡小楼山②，一宿行人自可愁③。
潮落夜江斜月里④，两三星火是瓜洲⑤。

〔注释〕

①金陵渡：渡口名，在今江苏省镇江市附近。②津：渡口。小山楼：渡口附近小楼，诗人住宿之处。③宿：过夜。行人：旅客，指诗人自己。可：当。④斜月：下半夜偏西的月亮。⑤星火：形容远处三三两两像星星一样闪烁的火光。瓜洲：在长江北岸，今江苏省扬州市邗江区南部，与镇江市隔江相对，向来是长江南北水运的交通要冲。

〔赏读提示〕

这是诗人漫游江南时写的一首小诗。张祜夜宿镇江渡口时，面对长江夜景，抒发了旅途中的愁思，表现了内心的寂寞凄凉。语言朴素自然，风格淡雅清新。

"金陵津渡小山楼"，此"金陵渡"在镇江，非指南京。"小山楼"是诗人当时寄居之地。首句点题，开门见山，为"二二二一"式。

"一宿行人自可愁"，用一"可"字，轻灵妥帖，"可"当作"合"解，而比"合"字轻松，也为"二二二一"式。

"潮落夜江斜月里"，诗人站在小山楼上远望夜江，只见天边月已西斜，江上寒潮初落。一团漆黑的夜江之上，本来什么也看不到，而诗人却在朦胧的西斜月光中，观赏到潮落之景。用一"斜"字，既点明了时间——将晓未晓的落潮之际，又与上句"一宿"呼应，透露出行人那一宿不曾成寐的信息。这一句在诵读的时候，"落"应重读，"江"应读升调，要读延长音，"里"在读的时候，要先降后升。

落潮的夜江浸在斜月的光照里，在烟笼寒水的背景上，忽见远处有几点星火闪烁，诗人不由随口吟出："两三星火是瓜洲。"这一句要读成"二二一二"式。"是"要重读，"瓜洲"也要重读。这一句将远景一点染，我们眼前就出现了一幅美妙的夜江画。"两三星火"，用笔空灵，动人情处，"两三"足矣。"两三星火"点缀在斜月朦胧的夜江之上，显得格外明亮。那个地方"是瓜洲"，这个地名与首句"金陵渡"相应，首尾圆合。此外，这三字还蕴藏着诗人的惊喜和慨叹，传递出一种悠远的情调。　　　　　　　　　　　　　　　　　　　　　（汪永亮）

山　行①

[唐] 杜　牧

远上寒山石径斜②，白云生处有人家③。
停车坐爱枫林晚④，霜叶红于二月花。

〔注释〕

①山行：在山中行走。②斜：此处按照古音读"xiá"。③白云生处：白云缭绕而生的地方。④坐：因为；由于。

〔赏读提示〕

这是一首描写和赞美深秋山林景色的七言绝句。

第一句"远上寒山石径斜"，描写了深秋时节诗人登山的过程。"寒"字与下文"霜叶"相照应，点明登山是在深秋时节；"远"字写出山路的绵长，山的高大；"斜"字照应句首的"远"字，写出山势虽高却还算平缓。"斜"为下文乘车游山伏笔。读这句时，"远上——寒山——石径——斜"，要节奏分明，稍稍拖长语调，给人感觉是在行走山阶，一步一顿。

第二句"白云生处有人家"，描写人山行时所见山村风光。"有人家"照应了上句中的"石径"，这"石径"可能是山里居民出山的通道。这三个字还会使人联想到鸡鸣犬吠、炊烟袅袅，从而使寒山有了生气和暖意。读此句时应读得比第一句稍快，读出欣喜之感。

第三句中的"坐"字解释为"因为"。诗人先写停车，再写是因为热爱枫林，最后再点出爱的是傍晚时分的秋景，颇是曲折有致。诗人把"晚"字放在最后是为了强调。正是在夕阳之下，枫叶才格外红艳，让诗人忍不住停下车来观赏。"霜叶红于二月花"是全诗的中心句，前三句的描写都是在为这句作铺垫和烘托，都是为了引出这最后一句。用"红于"而不用"红如"，强烈表达了自己对深秋夕阳下霜叶的喜爱。"红于"是强于、胜于之意，歌颂霜叶不仅仅色彩艳丽，更能经得起风霜的考验。读第三句时，"停车"后可稍作停顿以设一悬念，然后再接上"坐爱枫林晚"，"晚"字重读。最后一句可读得高亢些，特别是"红于"二字。

这首小诗不仅即兴咏景，而且还咏物言志，诗人借夕阳下的寒山枫叶自喻、自勉。朗读整首诗的感情基调应该是积极向上的。　　　　　　　（唐丽花）

江南春

[唐] 杜　牧

千里莺啼绿映红，水村山郭酒旗风^①。
南朝四百八十寺，多少楼台烟雨中。

〔注释〕

①山郭：山城。酒旗：古代酒店外面挂的幌子。

〔赏读提示〕

这首《江南春》既写出了江南春景的丰富多彩，也写出了它的广阔、深邃和迷离。

诗一开头，镜头掠过南国大地，"千里莺啼绿映红"，辽阔的千里江南，黄莺在欢乐地歌唱，丛丛绿树映着簇簇红花。诗人用看似夸张的"千里"，写出了迷人的江南在千里大地上铺展开来的浓浓春意。不着"千里"，不能充分展示江南之美，所以朗读时"千里"应重读且拖长。"绿"映"红"，不仅是"绿树"、"红花"的简称,使诗歌显得用语凝练,而且用大片艳丽色块相互映衬,起到了一种类似"印象派"画的效果。"绿"映"红"不事细描的风格和"千里"的气势是和谐贯通的。所以这第一句诗柔美中有豪放,将江南春景写得畅快淋漓。朗读时声音不宜过于轻细,要读得快,要读出一气呵成的潇洒之感。

"水村山郭酒旗风",和上句相比是个小景、细景,如果说第一句是写"面",这一句则着重写"点"。诗人选择了江南典型景物来写出心中喜爱。"水村山郭"固然美丽,"酒旗风"则更为神妙。江南不仅景色醉人而且富庶,即使在山野之中,也棋布着酒家,让人可以"一醉一陶然"。朗读这两句时可以不疾不徐,读得闲雅。

"南朝四百八十寺,多少楼台烟雨中",诗的前两句写晴朗的江南,这后两句则写烟雨迷蒙的江南,两者互为映衬。金碧辉煌、屋宇重重的佛寺,本来就给人一种深邃的感觉,现在诗人又特意让它掩映于迷蒙的烟雨之中,这就更增加了一种朦胧迷离的色彩。诗人在这里不说"江南四百八十寺",而说"南朝四百八十寺",显然别有意蕴。南朝统治者崇尚佛教,劳民伤财,修建了大量寺庙,如今"南朝四百八十寺"都已成为历史的遗物,成为江南美妙风景的组成部分了。语带讽刺,拓宽了这首写景诗的内涵。这两句诗可以读得缓慢一些,传达出一种怅惘之情。

整首诗诵读时,最好能读出深邃朦胧的美感和历史的沧桑感。　　（唐丽花）

寄扬州韩绰判官

[唐] 杜　牧

青山隐隐水迢迢①,秋尽江南草未凋。
二十四桥明月夜,玉人何处教吹箫②。

〔注释〕

①迢迢:形容遥远。②玉人:指韩绰,含赞美之意。

〔赏读提示〕

这是一首写给扬州朋友的七言绝句,表达了杜牧身归长安后对自己宦游十年的扬州生活的深切怀念之情。朗读时应用优美的语调,读出作者对江南之美的喜爱和怀念之情。

首句"青山隐隐水迢迢",用"隐隐"、"迢迢"一对叠词描写山重水远的江南之美,平仄和谐,读来韵味十足。朗读时宜将这组叠词拖长声调并略加重读,以读出向往之情。这句诗还隐含着诗人与朋友韩绰之间山高水远,只能思慕不得相见之意,所以朗读时还应带有些微的感伤情绪。

第二句"秋尽江南草未凋",写深秋时节,自然的肃杀之气并没有奈何得了江南的草木,在杜牧现处的长安已经萧索凄凉之时,扬州依然有绿草如茵,似乎春天从来没有远离这片繁华快乐的土地。朗读时,"草未凋"三字应读得语音稍重,语调中可带有意外之喜。

最后两句本是对朋友的调侃:二十四桥在温柔璀璨的明月之夜,显得更加美丽动人。老朋友,你正在哪里潇洒快活着呢? 前一句朗读时,应带着无限向往之意,读得慢而柔美,引发读者的无限想象,引导读者身临其境。"二十四桥",若指扬州城里的二十四座桥,则写尽了扬州江南水乡之美;若指传说中有二十四位美人于其上吹箫的那座桥,则写尽了扬州旖旎之美。拱桥曲线柔和,桥下流水潺潺,桥上美人吹箫,如此美景荡人心魄。"天下三分明月夜,二分无赖是扬州",再将这幅美景置于明月之下,几近仙境矣。"玉人何处教吹箫",调侃中有怅惘若失之感,朗读时可将"玉人"读亮读美,"何处"稍重读,语音稍上扬,"教吹箫"语调悠长幽远,读出余味。

（唐丽花）

再宿武关①

［唐］李　涉

远别秦城万里游②,乱山高下出商州。
关门不锁寒溪水,一夜潺湲送客愁③。

〔注释〕

①武关:在商州(今陕西省商县),为秦时南面的重要关隘,故又名"南关"。
②秦城:此处代指唐朝京城长安。③潺湲(chányuán):水缓慢流动的样子。

〔赏读提示〕

这首诗是唐代诗人李涉第二次遭遇贬官出京经过武关时所写。通过记叙自己再次在武关投宿的见闻感受,来抒发自己去国怀乡的愁苦之情。

前两句用记叙的口吻交代了诗人再宿武关的缘由。诗人因被贬谪而离开都城,不得不到万里之外去讨生活,途中经过山高路险的商山,再次投宿在商州城的武关。"乱"字表面写山,实写诗人的心情。"远别"京城,与京城相隔"万里",暗示了他被罢官流放之事,强调了此一去恐怕难有回头之日,自己的仕途恐怕就此终结了。不用"流"而用"游",诗人的刻意含蓄中隐藏着难以言说之痛。朗读时,这两句语调可以平静为主,"远"、"乱"、"万里"可略略强调,读得克制而不张扬。这两句可用平静的语调来朗读,平静中有沉重和沉痛。

后两句写诗人再宿武关的情景,抒发"客愁"之情。设想诗人今夜宿在武关,明日即要离开国家的中心区域到万里之外的荒僻之地去,前途未卜,心中该是如何愁苦;何况孤馆寒灯,远离亲旧,心中又该如何凄凉。诗人没有正面直抒内心的重重愁怨,而是将自己的纷乱无形的情感寄托在日日夜夜流淌不息的溪水中,溪水汩汩却似诗人心中呜咽之声。"关门不锁"想象奇特,似乎雄关锁得住千军万马却锁不住诗人的无限深愁,极言诗人愁之深沉漫长。这两句诗可读得沉痛而哀怨,缓慢而绵长,声音凄凉微颤。这两句可比前两句读得更凄凉些。

整首诗"客愁"之情写得含蓄而细腻,深沉而克制,具有很强的艺术魅力。

(唐丽花)

晚　晴

[唐] 李商隐

深居俯夹城①,春去夏犹清。
天意怜幽草②,人间重晚晴③。
并添高阁迥④,微注小窗明⑤。
越鸟巢干后⑥,归飞体更轻。

[注释]

①夹城:即瓮城,两边高墙所夹之通道,此指城门外之小城墙,遮拥于城门外,其圆者称小月城。②幽草:幽深偏僻地方的小草。③重(zhòng):重视,珍视。晚晴:傍晚天色转明。④并:更,益。高阁:瓮城上的望楼,也叫谯楼。迥:

高远。⑤微注：因是晚景斜晖，光线显得微弱和柔和，故说"微注"。⑥越鸟：南方的鸟。

〔赏读提示〕

这首诗写于唐大中元年(847)，描绘了雨后晚晴明净清新的境界和生意盎然的景象，表达了诗人的欣慰喜悦之情和积极乐观的心态。

首联紧扣题目，点明了观景的地点和时间。诗人在桂林的寓所地势很高，可俯临夹城，一个"深"字，可以想见其处地之幽僻，环境之清静。这样一个幽静而高敞的地方，正可以从容地眺览晚晴景物。而句末的"清"字则点明了时节特点，春天虽已过去，炎热的盛夏却还没到来，眼下正值气候清和宜人的初夏，万物生机勃发而又不失清新。朗读时建议语气舒缓，平静中略带欣喜。

颔联以小见大，独取"幽草"，暗寓"晚晴"，进而抒写出诗人对晚晴的主观感受。久雨转晴，傍晚云开日霁，万物生辉，让人精神为之一爽。然诗人并未停留于此景此情，而是关注到生长在幽僻处的小草，他发现这细小平凡的生命也因沾沐晚晴的余晖而平添无限生意，进而想象到这是天公故意为它而放晴。这就将"幽草"拟人化了，并且赋予了"天意怜幽草"人生命运的象征意味，暗透出诗人和"幽草"间的同命相怜，自然勾起了诗人对过去困顿遭遇的苦涩回味和对目前境遇的欣慰喜悦。在诗人看来，天意之怜，恰是因为"人间重晚晴"。诗人在《乐游原》中曾感慨"夕阳无限好，只是近黄昏"，流露出的是对即将消逝的美好晚景的感伤。而"人间重晚晴"却不同，明知晚晴的短暂，却不因此而伤感嗟叹，而是倍加珍惜，显然，这是一种积极乐观的人生态度。诵读此联时，建议前句放低声音，语气轻柔，后句声音渐大，重读"重晚晴"三字，最好能读得坚定沉稳，有欣喜乐观之情。

颈联运用正面与侧面描写相结合的方法对晚晴作了细致的描画。前句写登上高阁，凭栏远眺，天高地迥，这是由内及外从侧面描写晚晴之景；后句写夕阳冉冉的余晖透过窗棂，带来了一线光明，这是由外及内从正面进行描写。"微注"二字，刻画晚晴斜晖悄然流动的意态精细入微，以至仿佛可以触摸到柔和的光波，感受到它在流注时发出的轻微声响。这一联并无托寓，但写景中自然流露出诗人明朗的心境，把颔联中的"重"字具体化了。诵读时语速可稍快一些，情感可稍作收敛，含而不露，与上一联有所区别。

尾联写飞鸟归巢，体态轻盈，带有自况的意味。上句"巢干"表明天晴，下句"归飞"表明傍晚，"体重轻"则既暗示因天气转晴，飞鸟的羽毛由重湿变为干燥，飞翔起来显得体态轻捷，又生动地描摹出鸟儿因遇晚晴而分外轻松喜悦的情态。诗人的振奋与轻松，借飞鸟的轻捷体态完全表现了出来。诵读时语气可更轻快，从而读出诗人内心的轻松与欢喜。

这首诗所描绘的晚晴景物，是清新明朗而富于生机的；所表现的心境，是欣慰喜悦而带有乐观气息的。对李商隐一生的坎坷历程来说，桂林幕僚生活只不过是一小段相对平静的插曲，是长路风波中一个暂时的港湾，但诗人已经如此珍视，发出"人间重晚晴"的心声，这正表明他对生活具有多么大的热情。

（陈卉）

菩萨蛮

〔唐〕韦　庄

　　人人尽说江南好，游人只合江南老①。春水碧于天②，画船听雨眠。

　　垆边人似月③，皓腕凝霜雪④。未老莫还乡，还乡须断肠⑤。

〔注释〕

　　①游人：这里指漂泊江南的人，即作者自谓。只合：只应。②碧于天：一片碧绿，胜过天色。③垆边：指酒家。垆，旧时酒店用土砌成酒瓮卖酒的地方。④凝霜雪：像霜雪凝聚那样洁白。⑤"未老"二句：年尚未老，且在江南行乐。如还乡离开江南，当使人悲痛不已。须，必定，肯定。

〔赏读提示〕

　　这是韦庄到南方避乱时所写的一首词，描绘了江南水乡秀丽的景物和曼妙的人物，表达了诗人热爱江南的感情。

　　词的上片描写了江南如画美景"春水碧于天"，水天一色，清新优美；也写了在江南游玩时的惬意"画船听雨眠"，躺在画船上，耳听细雨声酣然入梦。江南充满了诗情画意，所以诗句一开头就在感慨"人人尽说江南好"，果然江南的美好让游人陶醉，想在这里终老一生。此处作者表达对江南山水的依恋、陶醉，朗读时要尽量读出这种感觉，可读出欣赏赞美之情，语气稍扬。

　　下片由江南的景物写到江南的女子。"垆边人似月，皓腕凝霜雪"，词人运用比喻写出了酒家当垆女子的美丽温婉,这是江南山水养育出来的曼妙女子。江南物美,人更美,让人流连忘返。"未老莫还乡,还乡须断肠",因为流连美景不愿离去,但为什么还乡会"断肠"? 因为,此时他的家乡(中原一带)正烽火连天,如果看到那种残破的情景,一定会心伤不已的。看来是美景触发了词人的乡愁。在结尾处,我们知道了词人其实通过赞美江南的美景,含蓄地表达了思乡之情。词人巧妙地刻画出了特定环境之下特殊的内心活动,从而突出了春日游子的"思乡怀人"之情。诵读至此,诗人情感陡转,所以语调宜抑,语气宜沉。

(程云)

春　晴

［唐］王　驾

雨前初见花间蕊①,雨后全无叶底花。
蜂蝶纷纷过墙去,却疑春色在邻家。

〔注释〕

①初见:刚才见到。蕊:未开的花,即花苞。

〔赏读提示〕

这是晚唐诗人王驾的一首即兴小诗,写自己在雨后漫步小园时所见的残春之景。这样的景物其实常见又平凡,但在诗人的笔下却平中见奇,诗趣盎趣。

花,是春天的象征;晴,是雨天的期待。诗的前两句便是从花着眼,从雨入手。下雨之前,含苞欲放的花儿蕴藏着一片生机和希望,让人不由得期盼它们的盛放。只可惜一场风雨将它们打落无遗,雨后的花儿全都凋零,空有满枝的绿叶,就连叶底下也找不到一瓣花。受当时通俗诗派的影响,王驾的诗风非常明白通畅,"雨前"、"雨后"相对,"花间蕊"、"叶底花"相应,在对比、映衬之间用简单的字句吐露自己的一片惜春之情。所以朗读的时候,语调可以放缓,语速可以减慢。"初见"、"全无"最能突出"欣喜期待"到"遗憾感叹"的转变,朗读时可以适当加重强调,营造气氛。

王驾颇有情趣地摄取了骤雨方晴之后蜜蜂、蝴蝶的活动,"蜂蝶纷纷过墙去",失落扫兴的不光是诗人,还有这蜜蜂和蝴蝶。被苦雨久困的蜂蝶,好不容易盼到大好的春晴天气，它们高兴地翩翩飞到小园中来，满以为可以在花丛中饱餐芬芳春色，不料却扑了空，小园花落空有叶，它们便也和诗人一样大失所望，懊丧地纷纷飞过院墙而去。诗人巧妙地使用了拟人和移情的手法，使得诗句别有情趣。朗读的时候，"纷纷"的速度可以略快，表现蜜蜂、蝴蝶追逐春色的神态，"过墙去"的语调宜拉长，语气轻柔，在悻悻然中带有期望。

望着它们，满怀着惜春之情的诗人，刹那间产生出一种奇妙的联想："却疑春色在邻家。"其实，雨落万家，邻居家的花木肯定也难以幸免，只不过，隔着高高的墙，却让人有了无限的猜想和憧憬。"疑"字用得极有分寸感，朗读时应该强调这个字眼，读出蜂蝶和诗人犹豫、疑惑而又充满向往的心理。　　　　（庄妍）

望海潮

[宋] 柳　永

东南形胜①，三吴都会②，钱塘自古繁华。烟柳画桥，风帘翠幕③，参差十万人家④。云树绕堤沙⑤。怒涛卷霜雪，天堑无涯⑥。市列珠玑⑦，户盈罗绮⑧，竞豪奢。

重湖叠巘清嘉⑨。有三秋桂子⑩，十里荷花。羌管弄晴⑪，菱歌泛夜⑫，嬉嬉钓叟莲娃⑬。千骑拥高牙⑭。乘醉听箫鼓，吟赏烟霞⑮。异日图将好景⑯，归去凤池夸⑰。

〔注释〕

①形胜：地理条件优越。②三吴：《水经注》以吴兴、吴都、会稽为三吴。都会：大都市。③风帘：挡风作的帘子。④参差：指房屋楼阁高低不齐。⑤云树：树木远望似云，极言其多。⑥天堑：天然的险阻，这里指钱塘江。⑦珠玑：珍宝。⑧盈：充满，言其多。⑨重湖：这里指西湖。巘（yǎn）：小山峰。清嘉：清秀美丽。嘉，一作"佳"。⑩三秋：农历九月。⑪羌管：笛子。这里泛指乐器。⑫泛夜：指歌声在夜间飞扬。⑬嬉嬉：欢乐快活的样子。莲娃：采莲的孩童。⑭千骑：形容州郡长官出行时随从众多。高牙：古代将军旗竿用象牙装饰。这里指大官高扬的仪仗旗帜。⑮烟霞：山水美景。⑯异日：他日。图：描绘。⑰凤池：原指皇帝禁苑中的池沼，此指中书省，代指朝廷。

〔赏读提示〕

《望海潮》词调始见于《乐章集》，为柳永所创的新声。这首词写的是杭州的富庶与美丽。在艺术构思上匠心独运，上片写杭州，下片写西湖，以点带面，明暗交叉，铺叙晓畅，形容得体。其写景之壮伟、声调之激越，与东坡亦相去不远。特别是由数字组成的词组，如"三吴都会"、"十万人家"、"三秋桂子"、"十里荷花"、"千骑拥高牙"等在词中的运用，或为实写，或为虚指，均带有夸张的语气，有助于形成柳永式的豪放词风。

钱塘江畔的杭州自古就是著名的大都市，风景秀丽，人文荟萃，经济繁荣，生活富足。在这首词里，柳永以生动的笔墨，将杭州描绘得富丽非凡。

全词要读出饱含激情的赞美的口吻。

上阕一开头即以鸟瞰式镜头摄下杭州的全貌。"东南形胜，三吴都会"，起笔便大开大阔，直起直落。两个四字对句，诵读时要体现出气势博大，力量非凡。"东南"，就方向言；"三吴"，就地点言。交代地理位置空间浩瀚、面积广大，给人以开阔之感，引起人的阅读期待：是何处如此占尽天时地利？下句紧接着作了回答："钱塘自古繁华。""自古"突出了杭州历史悠久，繁华富庶。

接下来，诵读时应舒缓些。词人如数家珍般——细数杭州的自然风光、人文景观。以下三句分别就首句中的"都会"、"形胜"、"繁华"，作出形象的说明。"烟柳画桥，风帘翠幕，参差十万人家。"远望去，垂柳含烟，薄雾如纱，虹桥似画，真是画中才有的好景致啊。这一处人烟阜盛，各式建筑，各抱地势，鳞次栉比，檐牙错落；走近了看，微风过处，千门万户帘幕轻摆，显得怡然安详，真是一派"都会"景象。"参差"形容楼阁高下不齐，"十万"指人口众多，未必是确数。"云树绕堤沙，怒涛卷霜雪，天堑无涯。"视线从城内转到钱塘江边，来写"形胜"。高耸入云的古树围绕着江堤，汹涌的江涛像发了怒一样奔腾而来，激起如霜如雪的白色浪花，壮阔的钱塘江就像一道天然的壕沟阻挡着北方敌人的进犯。一"绕"字尽显古树成行，长堤迤逦之态；一"卷"字又状狂涛汹涌，波浪滔滔之势。"市列珠玑，户盈罗绮，竞豪奢。"镜头移近，来街市上走走看看。珠玉宝石遍陈于市，家家户户绫罗盈柜，人们的衣饰更是鲜丽豪华，竞相斗艳。"列"、"盈"、"竞"把经济繁荣、生活富庶奢华落到了实处。

下阕诵读时语调应轻快活泼些。杭州之美在西湖，西湖之美在景美，更在人美。"重湖叠𪩘清嘉。有三秋桂子，十里荷花。"湖外有湖，山外有山，西湖的锦山秀水实在是清丽可嘉；更美的是"三秋桂子，十里荷花"，堪称千古丽句。

"三秋"意指桂花花期长，馥郁芬芳，长久不散；"十里"是说湖中广植荷花，逢到花期真可谓"接天莲叶无穷碧，映日荷花别样红"了。一句牵出了诸多意象，湖、山、秋月、桂花、荷花奔赴而来，令人心旷神怡，遐想万千。"羌管弄晴，菱歌泛夜"两句为互文，即羌管弄晴、泛夜，菱歌泛夜、弄晴。意谓笛声歌声昼夜不停，在晴空中飘扬，在月夜下荡漾。"弄"使得吹笛人和采菱女的潇洒欢快之情陡增；"泛"说明人们是在湖中吹笛演唱，笛声歌声似乎随着湖水荡漾开来，轻盈愉悦之貌全出。"嬉嬉钓叟莲娃"，湖边钓鱼的老翁怡然自得，湖中采莲的孩童喧闹嬉戏，一句话就给我们展开了一幅太平盛世下的百姓安乐图。

"千骑拥高牙。乘醉听箫鼓，吟赏烟霞。"权贵出行气派威风，真有一呼百应之势。闲暇时，品酒赏音，吟诗作画，赏玩山水，何等风流潇洒。"异日图将好景，归去凤池夸。"至此，才彰显了写作目的是拜谒孙何。"异日"、"归去凤池"是对孙何宦途前景的美好祝愿，而这"好景"足以向朝廷中人"夸"，又使这祝愿归结到了对壮美秀丽的杭州的赞美上。

这首词在艺术上也是相当成功的。作者抓住具有特征的事物，用饱蘸激情而又带有夸张的笔调，寥寥数语便笔底风生，迷人的西湖与钱塘胜景便展现在读者面前。

除饱满的感情与适度的夸张以外，词的语言、音律、词调也与内容结合得恰到好处。上片写形胜之地和钱江潮的壮观，词中用"怒涛"、"霜雪"、"天堑"这类色彩浓烈有气势的语言，词句短小，音调急促，仿佛大潮劈面奔涌而来，有雷霆万钧、不可阻挡之势。而写西湖清幽的美景时，文字优美，词句变长，节奏平和舒缓，终于出现了"三秋桂子"这样千秋传诵的佳句，继之又用"羌管弄晴"等句不断地加以点染，美丽的西湖就更加使人心旷神怡了。

这是一首艺术感染力很强的词。相传后来金主完颜亮听唱"三秋桂子，十里荷花"以后，便羡慕钱塘的繁华，从而更加强了他侵吞南宋的野心。为此，宋人谢驿（处厚）还写了一首诗："莫把杭州曲子讴，荷花十里桂三秋。岂知草木无情物，牵动长江万里愁。"（见罗大经《鹤林玉露》）意思是说金主完颜亮因受一首词的影响而萌发南侵之心，原不可信。但是，产生这一传说，却可以印证这首词的艺术感染力是很强的。

（钱玉芳）

玉楼春

〔宋〕宋　祁

东城渐觉风光好，縠皱波纹迎客棹①。绿杨烟外晓寒轻，红杏枝头春意闹。

浮生长恨欢娱少②，肯爱千金轻一笑。为君持酒劝斜阳，且向花间留晚照。

〔注释〕

①縠皱：即绉纱，喻水的波纹。②浮生：指飘浮无定的短暂人生。

〔赏读提示〕

此词上阕写景。从湖面上游船写起，描写了湖面上的美丽春景，呈现出一幅色彩明丽、清新雅致的早春图景。用充满温馨、舒缓的语调来读。

下阕和上阕迥异，完全没有上阕的清新明亮的色彩，只说人生如梦，虚无缥缈，劝人们要及时行乐，体现出"浮生若梦，为欢几何"的寻欢思想。在赞美中有一种惜春的感慨。

起句用一"好"字总写明媚的春光。接着采用比喻和拟人的手法，写出了水波的质感，同时又显得水波有灵性。"绿杨"句写远处如烟的杨柳，观察细致，杨柳不是翠绿而是嫩绿，可见早春特点。清晨虽冷，寒气不浓，从而引出后句的花闹。词人采用拟人手法，用一"闹"字，将春光的绚丽烂漫描绘得活灵活现，呼之欲出。朗诵可以声调上扬，读出春天的生机。

下阕前两句，起到一个转的作用。人生如梦，苦多乐少，要及时寻乐赏乐，此处化用"一笑倾人城"的典故，抒写词人携妓游春时的心绪，语调舒缓。下阕末两句，写词人为使这次春游得以尽兴，展开了大胆的想象，举杯挽留夕阳，请夕阳多陪伴些花儿。充分表达了词人对于美好春光的留恋之情，读来不免充满奇趣又有良多感慨。

这首词华美而不浮艳，将春天景色、人生感悟都写得淋漓尽致。宋祁因词中"红杏枝头春意闹"一句而名扬词坛，被世人称作"红杏尚书"。　　　　（李娟）

鲁山山行①

[宋]梅尧臣

适与野情惬②，千山高复低。
好峰随处改③，幽径独行迷④。
霜落熊升树⑤，林空鹿饮溪。
人家在何许，云外一声鸡。

〔注释〕

①鲁山：在今河南鲁山县。②适：恰好。野情：喜爱山野之情。惬(qiè)：心满意足。③随处改：(山峰)随观看的角度的变化而变化。④幽径：小路。⑤熊升树：熊爬上树。一作大熊星座升上树梢。

〔赏读提示〕

本诗是写景诗的典范之作，整首诗描写了一幅幅生动的画面，再现了鲁山的山景，在山景的描写中虚实结合，充满了空灵神奇之感。

首联我们应以轻松愉悦的心情去朗诵。我们可以随着诗人的描写，想象山野的情景，山脉起伏不定、层峦叠嶂、千峰竞秀；而"惬"字，写出了登山者的心情，不因山路起伏而恼，反而觉得惬意，体现了诗人对山川自然的喜爱之情，读得轻松随意就行。

颔联进一步表达了诗人对鲁山的喜爱。诗人不因山路崎岖迷路而怒，反而用了"迷"这一字来体现当时的感受，因独行而迷路，是山路曲径幽深的实写；诗人不恼不怒，反而有些迷醉，迷于山景的美丽，可见山景确实雅致之极，让诗人都有些陶醉了。

颈联是诗人集中描写山景的一联。诗人笔下再现了一幅人迹罕至、空灵神奇的画面。白霜落下，山林空荡，隐隐约约看见熊爬上光秃秃的树，透过稀疏的树，似乎看到了野鹿在山溪旁饮水。熊、鹿都是动态的，但意境却是幽静的，确实是动中写静的妙笔。此句应读得空灵一些，有些许惊喜，又有些神奇之感。

尾联意境更拓展一层，运用了设问手法，写出了"空山不见人，但闻人语响"的语境，移步换景，俨然一幅原生态的山村画面。我们要能体会出诗人超脱、淡泊的闲适恬静心情。

本诗是诗人登山的一个过程,首先表达的是登山抒怀的一种喜悦。看到奇美的景色,诗人感到无比的惊喜与心旷神怡,接着又有着一种空灵神奇之感,最后又归于淡泊闲适的心态。"云外一声鸡",非常自然,确实给人以"含不尽之意见于言外"的感觉。

(李娟)

丰乐亭游春^①（其三）

〔宋〕欧阳修

红树青山日欲斜^②,长郊草色绿无涯^③。
游人不管春将老^④,来往亭前踏落花。

〔注释〕

①丰乐亭:在今安徽滁州。欧阳修任滁州知州时所筑,为当时的胜游之地。②红树:开红花的树,或落日反照的树。③长郊:广阔的郊野。④春将老:春天将要过去。老,逝去。

〔赏读提示〕

"环滁皆山也",宋代文学家欧阳修在滁州郊外山林间造了丰乐亭,并写了组诗《丰乐亭游春》,共计三首,此为第三首。丰乐亭建在丰山幽谷中,风景绝佳处,建成后,太守欧阳修常带领滁州人民来此游玩,往往乘兴而往,尽兴而返。这首诗就描写了这样一次愉快的春游,朗读时要用闲适、从容、愉悦的语调来读。

写春游的常见方式,是描写春游的过程。欧阳修却独具匠心地截取了春游即将结束时的几个细节来加以刻画。第一、二两句描写了暮春日落前的美景,点出这次快乐的春游已接近尾声。绿树青山都被夕阳涂成了红色,郊外的绿草一直延伸到视野之外,该是人们返城回家之时了。然而大家却毫无游兴阑珊之意,三、四两句通过描写游人在亭前往来踏落花的细节,写出了游人的简单快乐,也把人们对春天的眷恋之情写得既缠绵又酣畅。

"游人不管春将老,来往亭前踏落花",游人的"不管"和"踏落花"看似无心肝,实则正是其烂漫处。唯有真快乐者,才能纵情享受眼前的春景,哪怕是花落春尽,也要寻找其乐趣所在。诗人这里着一"老"字,赋予春天生命感,比用"尽"

字更能传神。在这批惜春的游人队伍中,当然也有诗人自己。游人不管,那诗人管不管呢?"人知从太守游而乐,而不知太守之乐其乐也",诗人对春天的逝去是敏感的,对满地落花是怜惜的,然而诗人在看到同游百姓如此欢乐之时,心里是快乐欣慰的。诗人在《醉翁亭记》中写道"醉能同其乐",唯其醉才能同其乐,文字背后有辛酸在。所以这诗的最后两句是欢乐的,欢乐中又有惆怅。朗读时"不管"可以重读,"踏落花"可以读得轻盈俏皮。　　　　　　　　(唐丽花)

淮中晚泊犊头①

[宋] 苏舜钦

春阴垂野草青青②,时有幽花一树明③。
晚泊孤舟古祠下④,满川风雨看潮生⑤。

〔注释〕

①淮:淮河。犊头:淮河边的一个地名。犊头镇,在今江苏淮安市境内。②春阴:春天的阴云。垂野:笼罩原野。③幽花:幽静偏暗之处的花。④古祠:古旧的祠堂。⑤满川:满河。

〔赏读提示〕

这首诗前两句写日间行船,后两句描绘船停滞不前过夜的情景。

"春阴垂野草青青",春云布满天空,灰蒙蒙地笼罩着淮河两岸的原野,原野上草色青青,与空中阴云上下相映。"春阴"、"草青青"语调适当平缓,读出天气的阴暗、景色的单调和远行旅人的乏味。幸而,岸边不时有一树野花闪现出来,红的、黄的、白的。"时有幽花一树明","时有"尽量读出一会儿一树,一会儿又一树,不时地来到眼前供人欣赏的乘船看花的喜悦。"一树明"节奏轻快,语调轻扬,读出眼前豁然一亮那鲜明的画面。日间船行水上,岸边的野草幽花是静止的,人在动态之中,动中观静。

天阴得沉,黑得快,又起了风,眼看就会下雨,要赶到前方的码头是不可能的了,诗人决定将船靠岸,在一座古庙下抛锚过夜。"晚泊孤舟古祠下","晚泊"稍稍重读,显示一天时间的推移。果然不出所料,"满川风雨看潮生",这一夜风大雨也大。"满川风雨"适当重读,读出呼呼的风挟着潇潇的雨,飘洒在河面上的声势;河里的水眼见在船底迅猛上涨,上游的春潮正龙吟虎啸,奔涌而来。诗人呢? 诗人早已系舟登岸,稳坐在古庙之中了。"看潮生"语调平缓,读出诗人安安闲闲,静观外面风雨春潮的水上夜景的快意。夜里船泊犊头,人是静止的了,风雨潮水却是动荡不息的,静中观动。

这首绝句,巧妙展示了抒情主人公和景物之间动静关系的变化,动中观静、静中显动,使诗人与外界景物始终保持相当的距离,从而显示了一种悠闲、从容、超然物外的心境和风度。

(周宁宁)

书湖阴先生壁①

[宋] 王安石

茅檐常扫净无苔②,花木成畦手自栽③。
一水护田将绿绕④,两山排闼送青来⑤。

〔注释〕

①书:书写,题诗。湖阴先生:本名杨德逢,隐居之士,是王安石晚年居住金陵时的邻居。②茅檐:茅屋檐下,这里指庭院。无苔:没有青苔。③成畦(qí):成垄成行。畦,经过修整的一块块田地。④护田:这里指护卫环绕着园田。将:携带。绿:指水色。⑤排闼(tà):开门。闼,小门。

〔赏读提示〕

这是王安石罢相隐居金陵时送给邻居湖阴先生(一位隐士)的一首诗,这首诗写在了先生家的墙壁之上。

一、二句赞美杨家庭院的清幽。"茅檐"点出湖阴先生的身份是一位隐士,居室简朴。江南地湿,又时值初夏多雨季节,这对青苔的生长比之其他时令都更为有利。况且,青苔性喜阴暗,总是生长在僻静之处,较之其他杂草更难以扫除。而今庭院之内,连青苔也没有,表明无处不净、无时不净。茅屋无苔,花木成畦,古诗中常用生活中的"洁癖"来表现人物精神的高洁,这也是一例。这两句可用平静的叙述口吻来读,为后两句张本。

三、四句由眼前庭院小景转到室外之大景。门前是一条河流傍着一片农田,再往远处是两座青山,暗示湖阴先生效仿渊明躬耕南亩的生活。而青山绿水的美景也衬托着主人作为一位隐士的美好品质。"护"、"绕"二字写出了水的多情,门前的青山见到庭院这样整洁美观,主人这样人品高尚,也争相前来为主人的院落增色添彩:推门而入,奉献上一片青翠。这两句想象神奇,语言清新隽永,运用了对偶、拟人、借代的修辞手法,把山水描写得有情且有趣。事实是湖阴先生的房屋与山距离很近,主人开了门,就会看见青苍的山峰。可如果写成开门见青山,那就全无诗味了,诗人换了个说法,从对面落笔,让山做了主语,化静为动,顿成佳句,这真是巧思妙想,令人拍案叫绝。最后一句应读得热情而有气势。

(孙霁蔚)

北陂杏花①

[宋] 王安石

一陂春水绕花身,花影妖娆各占春。
纵被春风吹作雪,绝胜南陌碾成尘②。

〔注释〕

①陂(bēi):池,这里指池边或池中小洲。②陌:小路,原指东西走向的土埂。

〔赏读提示〕

《北坡杏花》是北宋文学家、改革家王安石晚年罢相,隐居金陵时所作。

一、二句写景状物,描绘杏花临水照影之娇媚可喜。"向阳花木易为春",但这杏花所处地理位置在北边,如何? 无妨!"临水花先发",一池春水环绕着杏树,催发了无限的生机。"绕"字一笔双致,既写一池春水蜿蜒绵邈之貌,又写水花相依相亲之情。"绕"要加强重音,读得响亮,同时以声音的延长表现其蜿蜒缠绵之情貌。

次句观花赏影,从花与影两方面写杏花绰约撩人的风姿。设想一幅画,上是满树繁花竞相开放,下是满池花影摇曳迷离,可谓是写实派与印象派手法的结合。慧眼取景!"妖娆"二字本用于写人,且多用于形容美得出挑的人,这里移用于杏花,杏花便有了争奇斗妍、光彩耀眼的个性。这一意象,很容易让人联想到希腊神话里临水自照的纳尔西斯,何等自爱! 何等自恃!"各"字,花与影平分春色，"妖娆"、"占春"固然是一样美艳多情，但"各自"美艳又沉迷自失，反似无情，可谓美得决绝。"各"字的诵读，同样要延长，带有微微的感喟之意与出俗之感。

这两句刻画虚实相生：画面中景物层次丰富，取景既有写实又有写意，更具立体的美；是不是也透露出诗人晚年退居林下后，不以为意、淡然自得的自爱以及对澄澹虚静之美的追求呢？

三、四句议论抒情，对偶精工，托物言志，耐人玩味。"春风吹作雪"是写景，风吹杏树，落英缤纷，漫天如雪；着"纵被"二字，则变为议论，亮出了"杏花"的主观抉择和价值取向，引人揣想。伤春是古典诗词常见主题，但诗人伤感了吗？这里有一处对比启人深思："南陌"与"北陂"相对，包含着一种隐喻。"北陂"冷僻寂静，"南陌"热闹繁华。"北陂"远离喧嚣、人迹罕至，只有诗人"幽人独往来"；"南陌"熙来攘往、暄暖热闹，处处都是赏春人。所以，南陌的杏花历经赏玩而凋零，必然任人践踏，"碾"而成尘；北陂杏花即使零落，却有幸保持了"如雪"的素洁。"绝胜"二字可以看出，诗人自矜与自足之意溢于言表；并且诗人刚强耿介的人格、孤芳自赏的价值取向，已朗然如照。

作者虽被迫退出政治舞台，但仍然坚持自己原有的改革信念与立场，积极倡言"天命不足畏，人言不足恤，祖宗之法不足守"，可佐证其矢志不渝、耿介自守之品质。"纵被"、"绝胜"掷地有声，要读得铿锵坚毅。

全诗融情于景，托物言志，辞浅而味永。诗人晚年心境，或冲旷萧散，或健朗豪逸，但作者的立场和操守却鲜明亮烈，令人感佩。　　　　　　　　　（吴路平）

送　春

[宋] 王　令

三月残花落更开，小檐日日燕飞来。
子规夜半犹啼血①，不信东风唤不回。

[注释]

①子规：杜鹃鸟。《寰宇记》中载：蜀王杜宇，号望帝。有一天，杜宇把王位让给治水有功的宰相开明，他自己到山中隐居。二月间，子规鸟啼，当地人认为

子规就是杜宇的化身,听鸟啼而心悲。子规鸟啼声悲切,一直啼血而死。

〔**赏读提示**〕

　　"无可奈何花落去,似曾相识燕归来",面对春景,人们留恋却难以挽留,于是不免失落惆怅。但王令笔下的"送春",少了些惜春伤感的情调,多了些进取奋斗的意味,让暮春三月也有别样的美丽。

　　开篇便是"残"花,可是花落却并不意味着死亡,一句"落更开"让意境豁然开朗,时令三月花盛开,残花枝头新蕾展,仍然一片春意盎然。朗读的时候注意在语气、语调上突出"残"、"落"与"更开"的对比,注意"开"的意境的延展,"春光无限"便要从朗读开始。同样的,还有"燕飞来",低矮的屋檐下有燕子飞去飞来,春光并没有尽逝,生机依旧勃勃。燕子飞旋,还"日日"如此,脑海中带有这样的画面,读起来就更能凸显春光生机犹在。

　　再寄情于物,在以暮春三月花开花落,低矮的屋檐下小燕子飞来飞去筑巢为背景的基础上,诗人巧妙地化用了"子规啼血"的典故,大大提高了诗的意境。"子规啼血"这个典故在我国古代诗歌中常借以抒写悲情,非常凄切,眷恋春光的杜鹃在深夜悲啼,血泪洒在花上,开出了遍地红艳的杜鹃花。倘若如此,本诗对春光的留恋未免哀怨狭隘,诗人以"不信"、"唤不回"拟人手法的运用,让杜鹃鸟日夜的啼鸣显得高兴潇洒,充满豪气,一派欣欣向荣,加上前面的莺歌燕舞,鲜花烂漫,暮春尤胜的氛围,让人回味无穷。这么一来,花开花落,燕子飞来,子规夜啼这些自然现象,都是为了把要消逝的春天积极地呼唤回来,为了崭新开始的轮回。全诗表达竭尽全力留住美好时光的意思,既有珍惜的心情,又显示了自信努力的态度和坚定不移的信念,这个态度和心志上的乐观坚定,让"不信东风唤不回"成为佳句而为后世人们所推崇,朗读的时候宜注意加重"不信"、"唤不回"的语气,读出自己的坚定乐观。

(庄妍)

郊行即事

〔宋〕程　颢

芳原绿野恣行时①,春入遥山碧四围②。
兴逐乱红穿柳巷③,因临流水坐苔矶。

莫辞盏酒十分劝,只恐风花一片飞。

况是清明好天气,不妨游衍莫忘归④。

〔注释〕

①恣行:尽情游赏。②遥山:远山。③兴:乘兴,随兴。乱红:指落花。④游衍:是游玩溢出范围的意思。

〔赏读提示〕

程颢是宋代大儒,理学家和教育家,《郊行即事》是其在清明这天即景抒情而作。那么理学大师眼中的春天究竟是怎样的呢?

开篇"芳原绿野恣行时"写诗人在芳草鲜美的原野上漫步,放眼望去,目力所及之处都是一片绿色,令他陶醉在这迷人的春景之中。比起杜牧的"清明时节雨纷纷"那样的春雨纷纷,程颢的这个晴朗的清明节似乎更适宜赏景。他信步游览,兴致所至之时竟如顽童一般快步而追,追随漫天飞舞的落红。穿过绿意融融的柳巷,走到了一条小溪边,一路的疾行让他有些许体力不支,于是他坐在河边长满青苔的石块上,稍事休息,静静地听小溪水潺潺流过。

"绿野"、"碧山"、"乱红"无一不让人感受到盎然春意,这些词仿佛一个个活泼的春精灵跳跃在我们眼前,要读出活力,读出生气,可适当重读,读出活泼清丽的意境来。"坐苔矶"缓缓放慢节奏,为接下来的四句做好沉思冥想的准备。

看到这满眼的春色,享受着清新的空气,诗人深深沉醉在这美好的人生光景中,不禁慨叹:如果此时有美酒相赠,千万别推辞啊,不要辜负这烂漫春色和与你诚挚分享的喜悦之心,今朝有酒今朝醉也未必是件坏事,那片片落红不知何时就不知踪影了。这两句里要读出珍惜友情和美好时光的意味,带着对春光的留恋之情,一个"恐"字透露出作者唯恐时光从指间溜走的心情,重读为宜。

虽然作者此时已经快要"沉醉不知归路"了,可是他又很快进入了理性冷静的状态:人生中会有很多良辰美景,但是不可久久沉溺其中,以免岁月蹉跎。所以在美妙春色之前,作者依然保持着清醒的头脑,在字里行间中透露出对时光老人的敬畏之意。我们要读出"不妨游衍莫忘归"的慨叹与劝诫并存的感情,"不妨"二字徐徐吟来,略作停顿,留白给读者体会。

(崔晨香)

秋　月

［宋］程　颢

清溪流过碧山头，空水澄鲜一色秋①。
隔断红尘三十里②，白云红叶两悠悠。

〔注释〕

①空水：指夜空和溪中的流水。澄（chéng）鲜：明净、清新的样子。一色秋：指夜空和在融融月色中流动的溪水像秋色一样明朗、澄（dèng）清。②"隔断"句：指溪水距离有人家的地方有三十里路的远。三十，非确数，只是写其远隔人世，写其幽深。

〔赏读提示〕

本诗通篇写景，在对秋夜景色的描写中寄予强烈的个人情感，读来使人有飘飘然之感，诵读时应辅以悠闲心态、舒缓语调，如目见耳闻，身处其中。

诗人眼里所见，尽是清澈明净之景：清溪、碧山、晴空、澄泉、白云、红叶。在皎洁的秋月映照下，澄明、纯洁两者融为一色，洁净高远。"隔断红尘三十里"，极言眼前佳境的一尘不染。诗人想象着此景中的"白云"与"红叶"，其身心是如何悠悠自得的，它们又是如何远离尘俗的，以至无比圣洁、高尚而一尘不染，在静观秋光月色之中油然而生的超尘脱俗、心旷神怡之感。说"白云"与"红叶"为"两悠悠"，是移情于景，以物喻己，既是诗人在秋月下所见的山林实景，又是带有象征意义的幻景。从象征意义说，这"白云"的任意浮游，"红叶"的飘逸自得，实是诗人自己为此秋色所陶醉而产生的一瞬间悠然自得、忘却尘世的意念的自然流露，诵读时应能表现出作者的"遗世而独立"的得意。

诗题为"秋月"，诗中并无一字点出秋月，却令人如见满纸月光。这种表现手法极妙，称得上司空图所说："不着一字，尽得风流。"

（吴喆）

六月二十七日望湖楼醉书①

〔宋〕苏 轼

黑云翻墨未遮山②，白雨跳珠乱入船③。
卷地风来忽吹散④，望湖楼下水如天。

〔注释〕

①望湖楼：在杭州西湖边。②翻墨：像墨汁一样的黑云在天上翻卷。③跳珠：形容雨点像珍珠一样在船中跳动。④卷地风：风从地面卷起。

〔赏读提示〕

苏轼是一位心胸旷达、热爱生活的诗人。这首诗描写了夏日西湖上一场来去匆匆的暴雨，也是即兴写景之作。大自然变化迅速，诗人用笔神奇。

"黑云翻墨未遮山"写黑云翻滚，是暴雨将至之景。黑云就像浓浓的墨汁在天边翻转，远处的山峰在翻腾的乌云中依稀可辨。将黑云比作浓墨，很传神。"白雨跳珠乱入船"写大雨倾盆。大雨以不可阻挡之势来临，诗人不写外面的雨景，只抓住一个细节去写，白色的雨点砸在船中，水花四溅，仿佛一颗颗珍珠在跳动。"跳"和"乱"字传神地写出雨点的力度，从另一个角度写出暴雨倾倒，雨点大而密。"卷地风来忽吹散"，正当人们沉浸在暴雨忽至的壮观场面时，一阵狂风席地卷来，一下子吹散了乌云和大雨。最后一句"望湖楼下水如天"写乌云散尽，骤雨初歇，望湖楼下水面平静如初，水天一色，一片明净。

一场暴雨来得快去得快，来时黑云压城、势不可挡，去时不动声色、平静如初。大自然真是奇妙，这个富有戏剧性的变化被在望湖楼上饮酒的诗人尽收眼底。诗人气定神闲，不动声色地把这场雨记录在诗中。从黑云压近湖面、急雨骤降的壮阔，写到烟消云散、雨过天晴的平静，诗人用笔跌宕起伏而又从容不迫，诗句简短有力，使人目不暇接。作者非常欣赏自己的这首诗，他50岁时再到杭州，特意又写诗说："还来一醉西湖雨，不见跳珠十五年。"足见他对这首诗的喜爱。

朗读这首诗时在节奏上要读出变化，暴雨来临时气势壮阔，要读得铿锵有力；云消雨散时平静开阔，要读得舒缓平和。情感上要读出作者对雨的喜爱之情。

(孙霁蔚)

饮湖上初晴后雨①

［宋］苏 轼

水光潋滟晴方好②，山色空蒙雨亦奇③。
欲把西湖比西子④，淡妆浓抹总相宜⑤。

〔注释〕

①饮湖上：在西湖上饮酒。②潋滟(liànyàn)：水面波光闪动的样子。方好：正好。③空蒙(méng)：形容细雨迷茫的样子。亦：也。④西子：西施，春秋时越国的美女。⑤相宜：合适、适宜。

〔赏读提示〕

这是一首赞美西湖美景的经典之作，写于诗人任杭州通判期间。

从题目"饮湖上初晴后雨"可以得知，这一天诗人在西湖饮宴，起初天气晴朗，后来下起了雨。在善于领略自然美景的诗人眼中，西湖的晴天雨天都是美妙的。"水光潋滟晴方好"描写晴天的西湖：在灿烂的阳光的照耀下，西湖水波荡漾，波光闪闪，很美妙。"山色空蒙雨亦奇"描写雨天的山色：在雨幕笼罩下，西湖周围的群山，朦胧缥缈，很奇妙。"晴方好""雨亦奇"，晴天景色正好，雨天景色也奇妙，字里行间充满了诗人对西湖美景的赞叹。

晴天的西湖也美，雨天的西湖也美，那怎么更好地总结出西湖的神韵呢？诗人用了一个奇妙而又贴切的比喻，"欲把西湖比西子，淡妆浓抹总相宜"。西子是谁？诗人为什么要用西子来作比呢？西子是美人西施，诗人之所以拿西施来比西湖，原因大概有二：一是因为二者同在越地，同有一个"西"字，西施和范蠡曾荡舟西湖，颇有渊源；二是两者同样具有婀娜多姿的阴柔之美，并且都美得浑然天成，不需刻意雕琢。西施无论淡描蛾眉还是浓施粉黛，总是风姿绰约的；西湖不管晴天雨天还是冬季夏季，都美妙无比。这个比喻得到后世的公认，从此，"西子湖"就成了西湖的别称。

这首诗是苏轼对西湖美景的总结性评价，而并非描摹一时之景或一地之景。这首诗的流传，也为西湖美景又增添了光彩。朗读时要读出诗人观赏西湖美景时赏心悦目的愉悦感来，以及作者的肯定和赞叹之情。 （孙霁蔚）

惠崇《春江晓景》①

［宋］苏 轼

竹外桃花三两枝,春江水暖鸭先知。
蒌蒿满地芦芽短②,正是河豚欲上时③。

〔注释〕

①惠崇:福建建阳僧,宋初九僧之一,能诗能画。《春江晓景》是惠崇所作画名。②蒌蒿:草名,有青蒿、白蒿等种。芦芽:芦苇的幼芽,可食用。③河豚:鱼的一种,学名"鲀",肉味鲜美,但是卵巢和肝脏有剧毒。产于我国沿海和一些内河,每年春天逆江而上,在淡水中产卵。上:指逆江而上。

〔赏读提示〕

这是一首题图诗,是苏轼题在惠崇所画的《春江晓景》上的。竹林外两三枝桃花绽放,鸭子在水中嬉戏,它们最早察觉了初春江水回暖。河滩上已经满是蒌蒿,芦苇也开始抽芽。这个时节正是河豚逆江而上产卵的时节,很快可以品尝到河豚的美味了。诗在描摹画作,写出了一派初春景象。

"竹外桃花三两枝",竹外桃花,红绿相映,桃花报春,春天来临,而桃花才三两枝,说明季节实为早春。"春江水暖鸭先知",视线从江岸移到江面。江上春水荡漾,鸭子在水中嬉戏游玩。"鸭先知"说明春江水刚开始回暖还略带寒意,只有亲水的鸭子才能先知先觉感受到春天的来临。"鸭先知"与"三两枝"相呼应,点明早春时节。画面色彩鲜明,动静结合,写出早春时的万物复苏,生命萌动。

"蒌蒿满地芦芽短,正是河豚欲上时",这两句仍扣"早春"来描写。"芦芽短"说明芦苇刚开始抽芽,再次点明"早春"。满地蒌蒿、新抽出的芦芽,黄绿相间,色彩绚丽,呈现出一派春意盎然、欣欣向荣的景象。"正是河豚欲上时",河豚只在春江水暖时才逆流而上,"欲"即将要,再次点明大地刚刚回春。这是画面中没有的,也是画笔很难表现的,可是诗人却成功地"状难写之景如在目前",给整个画面注入了春天的气息和生命的活力。

大自然季节更替时细微的变化,总有自然界的生命能快速捕捉到。全诗洋溢着一股生命的活力和面对春天到来时的喜悦之情。朗读时用舒缓的语调读出喜悦之情。

(孙霁蔚)

新城道中①

[宋] 苏 轼

东风知我欲山行②,吹断檐间积雨声③。
岭上晴云披絮帽④,树头初日挂铜钲⑤。
野桃含笑竹篱短,溪柳自摇沙水清。
西崦人家应最乐⑥,煮芹烧笋饷春耕⑦。

〔注释〕

①新城:宋代杭州的一个属县,在今浙江省富阳县。②东风:春风。③积雨:连绵不断、下了很久的雨。④絮帽:丝绵帽子。⑤铜钲:古代一种铜制的乐器,又名"丁宁",形状像钟,打击发声。⑥西崦:指西山地区。崦,本是山名,即崦嵫山,在今甘肃天水西境,这里泛指山。⑦饷:用食物款待别人。

〔赏读提示〕

这首诗写诗人出巡时途中所见的美丽景色,赞美了山村人家和平的劳动生活。

首联写诗人正打算去山里,而此时东风多情,雨声有意,极通人性,似乎一早便知晓他这羁旅之人要去山里,特意为之吹断了积雨,诗人心感愉悦。读时停顿"东风/知我/欲山行,吹断/檐间/积雨声",写春风吹断了积雨,别致新奇,饶富诗意。诵读时要有轻松活泼的情调,重音落在"知"、"吹"上。

颔联描写春晨山村晴景。山头、白云、树梢、初升的太阳等自然意象被作者选入诗中,并以"披絮帽"(戴棉絮制成的帽子)与"挂铜钲"(挂铜盘)分别比喻"岭上晴云"与"树头初日",十分贴切、形象、生动。诗人以"挂铜钲"喻"树头初日"也达到了"形似"。停顿为"岭上/晴云/披絮帽,树头/初日/挂铜钲",重音落在"晴"、"披"、"初"、"挂"上,语调轻松愉悦。

颈联继续描写山村的自然景物,语言活泼生动,诗意盎然。"野桃含笑竹篱短"将重点落在"野桃"之上,而"溪柳自摇沙水清"则主要是刻画了"溪柳"。前者以"野桃含笑"这一拟人化的语言生动地反映出野生的桃树鲜花绽开;而以"竹篱短"三字侧面烘托"野桃"高过竹篱。后者写溪边柳的枝条在春风吹拂下摇曳多姿、翩翩起舞,写活了"野桃"、"溪柳",使山村自然景物充满了勃勃生机,洋溢着欢快的气氛。停顿"野桃/含笑/竹篱短,溪柳/自摇/沙水清",重音落在"含笑""自摇"上。

尾联由自然景物的描写转入对农人及其生活的反映,更增添了这种喜情。此联紧扣一个"乐"字,雨过天晴,春暖花开,景致优美,令人心旷神怡,何况这又是闹春耕的大好时光,如此美景良辰不能不使农人倍感欢欣。西崦(西山)人家又是煮芹,又是烧笋,忙着春耕,其乐无穷。停顿为"西崦/人家/应最乐,煮芹/烧笋/饷春耕",重音落在"乐""饷"上。

鲜艳的桃花,矮矮的竹篱,袅娜的垂柳,清澈的小溪,再加上那正在田地里忙于春耕的农民,有物有人,有动有静,有红有绿,构成了一幅画面生动、色调和谐的农家春景图。雨后的山村景色如此清新秀丽,使得诗人出发时的愉悦心情有增无减,因此从他眼中看到的景物都带上了主观色彩,充满了欢乐和生意。这些景致和人物的描写是作者当时欢乐心情的反映,也表现了他厌恶俗务、热爱自然的情趣。

(薛倩倩)

水龙吟 次韵章质夫杨花词①

[宋] 苏　轼

似花还似非花,也无人惜从教坠②。抛家傍路,思量却是,无情有思③。萦损柔肠,困酣娇眼,欲开还闭。梦随风万里,寻郎去处,又还被、莺呼起④。

不恨此花飞尽,恨西园、落红难缀⑤。晓来雨过,遗踪何在?一池萍碎⑥。春色三分,二分尘土⑦,一分流水。细看来,不是杨花,点点是离人泪。

〔注释〕

①次韵:指和人诗词时依照原韵。章质夫:章楶(jié),字质夫,苏轼同僚,有咏杨花词《水龙吟》,传诵一时。苏轼和此词,亦咏杨花。杨花:指柳絮。②从教:任凭。坠:飘坠。③无情有思(sì):杨花看似无情,却自有它的愁思。用韩愈《晚春》:"杨花榆荚无才思。"此反其意而用之。④"梦随"四句:化用金昌绪《春怨》:"打起黄莺儿,莫教枝上啼。啼时惊妾梦,不得到辽西。"⑤落红:落花。

缀:连接。⑥一池萍碎:作者自注:"杨花落水为浮萍,验之信然。"⑦尘土:化用陆龟蒙诗:"人寿期满百,花开唯一春。其间风雨至,旦夕旋为尘。"

〔赏读提示〕

　　这是一首步章质夫韵的咏杨花之词,被王国维先生赞为"咏物最工"。诗人将杨花和思妇二合为一来写,借漂泊无依的杨花生动地表达出被弃思妇的哀怨之情,达到了水乳交融之境。既是写杨花飘零,思妇酸辛,全词的朗读基调应该是舒缓沉痛、哀伤愁怨的。

　　上阕起句"似花还似非花,也无人惜从教坠",既概括了杨花的特点,也点出了杨花的不幸,隐含着"无人惜"之痛。杨花其实是柳絮,并不是严格意义上的花,可它却在春天和百花同"开"同落,点缀枝头,点染春色,具有花的功能。"似花还似非花",一语道破"杨花"似是而非、若即若离的身份尴尬。也许正因如此,在众人惜花之际,却并没有一人在乎杨花的凋零。杨花的薄命之痛,两句写尽矣,朗读这两句时宜缓慢沉痛,"非花"、"无人"二处宜加重读音,且声调适当延长。"抛家傍路,思量却是,无情有思。"此处由物及人,"道似无情却有情",第一句应读得重而沉痛,二、三句则应放慢语速,降低声调,读出无限思量之感。

　　"萦损柔肠,困酣娇眼,欲开还闭。梦随风万里,寻郎去处,又还被、莺呼起。"词写至此,杨花的特点慢慢暗了下去,思妇的特点慢慢明亮了起来。不知郎去何处,点出杨花暗喻之弃妇身份。写弃妇,不忘杨花之特征。柳条似柔肠,柳絮似娇眼,娇眼似开还闭,似在写思妇困倦之态,又似在描杨花之状,真有形神合一之妙。此处总体应读得幽怨缠绵,"寻郎去处"与"又还被、莺呼起"语调可先扬后抑,情气可先喜后怨。

　　下阕"不恨此花飞尽,恨西园、落红难缀",表面看是"不恨"与"恨"的对比,实则是用落红来衬托柳絮之坠落。"不恨"是拟众人口吻,呼应上阕"也无人惜从教坠",其实是暗含杨花之恨。两个"恨"字,宜重读。

　　"晓来雨过,遗踪何在?一池萍碎。春色三分,二分尘土,一分流水。细看来,不是杨花,点点是离人泪。"痴心之诗人寻找着凋零杨花之下落,发现它已化为了池上碎萍。柳絮落尽花飞尽,至此春色已化为尘土和流水,无迹可寻。可痛的不只是杨花之落,甚至不只是春天之逝,更有离人的青春和希望。此处可读得一句比一句沉痛,至"点点是离人泪"而至情感最饱满处。　　　　　(唐丽花)

鄂州南楼书事（其一）①

[宋] 黄庭坚

四顾山光接水光②，凭栏十里芰荷香③。

清风明月无人管，并作南楼一味凉④。

〔注释〕

①鄂州：在今湖北省武汉、黄石一带。南楼：在武昌蛇山顶。②四顾：向四周望去。山光、水光：山色、水色。③凭栏：靠着栏杆。十里：形容水面辽阔。芰(jì)：菱角。④并：合并在一起。一味凉：一片凉意。

〔赏读提示〕

"四顾山光接水光，凭栏十里芰荷香。"第一句说美，第二句道香，感官的调动让"诗意闲适"的画面感尤为强烈。

首句"四顾山光接水光"，写登楼望远，所见之处皆为接天水光，意境辽阔。"光"字连用，更可见皓月朗照，山川生辉。在朗读"接"、"十里"的时候要注意读出山水相连、连绵无尽的感觉，"香"字应注意拉长语气，声音轻柔，营造"香气四溢"的氛围。

次句"凭栏十里芰荷香"，临风月下，十里香气，更添风致。此情此景，与苏轼的《赤壁赋》"惟江上之清风，与山间之明月，耳得之而为声，目遇之而成色，取之无禁，用之不竭，是造物者之无尽藏也，而吾与子之所共适"，颇有异曲同工之妙，可谓物我皆忘，逍遥自在。朗读的时候，应该注意前后的转变，清风婉柔、明月亮丽却无人欣赏，语气上可以略带遗憾惋惜。

第三句"清风明月无人管"，是人在自然的山光水色中找寻到自己独有的自在与闲适，何尝不是一种快乐！诵读时应朗声长诵，开阔胸怀，自由无拘束。

结句"并作南楼一味凉"，一笔收束。而"凉"字则一语双关，既点明周遭所感，也暗指诗人心境之谓。前面诗句选取的意象"山光"、"水光"、"芰荷"、"明月"、"清风"营造出的是一个通透澄澈的清凉世界，而诗人登高月下，正是情不自禁"临风三嗅馨香泣"——回想自己六年来辗转谪居黔州、戎州，形同流放，好不容易遇赦，后赴太平州任，仅九天又再次罢官，接受命运的摆布，只能不断以佛老之说排遣自己抑郁的心情，只是如何排遣呢？这样的情愫，这样深曲的心思，又岂是一个"凉"字所能完全包寓其中的？这首诗与苏轼的《前赤壁赋》一比较，就可发现黄庭坚也只是匆匆作结，其实并未真正解脱。诗人的心境与其说是"清凉"，不如说是"冰凉"了吧。结句要读得余味深长，有蕴藉不尽之意。

本诗语言浅白，写景淡雅清透，余味不尽而又颇有理趣，真可谓深得宋诗"理趣"之妙。

（潘易、庄妍）

清平乐

〔宋〕黄庭坚

春归何处？寂寞无行路。若有人知春去处，唤取归来同住。

春无踪迹谁知？除非问取黄鹂①。百啭无人能解，因风飞过蔷薇②。

〔注释〕

①问取：问。②因风：趁着风势。

〔赏读提示〕

这首词是表现伤春、惜春主题的佳作。词在近乎口语的质朴语言中，寄寓了深重的情感。全词的构思十分巧妙，赋予春以具体的人的特征，将对春天的情感写得具体感人。

上阕，词人因春天的消逝而感到寂寞，无处求得安慰，于是寄希望于路人，如果有人知道春天去了哪里，一定要把她唤回，让她与我同住。仿佛春去夏来不是不可挽回的自然现象，而仅仅是一个亲人或友人的暂时离去。这种无理却有情的写法，写出春天的可爱和春去的可惜，词人对春天的主观感受，给读者以强烈的感染。

下阕，词人似乎清醒地认识到无人懂得春天的去向，春天不可能被唤回来。但仍存一线希望，也许黄鹂能知道春天的踪迹。这样，词人再次陷入憧憬。"百啭无人能解，因风飞过蔷薇"，黄鹂宛转的啼声，打破了周围的寂静。可惜"我"听不懂黄鹂在说什么，只见黄鹂趁着风势飞过蔷薇花丛，渐渐飞远，剩下词人独自寂寞惆怅。蔷薇花开，说明夏已来临。词人最终清醒地意识到：春天不会回来了。

在这番妙趣横生的抒写中,词人的惜春之情跃然纸上,表现出对美好事物的向往之情,以及追寻美好时表现出的执着。朗读时要读出情绪的变化,春天逝去时的寂寞惆怅,寻找春天时的美好憧憬,在黄鹂身上寄托的最后一丝希望,最后接受现实再陷入惆怅。

(程云)

菩萨蛮

［宋］陈　克

绿芜墙绕青苔院①,中庭日淡芭蕉卷。蝴蝶上阶飞,烘帘自在垂。
玉钩双语燕,宝甃杨花转②。几处簸钱声③,绿窗春睡轻。

〔注释〕

①芜:田野荒芜,丛生野草。②甃(zhòu):井壁。③簸钱:掷钱为戏以赌输赢。

〔赏读提示〕

这首词将人物内心的闲适意味与外部景物巧妙融合起来,庭院幽静自然,恰与诗人悠闲适然的心境妙合,情景交融,颇有"不着一字,尽得风流"的韵味。

作品开篇写到庭院中绿芜生长茂盛,爬满院墙,满眼绿色给人幽深静谧的感觉。不仅如此,院子里还有不少青苔,使得院子的幽深之感更加强烈。"中庭日淡"说明已经快到正午时分,而被绿荫层层包裹的院子能有淡淡日光的时候,唯有光照最充足的正午了。此时,芭蕉叶"欲展还休",仍然卷起,似乎还未睡醒,呈现朦胧之态,不管外面是如何的喧腾热闹,这个小小庭院却自得一片宁静,让人心生向往。开头两句轻轻吟诵而来,仿佛引领读者走到一片世外桃源中去。

诗人唯恐将这里写成了一片死寂,因此在开篇之后,巧妙引入翩翩飞舞而来的蝴蝶,这只可爱的小蝴蝶不是飞舞在繁花似锦的枝头,而是流连于"阶上",这是为何? 自然是庭院无人,廊中无人,蝴蝶才能如此自由地"任性"而飞了。果不其然,"烘帘自在垂"让我们猜测主人也许正在屋内,"烘帘"一般有两种说法:一是指阳光烘照的帘幕,二是说古人熏香时防止透风的帘幕。既然是"自在垂",那主人应当是在屋中安然享受午后的时光,或许是在慵懒地打盹,也或许是熏香坐禅。这"自在"二字写出了作者的主观感受,读时应舒缓轻盈,要吟诵出悠然自得的感觉。

上阕都是一种无声的静谧状态,虽有蝴蝶前来凑趣,终觉寂静无声。所以到了下阕,作者开始增加声响效果,玉钩之上,小燕成双,呢喃对语,声声入耳,果然是"鸟鸣院更幽"。"宝甃"就是井壁,宝甃之上,杨花纷飞,"转"字写出杨花在空中翩跹起舞的可爱姿态。那落英满井的动人景象,让人心生怜爱之意。

结尾处"几处簸钱声,绿窗春睡轻"更让人耳目为之一新。这"簸钱声"为何物?一种说是风吹榆林的沙沙声,因为榆树叶子形似铜钱;一种说是古代游戏的簸钱之声,簸钱又叫打钱、掷钱,参与者先持钱在手中颠簸,然后掷在地上,依次摊平,以钱正反面的多寡来决定胜负。两种说法,后一种似乎更为贴近,春日午后,几处孩童簸钱嬉戏,发出悦耳清脆的声音,与绿窗春睡的酣眠之景相映成趣,别有风味。建议下阕中的种种声音要处理得生趣盎然,字字生动立体,句句婉转有声,可用轻快、跳跃的节奏处理。

"绿窗春睡轻"的"轻"令人咂摸许久,何谓"重睡",何谓"轻睡"? 辛弃疾词中有云:"春宵睡重,梦里还相送。"可见是睡意沉沉。苏东坡词中写道:"红窗睡重不闻莺。"可见是酣眠不醒。所以"轻"是和"重"相对而言的,是浅睡易醒的状态。正因为介于"梦"与"醒"的游离状态中,似睡非睡,似醒非醒,所以这庭院中的呢喃燕语、叮咚钱声都在耳边隐约作响,甚至那庭中飞花也飞入梦境中来。一个"轻"字架起了现实与梦境的桥梁,这种朦胧如纱的感觉与诗人悠闲的心境是格外契合的。所以最后这一句要读出朦胧意趣,声调渐渐拉长,悠远轻盈,声音越来越轻,于恍惚中见春绿,于梦境中闻啁啾莺啼。

（崔晨香）

三衢道中①

[宋] 曾 几

梅子黄时日日晴②,小溪泛尽却山行③。
绿阴不减来时路④,添得黄鹂四五声。

〔注释〕

①三衢(qú)道中:在去三衢州(境内有三衢山)的道路上。②梅子黄时:指

五月,梅子成熟的季节。③小溪泛尽:乘小船走到小溪的尽头。小溪,小河沟。泛,乘船。尽,尽头。却山行:再走山间小路。却,再的意思。④不减:并没有少多少,差不多。

〔**赏读提示**〕

　　这是南宋诗人曾几的一首七言绝句,描写了诗人游玩三衢山时沿途的初夏美景,抒发了作者轻松愉悦的心情。全诗清新流畅,富有生活趣味。

　　首句点明了游玩的时节和天气。"黄梅时节家家雨",梅子成熟时正值江南雨季,作者游山时却逢上了连续晴朗的好天气。诗歌开篇即笼罩在初夏温暖热情的阳光之下。第二句写作者先走水路,在小溪中泛舟而行,直至水穷之处,仍意犹未尽,竟舍舟登岸,沿山路施施而行,漫漫而游。一个"却"字,道出了诗人游兴之浓。朗读这两句时音调宜轻快上扬,读出轻快欢愉之感。

　　后两句紧承"山行",描写山行所见所闻:绿阴蔽日,清爽宜人,黄鹂助兴,鸣声清亮。同时又用"不减来时路",悄然过渡到归程。"添得"一词写出了诗人在返程途中游兴不减,依旧兴致盎然。

　　诗人将一次寻常的登山之行,写得错落有致,平中见奇。诗人将往年连绵阴雨的黄梅天与眼下的日日晴朗对比,将来时山林的幽静与眼前黄莺叫声对比,于是产生了起伏,引出了新意。整首诗似乎纯是写景,却又寓情于景,诗人山行时心情的轻松愉悦寄寓在了优美的自然景色中。朗读这首诗时音调宜轻快上扬,心中宜充满轻松欢愉之感。"日日晴"、"却山行"、"不减"、"添得"四处在朗读时可稍加强调。

(孙霁蔚)

如梦令

〔宋〕李清照

　　昨夜雨疏风骤①,浓睡不消残酒②。试问卷帘人③,却道海棠依旧。知否,知否? 应是绿肥红瘦!

〔**注释**〕

　　①雨疏风骤:雨点稀疏,晚风急猛。②浓睡:酣睡。残酒:尚未消散的醉意。③卷帘人:此指侍女。

〔**赏读提示**〕

"易安笔法",常自平淡之处见功夫。寻常事,寻常语,却又蕴含词外之意。"浓睡不消残酒",浓睡还能听到风雨,可见风雨之大。浓睡还不能解酒,可见酒喝得多。那么和谁喝? 为什么喝得这么多? 令人不禁浮想联翩。是几个闺中好友,还是独自一人? 想来独自一人更为贴切,雨虽疏,但风很急,何人能来呢? 独自一人喝酒,是雅兴,还是伤心? 没有喜事可说,没有美景可赏,哪来的雅兴,想来必是伤心。为什么伤心呢? 也许是怜花惜春,也许是借酒浇愁,消除思念,排解孤寂。怜花惜春,文人雅士常有此语,何况是一个女子呢? 这个说得通。那么哪来的思念与孤寂呢? 崇宁元年(1102)正是李清照与赵明诚两人新婚的甜蜜时光,可惜赵明诚公务繁忙,无法长陪左右,后来又寄居太学府,与李清照更是聚少离多,只有每月的初一、十五回家团圆。新婚,离别,李清照难免情绪消沉,心生孤寂,独自借酒浇愁,也不是不可能。看来两个都能说得通,说不定两者都有,看来这酒少不了,以至于虽然是浓睡,也是无法解酒的。

宿醉未消,未曾离榻,便急问卷帘的侍女,那海棠怎么样了? 看似平淡,但落于一个"试"字,则境界全出。词人情知一夜风雨,海棠花必然零落一地,想一探究竟却又怕看到满枝狼藉的伤心模样,便试着问侍女。但这问也是犹豫再三,欲问还休,最终还是忍不住询问,这充分体现了词人既盼又惧的真情态,怜花惜花的急切之心、关切之意、担忧之情,溢于言表。侍女怎能体会出词人内心的细腻情思? 她随意地瞥了一眼窗外海棠,心想没什么变化嘛,便轻描淡写地回了一句:"还是那个样子。""却"字意味深长,转折的意味十分明显,写尽了词人内心的叹惋之意:"她不懂呀!"这一问一答,平常之极,却巧用对比烘托,如闻其声,如见其人,将两个人物内心的细微情思描摹得淋漓尽致!

"知否,知否",看似是在追问侍女,实则是词人的自我告白。"知道吗,知道吗",连续两个疑问实则是肯定:不对,不对,怎么能没有变化呢? 应是绿肥红瘦! 雨水滋润,绿叶自然得以生长,但花期已至,纵然风雨不曾摧残,也会日渐于细微处变得瘦小,以致凋零。你不细看,只知敷衍我而已。我虽未曾亲眼所见,但试想海棠如此娇艳,风雨无情,又怎能不零落不堪呢? "应"字虽是满口应答,但实则内心颇不愿承认。猜测肯定是这样,又希望不是这样,这是怎样的一种复杂心理? 这心理又包含了怎样的怜惜?

"绿肥红瘦",是绝妙之笔。一红一绿,色彩看似明快清丽,不过绿是新绿,盎然繁茂;红是残红,枯萎凋零。红绿相映,肥瘦相对,此消彼长,难免心生怜惜,有些凄凉。暮春时节,春意阑珊之时,偏又遭此风雨,对花怀思,怎不令人心生惆怅,感叹春光难再、韶华易逝呢?作为一个女性,本就多愁善感,加上独守空闺,在此情此景催逼之下,自然是思绪万千,加上"肥"、"瘦"二字拟人化的手法,不能不使人产生联想:也许作者悲叹的不仅仅是海棠,还有一个"我"。青春难留,红颜易老,怎能不同病相怜,顿生明日黄花、美人迟暮之感?绿肥红瘦,以寻常口语入词,却又妙在含蓄无比,凄婉无限。

此词诵读时,语调不宜太高,要放慢语速。"试问卷帘人",应当读出担忧之意;"却道海棠依旧"可以突出"却道",读出叹惋之情;"知否,知否"应当是喃喃自问,"应是绿肥红瘦"语气肯定,但应抒发怅惘之情。　　　　　　　　　(谭志刚)

池州翠微亭①

[宋]岳 飞

经年尘土满征衣②,特特寻芳上翠微③。
好水好山看不足,马蹄催趁月明归。

〔注释〕

①池州:今安徽贵池。翠微亭:在贵池南齐山顶上。②经年:常年。征衣:离家远行的人的衣服。这里指从军的衣服。③特特:特地、专门。亦可解作马蹄声,二义皆通。寻芳:探赏美好的景色。

〔赏读提示〕

诗歌第一句高度概括了军旅生活:"我"长年累月地率领部队征战,战袍上洒满了灰尘。岳飞从军后,一心抗金,想要收复中原,长期在外作战,紧张艰苦,一般来说根本没有时间,也没有精力、心思去欣赏美景。可贵的是,诗人今天"特特"骑着马,在"嘚嘚"的马蹄声中登上齐山顶翠微亭。诗歌第二句呼应标题,点出诗人所去的是池州,翠微亭就在池州的齐山顶上,是唐代大诗人杜牧任池州刺史时建造的。

"特特",既指特地,形容诗人的兴致高昂;又可以是模拟马蹄声,点出诗人的游览方式是骑马而行。"寻芳",探访美景,心情愉悦。只有深切热爱祖国大好河山,才会特地寻芳,诗句显示了诗人的美好情操。诗人看到了什么呢?虽然没有写具体的景色,可是"好水好山"四字直接表达了诗人对祖国河山的喜爱与赞美,用字朴实而感情热烈。更何况诗人"看不足",多么依恋、陶醉。

直到月亮升起,月色明亮,诗人才骑马返回。此处的"马蹄"声里是不舍,是流连忘返,与上文特地寻芳的马蹄声相互呼应。读尾句宜声调上扬。

这首诗记录诗人游览翠微亭的经过,抒发作者对祖国山河的无比热爱之情。正因为诗人如此热爱祖国,才会精忠报国,成为抗金名将。　　　　（陈莉）

临安春雨初霁①

[宋] 陆　游

世味年来薄似纱,谁令骑马客京华。
小楼一夜听春雨,深巷明朝卖杏花。
矮纸斜行闲作草,晴窗细乳戏分茶。
素衣莫起风尘叹②,犹及清明可到家。

〔注释〕

①霁:雨后或雪后转晴。②素衣:原指白色的衣服,这里用作代称,是诗人对自己的谦称。风尘叹:这是宾语前置的用法,实际上是"叹风尘"。

〔赏读提示〕

第一次读这首诗,如果不注明作者的名字,也许我们很难相信它是出自"铁马金戈"、"气吞残虏",一心渴望直捣黄龙、恢复中原、建功立业的陆放翁之手。

首联开门见山,直言"世味"之"薄",随之发出惊问,谁令我"骑马客京华"。陆游此时已年逾六旬,在他的政治生涯中,长期沉浮于宦海,而且壮志未酬、报国无门,再加上个人生活的种种不幸,使得这位命运坎坷的老人不由自主地发出了悲叹,道出了他对世态炎凉最真切的感受,这种感受是发自诗人的内心的。诵读时语气语调宜低沉,第一句要读出沧桑感,第二句要读出自嘲味。

颔联点出"诗眼"。"小楼"一联是陆游的名句,描绘了一幅明艳生动的春光图,语言清新隽永。诗人只身住在小楼上,彻夜听着春雨的淅沥;次日清晨,深幽的小巷中传来了叫卖杏花的声音,告诉人们春已深了。绵绵的春雨,由诗人的听觉中写出;而淡荡的春光,则在卖花声里透出,形象而有深致。细品一下,诗人听了一夜的春雨,并未入眠;但初春的声、色、味俱美,不能不让诗人陶醉,暂忘个人得失、家国之念。诵读时节奏不妨轻快一些,语气语调可扬。

颈联继写他的科举生活,"闲"与"戏"恰如其分地反映了他对待客中生活的心态,如果没有这种心态,恐怕就难做到闲写草书和戏品佳茗了。诗人不仅带着游戏的心情在品茶,而且是在晴日里太阳照射之下的小窗边品茶,可见其生活是多么富有情趣。"闲作"、"戏分"可重读,注意读出诗人此刻的悠闲情趣。

尾联虽然只是轻叹风尘吹素衣,流露出的却是想到清明已近,应及早还家的情怀。诗人满怀期望地来到京城,可是又匆匆离去,确实令读者叹惋不已。

纵观全诗,虽然是在描绘春天,可是我们却感受不到灿烂,也没有"杨柳岸,晓风残月"的伤感;从中我们感觉到的只是诗人对春天到来的一种漠然的心态,同时也看到了诗人内心的惆怅。一声轻叹,道出了诗人难以排遣的忧郁和无奈。

人的性格是复杂的,诗人也不例外,陆游同样如此。由于壮志难酬,间或也有惆怅忧郁。唯其如此,才显示出了诗人的英雄本色,才让我们看到了一个真实的陆游,才让我们看到了一个威武不屈的诗人形象。　　　　　　　(孙璐)

小　池

[宋] 杨万里

泉眼无声惜细流^①,树阴照水爱晴柔^②。
小荷才露尖尖角^③,早有蜻蜓立上头。

〔注释〕

①惜:珍惜,爱惜。②晴柔:晴天里柔和的风光。③尖尖角:还没有展开的嫩荷叶尖端。

〔赏读提示〕

这首诗描写了夏日小池的美景,选景小巧、精致而又充满生机。王国维说:"境界有大小,不以是分优劣。"这首诗只是描写了生活里普通而细小的画面,表现的境界却是清幽、隽永的。朗读这首诗时的整体语调应是轻柔、喜悦的。

第一句,诗人敏感地捕捉到了自然中的一个小景:一股涓涓细流从泉眼中冒出来汇成小溪，泉流细到几近无声。作者着一"惜"字，就将泉眼人格化了，无情变成了有情，好像泉眼很爱惜这股细流，吝啬地舍不得多流一点儿。既写出了细流的珍贵，又平添了许多情趣。

第二句，写树阴遮住水面本是平常之景，诗人用一"照"字，写出了树阴的婆娑多姿。又加一"爱"字，原来树木"照"水并非顾影自怜，而是要用自己的阴凉来呵护小池，以免水分蒸发而干涸，"树阴"不禁显得善良体贴、温柔多情了。朗读时宜将"惜"、"爱"二词拖长声调，并读得声音轻柔，饱含感情。

三、四句聚焦池中的一株小荷以及荷上的蜻蜓。小荷刚把它的嫩尖露出水面，这尖尖的嫩角上却早有一只小小蜻蜓立在上面，它似乎要捷足先登，领略春光。小荷与蜻蜓，一个"才露"，一个"早有"，诗人以新奇欣喜的眼光看待身边的一切，捕捉那稍纵即逝的景物。三、四句应比上两句音调略上扬，读出惊喜与欢快。

杨万里对自然有着浓厚的兴趣，他主张诗法自然。《小池》一诗用清新活泼的语言，描绘了夏日日常生活中富含诗意的一幅充满情趣的特定画面，把大自然中极平常的细小事物写得趣味盎然。

（唐丽花）

晓出净慈寺送林子方①

［宋］杨万里

毕竟②西湖六月中，风光不与四时同③。
接天莲叶无穷碧，映日荷花别样红④。

〔注释〕

①晓出：太阳刚刚升起。净慈寺：全名"净慈报恩光孝禅寺"，与灵隐寺为杭州西湖南北山两大著名佛寺。林子方：作者的朋友，官居直阁秘书。②毕竟：到底。③四时：春夏秋冬四个季节。在这里指六月以外的其他时节。④别样红：红得特别出色。别样，特别，不一样。

〔赏读提示〕

这是一首赞美杭州西湖六月美丽景色的诗。送别友人的诗题与西湖美景的内容看似无关，其实是诗人是通过写美景可爱值得为之驻留，来曲折表达对友人的眷恋不舍之情。

开篇两句写六月西湖给诗人的总体感受,看似写得随意,其实大有深意。首句似不加思考脱口而出,表达了诗人见到美景之后的大惊喜,惊喜之后自然而然的大赞叹。"毕竟"二字,起强调作用,西湖风光之美人尽皆知,而六月西湖之美更是非同一般。这两句用议论的表达方式虚写西湖之美,激发了读者想要一睹真容的迫切心理。这两句应带着赞叹的感情来读,速度可以稍快,"毕竟"、"不与"二处需要重读。

在激起读者无限神往之后,诗人紧接着向读者描绘了一幅夏日荷塘图。碧绿的荷叶铺满水面,似乎一直铺到了天的尽头,层层绿叶中间,挺立出朵朵荷花,在阳光映照下红得娇艳动人。这是夏季六月独有的景象,不仅春、秋、冬三季见不到,夏季的其他月份或是荷花未开,或是绿叶已谢,都不能如此繁盛如此艳丽。诗人以白描的手法,寥寥数笔即勾勒出一幅明丽而又壮阔的绝美画面。朗读时"无穷"、"别样"可适当拉长声音,以示强调欣喜满足之感。

这首诗先议论后描写,虚实结合,相得益彰。荷花本是柔美之物,而诗人却把它写得境界阔大。朗读时要声调高扬,注意读出壮美之感。　　　　　　(唐丽花)

初秋行圃①

[宋] 杨万里

落日无情最有情,偏催万树暮蝉鸣②。
听来咫尺无寻处③,寻到旁边不作声④。

〔注释〕

①圃:菜圃,菜园。②偏:出乎寻常。③咫尺:喻距离很近。④不作声:不鸣叫。

〔赏读提示〕

这是一首写景诗,写了诗人初秋时行经菜地所看到的景色。

一、二两句写日暮时分,菜园周围的高树上传来暮蝉嘶鸣之声。诗人想象奇特,竟认为蝉鸣是落日所催之故。落日无情,抛万物而沉,留给世界无尽的黑夜。然而落日又是最多情的,在沉落之前偏要催蝉儿们在生命将尽的季节尽情歌唱。"偏催"二字写出了落日的多情与任性,充满童趣;"万树"实乃夸张,写出了暮蝉鸣气势之壮。

三、四两句写诗人童心大发,想要顺着蝉声找一找蝉儿的身影。蝉声似在耳畔,但循声找去却踪迹不见。蝉儿似乎也是多情而机敏的,诗人凑到跟前时屏住声音,诗人一离开又声嘶力竭地鸣叫起来。

从这首诗可以看出诗人热爱生活,贴近生活,有一颗可爱的童心,同时也可以看出诗人敏锐的观察力和丰富的想象力。蝉的生命是短暂的,初秋时节,又值傍晚,正是蝉声大作之时,诗人行经菜园,被如雷的蝉鸣吸引,不禁停下脚步来观察、寻求蝉的所在。诗人言落日多情,其实诗人恰是多情之人。这首诗应该用轻松活泼的声音读出童趣来。

（孙霁蔚）

闲居初夏午睡起

[宋] 杨万里

其 一

梅子留酸软齿牙①,芭蕉分绿与窗纱②。
日长睡起无情思③,闲看儿童捉柳花④。

其 二

松阴一架半弓苔⑤,偶欲看书又懒开。
戏掬清泉洒蕉叶,儿童误认雨声来。

〔注释〕
①"梅子"句:梅子又作"梅子留酸溅齿牙"。一种味道极酸的果实,指杨梅。②"芭蕉"句:芭蕉的绿色映照在纱窗上。③思:情绪。④柳花:柳絮。⑤半弓:形容面积很小。弓,旧时丈量地亩的计算单位。一弓等于五尺。

〔赏读提示〕
两首诗写的都是闲居之乐。

第一首诗第一句"梅子留酸软齿牙",作者应是刚刚吃了梅子,因为梅子的余酸还残留在牙齿之间,似是无聊的闲笔,却恰恰道出了作者此时的悠闲。第二句"芭蕉分绿与窗纱",院中的芭蕉初长,而绿荫映衬到纱窗上,呈现出一幅自然幽静、珊珊可爱的初夏图景。这两句是写午睡后似醒未醒时看到的景象。语句停顿"梅子/留酸/软齿牙,芭蕉/分绿/与窗纱",语调慵懒闲适。

第三、四句"日长睡起无情思,闲看儿童捉柳花",日长人倦,午睡后起来,情绪无聊,忽然听到一阵嬉笑声,原来是一群孩子在捉空中飘飞的柳絮。于是作者似乎也和孩子一样从中找到了乐趣,笑盈盈地看孩子们与翻飞的柳絮捉迷藏。语句停顿"日长/睡起/无情思,闲看/儿童/捉柳花"。第三句读的时候语调仍是轻缓,最后一句应该声调上扬,略带喜悦。

第二首诗第一句"松阴一架半弓苔"写景,诗人百无聊赖之际,发现院子中松荫之下生长着一小片的草苔。"偶欲看书又懒开",想想还是看一会书吧,可是却又懒得去翻开。无聊得像是玩耍一样捧起清泉去浇洒院中嫩绿的蕉叶,水洒在大片的蕉叶上,窸窸窣窣,惊动了一旁正在玩耍的儿童,"儿童误认雨声来",他们竟以为骤雨忽至。这里诗人将自己的闲适懒散与儿童的可爱天真摆在一起,一个"戏"字,一个"误"字,起到相互映衬的作用,情景欢乐,含有无穷乐趣,抒发了诗人对乡村生活的喜爱之情。语句停顿"松阴/一架/半弓苔,偶欲/看书/又懒开。戏掬/清泉/洒蕉叶,儿童/误认/雨声来",读时前两句语调轻缓,读出慵懒闲散之意;后两句稍上扬,读出惊喜好笑之感。

刚刚入夏,闲来无事,此时奔竞之心尽消,与自然融合,与天真无邪的儿童无比贴近,慵懒之中透出无限的满足。全诗充满生活情趣,炼字也精,"软齿牙"的"软"字,"分绿"的"分"字,意蕴深厚而不黏滞。　　　　　　　　(薛倩倩)

立春偶成

［宋］张　栻

律回岁晚冰霜少^①,春到人间草木知。
便觉眼前生意满,东风吹水绿参差^②。

〔注释〕

①律回:即大地回春的意思。黄帝命伶伦断竹为筒(后人也用金属管),以定音和候十二月之气。阳六为律,即黄钟、太簇、姑洗、蕤宾、夷则、无射;阴六为

吕,即大吕、夹钟、仲吕、林钟、南吕、应钟。农历十二月属吕,正月属律,立春往往在十二月与一月之交,所以曰"律回"。岁晚:写这首诗时的立春是在年前,民间称作"内春",所以叫"岁晚"。②参差:不齐的样子。

〔赏读提示〕

　　张栻是南宋有名的理学先生,和朱熹、吕祖谦并称为"东南三贤"。这首诗因为入选《千家诗》而流传。

　　立春是一年之始。诗人在立春这一天,敏锐地感受到春天降临人间了,于是紧紧把握住这一感受,真实地描绘了春到人间的动人情景。

　　"律回岁晚冰霜少,春到人间草木知。"年前就立春了,果然感觉冰霜减少了,虽然还没到新年,但也不像前一阵那么寒冷。草木大概知道春天来了,已经在悄悄发芽。这句的手法类似于苏轼的"春江水暖鸭先知",唐代杜审言也写过"梅柳渡江春",李白写过"春风柳上归"。春天的到来总是自然界的生物最先感知到,在悄悄发生着变化,这就是大自然的神奇之处。

　　前两句写大自然细微的变化,冰雪消融,草木发芽,透露出春天的消息。再仔细观察,发现春天的脚步不可阻挡,自然处处有生意。"便觉眼前生意满",豁然开朗。最后一句"东风吹水绿参差",暖暖的东风吹过水面,荡起阵阵绿色的涟漪。春天确实无处不在了,最后以春风、春水这个具体的画面作结,表现"生意满"。

　　诗人在作品中富有层次地再现了发现春天到来的这个过程,充满了对生活的热爱之情。朗读时要读出一点点发现春天的过程,一、二句是刚刚觉察春天时的惊喜,三、四句是发现其实处处都有春天的踪迹时的豁然开朗。整体要读出感受到季节变化的喜悦之情。

（孙霁蔚）

鹧鸪天

[宋] 辛弃疾

　　陌上柔桑破嫩芽,东邻蚕种已生些①。平冈细草鸣黄犊②,斜日寒林点暮鸦。

　　山远近,路横斜,青旗沽酒有人家③。城中桃李愁风雨,春在溪头荠菜花。

〔注释〕

①些：语气词。②犊：牛。③"青旗"句：指山村酒家。青旗，酒家招牌。沽，卖。

〔赏读提示〕

辛弃疾是豪放派词人，尤其好用典故来表达强烈的爱国主义思想和战斗精神。但他退居上饶时，也曾有过一段饮酒赋诗、徜徉山水的村居生活。在这时期，辛弃疾写下了大量描写农村田园风光的清丽小词，格外情味盎然。

词的一开篇就为我们展现了一幅春意盎然的早春乡村景象，从词人选择的几个意象就可清晰看见一幅有声有色的春景图："柔桑"、"嫩芽"、"蚕种"、"细草"、"黄犊"等都是早春特有的景致，词人用"柔"、"嫩"、"细"、"黄"四个形容词就把万物萌发、春事渐始的朝气渲染得颇有情致。似乎隔着千年以前的诗句，我们也能听到这幅春意图中小黄牛的"哞哞"叫声，灵动生气而不板滞。尤其是"破"、"点"两个动词更用得格外精妙："破"字写出了桑叶萌发的动感；而"点"字则好似一幅水墨画，只消几个黑点，就有了日暮苍山时的淡淡寂寥，也隐含着词人心中未解的愁绪。诵读时要轻读"破"字，感受到动态，亦同时表现出欣喜之情，仿佛感受到桑芽萌发时的力量与速度，带有一种突然发现的兴奋。后两句则可读得轻慢一些，读出悠远之味、怡然之乐，而不要读得过于衰飒、颓败。

下片"山远近，路横斜"，富有层次，充满波澜。这样好的景致，没有酒是万万不行的。"青旗沽酒有人家"，一角飘飞的青旗立刻点明了词人之欣喜之情。词人在一首《丑奴儿》中也有这样的词句："青旗卖酒，山那畔别有人家。只消山水光中，无事过这一夏。"可见确是词人得意之句。诵读时可突出这种"山重水复疑无路，柳暗花明又一村"的欣喜之情。

结句"城中桃李愁风雨，春在溪头荠菜花"最为人所称道。在漫天春雨之中，身居高堂温室的桃李以此为愁，却未知那星星点点开放在田间溪头的荠菜花，仍旧闪耀着春天的明黄色，并且开得更加耀目多姿，更加生机盎然。这其实更多是词人内心的写照：南宋偏安半隅，朝中无人抗金，而辛弃疾眼见此景，如何能不心生感慨呢？在辛词中也有许多关于风雨的暗指，比如《永遇乐·京口北固亭怀古》"舞榭歌台，风流总被雨打风吹去"、《摸鱼儿·更能消几番风雨》"更能消几番风雨？匆匆春又归去。惜春长怕花开早，更何况落红无数"……都是暗指南宋朝廷风雨飘摇的家国之痛。可见，词人何曾真正忘怀过堪忧的国事呢？不过都是暂时的排遣罢了，这一点愁苦之音为这首小词又添上了一些耐人

咀嚼的余味。诵读时语气可以慢一些,拖音长一些,体会这种悠长韵味及耐人寻味的含蓄之情。 （潘易）

绝 句

[宋] 志 南

古木阴中系短篷①,杖藜扶我过桥东②。
沾衣欲湿杏花雨③,吹面不寒杨柳风④。

〔注释〕

①短篷:带篷的小船。②杖藜:用藜做的拐杖。③杏花雨:清明前后杏花盛开时节的雨。④杨柳风:古人把应花期来的风,称为"花信风"。清明节尾期的花信是柳花,这时的风就叫"柳花风",或称"杨柳风"。

〔赏读提示〕

这首七言绝句描写了诗人在阳春三月的微风细雨中拄杖春游的乐趣。诗人是南宋一位僧人。

一、二句叙写诗人弃舟登岸,扶着藜杖走到桥东游赏春景的情景。早春二月,诗人乘船寻春,发现此地小桥流水、古木成荫,真是风景绝佳处,索性把带篷的小船停靠在古木之畔,上岸来细细欣赏了。不说我"扶杖藜",却说"杖藜扶我",是将杖藜人格化了,仿佛它是一位可以依赖的游伴。不知过了多久,诗人已有些疲惫,扶着藜杖而行,尽管如此,还不辞辛劳要过桥去继续欣赏风景。桥东桥西,风景未必有很大差别,但对春游的诗人来说,向东向西,意境和情趣却颇不相同。

三、四句点出春游时的天气情况:吹着微风,下着小雨,并不是一个阳光明媚的春日。但这又有何妨,雨是"杏花雨",风是"杨柳风",不寒不湿,情趣盎然。这是杨柳堆烟的季节,这是杏花盛开的季节。杨柳枝随风荡漾,给人以春风生自杨柳的印象,诗人于是将春风说成"杨柳风",春雨洒落在杏花上,花似乎沾上了杏花香,诗人干脆将春雨直接说成"杏花雨"。"沾衣欲湿",用衣裳似湿未湿来形容初春细雨似有若无,更见得体察之精微,描摹之细腻。试想诗人扶杖东行,一路红杏灼灼,绿柳翩翩,细雨沾衣,似湿而不见湿,和风迎面吹来,不觉得有一丝儿寒意,这是怎样惬意的春日远足啊!

整首诗写得清丽脱俗,趣味盎然。读这首诗时,可以怀着寻春的悠闲愉悦之情来读,语调轻松柔美。

　　　　　　　　　　　　　　　　　　　　　　　　　　　　　　　　　(程云)

春　暮

[宋]　曹　豳

门外无人问落花,绿阴冉冉遍天涯①。
林莺啼到无声处,青草池塘独听蛙。

〔注释〕

①冉冉:慢慢地,或柔软下垂。

〔赏读提示〕

大凡写暮春的诗词,诗人总是借由惜春而充满着愁怨,而曹豳(bīn)在诗中却围绕"暮"字展现了一幅丰富多彩、热闹非凡的暮春全景图。繁花凋谢,树荫绿浓,莺啼消歇,蛙声热闹,暮春之景被写得格外开朗。

"落花"是暮春时候的典型特征,许多人常常为它伤感,可在诗人这里却"无人问津",因为夏天就要来临。"绿茵冉冉遍天涯"便是描写夏天即将来临的欣欣向荣的情景,绿草如茵,逐渐蔓延开去,一直伸到天涯。"绿"从视觉上给人以强烈的感官冲击,似乎有一枝画笔,把整个世界涂抹得苍翠欲滴。朗读的时候,我们可以加重"冉冉"的读音,拉长"遍天涯"的语气,想象绿茵令人向往的意境。

"黄莺"原本同样是春天的宠儿,但是作者"弃旧而迎新",也把它忽略了。"林莺"和"落花"一样表示春天即将过去,而"蛙声"、"绿阴"则是夏天即将到来的象征。"林莺啼到无声处,青草池塘独听蛙",这两句从听觉的角度写动物在暮春初夏时节的变化,与上两句从视觉的角度写植物的变化两两相对。其他人注意衰退,感慨惜春;而作者用心在春夏之交,把这些新生的、充满活力的景物渲染得有声有色,尤为巧妙。所以朗读时,注意强调"独"字的情趣,在春草池塘、处处蛙鸣的景色中,诗人独立凝听,格外富有情趣。

整首诗歌读来,春天已去,夏天到来。有人认为,"这首诗所蕴含的,是一种春天花事消歇后的感慨,在孤寂中,一种因时序更替引起的淡淡哀愁"。如果说,春去夏至的景色变化暗示了喜新弃旧的人情心态,那"独"也许便是"热闹是他们的,我什么也没有"的落寞。曹豳写此诗时闲居乡间,想到自己的仕途,也许作者也隐隐流露了自己的无奈与失落吧。

（庄妍）

游园不值①

[宋] 叶绍翁

应怜屐齿印苍苔②,小扣柴扉久不开③。
春色满园关不住,一枝红杏出墙来。

〔注释〕

①游园不值:想游园没能进门儿。不值,没得到机会。②应怜:大概是感到心疼吧。应,表示猜测。怜,怜惜。屐(jī)齿:屐是木鞋,鞋底前后都有高跟儿,叫屐齿。③小扣:轻轻地敲门。柴扉(fēi):用木柴、树枝编成的门。

〔赏读提示〕

一个春日,诗人想要进一个小园中观赏,却被挡在门外。这本是一件煞风景的事,诗人却另有收获。

"应怜屐齿印苍苔,小扣柴扉久不开",诗人寻春偶遇一座小园,本想看看园里的花木,于是他轻轻敲了几下柴门,没人应声。为什么主人不开门呢?诗人猜想,大概是怕园里的满地青苔被人践踏,所以闭门谢客的吧。主人应该是个怎样的人呢?"柴扉"二字可见小园之简朴,"苍苔"二字可见小园之幽僻,哪怕是在苍苔上留下屐齿的印痕也不能接受,足见主人是一个品位高尚、远离世俗、洁身自好的隐士。被这样的人拒之门外虽扫兴却也情有可原。"应怜"、"小扣"足见诗人对隐士的尊重。在朗读这两句的时候,语调可以缓慢而低沉,读出隐隐的惆怅。

诗人实在不愿就此离去,在小园外徘徊着,有些扫兴,有些惆怅。忽一抬头,看见墙上一枝盛开的红杏探出头来,这是意外的惊喜。"春色满园关不住,一枝红杏出墙来",春色哪里是一扇门能关住的?从探出墙头的一枝盛开的红杏,我们就能感受到满园的春色。春光是大自然对人的馈赠,它会在某个不经意的瞬间,或某个不起眼的角落悄悄绽放。朗读这两句时,语调要轻快,读出惊喜之情。

　　整首诗景中含情,景中寓理,能够引起许多联想。一、二句应读得轻柔,三、四句可声调扬起,读出不禁欣喜之感。

　　　　　　　　　　　　　　　　　　　　　　　　　　　　　（孙霁蔚）

湖　上①

〔宋〕徐元杰

花开红树乱莺啼②,草长平湖白鹭飞③。
风日晴和人意好,夕阳箫鼓几船归。

〔注释〕

　　①湖:指杭州西湖。②红树:开着红花的树。此处"红"字也可当作动词,有染红之意。乱莺啼:指到处都是黄莺的啼叫。③平湖:平静的湖面。

〔赏读提示〕

　　这是一首春游西湖的诗。诗的前两句是景物描写,岸上红花满树,青草遍地,黄莺乱啼,湖上水平无波,白鹭翻飞,游人尽兴。两句诗着力描写出了湖上的风光,语言清新流畅,景物绚烂多姿,由近而远,静中有动,动静结合,相映成趣。花开、红树、青草都是静态的,也是诗人游西湖眼中所见之景,给人一种祥和温馨的感觉。但诗人意犹未尽,从视觉又写到听觉,从眼观六路又到耳听八方,并画龙点睛似的用了一个"乱"字,一下子,鸟语花香,有声有色,把春的意境写活了,整个诗句仿佛也都灵动了起来。"乱"字用在此处,没有无条理、无秩序的意思,反而不仅形象地描绘出红林深处传出的此起彼伏的鸟鸣声,更让人联想起林间枝头黄莺上下飞舞、穿梭其间的动感。目之所见,耳之所闻,眼、耳在此时似乎都不够用了,人们感受到的只是一派春意盎然的生机。这两句诗读起来,可以按照"二二三"的节奏,语调也可以逐渐由平再往上扬,最后的"啼"和"飞"两个字,可以略微拖音,给人留下想象的空间,似乎闭上眼就可以看到那幅清秀的画面。

　　后两句诗由景到人,用音响和色彩描绘出一幅欢乐祥和的湖上泛舟春游图。在风和日丽的艳阳天里,人们来此欣赏湖上风光,心情是那样的闲适舒畅;在夕阳余晖的映照下,伴着阵阵的鼓声箫韵,人们划着一只只船儿尽兴而归,气氛又是那样的和谐热烈。有了前两句中花开、树红、长草、平湖、乱莺、飞鹭等春天里生机勃勃的景物的铺垫，加上风和日暖，自然烘托出游人愉快的心情，以至于鼓声咚咚、萧韵悠扬之中，流连湖中而忘了时间已晚，直到斜晖脉脉，萧鼓渐歇，回顾四周已经没有几只游船，方才想起该泛舟返航了，于是赶紧划着小船，兴尽而归。读这两句诗，语调应该比前两句偏快、上昂一些，并略带欣喜。读完第三句，可以考虑停顿时间稍长一些，再语调舒缓，转入第四句。最后的"几船归"三个字，可以一字一顿，读出那种陶醉于山水而兴尽意满的感觉。（王耕乐）

乡村四月

〔宋〕翁 卷

绿遍山原白满川①，子规声里雨如烟②。
乡村四月闲人少，才了蚕桑又插田③。

〔注释〕

①山原：山陵和原野。②白满川：指河流里的水色映着天光。川，平地。③子规：杜鹃鸟。④插田：插秧。

〔赏读提示〕

这首诗以白描手法写江南农村初夏时节的景象。

前两句着重写景：绿原、白川、子规、烟雨，寥寥几笔就把水乡初夏时特有的景色勾勒了出来。四月的江南，山坡是绿的，原野是绿的，绿的树，绿的草，绿的禾苗，展现在诗人眼前的，是一个绿色主宰的世界。在绿色的原野上河渠纵横交错，一道道洋溢着，流淌着，白茫茫的；那一片片放满水的稻田，也是白茫茫的，丝丝春雨笼罩天地，也是白茫茫的，这又是一个白色主宰的世界。诗人抓住"绿""白"两种颜色就抓住了初夏细雨之时农人劳作图的典型特点。在这幅图画上再点缀上布谷鸟的呼唤声，就把它变得有声有色，有动有静，新鲜生动起来了。这两句的朗读可充满喜悦的情绪，声音清亮。

后两句歌咏江南初夏的繁忙农事。"乡村四月闲人少，才了蚕桑又插田"，采桑养蚕和插稻秧，是关系着衣和食的两大农事，现在正是忙季，家家户户都在忙碌不停。"才了蚕桑又插田"，化繁为简，勾画乡村四月农家的忙碌气氛。至于不正面直说人们太忙,却说闲人很少,那是故意说得委婉一些,舒缓一些,为的是在人们一片繁忙紧张之中保持一种从容恬静的气度,而这从容恬静与前两句景物描写的水彩画式的朦胧色调是和谐统一的。

全诗抓住乡村四月自然景物的特色和农事特征,写得清新隽永,韵味十足。

（唐丽花）

天净沙 秋①

［元］白　朴

孤村落日残霞②,轻烟老树寒鸦③,一点飞鸿影下④。青山绿水,白草红叶黄花。

〔注释〕

①天净沙:曲牌名,又名"塞上秋"。白朴作《越调·天净沙》小令共两组8首,分咏"春"、"夏"、"秋"、"冬"四时节气。②残霞:晚霞。③寒鸦:天寒归林的乌鸦。④飞鸿影下:雁影掠过。飞鸿,天空中的鸿雁。

〔赏读提示〕

这首小令,题目虽为"秋",但全篇无一"秋"字。然而短短五句二十八个字,却字字蕴含着秋意。

整首小令都是由一些美丽的自然图景组成,而恰恰是这些看似常见的秋日之景,因作者独具匠心的遣词,如拼图般绘出秋日的意韵。

作者首先推出六种相互映衬的秋天景物,展现出孤村之上夕阳将落、晚霞已残,孤村之中轻烟袅绕、老树兀立、树间归宿着寒鸦这样一连串秋天的静态景象,其中"孤、落、残、轻、老、寒"六字,更是着力渲染了深秋的凄凉、萧瑟。而在这天上、地下充满孤寂、凄冷的静景描绘之后,他再推出"一点飞鸿影下"的特写镜头,着意强调在这苍茫的天地之间,仿佛只有一只孤单的大雁在向南飞翔,落下一点渺茫的雁影。苍凉的景象,诉说着悲秋怀人的离情。"飞"、"下"两个动词的使用,却使静态的画面灵动了起来,这股活气,令人感受到秋虽肃杀而生机犹在。

接着,作者笔锋一转,展现的是青山静静、绿水悠悠、白草绵绵、红叶片片、黄花朵朵的明朗秋景。在暮色中,这些青、绿、白、红、黄五种明丽的色彩,使得画面呈现出若干的亮色,色调开始由冷变暖,为这萧条的气氛平添了许多生机活力。一扫前人一悲到底的俗套,表达了作者积极向上、乐观开朗的处世态度。

短短五句的小令,却可分为两部分:前面的秋景暗淡、萧瑟、冷清,后面的则色彩斑斓、鲜艳明丽,充满着勃勃的生机。为什么同样写秋景,却形成了如此强烈的反差?如果联系白朴不愿在元朝做官的态度,我们就不难理解作者内心的渴望。白朴不愿在朝廷中谋职,却希望自己像一只展翅高飞的鸿雁,飞离那种萧瑟、冷清、没有生气的地方,寻找到自己感到满意、有生机的乐土。因此,"影下"的这片"青山绿水,白草红叶黄花"之地,我们不妨把它理解成是作者的归隐之地,是作者的心中之景。而作者巧妙地把"心中之景"与当时真实的环境放在一起,产生强烈的对比效果,含蓄地流露出自己的爱憎之情。

诵读时建议两字一断,但声断气连,前两句可声调略低沉,第三句声调可渐扬,后两句则语气渐轻快。 (陈卉)

上京即事①（其三）

[元] 萨都刺

牛羊散漫落日下,野草生香乳酪甜②。
卷地朔风沙似雪③,家家行帐下毡帘④。

〔注释〕

①上京即事:描写在上京见到的事物。上京,即上都,今内蒙古自治区正蓝旗东闪电河北岸。②乳酪(lào):用牛、马、羊乳炼制成的一种半凝固食品,味甜美,俗称奶豆腐。③朔风:北风。④行帐:即毡帐,又称旃(zhān)帐。我国古代北方游牧民族牧民居住的毡制帐篷,因易拆装、携带,便于游牧迁移,故称行帐。毡(zhān)帘:行帐上的毡制门帘。

〔赏读提示〕

《上京即事》共五首,本篇为其中的第三首,为边塞诗。此诗写于元朝统一中国之后,定今北京为大都,以现今内蒙古正蓝旗的开平府为上都。

诗人独具慧眼,准确地抓住草原风物的特点,生动描写出塞外牧区大草原自然风光和牧民生活的边疆风情,别具艺术魅力,诗歌令人耳目一新。

"牛羊散漫落日下,野草生香乳酪甜",诗歌伊始仿佛在读者面前缓缓展开一幅画卷:夕阳西下,映照在广阔无边的草原上,草原上的牛羊悠闲自在地散步,野草散发出自然香气,空气弥漫着乳酪的香甜气息。这是边疆风景中恬静温和的一面,描写出了塞外草原春夏放牧的绮丽景色。读此两句应语音温和、语速舒缓,在诵读中,我们可以想象这样一幅温馨画面:西天的太阳渐渐贴近地平线,草原的牛儿羊儿们身披夕阳的金辉,拖着圆滚滚的大肚皮,散散落落、蹒蹒珊珊,从四面八方向帐篷归拢而来。忙碌了一天的牧人,将牛羊安顿好,坐在挂起毡帘的帐篷里,喝着浓浓的砖茶,吃着甜甜的奶酪,同时透过栅栏欣赏着外面的风光,一阵阵清风带着野草的香气徐徐吹来,清爽得沁人心脾。好一幕恬静祥和的草原暮色啊!诵读此句时,声调应该高远而上扬,以声音表达草原的旷达无际和面对牛羊满地和乳酪生香的愉悦闲适之情。

塞外风光,风云突变。顷刻间,"卷地朔风沙似雪,家家行帐下毡帘"。北风呼啸,席卷大地,打乱了草原之前的平静,家家户户手忙脚乱,将毡帘扯下,躲进帐篷里面去,只剩下咆哮的狂风和漫天的大雪——那不是雪,那是飞腾翻滚的白沙。这两句写北风劲吹,沙尘似雪,帐下毡帘,这又是边疆风景中野性暴烈的一面,和上两句氛围形成了鲜明对比。像大雪一样的飞沙走石罕有,只有萨都刺这样熟悉北国景物的诗人,才能描绘出"卷地朔风沙似雪"这种奇观。情随事迁,景物的突然变化,既是北方草原的独特现象,也与前句闲适愉悦之情形成鲜明对比。在诵读时,建议语调急切而高亢,从而重点突出"卷"和"下",表现天气的突变。

本诗从牧民生活的角度描写奇丽的塞外风光:前两句写春夏放牧的闲适景色,后两句写冬季风沙的猛烈风貌,突出北方边塞风景的特点。小诗充满着对比和律动感,落日下的静谧和卷地而起的朔风是动与静的对比;日暮时的暖光与月光下"沙似雪"的冷光是色调的对比;"野草生香乳酪甜"给人的暖烘烘的感觉与"家家行帐下毡帘"给人的寒冷感觉,则又是温度上的对比。作者选择的动态词汇也很准确:牛羊是"散漫"落日下,野草是"生香",朔风是"卷地",行帐用"下"等字来描写。这一切显示出北方边塞的风光和民俗的特点,堪称走近边塞异族生活的佳作。

唐代是我国诗歌发展的巅峰时期,其中边塞诗歌多以写战争为主。元代,边塞的含义起了巨大的变化。边塞诗的主旋律已经不是写战争和离别哀怨,而是转向写和平,写沙漠风光,写草原春色,写这片辽阔土地上奇特美丽的自然和人民的习俗。本诗就是其中的代表之作之一。它向读者展示的是广阔的北国草原风景、变化莫测的天气与中原迥异的奇异风情,传达出新鲜、刺激的美感。本诗在诵读时,可以配琵琶或古筝伴奏,以体现塞外绮丽风光。 （杨大宁）

独 坐

〔明〕李 贽

有客开青眼①,无人问落花。
暖风熏细草,凉月照晴沙。
客久翻疑梦,朋来不忆家。
琴书犹未整,独坐送残霞。

〔注释〕

①青眼:《晋书·阮籍传》:"阮籍不拘礼教,能为青白眼,见凡俗之士,以白眼对之。嵇康赍酒挟琴来访,籍大悦,乃对以青眼。"后谓对人重视曰青眼,对人轻视曰白眼,引申为青睐、垂青。

〔赏读提示〕

"有客开青眼,无人问落花",写作者日常的生活状态。有客人来就兴高采烈;无人来访时,就只能与落花对话,寂寞之情油然而生。"有客"是衬"无人"的,写"开青眼"的短暂喜悦,是为了更好地表现"问落花"的孤独。"开"有突然睁开的意思,写出了有客的惊喜心情,同时表明他更多时候像阮籍那样"见礼俗之士,以白眼对之"。

"无人问落花"一句中,"落花"让人联想到暮春,象征着美好事物的消逝和时光的流逝。作者借"问落花"这一举动写出自己独处时的寂寞心情,或许也有叹老之意。首联为全诗营造了一种伤感寂寞的氛围,朗读这两句时要读出对比的味道,前句读出有客喜悦之情,后句读出无人伤感之情。"有客"、"无人"后建议稍停顿,动词"开"和"问"最好重读。

"暖风熏细草,凉月照晴沙",前写春,后写秋;前写白天,后写夜晚,通过四季转换、昼夜交替来表现终年独坐的寂寞状态。朗读时应语调平缓。

　　"客久翻疑梦",在外客居久了,反而疑心自己身在梦中,表现出对家乡的思念。"朋来不忆家",只有朋友来的时候,才能暂时放下思乡的愁怀。但朋友来访实在是太少了,更多的时候,他只能独自在思乡的煎熬中寂寞着。此句从侧面淋漓尽致地表现了对家乡刻骨铭心的思恋。朗读此两句时,"客久"后短暂停顿,"翻"重读,整句语调低沉,"朋来"后短暂停顿,"不忆家"重读,语调较前一句上扬一些。

　　"琴书独未整,独坐送残霞","独坐"照应标题,作者百无聊赖地独坐着,送走残余的晚霞,以此打发余生的时光。作者已无心做一切事情,连琴棋书画也懒得打理了,进一步写出自己的孤独之情。朗读这两句时语调低沉,读出寂寞、孤独的伤感。

　　全诗抒写诗人对来客的渴望,对家乡的怀念,表现了他晚年"独在异乡为异客"的寂寞、伤感之情。

　　　　　　　　　　　　　　　　　　　　　　　　　　　　　　(谢正华)

真州绝句（其四）

〔清〕王士禛

江干多是钓人居①,柳陌菱塘一带疏②。
好是日斜风定后,半江红树卖鲈鱼。

〔注释〕

　　①江干(gān):江边。钓人:鱼人。②柳陌:两边长满柳树的道路。

〔赏读提示〕

　　这首诗描写了诗人在真州的所见所感,体现了他论诗的主张和风格。清康熙元年,当年20岁的王士禛出任扬州推官,可谓少年得志、春风得意。路过真州(今江苏省仪征市)时,他写下了《真州绝句》组诗五首,这里选的是第四首。这首诗描写了真州景物风情,表现了真州景物的美丽、风俗人情的淳朴。朗读的整体基调以叙述兼抒情为主,平缓而无须大起大伏。

　　清新自然是这首诗的特点,这主要体现在诗的前两句。诗中所写景物淡远幽雅,所写渔村的景物,为前人之诗所少见,令人有耳目一新之感。而这些景物都好似是诗人所见,信手拈来,十分自然。一、二两句写真州江边美丽的景物。

真州江边住的多半是渔人，路旁疏疏落落的柳树和种植着菱藕的池塘，衬托出渔人居住环境的美。朗读这两句时语调要缓慢，宜以略带喜悦的陈述语气，想象眼前似乎出现了一幅天然的渔家生活图画，要读出诗人想要传达出的流畅自然的诗情画意。

其次是含蓄而有蕴味，这主要体现在诗的后两句。作者表面上描写景物风情，实际上强调味外之味，把自己对现实生活的评价含而不露地隐藏其中。朗读时要细心思考品嚼，充分体味每一句诗句，通过语调的变化加以体现，要读得意味深长。三、四两句既写出了傍晚时江岸的美景，更表现了渔民真实自然的生活：他们以捕鱼为生，到傍晚时分，把一天所捕到的鱼，拿到江边的树下叫卖。这种生活正是作为推官的诗人所赞赏的，诗人赞赏渔人的以渔为生、自食其力。因此朗读这两句时稍有抒情，语调上扬，充满赞赏之情。"好"与"卖"要拉长声调，以显示突出强调之意，从而含而不露地表现出作者对渔村美丽景物和渔人自食其力生活的赞赏。总之，朗诵时要注意这两个特点，把握全诗的感情基调，于自然之中读出言外之味。

王士祯早年诗作清丽蕴藉，中年以后转为苍劲清淡。朗读他的诗作时可联系其风格特点及文意咀嚼词句，全面把握诗文的情感。　　　　　　　　　（伏祥红）

富春至严陵山水甚佳①（其二）

[清] 纪　昀

浓似春云淡似烟，参差绿到大江边②。
斜阳流水推篷坐③，翠色随人欲上船。

〔注释〕
①富春：此指富春江，地处杭州钱塘江上游。全长110公里，一头连着素有"人间天堂"美誉的杭州西湖，一头连着人称"归来不看岳"的黄山。沿江景色优美。"天下佳山水，古今推富春"，其中尤以富阳至桐庐七里垅（lǒng）一段为最佳。至今严子陵垂钓之处一直传为名胜。纪昀（yún）这首诗即是他在乘舟游览这一带风光后所写下的赞美之词。严陵：此指富春山。甚：很，极。②参差（cēncī）：长短、大小、高低不齐的样子。③推篷：拉开船篷。篷，遮蔽风雨和阳

光的设备,用篾席或布制成。

〔**赏读提示**〕

　　清乾隆二十七年(1762)秋,顺天乡试刚刚结束,纪昀接到皇命,任福建提督学政,即刻启程。十月初八,纪昀带上家人离京南下。秋高气爽,纪昀携同家人乘船赴任,一路游山玩水,访幽探胜,吟咏诗作,唱和幕友,结集《南行杂咏》,度过了人生中一次愉悦的山水胜旅。

　　航船过了杭州,沿富春江向西南方逆水缓行。将至严陵濑,诗人立于船头,尽情享受眼前的佳山胜水。只见两山碧立,一江如黛。江面波光粼粼,两岸翠峰叠嶂,悬崖峭壁。临近相传为东汉隐士严子陵垂钓处时,险壁巍峨,尤为雄壮。面对如此佳境,诗人心潮澎湃,吟出《富春至严陵山水甚佳》四首,本诗为其二。

　　"浓似春云淡似烟,参差绿到大江边",上句"浓"、"淡"应重读,表达诗人陶醉其中,观察之细,尽享美景的愉悦心情。下句"绿"可重读,从颜色的角度给读者以强烈视觉冲击,使读者如同身临其境,感受到身处江上的独特氛围。秋意渐浓,傍晚时分,富春江面烟雾缭绕,好似春天的云彩那样浓厚,又好似薄烟一般清淡。诗人用比喻的手法把此时江水上氤氲的烟雾比喻为春天的薄云和缕缕轻烟。"春云"、"似烟"可以轻读而语缓,表达此时的诗人宛如置身仙境,美好而静谧的情状。

　　稠疏的烟雾笼罩于江面,使碧绿的江水颜色深浅不一。诗人极目远眺,动态地描写出江面的绿意盎然延至江边,赋予江水以生命的活力。目光所及之处,江边的绿树高低不齐。这既有诗人真情实感的主观原因,也有江至桐庐的客观地势之故。此段地形,山势迫紧,山脚一直伸到江边,诗人自然感觉身体如坠入绿烟之内,船被包围在"浓似春云"的树海之中。此两句诗歌,诗人寓情于景,读者从景物的描写中可以充分感受到诗人赏景的愉悦之情,正如王国维所言"一切景语皆情语"。诵读此句时,应饱含深情,以舒缓的声调诵之,从而表现出烟雾的朦胧和江水的澄碧。

　　"斜阳流水推篷坐,翠色随人欲上船",斜阳西下,鲜艳的晚霞和清澈的江水交相映衬,诗人坐于一叶篷船中,感受如此绝佳山水。山水离他如此之近,仿佛触手可及,他情难自禁,于是推开船篷,想尽可能地与山水亲密接触,享受这斜落的夕阳和秀丽的流水。相比较于前两句纯粹写景的含蓄,此时诗人写到了一个细节的动作——"推篷"。推篷的动作,由表及里,我们可以从中感受到诗人内心对自然美景难以自抑的渴望之情。诵读时,最好节奏略快,音调上扬,以表达诗人内心的激动之情。

如果说上句诗人的眼光是由近及远,追随着江水波涛的绿色延至江边的,那么此时的诗人已不由自主地将眼光由远及近。在他的眼里,富春江两岸山峦上茂密的林木青翠碧绿,开阔江水这片绿水涟漪,都好似正紧紧追随着他,诱人的翠色似乎都要随人上船了。"上"将抽象的绿意拟人化,动态地描摹出富春江的绿意之深、之浓。诗人所处之地,简直无处不绿,无绿不动,使读者感受到富春江山水鲜活的生命涌动。这两句诗清新而活泼,诵读时声音应清脆,朗朗上口的同时突出诗歌清新雅致之韵味。

本诗主要写出了诗人在船行之中对沿江风光的瞬间感受,是一首别致小诗。

(杨大宁)

吴兴杂诗①

[清]阮　元

交流四水抱城斜②,散作千溪遍万家③。
深处种菱浅种稻④,不深不浅种荷花。

〔注释〕

①吴兴:今浙江省湖州市。杂诗:具体内容没有在题目里明确揭示的诗。②交流四水:即四水交流。交,交错纵横。四水,湖州市有东苕溪、西苕溪等四条主要河流。抱城斜:环抱着吴兴城曲折地流淌着。③散作千溪:分散为若干条支流。遍:遍布,布满。④菱:一年生水生草本,叶子略呈三角形,叶柄有气囊,夏天开花,白色。果实有硬壳,有角,可供食用。

〔赏读提示〕

自古以来,江南一直是文人墨客魂牵梦萦、情感寄托的一个主要对象,而无论是从地理层面还是文化层面,湖州正属江南。

"交流四水抱城斜,散作千溪遍万家",在诗歌的前两句中,诗人刻画了吴兴地处水乡的特殊自然风光。"四水"是主干,"千溪"是支流,"万家"则意味着更多的支流。通过"交流"、"散作"、"遍"等动词,诗人看到了不断分叉而形成的千溪万流,诗人仿佛鸟瞰大地,一览湖州地形特点和吴地特有的地形风光。诗人采用诗家惯常的拟人化手法,赋予河流人性特征,仿佛河流是随着千家万户而流动。从水系特征描绘到人文系统的分布特征,诗人此种描绘方式展示了独特的美学意韵,又体现了大地的厚德载物。这两句诗娓娓道来,整体介绍吴兴的地貌、概况,诵读的时候,语调宜平缓。

三、四两句语言直白易懂,明白如话。"深处种菱浅种稻,不深不浅种荷花",这样直白的语句,竟然也能入诗,使人在诗句之外,更觉到一种清新的趣味。然而直白之中,却蕴含着诗人无限的深意。从最后两句中,我们可以看出无论是深处、浅处还是不深不浅之处,均能被勤劳的江南人种植适宜的植物,由此可以看出江南之富庶,土地之肥沃。而待到夏秋之交,菱叶的绿、稻浪的黄、荷花的红,众多色彩交相辉映,好一幅怡人风景入眼帘啊!而此句不仅在文学角度和色彩角度带给读者深思的空间,更符合我们现在所倡导的哲学观念——"具体问题具体分析",江南人民朴实的劳动之中正蕴含着朴素的哲学观点。所以在诵读的时候,不妨语调轻快一点,读出一种田园之趣。"种"字可重读,一种田园雅趣便可随着诵读自然流出。

(孙璐)

第八编

思贤追远

曾子曰："慎终追远,民德归厚矣。"谨慎地思考人生于天地之间的意义,再看看老祖宗们都留下了些什么,在自身与先贤之间做一个对比,效法先古圣贤。如果每个人都这样去思考,人民的道德自然就敦厚了。千年历史,遗留给我们的不仅是王朝更替、帝国兴衰,更有慎终追远的信仰坚守,这不断强化了我们的民族内聚力,奠定了华夏历尽磨难、日益深厚的文明。

中国历史上有太多英才俊杰,供后人追怀;太多风云事件,让来者追思。"齐有倜傥生,鲁连特高妙。"诗仙李白借鲁仲连的故事表达诗人的政治理想;"可怜后主还祠庙,日暮聊为《梁甫吟》。"诗圣杜甫希望自己像诸葛亮辅佐刘禅一样去辅佐朝廷,建功立业;"才调更无伦"的贾生虽被汉文帝赏识,可惜汉文帝"不问苍生问鬼神";李商隐寓讽时主,深寓怀才不遇之慨;而刘长卿"三年谪宦此栖迟,万古惟留楚客悲"虽明里同情贾生,实则暗喻自身所遭受到的贬谪。屈原、岳飞、文天祥这些作为民族脊梁的爱国志士,更在文人代代吟哦中形成了一个个文学母题,激起了志士仁人的献身精神,从而让民族的气节永存天地间。比如,《过文信国祠同舫莽作》、《读陆放翁集》等,均是思贤追远的范例与佳作。

这些精短诗词,是颗颗瑰丽的宝石,是传统文化的座座驿站,深深地蕴含着一个民族的精神与风貌。诵读它们,好好思考:我们是谁? 我们从哪里来? 我们要到哪里去?

登幽州台歌①

[唐] 陈子昂

前不见古人②，后不见来者③。

念天地之悠悠④，独怆然而涕下⑤。

〔注释〕

①幽州台：即黄金台，又称蓟北楼，故址在今北京市大兴，是燕昭王为招纳天下贤士而建的。②前：过去。③后：未来。④念：想到。悠悠：形容时间的久远和空间的广大。⑤怆（chuàng）然：悲伤凄恻的样子。

〔赏读提示〕

《登幽州台歌》是唐代诗人陈子昂的一首短诗，是诗人登蓟北楼远眺，凭今吊古时所作。

"前不见古人，后不见来者"这两句的意思是：像燕昭王一类能够礼贤下士、任人唯贤的古代明君，现在再也见不到了；而我心中所渴望出现的后贤，又还没有出现。"前贤"已远，"后贤"未来，其生不逢时、怀才不遇的惆怅跃然纸上！

"念天地之悠悠，独怆然而涕下"的意思是：想那天地宇宙是这样久远阔大，而一个人的生命又是如此短暂，不能建功立业，这怎么能不叫人悲伤落泪呢！一个"念"字，表现了诗人心怀宇宙古今、宽广无垠的精神境界；一个"独"字，又渲染了诗人心中不可名状的孤独悲凉之感。

整首诗以慷慨悲凉的调子，表现了诗人怀才不遇、失意的境遇和寂寞苦闷的情怀。这种悲哀常常为旧社会许多怀才不遇的人士所共有，因而这首诗获得了广泛的共鸣，成为历来传诵的名篇。

全诗语言奔放，富有感染力，虽然只有短短四句，却在人们面前展现出一幅境界雄浑、浩瀚空旷的艺术画面。同时，在句式方面，全诗采取了长短参错的楚辞体句法。上两句每句五字，三个停顿，其句式为：前/不见/古人，后/不见/来者；后两句每句六字，四个停顿，其句式为：念/天地/之/悠悠，独/怆然/而/涕下。朗读时要读出诗人生不逢时、抑郁不平以及无可奈何的语气。　　　　（吴洁）

与诸子登岘山①

[唐] 孟浩然

人事有代谢，往来成古今。
江山留胜迹，我辈复登临②。
水落鱼梁浅③，天寒梦泽深④。
羊公碑尚在⑤，读罢泪沾襟。

〔注释〕

①诸子：指诗人的几个朋友。岘（xiàn）山：一名岘首山，在今湖北襄阳以南。②复登临：对羊祜曾登岘山而言。羊祜镇守襄阳时，常与友人到岘山饮酒赋诗，有江山依旧人事短暂的感伤。登临，登山观看。③鱼梁：沙洲名，在襄阳鹿门山的沔水中。④梦泽：云梦泽，古大泽，即今江汉平原。⑤羊公碑：后人为纪念西晋名将羊祜而建。尚：一作"字"。

〔赏读提示〕

这是诗人孟浩然游览岘山时触景伤情的感怀之作。"诸子"是"诸君子"的省略，意为"几个朋友"。岘山在襄阳城外汉水上，是一处与羊祜有关的名胜古迹，孟浩然于此吊古伤今。在赏读诗歌之前，我们需要先来了解羊祜的故事。

羊祜是晋朝人，做襄阳太守时深得民心，颇有政绩，常常喜欢到岘山上与同僚饮酒游玩。一天，他感慨地对朋友们说："自古以来，就有这个山；自古以来，有过许多贤人名士在这里游玩，可是这些人最终都默默地消失了，真使人悲伤！如果我死了之后，魂魄也将留恋这个山呢！"后来，羊祜果然死在襄阳，百姓追悼他，在岘山上为他立了一块碑。来读这块碑文的人，都欷歔感慨，不觉下泪。因此，人们就把这块碑称为"堕泪碑"。

首联"人事有代谢，往来成古今"，是一个朴白的真理。人物及其事迹，是有新陈代谢的。一代的人去了，一代的人又接上了，这就成为古今。时光永远在无情地流逝，"古"往"今"来，任谁也无法抵挡时光的侵蚀。这两句要读出深深的沧桑之感。

颔联紧承首联。"江山留胜迹"是承"古"字，"我辈复登临"是承"今"字。江山留下了此等胜景，现在又轮到我们这一代人来游玩。作者的伤感情绪，与今日的登临密切相关。登临岘山,首先看到的就是羊祜庙和堕泪碑。诗人望碑而感慨万分,想到了前人的流芳千古,对照自己的默默无闻,不免黯然神伤。

颈联"水落鱼梁浅,天寒梦泽深",对仗极其工整,纯用白描,描写眼前所见之景色:"浅"指水,由于"水落",鱼梁洲更多地呈露出水面,一眼望去,便觉水"浅"。"深"指更远处,天气寒凉,冷气弥漫,纵目远眺,辽阔广远的湖泊展现在眼前,更觉"深"不可测。这里的"梦泽",只是表示江水、湖水,并不实指洞庭湖。这两句诗写出了深秋砚山周遭寥落萧瑟的情调。

尾联"羊公碑尚在,读罢泪沾襟","尚"字表现力强,蕴含了诗人丰富的情感。羊祜镇守襄阳,是在晋初,隔着四百余年巨大的时间裂缝,羊公碑却还屹立在岘首山上,令人敬仰。"读罢泪沾襟"是情到深处,不加掩饰地直抒胸臆。诗人读完羊公碑文,想到羊祜这样的人已然作古,让人伤怀,但毕竟名垂千古,与山俱传。而与之对比,自己仍为"布衣",无所作为,作古后定然难免湮没无闻的命运。想到这里,诗人不由悲从中来,潸然泪下!

作为触景伤情的感怀之作,全诗感生命短促之悲,抒怀才不遇之情。同时,语言通俗易懂,感情真挚动人。读罢掩卷,多情善感、泪满衣衫的诗人形象如在眼前!

(倪宇仪)

越中览古①

［唐］李　白

越王勾践破吴归②,战士还家尽锦衣③。
宫女如花满春殿④,只今惟有鹧鸪飞⑤。

〔注释〕

①越中:指现在的浙江绍兴一带,此为春秋时代越国的首都。②勾践破吴:春秋时期吴、越两国争霸。③锦衣:华丽的衣服。《史记·项羽本纪》:"富贵不归故乡,如衣绣夜行,谁知之者?"后来演化成"衣锦还乡"一语。④春殿:宫殿。⑤鹧鸪:鸟名。形似母鸡,头如鹑,胸有白圆点如珍珠,背毛有紫赤浪纹;叫声凄厉,音如"行不得也哥哥"。

〔**赏读提示**〕

　　这首七言绝句是一首怀古之作,诗人游览越中(唐越州,治所在今浙江绍兴),有感于其地曾发生过的著名事件而写下这首诗。在春秋时代,吴越两国争霸南方,成为世仇。越王勾践于公元前 494 年被吴王夫差打败,回到国内,卧薪尝胆,誓报此仇。公元前 473 年,勾践果然把吴国灭了。此诗写的就是这件事。

　　受绝句篇幅所限,诗人只能选取这一历史事件中感受最深的某一部分来写。他选取的是越王战胜吴国班师回国以后的两个镜头。首句点明题意,"破吴归"说明越王已经战胜吴国,正班师回国。第二句写了战士还家的情况,消灭了敌人,一雪前耻,战士们都凯旋了;因为战争已经结束,大家都受到了赏赐,所以脱掉铁甲,改穿锦衣。只"尽锦衣"三字,就形象地写出越王及其战士得意归来的喜悦和骄傲。战士尚且如此,那么帝王呢? 第三句写了勾践还宫的情况。得胜的帝王踌躇满志、耀武扬威,而且荒淫逸乐起来。于是,花朵儿一般的美人,就占满了宫殿。"春殿"的"春"字,不一定是指春天,也描摹了众多美女拥簇着他、侍候着他的情景。这一句写的是一个将过去卧薪尝胆的往事丢得干干净净的越王勾践。锦衣战士,如花宫女,看起来多么繁荣、热闹;然而结句突然一转,将上面所写的一切一笔勾销。"惟有"一词告诉我们过去曾经的胜利、威武、富贵、荣华都不见了,现在只看到几只鹧鸪在王城故址上飞来飞去罢了。这一句写人事的变化、盛衰的无常,诵读时可以用感叹的语气来读。

　　过去的统治者都希望他们的富贵荣华可以世代相传,而这首诗却指出了这一希望的破灭,这就是它的积极意义。

(魏志宏)

秋登宣城谢朓北楼[①]

〔唐〕李　白

江城如画里,山晓望晴空。
两水夹明镜[②],双桥落彩虹[③]。
人烟寒橘柚[④],秋色老梧桐。
谁念北楼上,临风怀谢公。

〔注释〕

①谢朓北楼：南朝诗人谢朓任宣城太守时所建。谢朓因不肯依附权贵被贬黜，后受陷害死于狱中。②两水：指围绕宣城的宛溪、句溪。③双桥：宛溪上的上下两桥，上桥叫凤凰桥，下桥叫济川桥。④寒橘柚：使橘柚的树林罩上寒意。

〔赏读提示〕

李白平生对谢朓十分仰慕，他的《宣州谢朓楼饯别校书叔云》一诗中"蓬莱文章建安骨，中间小谢又清发"，小谢指的就是谢朓。李白曾七次来宣城游历。一个晴朗的早晨，他又独自登上了谢朓北楼，放眼远眺，感慨万千，写下了这首五言律诗。

首联开门见山，概写登览之景，点明了登临的时间、地点，紧扣诗题。"望"字写出了视角，诗人凭高俯瞰，江城仿佛如画卷般展开。晴空朝霞弥漫，岚光明净，山影绵延，隐约接天。秀丽的风景令诗人心情愉悦。

颔联具体描绘，细写如画江城。秋天的溪水格外澄清，在宁静的早晨平静地流着，恍若一面"明镜"。两道长桥架在溪上，倒影入水，与缥碧的溪水、绯红的朝霞相互映衬，仿佛天上的彩虹落入了水中，比喻形象，想象奇特。一个"夹"字使画面颇有动感，一个"落"字让水天相接，诗人登临览胜的愉悦陶醉之情跃然纸上。

颈联宕开一笔，悲凉之感顿生。颈联选取的意象渲染了凄清的氛围，在一片橘柚林中，寥寥数户人家，炊烟升起，仿佛给橘柚林罩上了寒意。秋天的梧桐早早落叶，显得格外苍老，深秋的肃杀气氛见诸笔端，这让李白联想起北楼主人的不幸遭遇。借橘柚的寒寂、梧桐的苍老，暗指谢朓的早逝，"寒"、"老"二字，秋意尽出。

尾联由景及人，点题抒情，既照应了登临地点"北楼"，又抒发了对谢朓的怀念。李白为什么要怀念谢朓？除了他平生仰慕谢朓其人其诗外，更是因为谢朓的遭遇与他有相似之处。同为诗人，李白和谢朓一样因蒙受谗言而仕途失意。因此，尾联中直接抒发了诗人对谢朓的怀念之情，也含蓄地表达了诗人自己人生失意的苦闷彷徨。

本诗从"江城如画"惊叹落笔，到"橘柚"、"梧桐"悲凉转折，再到怀古悲己抒发情感，层次清晰，有景有情，为登临诗的佳作。朗读本诗时的声音要能随情感的变化而抑扬顿挫。

（刘珍）

登金陵凤凰台①

〔唐〕李　白

凤凰台上凤凰游,凤去台空江自流。
吴宫花草埋幽径②,晋代衣冠成古丘③。
三山半落青天外,二水中分白鹭洲。
总为浮云能蔽日④,长安不见使人愁。

〔注释〕

①凤凰台:在金陵凤凰山上,相传南朝时有凤凰栖于山上,乃筑台,故得名。②吴宫:三国时孙吴曾于金陵建都筑宫。③晋代衣冠:东晋的名门世族。东晋曾建都于金陵。古丘:坟墓。④浮云:比喻谗臣当道。

〔赏读提示〕

古人以"凤凰"为祥瑞,凤凰栖息之处常常起楼造台,为的是留住有关凤凰的那份吉祥荣光。诗仙李白登临凤凰台,写下这首七律,却借凤凰台今昔对比起笔,抒发了怅惘之意、伤感之情。

首联点题,从凤凰台的传说写起,连用三个"凤"字,声韵和谐,流转明快。凤凰来游象征着王朝的兴盛,然而如今凤凰已逝,凤凰台空,六朝的繁华也如水一般流逝不返,只有长江水仍在兀自流着。山水常在、人事全非的时空感慨尽在其中。

颔联进一步描绘"凤去台空"的情景。吴国和东晋都曾建都于金陵,然而六朝偶傥人物已然尽数归于尘土、埋于土丘,成为历史陈迹。"埋幽径"暗指吴宫杂草丛生,少有人至,一时煊赫在历史车轮之前不值一提,昔日繁华尚可想象,今日凄凉荒芜让人喟叹。

诗人并未局限于凤凰台一景,而是在颈联中把目光投向台外的风光。诗人极目眺望,看着远处的三山,依然耸立在青天之外,白鹭洲把秦淮河隔成两条水道。"半落"将山色若隐若现的景象描绘得十分生动,"中分"写出了白鹭洲横亘的状态。"三山"与"二水","半落"与"中分",对仗工整,读来朗朗上口。

尾联用典。"浮云蔽日"化用陆贾《新语》的典故,指小人迷惑贤主,"长安不见"化用晋明帝"日近长安远"的典故,用"长安"喻指皇帝。诗人极目远眺,试图从六朝的帝都放眼到自己心之所向的首都长安,然而他失败了,因为浮云蔽白日,徒添几许愁。一个"愁"字直抒胸臆,将诗人壮志难酬的愤懑、不被赏识的无奈尽数诉出。朗读尾联宜在抑扬上与前几联有别。

这首七言律诗看似是写登凤凰台所见,其实细品之下,却句句在写"不见"。不见游动的凤凰,不见繁华的六朝,不见半落的青山,不见心向的白日,不见心系的长安……因不能看见,所以登临,然登临亦不能尽望,于是更添忧愁。全诗将历史与现实、所见与所思结合在一起,一气呵成,酣畅淋漓。　　　　（刘珍）

金陵城西楼月下吟①

[唐]李　白

金陵夜寂凉风发,独上高楼望吴越。
白云映水摇空城②,白露垂珠滴秋月③。
月下沉吟久不归,古来相接眼中稀④。
解道澄江净如练⑤,令人长忆谢玄晖⑥。

〔注释〕

①西楼:即孙楚楼,孙楚为南朝文人。②水:指长江。"空"城:空是心理感觉。③滴秋月:谓露珠在月光下垂滴。④"古来"句:谓古来可相接遇者甚少。⑤解道:能道得。解,能,懂。澄江净如练:南齐诗人谢朓《晚登三山还望京邑》诗中名句。⑥玄晖:即谢朓,其字玄晖。

〔赏读提示〕

金陵城西楼即"孙楚楼",因西晋诗人孙楚曾来此登高吟咏而得名。楼在金陵城西北覆舟山上(见《舆地志》),蜿蜒的城垣,浩渺的长江,皆陈其足下,为观景的胜地。在这首诗中,李白写自己夜登城西楼的所见所感。

秋夜登高,皓月下彻,水云相映,连垂滴的露珠儿也似珍珠般闪闪发光,金陵城的倒影在这恬美澄静的夜景中似乎随着云水烟光摇荡,使人产生一种空茫的感觉。本诗就是在这样一种似烟似梦的氤氲中蕴蘖而生,诗人久久地沉吟不归,不禁生发思古之幽情。然而算来又有几人能与我共鸣?唯有那写得出千载佳句"澄江净如练"的谢玄晖方是知音,这又怎能不使我久久地怀想。

日本松浦久友教授曾指出,李白有一种对白色的、闪光的、亮色调的始终憧憬,诚是。需要补充的是这种憧憬都伴随着一种宽远甚至恢宏的风格,而在不同时期有不同表现。本诗是这种憧憬的前期代表。写景两句以云、水、露、珠、月等光晶的物象叠加,而以二"白"字并头重复强调眼底景物白色闪亮的性质,体现了出蜀后未经挫跌的诗人澄明到毫无垢滓的心胸,而"空城"更是画龙点睛,不仅点出了这种心理体验,而且赋予整个景色以一种舒远开展的气质。别本有以"空城"作"秋城"、"秋光"者,当是浅人不解"空"字这种含义,以之作"空无"解而妄改。"空"在结构上也十分重要,由此而生下文跨越时空的幽思、目空古人的气概,因此"空"字移易不得。所以这句话读起来建议强调两个"白"和"空",语调上带出悠远空阔之意。

"解道澄江净如练,令人长忆谢玄晖"是结句,而其意早已包含在前述写景两句中。诗人之所以目空前贤而唯推小谢,是因为他感到唯"澄江净如练"句能得他望中所见江南美景的精髓。依一般作诗的经验,我们甚至有理由推想,诗人也许是见景后先想到谢朓这一名句,然后才作成此诗的。不管怎样,"我"之景语,与小谢之景语,前后映发,是本诗构思上的极其成功之处。

李白如此推崇这句诗和这位前贤,是否体现了他创作中的又一种倾向呢?这可以从宋人黄庭坚的翻案文章中得到启发。庭坚有句"凭谁说与谢玄晖,休道澄江净如练",可见这位宋调诗的巨擘,对谢朓颇不买账。在他看来,"澄江净如练"句,写得太实在了。这段公案反过来使我们悟到,李白这位以"奇"著称的大诗人,根基正在六朝以来以大、小谢为代表的"选体"诗。这是唐诗之奇与宋诗之奇重要的不同点。李白对小谢的推崇,绝非偶然,今存李白诗中即有十数处写到小谢(也多次写到大谢)。

不过虽说得益于"选体",得益于小谢,李白仍是李白,是"世人皆欲杀"(杜甫语)的狂生李白。我们已见到"白云"二句之尤注重心理感受,这是李白不同于小谢处。我们还可再读一遍本诗,会发现"白云"二句后,本可直接"解道"二句,但这样写就不是李白了;是李白就必会唱出"古来相接眼中稀"这类横放杰出的高调,这是他月下沉吟的个性感受。所以这句诗的诵读建议用高亢而豪迈的语调。而在诗歌结构上,也因此而荡开一步,使气局顿觉恢弘。李白能超越"选体",弘扬唐音,关键就在于这种气质。

(王悦)

古　风（其十）

〔唐〕李　白

齐有倜傥生，鲁连特高妙①。
明月出海底②，一朝开光耀。
却秦振英声，后世仰末照。
意轻千金赠，顾向平原笑。
吾亦澹荡人③，拂衣可同调。

〔注释〕

①鲁连：鲁仲连，战国齐人。《史记》载鲁仲连："好奇伟倜傥之画策，而不肯仕宦任职，好持高节。"②明月：即夜光珠。李斯《谏逐客书》："垂明月之珠。"《史记·龟策列传》："明月之珠，出于江海，藏于蚌中。"③澹荡：淡泊，旷达，潇洒，不好功利。与"倜傥"意同。

〔赏读提示〕

这首诗借鲁仲连的故事表达诗人的政治理想。鲁仲连是战国时齐人，策士。秦国围攻邯郸，魏安僖王派人劝赵归秦，鲁仲连在围城中去见平原君，制止了这件将导致奇耻大辱的事，邯郸因信陵君援军到达而解围。为此，平原君欲以千金相酬，仲连不受而去。后来齐国田单攻聊城，岁余不下，鲁仲连以书信缚箭射进城内，劝喻死守围城没有出路，困守城中的燕将见信自杀，聊城因此而破。齐王欲封鲁仲连官爵，鲁仲连说："吾与富贵而诎于人，宁贫贱而轻世肆志焉。"并逃隐海上。

"齐有倜傥生，鲁连特高妙。"诗一开始就化用《史记》中的话。《史记》称鲁仲连："好奇伟倜傥（倜傥）之画策，而不肯仕宦任职，好持高节。""高妙"二字，同时表现其卓异的谋略和清高的节操两个方面。"明月出海底，一朝开光耀。"诗人在此将鲁仲连的出仕视为明月出海，这种极度的推崇，可见诗人对鲁仲连的景仰不同一般。诵读时应体现出这种推崇和敬仰。鲁仲连一生大节，史传只举了反对帝秦和助收聊城二事，《古风》的这首则专书前一事。当初新垣衍劝赵帝秦以图缓颊，平原君已为之犹豫，若无鲁仲连雄辩坚拒，难免因一念之差铸成大错。在此关键时刻，鲁仲连起的作用无异挽狂澜于既倒。"却秦振英声"五字就是对这件事的肯定和推崇。

而"后世仰末照"一句，又承"明月出海底"的比喻而来，形容其光芒能穿过若干世纪的时空而照耀后人，使之景仰。这是其功业的高妙所致。但鲁仲连的为人钦敬不仅于此，还在于他高尚的人品。当平原君欲以官爵千金相酬时，他却笑道："所贵于天下之士者，为人排患释难解纷乱而无取也。即有取者，是商贾之事也，而连不忍为也。"说罢辞去，终身没有再见平原君。"意轻千金赠，顾向平原笑"，直书其事，而赞赏之意溢于言表。

热爱自由和渴望建功立业，本来是两种不同的理想追求，然而一些杰出的盛唐文士却力图将二者统一，并以此与政界庸俗作风相对抗，似曾成为一种思潮。

功成身退是李白的政治理想和自我设计的重要部分，在这个方面，他引为楷模的历史人物，便是张良、鲁仲连。李白的功成身退的表示，主要是为了抬高自己的从政身份，目的在以谋臣策士出仕。所以诗末引以自譬，谓鲁连为同调。这一句应读得深沉而质朴。

这首诗直书其事，直抒胸臆，可说是最为质朴的写法。寥寥数句，给读者刻画了一个高蹈而又仗义的历史人物形象，其中又寄寓了诗人自己的理想。前八句诵读时要读出诗人对鲁仲连极度的推崇、景仰和赞赏之情，最后两句应读得深沉而质朴。全诗虽然有为个人作政治"广告"的意图，却也能反映诗人一贯鄙弃庸俗的精神。"咳唾落九天，随风生珠玉"（《妾薄命》），这两句诗正好可用来形容李白自己的诗品，即随意挥洒，独具标格。 （钱玉芳）

八阵图

［唐］杜　甫

功盖三分国^①，名成八阵图^②。
江流石不转^③，遗恨失吞吴^④。

〔注释〕

①三分国：指三国时魏、蜀、吴三国。②八阵图：由八种阵势组成的图形，用来操练军队或作战。③石不转：指涨水时，八阵图的石块仍然不动。④失吞吴：

是吞吴失策的意思。

〔**赏读提示**〕

《八阵图》一诗是作者杜甫初到夔州时,面对八阵图遗址,所作的一首缅怀诸葛亮的诗。诸葛亮是三国时期蜀国著名的政治家,一生鞠躬尽瘁,为了蜀国大业尽心竭力。

"功盖三分国",从总的方面高度赞颂了诸葛亮的丰功伟绩。作者认为,诸葛亮辅佐刘备,为刘备建立蜀国,三分天下,立下了卓绝的功绩。这是作者对历史的客观评价。"名成八阵图"则是进一步赞颂诸葛亮的军事才能,如果说三分天下是诸葛亮的最大成就,那么八阵图则是他名震天下的最好体现。相传诸葛亮曾经借助八阵图,阻止了东吴军队对夷陵之战中溃败的蜀军的追击。"三分国"与"八阵图"形成了工整的对仗,集中而凝练地赞美了诸葛亮的伟绩,因此在朗读的时候应当声音嘹亮,充满敬佩之情。

"江流石不转",一方面写八阵图的石堆,数百年来,经过大水的反复冲刷,依然如旧,岿然不动,极富神奇色彩;同时也象征着诸葛亮一生为统一全国、复兴汉室所付出的忠心与努力,尽管诸葛亮"出师未捷身先死",但他的这种高风亮节经历数百年的时光,仍旧值得人们称赞。"遗恨失吞吴",则是在说刘备贸然进攻吴国,使得诸葛亮联吴抗曹的战略失败,统一大业半途夭折,只能留下无尽的"遗恨",这里不仅仅是诸葛亮的遗恨,也是作者的遗恨。杜甫借助这句诗,充分表达了对诸葛亮功业未成的惋惜,其实也是在感慨自己同样不能为国家和人民作出一番功绩的命运。因此我们在读最后两句诗的时候,应当用低沉缓慢的语速,读出那种惋惜和哀痛的情绪来。

整首诗由称颂到惋惜,由敬佩到哀痛,将议论古人与抒发真情融合在一起,语言质朴,感情真挚,给人一种此恨绵绵、余韵不绝的感觉。　　　　　　（金毅）

登兖州城楼①

[唐] 杜　甫

东郡趋庭日②,南楼纵目初。

浮云连海岱,平野入青徐。

孤嶂秦碑在③,荒城鲁殿余④。

从来多古意⑤，临眺独踌躇。

〔注释〕

①兖州：唐代州名，在今山东省。杜甫父亲杜闲任兖州司马。②趋庭：指看望父亲。《论语》："鲤（孔子之子）趋而过庭。"③秦碑：秦始皇命人所刻的歌颂他功德的石碑。④鲁殿：汉时鲁恭王在曲阜城修的灵光殿。⑤古意：伤古的意绪。

〔赏读提示〕

杜甫年轻时东游齐鲁，到兖州探望父亲时，独自登临兖州城的南楼，写下了这首五言律诗。这是杜甫诗中现存最早的一首五律。

首联点题。"东郡"指兖州，"趋庭"化用"鲤趋而过庭"的典故，说的是诗人因探亲来到兖州，借此机会登城楼"纵目"观赏。"初"指首次登楼。此联交代了登临的地点、时间，为下联写此地风光、此地人事铺垫。

颔联承接上联，从空间角度写"纵目"所见的景色。"海"指渤海。"浮云"、"平野"四字，大笔渲染，将兖州置于浮云笼罩之下、平野延绵之中。"连"、"入"二字具有动感，壮观且传神。从"浮云"、"平野"、"海岱"、"青徐"等意象的选取中，可见空间的阔大，同样可以想见作者也在感叹自身之渺小，为尾联的"古意"伏笔。

颈联从时间角度写纵目所见胜迹，引起怀古之情。"秦碑"指秦始皇登峄山时臣下"颂"德的石刻，"鲁殿"指汉景帝子鲁恭王所建鲁灵光殿。秦始皇的石碑像一座高高的山峰屹立在这里，鲁恭王修的灵光殿只剩下一片荒芜的城池。"在"、"余"二字历史感顿出，秦碑、鲁殿在"孤嶂"、"荒城"中经受时间洪流的冲刷，一存一残，沧桑之感毕现。历史悠久、时间无限，相形之下，个体生命实在太短暂、太匆促。

尾联是全诗的总结。"从来"意为向来如此，"踌躇"是徘徊的意思。"古意"承颈联"秦碑"来。诗人从来就有怀古伤感之情，在城楼上远眺，独自徘徊，心中十分感慨。"多"、"独"二字能传达出作者深沉的历史反思与个人独特感受。

清人杨伦《杜诗镜铨》称此诗"气象宏阔，感慨遥深"。的确，本诗的颔联意象阔大，着眼于现实视野的广度；颈联意象悠远，下笔于历史悠长的厚度。面对如此阔大的空间与无限的时间，诗人强烈地感受到自身的渺小与生命的短促，因此写下了如此壮阔的诗篇。朗读本诗可以发语高昂，收尾低回。　　　（刘珍）

蜀　相①

[唐] 杜　甫

丞相祠堂何处寻？锦官城外柏森森②。

映阶碧草自春色，隔叶黄鹂空好音。

三顾频烦天下计③，两朝开济老臣心。

出师未捷身先死④，长使英雄泪满襟。

〔注释〕

①蜀相：三国蜀汉丞相，指诸葛亮。②锦官城：成都的别名。③三顾：指刘备三顾茅庐。④出师：出兵。诸葛亮于建兴十二年春，出兵伐魏，在渭水南五丈原与魏军相持百余日，当年八月在军抱憾病逝。

〔赏读提示〕

《蜀相》是杜甫晚年的一首七言律诗。759 年底，杜甫逃出被叛军包围的长安，来到成都，专程游览了成都武侯祠，歌咏诸葛亮。

首联自问自答。"寻"字，可见作者探访祠堂的迫切心情。兵荒马乱的年代，杜甫一到成都，就急匆匆地寻找武侯祠，专程拜谒，可见其对诸葛亮倾慕已久。"柏森森"是作者远处眺望所见，既写出了柏树高大茂密，也写出了祠堂的历史悠久，同时还渲染了安静肃穆的气氛。

颔联由远及近，写祠堂内景。映照台阶的碧草，仍然兀自地生长着，呈现出怡人的春色，而藏在茂林密叶中的黄鹂徒然唱着婉转悦耳的歌曲。这本是非常美好、富有生机的景色，然而"自"、"空"二字却给这景色添上了无限寂寥之感。春色虽好，但蜀相已故；碧草青青，可见凭吊人稀；黄鹂好音，喻指蜀相呕心沥血，却无人欣赏，被人淡忘。"自"、"空"二字写出了祠堂冷落、武侯身后的凄凉。

颈联由写景转入论事。"三顾"指刘备三顾茅庐，请诸葛亮出山辅助他的典故，"两朝"指蜀汉刘家父子两朝。诸葛亮接受了刘备三顾茅庐问计天下的邀请，协助先主开基业、辅佐后主守江山。这一句是对诸葛亮一生功绩的高度概括和赞扬，既写出了他的雄才大略、报国情怀，又表现了他忠贞不渝、坚忍不拔的品格。

尾联笔锋一转，廓然慨叹。尽管诸葛亮英明一世，一生为国事奔忙，最终却病死于五丈原。可恨事业未竟，身先陨殁，抱憾而终，使人"泪满襟"。这里的"英雄"是指包括诗人自己在内的追怀诸葛亮的有志之士。杜甫一生对诸葛亮多是敬仰，更羡慕他能遇到明主而一展抱负。对比之下，诗人身处乱世，虽胸怀大志却不能济世，只能局促于草堂之内，可见这"泪"是为孔明而洒，更是为自己而流。此联写出了诗人对诸葛亮的无限敬仰与痛惜之情，朗读本联宜声音低沉悠长。

《蜀相》是怀古的佳作，语言凝练。前两联写景，后两联论事，将咏古与抒怀结合，写景与抒情协调，体现了诗人独特的艺术造诣。　　　　　　　　（刘珍）

登　楼

[唐] 杜　甫

花近高楼伤客心，万方多难此登临。

锦江春色来天地①，玉垒浮云变古今②。

北极朝廷终不改③，西山寇盗莫相侵④。

可怜后主还祠庙，日暮聊为梁甫吟⑤。

〔注释〕

①锦江：在今四川成都市南，岷江支流，以濯锦得名，杜甫草堂即临近锦江。来天地：与天地俱来。②玉垒：山名，在今四川灌县西。变古今：与古今俱变。③"北极"句：广德元年（763）十月，吐蕃攻陷长安，立广武王李承弘为帝。代宗至陕州（今河南陕县），后郭子仪收复京城，转危为安。此句喻吐蕃虽陷京立帝，朝廷始终如北极那样不稍移动。北极，北辰。④西山寇盗：指吐蕃。同年十二月，吐蕃又攻陷松、维、保三州（皆在四川境）及云山新筑二城，后剑南西川诸州也入吐蕃。⑤梁甫吟：乐府篇名。相传诸葛亮隐居时好为《梁甫吟》。

〔赏读提示〕

这首诗写于公元764年春。这时，杜甫客居四川成都草堂已经五个年头。五年来，他尝尽了世间的苦辣酸甜、离愁别恨。763年初，官军收复河南河北，安史之乱平定；但随之而来的却是又一场灾难。763年秋，吐蕃攻陷京都长安，立广武王承弘为傀儡皇帝，皇帝代宗出逃。该年十二月，唐大将郭子仪收复京师,代宗由陕州返回长安。傀儡皇帝承弘逃逸草野。至年底,吐蕃又攻陷了一些州县。这时,朝廷内外交困,内有朝政混乱不堪,宦官专政,藩镇割据,外有吐蕃侵扰,真是"万方多难"。

首联"花近高楼伤客心,万方多难此登临",提挈全篇,以乐景写哀情,要读出一种突兀之感和伤怀之情,诗人登楼,满眼花开,万紫千红,浩荡成海,楼在花海,客在楼台,本该狂喜,反而伤怀!原因非在花海楼台,而在登临之际,恰是万方多难之时啊!一波刚平,一波又起,诗人内心怎能平静,登楼远眺,抚今追昔,感慨万端。起笔因果倒置,突兀高远。"登临"二字,则以高屋建瓴之势,领起下面的种种观感。"伤",为全诗点染一种悲怆气氛。

颔联"锦江春色来天地,玉垒浮云变古今",紧承上联,以景相承,两句写景,各有分工。上句是写下,并由近及远,重点在于空间的变化。锦江春水,波涛翻滚,挟欣欣春色,奔流而来,直至奔涌天地之间,视野开阔。下句是写上,并由今及古,着重于时间的变化。玉垒是山名,山上浮云变幻,自古至今,一刻不停。这也暗示着人世间古今世事的变迁,犹如玉垒山上的浮云变幻莫测。而且,登高临远,视通八方,独向西北前线游目骋怀,也透露出诗人忧国忧民的无限心事。这两句形成对偶,诗人驰骋想象,描绘出天高地远、古往今来的阔大悠远的境界。所以朗读时可以用舒缓的节奏,高昂的语调,读出对锦江春色的赞美,对古今历史沧桑变幻的追怀!

颈联"北极朝廷终不改,西山寇盗莫相侵",议论天下大势,写登楼所思,要读出一种词严义正、浩气凛然之感。北极,即北极星,此喻朝廷。"终不改"应重读,反承第四句的"变古今",是说唐朝皇室的政权决不能旁落他人之手。这里是在庆贺官兵收复京师,代宗返回长安时,于伤怀之中透着坚定的信念。"西山寇盗莫相侵",承说第二句的"万方多难",是在正告吐蕃:莫犯我大唐疆域!诗人的一片爱国之心,凛然之气,跃然纸上。

尾联"可怜后主还祠庙,日暮聊为梁甫吟",咏怀古迹,借助典故,讽喻当朝,寄托个人怀抱。要读得意味深长,要读出一种感喟和忧虑。诗人伫立楼头,徘徊沉吟,日已西落,在暮色中,远望蜀国后主刘禅祠,不禁喟然:刘禅宠爱宦官,终致朝政混乱,而当朝代宗能不能举贤任能呢?诗人怀济世之心,为国家前途担忧,他也希望自己像诸葛亮辅佐刘禅一样去辅佐朝廷,建功立业。而如今万里他乡,危楼落日,忧端难撅,只好也像诸葛亮未遇之前,暂且写一首像《梁甫吟》那样的诗来安慰安慰自己,如斯而已!

全诗即景抒怀,叙事、写景、抒情、议论融为一体,写山川联系着古往今来社会的变化,谈人事又借助自然界的景物,互相渗透,互相包容;熔自然景象、国家灾难、个人情思为一体,语壮境阔,寄慨遥深。 （陈小爱）

咏怀古迹（其一）

〔唐〕杜 甫

支离东北风尘际①,漂泊西南天地间。
三峡楼台淹日月,五溪衣服共云山②。
羯胡事主终无赖③,词客哀时且未还④。
庾信平生最萧瑟,暮年诗赋动江关⑤。

〔注释〕

①支离:犹流离。东北风尘际:指安禄山叛乱时期,作者一直在外流亡。风尘,比喻战乱。②五溪衣服:指古溪人衣服不同。五溪,雄溪、樠溪、酉溪、潕溪、辰溪,今在湘、黔、川边境。共云山:是说自己与五溪人共处。③羯胡:指安禄山,安禄山父系出于羯胡。也指梁朝叛将侯景。④词客:指下文的庾信,也指自己。且未还:漂泊异地,欲归不得。⑤"庾信"二句:庾信,梁朝诗人,字子山,新野(今属河南)人。梁元帝出使西魏,被留;后北周灭西魏,乃仕于周。在西魏、北周二十七年,都身居显贵,被尊为文坛宗师,受皇帝礼遇,但却常怀乡关之思,曾作《哀江南赋》以寄其意。这里杜甫把自己的乡国之思比作庾信之哀江南。动,惊动。江关,指荆州,江陵,即乡关。

〔赏读提示〕

《咏怀古迹》是杜甫咏古迹怀古人进而感怀自己的一组诗,共五首。作者于唐大历元年(766),先后游历了宋玉宅、庾信古居、昭君村、永安宫、先主庙、武侯祠等古迹,对于古代的才士、国色、英雄、名相,深表崇敬,但主要是抒写自己的身世家国之感,是借他人之酒浇自己心中之块垒,借古迹以抒己怀。

这是五首中的第一首。开首咏怀的是庾信,这是因为诗人对庾信的诗赋推崇备至,极为倾倒。他曾经说:"清新庾开府"、"庾信文章老更成,凌云健笔意纵横"。另一方面,当时他即将有江陵之行,情况与庾信漂泊有相通之处。

首联从安史之乱写起，写自己漂泊入蜀，居无定所。"支离东北"、"漂泊西南"，直指诗人最痛心之处，写诗人遭遇的不幸，要以低沉的语调、舒缓的节奏，读出诗人离乱的痛苦和漂泊的惆怅。

颔联写流落三峡、五溪，与夷人共处。诗人以乐写哀，以"楼台"、"日月"、"衣服"、"云山"的轻松之词，乐中见哀，正面抒写自己的漂泊之感，朗读时要以相对轻快的节奏，读出诗人困居三峡楼台、久滞夷人之地的沉郁之哀。

颈联写安禄山狡猾反复，正如梁朝的侯景；自己漂泊异地，欲归不得，恰似当年的庾信。这两句宾主双关，以流水对句，转入时事。"羯胡"、"词客"皆宾主双指，正是因为不忠心于主的无赖小人的叛乱，诗人、词客才流失家国，饱受羁居他乡的不幸和痛苦。哀时和至今未能回的遭际，恰是本诗咏怀主旨所在。"终无赖"、"哀时"朗读时要重音，"且未还"要延长音节，一字一顿，读出诗人内心的凄怆和悲愤。

尾联写庾信晚年《哀江南赋》极为凄凉悲壮，诗人借典抒怀，暗寓自己的乡国之思。"信虽位望通显，常有乡关之思，乃做《哀江南赋》以致其意"，庾信和杜甫，二人身世本不相同，但都因羯胡之乱而后半生漂泊他乡，遭遇离乱之苦。杜甫超越时空的隔阂，有意无意地将二人编织在一起，既书写庾信对故国的深沉怀念；同时，又以庾信自比，抒写自己暮年漂泊、心怀故国的情思。可谓杜中有庾，庾中有杜。结句要以深沉饱满之情、诚挚之感，读出两位词客超越时空的故国情愁和暮年沧桑。

本诗以含蓄咏叹的方式来表现战乱中诗人流离漂泊的愁苦和深深的故国之思，笔之所至，横兼古今，纵兼东北与西南，用笔苍劲老练，意境开阔苍凉，委婉而沉痛，凄恻而深刻！

（陈小爱）

长沙过贾谊宅^①

［唐］刘长卿

三年谪宦此栖迟^②，万古惟留楚客悲^③。
秋草独寻人去后，寒林空见日斜时。
汉文有道恩犹薄^④，湘水无情吊岂知^⑤。
寂寂江山摇落处，怜君何事到天涯^⑥。

〔注释〕

①长沙：刘长卿因性格刚烈，屡次犯上，曾两次遭贬。上元元年（760）春，因被诬陷，被第二次迁谪为潘州南巴（今广东茂名市电白县）尉。本诗似是作者赴贬所途中，路过长沙所作。贾谊：西汉初年文帝时著名的政论家、文学家。18岁即有才名，20余岁被召为博士，不到一年被破格提为太中大夫。23岁，因群臣忌恨，贾谊被贬为长沙王太傅，后被召回长安，为梁怀王太傅。梁怀王坠马而死，贾谊深自歉疚，33岁忧伤而死。②谪宦：官吏被贬职流放。此：指贾谊宅。栖迟：居留。③楚客：流落在楚地的客子，此处既指贾谊，也包括自己和别的游人。长沙古属楚国境。④汉文：汉文帝在历史上有明主之称，但他始终不能重用贾谊，后贬贾谊为梁怀王太傅。⑤湘水：贾谊往长沙，渡湘水时，曾为赋以吊屈原。⑥君：既代指贾谊，也代指刘长卿自己。

〔赏读提示〕

本诗主题为怀古，但诗歌的内容情感和作者现实的迁谪生涯息息相关。从诗作的背景来看，诗歌所描写的深秋之景和诗人遭贬谪的秋冬时令相符合。

首联"三年谪宦此栖迟，万古惟留楚客悲"，诗人身处贾谊的长沙旧宅，感慨虽然贾谊只在此度过了三年的时间，但是却使同样流落于楚地的客子们感到无限悲凉。"栖迟"点出贾谊和诗人自己就好像鸟儿一样虽有双翅，却难以自由飞翔，徒在此地停留，暗示贤德士人空有报国之志、高超治国之才。"悲"为本诗诗眼所在，既是贾谊人生徒有才华却无法施展之悲，更是诗人刘长卿自己人生宦途坎坷之悲，明写贾谊，暗喻自身遭到贬谪。本联上句之"三年"和下句之"万古"对比呼应，结构紧凑，给人心情沉重之感。诵读此联，声调宜低沉悲抑，节奏缓慢，重音凸显"谪宦"和"惟留"，前者突出内心悲伤和写作此诗的原因，后者强调充斥内心悲伤的深重。

颔联"秋草独寻人去后，寒林空见日斜时"，此联寓情于景。诗人身处贾谊古宅，目光所及之处，一片萧条之景："秋草"、"寒林"、"日斜"，夕阳西下，萧瑟的枯草，渗透出寒意的树林。悲景悲情怎不更添其悲，让人潸然泪下？同时景中含情，一个"寒"字不仅表现出天气秋凉，更烘托出诗人内心的寒冷。"日斜"不仅是贾谊当时的所处之境，更是诗人此时的人生境遇，亦是唐王朝的行将倾颓的国势命运。面对此情此景，诗人内心焉能不寒？诵读时，一重音凸显"独寻"，感受在如此萧瑟之景中，寒意深重的秋冬之交，诗人孤身前往人去楼空、物是人非的贾谊旧宅，寻觅同是天涯沦落人的踪迹，表达对古之先贤的景仰渴慕之情；

二重音凸显"空见",强调有德才之人却回天乏力,难以改变国势命运的无奈悲哀与痛苦心情。贾谊在长沙第三年的一个黄昏,有一只鵩(fú)鸟飞进了他的住房里,鵩鸟就是猫头鹰。当时人们认为这是一种不吉利的鸟。贾谊谪居长沙,本来心情就忧郁,加上长沙低湿,自以为寿命不长,如今猫头鹰进宅,他更是伤感不已。于是就写了一篇《鵩鸟赋》,感叹世界万物的变化和人世沧桑,也借此宽慰自己。本联诗句刘长卿也化用了贾谊的《鵩鸟赋》的句子"庚子日斜兮,鵩集于舍。""野鸟入室兮,主人将去。"借用"人去后"和"日斜时",更平添伤感气氛。

颈联"汉文有道恩犹薄,湘水无情吊岂知",意谓号称明君的汉文帝,尚且对忠贞爱国、才华出众的贾谊如此寡情薄恩,湘水无情空流逝,自投汨罗的屈原又怎会知道百年之后会有贾谊立于湘水之滨来凭吊自己呢?本联语意含蓄晦涩,透过字面可以领悟到丰富内涵,所谓"言在诗外"。上句一语双关,号称明君的汉文帝尚如此对待贾谊,那么昏庸无能的代宗对刘长卿一贬再贬,当然也就不足为奇了。诗人将抨击的矛头直指当今皇上,以抒内心郁结之情、愤懑之意,在诵读时,重音应为"犹"。颈联下句,屈原预想不到百年之后会有贾谊来写文凭吊,贾谊更想不到近千年之后会有刘长卿作诗去凭吊他。古人无法预知未来尚属人之常情,今人无法理解当世之人,岂不悲哉?诵读本联时,可以将重音置于"无情"一词,不仅是水无情,更是人无情。这让我们更近距离地感受到知音难觅、控诉无应的悲愁诗人形象。

尾联"寂寂江山摇落处,怜君何事到天涯",诗歌的结尾,性格率真的诗人再也难掩内心复杂悲愤之绪,含蓄地发出了沉寂心底的哀号——孤寂冷落的宅邸,草木摇落的地方,可怜的命运相似的你们呐,为何流落到如此的海角天涯呢?上半句,夕阳西下,暮色渐浓,叠音词"寂寂"既强调了寂静无声的环境,又是孑然一身孤寂无依的形象外现。径上衰草,自生自灭,飘飞乱舞,不也正象征了国家无力挽回的倾颓局势么?下半句,为什么你们会流落到如此僻远的海角天涯呢?使全诗言有尽而意无穷。无罪之身,却遭此无妄之灾,这怎能不使刘长卿发出如此之悲慨呢?这怎能不使刘长卿满心愤懑呢?至此,诗人表达了对不合理现实的强烈的激愤之情与抨击之意。在诵读最后一联时,语调可以逐渐由低沉转向激昂,节奏由舒缓转向急切,重点突出"寂寂"与"何事",借凄凉寥落之景,表达内心的悲寂与愤懑之情。"到天涯"三字可以声音上扬,一字一顿,配以凄切古筝之音,渲染诗人悲愤之心。

本诗堪称唐诗的七律精品。精妙之处就在于诗作表面是伤怀古人古事,实则着眼今人今事。但是诗人妙笔写就,时而寓情于景,时而化用诗句,时而反问思考,诗歌效果,含而不露,于蕴藉里抒意,于曲折处讽今,令人掩卷长思。

(杨大宁)

寒 食

〔唐〕韩 翃

春城无处不飞花①,寒食东风御柳斜②。
日暮汉宫传蜡烛③,轻烟散入五侯家④。

〔注释〕

①春城:暮春时的长安城。②寒食:古代在清明节前两天的节日,禁火三天,只吃冷食,所以称寒食。御柳:御苑之柳,皇城中的柳树。斜:读 xiá,与"花"、"家"押韵。③汉宫:这里指唐朝皇宫。传蜡烛:寒食节普天下禁火,但权贵宠臣可得到皇帝恩赐的燃烛。《唐辇下岁时记》:"清明日取榆柳之火以赐近臣。"④五侯:汉成帝时封其舅王谭、王商、王立、王根、王逢时皆为侯,王侯受到特别的恩宠。这里泛指天子近幸之臣。

〔赏读提示〕

寒食是中国古代的一个传统节日,一般在清明前两天。相传该节日源于春秋时代的晋国,是纪念晋国公子的臣子介之推的。古人很重视这个节日,按风俗家家禁火,只吃现成食物,故名"寒食"。

暮春时节,景物宜人,诗中前两句先写景。"春城无处不飞花,寒食东风御柳斜。"诗人把春日的长安称为"春城",不但新颖,而且有美感。"飞花",写的是暮春落花随风飞舞,这是明写花而暗写风。"无处不飞花",这双重否定的句式极大地加强了肯定的语气,形象地描绘出全城弥漫着浓郁春意的图景。"寒食东风御柳斜",春风吹遍全城,御苑中垂柳也随风飘动起来了,一个"斜"字也是间接地写风。

第三、四句写的是夜色降临的宫里忙着传蜡烛,袅袅轻烟散入王侯贵戚的家里。一个"传",一个"散",生动地描绘出一幅夜晚走马传烛图,使人如见蜡烛之光,如闻轻烟之味。寒食日天下一律禁火,唯宫中可以燃烛。"日暮汉宫传蜡烛",皇帝特许重臣"五侯"也可破例燃烛,并自宫中将燃烛向外传送。能得到皇帝赐烛这份殊荣的自然不多,所以由汉宫(实指唐朝宫廷)到五侯之家,沿途飘散的"轻烟"自然引起诗人的特别注意。

全诗用白描手法写实,刻画了皇都春色美景。诵读这两句时语速要缓慢,以体现春景的美妙。也有人认为诗人后两句写夜晚之景,意在借古讽今,通过刻画一件传蜡烛的事情,讽喻皇宫的特权。

(魏志宏)

三闾庙[①]

[唐] 戴叔伦

沅湘流不尽[②],屈子怨何深[③]。
日暮秋风起,萧萧枫树林[④]。

〔注释〕

①三闾庙:即屈原庙,是奉祀春秋时楚国三闾大夫屈原的庙宇。②沅湘:指沅江和湘江,湖南的两条主要河流。③屈子:指屈原。子,古代对男子的尊称。何深:多么深。④"日暮"二句:此处化用屈原的《九歌》和《招魂》中的诗句:"袅袅兮秋风,洞庭波兮木叶下。""湛湛江水兮上有枫,目极千里兮伤春心。魂兮归来哀江南!"

〔赏读提示〕

屈原是中国文学史上第一个"以死殉志"的爱国诗人。诗人戴叔伦来到屈原庙,想起屈原的种种事迹,怀着无限怀念和无比沉痛的心情,写下了这首流传千古的五言绝句。

全诗围绕一个"怨"字展开。首句从绵绵流长的沅江和湘江之水写起,既是写景又是抒情。说是写景,是因为它描写了湖南境内的两条主要河流:沅江和湘江。楚顷襄王时,屈原被放逐,流浪在沅、湘流域,"颜色憔悴,形容枯槁"。沅、湘也是屈原诗篇中常常咏叹的两条江流。说是抒情,是因为作者运用了比喻的手法来写心中的哀怨之情。作者以江流借喻哀怨,以奔流不息的江流比喻屈原忧愤怨恨之深广,化抽象为具象,使得"怨"字形象可感。"信而见疑,忠而被谤"的屈原心中千年不尽的哀怨有多深呢？或许就如同那沅湘之水，滚滚不尽，绵延千里。"不尽"写出了"怨"之连绵不绝，后一句中的"怨何深"三字抵得上千言万语，胸中万千悲愤喷涌而出。"何"字不只是简单的询问，更是程度的表达。前后呼应，从不同角度将"怨"情描摹得形象可感。这两句，在朗读时，语速要缓慢而沉重。"不尽"二字用延长音，"何深"要用降调重读，读出悲凉感慨之气，以奠定全诗悲哀沉重的感情基调。

诗歌的后两句并没有正面回答屈原为何而怨，而是描绘了一幅秋季傍晚萧瑟的自然景象。以景作结，使诗歌收到"道是无情却有情"的效果，也使得诗歌显得意犹未尽、形象含蓄，给读者无限的想象与思考的空间。时隔千年，"物是人非事事休"，三闾庙的景色依旧，而当初的人早已不存。或者说，唯有眼前这秋风四起、落木萧萧的景致固执地诉说着历史过往：那个人，那些事，那片情。我们仿佛看到了那个徘徊在汨罗江畔，形容枯槁，颜色憔悴，披发行吟的屈原，他遭到奸佞小人的打击，因不能实现自己的宏图大业且救国无望而痛苦、哀伤。"萧萧"这个象声叠词，更让"怨"无边无际，一如那滔滔不绝的沅、湘之水。"萧萧"二字声音延长，这一句读得音停意连，有摇曳感。后两句是诗人抚今追昔、触景生情之语，诵读时语速要缓慢而邈远，想象出眼前一片广阔无垠、落木纷纷的景象，读出作者无限怀念和无比沉重的心情。

（田玮玮）

秋　日

〔唐〕耿　湋

返照入闾巷①，忧来谁共语？
古道少人行，秋风动禾黍②。

〔注释〕

①返照：指夕阳，落日。闾巷：街巷，比喻民间乡野地方。②禾黍：泛指黍、稷、稻、麦等粮食作物，后常用来指悲悯故国破败。

〔赏读提示〕

诗人一生经历战乱，四处漂泊，经常贫病交加，他的诗歌最擅长描写战乱后的破败景象，这首《秋日》就是其中的代表作。

首句"返照入闾巷"写的是傍晚夕阳之景。"返照"是指夕阳的余晖,"闾巷"是指街巷。傍晚时分,夕阳西下,映照在破败的街巷中,难免给人带来伤感之意。古诗中凡是写到秋天和黄昏的,往往都会与哀愁联系在一起,这里同样如此。因此第二句直接点出了作者此时的心境:"忧来谁共语。"一个"忧"字表达了作者的情绪:为自己的孤苦漂泊而忧,为国家的多灾多难而忧,也为民众的水深火热而忧。然而更让人难受的是,这种忧愁都没有办法找个人诉说,因为孤身一人,无人能与他共谈。因此我们在读这两句的时候,需要读出一种深入内心的孤独与悲凉。

紧接着作者写"古道少人行","古道"本身就给人一种荒凉破败的感觉,更何况这古道上几乎看不见行人的踪迹。这就照应了前句"谁共语",展现出当时因为战乱而民不聊生的景象。荒无人烟的古道上,诗人看不到人,只能看到那秋风吹动着田里的作物,心中忧国忧民之情更加沉重。这里的"禾黍"取《诗经》中《黍离》的典故:说周大夫经过故国旧都,却见当年的宗庙遗址已经埋没在荒草中,顿生悲悼故国之感。这里作者正是借用这个典故,来表达对于饱受战乱的国家和人民的深切同情。

整首诗情景交融,语言朴素自然,感情深沉动人。作者用悲天悯人的胸怀和忧国忧民的情思,向我们诉说了战火离乱中的民间疾苦。　　　　　　　（金毅）

长恨歌

［唐］白居易

汉皇重色思倾国①,御宇多年求不得②。
杨家有女初长成,养在深闺人未识。
天生丽质难自弃,一朝选在君王侧。
回眸一笑百媚生,六宫粉黛无颜色③。
春寒赐浴华清池④,温泉水滑洗凝脂。
侍儿扶起娇无力,始是新承恩泽时。
云鬓花颜金步摇,芙蓉帐暖度春宵⑤。
春宵苦短日高起,从此君王不早朝。
承欢侍宴无闲暇,春从春游夜专夜。

后宫佳丽三千人，三千宠爱在一身。

金屋妆成娇侍夜⑥，玉楼宴罢醉和春。

姊妹弟兄皆列土⑦，可怜光彩生门户。

遂令天下父母心，不重生男重生女。

骊宫高处入青云，仙乐风飘处处闻。

缓歌慢舞凝丝竹，尽日君王看不足。

渔阳鼙鼓动地来⑧，惊破《霓裳羽衣曲》⑨。

九重城阙烟尘生⑩，千乘万骑西南行。

翠华摇摇行复止⑪，西出都门百余里。

六军不发无奈何⑫，宛转蛾眉马前死。

花钿委地无人收，翠翘金雀玉搔头。

君王掩面救不得，回看血泪相和流。

黄埃散漫风萧索，云栈萦纡登剑阁。

峨眉山下少人行，旌旗无光日色薄。

蜀江水碧蜀山青，圣主朝朝暮暮情。

行宫见月伤心色，夜雨闻铃肠断声。

天旋地转回龙驭⑬，到此踌躇不能去。

马嵬坡下泥土中，不见玉颜空死处。

君臣相顾尽沾衣，东望都门信马归。

归来池苑皆依旧，太液芙蓉未央柳。

芙蓉如面柳如眉，对此如何不泪垂？

春风桃李花开日，秋雨梧桐叶落时。

西宫南内多秋草，落叶满阶红不扫。

梨园弟子白发新，椒房阿监青娥老⑭。

夕殿萤飞思悄然，孤灯挑尽未成眠。

迟迟钟鼓初长夜，耿耿星河欲曙天⑮。

鸳鸯瓦冷霜华重，翡翠衾寒谁与共？

悠悠生死别经年，魂魄不曾来入梦。

临邛道士鸿都客，能以精诚致魂魄。

为感君王辗转思，遂教方士殷勤觅。

排云驭气奔如电，升天入地求之遍。

上穷碧落下黄泉，两处茫茫皆不见。

忽闻海上有仙山，山在虚无缥缈间。

楼阁玲珑五云起，其中绰约多仙子。

中有一人字太真，雪肤花貌参差是。

金阙西厢叩玉扃⑯，转教小玉报双成。

闻道汉家天子使，九华帐里梦魂惊。

揽衣推枕起徘徊，珠箔银屏迤逦开。

云鬓半偏新睡觉，花冠不整下堂来。

风吹仙袂飘飘举，犹似霓裳羽衣舞。

玉容寂寞泪阑干，梨花一枝春带雨。

含情凝睇谢君王，一别音容两渺茫。

昭阳殿里恩爱绝⑰，蓬莱宫中日月长。

回头下望人寰处，不见长安见尘雾。

惟将旧物表深情，钿合金钗寄将去。

钗留一股合一扇，钗擘黄金合分钿。

但教心似金钿坚，天上人间会相见。

临别殷勤重寄词，词中有誓两心知：

七月七日长生殿，夜半无人私语时。

在天愿作比翼鸟，在地愿为连理枝。

天长地久有时尽，此恨绵绵无尽期⑱。

〔注释〕

①汉皇：原指汉武帝刘彻。此处借指唐玄宗李隆基。唐人文学创作常以汉称唐。②御宇：驾御宇内，即统治天下。汉贾谊《过秦论》："振长策而御宇内。"③六宫粉黛：指宫中所有嫔妃。古代皇帝设六宫，正寝（日常处理政务之地）一，燕寝（休息之地）五，合称六宫。粉黛，本为女性化妆用品，粉以抹脸，黛以描眉，此代指六宫中的女性。④华清池：即华清池温泉，在今西安市临潼区南的骊山下。唐贞观十八年（644）建汤泉宫，咸亨二年（671）改名温泉宫，天宝六年（747）扩建后改名华清宫。唐玄宗每年冬、春季都到此居住。⑤芙蓉帐：绣着莲花的帐子。形容帐之精美。⑥金屋：《汉武故事》记载，武帝幼时，他姑妈将他抱在膝

上,问他要不要她的女儿阿娇作妻子。他笑着回答说:"若得阿娇,当以金屋藏之。"⑦列土:分封土地。据《旧唐书·后妃传》等记载,杨贵妃有姊三人,玄宗并封国夫人之号。⑧鼙鼓:古代骑兵用的小鼓,此借指战争。⑨霓(ní)裳羽衣曲:舞曲名,据说为唐开元年间西凉节度使杨敬述所献,经唐玄宗润色并制作歌词,改用此名。乐曲着意表现虚无缥缈的仙境和仙女形象。⑩九重城阙:九重门的京城,此指长安。阙,意为古代宫殿门前两边的楼,泛指宫殿或帝王的住所。《楚辞·九辩》:"君之门以九重。"烟尘生:指发生战事。⑪翠华:用翠鸟羽毛装饰的旗帜,皇帝仪仗队用。⑫六军:指天子军队。⑬天旋地转:指时局好转。肃宗至德二年(757),郭子仪率军收复长安。⑭椒房:后妃居住之所,因以花椒和泥抹墙,故称。阿监:宫中的侍从女官。青娥:年轻的宫女。⑮耿耿:微明的样子。欲曙天:长夜将晓之时。⑯金阙:《太平御览》卷六六引《大洞玉经》:上清宫门中有两阙,左金阙,右玉阙。⑰昭阳殿:汉成帝宠妃赵飞燕的寝宫。此借指杨贵妃住过的宫殿。⑱恨:遗憾。绵绵:连绵不断。

〔**赏读提示**〕

作者以唐玄宗、杨贵妃在安史之乱中的爱情悲剧为基点,用叙事和抒情相结合的手法,谱写了这首长篇叙事诗。唐玄宗、杨贵妃都是历史上的人物,但是诗人并不拘泥于历史,而是借着历史的一点影子,根据当时人们的传说,演化出一个回旋曲折、宛转动人的故事,从而使这两个历史人物的艺术形象在历代读者的心中漾起阵阵激荡。

全篇分为三部分:开篇至"尽日君王看不足"是第一部分,写唐明皇和杨贵妃的爱情生活,并讲述了由此带来的荒政乱国的情形及安史之乱的爆发;第二部分从"渔阳鼙鼓动地来"到"魂魄不曾来入梦",写杨贵妃在马嵬驿兵变中被杀,以及此后唐玄宗对她的思念;"临邛道士鸿都客"至结尾,是全诗的最后一部分,讲道士帮唐玄宗到仙山寻找杨贵妃。

诗人开篇即借"汉皇重色思倾国"一句,交代了唐朝祸乱的原因,揭示了故事的悲剧因素,是全篇纲领。它既揭示了故事的悲剧因素,又唤起和统领着全诗,后面之事皆由此而来。之后诗歌逐步展开,层层叙述:先讲唐玄宗重色,百般求色之后,终将"回眸一笑百媚生,六宫粉黛无颜色"的杨贵妃揽入怀中。接着,对杨贵妃的美貌进行刻画,写出她如何的妩媚,并因此得宠于后宫之中。"姊妹弟兄皆列土",正所谓"一人得道,鸡犬升天",杨家因杨贵妃而变得权势逼人,不可一世。而唐玄宗也沉溺于美色之中,以至于"从此君王不早朝",终日和贵妃行乐于歌舞酒色之中。诗人对此进行了反复渲染,暗示了安史之乱爆发的原因以及整个爱情悲剧即"长恨"的内因。在这出爱情悲剧中,杨贵妃的死是个关键情节。诗人具体地描述了安史之乱发生后,皇帝兵马仓皇逃入西南。在这一动乱中,唐玄宗和杨贵妃的爱情被摧残和毁灭。"六军不发",要求处死杨贵妃,说明唐玄宗对杨贵妃的娇宠已经引起公愤。在传统的儒家伦理解读之外,玄宗和贵妃的生离死别之六句话所表达的心灵情感一定是复杂的,特别是"君王掩面救不得,回看血泪相和流"一句,令人唏嘘不已。诗人用细腻的笔触,把玄宗那种极不忍割爱但又欲救不能的痛苦矛盾心情形象地表现出来。

从"君臣相顾尽沾衣"至"魂魄不曾来入梦",写唐明皇在时局稳定后从蜀地回京城,路经马嵬坡勾引伤心事。返京以后,更是触景伤情,物是人非,夜晚"孤灯挑尽""不""成眠"。无法忍受的相思之苦使得玄宗寄希望于梦境,但"魂魄不曾来入梦",此一"恨"动人心魄,读者仿佛能感受到玄宗内心的震颤。

从"临邛道士鸿都客"至诗的末尾,写道士帮助唐玄宗寻找杨贵妃。这一部分诗人打破了其一贯的"其事核而实"、"不为文而作"的规则,采用了浪漫主义的手法,忽而上天,忽而入地,"上穷碧落下黄泉,两处茫茫皆不见"。后来,道士在海上虚无缥缈的仙山上找到了杨贵妃,让她以"玉容寂寞泪阑干,梨花一枝春带雨"的形象在仙境中再次出现。此时的杨贵妃已经脱尽撩人性情的世俗情味,而成为一个净化了的理想女神了。在写她超凡脱俗的美的同时,作者更赋予她忠于爱情的至善品性,她既托道士将当年的定情物带给玄宗,又重申盟誓:"但教心似金钿坚,天上人间会相见。"然而,"比翼鸟"、"连理枝"的愿望尽管美好,此生却无法实现了,剩下的,就只有永难消解的"长恨"了。作者在最后进一步深化、渲染"长恨"的主题,以"天长地久有时尽,此恨绵绵无尽期"回应开头,而且做到"清音有余",给读者以联想、回味的余地。

根据陈鸿的《长恨歌传》,白居易写《长恨歌》的本意是要"惩尤物,窒乱阶,垂于将来",这可以说也有"讽喻"的味道。所以诗人从写杨贵妃入宫到安史之乱,都对君主的耽色误国以及贵妃的专宠有所讽刺。但是这一主题似乎没有贯穿到底。其实,长恨歌后半部分描写李、杨生活及互相思念,有一个显著特点,即突出双方的凄凉、悲苦。无论是人间的君王,还是在仙界的杨贵妃,他们都过着以泪洗面、孤苦寂寞的日子。如"鸳鸯瓦冷霜华重,翡翠衾寒谁与共?悠悠生死别经年,魂魄不曾来入梦",玄宗回到长安,即使有后宫佳丽也是凄苦至极。又如"玉容寂寞泪阑干,梨花一枝春带雨。含情凝睇谢君王,一别音容两渺茫。

昭阳殿里恩爱绝,蓬莱宫中日月长",表明杨贵妃所在的仙界亦非可以超然的乐土,同样充满悲苦。白居易并没有像中国传统叙事那样去安排一个大团圆的结局,而是设定两人并不能相会。唐玄宗连杨贵妃的魂魄都不曾梦见,请道士代为寻找,也仅带回信物、誓言。"天长地久有时尽,此恨绵绵无尽期",实际上否定了仙界重圆的可能性。梦和仙界都没有能消解这叠加起来的悲苦,从而造成这样一种效果:两人爱情之悲剧中,人们并未感受到道德式的训诫,反倒是被这刻骨铭心的爱情深深打动。

在艺术上,这篇长篇叙事诗又很具有特色。首先这个跌宕动人的故事是一个精巧的构思。一开始像一幕"不知老之将至"的喜剧,"不早朝"、"看不足",然后马嵬坡上玄宗的不舍不忍与矛盾痛苦之情,再到回到长安后的极度孤寂与绝望,最后到带回信物之后的眷念与"恨"之绵绵不绝,可谓层层渲染,笔锋几折,淋漓尽致地表现了人物的心理。诗人还将叙事、写景与抒情和谐地结合在一起,形成诗歌抒情上回环往复的特点。诗人常把人物的思想感情注入景物,用景物来烘托人物的心境,这是中国传统诗歌极为擅长之处。唐玄宗逃往西南的路上,四处是黄尘、栈道、高山,日色暗淡,旌旗无光,秋景凄凉,这是以悲凉的秋景来烘托人物的悲思。景物的层层渲染,恰如其分地表达了人物蕴蓄在内心深处的难言之情。本篇是白居易最杰出的作品之一,也是我国古典诗歌中,抒情诗与叙事诗密切结合的典范之一。朗诵本篇要注意到,不同的表达方式需有不同的高低抑扬变化。

(朱丽军)

石头城①

[唐] 刘禹锡

山围故国周遭在②,潮打空城寂寞回。
淮水东边旧时月③,夜深还过女墙来④。

〔注释〕

①石头城:位于今南京城西清凉山上,三国时孙吴就石壁筑城戍守,称"石头城"。后人也常用"石头城"指建康。今为南京市。②故国:即旧都。石头城在六朝时代一直是国都。周遭:环绕。③淮水:指贯穿石头城的秦淮河。旧时:

指汉魏六朝时。④女墙:指石头城上的矮城。

〔**赏读提示**〕

《石头城》是唐代诗人刘禹锡写的一首七言绝句,是诗人由和州(今安徽省和县)刺史任上返回洛阳,途经金陵(今江苏省南京市)时写下的组诗《金陵五题》中的第一首。

开头两句写江山如旧,而城已荒废。首句写山,"山围故国",故国即旧城,就是石头城,城外有山耸立江边,围绕如垣墙,所以说山围故国。第二句写水,"潮打空城",石头城西北有长江流过,江潮拍打石墙,但是城已荒废,成了古迹,所以说潮打空城。这两句总写江山如旧,而石头城已荒芜,情调悲凉,感慨极深。

下面两句写月照空城。"旧时月",诗人特意标明旧时,是包含深意的。"淮水",即秦淮河,横贯石头城,是六朝时代王公贵族们醉生梦死的游乐场所。这里曾经是彻夜笙歌、纸醉金迷、欢乐无尽的不夜城,那临照过六朝豪华之都的旧时月即是见证。然而曾几何时,富贵风流,转眼成空。如今只有那旧时月仍然从秦淮河东边升起,来照着这座空城,在夜深的时候,还过女墙来,依恋不舍地西落,这真是多情了。然而此情此景,却显得更加寂寞了,一个"还"字,意味深长。

诗人把石头城放到沉寂的群山中写,放到带凉意的潮声中写,放到朦胧的月夜中写,这样尤其能显示出故国的没落荒凉。只写山水明月,而六代繁荣富贵,俱归乌有。诗中句句是景,然而无不融合着诗人故国萧条、人生凄凉的深沉感伤。朗读时要体现出诗人对六朝兴亡和人事变迁的慨叹。　　　　　　　(吴洁)

乌衣巷①

[唐] 刘禹锡

朱雀桥边野草花②,乌衣巷口夕阳斜。
旧时王谢堂前燕③,飞入寻常百姓家④。

〔**注释**〕

①乌衣巷:金陵城内街名,位于秦淮河之南,与朱雀桥相近。三国时期吴国

曾设军营于此，为禁军驻地。由于当时禁军身着黑色军服，所以此地俗称"乌衣巷"。在东晋时，王导、谢安两大家族，都居住在乌衣巷，人称其子弟为"乌衣郎"。入唐后，乌衣巷沦为废墟。②朱雀桥：六朝时金陵正南朱雀门外横跨秦淮河的大桥，在今江苏省南京市江宁区。③王谢：王导、谢安，晋相，世家大族，贤才众多，皆居巷中，冠盖簪缨，为六朝巨室。旧时王谢之庭院多燕子，至唐时，则皆衰落不知其处。④寻常：平常。

〔**赏读提示**〕

《乌衣巷》是唐代诗人刘禹锡《金陵五题》之第二首，也是刘禹锡最得意的怀古名篇之一。

第一句用朱雀桥来勾画乌衣巷的环境，句中引人注目的是桥边丛生的野草和野花。草长花开，表明时当春季。"草花"前面加上一个"野"字，这就给景色增添了荒僻的气象，再加上这些野草野花是长在一向行旅繁忙的朱雀桥畔，这就表明，昔日车水马龙的朱雀桥如今已经荒凉冷落了。第二句表现出乌衣巷不仅是映衬在败落凄凉的古桥的背景之下，而且还呈现在斜阳的残照之中。句中的"斜"字，同上句中的"花"字相对应，全用作动词，都写出了景物的动态。"夕阳"再加上一个"斜"字，便突出了日薄西山的惨淡情景。"斜"字要读出一种苍凉感。

三、四两句是千古传诵的名句。诗人出乎意料地把笔触转向了乌衣巷上空正在归巢的燕子，让人们顺着燕子飞行的方向去辨认，如今的乌衣巷里居住的都是普通的百姓人家了。而这些飞入寻常百姓人家的燕子，过去可都是栖息在王谢权门高大厅堂的屋檐之上的旧燕。"旧时"两个字，正好赋予了燕子以历史见证人的身份；"寻常"两个字，又特别强调了今日的居民与往日的居民之间的巨大不同，从中我们可以深刻地感受到诗人对这一历史变化所发出的无尽感慨。这一句要读出平淡中略显无奈的感觉，一种沧桑感。

全诗所描写的景物很寻常，所用的语言也很浅显，但却有着一种蕴藉含蓄之美，让人读起来回味无穷。在朗读时要体现出作者对世事沧桑、盛衰变化的慨叹之情。

（吴洁）

西塞山怀古①

〔唐〕刘禹锡

王濬楼船下益州②，金陵王气黯然收③。

千寻铁锁沉江底④，一片降幡出石头⑤。

人世几回伤往事，山形依旧枕寒流。

今逢四海为家日⑥，故垒萧萧芦荻秋⑦。

〔注释〕

①西塞山：位于今湖北省黄石市，又名道士洑，山体突出到长江中，因而形成长江弯道，站在山顶犹如身临江中。②王濬：晋益州刺史。益州：晋时郡治在今成都。晋武帝谋伐吴，派王濬造大船，出巴蜀，船上以木为城，起楼，每船可容二千余人。③王气：帝王之气。④"千寻"句：东吴末帝孙皓命人在江中扎入铁锥，又用大铁索横于江面，拦截晋船，终失败。寻，长度单位。⑤"一片"句：王濬率船队从武昌顺流而下，直到金陵，攻破石头城，吴主孙皓到营门投降。⑥四海为家：即四海归于一家，指全国统一。⑦故垒：旧时的壁垒。萧萧：秋风的声音。

〔赏读提示〕

唐长庆四年（824）七八月之际，刘禹锡由夔州（治今重庆奉节）刺史调任和州（治今安徽和县）刺史，在沿江东下赴任的途中，经西塞山时，触景生情，抚今追昔，写下了这首脍炙人口的《西塞山怀古》。

诗歌的前两联咏史。西晋太康元年（280），晋武帝司马炎命王濬率领以高大的战船"楼船"组成的西晋水军，顺江而下，讨伐东吴。首联写"王濬楼船下益州"，"金陵王气"便黯然消失。一"下"即"收"，两字对举，渲染出一方是势如破竹，一方则是兵败如山倒。颔联"千寻铁锁沉江底，一片降幡出石头"，"沉"、"出"写出了战事及结果。从形象上看，一横一竖，一下沉一高扬；从色彩上看，一边是晋军烧毁铁锁的冲天火光，一边是投降的白旗；从气氛上看，晋军得胜趾高气扬，东吴兵败无限凄惨。这两联在对比中写出了攻守双方的力量、智慧与士气的悬殊，文气贯通，读来一气呵成。守方不堪一击的窘迫和攻方摧枯拉朽的气势都跃然纸上，朗读时要读得雄壮豪迈、气势磅礴。

东吴坐拥金陵虎踞龙盘的地理优势，还筑好了坚固的防御工事，却最终落得一败涂地，黯然覆灭的下场。个中的原因自然惹人深思。

颈联"人世几回伤往事，山形依旧枕寒流"，笔触由点及面，视界更加深远。金陵经历了若干的朝代兴亡的"往事"，这些兴亡交替都让后人感慨万千，伤怀不已。而奇崛险峻的西塞山依旧枕靠着荒寒的大江，亘古不变。这里山川"依旧"、无言的永恒与"人世几回"的变化、王朝命运的短促形成强烈的对比，表达了诗人深沉的哲思。

尾联"今逢四海为家日，故垒萧萧芦荻秋"，收笔落在对今朝之人事的讽喻上。四海为家，江山一统，来之不易，值得欣喜；然而如果不从历史中汲取智慧和经验，那废弃在一片秋风芦荻之中的故垒遗迹，或将成为唐王朝未来的真实写照。后人会和此时的诗人一样面对前朝的旧迹而伤叹。这两联借古讽今，沉郁感伤，诵读需读出含蓄厚重、苍凉慷慨的感受。

总体说来，《西塞山怀古》将特定的历史情节和山川形胜的自然背景协调地组合在一起，并将秋色不露痕迹地涂抹在画面上，造成了含蓄蕴藉的艺术效果。这是一般怀古词难以抵达的艺术境界。诗人追怀西晋灭吴的史实，抒发感慨，借古讽今，将批判的锋芒指向地方割据势力，这份责任感和忧患意识让人肃然起敬！

（倪宇仪）

蜀先主庙

〔唐〕刘禹锡

天地英雄气，千秋尚凛然。
势分三足鼎①，业复五铢钱②。
得相能开国③，生儿不象贤④。
凄凉蜀故伎，来舞魏宫前⑤。

〔注释〕

①"势分"句：指刘备创立蜀汉，与魏、吴三分天下。②"业复"句：王莽代汉时，曾废五铢钱，至光武帝时，又依照马援的奏议重铸，天下称便。这里以光武帝恢复五铢钱，比喻刘备想复兴汉室。五铢钱，汉武帝时的货币，此代指刘汉帝业。③相：此指诸葛亮。④不象贤：此言刘备之子刘禅不肖，不能守业。⑤"凄

凉"二句:刘禅降魏后,东迁洛阳,被任命为安乐县公。魏太尉司马昭在宴会中使蜀国的女乐表演歌舞,旁人见了都为刘禅感慨,独刘禅"喜笑自若",乐不思蜀。伎,女乐,实际也是俘虏。

〔赏读提示〕

　　首联"天下英雄气,千秋尚凛然",写先主刘备英雄气概充满天地,千秋万代一直令人肃然起敬。"天下"两字囊括宇宙,极言"英雄气"之充塞六合,至大无垠;"千秋"两字贯串古今,极写"英雄气"之万古长存,永垂不朽。首联极力显示出诗人吞吐日月、俯仰古今之胸怀。读"天下"与"千秋"时,可以高昂语调,语速放慢,"下"与"秋"语音可以适当延长。"天地英雄"四字暗用典故。曹操对刘备语:"今天下英雄,惟使君与操耳。"(《三国志·蜀志·先主传》)。诗人添一"气"字,便又显示出庙堂气象。"英雄"二字要重读,"气"可相对轻读,凸显出"英雄"之意。"尚凛然"三字写诗人面对先主塑像,肃然起敬,恭敬之神态隐然可见。首联中"尚"字用得很妙,是说先主庙堂尚且威势逼人,那么生前叱咤风云的英雄气概,就更可想见了。读"尚"时适当加重语气,显示崇敬之意;"凛然"可以上扬。

　　颔联写刘备的英雄业绩:"势分三足鼎,业复五铢钱。"刘备起自微细,在汉末乱世之中,转战南北,几经颠扑,才形成了与曹操、孙权三分天下之势,实在是得之不易。"五铢钱"借钱币为说,暗喻刘备振兴汉室的勃勃雄心。读此句时"势分"、"业复"要重读,读出对刘备功业的欣羡与赞叹之情。"三足鼎"与"五铢钱"在诵读时,"三"和"五"语调要适当上扬,使听者也一同缅怀先主功业。

　　颈联写刘备功业不能得以传承与发扬。"得相能开国",是说刘备三顾茅庐,得诸葛亮辅佐,建立了蜀国;"生儿不象贤",则说后主刘禅不能效法先人贤德,狎近小人,愚昧昏聩,从而葬送了蜀国的基业。创业难,守业更难。在诵读时"得相"要重读,强调刘备慧眼识才,求贤若渴;"能开国"语调上扬,让听者重温贤相辅明君的光辉岁月;"不象贤"三字可以一字一顿,读出沉重之意味,让听众为此扼腕悲痛。

　　尾联感叹后主的不肖。刘禅降魏后,被迁到洛阳,封为安乐县公。一天,"司马文王(昭)与禅宴,为之作故蜀伎。旁人皆为之感怆,而禅嬉笑自若。"刘禅不惜先业、麻木不仁,足见他落得国灭身俘的严重后果绝非偶然。"凄凉"二字语音低沉,"故"略加停顿,强调国已亡,先主功业收成失败。"来舞魏官前"中"魏官"二字可以重读且一字一停顿,读出江山不复之痛,语音低沉,渗透对于刘备身后事业消亡的无限感慨。

(孙艳)

金铜仙人辞汉歌^①

〔唐〕李 贺

魏明帝青龙元年八月^②，诏宫官牵车^③，西取汉孝武捧露盘仙人，欲立致前殿。宫官既拆盘，仙人临载，乃潸然泪下。唐诸王孙李长吉遂作《金铜仙人辞汉歌》。

茂陵刘郎秋风客^④，夜闻马嘶晓无迹^⑤。
画栏桂树悬秋香，三十六宫土花碧^⑥。
魏官牵车指千里，东关酸风射眸子^⑦。
空将汉月出宫门，忆君清泪如铅水^⑧。
衰兰送客咸阳道，天若有情天亦老。
携盘独出月荒凉，渭城已远波声小^⑨。

〔注释〕

①金铜仙人：汉武帝于建章宫前造神明台，上铸金铜仙人，舒掌擎铜盘，玉杯以承云之露，以露和玉屑饮之以求仙道。②魏明帝：三国时期魏国君主曹叡。③宫官：宦官。④茂陵：汉武帝陵。刘郎：即刘彻，汉武帝。秋风客：以刘彻曾作有《秋风辞》，故称。⑤"夜闻"句：林同济《研究》认为："自是指（汉武）帝之阴灵夜出晓灭，与生前之赫赫对照，加倍悲凉。"⑥"画栏"二句：言汉武帝殁后，画栏桂树，秋香徒悬，宫馆荒芜，尽生碧苔。⑦东关：此指长安东城关。酸风：犹凄风。眸子：目中瞳子。⑧"空将"二句：意谓铜人只有月亮相伴走出汉家宫门，她因忆念汉武帝而清泪长泻，犹如铅水。将，携。汉月，铜人在汉时所见之月，亘古不变，故魏时仍称"汉月"。君，此指汉武帝。铅水，此喻铜人之泪水。⑨渭城：秦都咸阳，汉改称渭城，这里应指长安。

〔赏读提示〕

《金铜仙人辞汉歌》诗情浓郁，取喻新奇，名句迭出，千百年来脍炙人口。

金铜仙人建造于汉武帝时代，它作为一项文化设施，可以视作汉王朝繁荣昌盛的标志物。然而随着汉室的败亡，它亦不免被魏官牵引，辞别了曾经辉煌一时的汉都长安。铜人遭遇的变迁涵盖着丰富的历史内容，这在诗人看来无疑是意味深长的。李贺撰作此诗,还特地注明他"唐诸王孙"的身份,可见其抒发的乃是一种异代同悲的情感。此中不仅咏叹了汉武帝祈求长寿的虚妄,也隐隐地流露出诗人对唐王朝黯淡前途的担忧。与上述题旨相应,该篇别具匠心地采用了金铜仙人的独特视角,让它见证这颇具历史沧桑感的一幕。

本篇的抒写角度有其独特性,诗人让金铜仙人作为主体来证明历史的沧桑变迁,从而在开掘题材的过程中达到了极好的移情效果。诗歌开端四句,总叙铜人尚在汉宫时的感受。此时汉武帝刘彻早就葬身茂陵,夜间的魂游马嘶一到清晨拂晓就杳无踪迹,而他生前临幸的"三十六宫",同样画栏凋敝,桂树徒香,苔痕满地,不再是当年的繁华景象。这样的氛围已足够令铜人暗生悲伤,但更令其痛苦的是曹魏统治者又起意将它迁往洛阳。所以这四句最好读出沧桑的慨叹,语调沉郁,略带悲痛。特别是"画栏桂树悬秋香,三十六宫土花碧"两句,更要强调桂花空悬、苔藓空碧的沧桑伤感。

从"魏官牵车指千里"开始,诗歌进入辞汉内容的主干部分,其后一路上的景物描绘,都被诗人作为铜人在当时的感觉,从而着力渲染。诸如"东关酸风射眸子"写它的触觉,"衰兰送客咸阳道"写它的视觉,"渭城已远波声小"写它的听觉,"携盘独出月荒凉"则重在摹画其心灵感受。与这几种感觉体验相伴的是大胆采用拟人化的抒情手法,铜人在那惨别汉家宫阙的场合中,即便是金石之质,亦不免洒泪。通过"天若有情"这一假设语,进而想象天地之间恐怕没有不为之动情的。这几句用语奇崛,诵读时应该强调"酸"、"空"、"清泪"、"衰"等明显含情之词。"天若有情"的假设,诵读语调可适当上扬,表达出深深的悲痛;抒情部分语速放缓,表达出深深的失落。诗人就是采用这套"离绝远去笔墨畦径"的构思方式,替一个强盛朝代唱出了动人心魄的挽歌。

《金铜仙人辞汉歌》可说是最能代表李贺创作成就的诗歌之一,如刘辰翁所言:"此意思非长吉不能赋,古今无此神妙。"指出此诗唯有李贺一人能为。诗篇引人入胜之处在于构思之奇、造语之奇,诡谲灵动的气息,再加上锻句炼字的独到。如此奇意奇语正反映了李贺童心未泯的一面,清代王夫之一句"不无稚子气"(《船山唐诗评选》)的评语,可谓切中肯綮。

本篇因为构思造语的奇隽,出人意料的佳句随处可见,如"东关酸风射眸子"、"忆君清泪如铅水"等,莫不逐事赋形、情景交融,长期以来备受读者的激赏。而"天若有情天亦老"这一句,能从天道运行与人事的关系着眼,在抒情作品里化出一片哲理意境,更见诗人卓越的才能。毛泽东将此名句妥帖地写入七律《人民解放军占领南京》，并由此生发出"人间正道是沧桑"的历史慨叹。

（王悦）

清　明

〔唐〕杜　牧

清明时节雨纷纷①，路上行人欲断魂②。
借问酒家何处有？牧童遥指杏花村。

〔注释〕

　　①清明：二十四节气之一，在阳历四月五日前后。旧俗当天有扫墓、踏青、插柳等活动。纷纷：形容多。②断魂：神情凄迷，烦闷不乐。

〔赏读提示〕

　　诗人清明遇雨，有感而发，于是有了这篇作品。

　　"清明时节雨纷纷"，这里点出了天气：清明虽然应当在春红柳绿的春季，但也处在天气非常容易变化的时节，因此下起雨来也很寻常。"纷纷"一词点出了这春雨的繁密、连绵。"路上行人欲断魂"，这里的"断魂"指的是一种极度惆怅、伤心的心情，那么为什么行人会有这样的心境呢？恐怕不仅仅是因为这场雨吧。清明时节，本应当是和家人团聚，一同踏青或者扫墓的时候，可是这"行人"却在路上，孤苦伶仃，不能与家人相聚，又遇上这令人心烦的连绵春雨，自然就会心生惆怅。因此，在朗读这两句的时候，语速可以放缓慢一点，音调低沉一点，读出一种悲伤、愁苦之情。

　　这样一个令人惆怅的清明时节，自然要想办法舒缓一下这种心情，怎么办呢？于是这行人想要找个小酒店，避雨歇脚，排遣心情，于是就有了"借问酒家何处有"一句，自然而合理。那么行人在问谁呢？下一句就点出来了："牧童遥指杏花村。"我们可以想象出这样一幅画面：这位孤独的行人遇见了一位放牛的牧童，于是很有礼貌地询问哪里有酒家，牧童也不回答，只是顺手向远方一指，哦，原来酒家就在前方不远处。这无声的答案也许就给了这个惆怅的行人惊喜和温暖，这里应当读出一种喜悦之情。诗人写到这里就戛然而止，但是我们可以顺着诗人所写发挥想象，也许就在不远处的前方，有一座小小的酒楼，或许就在美丽的杏花深处,有温暖的酒菜和遮雨的屋檐,等待着旅途中的行人……诗人把这些都付与读者去想象,意犹未尽,耐人寻味,这又是诗人的高明之处。

这首诗,语言通俗,景象清新,余韵悠长,是一首不可多得的佳作。 (金毅)

过华清宫①

[唐] 杜 牧

长安回望绣成堆②,山顶千门次第开③。
一骑红尘妃子笑④,无人知是荔枝来。

〔注释〕

①华清宫:故址在今陕西临潼县骊山,是唐明皇与杨贵妃游乐之地。②绣成堆:指花草林木和建筑物像一堆堆锦绣。③千门:形容山顶宫殿壮丽,门户众多。次第:按顺序,一个接一个地。④一骑:指一人一马。红尘:指策马疾驰时飞扬起来的尘土。妃子:指贵妃杨玉环。

〔赏读提示〕

这是一首七言绝句,全诗无一难字,不事雕琢,清丽俊俏,活泼自然,而又寓意精深,含蓄有力,是唐人绝句中的上乘之作。

诗歌的前两句总写了华清宫的环境。诗人从长安回头望骊山,骊山林木葱茏,花草繁茂,宫殿楼阁耸立其间,宛如团团锦绣。"绣成堆",既指骊山两旁的东绣岭、西绣岭,又形容骊山景色的美不胜收,语意双关。山顶上的宫门,一重重依次打开。"次第"是相继的意思,这里是指华清宫的门一道接一道地打开。这样写不但照应了诗题,而且对华清宫总体面貌做了描绘。朗读时,语速应该较缓,可稍作停顿,引起听者的想象与联想。

后两句主要写杨贵妃吃荔枝的事。宫外,一名专使骑着驿马风驰电掣般疾奔而来,身后扬起一团团红尘;宫内,杨贵妃嫣然而笑。为什么笑? 因为她知道这是为她送荔枝来了。诗歌就这样一层层推进,最后一句点题,读完诗歌,也就把握了诗意。原来杨贵妃喜欢吃荔枝,尤其喜欢吃岭南产的新鲜荔枝。唐玄宗为哄杨贵妃开心,专门命人骑马专送,行数千里把荔枝送到骊山。"一骑红尘"在此指马奔跑时扬起的尘土,描写出传送荔枝者的飞快速度。"妃子笑"与"一骑红尘"形成鲜明的对比。朗读时,要注意前后句语气语调的变化,前高后低,读出讽刺的意味。

　　杨贵妃喜欢吃新鲜的荔枝,唐玄宗为了博得杨贵妃一笑,就派人从千里以外把荔枝加急加快运到华清宫,表现出统治者为了自己的奢侈享受,把快乐建立在人民的痛苦之上,不管人民的死活。　　　　　　　　　　　　　　(孙杨)

赤　壁①

〔唐〕杜　牧

折戟沉沙铁未销②,自将磨洗认前朝③。
东风不与周郎便,铜雀春深锁二乔④。

〔注释〕

　　①赤壁:东汉献帝十三年(208)周瑜大败曹操处,现在湖北赤壁(原蒲圻)西北长江南岸。②折戟:折断的戟。戟,古代兵器。销:销蚀。③将:拿起。磨洗:磨光洗净。认前朝:认出戟是东吴破曹时的遗物。④"东风"二句:假如东风不给周瑜以方便,结局恐怕是曹操取胜,二乔将被关进铜雀台中了。东风,指火烧赤壁事。铜雀,台名,曹操所建,上居姬妾歌伎,是曹操暮年行乐处。二乔,指江东乔公的两个女儿,都是东吴美女,大乔是孙策(孙权兄)之妻,小乔是周瑜之妻。

〔赏读提示〕

　　诗篇的开头借一件古物兴起对前朝人、事、物的慨叹,这两句描写看似平淡,实为不平。沙里沉埋着断戟,点出了此地曾有过历史风云。那一次大战中遗留下来的一支折断了的铁戟,沉没在水底沙中,经过了六百多年,还没有被时光销蚀掉,现在被人发现了。经过一番磨洗,诗人鉴定它的确是赤壁战役的遗物,不禁引发了"怀古之幽情"。由此,诗人想到汉末那个分裂动乱的时代,想到那一场决定了三国鼎立局面的重大战役,想到那一次生死搏斗中的主要人物。这前两句为后文抒怀作了很好的铺垫,朗读时应舒缓一些,读出历史的厚重感与沧桑感。

　　后两句是久为人们所传诵的佳句。众所周知,赤壁之战吴胜曹败,可此处作者进行了逆向思维的大胆设想,提出了一个与历史事实相反的假设。假若当年东风不帮助周瑜的话,那结果会如何呢?诗人并未直言战争的结局,而是说"铜雀春深锁二乔",引发读者遐思。不直接铺叙政治军事情势的变迁,而只间接地描绘两个东吴著名美女将要承受的命运。如果曹操成了胜利者,那么大乔和小乔就必然要被抢去,关在铜雀台上,以供他享受了。朗读至"锁"字时,语气可加强一些,留给听者想象的空间。

（孙杨）

泊秦淮①

[唐] 杜　牧

烟笼寒水月笼沙②,夜泊秦淮近酒家③。
商女不知亡国恨④,隔江犹唱后庭花⑤。

〔注释〕

①秦淮:河名,发源于江苏溧水东北,经南京流入长江。②烟:烟雾。③泊:停泊。④商女:歌女。⑤后庭花:《玉树后庭花》的简称。南朝陈后主所作,后世多称之为亡国之音。

〔赏读提示〕

这是一首即景感怀之作,通过写夜泊秦淮所见所闻的感受,揭露了晚唐统治者沉溺声色、醉生梦死的腐朽生活。

诗中第一句的两个"笼"字用得出奇制胜,十分引人注目。"烟"、"水"、"月"、"沙"完全不同的四种事物,用两个"笼"字巧妙和谐地融会在一起,描绘出秦淮河上烟水迷离、月照白沙的夜景。这幅夜景图画那么柔和幽静,似静止又似流动,笔墨是那样轻淡。可那朦胧凄静的气氛又是那么浓,繁华中隐透苍凉。朗读时,两个"笼"字可加强语气,读出阴郁暗淡的气氛。

"夜泊秦淮近酒家"点出泊舟的时间、地点和人物环境。"夜"是对首句的承接和明确化,"近"字为听清下文"商女"演唱的具体内容埋下了伏笔,"酒家"暗示出秦淮河繁华和热闹,与诗人孤舟夜泊的凄冷心境形成鲜明的对照。

夜泊秦淮,诗人听到隔江传来亡国之音《玉树后庭花》。表面上,诗人似乎是在斥责"商女"无知,但是实际上诗人的矛头所向是那些身负天下安危却醉生梦死的权势显达。在距陈朝覆灭已有两个半世纪之遥的晚唐衰世,竟又有人不以国事为怀,用亡国之音麻醉自己,令人陡生历史悲剧又将重演的预感。"犹唱"二字上溯历史,说明沉湎酒色的挥霍者古已有之;下照现实,揭示了当今的达官贵人像陈后主一样,如此下去,也将亡国。这两句抒发了诗人振聋发聩的警示:如不改弦更张,将要自蹈覆辙,后果不堪设想。朗读至"犹唱"时,语音加重,语速放缓,读出作者的沉痛之情。 (孙杨)

长安秋望

〔唐〕赵　嘏

云物凄凉拂曙流①,汉家宫阙动高秋。
残星几点雁横塞②,长笛一声人倚楼。
紫艳半开篱菊静③,红衣落尽渚莲愁④。
鲈鱼正美不归去⑤,空戴南冠学楚囚⑥。

〔注释〕

①云物:指天空中的云雾。②横塞:越过关塞。③篱菊:篱笆旁的菊花。晋陶渊明有"采菊东篱下,悠然见南山"的诗句。④红衣:指红色的莲花瓣。渚莲:水中洲渚上长的莲。⑤鲈鱼正美:事见《晋书·张翰传》。西晋齐王司马冏执政时,张翰(字季鹰)为大司马东曹掾。他预知司马冏将败,又因秋风起,想念故乡苏州莼菜羹和鲈鱼脍的美味,便弃官回家。不久司马冏果然被杀。后来这个故事就被用来表达思乡之情。⑥南冠:楚冠。

〔赏读提示〕

赵嘏的诗名很早就名闻天下了,许多王公大臣也时常邀请赵嘏到他们府衙里做客,以表示对他的尊敬和推崇,只是他所担任的官职却一直很低。那年秋天,心中不无懊恼的赵嘏在登览了京城长安后,写了这首七律。这首七律中,诗人通过眺望中的见闻,写出了深秋拂晓的长安景色和羁旅思归的心情。

首联总揽长安全景。在一个深秋的拂晓,诗人凭高远望,眼前凄冷清凉的云雾缓缓飘游,全城的宫观楼阁都在脚下浮动,景象迷蒙而壮阔。诗中"凄凉"二字,既是身体上的感受,亦属内心情感上的反应,秋意的清冷实衬心境的凄凉。秋凉心冷，以景衬情，为全诗定下了悲郁的基调。

　　颔联写仰观，亦是远景。"残星几点"、"雁横塞"皆为作者仰视天空所见之景。晨曦初现，西半天上还留有几点残余的星光，北方空中又飞来一行避寒的秋雁。寥落的残星，南归的雁阵，既写出了秋夜将晓时天空中最具特征的景致，又暗衬自己内心的寂寥与归思；而此时远处忽然传来一声悠然的长笛之音，循声远望，在那高高的楼头，恍惚中可见有人背倚栏杆吹奏横笛。这笛声那么悠扬，那么哀怨，这吹笛之人是悲伤而一晚未眠还是内心愁叹而早起？他是在慨叹人生如晨星之易逝呢，还是如同我一样因见归雁而思故乡、怀远人呢？但这吹笛人未曾想到他的笛音竟如此地使听闻这笛声的我黯然神伤！此联有目见、耳闻，有动景，亦有静态，独具匠心，是赵嘏的名句。据《唐诗记事》卷五十六记载，诗人杜牧对此赞叹不已，因称赵嘏为"赵倚楼"。杜牧如此激赏，恐怕就是由于它选景典型、韵味清远的缘故。

　　颈联写俯察，当是近景。时间在惆怅之中艰难地流走，此时晨曦已明，云雾散去，眼前景色一一可辨：篱笆边半开的紫色菊花，水面凋零的红莲。此联色彩比上联略微和暖了一些。以"静"赋菊，以"愁"状莲，把物当作人来写，都是把主观情感移于客观景物，拟物作人，含有浓郁的主观色彩。荷花如人一样，红颜易老；人也似这荷花，好景不常在。篱畔静穆闲雅的紫菊，俨然一派君子之风，必然使人想起那采菊东篱下的陶潜。那么作者在愁闷之时是否也隐含了顿生的隐逸之情呢？

　　这种情感到了尾联则明朗起来，由景入情，直抒胸臆，表示诗人毅然归去的决心：家乡鲈鱼的风味此时正美，我不回去享用，却因徒似的留在这是非之地，所为何来！"鲈鱼正美"，用西晋张翰事，表达故园之情和退隐之思；下句用春秋钟仪事，"戴南冠学楚囚"而曰"空"，是痛言自己留居长安之无谓与归隐之不宜迟。

　　诗中的景物兼具高低远近的不同角度，而且体现了天色随时间流逝由暗而明的变迁，将典型景物与特定的心情结合起来，景色传达着情感，这便是所谓的"景语即情语"。雁阵和菊花，本是深秋季节的平常景物，南归之雁、东篱之菊又和思乡归隐的情绪形影相随，诗人将这些形象入诗，意在给人以丰富的暗示；加之以黎明凄清气氛的渲染，高楼笛韵的烘托，思归典故的运用，使得全诗意境深远而和谐，风格峻峭而清新。诵读本诗时，前两联不可仅是后两联的衬托，也要读出悲凉之意。

（朱丽军）

贾　生^①

〔唐〕李商隐

宣室求贤访逐臣^②，贾生才调更无伦。
可怜夜半虚前席^③，不问苍生问鬼神^④。

〔注释〕

①贾生：即贾谊，西汉著名的政论家，力主改革弊政，提出许多重要政治主张。②宣室：汉未央宫前殿的正室。③可怜：可叹，可惜。④问鬼神：事见《史记·屈原贾生列传》。文帝接见贾谊，"问鬼神之本。贾生因具道所以然之状。至夜半，文帝前席"。

〔赏读提示〕

首句"宣室求贤访逐臣，贾生才调更无伦"，汉文帝宣室召见贾生，贾生的才华无与伦比。从该句中我们不难发现，贾生的身份是"逐臣"，而"逐臣"的身份乃因贾谊报国心切所致。想当年贾谊初到中央政权，短短的时间里就施展了自己的才能，然而政治上的激进遭到他人的忌恨。贾生由于得罪了以绛、灌这些为代表的大臣及弄臣邓通，在西汉朝廷中没有了立足之地，被贬出京师，到长沙国去当长沙王的太傅。谪居长沙国四年，贾谊没有一天不思报国。如今汉文帝力排众议，"求"贤，"访"贤，真乃君臣遇合之盛事，"求"字尽显帝王的待贤态度至诚至谦；"访"则显出帝王对人才的搜罗至细至周，即便如"逐臣"也不遗漏，所谓求贤若渴也不过如此，这里似乎颇有对文帝的颂赞之意。"贾生才调更无伦"，贾谊才华横溢，他从小就刻苦学习，博览群书，先秦诸子百家的书籍无所不读，贾谊才21岁就当选为博士，谪居长沙四年更是苦读不辍。帝王的热诚，为臣的博学，怎么都让人对这一场召见充满期待。朗读时，"宣室求贤访逐臣"前平后降，"贾生才调更无伦"后半句宜上扬，"访"、"更"要重读，读出一种对君臣遇合的欣慰、热烈颂赞之意。

然而结果如何？诗人就文帝的谦逊继续极蓄势之能事，第三句承、转交错，承，即所谓"夜半虚前席"，通过"虚前席"这个生动细节的渲染，把由"求"而"访"而"赞"的那"重贤"的热烈气氛逐步推升到极致；而"转"，也就在这戏剧高潮的同时开始。不过，诗人举重若轻，在"夜半虚前席"前加上"可怜"两字。可怜，即可惜,这里貌似轻描淡写的"可怜",比嬉笑怒骂的"可笑"、捶胸顿足的"可叹"更意味深长。究竟为何而"可怜",读者的好奇亟待解决,终于末句紧承"可怜"与"虚",轻蔑地送出一句"不问苍生问鬼神"。郑重求贤,虚心垂询,乃至"夜半虚前席",不是为了询求治国安民之道,却是为了"问鬼神"! 这究竟是什么样的求贤,对贤者又究竟意味着什么啊! 诗人仍只点破而不说尽,通过"问"与"不问"的对比,让读者心知肚明。诗中没有言辞激烈的抨击,却分明让读者感受到诗人的鄙夷与嘲讽,此种方式收尾,讽刺极辛辣,感慨极深沉。该句朗读语速宜慢,语调似轻实重,含苍凉、讽刺之意。"可怜"、"虚"、"问鬼神"应重读,其中"可怜"诵读时应拖长,引发读者的思考。

（王小红）

秋日湖上

[唐] 薛　莹

落日五湖游①,烟波处处愁。
浮沉千古事②,谁与问东流。

〔注释〕

①五湖:指江苏的太湖。②浮沉:指国家的兴亡治乱。

〔赏读提示〕

诗人在秋日乘船游览太湖,看到周围的景致,有感而发,于是写下了这首诗。

第一句点明了诗人秋日乘船闲游的时间——落日时,地点——太湖,紧接着第二句描写了太湖上的景色——烟波渺渺,同时也烘托出诗人的心情。这两句既写景,又抒情,情景交融,尤其一个"愁"字,更是直抒胸臆,充分表现出了诗人抑郁、愁苦的心境。崔颢曾在《黄鹤楼》中写道:"日暮乡关何处是,烟波江上使人愁。"一样是日薄西山,一样是烟波迷离,虽然两人所想的内容不同,但他们的心境是完全相同的。

三、四两句正是全诗的主旨所在,意思是说:千百年来不断发生的事情都随着太湖的湖水浮浮沉沉,也都随着太湖水向东流去。太湖向来是兵家必争之地,然而此时的湖面波涛依旧,往日的恩恩怨怨、是是非非早已灰飞烟灭。名利的争夺、残酷的厮杀都随着历史的车轮消失得无影无踪,唯一不变的只是那一道湖水,成为历史的见证。作者在这里想要告诉世人:走出名利,淡泊名利,平淡度过一生。

整首诗浅显易懂,文情并茂,它最大的妙处就在于语言精练。寥寥二十个字就将古与今、实与虚、景与情巧妙地融合起来,古今一概,寓虚于实,情景不分。我们在朗读时要体现出作者对现实无可奈何的心情。 （吴洁）

台 城①

〔唐〕韦 庄

江雨霏霏江草齐②,六朝如梦鸟空啼③。
无情最是台城柳,依旧烟笼十里堤④。

〔注释〕

①台城:也称苑城,在今南京市鸡鸣山南,原是三国时代吴国的后苑城,东晋成帝时改建。从东晋到南朝结束,这里一直是朝廷台省(中央政府)和皇宫所在地,既是政治中枢,又是帝王荒淫享乐的场所。②霏霏:细雨纷纷状。③六朝:指吴、东晋、宋、齐、梁、陈。④烟:指柳树绿阴阴的,像清淡的烟雾一样。

〔赏读提示〕

这是一首凭吊六朝古迹的诗。唐中和三年(883),韦庄客游江南,在金陵(今南京)凭吊六朝遗迹,感叹历史兴亡,写成这首吊古伤今之作。

第一句着意渲染氛围。金陵滨江,故说"江雨"、"江草"。江南的春雨,又细又密,给人以如梦似幻之感。暮春时节,江南绿草如茵,显出自然界的勃勃生机。这景色既具有江南特有的轻柔秀丽,又容易勾起人们的惆怅,为下一句抒情作了铺垫。

第二句"六朝如梦鸟空啼",曾经在台城享乐的六朝统治者早已成为历史上来去匆匆的过客,豪华壮丽的台城也成了供人凭吊的历史遗迹。从东吴到陈,三百多年间,六个短促的王朝一个接一个地衰败覆亡,变幻之速,给人以如梦之感。鸟啼草绿,春色常在,自然与人事的对照,更加深了诗人对"六朝如梦"的感慨。

"无情最是台城柳,依旧烟笼十里堤。""台城柳"为何"无情"? 因为它们既不管人间兴亡,也不管诗人的今昔盛衰之感。到了唐末,昔日繁华的台城已经荒废不堪,而台城柳色,却"依旧烟笼十里堤"。这繁荣茂盛的自然景色和荒凉破败的历史遗迹形成了鲜明的对比,在诗人看来该是多么触目惊心!

诵读本诗时要体会作者的情感,堤柳堆烟,本来就易触发往事如烟的感慨,所以诗人因堤柳引起的感慨也就特别强烈。"无情"、"依旧",通贯全篇写景,兼包江雨、江草、啼鸟与堤柳;"最是"二字,则突出强调了堤柳的"无情"和诗人的感伤怅惘。

(魏志宏)

浪淘沙令①

［南唐］李　煜

帘外雨潺潺,春意阑珊②。罗衾不耐五更寒。梦里不知身是客③,一晌贪欢。

独自莫凭栏,无限江山④。别时容易见时难。流水落花春去也,天上人间。

〔注释〕

①浪淘沙令:原为唐教坊曲,又名"浪淘沙"、"卖花声"等。唐人多用七言绝句入曲,南唐李煜始演为长短句。双调,五十四字,平韵,此调又由柳永、周邦彦演为长调《浪淘沙慢》,是别格。②阑珊:衰残。一作"将阑"。③身是客:指被拘汴京,形同囚徒。④江山:指南唐河山。

〔赏读提示〕

此词是词人去世前不久所写的一曲哀歌。

上阕应是先写梦醒后所见之景再写梦中之事。词人在梦中忘却自己的俘虏身份,仿佛回到了从前,在"雕栏玉砌"的宫殿中喝酒赋诗。明月下,宫女妃嫔满座,自己何其畅快,这片刻的欢娱怎不贪恋! 然五更梦回,醒来发觉原来是美梦一场,梦中的快乐瞬间被现实的冰冷击碎,巨大的落差,心情之苦都可想而知。晨晓,薄薄的罗衾挡不住寒气的侵袭,挡不住寒气侵袭的也不只是身体,心也跌回冰窖之中。帘外,是潺潺不断的春雨,是寂寞零落的残春,滴滴春雨都打在心里；梦醒以后，"想得玉楼瑶殿影，空照秦淮"（《浪淘沙》），他倍加痛苦。

下阕前三句自为呼应。"独自"本就孤寂苦愁，故"莫凭栏"，因为"凭栏"而不见"无限江山"，又将加倍引起"无限伤感"。"别时容易见时难"，是当时常用的语言。曹丕《燕歌行》中说"别日何易会日难"，然而作者所说的"别"，并不仅是亲友之间的分别，更是与故国"无限江山"之分别；至于"见时难"，即指亡国以后，不可能见到故土的悲哀之感，这也是他不敢凭栏的原因。在另一首《虞美人》词中，词人写道："凭阑半日独无言，依旧竹声新月似当年。"眼前绿竹眉月，还一似当年，但故人、故土不可复见。"凭栏"所带来的常常是物是人非之感，给人以时间的动荡感和煎迫感，人的渺小和人生的虚幻也随之而生，一个经历了故国之痛的人无法忍受凭栏远望。

"流水"一句，叹息春归何处；"天上人间"，是说相隔遥远，不知其处，这里指春，也兼指人。我与旧人旧事，故国与我，相隔甚远，无法相见。

朗读本词要情真意切、哀婉动人，传达词人的亡国之痛和囚徒之悲。王国维说："词至李后主而眼界始大，感慨遂深，遂变伶工之词而为士大夫之词。"李煜之词，描写的很多自己的人生体验实际上能够扩展为一种普遍的人生体验，从而引起了千百年来一代代人的共鸣。

（朱丽军）

桂枝香①金陵怀古
［宋］王安石

登临送目②，正故国晚秋③，天气初肃。千里澄江似练④，翠峰如簇⑤。征帆去棹残阳里，背西风，酒旗斜矗⑥。彩舟云淡，星河鹭起⑦，画图难足。

念往昔，繁华竞逐⑧，叹门外楼头⑨，悲恨相续。千古凭高对此，漫嗟荣辱。六朝旧事随流水，但寒烟衰草凝绿。至今商女，时时犹唱，后庭遗曲⑩。

〔注释〕

①桂枝香：词牌名，又名"疏帘淡月"。②登临送目：登山临水，举目远眺。③故国：古都，指金陵。时为江宁府。④澄江似练：清澈平静的江面就像一条白

绢。谢朓《晚登三山还望京邑》:"澄江静如练。"⑤簇:丛聚。形容山的峭拔。
⑥斜矗:斜插。矗,直立。⑦星河:银河,这里指秦淮河。鹭:白鹭,一种水鸟。
⑧繁华竞逐:(六朝的达官贵人)争着过豪华的生活。竞逐,竞相仿效追逐。
⑨门外楼头:指南朝陈亡国惨剧。语出杜牧《台城曲》:"门外韩擒虎,楼头张丽
华。"⑩"至今"三句:化用杜牧《泊秦淮》"商女不知亡国恨,隔江犹唱后庭花"诗
意。后庭遗曲,指歌曲《玉树后庭花》,传为陈后主所作,曲调哀怨,后人将它看
成亡国之音。

〔**赏读提示**〕

　　本词为王安石在江宁任职时所作,金陵为六朝古都。王安石面对这样一片
壮丽山河,联想到历朝的兴亡治乱,展开了对历史的深沉浩叹和反思。

　　本词上阕写金陵壮阔之景致,下阕发六朝兴废之感慨。即景抒情,怀古伤
今,堪为王安石词的代表作。

　　上阕以"登临送目"四字领起,作者极目纵览,视通千里。"正故国晚秋,天
气初肃"点明了地点和季节,秋风萧瑟,万物凋零,心境苍茫。诵读时需放缓语
速,读出秋日的凝重肃穆。"千里澄江似练,翠峰如簇"是写景,但也饱含感情,
要读出山河的壮阔感。"千里"极言视线的开阔。"澄江似练",从谢朓诗句"澄
江静如练"化出,在此与"翠峰如簇"相对,江面澄澈,山势峭拔。"翠峰"与"白
练"相互映衬、有机呼应,金陵自然山水的壮景尽收眼底。"征帆去棹残阳里,背
西风,酒旗斜矗"两句,"残阳"、"西风"点出当时是秋日黄昏。"酒旗"、"征帆"、
"去棹"意指来来往往的行旅,人事匆匆,由纯自然的景物写到人的活动,画面顿
时生动起来。"彩舟云淡,星河鹭起"两句,视线再次拓展。结彩船只在薄雾
点染的天际徜徉,银河之上白鹭扑棱棱振翅飞起,景色远近结合、动静相宜。归
帆渐远,水天相接。如此胜景,自然是"画图难足"。这几句宜读得饱满酣畅,读
出对大好河山的衷情礼赞。

　　下阕怀古抒情。眼前江山无限,历史深远,自然引发作者的思绪和感怀。
"念往昔,繁华竞逐",涵盖六朝繁盛奢靡的过往。紧接着一声浩叹,"叹门外楼
头,悲恨相续",该句从杜牧的《台城曲》"门外韩擒虎,楼头张丽华"中化出,借以
感慨隋兵已临城下之际,陈后主居然还在和妃子们寻欢作乐的可悲,嘲讽中深
含叹惋。"悲恨相续",是指其后的江南各朝重复着荒淫误国的命运。诵读这几
句词时声音要随着词人的意绪游走,与回忆的节奏相应,读出回想中的深长叹
息和讽喻。"千古凭高"二句,是直接抒情,想象千载之下也有不少骚人墨客如

自己一般登临怀古，徒然嗟叹历史的兴衰与成败，隐隐有些对空发怀古之感叹的无奈和不满。"六朝旧事"两句，借"寒烟"、"衰草"寄怅惘心境，去的毕竟去了，六朝旧事如流水般消逝，如今除了眼前的一些衰飒的自然景象，不能再见到什么了。更可悲的是"至今商女，时时犹唱，后庭遗曲"，道出了词人深沉的感叹和忧患：若不从六朝兴废的历史中汲取教训，继续沉溺声色，荒淫无度，"犹唱后庭遗曲"，那么"悲恨相续"的历史自然也难免会重演。朗读时需语调舒缓，情感浓郁，读出历史的苍茫感、浩叹的沉重感。

纵览全词，写景的文字笔墨酣畅，气韵生动，令人叹为观止。而怀古言辞中透露的那股强烈的参与意识，表现了词人作为政治家的个性，更值得我们注目。

（倪宇仪）

念奴娇①赤壁怀古

［宋］苏　轼

大江东去②，浪淘尽，千古风流人物。故垒西边③，人道是，三国周郎赤壁。乱石穿空，惊涛拍岸，卷起千堆雪④。江山如画，一时多少豪杰。

遥想公瑾当年，小乔初嫁了⑤，雄姿英发。羽扇纶巾⑥，谈笑间樯橹灰飞烟灭。故国神游⑦，多情应笑我，早生华发。人生如梦，一尊还酹江月⑧。

〔注释〕

①念奴娇：词牌名。又名"百字令"、"酹江月"等。②大江：指长江。③故垒：过去遗留下来的营垒。④雪：比喻浪花。⑤小乔初嫁了：《三国志·吴志·周瑜传》载，周瑜从孙策攻皖，"得乔公两女，皆国色也。策自纳大乔，瑜纳小乔"。此处言"初嫁"，是言其少年得意，倜傥风流。⑥羽扇：羽毛制成的扇子。纶巾：青丝制成的头巾。⑦故国神游："神游故国"的倒文。故国，这里指旧地，当年的赤壁战场。神游，于想象、梦境中游历。⑧"一尊"句：洒酒酬月，寄托自己的感情。尊，通"樽"，酒杯。酹（lèi），以酒浇在地上祭奠。

〔**赏读提示**〕

宋元丰五年（1082）七月，被贬黄州的苏轼游赏黄冈城外的赤壁矶时，眼前的壮景激发了其心中的诗情。词人兴会淋漓，思接千载，心游万仞，有感而发，尽情挥洒，遂成此千古绝唱。

词的上阕，即地写景。开篇"大江东去，浪淘尽，千古风流人物"，从奔涌不息的大江着笔，随即想到古往今来如大江一样远逝的风流人物。词人胸襟开阔，气魄雄伟，故下笔喜欢往事物极限处写，如"大江"、"尽"、"千古"等。这些词汇经过词人的调遣，具有丰富的表现力，诵读时气息要饱满，声音要雄健，把开篇睥睨天地古今的豪放情怀表达出来。接着"故垒西边，人道是，三国周郎赤壁"，点出这里是传说中的古代赤壁战场。关于赤壁之战的具体地点，向来众说纷纭，词人在此不过是借怀古以抒感，不必较真。"三国周郎赤壁"，既照应标题，又为下阕缅怀公瑾做好铺垫。这几句用陈述语气读出即可。"乱石穿空，惊涛拍岸，卷起千堆雪"，集中描写赤壁雄奇壮阔的景物：陡峭的山崖散乱地直刺云霄，汹涌的骇浪猛烈地搏击着江岸，滔滔的江流卷起千万堆澎湃的雪浪。词人以一支凌云健笔，极尽夸张之能事，顿时把读者领入一个奔马轰雷、惊心动魄的奇险境界，使人视听为之振奋，精神也为之开阔。诵读时注意声调要激昂雄壮，同时语势要一气呵成。"江山如画，一时多少豪杰"承上启下。"江山如画"，是欣赏过以上描写的大自然雄伟画卷后发出的赞叹；"一时多少豪杰"，如此壮丽的锦绣山河，必然产生、哺育和吸引无数出色的英雄豪杰，这就为下阕描写公瑾这一豪杰做好了铺垫。这几句要读出自豪感和陶醉感。

下阕由"遥想"领起，集中笔力刻画青年将领周瑜的形象。赤壁之战无疑是青年周瑜人生的辉煌时刻。而词人先从当年"小乔初嫁了"这一生活细节写起，以美人烘托英雄，更见出周瑜的英俊潇洒、风流倜傥，足以令人艳羡。"雄姿英发，羽扇纶巾"，则是从肖像仪态上描写周瑜装束儒雅，风度翩翩，也反映出指挥官周瑜临战时潇洒从容，说明他对这次战争早已成竹在胸、胜券在握。"谈笑间、樯橹灰飞烟灭"，谈笑之间游刃有余地指挥作战，强敌的万艘舳舻顿时化为灰烬，这是何等的神勇！这几句诵读时要读出对周瑜的羡慕和赞美。情绪昂扬之际，词人从"故国神游"跌入现实，眼前的政治现实和被贬黄州的坎坷处境，不免让他思绪深沉、顿生感慨，情不自禁地发出了"多情应笑我，早生华发"的叹惋。仕途坎坷，壮志难酬，使词人过早地自感苍老，这同年轻有为的周瑜形成鲜明的对比，不禁让他黯然神伤。然而作者又顿生领悟，"人生如梦"，何不放怀一笑、举酒邀月；"一尊还酹江月"，驰骋明月山水清风间，这就是苏轼的洒脱与旷达了。

本词写得雄丽之极，大起大落，既极写自然之瑰丽、人生之辉煌，又点出人生如梦幻，终归于举酒邀明月的旷远。这让人很难用简单消极或积极对其进行判断。在苏东坡这里，古与今、历史与人生，在极度的壮丽恢弘之中，隐然也有一种低回婉转、绵绵不尽的情思！

（倪宇仪）

秋夜将晓出篱门迎凉有感

[宋] 陆 游

三万里河东入海①，五千仞岳上摩天②。
遗民泪尽胡尘里③，南望王师又一年④。

〔注释〕

①河：指黄河。②仞：古代计算长度的单位。"五千仞"形容山高。③遗民：指在被金占领的地区，认同南宋王朝统治的汉族人民。④南望：远眺南方。王师：指宋朝的军队。

〔赏读提示〕

这首诗写于诗人退居山阴之际，此时中原地区沦陷于金人铁蹄之下已有六十多年了。

这首诗充分反映了诗人对祖国大好河山的热爱，对沦陷区老百姓的同情和对苟且偷安的南宋统治者的愤慨。

前两句写景，"河"指黄河，"岳"指西岳华山。三万里长的黄河，奔腾翻滚，向东流入大海，五千仞高的西岳华山直插云霄。诗人用夸张的手法，气势雄豪，极力描绘出祖国山河的壮丽。"入"字表现出黄河的生气，"摩"字突出了山的高峻。这两句从画面上看，一横一纵，大笔描绘出祖国河山之形胜，给读者以丰富的联想，饱含着对祖国大好河山的热爱之情，也更衬托出痛失山河的悲愤之情，并为下两句进一步抒情作了铺垫。

后两句抒情，描述了北方人民在敌人统治下的悲惨境遇和盼望解救的迫切心情。北方沦陷区的老百姓在异族统治下受尽折磨，眼泪都哭干了。他们盼望南宋军队收复北方失地,解救他们,盼了一年又一年。"泪尽"一词,让人不禁想起沦陷区的民众日日含泪、长期饱受欺凌的情形,这泪光中有亡国之恨,有偷生之痛,更有无处诉凄凉的哀叹。他们期盼着南宋朝廷能够收复河山,这期盼坚定又迫切;然而,他们年年盼统治者能出师北伐,可岁岁年年愿望落空。但是,他们却只能不断地盼望下去,以至泪枯竭,人憔悴。"南望"二字塑造了一群默默期盼、久久伫立的遗民群像,定格的身影让人心生悲凉;相比之下,当时统治者则正苟且偷安于临安城内,醉生梦死于西子湖畔,把大好山河、国仇家恨抛之脑后,这让人更感悲凉。一个"又"字,含蓄而曲折地表达出诗人对偏安一隅的南宋朝廷迟迟没有收复失地的失望与埋怨。"又"字应该重读,以突出作者的这种情感。

这首诗用歌颂山川奇观的方法来衬托国家瓯缺之痛,以乐景衬哀情,更见其哀。

(刘珍)

南乡子　登京口北固亭有怀
［宋］辛弃疾

何处望神州①?满眼风光北固楼。千古兴亡多少事?悠悠。不尽长江滚滚流。

年少万兜鍪②,坐断东南战未休③。天下英雄谁敌手?曹刘④。生子当如孙仲谋⑤。

〔注释〕

①神州:指沦陷的地方。②兜鍪(móu):头盔,这里指士兵。③坐断:占据。④曹刘:曹操和刘备。⑤"生子"句:引用曹操的话。

〔赏读提示〕

64岁高龄的辛弃疾登上北固亭,看着滚滚东流的长江水,想到大好河山尽落金人手中,希望南宋出现像孙权那样勇敢抵抗、不畏强敌的英雄。

这阕词以问开始,以答结束。连用三问,层层深入,"问答"结合,值得咀嚼。朗读问答声音的高低可以统一为"问"高"答"低,也可以有变化。

上阕前两句"何处望神州?满眼风光北固楼",意思是什么地方可以看见中原呢？在北固楼上，满眼都是美好的风光。神州远在千里之外，而抗金的第二道防线京口在长江以南，距离何其遥远！这是一个疑问句，可是这个疑问却不可能得到解答。它将迟暮老将对故土的深切思念及神州陆沉之痛都倾注于纸上。

"千古兴亡多少事？悠悠。不尽长江滚滚流。"此三句，由眼前所见之景引发对历史兴亡的感喟。在这东南形胜之地，一幕幕兴衰更替次第上演，然后"浪淘尽"，只有滚滚长江东逝水"不舍昼夜"，奔流不止。此句同样是问答，重重地问，却轻轻地答；明确地问，却含糊地答。词人想深深地叩问历史，却以轻轻的一声"悠悠"叹息回答，这"悠悠"流水、"悠悠"历史中蕴含着"悠悠"愁情啊！这次第，既有对时光流逝、时世变迁的万分感慨，更有对恢复中原大业不成而空度时光的痛苦与无奈。"悠悠"二字要读得悠长，有力。

下阕吊古伤今，刻画了孙权年少有成的英雄形象。孙权年轻时便做了三军统帅，占据东南，坚持抗战。天下英雄谁是孙权的敌手呢？只有曹操和刘备而已。"生子当如孙仲谋"，是曹操与孙权军交战时说的话。用历史典故，赞扬孙权的同时，也暗讽了南宋王朝抗敌不能善用人才的情形。从这一问可以看出，辛弃疾呼唤南宋能出现像孙权那样勇敢抵抗、不畏强敌的英雄。诵读宜大气，结字要斩截有力。

全词三问三答，词意层层推进，融历史、现实于一体，将情感蕴藏其中。陈廷焯先生曾赞誉此诗"气魄之大，虎视千古"。

（刘珍）

永遇乐 京口北固亭怀古①

［宋］辛弃疾

千古江山，英雄无觅，孙仲谋处②。舞榭歌台③，风流总被，雨打风吹去。斜阳草树，寻常巷陌④，人道寄奴曾住⑤。想当年，金戈铁马，气吞万里如虎⑥。

元嘉草草⑦，封狼居胥⑧，赢得仓皇北顾⑨。四十三年⑩，望中犹记，烽火扬州路⑪。可堪回首，佛狸祠下⑫，一片神鸦社鼓⑬。凭谁问：廉颇老矣，尚能饭否⑭？

〔注释〕

①京口:古城名,即今江苏镇江。因临京岘山、长江口而得名。②孙仲谋:三国时的吴王孙权,字仲谋,曾建都京口。③舞榭歌台:演出歌舞的台榭,这里代指孙权宫殿。榭,建在高台上的房子。④寻常巷陌:极窄狭的街道。寻常,古代指长度,八尺为寻,倍寻为常,形容窄狭。巷、陌,这里都指街道。⑤寄奴:南朝宋武帝刘裕小名。⑥"想当年"三句:刘裕曾两次领兵北伐,收复洛阳、长安等地。金戈,用金属制成的长枪。铁马,披着铁甲的战马。两者都是当时精良的军事装备,这里指代精锐的部队。⑦元嘉草草:南朝宋刘义隆好大喜功,仓促北伐,反而让北魏主拓跋焘抓住机会,以骑兵集团南下,兵抵长江北岸而返,北伐因此遭到对手的重创。元嘉,刘裕子刘义隆年号。草草,轻率。⑧封狼居胥:狼居胥山,在内蒙古自治区西北部。汉武帝元狩四年(公元前119)霍去病远征匈奴,歼敌七万余,于是"封狼居胥山,禅于姑衍"。⑨赢得:剩得,落得。⑩四十三年:作者于宋高宗赵构绍兴三十二年(1162),从北方抗金南归,至宋开禧元年(1205),任镇江知府、登北固亭写这首词时,前后共43年。⑪"烽火"句:指当年扬州地区,到处都是抗击金兵南侵的战火烽烟。路,宋朝时的行政区划,扬州属淮南东路。⑫佛(bì)狸祠:北魏太武帝拓跋焘小名佛狸。450年,他曾反击刘宋,两个月的时间里,五路远征军分道并进,从黄河北岸一路穿插到长江北岸。在长江北岸瓜步山建立行宫,即后来的佛狸祠。⑬"一片"句:指到了南宋时期,当地老百姓只把佛狸祠当作供奉神祇的地方,而不知道它过去曾是一个皇帝的行宫。神鸦,指在庙里吃祭品的乌鸦。社鼓,祭祀时的鼓声。⑭"廉颇"二句:《史记·廉颇蔺相如列传》记载,廉颇被免职后,跑到魏国。赵王想再用他,派人去看他的身体情况,廉颇之仇郭开贿赂使者,使者看到廉颇,廉颇为之米饭一斗,肉十斤,被甲上马,以示尚可用。使者回来报告赵王说:"廉颇将军虽老,尚善饭,然与臣坐,顷之三遗矢矣。"赵王以为廉颇已老,遂不用。

〔赏读提示〕

《永遇乐·京口北固亭怀古》为开禧元年(1205)辛弃疾在镇江任时所作。这首词怀古伤今,抒发了稼轩晚年郁郁不得志的悲愤,典型地体现了他的词风。

词的上阕,开头"千古江山,英雄无觅,孙仲谋处",破空而来,气势宏伟,跨越古今的巨大时空,是登楼观景时触动历史与现实而感受到的硕大意象;是面对浩瀚长江时而引发的关于历史发展与当今现实的深沉思考。三国时代吴国孙权那样的英雄也不可见啦! 辛弃疾首先想到这位割据称雄的孙权,对之称颂备至！接着他慨叹道："舞榭歌台，风流总被，雨打风吹去。"当年的繁华盛况和英雄业绩都如江水流逝，被风吹雨打而消失殆尽了。

让作者登楼兴感的第二个人物，便是小名寄奴的宋武帝刘裕："斜阳草树，寻常巷陌，人道寄奴曾住。想当年，金戈铁马，气吞万里如虎。"这是当年南北朝对峙时期力主统一的一个代表人物。在草木丛生的普通巷陌里住过的刘寄奴，曾在京口起兵，讨平桓玄的内乱；他还曾金戈铁马，两次北定中原，先后灭掉南燕、后秦，收复洛阳、长安等地。虽然功败垂成，可他那雄姿威武、气吞万里的如虎之势，怎不令辛弃疾欣羡感佩！上阕词写得极为豪迈，诵读时要气息饱满，读得豪迈激越。

下阕"元嘉草草，封狼居胥，赢得仓皇北顾"，词人展开了另外的思考。想当年宋文帝为王玄谟所鼓动，于元嘉二十七年（450）派王玄谟草率进攻北魏，终因料敌不明，准备不足而惨败。这里，辛弃疾把该史实提出来，作为对如今南宋赵氏统治者的讽劝，具有极强的针对性。他希望南宋宁宗不要像元嘉北伐那样，听信韩侂胄而重蹈"仓皇北顾"的覆辙。可是，南宋统治者对他的忠告哪里听得进去？非但听不进去，宁宗此后不久还罢了辛弃疾的官，搞了所谓的"开禧北伐"。果不出辛弃疾所料，此战以惨败告终。

沿着"仓皇北顾"，作者进入了更深沉的思索："四十三年，望中犹记，烽火扬州路。可堪回首，佛狸祠下，一片神鸦社鼓。"元嘉二十七年，王玄谟北伐，因惨败而仓皇逃窜，北魏太武帝乘势南侵，焚烧广陵（今扬州），起行宫于瓜步。如今瓜步山上的佛狸祠即为当时所建。此等屈辱历史，自是登北固、望扬州所应"望中犹记"的。南渡四十三年来，山河破碎，中原未复，国家仍处于被肢解的痛苦境地。"可堪回首"，浩叹深沉，统治者的苟且偷安严重挫伤了民众的抗敌意志，大家都忘记了抗敌雪耻之志。眼前是"佛狸祠下，一片神鸦社鼓"，这貌似太平的景象，实则是民族意志被磨灭的可悲映证。佛狸祠是当年拓跋氏为纪念胜利而建的，它本来是民族耻辱的象征，可是现在敌人的行宫庙宇竟然香火满堂，啄食祭品的神鸦飞舞，祭祀的社鼓咚咚，哪里还有一点仇敌抗敌的意味呢？作者把咏史与写实融合为一，当此登临纵目之际，用"望中犹记"与"可堪回首"等句沉痛地回顾历史，深刻地揭露现实。抚今追昔，辛弃疾把对历史的深刻洞察，对南宋统治者的强烈不满，以及自己沉郁真挚的家国之忧都熔铸其中。

最后，词人沉痛地呼喊道："凭谁问：廉颇老矣，尚能饭否？"以此作为全词的结尾。作者以廉颇自比，说明自己虽然老了，但还有为国效力的志向和能力。

可是,贵戚当道,权奸误国,烈士暮年虽壮心不已,却终究是英雄无用武之地。果然,此后辛弃疾便被免了职。词中寓含的悲愤就可以想见了。

此词是稼轩的代表作,极具沉郁顿挫之妙。全词使事用典,非常贴切,毫无晦涩做作之感。作者登亭纵览,北望中原,满目河山空念远,此情此景此时此地,借千古风流人物以体现自己的审美理想、无穷遐思,便极自然。这样,与京口有关的人物———孙权、刘裕,以及望中所见的扬州、瓜步山上的佛狸祠等便自然纷至沓来;特别是典故中涉及的(刘)宋文帝、王玄谟、佛狸祠等,与当时南宋"开禧北伐"的人和事真可谓丝丝入扣。此等功力,非大词人不能及也!

(倪宇仪)

菩萨蛮 书江西造口壁①

[宋] 辛弃疾

郁孤台下清江水②,中间多少行人泪③。西北望长安,可怜无数山④。

青山遮不住,毕竟东流去⑤。江晚正愁余⑥,山深闻鹧鸪⑦。

〔注释〕

①造口:在今江西万安县南六十里。②郁孤台:在今江西赣县西南,以郁然孤峙得名。清江:袁江与赣江合流处,旧称清江,这里指赣江。③行人:指奔走流亡的人。④"西北"二句:遥望故都,无奈群山遮目。⑤"青山"二句:羡江流奔涌,不受山岭遮拦。⑥"江晚"句:叹恢复中原的志愿难遂,人反不如江。愁余,使我愁苦。⑦闻鹧鸪:鹧鸪啼声如"行不得也哥哥",故闻而生愁。

〔赏读提示〕

《菩萨蛮》这首词作于宋淳熙三年(1176)。当时,辛弃疾任江西提点刑狱,驻节赣州,因而在造口写下了这首词。造口这个地方原本并不出名,然而,当与民族的屈辱联系到一起时,便引起了词人的注意。

1129年,金兵分两路南侵,志在吞灭偏安的宋朝残山剩水。其东路主力攻陷建康(南京),直指临安(杭州),旨在捉拿皇帝赵构;另一路由湖北进攻江西,目标指向隆祐太后。这一路金兵追踪隆祐太后到江西太和县,隆祐太后又退往赣州。当年隆祐太后乘船经过造口，金人也曾追到这里，只是没有追上。辛弃疾作为一位抗金英雄、爱国词人，来到造口，忆昔思今，怎能不感慨万千？于是，他挥笔作词，寄托情思。

本词从怀古开始，用比兴手法，反映了词人渴望恢复中原的爱国思想，以及羁留后方、壮志难酬的苦闷。

上阕前两句："郁孤台下清江水，中间多少行人泪。"这两句词于怀古中寄寓了无限情思。郁孤台为唐宋时代的风景胜地，但作者登临此台，却无心欣赏风景。他俯视从台下流过的清江水，联想到这里发生的历史惨剧，不禁发出叹息："中间多少行人泪！"是啊，当年金兵南下，皇帝、太后固然仓皇窘迫，百官僚臣也艰难竭蹶，而平民百姓更是悲惨凄切。当时，万安、赣州一带挤满了难民，哭爹叫娘，惨不忍睹。这些行人们当年流下了多少眼泪！这浩荡的清江之水中，至今仍未流尽他们心酸的泪水。词句夸张的背后，蕴含着历史的沉重叹息：四十七年，岁月悠悠，然而此耻未雪，敌人依然猖獗，责任在谁？下句诵读时应包含控诉，字字血，声声泪，充满义愤。

上阕后两句："西北望长安，可怜无数山。""西北望长安"，此句应读得饱含深情，读出悲伤和无奈。郁孤台，唐人李勉作刺史时曾更名为望阙，取"眺望帝阙（首都）"之意。现在，词人也想望望长安（这里借代北宋首都汴京），但已不能够！山岭重重拦住了视线！词人在这里表达了对北方失地的思念。大好河山，无数人民，哪堪长期遭受异族的蹂躏？"长安"何时收复？人民何时安居乐业？词人的此种感情，我们不难从字里行间看出。

下阕前两句："青山遮不住，毕竟东流去。"词人在这里生出无穷感慨：青山遮住了我的视线，但毕竟遮不住奔腾的江水。它冲破阻力，终于向东流去。江水能够冲破阻力而得遂其志，而词人却无法实现自己的宏愿！词人运用对比手法，表现了心中的不平。词人当年曾驰骋于敌后，屡建奇功，南渡投宋，本愿更好地发挥作用。谁知事与愿违，滞留后方！"良马思千里"，词人于字里行间透露出对目前处境的不满。

下阕后两句："江晚正愁余，山深闻鹧鸪。"上句要读出愁闷之情，下句要读出凄苦之情。黄昏降临清江，"愁"字压在词人的心上！这个"愁"字，是民族责任感凝结而成，本已使心灵不堪重负；可是这时偏偏听到一片鹧鸪声。鹧鸪，是一种叫声凄苦的鸟，它的叫声犹如说"行不得也哥哥"。词人在这里写鹧鸪的叫声，表达了对朝廷主和派的不满。在辛弃疾耳中，鹧鸪的啼声就像朝廷主和派的口吻,老是嚷道:"恢复之事,行不得也!"失土待恢复,个人志欲酬。然而,主和派却不思恢复,自己又人微言轻,无计可施。无限愤慨,只好诉诸笔端,诉诸吟哦! 至此,词人忧国忧民的形象出现在读者的眼前!

　　读完这首短词,我们倘若掩卷长思,当于千年之后,也能谛听出词人内心的呐喊。

(孙汉洲)

水龙吟 登建康赏心亭

[宋] 辛弃疾

　　楚天千里清秋,水随天去秋无际。遥岑远目,献愁供恨,玉簪螺髻①。落日楼头,断鸿声里②,江南游子。把吴钩看了③,栏杆拍遍,无人会、登临意。

　　休说鲈鱼堪脍。尽西风、季鹰归未④。求田问舍,怕应羞见,刘郎才气⑤。可惜流年,忧愁风雨⑥,树犹如此! 倩何人,唤取红巾翠袖,揾英雄泪。

〔注释〕

　　①玉簪(zān)螺髻(jì):玉做的簪子,像海螺形状的发髻。这里比喻高矮和形状各不相同的山岭。②断鸿:失群的孤雁。③吴钩:古代吴地制造的一种宝刀。这里应该是以吴钩自喻,空有一身才华,但是得不到重用。④"休说"三句:用西晋张翰典,见《晋书·张翰传》。另外,《世说新语·识鉴篇》也有记载:张翰在洛阳做官,在秋季西风起时,想到家乡莼菜羹和鲈鱼脍的美味,便立即辞官回乡。后来的文人将思念家乡称为"莼鲈之思"。⑤"求田"三句:典出《三国志·魏书·陈登传》。东汉末年,有个叫许汜的人,去拜访陈登。陈登胸怀豪气,喜欢结交英雄,而许汜见面时,谈的却都是"求田问舍"(买地买房子)的琐屑小事。陈登看不起他,晚上睡觉时,自己睡在大床上,叫许汜睡在床下。许汜很不满,后来他把这件事告诉了刘备。刘备听了后说:"当今天下大乱的时候,你应该忧国忧民,以天下大事为己任,而你却想着求田问舍。要是碰上我,我将睡在百尺高楼上,叫你睡在地下。"求田问舍,置地买房。⑥忧愁风雨:化用宋苏轼《满庭芳》:"百年里,浑教是醉,三万六千场。思量,能几许,忧愁风雨,一半相妨。"风

雨，比喻飘摇的国势。

〔**赏读提示**〕

辛弃疾从 23 岁南归，一直不受重视；26 岁上《美芹十论》，提出抗金策略，又不被采纳。南宋淳熙元年(1174)，辛弃疾任东安抚司参议官，这时作者南归已八九年了，却投闲置散，任了一介小官。一次，他登上建康的赏心亭，极目远望祖国的山川风物，百感交集，更加痛惜自己满怀壮志而老大无成，于是写下一首《水龙吟》。

上阕大段写景，"楚天千里清秋，水随天去秋无际"，是作者在赏心亭上所见之景。"楚天"的"楚"地，是指长江中下游一带，这里战国时曾属楚国。"水随天去"的"水"，指奔腾不息的长江。"千里清秋"和"秋无际"，写出了景色之阔大气势。"遥岑远目，献愁供恨，玉簪螺髻"三句，是写山。由水写到山，由无情之景写到有情之景，很有层次。"遥岑"即远山。举目远眺，那一层层、一叠叠的远山，有的很像美人头上插戴的玉簪，有的很像美人头上螺旋形的发髻，故曰"玉簪螺髻"。但这美景只能引起词人的忧愤，仿佛是远山在"献愁供恨"。"以我观物，物皆着我之色彩"，词人心中愁恨，眼中山水呈现出的只能是深沉的忧闷。词篇因此而生动。至于愁恨为何，又何因而至，词中没有正面交代，但结合登临时的情景以及词人的身世，可以意会得到。

"落日楼头，断鸿声里，江南游子"三句，虽然仍是写景，但无一语不是喻情。"落日"喻南宋国势衰颓。"断鸿"是失群的孤雁，比喻作为"江南游子"的自己漂泊江南，故乡难回和无人理解的情境。远望北方，仍被金兵蹂躏，国耻未雪，社稷仅存半壁；反观自己，朝廷主和，为国效力之志思未得伸。这愁苦大而深，连阔大的山水都会献供于已。

"把吴钩看了，栏杆拍遍，无人会、登临意"三句，是直抒胸臆。"吴钩"本应在战场上杀敌，但却闲置身旁，只作赏玩，用武之无处。"凭栏"常带来悲愁，"栏杆拍遍"是指胸中有说不出的抑郁苦闷之气，借拍打栏杆来发泄。"无人会、登临意"，慨叹自己空有恢复中原之志，归南之后鲜有人明会其意，朝廷亦少有积极回应。感情一句比一句强烈，到了"无人会"一句到达顶峰。

上阕写景抒情，下阕则是直接言志。下阕十一句，分四层意思："休说鲈鱼堪脍，尽西风、季鹰归未？"这里引用了一个晋朝张翰的典故：张翰在洛阳做官，在秋季西风起时，想到家乡莼菜羹和鲈鱼脍的美味，便立即辞官回乡。然而词人自己的家乡如今还在金人统治之下，南宋朝廷却偏安一隅，他想回到故乡，谈何容易！思乡之中暗含着对南宋朝廷偏安一隅的激愤之情。

　　"求田问舍，怕应羞见，刘郎才气"是第二层意思，也是用了一个典故。此典故明确抒发了自己归乡是为了收复河山，而非求田问舍之俗事。"可惜流年，忧愁风雨，树犹如此"是第三层意思。"流年"即时光流逝；"风雨"指国家在风雨飘摇之中；"树犹如此"表明了树已长得这么高大了，人怎么能不老。即言之，我所忧惧的，只是北伐无期，恢复中原的夙愿似乎难以实现，而年岁渐增，恐再无力为国驰骋疆场。这三句，是全首词的核心，作者的感情经过层层推进已经发展到最高潮。

　　下面就自然收束，也就是第四层意思："倩何人，唤取红巾翠袖，揾英雄泪。""倩"是请求，"红巾翠袖"，是少女的装束，这里就是少女的代名词。在宋代，一般游宴娱乐的场合，都有歌伎在旁唱歌侑酒。英雄落泪是在伤悼自己抱负不能实现，无施展自己拳脚的舞台，世亦无知己，这与上阕"无人会、登临意"义近而相呼应。

　　全篇写景抒情，情与景水乳交融。朗读本词要体现出报国无门、抑郁悲愤的苦闷心情和诚挚无私的爱国情怀。

（朱丽军）

扬州慢①

［宋］姜　夔

　　淳熙丙申至日②，予过维扬③。夜雪初霁，荠麦弥望。入其城，则四顾萧条，寒水自碧，暮色渐起，戍角悲吟④。予怀怆然，感慨今昔，因自度此曲。千岩老人以为有"黍离"之悲也⑤。

　　淮左名都⑥，竹西佳处，解鞍少驻初程⑦。过春风十里⑧，尽荠麦青青。自胡马窥江去后⑨，废池乔木⑩，犹厌言兵。渐黄昏，清角吹寒，都在空城。

　　杜郎俊赏⑪，算而今重到须惊。纵豆蔻词工，青楼梦好，难赋深情。二十四桥仍在⑫，波心荡、冷月无声。念桥边红药⑬，年年知为谁生？

〔注释〕

①扬州慢：词牌名，又名"郎州慢"，上下阕，九十八字，平韵。此调为姜夔自度曲，后人多用以抒发怀古之思。②淳熙丙申：淳熙三年(1176)。至日：冬至。③维扬：即扬州。④戍角：军营中发出的号角声。⑤千岩老人：南宋诗人萧德藻，字东夫，自号千岩老人。姜夔曾跟他学诗，又是他的侄女婿。黍离：《诗经·王风》篇名。据说周平王东迁后，周大夫经过西周故都，看见宗庙毁坏，尽为禾黍，彷徨不忍离去，就做了此诗。后以"黍离"表示故国之思。⑥淮左名都：指扬州。宋朝的行政区设有淮南东路和淮南西路，扬州是淮南东路的首府，故称淮左名都。左，古人方位名，面朝南时，东为左，西为右。⑦少驻：稍作停留。初程：初段行程。⑧春风十里：杜牧《赠别》诗："春风十里扬州路，卷上珠帘总不如。"这里用以借指扬州。⑨胡马窥江：指金兵侵略长江流域地区，洗劫扬州。这里应指第二次洗劫扬州。⑩废池：废毁的池台。乔木：残存的古树。二者都是乱后余物，表明城中荒芜，人烟萧条。⑪杜郎：即杜牧。唐文宗大和七年到九年，杜牧在扬州任淮南节度使掌书记。俊赏：俊逸清赏。⑫二十四桥：扬州城内古桥，也叫红药桥。⑬红药：红芍药花，是扬州繁华时期的名花。

〔赏读提示〕

南宋淳熙三年(1176)冬至，二十多岁的姜夔路过位于宋金边境、淮水南岸的扬州，触景生情，创作了本首慢词。

全词分为上下两阕。两阕的写作手法都是运用了鲜明对比，用昔日扬州城的繁荣兴盛对比现时扬州城的凋残破败，写出了战争给扬州城带来了万劫不复的沉重灾难。

词上阕以"淮左名都，竹西佳处"起首，开头即亮出扬州城名扬四海的声誉，唤醒历史记忆中富庶繁华的老扬州印象，使人顿生钦慕向往之情。于是词人就有了"解鞍少驻初程"的幽情雅兴。这两句诵读时声调需清朗，让人心生游览之兴致。"过春风十里，尽荠麦青青"，在扬州城附近，本应是村落星罗棋布，一派人烟鼎盛的气象，而现在放眼望去，尽是青青荠麦、离离庄稼，从侧面反映了战乱对整个城市的深重影响。这块曾经繁荣富庶的土地，历经战火的摧残，如今唯有青青荠麦静静地生长。诵读该句时，注意读出感伤的意味。"自胡马窥江去后，废池乔木，犹厌言兵"，则要读出沉重感。词人进入扬州城内，看到了金军入侵扬州城烧杀掳掠后遗留下来的断壁残垣。废弃的城池、幸存的乔木，仿佛劫后余生的有情物种，无声地控诉着战乱的罪恶。一个"厌"字，很恰当地写出了人民的苦难、朝廷的昏聩和胡人的罪恶。接下来，"渐黄昏，清角吹寒，都在空城"。不知不觉间到了黄昏时分，作为宋金边地，扬州城内戍守的号角按时吹响了，角声回荡在扬州城上空。词人凭借敏感的神经，听出了其中的凄厉，听出了侵入肌肤的清冷，这种清冷弥漫渗透了整个空寂的城池！此情此景，让人顿生黍离之悲。诵读这几句词时需做到轻缓悲抑。

词的下阕，运用典故，进一步深化了"黍离之悲"的主题。"杜郎俊赏，算而今重到须惊。"想当年扬州的繁华富庶依旧延续着名城的辉煌，才华横溢、风流倜傥的杜牧游走于扬州的秦楚楼馆，极尽声色能事。设想他如果今天重访扬州的话，当会触目惊心，难以接受如今的破败萧条了吧。"纵豆蔻词工，青楼梦好，难赋深情"几句承上而来，巧妙融化杜牧的诗词于其中。纵然杜郎还是那个工于诗词极富才情的杜郎，歌伎还是一样美艳绝伦柔情万种的歌伎，却也再难赋得当年的款款深情。是啊！屡经战乱的城池，仿佛已失魂落魄。失去城市自信心的支撑，青楼歌伎的媚眼也仿佛在强颜作乐。潇洒如小杜，如果在这样一个陌生的城市，也定会感到了无意绪，怎有闲情吟诗作赋呢？以上词句的诵读要传达出深长叹息的语气。"二十四桥仍在，波心荡，冷月无声"，色调越发凄冷，由想象历史回到眼前景致，三百多年过去，二十四桥依然留存，似乎还在无声地诉说着当年桥上市民往来穿梭的热闹与繁荣。如今桥下波心荡漾，月光兀自倾泻，"冷"字仿佛伴着月辉，洒下满湖的凉意，凄寒了整个画面。在这种气氛的笼罩下，水波的荡漾也不过是死水微澜，最终归于绝对的静寂。接下来词人思绪一转，发出"念桥边红药，年年知为谁生"的疑问。桥边的芍药花年年如期地热情盛放，可又有谁会有这份心情去欣赏它们的艳丽呢？下阕的后几句，"难"、"无"、"谁"三字组句，否定、疑问交织，词人胸中的情感愈积愈厚，又无渠道发泄，情调低沉凄寂，而桥边红花的介入，则在整体清寂的背景下添了一抹殷红，似乎寓示着词人心中的美好企盼——杜牧时代的扬州，何时会重现？

纵观全词，情景浑然交融，对比、用典皆自然妥帖，不着痕迹，"清"、"寒"、"空"、"波心"、"冷月"等灌注了诗人浓烈主观情感的语词，与词人精心选择的意象有机组合，为全词营造了清幽伤感的意境，难怪前人将其词风概括为清雅空灵！

（倪宇仪）

庆全庵桃花①

〔宋〕谢枋得

寻得桃源好避秦②，桃红又是一年春。
花飞莫遣随流水，怕有渔郎来问津③。

〔注释〕

①庆全庵：寺庙名。②桃源：即桃花源，这里指庆全庵。③问津：问路。

〔赏读提示〕

诗歌典出《桃花源记》。

诗人没有直接描绘庵中桃花盛开的景色，而是借景抒情，把这所幽静的小庙比作逃避秦王朝暴政的世外桃源，希望在这里隐居避难，从此不与世人交往。"寻得桃源好避秦"，诗人找到了这一处世外桃源自然不是"避秦"，而是"避元"。诗人为了躲避元朝的追捕和笼络，只身一人流落在山间。这里虽然没有世外桃源那样的"屋舍俨然，鸡犬相闻"，但是，在躲避暴政这一点上却是相同的。作者运用典故，以虚代实，暗示作者隐居的决心和厌恶元朝的感情。诵读时可低沉抑郁、顿挫有力；"寻"、"避"可重读。

"桃红又是一年春"，则是诗人孤寂生活中的一大乐趣。"桃红"时节，芳草鲜美，落英缤纷，自然的美丽和人世的沧桑形成了鲜明对比，这更坚定了诗人避世的决心。一个"又"字，既点明了诗人辗转流落已经多年，又暗藏着对岁月流逝、英雄无奈的慨叹，意味无穷。这里以乐景衬哀情，深含眷恋故国、只身隐居的寂寞悲切之苦。"又"字可重读，表达作者避世的决心；"一年春"朗读时应一字一顿，声音延长，表现作者寂寞悲切之情。

第三、四句笔锋一转，由对桃花的欣赏转为深深的忧虑：当年那个渔人不就是因为看见"落英缤纷"而"缘溪行"才发现世外桃源的吗？他受到了桃源人的热情款待，却不顾他们"不足为外人道"的请求，企图引太守来打扰桃源的宁静。眼前这飘零的花瓣啊，请千万不要随着流水漂去，以免那些"渔郎"来打扰这片清静！这两句诗含蓄地表达了自己誓不降元的决心。"莫遣"重读；"随流水"声音渐长，读出作者无奈、乞求之情。"怕"字读得干脆利落，表现作者誓不降元的决心及对元朝的厌恶之情；"来问津"可读得压抑、缓长，读出作者深深的忧虑之情。

　　元朝统一中国后,先后五次派人来诱降谢枋得,但都被他严词拒绝。后来谢枋得被人强行押往大都,他誓死不降,绝食而死。谢枋得用他的诗歌和行为,丰富了中国古代"桃源"的内涵。　　　　　　　　　　　　　　　　　（唐峰）

岳鄂王墓①

[元] 赵孟頫

鄂王坟上草离离②,秋日荒凉石兽危③。
南渡君臣轻社稷④,中原父老望旌旗⑤。
英雄已死嗟何及⑥,天下中分遂不支⑦。
莫向西湖歌此曲,水光山色不胜悲。

〔注释〕

　　①岳鄂王墓:即岳飞墓。在杭州西湖边栖霞岭下,岳飞于南宋绍兴十一年(1142)被权奸秦桧等阴谋杀害。嘉泰四年(1204),岳飞被追封为鄂王。②离离:野草茂盛的样子。③石兽危:石兽庄严屹立。石兽,指墓前的石马之类。危,高耸屹立的样子。④南渡君臣:指以宋高宗赵构为代表的统治集团。北宋亡后,高宗渡过长江,迁于南方,建都临安(今杭州),史称南渡。社稷:指国家。社,土地神。稷,谷神。⑤望旌旗:意为盼望南宋大军到来。旌旗,代指军队。⑥嗟何及:后悔叹息已来不及。⑦"天下"句:意为从此国家被分割为南北两半,而南宋的半壁江山也不能支持,终于灭亡。

〔赏读提示〕

　　岳飞之死是千古奇冤,历来有许多相关题咏、凭吊,这首却尤为沉痛。赵孟頫是宋朝的宗室,带有皇家血统,自然对宋朝的灭亡有比常人更近距离的体会。此时宋朝已经灭亡,宋人诗里常见的对敌人的叫嚣怒骂、挑战决斗已经不见了,取而代之的是"英雄已死嗟何及,天下中分遂不支"的无奈。他认为对于此时的局势,宋朝再没翻身的可能了。

　　这是一首怀古七律。此诗以岳坟的荒凉景象起兴,表达了对岳飞不幸遭遇的深切同情,并由此而联想到南宋君臣不顾国家社稷与中原父老,偏安东南一隅，最终酿成亡国惨剧。作为宋宗室，赵孟頫于亡国之际，面对岳坟追寻南宋衰亡之因，就不仅仅是客观的理性认识了。此诗结尾两句，即蕴含着诗人无尽的家国之思、亡国之恨。

首联以离离墓草渲染岳墓秋日的荒凉，冷硬屹立的石兽，更增添了几分悲思，诵读时要读出诗人的伤痛之情。尤其是上句"草离离"三字要字字停顿，拖长语音。接下来用南北君民作对比，写南宋君臣的倒行逆施及由此产生的恶果。一个"轻"字，谴责了南宋当局苟安享乐、不思北进，"轻社稷"应字字铿锵，读出诗人的谴责、愤恨之情；一个"望"字，写出了中原父老忍受煎熬，遥望南师，"望旌旗"应语调沉郁，读出诗人对中原父老深切的同情。一"轻"一"望"，对比鲜明。

颈联哀叹有望承担中兴重任的英雄岳飞悲惨死去，使天下南北中分以至南宋最终被蒙古人灭亡，应读出诗人扼腕的悲愤。诗人在尾联悲痛地吟道："莫向西湖歌此曲，水光山色不胜悲。"满含湖光依旧、河山易主的深沉感慨。末二句是全篇的收束，阅读时应将无限的悲愤收敛，"不胜悲"三字应低沉而又不失力度。

从语言特色方面来看，全诗即景生情，咏史抒怀，议论感慨，一气呵成，语言不事雕饰，通俗自然，哀婉深沉，感情强烈，颇具感染力。咏怀古人的诗作，一般都喜欢用典，但这首诗语言平易，基本上没有用典，真实地表达了诗人的思想感情。诗人以赵宋后裔的身份，为冤死于赵宋王朝的岳飞，由衷地唱出这支哀痛伤惋的悼歌，分外感人。

（时明）

劲草行①

［元］王 冕

中原地古多劲草，节如箭竹花如稻。
白露洒叶珠离离②，十月霜风吹不倒。
萋萋不到王孙门③，青青不盖谗佞坟。
游根直下土百尺，枯荣暗抱忠臣魂。
我问忠臣为何死？元是汉家不降士。
白骨沉埋战血深，翠光潋滟腥风起④。

山南雨暗蝴蝶飞,山北雨冷麒麟悲⑤。

寸心摇摇为谁道? 道傍可许愁人知。

昨夜东风鸣羯鼓⑥,髑髅起作摇头舞。

寸田尺宅且勿论,金马铜驼泪如雨⑦。

〔注释〕

①劲草行:李世民《赐萧瑀》:"疾风知劲草,板荡识诚臣"。②离离:此指露珠滚动貌。③"萋萋"句:李重元《忆王孙》:"萋萋芳草忆王孙,柳外楼高空断魂。杜宇声声不忍闻。欲黄昏,雨打梨花深闭门。"萋萋,草茂盛貌。④潋滟(liàn yàn):水光闪动貌。⑤麒麟:墓前的石麒麟。⑥羯(jié)鼓:又名两杖鼓,南北朝时从西域传入,盛行于唐。此指战鼓。⑦金马铜驼:汉未央宫前铸有铜马,称金马门。《晋书·索靖传》:"靖有先识远量,知天下将乱,指洛阳宫门铜驼叹曰:'会见汝在荆棘中耳!'"

〔赏读提示〕

这是一首吟劲草的歌行体诗。古代吟草诗著名的不乏其例,而王冕这首《劲草行》却直接用劲草喻爱国志士,意蕴深沉,耐人寻味。

该诗采用比兴手法,通过对秋天霜风中吹不倒的劲草的描写,歌颂了具有民族气节的"汉家不降士"的崇高精神,表现出诗人强烈的民族意识。诗尾用"金马铜驼"之典,既是对政治局势的客观判断,又蕴含着希望元蒙统治早日结束的主观愿望,感情强烈,意味隽永。

全诗前八句以咏物为主,描写劲草的自然形貌和风吹不倒的姿态,从草之茂盛写到草之气节,表达对劲草的喜爱和钦佩,为下文抒情作铺垫。后十二句仍以"草"为线索,描绘"汉家不降士"为国死节的悲凉。全篇构成一个和谐的整体。

男儿之志,胸怀天下,这才是铮铮铁骨,这才是民族的脊梁!"疾风知劲草",驰骋疆场的男儿,就如那劲草一般,扎根在这片热土,播撒青绿,守望故乡。诵读这首诗时应慷慨激昂,铿锵有力,读出"汉家不降士"的民族气节。　(时明)

登太白楼①

〔明〕王世贞

昔闻李供奉②，长啸独登楼。
此地一垂顾，高名百代留③。
白云海色曙，明月天门秋④。
欲觅重来者，潺湲济水流⑤。

〔注释〕

①太白楼：在今山东济宁。济宁，唐为任城。②李供奉：即李白。③"此地"二句：此楼自经李白一登之后，遂扬名千古。垂顾，光顾，屈尊光临。④"白云"二句：以天高海阔、白云明月，喻李白心胸博大、高朗。曙，黎明色。天门，星名，此指天空。⑤潺湲：水缓缓流动的样子。济水：古水名，源出河南王屋山，东北流经曹卫齐鲁之地入海，下游后为黄河所占，今不存。

〔赏读提示〕

明代出现主张"文必秦汉，诗必盛唐"的前后七子，一改千篇一律的"台阁体"文风，旨在为诗文创作指明一条新路子，以拯救萎靡不振的诗风。王世贞正是"后七子"之一，其作品《登太白楼》代表了这一时期及流派一种典型的诗歌风格。

此诗写登太白楼所见所感。作者缅怀李白，对其文章、风采表达了极为崇敬的心情。全诗文字简约，气味雄厚，气调苍凉，朗读时要读出这种雄厚和苍凉的感情来。

首联由太白楼起笔，遥想当年李白长啸登楼的豪放之举。"昔闻李供奉，长啸独登楼。"作者不写李白为何登楼，而是从空中落笔，择其风度、襟怀等精神气质上的情状，加以咏颂。"长啸"两字非常传神，生动地刻画出潇洒豪迈的气度。这两句充满敬仰羡慕之情，建议朗读时要显出从容而洒脱的感觉。"昔闻"二字暗传钦羡之情，"闻"字重读并拉长；"长啸"摹写李白长啸登楼之情景，语气豪迈洒脱激昂，"独"字要重读，语调拉长，以示独特之处，再现诗人当年登楼的情景。

颔联由此而畅想古今，表达了对李白的崇敬之情。"此地一垂顾，高名百代留"，进一步描写李白登楼的豪气和傲气，以及一代诗仙的名气令所到之处皆成风景古迹的情况。作者运用夸张的手法,写出李白的才气、名气之大,从而表现出敬慕之情。"一垂顾"与"百代留"是继首联的暗传钦羡之情之后的直接抒怀,要读出慷慨豪放之气。"留"重读,升扬上去,读出文字之外暗含的敬仰之情。

颈联"白云海色曙,明月天门秋",由古及今,回到现实,以平实壮阔之笔描绘秋日景色。海天一色,明月秋空,展现出恢弘扩大的背景,颇有李诗豪放风格。情感也渐趋平缓,语气变得平静而沉稳,正是其"诗必盛唐"的诗歌风格的体现,借自然之景抒发自己怀古之情,要读得大气厚重而有气魄。

尾联"欲觅重来者,潺湲济水流",这是借抒发像李白那样的才士高人难得再见的感慨,来暗中自比李白。"觅"字须重读,应读得饱含深情,以委婉之言,抒发高士难求的伤感情怀。作者登楼,希望能够寻找到像李白这样的高士,但是眼前只有滚滚向前的济水,默默流淌,无止无息。就连潺湲流淌、尽阅古今的济水,又何尝不为此而叹息呢? 末两句是由极度崇敬而自然生发出来的"后不见来者"的怅叹,流露出作者"恨不得与其同时"的怅惘之情。以苍凉的画面映衬作者怅惘的心情,可谓情景相生,使感情更加深沉。"流"字要读得深情,言有尽而意无穷:随滔滔的济水流出的不正是作者的惆怅和悲凉吗?

全诗融会古今,感情深挚而蕴藉,语调由高到低,语速有急到缓,韵味绵长,颇有盛唐遗风。

(伏祥红)

过文信国祠同舫葊作[①]

[清] 赵　翼

战罢空坑力不支,拼将赤族殉时危[②]。
死坚狱吏囚三载,生享门人祭一卮[③]。
血碧肯污新赠谥,汗青终照旧题诗。
如何一本梅花发,分半南枝半北枝。

〔注释〕

①文信国:即文天祥,其祠在今北京。舫葊(ān):即贺季真,作者的同僚。
②赤族:全家族流血牺牲。③生享门人祭:门生王炎午曾作《生祭文丞相文》。

〔赏读提示〕

　　文信国祠又名文丞相祠,坐落在东城区府学胡同六十三号,是南宋民族英雄文天祥当年遭囚禁和就义的地方。文天祥在率兵抗元中被俘,被押往元大都(今北京),囚禁在这个小院里,一直到1283年殉国,身陷图圄长达三年多。

　　诗人路过文天祥的祠堂,不能自已,有感而发,挥笔写下这首铿锵有力的七言绝句。文天祥是中国历史上伟大的民族英雄,他本来是个文官,可为了反对异族侵略,保卫国家,他勇敢地走上了战场。那时候,蒙元派出大军,要消灭南宋,文天祥听到消息,毫不犹豫地捐献出自己的家产,并把母亲和家人送到弟弟处,招募了三万壮士,组建起一支义军,抗元救国。有人说:"元军人那么多,你这么点儿人怎么抵挡? 不是虎羊相拼吗?"文天祥义正词严地回答:"国家有难而无人解救,是我最心痛的事。即使我力量单薄,也要为国尽力。"

　　"战罢空坑力不支,拼将赤族殉时危",描绘当年他带领义士与外族奋战的场景。上半句"力不支"要读得舒缓,读出一股疲惫之感,悲凉无助之情;下半句"拼"字应重读,读出拼搏争取的意味。"力不支"拉长读,"殉时危"之"殉"字危恶错出,要读出壮志未酬之意。因此,此处诵读时要凄怆、感伤又不失力量。

　　"死坚狱吏囚三载,生享门人祭一卮。"不久,由于其招募的义军没有经过严格的训练而缺少战斗经验,在元军铁骑冲击下,文天祥兵败被俘并被押到广州。他自至元十六年十月抵达大都,到至元十九年十二月初九被杀,一共被囚禁三年两个月。在这期间,他曾历经绝食自杀失败,故从那时起,他便坦然自处,等待着死刑的来临。元军千方百计地对文天祥进行劝降、逼降、诱降,参与劝降的人物之多、威逼利诱的手段之毒、许诺的条件之优厚、等待的时间之长久,都超过了其他宋臣。但无论敌人如何威胁利诱,他都坚决不肯投降。文天祥原本是在元军监视之下住在元大都的旅舍,后来则直接被监禁在地下室监牢中,终日不见阳光,并铐上手铐脚链。不论遭受到如何严酷之对待,他仍旧不屈不挠。"囚三载"应该读出其生存的艰难,精神的痛苦,"祭一卮"应读出后人对民族英雄的崇敬之情。

　　"血碧肯污新赠谥,汗青终照旧题诗。如何一本梅花发,分半南枝半北枝。"1282年12月9日,兵马司监狱内外,布满了全副武装的卫兵。上万市民听到文天祥就义的消息后,纷纷聚集在街道旁,自发地为这位民族英雄送行。从监狱到刑场只有几里路,文天祥在监狱饱受折磨,腿脚行动不便,但他使出全身力气,迈着豪迈的步伐,正气凛然,让元军都为之动容。到了刑场,文天祥毫不惧怕,向看守士兵问明了方向,随即向着南方拜了几拜。监斩官这时还问:"丞相有什么话要说? 回奏尚可免死。"文天祥不再说话,淡淡一笑,慷慨就义,终年47岁。

文天祥从容就义了,而其高尚的精神一直照耀着我们前行。诗人行到文天祥的祠堂,慨叹文天祥弟兄本是同根生,所走的道路却大相径庭。"汗青终照旧题诗"拖长音,在庄重的诵读中,再现伟人的高尚情怀。"如何一本梅花发,分半南枝半北枝。"前半句读出作者的疑惑,后半句读出豁然开朗之情,体现出文先生的高风亮节。

吟诵此诗,掩卷伤怀,伟人不朽! 多少年来,文天祥的爱国精神代代相传,成为中华民族共同的精神财富。

(田新星)

读陆放翁集①

〔近代〕梁启超

诗界千年靡靡风②,兵魂销尽国魂空。
集中什九从军乐③,亘古男儿一放翁④。

〔注释〕

①陆放翁:南宋著名爱国诗人陆游。②靡靡:柔弱不振。③什九:十分之九。④亘古:从古代到现在。

〔赏读提示〕

梁启超的《读陆放翁集》作于他1899年戊戌变法失败后出走日本期间,写的是读陆游诗集引起的感慨。

诗的前两句从大处着笔,指出千百年来诗坛柔弱不振的总趋势。在这种柔媚纤弱的风气笼罩之下,那种刚健雄直的战斗性和勇于为国家献身的精神也消亡了。所谓"兵魂销尽国魂空"是"靡靡风"最突出的表现。作者格外强调这一点,乃在为下两句蓄势,"诗界千年"正是为了突出一人。前两句朗读时,建议语调低沉,语速稍慢,充满哀伤之情。

"集中什九从军乐","集"指诗题中的《陆放翁集》,在"兵魂销尽国魂空"的"千年"诗界,唯有陆游的诗集里,十分之九都是抒写卫国从军的渴望和感想的。

所以末句"亘古男儿一放翁"使足笔力,推崇陆游是古今诗人中的一个真正的男子汉。诗末,梁启超自注云:"中国诗家无不言从军苦者,惟放翁则慕为国殇,至老不衰。"将诗意说得就更明确了。建议朗读后两句时要和前两句形成鲜明对比,语调高昂,充满欣赏、欣慰之情。

全诗写得极为概括凝练,雄直警策,这些都表现为"诗界千年"同"一放翁"鲜明的艺术对比。梁启超格外推崇爱国主义和为国而战的"尚武精神",他认为"中国人无尚武精神",表现在诗里,则是"诗界千年靡靡风",因而他倡导"诗界革命",欲改造文学,振作民气,达到救国拯民的目的。这首诗可以说是其发自心声之作。

本诗热烈赞赏了陆游诗歌中渴望建功立业、为国驱驰的高昂格调,高度评价了陆游千古难遇的奇男子气概,实际上是抒发作者自己的异代同心之感。他当时虽然亡身海外,但想到遭受列强宰割、阴霾四布的神州大地,发出恨不能从军杀敌的呼喊。

(谢正华)

第九编

善思颖悟

诗，是最富抒情色彩的文学样式；而哲学，则是最富理性意义的生命追问。然而，智慧的古人却将二者完美结合，并创造出"说理诗"的门类。

这类诗歌多以社会、人生、生命、爱情、友谊、自然等为主题，或阐发真理，斥恶扬善；或警策人世，去伪锄奸；或剖析衷肠，三省吾身；或指点人生，彰显人格。

所谓理趣诗，就是诗人在写景、咏物、记事之中，有意识地阐发某种生活哲理，表达对人生的思索。"少壮不努力，老大徒伤悲"、"野火烧不尽，春风吹又生"、"不识庐山真面目，只缘身在此山中"等诗句，人们很小就耳熟能详。这类诗或直陈式说理，即通过议论直接阐明一个道理。如："盛年不再来，一日难再晨。及时当勉励，岁月不待人。"（陶渊明《杂诗》）或借用修辞说理，借用比喻、拟人等修辞方式把抽象的哲理融于形象的修辞表达中。如："半亩方塘一鉴开，天光云影共徘徊。问渠那得清如许？为有源头活水来。"（朱熹《观书有感》）再如："春色满园关不住，一枝红杏出墙来。"（叶绍翁《游园不值》）柴门虽然不开，满园春色却难以关住，你看一枝红杏探出墙头，不正在向人们炫耀着春天的美丽吗？诗歌不仅写出了春天的勃勃生机、春意盎然，还暗示了以春光为代表的一切美好的、有生命力的事物是任何力量都阻拦不了的。"小荷才露尖尖角，早有蜻蜓立上头。"（杨万里《小池》）荷叶刚刚露出水面一个小小叶角，早有蜻蜓立在上边，用来比喻新生事物一出现，就为目光敏锐者所发现。

这类诗歌的诵读往往不需要大开大合的情感配合，也不需要大起大落的音调变换，有时候只需要你静观冥想，随之而来的顿悟，就会让你醍醐灌顶！

春江花月夜

［唐］张若虚

春江潮水连海平，海上明月共潮生。
滟滟随波千万里①，何处春江无月明！
江流宛转绕芳甸②，月照花林皆似霰③。
空里流霜不觉飞，汀上白沙看不见④。
江天一色无纤尘，皎皎空中孤月轮。
江畔何人初见月？江月何年初照人？
人生代代无穷已，江月年年只相似。
不知江月待何人，但见长江送流水⑤。
白云一片去悠悠，青枫浦上不胜愁⑥。
谁家今夜扁舟子⑦？何处相思明月楼⑧？
可怜楼上月徘徊⑨，应照离人妆镜台⑩。
玉户帘中卷不去⑪，捣衣砧上拂还来⑫。
此时相望不相闻⑬，愿逐月华流照君。
鸿雁长飞光不度，鱼龙潜跃水成文。
昨夜闲潭梦落花⑭，可怜春半不还家。
江水流春去欲尽，江潭落月复西斜⑮。
斜月沉沉藏海雾，碣石潇湘无限路⑯。
不知乘月几人归？落月摇情满江树⑰。

〔注释〕

①滟（yàn）滟：波光荡漾的样子。②芳甸（diàn）：芳草丰茂的原野。甸，郊外之地。③霰（xiàn）：天空中降落的白色不透明的小冰粒。形容月光下春花晶莹洁白。④汀（tīng）：沙滩。⑤但见：只见，仅见。⑥青枫浦：地名。这里泛指游子所在的地方。⑦扁舟子：飘荡江湖的游子。扁舟，小舟。⑧明月楼：月夜下的闺楼。这里指闺中思妇。⑨月徘徊：指月光偏照闺楼，徘徊不去，令人不胜其相思之苦。⑩离人：此处指思妇。⑪玉户：形容楼阁华丽，以玉石镶嵌。⑫捣衣砧（zhēn）：捣衣石，捶布石。⑬相闻：互通音信。⑭闲潭：幽静的水潭。⑮复西

斜:此中"斜"应读作"xiá"。⑯潇湘:湘江与潇水。⑰摇情:激荡情思,犹言牵情。

[赏读提示]

　　这首诗描写了江南春夜的美丽景色,寄寓了游子思归的离别相思之苦,意境空明,缠绵悱恻,韵调优美。被闻一多先生誉为"诗中的诗,顶峰上的顶峰"。诗篇题目将"春"、"江"、"花"、"月"、"夜"这五种事物集中在一起,构成了人生最动人的良辰美景,也构成了一个奇妙的艺术境界。

　　诗人一开篇便勾勒出一幅春江花月夜的壮丽画面。江潮浩瀚无垠,一轮明月随潮涌生。一个"生"字,就赋予了明月与潮水以活泼的生命。月光普照大地,江水萦绕过花草丛生的春之原野,月色泻在花树上,像撒上了一层洁白的雪。天上是皎洁的月色,地上铺着似雪白霜,以至于"空里流霜不觉飞"、"汀上白沙看不见"。诗人用细腻的笔触,创造了一个神话般美妙的境界,使春江花月夜显得格外幽美恬静。这八句,由大到小,由远及近,笔墨逐渐凝聚在一轮孤月上了。朗读时应读得优美舒缓,读出充满梦幻的感觉。

　　纯净世界的一轮孤月引起了诗人的遐思冥想:"江畔何人初见月?江月何年初照人?"诗人神游八荒,叩问天地,探索人生的哲理与宇宙的奥秘。"人生代代无穷已,江月年年只相似。"个人的生命是短暂即逝的,而人类的存在则是绵延久长的,这是带着浓重时代痕迹的自信,是诗人对人与自然关系深入思考后的一种欣慰。只有对人生充满追求、对时代充满自信的人,才会吟出这样的诗句。"不知江月待何人,但见长江送流水。"江月有恨,流水无情,诗人自然地把笔触由上半篇的大自然景色转到了人生图像,引出下半篇男女相思的离愁别恨。朗读时可用平缓的语调来读,读出深思的意味。

　　"白云"四句总写在春江花月夜中思妇与游子的两地思念之情。白云飘忽,象征"扁舟子"的行踪不定;"青枫浦"为地名,但"枫"、"浦"在诗中又常用为感别的景物、处所;"谁家"、"何处"无疑而问,互文见义,一种相思,牵出两地离愁,曲折有致。

　　以下用"月"来烘托思妇对离人的怀念。"月徘徊"三字极其传神,客观上是指浮云游动,故光影明灭不定;此处又别具意蕴,月光似乎能理解思妇之苦,因而陪伴思妇,徘徊不忍去。它把柔和的清辉洒在思妇的身边,似在抚慰思妇。岂料思妇触景生情,反而思念尤甚。她想赶走这恼人的月色,可是月色"卷不去"、"拂还来",真诚地依恋着她。共望月光而无法相见,只好依托明月遥寄相思之情。望长空:鸿雁远飞,飞不出月的光影,飞也徒劳;看江面:鱼儿在深水里跃动,只是激起阵阵波纹,跃也无用。鱼雁都无法传书,这愁苦向谁倾诉! 这一段诗应用凄楚的语调来朗读。

最后八句写游子,诗人用落花、流水、残月来烘托他的思归之情。花落幽潭,春光将老,人还远隔天涯,情何以堪! 江水流春,流去的不仅是自然的春天,也是游子的青春、幸福和憧憬。江潭落月,更衬托出他凄苦的脉脉之情。沉沉的海雾隐遮了落月;碣石、潇湘,天各一方,回家的道路是多么遥远。"沉沉"二字加重渲染了他的孤寂;"无限路"也就无限地加深了他的乡思。他思忖:在这美好的春江花月之夜,不知有几人能乘月归回自己的家乡! 他那无着无落的离情,伴着残月之光,洒满在江边的树林之上……这八句宜读出无奈和怅惘之感。

全诗紧扣"春"、"江"、"花"、"月"、"夜"五种自然美景来写,而又以"月"为主体,它在全诗中犹如一条生命纽带,通贯景、事、理,使全诗成为一个和谐的整体。这首诗的内在感情是那样热烈、深沉,字面看来却又是自然、平和的。全诗共三十六句,四句一换韵,共换九韵。全诗随着韵脚的转换变化,平仄的交错运用,一唱三叹,前呼后应,层出不穷,像小提琴奏出的梦幻曲。这种语音与韵味的变化,又切合着诗情的起伏,宛转和谐,朗读这首诗时要做到声随情转。

(程云)

登鹳雀楼①

[唐] 王之涣

白日依山尽②,黄河入海流。
欲穷千里目③,更上一层楼④。

〔注释〕

①鹳雀楼:古名"鹳鹊楼",因时有鹳鹊栖其上而得名。原址在今天山西省永济县的黄河边上。②白日:太阳。依:依傍。尽:消失。③欲:想要。穷:尽。千里目:眼界宽阔。④更:再。

〔赏读提示〕

　　鹳雀楼是唐代著名登高胜地,《登鹳雀楼》便是诗人王之涣在登高望远时的所见所思。本诗美和哲理高度统一,表现出不凡的胸襟抱负,可谓流传千古的绝唱。

　　前两句写所见。诗人登上高高的鹳雀楼,极目四望,看到太阳慢慢向西山落去,黄河正奔流不息。只有站在这高高的楼上,才能看到如此壮观的景色。"白日依山尽"写山,"黄河入海流"写水,用词极为朴素浅显,对仗工整。"白"与"黄"相对,都是颜色词;"日"与"河"相对,都是名词;"依"与"入"相对,都是动词;"山"与"海"相对,都是名词;"尽"与"流"相对,都是动词。短短十个字,画面旷远,朗读时要读出阔大的气势,仿佛站在高高的鹳雀楼上,一览天下壮观的景色。

　　后两句写所思。诗人信笔写来,如果想要看到更为广阔的风景,就必须努力再上一层楼。与前两句写景诗承接得十分自然、十分紧密,似乎写出登楼的过程,但其含意深远,耐人寻味。"千里"、"一层"都是虚数,是诗人想象中纵横两方面的空间;"欲穷"、"更上"词语中包含了多少希望、多少憧憬。登楼如此,做其他事情不也是如此么? 只有站得更高,才能看得更远。换言之,只有不断努力,不断追求进步,人生的境界才会不断升华。　　　　　　　　　　(朱友林)

秋浦歌（其十五）

[唐]李　白

白发三千丈①,缘愁似个长②。
不知明镜里,何处得秋霜③。

〔注释〕

　　①三千:泛指数目很多。②缘:因为。个:如此,这般。③秋霜:这里形容头发白如秋天的霜。

〔赏读提示〕

　　《秋浦歌》是诗仙李白游秋浦时写下的作品,共十七首,这是第十五首。诗人运用浪漫夸张的手法,抒发了自己怀才不遇的愁闷心情。

　　诗歌首句"白发三千丈",一个形象的数字让人惊心:一个人的白发怎么会长到"三千丈"呢? 第二句"缘愁似个长"一个"愁"字点破了白发长的原因。因愁生白发,这是常见的,但多么深重的愁思才会导致白头发长达"三千丈"? 诗人用极其夸张的手法,渲染了内心的愁绪之深重。朗读时,语调应低沉,语速缓慢。

　　后两句展现了一幅诗人坐于青铜古镜前抚发而悲的画面。"秋霜"即首句中的白发,这里巧妙运用比喻的修辞手法,既写出了头发"白"的特点,又给诗歌笼上了一层悲凉忧伤的感情色彩。"不知"于"何处"染秋霜,诗人以自问的形式抒写自己愁肠百结、难以排解的苦闷。诗人写这首诗时,唐王朝政治逐渐腐败,已五十余岁的诗人,想到一生徒有满腔的抱负理想而不能实现,处处受排挤压制,心中的苦闷又岂一个"愁"字了得? 朗读时要体现出诗人苦闷的愁绪。

(孙丽莉)

把酒问月

〔唐〕李　白

青天有月来几时? 我今停杯一问之。
人攀明月不可得,月行却与人相随。
皎如飞镜临丹阙①,绿烟灭尽清辉发②。
但见宵从海上来③,宁知晓向云间没④?
白兔捣药秋复春⑤,嫦娥孤栖与谁邻?
今人不见古时月,今月曾经照古人。
古人今人若流水,共看明月皆如此。
唯愿当歌对酒时⑥,月光长照金樽里⑦。

〔注释〕

　　①丹阙:朱红色的宫门。②绿烟:指遮蔽月光的浓重的云雾。③但见:只看到。宵:指入夜时段,大概在晚饭后的八、九点钟,是上床睡觉的时候。④宁知:怎知。没:隐没。⑤白兔捣药:是古代的神话传说,相传月亮之中有一只兔子,浑身洁白如玉,所以称作"玉兔"。这只白兔拿着玉杵,跪地捣药,成蛤蟆丸,服

用此等药丸可以长生成仙。西晋傅玄《拟天问》："月中何有，白兔捣药。"⑥"当歌"句：在唱歌饮酒的时候。曹操《短歌行》："对酒当歌，人生几何？"⑦金樽：精美的酒具。

〔赏读提示〕

"青天有月来几时？我今停杯一问之。"那浩渺的青天上的明月是什么时候出现的？我现在停下手中的酒杯来问问明月吧。这当头一问，凸显李白的天真率性。上承屈原《天问》之遗风，下启苏轼《水调歌头·明月几时有》之词意，对于夐绝的宇宙，既有神往，又有探索。没有几分狂情醉意，哪能如此认真？这两句应读得认真而疏狂，起句高昂而下句顿挫。

"人攀明月不可得，月行却与人相随。"人想攀登明月是不可能的，可是月亮却总与人紧紧相伴。"不"和"却"两字分别从人和月的角度落笔，将月拟人化，写出二者之间微妙的关系，在此处应重读。

"皎如飞镜临丹阙，绿烟灭尽清辉发。"明月如飞天明镜，皎皎清辉在浓重的云雾消散之后，洒向人间，照耀着宏伟的宫殿。此句可读出诗人对明月的喜爱和赞赏之情。

"但见宵从海上来，宁知晓向云间没？白兔捣药秋复春，嫦娥孤栖与谁邻？"前两句建议读得轻快，有思索的意味；后两句建议语调相对低沉，语速相对缓慢。这四句是诗人问月的具体内容。只见那明月夜晚从海上升起，怎知它清晨又消失在云海间呢？玉兔从秋到春一直在月宫中捣药，嫦娥孤身一人又能与谁为邻呢？中国古代神话传说中有"嫦娥奔月"、"玉兔捣药"的故事。诗人由神话传说产生种种联想，继而引起下文的哲理性思考。

"今人不见古时月，今月曾经照古人。古人今人若流水，共看明月皆如此。"现在的人看不见古时候的月亮，但是今天的月亮却曾经照耀过古代的人。古代的人和现在的人都是历史长河中的一粒，终将逝去，但明月却永远照耀人间。诗人凭借对明月的描绘和联想，展开对人生哲理的思考，感慨宇宙永恒、人生短暂。明月永恒，人生倏忽，怎不令人伤情？整首诗因为这一句，一下子在空灵而迷茫的月色里，注入了伤感的气息。此句应读得舒缓悠长，"古"、"今"读重音。

"唯愿当歌对酒时，月光长照金樽里。"作为结尾的句子，此句应从前四句的忧伤中跳脱出来，读出洒脱自适的情怀。面对永恒的宇宙、渺小的人生，诗人只希望每天喝酒唱歌的时候，都有明月的清辉陪伴。李白在诗中，常常会流露出及时行乐的思想来，本首诗歌也不例外，虽然思想上有些消极，但李白的狂放不

羁依然明白地展现在读者面前。　　　　　　　　　　　　　　　　（胡炜）

戏为六绝句（其二）

[唐]杜　甫

王杨卢骆当时体①，轻薄为文哂未休②。
尔曹身与名俱灭③，不废江河万古流④。

〔注释〕

①王杨卢骆：指初唐时著名的诗人王勃、杨炯、卢照邻、骆宾王，时人称此四人为"初唐四杰"。当时体：那个时代的风格体裁。②哂（shěn）：讥笑。③尔曹：你们这些人。④不废：不影响。

〔赏读提示〕

《戏为六绝句》是唐代诗人杜甫写的七言绝句，共六首，这是第二首。"初唐四杰"的作诗风格曾受到时人的攻击。761 年，杜甫创作了组诗《戏为六绝句》，表达了自己的观点。

题目中，一个"戏"字，写出了诗人并没有板起面孔进行说教，但并不意味着诗人写诗时不认真，他只是在轻松自然中说出自己深刻的思考。

在开头两句中，"当时体"点出了"初唐四杰"诗文的体裁及风格在当时自成一体，这是诗人对四位作家的肯定。"轻薄"指轻靡浅薄，"哂未休"指对"初唐四杰"的讥笑没完没了，充分流露出诗人对当时批判"四杰"的人极不认同。朗读时，应读出对批判者的不满。

"尔曹"指你们，即这些讥笑"初唐四杰"的人。"万古流"，指万古流传，这里运用比喻的修辞，生动地表达出自己的观点：包括"初唐四杰"在内的优秀诗人，他们的名声、作品犹如滔滔长江、黄河一样永不停息，千载万古流传下去。"身与名俱灭"和"万古流"形成鲜明的对比，语言犀利而富有激情，朗读时应该用激昂的语调。

　　　　　　　　　　　　　　　　　　　　　　　　　　　　（孙丽莉）

望 岳

[唐] 杜 甫

岱宗夫如何①，齐鲁青未了②。
造化钟神秀③，阴阳割昏晓。
荡胸生层云，决眦入归鸟④。
会当凌绝顶⑤，一览众山小。

〔注释〕

①岱宗：泰山别名"岱"，居五岳之首，故又名"岱宗"。②未了：不尽。③钟：聚集。④决：裂开。眦：眼角。⑤会当：终当，终要。

〔赏读提示〕

这是一首记游抒情诗。开元二十三年(735)，23岁的杜甫洛阳应试落第后，探视其父杜闲于兖州司马任上，过着"裘马轻狂"的游历生活。

这是诗人早年漫游时期的作品。诗人多次游历山东，饱览了齐鲁之邦的名山大川，并对泰山情有独钟。而"望岳"不是登岳，所以诗人从"望"入笔，赞叹东岳，讴歌造化。诗人先是远观，写其巍峨、高峻；后写"层云"、"归鸟"，展示胸襟之阔和眼界之高，这也是"望岳"的感觉。最后下决心要登上峰顶，领略"一览众山小"的壮美风光。整首诗造语警策，气魄宏大，充分显示了作者青年时期的雄心壮志和才华。

开头一句"岱宗夫如何"，诗人初登泰山，赞叹之情由衷流露，以自问自答的方式道出了自己的惊叹与仰慕之情。第二句"齐鲁青未了"，更是别出心裁地写出自己的体验，在古代齐鲁两大国的国境外还能望见远远横亘在天地间的泰山，以距离之远烘托泰山之高。读此两句，要心怀惊叹，语调略扬，语气稍缓，联想泰山整体高大的形象，读出一种气势磅礴、绵延不绝之感。

三、四句是近望之景。大自然赋予泰山神奇的风貌，山阳、山阴昏晓分明。一个"钟"字生动形象地写出了泰山无比秀美的特点；一个"割"字形象贴切，赋予参天矗立的泰山以生命力，生动形象地突出泰山高耸挺拔的特点。这两句集秀美与高峻于泰山之中，读来生动，能够唤起读者无尽的想象。

五、六两句是细望之感。山中云气蒸腾，涤荡了诗人的心胸；诗人极目远方,眺望着黄昏的归鸟,顿觉眼界开阔。一个"入"字用得生动传神,似乎能望见一只只鸟儿从远处徐徐而来,又缓缓飞去,可见泰山的深远高大。诗句由静而动,赋予泰山无限生机与活力,读来令人回味无穷。

最后两句是极望之情。诗人望之不足,还想要登上绝顶,俯望群山,体会孟子所说的孔子"登泰山而小天下"的豪情。这个结语,进一层从侧面表现了泰山的雄伟高耸,不仅表达了诗人的希望和向往,同时也使作者由望景而产生了登临的愿望。从这两句诗中,我们可以看到诗人杜甫不怕困难、敢于攀登绝顶、俯视一切的雄心和气概。读这两句,要声音响亮,音调铿锵有力,语速稍快,读出满满的自信和豪情。

这首诗形象鲜明,意境开阔,通篇写"望"而不露一个"望"字,但从各个角度,写出了泰山的雄伟壮观,抒发了诗人青年时代兼济天下的远大抱负。正因有如此深远的意境,此诗历来被后人推为吟咏泰山的"绝唱"。　　　　　（孙振坤）

城东早春

[唐]杨巨源

诗家清景在新春①,绿柳才黄半未匀。
若待上林花似锦②,出门俱是看花人。

〔注释〕

①清景:美景。②上林:上林苑,指长安城。

〔赏读提示〕

对于一个处于冬季的人来说,"绿柳才黄半未匀",真是极具诱惑的一句话,仿佛一闭上眼睛,连寒风也变得温和起来,清新得像一幅画。

很多人喜欢唐诗都会有一个共同的理由,那就是美。色彩的美让人很快会陷入一种想象之中,第一次看到这句话,脑中立刻会浮现出另一句诗:"天街小雨润如酥,草色遥看近却无。"同样写早春的景色,虽然整首诗没有用一个字去形容颜色,我们却更愿意去想象遥看的草色到底是一种什么样的绿,即使近处观察看不出这早春的草与寒冬的有什么区别,诗人却在告诉我们春天已经来了。

　　杨巨源的这首《城东早春》也同样展示了诗人对于春天的那种迫不及待的期望以及对早春景色的热爱。前两句突出诗题中的"早春"之意。首句是诗人在城东游赏时对所见早春景色的赞美,这里有两层意思:既表明为诗家所喜爱的清新景色,正在这早春之中;同时也表明这清新的早春景色,最能激发诗家的诗情。一个"清"字用得贴切,这里不仅指早春景色本身的清新喜人,也兼指这种景色刚刚开始显露出来,还没引起人们的注意,所以环境显得很清幽。

　　第二句紧接第一句,是对早春景色的具体描绘。早春时,柳叶新萌,其色嫩黄,俗称"柳眼"。"才"字与"半"字,都是暗示"早"。如果只笼统地写柳叶初生,虽也是写"早春",但总觉得平淡无味。诗人抓住了"半未匀"这种境界,使人仿佛见到绿枝上刚刚露出的几颗嫩黄的柳眼,那么清新宜人。这不仅突出了"早"字,而且把早春之柳的风姿勾画得非常逼真。生动的笔触蕴含着作者极其欢悦和赞美之情。早春时节,气候寒冷,百花尚未绽开,唯柳枝新叶,冲寒而出,最富有生机,最早为人们带来春天的消息。写新柳,恰好抓住了早春景色的特征。套用一句前人形容王维的话,真是"诗中有画,画中有诗"。

　　这首诗虽是写春,却没有春常给人的万紫千红的感觉,而是像在向他人传递着什么信息——是激励人们去发现,还是蕴含着一切都会好起来的希望,则需要读者带着自己的经历去体会。唐诗的魅力大概就在于此吧:既美得让人沉醉,又让人在不知不觉中想到很多。

　　　　　　　　　　　　　　　　　　　　　　　　　　　　　　(王瑶)

赋得古原草送别

　　　　　　　〔唐〕白居易

离离原上草②,一岁一枯荣③。
野火烧不尽,春风吹又生。
远芳侵古道④,晴翠接荒城⑤。
又送王孙去⑥,萋萋满别情⑦。

〔注释〕

　　①赋得:古人作诗,凡是限定、指定诗题时,要在题目前冠以"赋得"二字,称为"赋得体"。②离离:青草茂盛的样子。③"一岁"句:野草每年都会茂盛一次,

枯萎一次。枯,枯萎。荣,茂盛。④"远芳"句:远处芬芳的野草一直长到古老的驿道上。远芳,草香远播。侵,侵占,长满。⑤晴翠:草原明丽翠绿。⑥王孙:本指贵族后代,此处泛指远行的人。⑦萋萋:形容草木长得茂盛的样子。别情:分别时伤感的情怀。

〔**赏读提示**〕

《赋得古原草送别》是一首写草名作,相传为白居易16岁时为应考而作。当时他带着自己的作品去拜访另一位大诗人顾况,顾况见了他的名字,开玩笑说:"长安的米很贵,居住非常不容易。"意思是说白居易想在长安立足是不容易的。但读到"野火烧不尽,春风吹又生"两句时,他大为赞赏,马上说:"能写出这样的诗来,住在这里很容易啊。"可见他对这首诗的欣赏。

诗歌起笔即破题面"古原草"三字。古老原野上的青草是多么茂盛啊! 野草春天发芽滋长,秋天枯萎凋零,年年如是,周而复始。特别要注意的是这里诗人写的是"枯荣",强调的是枯萎后的再生,突出了野草的生命力,自然地引出了三、四句。两个"一"字复叠,朗读时可加强语气重读,突出咏叹。

"野火烧不尽,春风吹又生。"这两句诗,语言直白、质朴,但意蕴深厚,具有哲理。野火熊熊,但只能烧掉枯萎的秋草,等到春风吹来的时候,野草又萌发出勃勃的生机。野火毁灭的力量,远远不及春草再生的力量,野草的生命力是多么的顽强啊! 朗读时,"吹又生"三个字可重读,适当延长,要表达出自豪、赞叹之情。

诗歌的前四句重在写"草",后四句则由"草"引出了"古道"、"荒城",从而引出"送别",点出题意。五、六句写道:阳光下,幽香、青翠的野草蔓延到古道,连接着远处荒凉的古城,给荒城带来了生机。朗读时,注意语音上扬,读出美好的感觉。最后两句写"送别","王孙"二字泛指所有远行的人,又一次要送人远行了,茂盛的野草在每一个翠绿的叶片上都寄托了送别的情意。朗读时,语速减缓,音调延长,读出意味深长的味道。

整首诗自然流畅、言浅意深,实属"赋得"诗中的佳作。"野火烧不尽,春风吹又生"两句更是全诗的警句,讴歌平凡而有着强大生命力的野草,被广为传诵。

(朱友林)

大林寺桃花①

〔唐〕白居易

人间四月芳菲尽,山寺桃花始盛开②。
长恨春归无觅处,不知转入此中来③。

〔注释〕

①大林寺:在江西庐山香炉峰顶,相传为晋代僧人昙诜所建,为中国佛教胜地之一。②"人间"二句:指庐山下的平地村落正是春归芳菲落尽的时候,但高山古寺之中的桃花竟才开始盛放。③"长恨"二句:诗人常常为春逝而无处寻觅倍感伤悲之时,此时重遇春景,不禁喜出望外地惊叹:原来春天是转到这里来了。

〔赏读提示〕

这首游记诗写于唐元和十二年(817)初夏。作者与同行者17人游庐山,宿大林寺。其时为四月初九,而山高地深,尚如正月、二月天,梨桃始花,涧草犹短,风候与平地不同,恍然若别造一世界,因作此诗。这时,作者被贬为江州司马,诗咏物候,也表旷达。

本诗短短四句,看似平淡,却意境深邃,构思灵巧,启人深思,是唐人绝句中又一珍品。诗人怀着纯真的童心,将自然界的春光写得如此生动具体、天真可爱、活灵活现,充满着对春的无限留恋、热爱。

"人间四月芳菲尽,山寺桃花始盛开",写诗人登山时已届孟夏,正属大地春归、芳菲落尽的时候了,但不期在高山古寺之中,又遇上了意想不到的春景——一片始盛的桃花。从紧跟后面的"长恨春归无觅处"一句可以得知,诗人在登临之前,就曾为春光的匆匆不驻而怨恨、恼怒、失望。因此当这始所未料的一片春景冲入眼帘时,诗人该是感到多么的惊异和欣喜。故上句诵读时应读得低沉、无奈、伤感,下句诵读时应饱含欣喜、欢快之情。从第一句的"芳菲尽",到第二句的"始盛开",是在对比中遥相呼应的。它们字面上是记事写景,实际上也是在写感情和思绪上的跳跃——由一种愁绪满怀的叹逝之情,到惊异、欣喜之情。而且在首句开头,诗人着意用了"人间"二字,令人由衷地感觉到这一盛景恍若仙境却又分明现于眼前,令人欣喜不已。

"长恨春归无觅处，不知转入此中来"，诗人想到，自己曾因为惜春、恋春而怨春，但谁知竟错怪了春，原来春并未归去，只不过像小孩子跟人捉迷藏一样，偷偷地躲到这块地方来罢了。春光如此可爱，又如此顽皮。诵读时，前句应读出低沉、叹惋之情，后句则要饱含欢快、惊喜、令人不禁莞尔之感。

诗人此时刚刚因直谏不讳冒犯权贵，被贬为江州司马，心情是非常惆怅的。比如此时创作的《琵琶行》中，诗人就感慨"同是天涯沦落人，相逢何必曾相识"，回想自己也曾"春风得意马蹄疾"，却也饱尝了命运的无常。这种悲凉而惆怅的情怀也曲折地反映在了《大林寺桃花》这首小诗中，"人间"一词，绝不仅仅为"山寺"的对仗工整而用，"山寺"也许就是诗人忘忧、宽慰的"人间仙境"。

细品小诗，我们感受到的是诗人沉郁苦闷后的洒脱、豁达，"人间"天涯沦落的长恨，终会在桃花盛开的仙境释然。　　　　　　　　　　（潘易）

酬乐天扬州初逢席上见赠

〔唐〕刘禹锡

巴山楚水凄凉地①，二十三年弃置身②。
怀旧空吟闻笛赋③，到乡翻似烂柯人④。
沉舟侧畔千帆过，病树前头万木春。
今日听君歌一曲，暂凭杯酒长精神⑤。

〔注释〕

①巴山楚水：古时四川东部属于巴国，湖南北部和湖北等地属于楚国。刘禹锡曾被贬到这些地方做官，所以用巴山楚水指诗人被贬之地。②二十三年：从唐顺宗永贞元年(805)刘禹锡被贬为连州刺史到写此诗时，共二十二个年头，因第二年才能回到京城，所以说二十三年。③闻笛赋：指西晋向秀的《思旧赋》。三国曹魏末年，向秀的朋友嵇康、吕安因不满司马氏篡权而被杀害。后来，向秀经过嵇康、吕安的旧居，听到邻人吹笛，勾起了对故人的怀念。刘禹锡借用这个典故怀念已死去的王叔文、柳宗元等人。④烂柯人：指晋人王质。相传晋人王质上山砍柴，看见两个童子下棋，就停下观看。等棋局终了，手中的斧把已经朽烂。回到村里，才知道已过了一百年，同代人都已经亡故。作者以此典故表达

自己遭贬二十三年的感慨,同时,也表达了世事沧桑,人事全非,暮年返乡恍如隔世的心情。⑤长(zhǎng)精神:振作精神。长,增长,振作。

〔赏读提示〕

唐宝历二年(826),刘禹锡被罢和州刺史后,在回洛阳途中经过扬州,与同样被罢苏州刺史回归洛阳的白居易相会,此诗有答谢白居易之意。

诗的首联满含伤感低沉的情绪,因为刘禹锡23年间曾一度被贬至朗州(在今湖南省)、连州(在今广东省)、夔州(在今四川省)等地,都是极其荒凉之地,就如同被弃置在道旁一样,内心满是对长期被贬的愤慨。朗读时,语气语调要低沉悲哀,以读出诗人的悲苦人生。

颔联最突出的特点就是用典,诗人借用"闻笛赋"和"烂柯人"两个典故,来怀念因参与政治改革而被害致死的老友,进而表达自己长期贬谪在外,回京之后恍若隔世的生疏和怅惘之情。

颈联是全诗感情升华之处,诗人以"沉舟"和"病树"作比,表现出自己虽屡遭贬谪,但看到新人辈出也深感欣慰的豁达胸襟。此时,诗的情感基调由前面的伤感低沉转变为积极乐观。

而从尾联来看,诗人顺着颈联的激情承接而下,表达出诗人重新投入生活的意愿及坚韧不拔的意志,并点明了酬答的题意。诗人此时的心情也变得积极乐观,令人振奋。在诵读时应读出刘禹锡豪迈达观的气势。

总体来说,诗情起伏跌宕,沉郁中见豪放,是酬赠诗中的优秀之作。全诗既有被贬的悲愤,又有豁达的襟怀、昂扬的斗志,体现了刘禹锡历经磨难而百折不挠的乐观精神,读来令人热血沸腾,为之一振。　　　　　(孙振坤)

玄都观桃花①

[唐]刘禹锡

紫陌红尘拂面来②,无人不道看花回。
玄都观里桃千树,尽是刘郎去后栽。

〔注释〕

①玄都观(guàn):唐代长安近郊的道观。②紫陌:京城的街巷。

〔**赏读提示**〕

　　刘禹锡曾经参加了王叔文的"永贞革新",反对宦官和藩镇割据势力,革新失败后,被贬朗州司马。元和十年,朝廷有人想起用他以及和他同时被贬的柳宗元等人,召其回长安。这首诗,就是他从朗州回到长安时所写的,由于刺痛了当权者,他和柳宗元等再度被派为远州刺史。

　　这首诗表面上是描写人们去玄都观看桃花的情景,骨子里却是讽刺了当时权贵。从表面上看,前两句是写看花的盛况,人物众多,来往繁忙。而为了要突出这些现象,诗人就先从描绘京城的道路着笔。一路上草木葱茏,尘土飞扬,衬托出了大道上人马喧阗、川流不息的盛况。写看花,又不写去而只写回,并以"无人不道"四字来形容人们看花以后归途中的满足心情和愉快神态,则桃花之繁荣美好,不用直接赞以一词了。诗人不写花本身之动人,而只写看花的人为花所动,真是既巧妙又简练。后两句由物及人,联想到自己的境遇。玄都观里这些如此吸引人的、如此众多的桃花,自己十年前在长安的时候,还没有根本。去国十年,后栽的桃树都长大了,并且开花了,因此,回到京城,看到的又是另外一番春色,真是"树犹如此,人何以堪"了。

　　再就此诗所寄托的意思来看,则千树桃花,即暗喻十年以来由于投机取巧而在政治上愈来愈得意的新贵;而看花的人,则是那些趋炎附势、攀高结贵之徒。在诗人看来,那些攀高结贵之徒为了富贵利禄,奔走权门,就如同在紫陌红尘之中,赶着热闹去看桃花一样。

　　结句指出,这些似乎了不起的新贵们,也不过是自己被排挤出外以后被提拔起来的罢了。他这种轻蔑和讽刺是有力量的、辛辣的,这使他的政敌感到非常难受。所以此诗一出,作者及其战友们便立即受到打击报复了。朗读时,应读出轻松的嘲讽语气,表现刘禹锡通达的气度。　　　　　　　　　　(达庆一)

酬乐天咏老见示

〔唐〕刘禹锡

人谁不顾老,老去有谁怜?
身瘦带频减,发稀冠自偏。

废书缘惜眼，多炙为随年①。

经事还谙事，阅人如阅川。

细思皆幸矣，下此便翛然②。

莫道桑榆晚③，为霞尚满天。

〔注释〕

①炙：中药炮制法之一。把药材与液汁辅料同炒，使辅料渗入药材之内。②翛(xiāo)然：形容无拘无束貌，超脱貌或自由自在的样子。③桑榆：喻日暮。

〔赏读提示〕

这是过了花甲之年的刘禹锡写给诗文至交白居易的一首答诗。刘禹锡和白居易晚年都患眼疾、足疾，看书、行动多有不便。面对这样的晚景，白居易产生了一种消极、悲观的情绪，并且写了《咏老赠梦得》一首给刘禹锡（字梦得）："与君俱老矣，自问老何如？眼涩夜先卧，头慵朝未梳。有时扶杖出，尽日闭门居。懒照新磨镜，休看小字书。情于故人重，迹共少年疏。唯是闲谈兴，相逢尚有余。"刘禹锡读了白居易的诗，写了《酬乐天咏老见示》回赠，他借绚丽的晚霞为喻，表现出老当益壮、力求进取的积极精神。因此，全诗的朗读基调应是积极乐观的。

诗的开头两句："人谁不顾老，老去有谁怜？"意思是说：人谁不顾虑、不怕老，老了又有谁来怜惜你呢？下四句"身瘦带频减，发稀冠自偏。废书缘惜眼，多炙为随年"，叙述了老年的苦况：体瘦、发稀、眼昏、病多，以至衣带渐宽、帽冠自偏，无法读书，医生常相伴。这一部分是承接白居易原诗而来的，表示了对白居易的"咏老"思想情怀的理解，说明在对"老"的看法上颇有同感。朗读这部分时语调可稍低沉，让人不免自悲自怜。

朗读稍作停顿后，轻松响亮地陡转，语速稍快，语调中略有笑意，读出老年人值得自豪的长处。"经事还谙事，阅人如阅川"，人老了，经历的事多，理解也深刻透彻，看人也像看山河一样，一目了然，有很深的洞察力。"细思皆幸矣，下此便翛然"，思考深刻、认识全面、感情深挚了，只要细细思量回顾人生，那么便可对一切都释然了。朗读至此，停顿稍长，积蓄情感，然后一振而起，大声道出末两句"莫道桑榆晚，为霞尚满天"，语速逐渐缓慢，眼睛仰望上方，好像看见了满天彤红、灿烂无比的美丽晚景。这里，诗人用一个令人神往的深情比喻，对老年人的生活寄托了一种瑰丽的期望，有"老骥伏枥，志在千里"之概。朗读者应体现出诗人气势豪壮、奋进不息的精神,传达出诗人对老朋友的真情关爱和真诚劝勉。

刘禹锡和白居易两人同一年出生,也同享古稀高龄;而在遭际上,则大不相同,刘禹锡比白居易坎坷很多。早期,二人初入仕途,都有匡国救民之宏志。但遇到挫折后,白居易则本着"达则兼济天下,穷则独善其身"之旨而明哲保身。但刘禹锡则屡经坎坷而不屈不挠,直至老而不休。所以在思想上两人是同而又有别的。他们万劫余生,都享古稀高寿,晚年同在洛阳,亦官亦隐,日夕唱酬。人生观的差异,反映在文字上也就各异其趣。所以,朗读刘禹锡诗的末两句时,"尚满天"需重读,并慢慢收住,给听者以无限的想象,以引起对自己人生的无尽思考。

(付向红)

题乌江亭①

[唐] 杜　牧

胜败兵家事不期②,包羞忍耻是男儿③。
江东子弟多才俊④,卷土重来未可知⑤。

〔注释〕

①乌江亭:在今安徽和县东北的乌江浦。《史记·项羽本纪》载:项羽兵败,乌江亭长备好船劝他渡江回江东再图发展,他觉得无颜见江东父老,乃自刎于江边。②事不期:一作"不可期"。不期,难以预料。③包羞忍耻:意谓大丈夫能屈能伸,应有忍受羞耻的胸襟气度。④江东:自汉至隋唐,称自安徽芜湖以下的长江南岸地区为江东。⑤卷土重来:指失败以后,整顿以求再起。

〔赏读提示〕

相传杜牧于会昌元年赴任池州刺史时,路过乌江亭,写了这首咏史诗。全诗主要讲述了项羽溃围来到乌江,亭长建议渡江休整后再谋大计,他却觉得愧对江东父兄,羞愤自杀这件事。该诗针对项羽兵败身亡的史实,除了为他的负气自刎感到惋惜,更多的则是批评他不能总结失败的教训,刚愎自用,暗寓讽刺之意。

首句直截了当地指出胜败乃兵家常事。"事不期",正是说明胜败之事,是没有办法预料的,暗示了事情成败的关键在于如何对待问题,为下文"卷土重来"作好铺垫。

次句紧承上句,强调指出只有"包羞忍耻",才是"男儿"。"男儿"二字,令人联想到自诩为力能拔山、气可盖世的西楚霸王。而事实上,项羽却是遭到挫折便灰心丧气,含羞自刎,有愧于他的"英雄"称号。那么,在诗人眼中,什么才是真正的"男儿"?答案是明显的——不但有英雄气概,而且还要"包羞忍耻"。

第三句"江东子弟多才俊","江东"指江南,项羽起兵的地方。从意义上来看,这一句是诗人化用了亭长所说的"江东虽小,地方千里,众数十万人,亦足王也"的话,来谏言项羽:江东这个地方人才很多,若能吸取教训,完全可以重整旗鼓。人们历来欣赏项羽"无面见江东父兄"一语,认为表现了他的气节,其实这恰好反映了他的刚愎自用。在诗人杜牧看来,"包羞忍耻"而重返江东再整旗鼓,这才是"男儿"的本色。

"卷土重来"比喻失败之后重新恢复势力。"卷土重来未可知"是全诗最得力的句子,也是诗人情感的集中表现,着力体现了"包羞忍耻"之后的"男儿"气概,可惜的是项羽却不肯放下架子而自刎在这里。诗人用"卷土重来"不仅暗示了自己对项羽自刎乌江而惋惜之情,更多的则表现出了一种博大的气势,强调了"男儿"就要"败不馁"的思想,颇有积极意义。

诵读时,注意作者对男儿"包羞忍辱"的肯定,对重整旗鼓的自信,整首诗宜读得昂扬大气。

(陈春羽)

江楼有感①

[唐]赵嘏

独上江楼思悄然②,月光如水水如天。
同来玩月人何在③,风景依稀似去年④。

〔注释〕

①江楼:江边的楼台。②悄然:忧伤失落的样子。③玩月:赏月。④依稀:好像。

〔赏读提示〕

　　"登高"是备受古代文人雅士青睐之举,孔子"登东山而小鲁,登泰山而小天下",杜甫早年登泰山抒发"会当凌绝顶,一览众山小"的万丈豪情,晚年却借酒一解"万里悲秋常做客,百年多病独登台"之忧。"登高"饱含了墨客骚人多少悲欢,登上高处极目远眺,深感天地之大及一己之渺小,又寄寓了诗人几分身世之感。《江楼有感》正是一首典型的登楼感怀诗,诗人登上高楼,感慨物是人非,一种挥之不去的惆怅之感涌上心头。

　　开篇一个"独"字,刻画出诗人形单影只的形象,营造了一种孤独落寞的氛围。"思悄然"极为形象地展现出诗人满怀愁思的神态,令读者不禁思索:究竟是何景象令他如此愁苦?月光洒下的清辉不仅清冷了天空,也笼罩着内心凄冷的人。这一句情景互融,突出诗人心境的凄凉。究竟是景令人愁苦,抑或愁苦之人看景,景与我皆愁苦之色?而后,诗人的感情越发激越,吐露出"同来玩月人何在,风景依稀似去年"的心声。原来曾经一同游玩的人不知哪里去了,可风景却和去年大抵相同啊!可见是这物是人非的景象,引出了诗人孤独空幻的惆怅。时间的无限性与人生的短暂牵扯出诗人对生命的疼痛体验,物是人非之感也正是对生命的思考,流露出浓浓的生命意识。

　　本诗善用景物传达内心感受,营造高旷清冷的意境。千百年来"登高感怀"主题虽为万千诗人吟咏,但一首诗一处境,读者在品读这首诗时依然会感其孤独凄冷而动容,因其"物是人非"而惆怅,为其生命感怀而沉思。整首诗中,作者的情绪先低后高再低,朗读时要注意语气的这种变化。　　　　　　　　　(郭燕)

登乐游原①

[唐] 李商隐

向晚意不适②,驱车登古原。
夕阳无限好,只是近黄昏③。

〔注释〕

　　①乐游原:在长安(今西安)城南。②向晚:傍晚。不适:不悦,不快。③近:快要,即将。

〔**赏读提示**〕

这首诗描写了诗人登高望远的所见景象,表达了诗人对美好景色的赞美和美景易逝的惋惜。

"向晚意不适","向晚"指傍晚,交代了诗人登高的时间;"不适",即不快,交代了登高的原因。诗人情绪不佳,难以排解,在傍晚时分,驾车前往乐游原。"驱"、"登"连续两个动词,描绘了诗人驾着车子外出消散愁绪的画面。

后两句"夕阳无限好,只是近黄昏","无限"一词,将夕阳西下的美景描绘得淋漓尽致。斜阳照耀大地,广阔无边,灿烂辉煌,这样的美景令人陶醉。"无限"一词是诗人对落日景致的赞美,也是对美景长存的向往。景色如此无限美好,是因为夕阳西下。但也正由于夕阳西下,夜幕即将来临,美好难免逝去。诗人登乐游原而见落日,夕阳美景令他的出游得到了满足。然而,美景转瞬即逝又令诗人感伤。这两句写景、抒情,也喻理:美好辉煌的事物易逝,在其没落之时,华丽只是虚幻。诗人有难以排解的忧愁感伤,使得整首诗给人一种沉郁苍凉之感。朗读时,前两句以叙事口吻道来,第三句要体现诗人对夕阳美景的赞美感叹之情,末句流露出诗人对美景即逝的惋惜之情。 (庄静)

嫦　娥①

〔唐〕李商隐

云母屏风烛影深②,长河渐落晓星沉③。
嫦娥应悔偷灵药④,碧海青天夜夜心⑤。

〔**注释**〕

①嫦娥:古代神话中的月中仙女,传说是夏代东夷首领后羿的妻子。②云母屏风:用云母石制作的屏风。③长河:银河。晓星:晨星,又说是启明星,清晨时出现在东方。④灵药:指长生不死药。《淮南子·览冥训》载,后羿在西王母处求得不死的灵药,嫦娥偷服后奔入月宫中。⑤碧海青天:碧色的海,深蓝色的天,这里指嫦娥的枯燥生活。夜夜心:指嫦娥每晚都内心孤单。

〔**赏读提示**〕

《嫦娥》一诗咏叹嫦娥在月宫中的孤寂生活,并借这一苍凉而美丽的神话故事,抒发自己寂寞孤单的内心情感,提出对人生哲理的思考。全诗奇思妙想,意蕴丰富,情调感伤。

前两句描绘了主人公寂处幽居、永夜不寐的情景。室内,云母屏风透出残烛幽深的光影,营造冷清寂寥的氛围。一个"深"字,用烛影的黯淡衬托出主人公黯然凄幽的心境。室外,银河逐渐斜落,晨星也隐没低沉。唯一能给独处孤室的不寐者带来一些遐想的银河也即将消失,连最后默默陪伴自己的寥落晨星也行将隐没,何等凄凉。"渐"字暗示了时间的推移流逝,"落"与"沉"字逼真地描绘出银河斜落、晨星低垂、欲落未落的动态,主人公的心也似乎正在逐渐"沉""落"下去。天快亮了,又是一个孤单不眠夜。尽管这里没有对主人公的心理作任何直接的抒写刻画,但借助于环境氛围的渲染,主人公的孤清凄冷情怀和不堪忍受寂寞包围的意绪却几乎可以触摸到。诵读时应语速缓慢、语气低沉,读出孤寂寥落的情绪。

后两句意思是,嫦娥想必也懊悔当初偷吃了不死药,以致年年夜夜,幽居月宫,面对碧海青天,寂寥清冷之情难以排遣吧。这是由夜空而引发的联想。在孤寂的主人公眼里,嫦娥孤居广寒宫殿,寂寞无伴,其处境和心情不正和自己相似吗?"应悔"是揣度之词,这揣度正表现出一种同病相怜、同心相应的感情。诵读时应展开联想,读出悔意。

诗人由"悔偷灵药"的联想引发人们的思考:生命的意义何在?人为什么而活?像嫦娥那样牺牲现世的生活而换取长生不老,结果却是孤独寂寞的永伴,实在是对生命的折磨和摧残。与其如此,还不如人间儿女们那样有悲欢地热爱、有聚散地执着更有意义。这首诗通过讲述一个动人的故事,揭示人生哲理,启发人们思考。

(沈金陵)

韩冬郎即席为诗相送,一座皆惊。他日余方追吟"连宵侍座徘徊久"之句,有老成之风,因成二绝寄酬,兼呈畏之员外(其一)①

[唐] 李商隐

十岁裁诗走马成②,冷灰残烛动离情。
桐花万里丹山路,雏凤清于老凤声③。

〔注释〕

①韩冬郎：韩偓，乳名冬郎，是李商隐的连襟韩瞻的儿子，晚唐大有名气的诗人。②走马成：言其作诗文思敏捷，走马之间即可成章。③雏凤：指韩冬郎。老凤：指韩瞻。

〔赏读提示〕

这首诗用一条长题说明作诗的缘由，是李商隐写给他的故交韩瞻及其子韩偓的。"韩冬郎即席为诗相送"是851年秋末的事。当年李商隐离京赴梓州入东川节度使柳仲郢幕府，离长安时，韩瞻、韩偓父子为之饯行。韩偓才10岁，在酒宴上作诗相送，才华惊动一座。其诗有"连宵侍坐徘徊久"句子。五年之后，李商隐返回长安，回忆往事，想起当时的情景和他的诗句，感觉韩偓的诗句、诗风老练成熟，于是作二首绝句追答，同时转呈畏之员外。这首诗是其中一篇。

"十岁裁诗走马成，冷灰残烛动离情。"这两句是回忆当年长安饯别的情景，盛赞五年之前的韩偓文思敏捷，写出"连宵侍坐徘徊久"的诗句。"冷灰残烛"，酒宴上的蜡烛烧残了大半，烛芯的灰烬也冷却了。此句触动了自己离别的悲伤，在这种惨淡的气氛中，十岁的冬郎触发了诗思，飞速地挥写成送别的诗章。开头两句是对当年情景的追述，别宴的情况交代简略，重点妙赞冬郎题诗，突出主题。诵读时语气宜沉，节奏宜缓。

"桐花万里丹山路，雏凤清于老凤声。"这两句诗的艺术表现形式大胆创新，不落窠臼。诗人使用了比喻的手法，将冬郎父子比作凤凰，以"雏凤清于老凤声"表明青出于蓝，抽象的道理从而转化为具体的形象，通俗易懂。如此还不够生动，诗人又巧用虚实相生的表现手法，既实写了蜀地绮丽风光：遥远的丹山道上，美丽的桐花覆盖遍野，花丛中不时传来雏凤清脆圆润的鸣声，附和着老凤苍亮的呼叫，歌声更为悦耳动听。同时也虚写了对韩偓及其父韩瞻的赞美之情。一实一虚，一景一情，生发出无限的趣味。诵读时语气宜壮，宜读出赞美、欣赏的语调。

（陈春羽）

浣溪沙

［宋］晏　殊

一向年光有限身①，等闲离别易销魂②，酒筵歌席莫辞频。

满目山河空念远,落花风雨更伤春,不如怜取眼前人③。

〔注释〕

①一向:一晌,片刻之间。有限身:短暂的人生。②等闲:平平常常。销魂:魂魄飞散,形容人极度的悲痛或欢乐。③怜取:怜爱。取,语助词。眼前人:指眼前轻歌曼舞的女子。

〔赏读提示〕

芳年易去,人生苦短,平平常常的离别也会使人销魂断肠。对酒当歌,及时行乐,不要推辞这频频而来的歌舞欢宴。

极目辽阔无际的山河,会加重对远方亲友的怀念,见到风雨吹落鲜花,更加感伤春光的短暂。倒不如放开情怀,怜爱眼前这俏丽的佳人,她会给我带来快乐无限。

这是写伤感离愁的词作。虽是道离愁却笔力厚重,格调遒劲,所以并不见凄厉哀伤之感。诵读时要表现出释怀、明快之感。

"一向年光有限身",劈面而至,猝不及防。短暂的时光啊,有限的生命!词人哀怨的是无法解决的难题,因为那是无法抗拒的自然规律。谁不希望那美好的年华永不改变?诵读时,强烈地直接呼喊出来,便有撼人心魄的效果。

紧接"等闲"句,加厚一笔。词中所写的只是一次平常的离别,既不是生离,也不是死别。"等闲"二字,殊不等闲,词人用情之深如此可见。词人本已感叹人生是如此短暂,而这短暂的人生中却还要有一次又一次伤感的别离。词人只能安慰自己"酒筵歌席莫辞频"。痛苦有何用,不如对酒当歌,放开怀抱吧。"频",说明宴会经常会有。叶梦得《避暑录话》载,晏殊"惟喜宾客,未尝一日不宴饮,每有嘉客必留,留亦必以歌乐相佐","日以饮酒赋诗为乐,佳时胜日,未尝辄废"。"酒筵歌席",即指这些平常日子里的宴饮。这句表现出作者想借及时行乐来慰藉自己,麻痹自己的痛苦和伤感。"莫辞"二字蕴含了多少的无奈,多少的痛,在诵读此句时要强调"莫辞"二字。

这三句一气呵成而笔意回曲,诵读时,要注意抑扬顿挫,而又节奏紧凑。

"满目"两句,虚写自己登高远眺那广阔无边的河山,也只能徒然地怀思远别的亲友。"空"字在古诗词里经常被用作徒然之意,表现无奈伤感之情。比如"隔夜黄鹂空好音","空令岁月易蹉跎"。回到家中也只能独处,此时风雨无情地摧落着繁花,看了只能更加伤感。春去太匆匆,惜春之情油然而生。这两句读来要低沉而缓慢,显出悲伤之感。

与其徒然感伤,不如在歌筵酒席之中,好好爱怜眼前的歌女。至此,词作的感情陡然转变。作者不想困在这伤春伤别的情绪中,他想到办法把自己从这桎梏中解脱出来。故要读出洒脱之感。

"满目"句承"等闲离别","落花"句承"一向年光",以"满目山河"与"落花风雨"的具体意象,补足"有限身"和"易销魂"的抽象情感,在换头处,拓出大境。要读出洪亮的悲壮之音,使上下两阕融合无间。

吴梅《词学通论》特标举此二语,认为较大晏的名句"无可奈何花落去,似曾相识燕归来"胜过十倍而人未知之。吴氏之语虽稍偏颇,但却能独具慧眼。此处"满目山河"二语,"重、拙、大"兼而有之,《浣溪沙》中仅此而已。

"不如怜取眼前人"表现出作为位高权重的宰相,晏殊不会用痛苦的情怀折磨自己,也不会沉溺在歌酒之中不能自拔;他要"怜取眼前人",用眼前的欢娱来消弭永恒的愁苦。这也从另一个层面反映了作者对待生活的态度。

词中所写的并非为了表现一时所感,也非为了写一事,而是反映了作者人生观的一个侧面:悲人生之短暂,感万事之无常;慨叹难以逾越的时空距离,慨叹美好的事物终将逝去,一切追逐都是徒然。山河风雨中却又寄寓了作者对处世哲学的思考和探索。所以词人猛然领悟到:要立足当下,牢牢地抓住现在所拥有的一切。

(包丽玲)

浣溪沙

[宋]晏 殊

一曲新词酒一杯①,去年天气旧亭台②。夕阳西下几时回?
无可奈何花落去③,似曾相识燕归来④。小园香径独徘徊⑤。

[注释]

①"一曲"句:此句化用白居易《长安道》意:"花枝缺入青楼开,艳歌一曲酒一杯"。一曲,一首。新词,刚填好的词,意指新歌。酒一杯,一杯酒。②"去年"句:是说天气、亭台都和去年一样。此句化用五代郑谷《和知己秋日伤感》诗:"流水歌声共不回,去年天气旧池台。"旧,旧时。③无可奈何:不得已,没有办

法。④似曾相识:好像曾经认识。形容见过的事物再度出现。后用作成语,即出自晏殊此句。燕归来:燕子从南方飞回来。燕归来,春中常景,在有意无意之间。⑤香径:带着幽香的园中小径。独:副词,用于谓语前,表示"独自"的意思。徘徊:来回走。

〔**赏读提示**〕

　　对美好事物的留恋是作者的创作思绪,其间流露出淡淡的惆怅和哀愁,既含蓄又富有哲理。晏殊一生的仕途生涯是十分顺畅的,其人较为贤明,在政治方面以清廉著称。他的一生可谓春意盎然,生机勃勃。

　　上阕以音乐之美开篇,自己先沉浸在优美的旋律当中,再饮一杯美酒,这是多么快意和悠闲的时刻啊!据说诗人写作之时官至宰相,可见这样的情形是他当时生活的真实写照,美酒配以美曲自然是让人惬意的。首句写实,简单的名词涵盖了音乐、美酒、天气和亭台,这14个字营造出一个如画的场面,这样的句子比那些纯粹描写景物的要生动得多。后一句"夕阳西下几时回"是一个转折式的问句,从雅兴中倏忽转为感慨。我们在这里不妨联想一下,类似于"夕阳西下几时回"的名句在古代文学作品当中是比较多的,比如"送去几时回"、"绿杨芳草几时休"等,这样的问加重了感叹的语气,比直接感叹的程度要深。在这里,作者借夕阳落山时的景象,对自己的人生进行思考和追问。那美好的一生,慢慢地就要去了,不知何时才能回来。这是在理智的情况下感慨的,并不那么伤悲。

　　下阕是情感的延伸和递进。用"花"和"燕"这两个生活中常见的事物来映衬心理,既真实可信,又能表达情怀。"无可奈何花落去"就是一种理智的看法,花落了就落了,你能怎么办?没有人能阻止自然的变化和生命的衰退。虽然无奈,所幸的是花落了,燕子来了。这样巧妙的安排,倒富有很深的哲理。其实人生就是这样的,"沉舟侧畔千帆过,病树前头万木春",推陈出新,这是规律,亘古不变。作者既然能理解这样的自然规律,自然在作品当中没有极其消极的心理因素。面对这样的景,他不落泪,不悲伤,只是独自一个人在园中小径久久徘徊。晏殊的这种心态是极其豁达、平和、理智的。

　　作品中用词简练,构思精巧,蕴含哲思。"年年岁岁花相似,岁岁年年人不同",这种轮回是在所难免的,谁也不能挣脱这自然规律。官者也好,庶民也罢,总是要随着时光的流转而不断更新的。"无可奈何花落去,似曾相识燕归来",为词中亮点之笔,浑然天成,没有任何雕琢的痕迹。千古传诵,直到今天,它依然在闪烁着文学光华。

(汪开栋)

画眉鸟

〔宋〕欧阳修

百啭千声随意移^①，山花红紫树高低。
始知锁向金笼听^②，不及林间自在啼^③。

〔注释〕

①啭：鸟婉转地啼叫。随意：随着自己（鸟）的心意。②始：才。金笼：贵重的鸟笼，喻指不愁吃喝、生活条件优越的居所。③不及：比不上。

〔赏读提示〕

《画眉鸟》作于欧阳修被贬为滁州知县之时，借对林间画眉自由自在生活的歌咏，抒发内心对摆脱羁绊、回归自由的渴望。寻常鸟语，引人深思，耐人寻味。

诗的第一句描写画眉鸟的鸣叫声："百啭"形容叫声的婉转多变、悦耳动听；"千声"写出其叫得连续不断，很有兴致；"随意移"是说画眉鸟完全按照自己的心意歌唱，不受约束，没有任何干扰。作品开篇从三个角度向我们展示了一个自由的王国，一个属于鸟儿们的快乐天堂。第二句，进一步具体描写画眉鸟鸣叫的环境：山花，姹紫嫣红、争芳斗艳；树木，高低错落、俯仰生姿。鸟儿们穿行舞动于花丛中，蹦跳翻飞于树梢间。丰富的自然色彩、广大的自由空间，怎能不令人心生向往？诵读时应读得轻快，语调上扬，读出自由自在于自然美景中的喜悦之情。

诗的后两句用对比的手法，以林中鸟的"自在啼"与笼中鸟对比，强调了即使拥有"金笼"这样精致华美的居所，也不如把它们放回林间，任意翔鸣来得自由自在。诗人写画眉实是写自己，借咏画眉抒发自己的内心，寄托着挣脱羁绊、追寻自由的渴望。管什么金带紫袍、锦衣玉食，也不及自由可贵啊！"始知"二字又说明这样的道理作者是经过长时间才蓦然明晓的，大有如梦方醒之慨。诵读时，语气要舒缓，要注意读出对自由的向往之情和恍然大悟的感慨之意。

（沈金陵）

城　南

[宋]曾　巩

雨过横塘水满堤①，乱山高下路东西②。
一番桃李花开尽，惟有青青草色齐③。

〔注释〕

①横塘：古塘名，在今南京城南秦淮河南岸。②乱山高下：群山高低起伏。
路东西：分东西两路奔流而去。③惟：只，仅仅。

〔赏读提示〕

《城南》描绘暮春时节大雨过后的山野景象，笔调轻快，写景如画，是曾巩诗作中的杰出篇章。

诗的前两句写出春雨量大、迅猛的特点。大雨过后，池塘水满，溢出堤岸，群山起伏，山路崎岖，河水分东西两路直奔而下。一个"满"字、一个"乱"字生动地再现了当时的景象。诵读时，语速应急促一点，要让人有身临其境之感。

诗的后两句描绘了这样一番景致：昔日绚丽似锦的桃李经受不住暴风袭击的考验，已经零落殆尽；只有一片青草，不仅未被摧毁，反而翠绿欲滴，甚至长得整整齐齐，毫无零乱倒伏之状。作者运用对比的手法，以桃花、李花的"尽"与小草的"青"、"齐"形成鲜明的反差，烘托小草难以被摧毁的韧劲，并暗示了这样的一个哲理：桃李虽美，生命力弱小；青草朴素，生命力很强大。诵读时要读出对小草的赞美之情。

作者选取日常习见但又有典型意义的景物作为描写对象，含理趣而不失诗意，既深刻又自然，耐人玩味。

(沈金陵)

登飞来峰①

[宋]王安石

飞来峰上千寻塔②，闻说鸡鸣见日升③。
不畏浮云遮望眼④，只缘身在最高层⑤。

〔注释〕

①飞来峰：即浙江绍兴城外的宝林山。②千寻：古代一寻是八尺，形容塔高。③闻：听说。④不畏：不怕。浮云：浮在空中的云彩，暗喻小人。眼：视线。⑤只缘：只因为。层：处，地方。

〔赏读提示〕

《登飞来峰》是王安石30岁那年夏天，从鄞（yín）县知县任满回江西临川故里时，途经杭州时所写。字里行间表达了诗人意气风发、无所畏惧的精神面貌，体现了诗人实行改革的理想和抱负。

"飞来峰上千寻塔"，一个"上"字，交代了"飞来峰"与"千寻塔"的位置关系。"千寻"用夸张的手法，表达了塔在峰上、高耸入云的气势。"闻说鸡鸣见日升"，"闻"与"见"两词前后呼应，将听觉与视觉结合，将听闻的虚景写实成所见到的景色，巧妙地写出在高塔上看到的旭日东升的辉煌景象，充分表达了诗人对前程的信心，奠定了全诗的情绪基调。诵读时，重读"千寻塔"、"日升"，有利于突出这一点。

全诗的后两句，从写景过渡到抒发志向。"不畏浮云遮望眼"，"遮"字将"浮云"与"眼"巧妙勾连。"不畏"二字，表达了诗人无所畏惧的豪情。"身在最高层"体现诗人高瞻远瞩的气概，一个"最"字将站在高处眺望远方的豪迈体现得极为到位。本诗的后两句构思巧妙，也一举决定了本诗千古绝句的地位。从写作常理来说，先说原因，再说结果。诗人反其道行之，将结果与原因倒置，强调表达的重点在因不在果，极具哲理地强调不能只看眼前，应该关注全局与将来。在朗读时，要体会作者当时的心境，表达出意气风发、对前途充满信心的气概。诵读时，重读"不畏"、"最高层"，有利于突出这种心境。

（庄静）

秋日偶成

［宋］程 颢

闲来无事不从容①，睡觉东窗日已红②，
万物静观皆自得③，四时佳兴与人同④。
道通天地有形外，思入风云变态中⑤，
富贵不淫贫贱乐⑥，男儿到此是豪雄⑦。

〔**注释**〕

①从容：不慌不忙。②睡觉：睡觉醒来。觉，醒。③静观：仔细观察。④四时：春、夏、秋、冬四季。⑤变态：变化的形态。⑥淫：放纵。⑦豪雄：英雄。

〔**赏读提示**〕

一、二两句"闲来无事不从容，睡觉东窗日已红"，写日子闲散安适的时候，没有哪一件事情不是从容自如的，往往一觉醒来，东边的窗子早已被日头照得一片通红。一个"闲"字，点明了快乐的入门之径，即不要太在意生活中的一切。儒家讲究入世，"闲"并非无为，而是要求你不要把名利得失、生活所需看得太重，带着超然的心情去入世。无事，并不是没有事，而是与后面的"不从容"构成双重否定，即为肯定，指一切事应对起来都会从容不迫、不慌不忙，这样的话，即使你要应对再多俗务也不会焦虑。第二句表面上写的是"自然醒"，实际表现出的是超然物外、心无挂碍才能够高枕无忧。这两句诗语调宜缓，"闲来"之后可以有一个舒缓的声音延长，再悠悠然读出"无事不从容"五字，整个句子可以"二二三"处理，或以"二二一二"读出，要读出一种悠然自得的心情。"睡觉东窗日已红"更应读出一种百无牵挂、一觉睡到自然醒的惬意。

三、四两句为宋诗名句。当人不为世俗的条条框框所羁绊时，就会更加与自然相契合。静下心来，排除外界干扰，就会发现世间万物都是自然而然的；人的佳兴与四时的变化正如自然万物一样，也是自然而然的，是有规律的。既然不可强求，又何须汲汲于名利、碌碌于俗务呢？顺其自然，才能保持快乐心境。活在风轻云淡的好心情中，人与自然相契，就时时刻刻都能从自然万物中感受生命之美，谁能说这样的生活不幸福快乐呢？这两句仍可以"二二三"的节奏读出，前句的"皆自得"三字可以慢读而又有顿挫之感，表达出作者对世情哲理的了悟。

五、六两句进一步提炼自己从中得到的感悟。"道通天地有形外，思入风云变态中"，道理通着天地之间一切有形无形的事物，思想渗透在风云变幻之中。快乐不在于找到自我，更在于超越自我。道，即规律，不是指天地有形的东西，那些"通"于"有形"外，才是大道，所以"道通天地有形外"。对快乐来说，就是说快乐之道也是超越现实生活之上的，它依赖现实而又高于现实。"思入风云变态中"，是说真正宇宙的法理，超乎天地间一切有形事物之上，无所不在的，只有深入其中，超越其上，才能识其道。对快乐而言，就是说超脱生活之外才能体会到生活的快乐。实际上这两句是用客观自然界规律获得的办法——超越万物之外才能得到大道，来说明快乐取得的途径——超越生活现实才能获得现实生活的快乐。这两句读来颇有一点"豁然而解"之感，要读出一种悠然超然而又不同于道家的无为消极，是一种观心自得、超越自然来认识自然的理趣。

七、八两句"富贵不淫贫贱乐，男儿到此是豪雄"，关键在于对富贵贫贱的看法。诗人认为，有权有势有钱不骄淫放纵，知道守度、守规矩；一贫如洗也能安于现状，没有非分之想，甚至自得其乐，果能如此，当然是"男儿到此是豪雄"。不汲汲于富贵，不戚戚于贫贱，才能够淡看一切人世得失，以不变的真我超然于外物之外，应对人世各种事务，也才能够达到一种"无事不从容"的恬淡闲适的境界。

此句读来应有一种淡泊心志之感，同时通过舒缓疾徐、抑扬顿挫来表达对这种人生态度的肯定与欣赏，结尾的语气可以略微上扬。 （莫春雷）

题西林壁①

[宋] 苏 轼

横看成岭侧成峰①，远近高低各不同③。
不识庐山真面目④，只缘身在此山中⑤。

〔注释〕

①题西林壁：写在西林寺的墙壁上。题，书写，题写。西林，西林寺，在江西庐山西麓。②横看：从正面看。庐山是南北走向，横看就是从东面、西面看。侧，侧面。③各不同：各不相同。④不识：不能认识，辨别。真面目：指庐山真实的景色、形状。⑤缘：因为，由于。此山：这座山，指庐山。

〔赏读提示〕

宋元丰七年（1084），苏轼在庐山中游览了十多天，写了一系列的诗作，这是其中之一，当时题写在西林寺的墙壁上。宋人写诗比较注重在诗歌中阐述哲理，这首诗就是如此，借景说理，语浅意深。

前两句"横看成岭侧成峰，远近高低各不同"，实写游山所见。庐山是座丘壑纵横、峰峦起伏的大山，游人所处的位置不同，看到的景物也各不相同。这两句形象地概括出了移步换形、千姿万态的庐山风景。

后两句"不识庐山真面目，只缘身在此山中"，是即景说理，谈游山的体会。之所以不能辨认庐山的真实面目，是因为身在庐山之中，视野为庐山的峰峦所局限，看到的只是庐山的一峰一岭、一丘一壑，局部而已，都不能代表庐山，无法反映出庐山的整体风貌。

后两句紧紧扣住游山，谈出自己独特的感受，奇思妙发，言近旨远。游山所见如此，观察世上事物不也是如此吗？由于人们所处的地位不同，看问题的出发点不同，对客观事物的认识难免有一定的片面性。要认识事物的真相与全貌，必须超越狭小的范围，摆脱主观成见。生活中很多事情都是如此：旁观者清，当局者迷。

《题西林壁》除了有庐山谷峰的奇秀形象给人以美感之外，又有隽永的哲理启人心智。因此，朗读时要把握住这首小诗的含蓄蕴藉，思致邈远。　（朱友林）

琴　诗

〔宋〕苏　轼

若言琴上有琴声^①，放在匣中何不鸣^②？
若言声在指头上，何不于君指上听^③？

〔注释〕

①若言：如果说。若，如果。②匣：收藏东西的器具，通常指小型的，盖可以开合。鸣：发出声音，使发出声音。③何：为何。

〔赏读提示〕

苏轼这首小诗只有四句，轻灵而富有理趣：一支乐曲的产生单靠琴不行，单靠指头也不行，还要靠人的思想感情和技术的熟练。琴不难掌握，指头人人有，但由于人的思想感情和弹琴技术的差异很大，演奏出来的乐曲也就大不一样了。诗里用了两个提问，让读者去思考。这其实是个高深的哲学问题，事物与事物之间只是由于发生了联系，才得以存在。或者说，这是一个复杂的美学问题：产生艺术美的主客观关系。

前两句作者提出了自己的思考：琴是如何发出声音的？七条琴弦如此神奇，高山流水，余音绕梁，绵延不绝，令人闻之如醉。如果说琴弦上自然能够发声，那么将琴放在琴匣中，远离了宫、商、角、徵、羽，又无声无乐。

后两句承上句的疑问提出假设，如果说琴音并非从弦上自然发，而是由手指头发出的，那么为什么不能靠近指头直接听到乐声呢？这就令人更为恍惚，指头并非琴，何故触弦有音？这优美的琴声到底是从指头上来，还是从琴弦上来？抑或从琴外来，从指外来？

其实，琴之所以能演奏出优美的音乐，不光需要靠琴，还要靠人的指头弹动。人的手指和琴同时存在是发出琴音的物质基础，只有两者相辅相成，才能奏出优美的音乐。由于丝弦的粗细不同，所以用抹挑勾剔等不同的手法，在不同的音位弹奏不同的弦，才能使琴发出不同的优美琴声。

这里既富有一种审美情趣也颇有一种哲学理趣。东晋田园诗人陶渊明"性不解音，而蓄素琴一张，弦徽不具，每朋酒之会，则抚而和之，曰：但识琴中趣，何劳弦上声"（《晋书·陶渊明传》）。他认为音乐的真意不在声音本身，而在于声音之外，表现出他对弦外之意的追求，对"无弦"之美的肯定。古琴美学由此重视象、意之间的关系，并逐渐在古琴审美上形成了重意轻象的定式，以追求弦外之意为古琴演奏的最高境界。

该诗哲理性很强，富有禅机。音乐无所谓真实与否，要以"谐无声之乐，以自得为和"，通过内心的感受而自得。因此，这首诗所揭示的，就是琴、指头和琴声三者之间的矛盾关系。如果把演奏者包括在内，那么，演奏者的思想感情和技能与琴、指之间的关系，又可以看作是事物的内部矛盾（内因）和事物的外部矛盾（外因）之间的关系。前者是音乐产生的根据，后者则是音乐产生的条件，两者缺一不可。美妙的乐曲是一个有机整体，而整体都是由若干相互影响、相互制约的部分、要素构成的。琴声中指头、琴、演奏者的思想感情、演奏技巧等部分、要素是相互依存、缺一不可的。它们之间是相互影响、相互制约的关系，存在着紧密的联系。读之再三，就会感到理趣盎然。

这首哲理小诗一共只有两句疑问，如何能读出理趣？首先，朗读语速不可过快，可按常规七言的"二二三"的节奏来读，其中一、二两句的第五字皆可重读；其次，语调略微上扬，并延长读音以增疑问，于抑扬顿挫中带着追问的意趣与哲理性的思考。

（莫春雷）

卜算子① 咏梅

［宋］陆　游

驿外断桥边①，寂寞开无主②。已是黄昏独自愁，更著风和雨③。
无意苦争春④，一任群芳妒⑤。零落成泥碾作尘⑥，只有香如故⑦。

〔注释〕

①卜（bǔ）算子：词牌名。②驿外：荒僻、冷清之地。驿，驿站，供驿马或官吏中途休息的专用建筑。断桥：残破的桥。②寂寞：孤单冷清。无主：自生自灭，无人照管和玩赏。③更：副词，又，再。著（zhuó）：同"着"，遭受，承受。④无意：不想，没有心思。苦：尽力，竭力。争春：与百花争奇斗艳。此指争权。⑤一任：全任，完全听凭。群芳：群花、百花。这里借指诗人政敌——苟且偷安的主和派。妒：嫉妒。⑥零落：（花叶）脱落。碾：轧烂，压碎。作尘：化作灰土。⑦香如故：香气依旧存在。

〔赏读提示〕

这首《卜算子》以"咏梅"为题，咏物寓志，表达了自己孤高雅洁的志趣。梅花如此清幽绝俗，出于众花之上，可是"如今"竟开在人迹罕至、寂寥荒寒的"断桥"，梅花也就倍受冷落了。从这一句可知它既不是官府中的梅，也不是名园中的梅，而是一株生长在荒僻郊外的"野梅"。它既得不到应有的护理，更谈不上会有人来欣赏。随着四季的代谢，它默默地开了，又默默地凋落了。它孑然一身，四顾茫然——有谁肯一顾呢，它可是无主的梅呵！"寂寞开无主"一句，作者将自己的感情倾注在客观景物之中，首句是景语，这句已是情语了。上阕可用低沉的声音读出忧愁之感。

日落黄昏，暮色朦胧，这孑然一身、无人过问的梅花，何以承受这凄凉呢？它只有"愁"——而且是"独自愁"，这与上句的"寂寞"相呼应。驿外断桥、暮色、黄昏，原本已寂寞愁苦不堪，但更添凄风冷雨，孤苦之情更深一层。"更著"这两个字力重千钧，前三句似将梅花困苦处境描写至极致，但"更著风和雨"似一记重锤将前面的"极限"打得崩溃。这种愁苦仿佛无人能承受，至此感情渲染已达高潮，然而尽管环境是如此冷峻，它还是"开"了。上阕四句，虽然只言梅花处境恶劣，于梅花只作一"开"字，但是其倔强、顽强已不言自明。

下阕托梅寄志。梅花凌寒先发,只有迎春、报春的赤诚却不去"苦争春"。"苦"者,抵死、拼命也,从侧面讽刺了群芳。梅花并非有意相争,既然"群芳"有"妒心",就"一任"它们去嫉妒吧。在词中,写物与写人,完全交织在一起了。草木无情,花开花落,是自然现象。其中却暗含着作者的不幸,揭露了苟且偷安的那些人的无耻行径。说"争春",是暗喻人事;"妒"则非草木所能有。这两句表现出陆游性格孤高,决不与争宠邀媚、阿谀逢迎之徒为伍的品格和不畏谗毁、坚贞自守的铮铮傲骨。下阕可先读出激愤,再读出坚定,最后一句是全诗高潮,可读得音高而长,留下无穷余味。

最后几句,把梅花的"独标高格"写得更进一层。前句承上阕的寂寞无主、黄昏日落、风雨交侵等凄惨境遇。句中七个字四次顿挫:"零落",不堪雨骤风狂的摧残,梅花纷纷凋落了,这是第一层。落花委地,与泥水混杂,不辨何者是花,何者是泥,这是第二层。"碾"字显示出摧残者的无情,被摧残者的凄惨境遇,这是第三层。结果呢,梅花被摧残、被践踏而化作灰尘了,这是第四层。梅花的命运如此悲惨,简直不忍直视。但虽说梅花凋落了,它那"别有韵致"的香味,却永远"如故"。仍然不屈服于寂寞无主、风雨交侵的威胁,只是尽自己之能,一丝一毫也不会改变。末句具有扛鼎之力,它振起全篇,把前面梅花的不幸处境一概扫却。

这首词押的是仄声韵,朗读时要注意读出下沉的语气,体会韵脚字在传情达意上的作用。 (程云)

冬夜读书示子聿①

[宋] 陆 游

古人学问无遗力②,少壮工夫老始成③。
纸上得来终觉浅④,绝知此事要躬行⑤。

〔注释〕

①示:训示、指示。子聿(yù):陆游的小儿子。②学问:指读书学习,有做学问的意思。无遗力:用出全部力量,没有一点保留,不遗余力、竭尽全力。遗,保留。③少壮:青少年时代。工夫:(做事)所耗费的时间。④终:到底,毕竟。觉:

感觉，觉得。浅：少。⑤绝知：深入、透彻地理解。躬行：亲身实践。行，实践。

〔赏读提示〕

　　这是一首教子诗，是要告诉儿子学习的道理。

　　首句是对古人刻苦做学问精神的赞扬，要读出赞扬之情。"无遗力"就是毫无保留，全力以赴的意思。"无"可读得长一点，"遗力"可重读。

　　次句是说做学问的艰难。只有从少年开始，养成良好的学习习惯，打好扎实的基础，并经过几十年的努力，最后才能有所成就。否则只能是"少壮不努力，老大徒伤悲"。这是以古人刻苦学习的精神及做学问的艰难来告诫自己的儿子：做学问一定要有孜孜不倦、持之以恒的精神。"老"可读得长一点，"始成"要重读，要读出谆谆告诫之情。

　　后两句，诗人更进一步指出实践经验的重要性。"纸上得来"指的是书本知识，"绝知此事"指的是真正把握事物的底蕴，"躬行"就是亲自去实践，眼见为实。孜孜不倦、持之以恒地学知识，固然很重要，但仅此还不够，因为那只是书本知识。书本知识是前人实践经验的总结，认识真理不能纸上谈兵，要"亲身躬行"。这一句中，"终"、"浅"可重读，"绝知"、"躬行"也可重读，"要躬行"最好读升调，要读得字字铿锵。

　　诗的前两句，赞扬了古人刻苦学习的精神，提出了做学问的艰难，告诉人们只有少年时养成良好的学习习惯，打好扎实的基础，将来才能成就一番事业。

　　诗的后两句，特别强调了做学问的功夫要下在哪里，这是做学问的诀窍。书本知识是前人实践经验的总结，能否符合此时此地的情况，还有待实践去检验。只有经过亲身实践，才能把书本上的知识变成自己的实际本领。

　　这首诗以思想和哲理取胜，使我们在理性的思辨中受到教益。诗人在书本与实践的关系上，强调了实践的重要性，这符合唯物主义认识论的观点。这种独到的见解，不仅在当时对人们做学问、求知识大有裨益，即使在今天，仍具有较强的启迪和指导意义。

　　　　　　　　　　　　　　　　　　　　　　　　　　　　　（汪永亮）

过松源晨炊漆公店①

[宋] 杨万里

莫言下岭便无难②，赚得行人空喜欢③。

正入万山圈子里，一山放过一山拦。

〔注释〕

①松源、漆公店：地名，在今皖南山区。②莫言：不要说。③赚得：骗得。空喜欢：白白的喜欢。

〔赏读提示〕

这是一首哲理诗，诗人借写登山、下山时的心理感受，论述人生道路充满艰难，要不断和"难"做斗争，不要被一时成功迷惑的人生哲理。

第一、二句用"莫言"领起，直陈观点，振聋发聩，既是诫人，亦是自诫。不要认为上山艰难下山就轻松了，遭遇不到困难了。这种想法是幼稚的，只会让人空欢喜一场。"赚"即是"骗"，将崎岖的下山路人格化，似在嘲笑轻视它的人空欢喜一场的狼狈模样。这两句只下结论，没有论证，显然有待下文，充分调动起读者往下阅读的兴趣。朗读第一句时，声音干脆利落，强调"莫言"二字。

三、四两句果然紧承"空欢喜"，给出了下结论的一句。你上山时翻过多少道山岭，下山自然还要翻过多少座，下山过程中难免有时还要翻越另一座小山头。这两句可比前两句读得松缓些。

山本无知，"一山放过一山拦"的形容却把山变成了有生命、有灵性的东西。它仿佛给下山的行人布置了一个迷魂阵，设置了层层叠叠的圈套。而行人却因是下山而轻视困难，于是出现了种种心情——意外、惊诧、厌烦、痛恨直至恍然大悟、安之若素，也都在这一"拦"一"放"的重复中体现出来了。

这首诗创作于诗人在建康江东转运副使任上外出游历的时候。诗人一生力主抗战，反对屈膝投降，故一直不得重用，宋孝宗登基后，更被外放做官。作者途经松源时，见群山环绕引发感慨，写下了这首朴实而又意味深长的哲理诗。

（孙霁蔚）

观书有感（其一）

［宋］朱 熹

半亩方塘一鉴开①，天光云影共徘徊。
问渠那得清如许②，为有源头活水来③。

〔注释〕

①方塘：又称半亩塘，福建尤溪城南郑义斋馆舍（后为南溪书院）内。鉴：镜子。②那：通"哪"，怎么。③为：因为。

〔赏读提示〕

《观书有感》是宋代思想家、哲学家、教育家朱熹的说理组诗，共两首。本诗为第一首。全诗以方塘比喻读书，以形象的画面感表达了一种只可意会不可言传的读书感受。这首诗所表现出的读书有感、有得时的自在境界，正是诗人作为一位哲学家、教育家的切身感受。

"半亩方塘一鉴开"，诗人用半亩大小的方形池塘来比喻读书，这一新奇的比喻体现了诗人丰富的想象力。"半"与"一"，两个数词前后呼应，把微妙难言的读书感受体现得淋漓尽致。第二句用"天光"与"云影"，描绘了蓝天和白云的影子倒映在池面上的美妙景色，一个"共"字，体现两者之间的相得益彰，互相映衬。

后两句以设问方式引导读者思考，让读者自己去领略其中的奥妙。自问自答间，将写景与读书巧妙过渡。看似解释美好景色的由来，实则以源头活水比喻读书学习，要坚持开卷不断汲取新知，才能有日新月异的进步。诗人以象征的手法，将这种读书的微妙感受化作可看、可赏、可思的具象画面加以描绘，所谓"源头活水"，当指作者内心的不竭灵感。

朗读时，"问渠那得清如许"注意设问语气，可略作停顿，以留白的方式引导读者思考；"为有源头活水来"注意体会诗人对读书有所得、有所思、有所感的自在心态。

（庄静）

观书有感（其二）

〔宋〕朱　熹

昨夜江边春水生，艨艟巨舰一毛轻①。
向来枉费推移力②，此日中流自在行③。

〔注释〕

①艨艟：古代攻击性很强的战舰名，这里指大船。一毛轻：像一片羽毛一般

轻盈。②向来：原先，指春水上涨之前。推移力：指浅水时行船困难，需人推挽而行。③中流：河流的中心。

〔赏读提示〕

"昨夜江边春水生"写出做学问从量变到质变的过程。诗人用水上行舟作比，说明读书应该有个循序渐进的过程，要在渐进中穷尽事理，初学时需要"推移"之力，到后来探得规律，懂得事理之时，就能"自在"而行了。

前两句是叙述描写，因为昨夜下了大雨，江边春水猛涨，所以本来搁浅的"艨艟巨舰"，就像鸿毛那样浮了起来。诵读时应该舒缓、平和，"一毛轻"可以读出一点惊喜。

后两句是议论，当"艨艟巨舰"因江水枯竭而搁浅的时候，多少人费尽力气推，结果都是枉费，哪能推得动呢？可是严冬过尽，春水方生，形势就一下改变了，从前推不动的"艨艟巨舰"，此时在一江春水中自在航行，何等轻快！诵读时可以读出功到自然成的畅快喜悦之情。

本诗讲的是读书的方法，但全诗无一字谈读书，只是用比喻的方法，很通俗地告诉人们怎样读书，形象生动。 （章翼）

春　日

［宋］朱　熹

胜日寻芳泗水滨①，无边光景一时新。
等闲识得东风面②，万紫千红总是春。

〔注释〕

①胜日：天气晴朗的日子。寻芳：游春、踏青。泗水：河名。今山东省泗水县。滨：水边，河边。②等闲：平常，轻易。东风：春风。

〔赏读提示〕

《春日》是朱熹的一篇写景明理的诗作，写自己的寻春感受，既表达对美好春光的不尽赞美，又蕴含哲理，内涵丰富。

首句点明出游的天气、地点和目的。诗人选择了丽空晴日这样的好日子，沿着泗水河畔去郊游，为的是寻觅美好的春景。

后三句写"寻芳"的所见所识。其中,先写所见的初步感受:无边无际的春天景色焕然一新。春意"无边",视线所及尽括其内。"一时新",既写春回大地、万物复苏、焕然一新之景,又写出作者郊游时耳目一新的欣喜之情。诵读时语调轻快,满溢着发现春天、享受春景的喜悦。

接着写进一步的认识。随便什么地方,很容易就可以看出春天的面貌,因为春风吹得百花开放、万紫千红,到处都是春天的景致。这两句是对美好春光的不尽赞美,同时,这些美好的景致都是春风带来的,如果没有春风,就没有这美好的春天。赞美之中又发出理趣,别具一格。

字面上看,这首诗好像是写游春观感,但细究寻芳的地点是泗水之滨,而此地在宋南渡时早被金人侵占,因此这其实为一则哲理诗。诗中的"泗水"暗喻孔门,"寻芳"暗喻求圣人之道,"东风"暗喻教化,"万紫千红"喻孔学的丰富多彩。诗人将圣人之道比作催发生机、点染万物的春风,由"寻"而"识",步步深化,寓理趣于形象之中,高明之至。

(沈金陵)

丑奴儿①　书博山道中壁②

［宋］辛弃疾

少年不识愁滋味③,爱上层楼。爱上层楼,为赋新词强说愁④。
而今识尽愁滋味,欲说还休⑤。欲说还休,却道天凉好个秋。

〔注释〕

①丑奴儿:词牌名。②博山:在今江西省广丰县。淳熙八年(1181),辛弃疾罢职退居上饶,常过博山。③少年:指年轻的时候。④强(qiǎng):勉强地,硬要。⑤休:停止。

〔赏读提示〕

此词通过回顾少年时不知愁苦,衬托"而今"愁苦之深重难道。全词的朗读基调宜上阕轻松俏皮,下阕伤感沉痛,应注意读出对比感。

词的上阕,作者回忆少年时代的自己不知愁苦,所以喜欢登上高楼,凭栏远眺,寻找写诗的灵感,模仿前人言"愁"。少年时代的辛弃疾虽然生长在中原沦陷区,但他不仅有抗金复国的胆识和才略,而且有中原可以收复的信心,一个满怀希望和壮志的人是不会有深重之愁的。"爱上层楼"这一叠句,承上启下,先点出"不识愁"的具体表现,再引出结论"强说愁"。上阕朗读时,宜重读"不识"和"强说愁"二处。

词的下阕,重在"尽"与"休"二字。随着年岁的增长,处世阅历渐深,作者对于这个"愁"字有了真切的体验。作者怀着捐躯报国的志向投奔南宋,本想与南宋政权同心协力,共建恢复大业。谁知,南宋政权对他招之即来,挥之即去。他不仅报国无门,而且还落得被削职闲居的境地,"一腔忠愤,无处发泄",这里的"尽"字包含着作者许多复杂的感受。按道理,"识尽愁滋味"应该以倾诉来发泄愁闷,词人却反复吟道"欲说还休",终于忍耐不住时,开口却闲谈起了天气。看似无理,其实愁深。作者胸中的忧愁不仅是个人的离愁别绪,更是忧国伤时之愁。而在当时投降派把持朝政的情况下,抒发这种忧愁是不理智的,因此作者只得转而言天气,"天凉好个秋"。以此结尾表面轻松,实则十分沉痛。下阕可以一句比一句读得低沉缓慢,读出无限感慨和沧桑。 (唐丽花)

鹧鸪天 送人
[宋] 辛弃疾

唱彻《阳关》泪未干①,功名余事且加餐②。浮天水送无穷树,带雨云埋一半山。

今古恨,几千般③,只应离合是悲欢④?江头未是风波恶⑤,别有人间行路难⑥!

〔注释〕

①彻:完。《阳关》:即琴歌《阳关三叠》,是一首送别歌曲,根据著名诗人王维的名篇《送元二使安西》谱写而成。②余事:多余的事。③般:种。④只应:岂止。⑤未是:还不是。⑥别有:更有。

〔赏读提示〕

这首词是辛弃疾中年时期的作品。这时候,诗人在仕途上已历经不少挫折,所以此词虽为送人而作,但是在字里行间,也流露出世路艰难之意。

上阕首句"唱彻《阳关》泪未干,功名余事且加餐",意思是唱完了《阳关三叠》曲,眼泪却还收不住,功名都是身外多余的事,不如多吃点饭吧。《阳关三叠》全曲分三大段,基本上用一个曲调作变化反复,迭唱三次,故称"三叠"。这首琴歌的音调纯朴而富于激情,充分表达出作者对即将远行的友人的那种无限关怀、留恋的诚挚情感。而这支琴歌唱完,诗人泪痕犹在,这只是有感于离别吗?下句则隐隐约约地透露了他的内心世界。"功名"在辛弃疾眼里,果真是"余事"么?诗人在《水龙吟》词中说:"算平戎万里,功名本是,真儒事,君知否?"认为建立功名是自然的事;在《水调歌头》词中说:"功名事,身未老,几时休?诗书万卷,致身须到古伊周。"也认为对功名应该执着追求,并且要有远大的目标。在《破阵子》词中,作者更直接点明"了却君王天下事,赢得生前身后名"。那么这里的"功名余事"也就不是诗人发自内心的话语了;"且加餐"自然也是愤激之语了。朗读此句时,应注意读出伤心和愤懑来,"彻""泪""余事""加餐"须重读处理,在"阳关"后须做短暂停顿。

接下来"浮天水送无穷树,带雨云埋一半山",写送别友人时的周遭景色。作者运用了拟人手法,写天边流水远送无穷的树木,雨中阴云埋掉一半青山。送别诗中,诗人们常常会设想友人路途的艰难,以此表达对友人的关切。这里青山被雨中阴云笼罩,是否也暗示了诗人求取功名之路的艰难?朗读时,语调可深情悠长,"送""埋"做重音处理。

下阕"今古恨,几千般,只应离合是悲欢"转入抒情。这句意思是古往今来让人遗憾的事何止几千种,难道只有分离才让人感到悲伤,聚合让人感到欢喜吗?这首词原本为送人而作,这儿却说有比离恨更让人难过的事。江淹《别赋》中也说:"黯然销魂者,唯别而已矣。"那么,是什么样的事情让作者如此伤感呢?此句朗读时建议读出感慨的意味,"今古恨"之后作停顿,"只应"句语调上扬,读出犹疑的感觉。

下阕结句"江头未是风波恶,别有人间行路难"则正面回答上句。江头风高浪急,路途险恶,哪抵人生路途坎坷难行呢!辛弃疾一生力主抗金,可是南宋小朝廷对他是若即若离,需要时招呼一下,不需要时罢免他,写作此词时,正是他遭人弹劾罢官闲居之时。想来诗人是联系自身遭遇,才发出这样深沉的感慨吧!朗读时,语调低沉压抑,"行路难"三字音调提高,字字停顿,读重音。

(胡炜)

论　诗①

［清］赵　翼

李杜诗篇万口传②，至今已觉不新鲜。

江山代有才人出③，各领风骚数百年④。

〔注释〕

①论诗：评论诗歌。②李杜：指唐代诗人李白、杜甫。③代有：每个时代都有。才人：有才能的人，这里指优秀的诗人。④领：占领，这里指有影响。风骚：后来指关于诗文写作的诗。风，指《诗经》里的"国风"；骚，指屈原的《离骚》。

〔赏读提示〕

《论诗》反映了诗人的诗歌创作主张——创新。

诗歌前两句评论杰出诗人李白、杜甫的诗。李白与杜甫，是我国诗坛中两座挺拔巍峨的高峰，也可以说是两颗闪耀在文坛中的璀璨明珠。"万口传"点明他们所写的诗歌流传千古，在人们口中世世代代传诵。但是，再优秀的诗歌，也会受到诗人当时所处时代、环境的局限，最终会给人以不新鲜之感。诗人用浅近的语言，举名家之例说理。朗读时，语调应有变化。

后两句，诗人笔锋一转，表达自己对诗歌创作的见解。"江山代有才人出"，社会代代都会出现有才华的人，一代新人终将替换之前的旧人，就犹如滚滚东流的江水，势不可挡。"数百年"，点明这些才华横溢的人的影响力不是永久的，而是几百年。因此，诗人更应该在自己所处的时代，大胆创新，不要刻意去模仿前人之作。

这首诗语言浅显易懂，但寓意深刻。最后两句常被世人用来赞美人才辈出。这首诗也启示人们，在任何领域，都应该敢于突破常规，勇于创新。朗读时，应读出豪迈之情。

（孙丽莉）

己亥杂诗（其五）

〔清〕龚自珍

浩荡离愁白日斜①，吟鞭东指即天涯②。
落红不是无情物③，化作春泥更护花④。

〔注释〕

①浩荡：无限，也指作者心潮不平。②吟鞭：马鞭。东指：东方故里。天涯：形容很远的地方。③落红：落花，比喻自己离开官场。④花：比喻国家。

〔赏读提示〕

《己亥杂诗》是清代政治家、文学家龚自珍在晚年离京返乡途中创作的一组诗。本诗为第五首。

首句"浩荡离愁白日斜"中"浩荡"一词，凝练地写出离愁之深。"白日斜"以白描手法，勾勒出暮色苍茫、夕阳西下的画面，表达了诗人离开京城时的失落与惆怅。"吟鞭东指即天涯"，一个"天涯"既写出离京回乡路途之远，又映衬了离愁更愁。前两句看似写景，实则抒情。写京郊寥落的暮色，表达的是诗人天涯断肠的迷惘惆怅。朗读时，注意状景写愁的特点，语调高，语气却是下沉的。

后两句"落红不是无情物，化作春泥更护花"，一反前两句的惆怅之情。"落红"，即落花，诗人借用诗词中常见的表达失落的"落红"，表达出全新的意境：在诗人看来，落花作为个体，它的生命是结束了；但它化作春泥，就能滋养出新的花枝。诗人使用移情于物的手法，将落花翻出新意，把读者从前两句失落的情绪中拉出，反转出一幕繁花似锦，只待明日的瑰丽境界。诗人虽辞官回家，但仍心系百姓社稷，即使辞官回乡，也要像落花一样，化作春泥，报效国家和人民。此句托物言志。在朗读时，要注意前两句诗词与后两句诗词之间的情绪转变：前两句流露出诗人的离愁别绪，后两句则表现出诗人继续为国效力的壮志。

（庄静）

观 心①

[清] 龚自珍

结习真难尽②，观心屏见闻③。
烧香僧出定④，话梦鬼论文。
幽绪不可食⑤，新诗如乱云。
鲁阳戈纵挽⑥，万虑亦纷纷。

〔注释〕

①观心：以观照己身来明心之本性。②结习：积久而难改的习惯。源于佛经，意为烦恼和习气。③屏：即排除。④出定：佛家以静心打坐为入定，打坐完毕为出定。⑤幽绪：郁结于心的深切连绵的思绪。⑥鲁阳戈：力挽危局的手段或力量。传说周武王讨伐纣王，正难解难分，太阳西沉之际，鲁阳公举起长戈向日挥舞，吼声如雷，太阳竟恢复了光明，终于全歼了敌军。后遂以"鲁阳戈"形容力挽危局的手段或力量。

〔赏读提示〕

这首诗写在清嘉庆二十五年（1820）。一方面，面对着日趋危急的社会现实，诗人深感"天下兴亡，匹夫有责"。革新时政、振兴民族的责任感时时感召着他，常常令他思绪万千，心潮如涌，难以安宁，这表现在他众多的诗文中。另一方面，诗人深受佛理熏染，颇欲皈依佛教，以此求得心态的平衡，排除一切障碍，达到澄清明净的境界。在这种双重思想的驱遣与矛盾之下，诗人便有了"观心"的思想经历。

诵读时，首联应缓慢、低沉，读出诗人内心不宁静的心绪；而中间两联则要读得心潮澎湃、抑扬顿挫；尾联要一字一顿，缓慢拖音，读出时局世事变迁，纵有鲁阳戈力挽狂澜，也无力改变整个局势的豪迈悲壮而又无限怅惋之情。（潘易）

第十编

琴心雅趣

用文字来表现一段旋律、一首乐曲,该是怎样艰难而美妙的体验? 本专题的几十首作品,便是借文字诠释音乐,充分展现了中国古诗词具有的韵律和想象,让读者于字里行间窥见演奏者的高超技艺,体验音乐给人的审美感受。总之,这是一场文学与艺术的双重飨宴。

　　在这一专题中,不仅有韩愈《听颖师弹琴》这样将声音感受具象化的生动描写,也有王昌龄《听流水人调子》这样在简短的诗句里融入深沉浓郁的感情;有王维《酬张少府》的宁静淡泊,恬然悠远,也有江淹《效古》的孤高自许,铮铮不折;有李贺《李凭箜篌引》的华丽笔墨与神奇想象,也有李白《听蜀僧濬弹琴》的禅意空灵与余韵无穷……

　　诵读诗篇,感受艺术与文学的水乳交融,欣赏听觉和想象的趣味叠合。

效 古

[南朝·宋] 江 淹

岁暮怀感伤,中夕弄清琴①。

戻戻曙风急②,团团明月阴。

孤云出北山,宿鸟惊东林。

谁谓人道广③,忧悯自相寻④。

宁知霜雪后⑤,独见松竹心⑥。

〔注释〕

①中夕:即夜中。②戻戻:猛烈。③人道:指为人处世之道。④相寻:频仍,不断。⑤宁知:怎么知道。霜雪:等于说"岁寒"。⑥松竹心:松柏后凋的特性,这里比喻忠心。

〔赏读提示〕

江淹之诗以善于摹拟著称,《效阮公诗十五首》即为此类作品,该诗作不仅风格近似阮籍,而且在表现阮籍身仕乱朝的矛盾痛苦中,也寄托了他自己的身世之感。

阮籍的《咏怀诗》内容丰富,既有对人生的感叹,又有对政治的讥讽,表现手法又很独特,给人隐晦朦胧的感觉。江淹选择摹拟《咏怀诗》来讽谏,也正因为他当时面临的形势非常微妙复杂,政治环境的复杂,让想说的不便明说。用摹拟阮诗的内容风格来讽谏,既能使当事人明白,又不露丝毫痕迹,因此是最合适的方式。据《南史·江淹传》、江淹《自序传》称,当年江淹在刘宋建平王刘景素幕下,宋少帝即位,刘景素与心腹日夜谋划,欲起兵谋反。江淹曾当面劝谏,未被听从,于是他"知祸机之将发,又赋诗十五首,略明性命之理,因以为讽"。由此可见,本诗虽名为"效古",实则讽今。

开头两句"岁暮怀感伤,中夕弄清琴",交代了时间、事由和事情的发展,颇有娓娓道来、一抒愁肠之势。在岁暮之时,诗人因心怀感伤而夜不能寐,只好在夜半时分起身抚琴,希望平静心绪以换得睡眠。心中沉重的枷锁使人辗转反侧,难眠之夜,胡思乱想便成了顺理成章又无可奈何之事。因此,在朗读这两句时,应语调低沉,语速缓慢,读出孤苦悲凉之感。

"戻戻曙风急,团团明月阴。孤云出北山,宿鸟惊东林"四句,明写诗人目之所见,暗指世事的险恶无常。黎明时候的风刮得很急,明月也变得阴暗了。云从山上出来,鸟从林间惊起。诗人在此着力渲染自然环境的恶劣阴冷,象征政治上肃杀冷酷的气氛。因此,在读"戻戻"、"团团"这两个叠词时要拖长音,读"孤云"两句时要音调逐字上扬,突显凄冷之感。

"谁谓人道广,忧慨自相寻"两句写诗人的心之所感,意思是:谁说人生道路宽广,灾难自会一个接一个地到来。所谓天命难测,世事难料,诗人讽劝刘景素万万不可有图谋帝位的非分之想,否则必然招致不测。这两句在朗读时,要重点强调"谁"、"自"二字,将反问和感悟的语气读出来。

最后两句"宁知霜雪后,独见松竹心"终于点明题旨:我现在进献忠言你不采纳,你哪里知道,只有遇到灾难之后,才会看出我的忠贞之心。诗人忠信却不被理解,甚至反遭猜忌,心中难免苦闷难当,于是说出这番无奈之言。在朗读时,要重读"宁"、"独"二字,将无可奈何的情绪读出来。

江淹的拟作追求与阮籍《咏怀诗》的对应,这种对应是错综变化的。本诗虽与阮籍《咏怀诗(其一)》形成对应关系,两首诗的意象选择非常相似,结构也大致相同,但与阮诗的"厥旨渊放,归趣难求"相比,本诗的主题表述显得较为直露,体现了现实的政治讽谏目的。　　　　　　　　　　　　　　　(席玮玮)

琴　歌

〔唐〕李　颀

主人有酒欢今夕,请奏鸣琴广陵客①。
月照城头乌半飞②,霜凄万树风入衣。
铜炉华烛烛增辉,初弹渌水后楚妃③。
一声已动物皆静,四座无言星欲稀④。
清淮奉使千余里⑤,敢告云山从此始?

〔注释〕

①广陵客:泛指善弹古琴的人。古称扬州为广陵,古琴流派中有"广陵派",后常以"广陵客"借指技艺高超的琴师。②乌半飞:栖宿的乌鸦(或乌鹊)听琴后

大半飞散。③《渌水》、《楚妃》：琴曲名。④星欲稀：天上星辰渐渐稀疏消隐。指长夜将尽，天色将明。⑤清淮：地近淮水。

〔**赏读提示**〕

　　古琴常常可以寄托文人情志，因而古代文人常常或抚琴自娱，或听琴遣兴。唐代诗人写听琴的作品不少，李颀的《琴歌》就是其中的名篇。

　　此诗是诗人李颀奉命出使清淮时在饯别宴上听琴有感而作。酒意烘托琴心，琴思寄托诗情，由时而写景，由琴而写人，层层展开，丝丝入扣，章法严明。

　　首句记叙缘起。贤主嘉宾，美酒鸣琴，今夕何夕，欢宴别君。一个"欢"字，写出了这样的别筵中，觥筹交错、推杯换盏的和谐甚而热闹的气氛。既是文人之聚，助兴节目也显得高雅。"请奏鸣琴广陵客"，一扫轻歌曼舞的娱乐助兴感，平添一丝文人味。同时"鸣琴"二字，照应题目，提挈全篇。朗读时应该语调轻快，有主宾相聚的欢乐情绪，畅达自适的文人雅趣。末尾"客"字，入声收尾，欢快中又有内敛收势。

　　三、四两句并没有紧接着写广陵客奏琴情状或琴曲内容。"月照城头乌半飞，霜凄万树风入衣"，作者转而写室外夜景，月光如水，洒落城头；栖乌惊寤，扑翅半飞；满树清霜，风送凄怆。这幅冷月清霜的秋夜图并非表现琴曲忧伤，也非烘托宾主内心伤感，它同样借景抒情，只是反过来衬托上文的"欢今夕"。有酒有琴，知己欢饮，即便秋气萧瑟凄怆又如何！此句亦有"未成曲调先有情"之效，为下文鸣琴作了氛围上的铺垫。朗读此句，应舒缓低抑，读完可稍作停顿，声断意连，以引起下文描写弹琴之句。

　　五、六句始写鸣琴。"铜炉华烛烛增辉"这一句写弹琴场景，"华烛增辉"扣合首句"欢今夕"三字，表明酒宴已入高潮。铜炉熏染檀香，华烛闪烁生辉，在光耀鲜明、庄严华丽的场景里，琴师出场，吸引了众人目光。"初弹渌水后楚妃"，语句构成很像《琵琶行》中"初为《霓裳》后《六幺》"，平实地交代演奏者所弹乐曲名。《渌水》是古琴名曲，是蔡邕《蔡氏五弄》之一，此曲清空淡雅。唐代文人诗作中常有提及，如杜甫《渌水曲》说"浩歌《渌水曲》，清绝听者愁"，白居易《听弹〈古渌水〉》中说"闻君古渌水，使我心和平。欲识慢流意，为听疏泛声。西窗竹阴下，竟日有余清"。这些诗句都表明此曲清心怡情，易动情怀，文人听此尤其容易感怀。"楚妃"即《楚妃叹》，曲意深情绵邈。这两支琴曲清雅深情，留给听者和读者无限广阔的情感空间。朗读时要入情入境，不可太快，平实的语气中流露出知音的默契。

七、八句为传世名句,从听者反应的角度侧面表现演奏者的高超技巧。"一声已动物皆静,四座无言星欲稀",琴弦拨动一下,顿时万籁俱寂,满座为之陶然沉醉。"皆静"二字形象地写出人们侧耳聆听琴歌的专注着迷的神态。愈是言其静,就愈突出琴音的感染力,就愈烘托出琴师出神入化的演奏技巧。在这曼妙琴音的洗涤下,人们似乎忘记了红尘的纷扰、人间的悲欢离合,也浑然不觉黑夜的漫长。夜空高远,星辰也寂然欲隐,酒阑珊,夜阑珊,人们还沉醉在琴曲旋律中恍然自失,不知东方之既白。"星欲稀"巧妙地点名时间的流转,也照应了首句中的"欢"字,并为下文的直抒胸臆埋下伏笔。此两句朗读时宜采用"四三四三"的节奏,每句读完四字要有较长的停顿和延长,后三字不可快,并且字字交代清楚,抑扬顿挫中有意犹未尽之感。

末尾两句写自己的感触。诗人奉命出使清淮,别宴上缕缕琴音不禁牵动了他的无限乡思。"千里路"与眼前的"欢今夕"情感差异极大,想到自己离家万里,不知何日能还乡,诗人怎能不黯然神伤?人世艰辛,常常身不由己。也许仕途之累使他深感厌倦了,他萌生了一种强烈的愿望——归隐。"敢告云山从此始?"这个反问句是诗人的内心独白,也是他听了琴歌之后所得的人生启悟。"云山"暗含归隐之意。《唐才子传》中说李颀"性疏简,厌薄世务",性格疏放超脱的他,怎耐得住官场的名缰利锁的羁绊,尔虞我诈的算计?在这样的月明星稀之夜,三五知己,饮酒鸣琴,似闲云野鹤般的生活,何等逍遥自在!归隐之意油然而生。这句反问,读来要有心神俱醉、悠然神往之态。

全诗写时、写景、写琴、写情,有条不紊,收放自然。诗人运用多方映衬、动静结合、虚实相生的表现手法写出琴歌突出的感染力。整首诗只有第二句点出'琴'字,其余似乎都是写景之语。冷月清霜、老树残星、风动鸟飞、铜炉华烛、清淮云山,无一字及琴,然而渲染烘托,无一字非琴。诗人通过营造意境、渲染气氛、刻画心理,使读者深切地感受到了"广陵客"的琴艺之高超、琴歌之美妙,余音袅袅,三月不绝。

(莫春雷)

听流人水调子①

[唐] 王昌龄

孤舟微月对枫林,分付鸣筝与客心②。

岭色千重万重雨，断弦收与泪痕深。

〔注释〕

①流人：流落江湖的乐人。水调子：即乐府诗《水调歌》，属乐府商调曲。②分付：即安排。

〔赏读提示〕

这首诗大约作于王昌龄晚年赴龙标（今湖南黔阳）贬所途中，写由听筝乐而引起的感慨。从作者听筝时的处境、弹筝人的身份等，我们都不难把握本诗哀伤的感情基调。朗读时以悲凉、缓慢的语调呈现。

首句写景，并列三个意象：孤舟、微月、枫林。集中秋江傍晚三种景物，就构成极凄清的意境，也为筝曲的演奏安排下一个典型的环境。我国古典诗歌中，本有借月光写客愁的传统。而江上见月，月光与水光交辉，更易牵惹客子的愁情。"对"字将未明点的"愁"字见于言外，正是"以我观物，故物皆著我之色彩"（王国维语）。"枫林"暗示了秋天，也与客愁有关。此情此境，只有音乐能排遣异乡异客的愁怀了弹筝者于此也就暗中登场。"水调子"本来哀切，此时又融入流落江湖的乐人（"流人"）的主观感情，怎能不引起"同是天涯沦落人"的迁谪者内心的共鸣呢？这里的"分付"和"与"，下字皆灵活，它们既含演奏弹拨之意，其意味又绝非演奏弹拨一类实在的词语所能传达于万一的。它们的作用，已将景色、筝乐与听者心境紧紧勾连，使之融成一境。"分付"双声，"鸣筝"叠韵，使诗句铿锵上口，富于乐感。朗读这两句的节奏和轻重如此：孤舟／微月／对枫林，分付／鸣筝／与客心。读每一个字的韵部时，口型要到位，要读饱满。

次句刚写入筝曲，第三句却提到"岭色"，似乎又转到景上。其实，这里与首句写景性质不同，可说仍是写"鸣筝"的继续。句中的"雨"可以理解为实景，暮雨洒过的重岭，或是笼罩着"微月"如水的清光，造成幻景，层层山岭好像迷蒙在雾雨之中。无论是哪种境况，对迁客的情感都有陪衬烘托的作用。但更宜理解为比喻筝声，是奇妙的音乐造成了这样一种"石破天惊逗秋雨"的感觉（犹如"大弦嘈嘈如急雨"）；还可以理解为通感，不仅是视觉形象，也是音乐形象。"千重"、"万重"的复叠，给人以乐音繁促的暗示，对弹筝"流人"的复杂心绪也是一种暗示。在写"鸣筝"之后，这样将"岭色"与"千重万重雨"并置一句中，省去任何叙写、关联词语，造成诗句多义性，含蕴丰富，打通了视听感觉，令人低回不已。所以朗读"千重万重"时，不仅音量要逐渐加大，力量也要加强，速度逐渐放慢,使声音的描述效果更突出。

弹到激越处,筝弦突然断了,但听者情绪激动,不能自已。这里不说泪下之多,而换言"泪痕深",造语形象新鲜。"收与"、"分付与"用字同妙,它使三句的"雨"与此句的"泪"搭成比喻关系。似言听筝者的泪乃是筝弦收集岭上之雨化成,无怪乎其多了,这想象新颖独特,发人妙思。"只说闻筝下泪,意便浅。说泪如雨,语亦平常。看他句法字法运用之妙,便使人涵咏不尽。"(黄生评)此诗从句法、音韵到通感的运用,颇具特色,而且都服务于意境的创造,浑融含蓄,而非刻露,《诗薮》称之为"连城之璧,不以追琢减称",可谓知言。收句朗读难度较大。"断弦"接上句出来时,要造成突兀感。"雨"的拖音未绝,即吟出"断弦","断"要重读;"收与"要读得若有所思,"与"用拖音读,"泪痕深"三字一字一字慢出,用中气推出,而不是用喉音挤出。　　　　　　　　　　　(陈京晶)

酬张少府①

[唐] 王　维

晚年惟好静②,万事不关心。
自顾无长策③,空知返旧林④。
松风吹解带,山月照弹琴。
君问穷通理⑤,渔歌入浦深。

〔注释〕

①酬:回赠。②好:爱好。③自顾:看自己。长策:好计策。④空知:徒然知道。旧林:旧日曾经隐居的园林。⑤穷:不能当官。通:能当官。理:道理。

〔赏读提示〕

这是一首赠友诗。题目的"酬"字表明张少府先有诗相赠,王维再写此诗为酬。全诗写情多于写景。

"晚年惟好静,万事不关心",说自己人到晚年喜好安静,对人间万事都漠不关心。似乎已然超然物外,隔绝红尘。但结合王维的生平我们不难知道,这其中一定另有玄机。王维早年,原也有过政治抱负,在张九龄任相时,他对现实充满希望。然而,没过多久,张九龄罢相贬官,朝政大权落到奸相李林甫手中,一个个忠贞正直之士受到排斥、打击,政治局面日趋黑暗,王维的理想随之破灭。在严酷的现实面前,他既不愿意同流合污,又感到自己无能为力。

这样看来,"惟好静"的"惟"字是理解的关键,是只得好静,不得不好静。所以在诵读时,要重读"惟"。"万事不关心"更显低沉,应读出无奈、沉郁之感。

"自顾无长策,空知返旧林",自己想了想也没有高妙之策可以报效朝廷了,只能归隐山林了。他表面上说自己无能,其实骨子里隐含着牢骚。尽管在李林甫当政时,王维并未受到迫害,实际上还升了官,但他内心的矛盾和苦闷却越来越深了。对于这个正直而又软弱、长期受佛教影响的封建知识分子来说,出路就只剩下跳出是非圈子、返回旧时的园林这一条路了。"空知返旧林"意谓:理想落空,归隐何益?然而不这样又能怎样?在那恬淡好静的外表下,内心深处的隐痛和感慨还是依稀可辨的。所以在这里既可读出知识分子的清高,又可用长音和重读,读出心中的隐痛。

"松风吹解带,山月照弹琴",宽解衣带对着松风乘凉,山月高照正好弄弦弹琴。在这里,作者写出了具体的动作、事情。这些只是为了追求精神的解脱,同时也含有与官场生活相对照、厌恶与否定官场生活的意味。摆脱了现实政治的种种束缚,迎着松林吹来的清风解带敞怀,在山间明月的伴照下独坐弹琴,自由自在,悠然自得,这是多么令人舒心惬意啊!朗读时应读出洒脱自在之情。

最后,"君问穷通理,渔歌入浦深",君若问穷困通达的道理,请听水浦深处渔歌的声音。回到题目上来,用一问一答的形式,照应了"酬"字;同时,又妙在以不答作答:您要问有关穷通的道理吗?我可要唱着渔歌向河浦的深处驶去了。末句五字,又淡淡地勾出一幅画面,用它来结束全诗,可真有点"韵外之致""味外之旨"(司空图《与李生论诗书》)的"神韵"呢!读来慢而轻,娓娓道来,引人思考,留下无穷的余韵。

这里的"渔歌",又暗用《楚辞·渔父》的典故:"渔父莞尔而笑,鼓枻而去,乃歌曰:'沧浪之水清兮,可以濯吾缨;沧浪之水浊兮,可以濯吾足。'遂去,不复与言。"

王维不能对当世发表议论批判,只能闪烁其词,与"王孙自可留"意趣相同。世事已经如此,问穷通之理又有何用,还是和我一块归隐吧!这里多少带有一些与现实不合作的意味了。全诗含蓄而富有韵味,耐人咀嚼,发人深思,正是这样一种妙结。

(包丽玲)

渭川田家①

[唐] 王　维

斜阳照墟落②，穷巷牛羊归③。
野老念牧童④，倚杖候荆扉⑤。
雉雊麦苗秀⑥，蚕眠桑叶稀⑦。
田夫荷锄至⑧，相见语依依。
即此羡闲逸，怅然吟式微⑨。

〔注释〕

①渭川：即渭水。源于甘肃鸟鼠山，经陕西，流入黄河。田家：农家。②墟落：村庄。③穷巷：深巷。④野老：村野老人。⑤倚杖：靠着拐杖。荆扉：柴门。⑥雉雊(zhìgòu)：野鸡鸣叫。⑦蚕眠：蚕蜕皮时，不食不动，像睡着一样。⑧荷(hè)：肩负的意思。⑨式微：《诗经》篇名，其中有"式微，式微，胡不归"之句，表归隐之意。

〔赏读提示〕

这是王维的一首田园诗，诗中描绘了傍晚夕阳西下农家晚归时一幅恬淡、宁静、安逸、淳朴的图景。字里行间流露出诗人对这种山村田园生活的向往之情。诵读这首诗时，整体语调要缓慢、平和，读出优美宁静之感。

诗的前四句，是一幅小巷尽头柴扉前，爷盼孙归的温馨画面。"斜阳照墟落，穷巷牛羊归"，在夕阳斜照村舍的萧疏景色中，孩童放牧归来。慈祥的老人心中惦念着孙儿，拄着拐杖，倚门而望。"野老念牧童，倚仗候荆扉"，这种景象，在乡村极为平常。但是，这种爷孙之间的深情深深地打动了诗人。简朴的生活，浓浓的亲情，这种普通农家简朴而温馨的生活正是诗人所向往的。

接着，诗人又用四句诗描绘了另一幅画面。"雉雊麦苗秀，蚕眠桑叶稀"，麦苗吐花，野鸡鸣叫，桑叶稀疏，桑蚕休眠。这自然之景仿佛在告诉农人可以归家了。"田夫荷锄至，相见语依依"，夕阳下，农夫们扛着锄头，踏着暮色，带着一身泥土的芬芳，走在归家的途中，遇见乡亲，亲切絮语，相互问候。这个画面就是乡村生活的自然再现，不加雕饰，亲切淳朴。

诗人为什么会通过这样两幅画面表达出他对这种淳朴自然的田园生活的

向往之情呢？这与诗人当时的处境有关。诗人写此诗时，正值官场失意，而田园生活的淳朴自然、亲切和睦与官场的尔虞我诈形成强烈对比，诗人对官场生活感到厌倦。所以在诗歌结尾两句，诗人发出了"即此羡闲逸，怅然吟式微"的感慨。诗人吟诵着《诗经·邶风·式微》中的"式微，式微，胡不归"这一反复咏叹的诗句，正是表达自己摆脱官场、归隐田园的愿望。在诵读最后两句时，语调可以更缓慢，变得低沉些，读出诗人心中淡淡的惆怅。

全诗紧扣一个"归"字，牛羊归圈、牧童归家、野鸡归鸣、桑蚕归茧、农夫归去……诗人羡慕他们，向往他们的生活，因为内心深处，他也在默念"不如归去"。整首诗抒写了归隐田园的愿望，朗读时应注意把握这种情感。　（孙霁蔚）

听蜀僧濬弹琴①

［唐］李　白

蜀僧抱绿绮②，西下峨眉峰。

为我一挥手③，如听万壑松④。

客心洗流水，余响入霜钟⑤。

不觉碧山暮，秋云暗几重⑥。

〔注释〕

①蜀僧濬：即蜀地的僧人，名濬。②绿绮：琴名。晋傅玄《琴赋序》："楚王有琴曰绕梁，司马相如有绿绮，蔡邕有焦尾，皆名器也。"司马相如是蜀人，这里用"绿绮"更切合蜀地僧人。③一：助词，用以加强语气。如李白《送友人》中的"此地一为别，孤蓬万里征"。挥手：这里指弹琴。嵇康《琴赋》："伯牙挥手，钟期听声。"④万壑松：指万壑松声。琴曲有《风入松》。壑，山谷。⑤霜钟：指钟声。《山海经·中山经》："（丰山）有九钟焉，是知霜鸣"。郭璞注："霜降则钟鸣，故言知也。"这句诗是说琴音与钟声交响，也兼寓有知音的意思。⑥暗几重：即更加昏暗了。

〔赏读提示〕

《听蜀僧濬弹琴》是唐代诗人李白表现音乐的诗作。此诗写听蜀地一位和尚弹琴，极写听琴声之入神。全诗一气呵成，势如行云流水，明快畅达，风韵健爽,在赞美琴声美妙的同时,也寓有知音的感慨和对故乡的眷恋。

首联写僧人来自四川,而四川正是李白的故乡,峨眉山月不止一次出现在他的诗里。他对故乡一直很怀恋,对于来自故乡的琴师当然也感到格外亲切。所以"蜀僧"、"峨眉峰"等词应该读得郑重深情一点,以表达对僧人的倾慕。另外,"下"字也应读得飘逸一些,因为这一个字就写出了僧人的气派。不要忘了,他是抱着"绿绮"下山的,而"绿绮"是很名贵的琴。这些细节也都可以表现出诗人对僧人的敬佩。

颔联"为我一挥手,如听万壑松"两句,正面写蜀僧弹琴,却用大自然宏伟的万壑松涛声作比,使人感到这琴声一定是极其铿锵非凡的。"为我"、"挥手"要读出豪气,"万壑松"三个字的韵腹饱满,开口度大,更要读出澎湃的气势。

颈联"客心洗流水"一句,就字面是说,听了蜀僧潺潺的美妙琴声,郁结的情怀像经过流水荡涤一样,人也感到心旷神怡,回味无穷。其实它还包涵着一个古老的典故。《列子·汤问》:"伯牙善鼓琴,钟子期善听。伯牙鼓琴,志在登高山,钟子期曰:'善哉,峨峨兮若泰山!'志在流水,钟子期曰:'善哉,洋洋兮若江河!'"这就是"高山流水"的典故,诗人借此一语双关,表现蜀僧和自己通过音乐的媒介所建立的知己之感。很含蓄,又很自然,虽然用典,却毫不艰涩,语言技巧十分高明。朗读时要突出"洗"字,要读出纯净涤荡的感觉。

清脆、流畅的琴声渐远渐弱,和薄暮的钟声共鸣着,诗人这才发觉天色已经晚了:"不觉碧山暮,秋云暗几重。"诗人听完蜀僧弹琴,举目四望,不知从什么时候开始,青山已罩上一层暮色,灰暗的秋云重重叠叠,布满天空。尾联写聚精会神地听琴,而不知时日将尽,反衬琴声之高妙诱人。读时,"不觉"二字要读出如梦初醒的味道,"暮"、"暗"二字要读得深幽沉抑些,以营造晨钟暮鼓的境界;"几重"要读得舒徐悠长,留下余韵不绝的味道。

律诗讲究平仄、对仗,格律比较严。而李白的这首五律却写得极其清新、明快,似乎一点也不费力。其实,无论立意、构思、起结、承转,或是对仗、用典,都经过了诗人的一番巧妙的安排,只是不着痕迹罢了。

(周晟)

古朗月行

[唐]李　白

小时不识月，呼作白玉盘①。

又疑瑶台镜②，飞在青云端。

仙人垂两足③，桂树何团团④。

白兔捣药成，问言与谁餐⑤？

蟾蜍蚀圆影⑥，大明夜已残。

羿昔落九乌⑦，天人清且安⑧。

阴精此沦惑⑨，去去不足观⑩。

忧来其如何？凄怆摧心肝。

〔注释〕

①呼作：称为。白玉盘：白玉做的盘子。②瑶台：传说中神仙居住的地方。③仙人垂两足：意思是月亮里有仙人和桂树。当月亮初升的时候，先看见仙人的两只脚，月亮渐渐圆起来，就看见仙人和桂树的全形。④团团：圆圆的样子。⑤餐：吃。⑥蟾蜍：传说月中有三条腿的蟾蜍，因此古诗文常以"蟾蜍"指代月亮。但此诗中蟾蜍似另有所指。圆影：指月亮，后文"大明"亦有此意。⑦羿：后羿，中国古代神话中射落九个太阳的英雄。乌：太阳。⑧天人：天上人间。⑨阴精：也指代月亮。沦惑：沉沦迷惑。⑩去去：远去，越去越远。

〔赏读提示〕

这是一首乐府诗。"朗月行"，乐府古题，属《杂曲歌辞》。

李白有一颗心，拳拳赤子，自号"谪仙"；李白有一双眼，一只投射理想，发现了美，一只关注生活，超越苦难；李白有一枝妙笔，俊迈潇洒，清新飘逸，"诗成泣鬼神"。

前八句，一个纤尘不染的赤子用清亮的眼神在观察，用澄澈的心在想象。这个仿佛"不识月"的稚气孩童，眼眸中闪烁着荧光。"白玉盘"这个比喻，不仅形似、色同，而且以"玉"的光滑润泽让人身临其境地感受到月光的皎洁剔透。"又疑"一词，非常符合儿童的心理，笔锋流转，奇妙的想象便珠玉落盘一般溅开。"瑶台镜"，仙境中的镜子，比喻精切，体现月光的明净、圣洁。"飞"字化静为动,渲染出月光轻盈曼妙、与云逐戏的空明灵动之美。月中有什么呢?好奇的孩子会这样想:斜卧桂枝垂着两足的仙人,逍遥自在;树下神奇的玉兔正在捣药,"叮咚"作响。桂树"团团",朦胧幽暗的树影中有太多的秘密!"问言与谁餐",又是好奇的一问,自然而然,朴若天成。读此八句,要用儿童天真无邪的口吻读出浪漫可爱的形象,要用轻松活泼的语气读出美好的情味。

后八句,是一个其心殷殷、其志拳拳的赤子发出的忧叹。"蟾蜍蚀圆影,大明夜已残",这两句是前后两部分的转折。天真的孩童忽然敏锐地意识到,美丽的月影正在亏损,正在变得残缺晦暗。他开始忧虑:古代善射的英雄后羿,射落了九个太阳,只留下一个,使天、人都免除了灾难。现在,我的圆月正在"沦惑",谁来拯救她?英雄在哪里?她已经沉沦堕落"不足观",我要离她而去,弃之不顾吗?去耶,不忍;留耶,不愿。矛盾重重,忧心忡忡。这个深爱着月的赤子承受着撕心裂肺之痛!读此八句,要用较慢的语速、适时的停顿,读出诗人内心的矛盾,要用低沉的语调读出诗人的"凄怆"。 (方凌)

钓鱼湾

〔唐〕储光羲

垂钓绿湾春,春深杏花乱。
潭清疑水浅,荷动知鱼散。
日暮待情人①,维舟绿杨岸②。

〔注释〕

①情人:指知己。②维舟:系舟。

〔赏读提示〕

这首诗写一个青年小伙子,以"垂钓"作掩护,在风光宜人的钓鱼湾,焦急地等待着情人的到来。

首句表明诗中的人物是一位垂钓者,在这大好的春光里,他悠闲自得地在河湾里钓鱼。点缀在绿荫中的几树红杏,花满枝头,不胜繁丽。一个"绿"字,描绘出钓鱼湾草木葱茏、翠色欲流的迷人春色。

这时,暮色渐浓,那小伙子驾着一叶扁舟,来到了钓鱼湾。他把船缆轻轻地系在杨树桩上以后，就开始"垂钓"了。但是"醉翁之意不在酒"，不管他怎样摆弄钓竿，故作镇静，还是掩饰不了内心的忐忑不安。杏花的纷纷繁繁，正好衬托了他此刻急切的神情。诵读时，"垂钓绿湾春"一句可用轻松而愉悦的语气去表现，"春深杏花乱"一句可略沉郁。

"潭清疑水浅"进一步写小伙子的内心活动。这一联富有民歌风味的诗句，包孕着耐人寻思的双关情意：表面上是说他在垂钓时，俯首碧潭，水清见底，因而怀疑水浅会没有鱼来上钩；而实际上此句是暗喻小伙子这次约会成败难卜，"疑水浅"无鱼，是担心路程多阻，姑娘兴许来不成了。此句可读得稍稍低沉、轻缓。

"荷动知鱼散"，蓦然见到荷叶摇晃，才得知水中的鱼受惊游散了。一见"荷动"，误以为姑娘轻划小船践约来了，眼前不觉一亮；谁知细看之下，却原来是水底鱼散，心头又不免一沉，失望怅惘之情不觉在潜滋暗长。这里，刻画小伙子在爱情的期待中那种既充满憧憬欢乐又略带担心疑惧的微妙的心理变化，惟妙惟肖。"荷动"二字连读，语速稍快，读完稍作停顿再用低沉而带失望的语气读"知鱼散"三字。

诗的最后两句点明："日暮待情人，维舟绿杨岸。"诗人为什么不把这两句点明爱情的诗，开门见山地放到篇首呢？这就是诗的结构艺术之妙，如果把最后两句放到篇首，那么诗歌气脉尽露，一览无余，没有委婉的情致，且那一联双关句，势必成为结尾，使语意骤然中断，漫无着落，不能收住全诗。现在这样结尾，从全诗意脉结构来看，极尽山回路转、云谲波诡、变化腾挪之妙。它使前面的"垂钓"，一下子变成含情的活动，也使"疑"、"知"等心理描写，和爱情联系起来，从而具备了双关的特点。

诗就在袅袅的余情、浓郁的春光中结束了。你看，在夕阳的反照下，绿柳依依，扁舟轻荡，那小伙子时而低头整理着钓丝，时而深情凝望着远处闪闪的波光——他心上的情人。"日暮待情人，维舟绿杨岸。"这简直是一幅永恒的图画，一个最具美感的镜头，将深深印在你的脑海中。

（唐峰）

戏题王宰画山水图歌

〔唐〕杜　甫

十日画一水，五日画一石。

能事不受相促迫①，王宰始肯留真迹。

壮哉昆仑方壶图，挂君高堂之素壁。

巴陵洞庭日本东②，赤岸水与银河通，中有云气随飞龙。

舟人渔子入浦溆③，山木尽亚洪涛风④。

尤工远势古莫比，咫尺应须论万里。

焉得并州快剪刀，剪取吴淞半江水。

〔注释〕

①能事：十分擅长的事情。②日本东：日本东面的海域。③浦溆：岸边。④亚：通"压"，俯偃低垂。

〔赏读提示〕

杜甫定居成都期间，认识了四川著名山水画家王宰，应邀约于上元元年（760）作这首题画诗。王宰的原作没有传世，然而由于杜甫熟悉王宰的人品及其作品，他的神来之笔，仿佛为后人再现了这幅气势恢宏的山水图，诗情画意，无不令读者赏心悦目。

诗歌的题目称"戏题"，在艺术手法上主要是一个"戏"字：戏谑的语气，轻松的笔调，清新的词句。如柳宗元《戏题阶前芍药》、孟浩然《戏题》和黄庭坚《戏题》是自嘲诗，而李商隐《戏题友人壁》则是开玩笑地题写在朋友墙壁上的诗。而本诗之"戏"显然一为自谦，二来更是正话反说，盛赞画者和画作。其格调完全不似其反映社会现实的诗作的沉郁顿挫，朗读时语音语调的运用要体现诗歌这一特点。

诗歌分三层。第一层首四句先不谈画，极力赞扬王宰严肃认真、一丝不苟的创作态度。他不愿受时间的催迫，仓促从事，必经长期酝酿，胸有成竹，意兴所到，才从容不迫地挥毫。朗读的语气宜平稳中带有真诚的赞许。

在第二层中，诗人进而描写挂在高堂白壁上的昆仑方壶图。昆仑，传说中西方神山。方壶，神话中东海仙山。这里泛指高山，并非实指。"壮哉"一词，诗人直抒胸臆,由衷的赞叹凝聚在"壮哉"二字上。第一句读来气势磅礴,可采用激昂的语调,第二句语调稍降、趋缓,宜严肃庄重地朗读。该句中,诗人郑重其事地引出题画的主角,同时包含观画时的美感体会。

中间五句,杜甫从仄声韵转押平声东、钟韵,用昂扬铿锵的音调描摹画面上的奇伟水势,与巍巍群山相间,笔墨酣畅淋漓。应细致地用三种语气呈现。

一、一气呵成,气势磅礴。"巴陵洞庭日本东"——句中连举三个地名,表现图中江水从洞庭湖的西部起,一直流向日本东部海面,源远流长,一泻千里,波澜壮阔。诗里的地名不是实指而是泛指,是艺术上的夸张和典型概括。所以此图不是某一山岳的实地写生,而是祖国崇山峻岭在艺术上集中的典型概括,带有中国山水画想象丰富、构图巧妙的特色。所以朗读时应运足涵盖山岳江河的底气,音色饱满,语速稍快,吐字不必铿锵。

二、婉转语气,实中有虚。"赤岸水与银河通"和"黄河远上白云间"(王之涣《出塞》)有异曲同工之妙,用夸张和想象,形容水势的壮美,浩瀚邈远,连接天际。这里与上面描绘山势的雄奇相呼应。词句承上句,气势不能再拔高,造成中气有余,却美感不足,而要用身临其境、引人想象的婉转语气。特别是"通"字,不可读得太实。

三、神秘语气,慢而清晰。"中有云气随飞龙"句,语意出《庄子·逍遥游》:"姑射山有神人,乘云气,御飞龙,而游乎四海之外。"这里指画面上云气迷漫飘忽,云层团团飞动。改用带有神秘色彩的语调,能引发想象,仿佛画面真实地呈现于眼前。"云气"、"飞龙"要慢读,不要吐气太重。"随"字适当拖长,将诗句化虚为实,以实写虚,以云气烘托风势的猛烈,化不易捉摸的风力为形象的云龙。诗歌朗读是读者化入诗境的过程,读的是诗意,即感觉,而不是标准字音。

"舟人渔子入浦溆"是整幅画面中的一个细节描写。在狂风激流中,渔人正急急地驾舟驶向岸边躲避,要读得紧张、稍快。"山木尽亚洪涛风",写山上树木被掀起洪涛巨浪的暴风吹得低垂俯偃。着一"亚"字,便把大风的威力表现得活灵活现。诗人着意渲染风猛、浪高、水急,使整个画面神韵飞动。因此"亚"字要吐气饱满,重读。"洪涛风"语调不可上扬压过前音。

第三层是介绍这样巨大的艺术魅力之所以产生的原因。诗人进一步站在审美的高度和绘画专业的角度评论王宰无与伦比的绘画技巧。要读得大气,有书卷气,语调沉稳,中肯。"尤工远势古莫比","远势",指绘画中的平远、深远、高远的构图背景。诗人高度评价王宰在经营位置、构图布局及透视比例等方面旷古未有的技法,在尺幅画面上绘出了万里江山景象。"咫尺应须论万里",此论亦可看作诗人以极为精练的诗歌语言概括了我国山水画的表现特点,富有美学意义。赞叹的语气是在议论中间接表达的,不可突然拔高音调,放大音量。"焉得并州快剪刀,剪取吴淞半江水。"啊,不知从哪里弄来了锋利的剪刀,把吴淞江水也剪来了!诗人采用反问句,表现出深为这幅山水图的艺术魅力所吸引,极赞、惊叹画之逼真。结尾两句用典:相传晋代索靖观赏顾恺之的画,倾倒欲绝,不禁赞叹:"恨不带并州快剪刀来,剪松江半幅练纹归去。"杜甫在这里以索靖自比,以王宰的画和顾恺之的画相提并论,用以赞扬昆仑方壶图的巨大艺术感染力,写得含蓄简练,精绝无比。朗读时,语调较前两句上扬,两句前快后慢,表现出诗人面对艺术杰作的知音的快意。

清代方薰在《山静居画论》中说:"读老杜入峡诸诗,奇思百出,便是吴生王宰蜀中山水图。自来题画诗亦惟此老使笔如画。"可见杜甫题画诗历来为人称道,影响很大。

(陈京晶)

题破山寺后禅院①

[唐] 常 建

清晨入古寺,初日照高林。
曲径通幽处,禅房花木深。
山光悦鸟性,潭影空人心。
万籁此都寂,但余钟磬音。

〔注释〕

①破山寺:在今江苏常熟市西北虞山上,因山上一条破龙涧从寺门前流过,故称。又名兴福寺。

〔赏读提示〕

这首题壁诗是唐代山水诗中独具一格的名篇,抒写了清晨游寺后禅院的所见所感。诗人以凝练简洁的笔触描写了一个景物独特、幽深寂静的画面,表达了诗人游览名胜的喜悦之情和对高远境界的追求。诗中咏的是佛寺禅院,抒发的则是作者忘却世俗、寄情山水的隐逸胸怀。全诗笔调古朴,层次分明,兴象深微,意境浑融,简洁明净,富有感染力。

首联写入寺所见。诗人在清晨登破山,入兴福寺。此时,旭日初升,阳光照向山上树林。佛家称僧徒聚集的处所为"丛林",所以"高林"兼有称颂禅院之意,在光照山林的景象中显露着礼赞佛宇之情。同时,"高林"二字本身也表现出古寺的总体风貌,它掩藏在大片高大的树丛中,旭日照耀下,宁静而安谧。朗读时要宁静舒缓,平静中不乏庄严之感,从容不迫中流露出一种禅悦之情。

颔联写入寺所历。沿竹林间的曲折小径走去,尽处是僧侣的禅房。这里花木扶疏,绿草如茵,空灵安详,宁静幽雅。这是历代传颂的写景名句,读来语气要宁静平和而又微露赞叹之情,每句后三字可以分开缓读,"花—木—深"三字的声调中更要流露出一种寻幽访胜的欣然和忽遇佳境的惊喜。

颈联写游赏所感。寻幽访胜,寺后景象更加开阔空灵。诗人举目而望,只见寺后青山焕发着日照的光彩,这光彩使鸟儿自由自在地飞鸣欢唱;走到清澈的水潭旁,只见天地和自己的身影在水中湛然空明,心中的尘世杂念顿时涤除。前一句是就自然界而言,说这里是禽鸟与山林相得之所,烘托出一派祥和气氛;后一句是就人与自然环境而言,说这里的山光水色不仅可以娱悦人的耳目,而且可以净化人的灵魂。游人在尘世烦躁、疲惫的心态,一到这里,经过澄澈潭影的映照,立即得到平复,精神升华到一个全新的世界。句中"山光"是指"初日"在草木岩石之间的反映;"潭影"则是山光和天色在水里的反映。这样写不仅从结构上与第二句"初日照高林"形成照应,而且使"初日"贯穿始终,更加凸显这轮初日,让人觉得这里的阳光有特殊的魅力。读者终于领悟到,诗人写"山光"、"潭影"的用意是在烘托他心中的一轮"初日",是佛光的照耀,才使得这里的山光、潭影获得了"悦鸟性"和"空人心"的奇效,使自然界的山水、阳光等变得清洁而宁静,安详而和平,从而构成破山寺这一块净土。朗读时,"悦"、"空"二字可加长,使声音显得平淡自然,又空阔悠远,并且带有一种淡淡的欢喜,恍如进入一种空明澄澈又带着欣悦的"禅悦"之境。

尾联写览后余韵。此时此刻,外界一切声响似乎都已沉寂远逝,只有悠长的钟声和清脆的磬声在回荡,在远播,似在警戒沉迷,似在赞许觉悟。这悠扬而洪亮的佛音引导人们进入纯净怡悦的境界。显然,诗人欣赏这禅院幽美绝世的居处,领略这空门忘情尘俗的意境,寄托自己遁世无门的情怀。结句要读得尤为舒缓,"但—余——钟——磬——音——",末三字沉着而又悠远,余味深长,有蕴藉不尽之意。

这首五律笔调有似古体,语言朴素,格律变通,构思委婉含蓄,以题咏禅院而抒发隐逸情趣,从晨游山寺起而以赞美超脱作结,朴实写景,而意在言外。

常建这首诗是在优游中写会悟,具有盛唐山水诗的共通情调,但风格闲雅清警,艺术上与王维的高妙、孟浩然的平淡都不类同,确属独具一格。(莫春雷)

听 筝①

[唐] 柳中庸

抽弦促柱听秦筝,无限秦人悲怨声。
似逐春风知柳态,如随啼鸟识花情。
谁家独夜愁灯影?何处空楼思月明?
更入几重离别恨,江南歧路洛阳城。

〔注释〕

①筝:一种拨弦乐器,相传为秦人蒙恬所制,故又名"秦筝"。它发音凄苦,令人"感悲音而增叹,怆憔悴而怀愁"(汉侯瑾《筝赋》)。

〔赏读提示〕

这首诗写诗人听筝时的音乐感受,其格局和表现技巧,别具一格,别有情韵。

诗歌的题目为"听筝","听"是此诗的"题眼",下文内容,均从"听"字而来。然而"听"的内容、听的感觉如何通过文字表达出来?朗读这样的诗歌,如何能与作者找到同一频道,达到共鸣?

首句的"抽弦促柱",作者从描写弹筝的特殊动作入笔。筝的长方形音箱面上,张弦十三根,每弦用一柱支撑,柱可左右移动以调节音量。弹奏时,以手指或鹿骨爪拨弄筝弦,缓拨叫"抽弦",急拨叫"促柱"。那忽疾忽徐、时高时低的音乐声,就从这"抽弦促柱"、变化巧妙的指端飞出来,传入诗人之耳。朗读时,用舒缓、叙述的语调,逐渐进入音乐的世界。"听秦筝"带有某种神秘、悬念色彩,"听"为阴平声调,"秦"为阳平声调,朗读时可以通过声调的婉转来体现。

诗人凝神地听着,听之于耳,会之于心。——"无限秦人悲怨声"奠定了全诗"悲怨"的感情基调。诗人由秦筝联想到秦人之声。据《秦州记》:"陇山东西百八十里,登山巅东望,秦川四五百里,极目泯然。山东人行役升此而顾瞻者,莫不悲思。"这就是诗人所说的"秦人悲怨声"。诗人以此渲染他由听筝而引起的感时伤别、无限悲怨之情。诗句应该读得缓慢、悲伤,"无限"要用带有叹息的语调,读出百感交集。下面围绕"悲怨"二字,诗人对筝声展开了一连串丰富的想象和细致的描写,借虚传实。

巧摹乐声。诗人在颔联展开丰富的想象,借助生动的通感、比喻。筝声像柳条拂着春风,絮絮话别;又像杜鹃鸟绕着落花,啁啁啼血。"知"和"识"巧妙地把弦上发出的乐声同大自然的景物融为一体,顿时使悲怨的乐声,转化为鲜明生动的形象(通感)。朗读时语调应变得轻缓,通过朗读情绪、语调的变化,传达出筝声的丰富和变化。但是不能用欢快的语调表现,因为那柳条摇荡、柳絮追逐、落英缤纷、杜鹃绕啼均是暮春景色,作者用春风、杨柳、花、鸟渲染出一片伤春惜别之情。因此,读时语速适中,动词读重音,"态"、"情"两字适当延长声音,轻盈中有感伤。"知"和"态"、"识"和"情"在语音、语调的运用上要呼应。

妙绘乐境。首联听出的"秦人悲怨声"绝不只是停留在对自然景物的联想,随着"抽弦促柱"之声的变化,又唤起诗人对社会生活的联想:"谁家独夜愁灯影?何处空楼思月明?"这一联具体写人世的悲欢,更加真切感人。诗人不是摹状乐声,而是设想奏乐的环境,烘托出筝声的流转变化,运用画面去呈现那筝声所构成的音乐形象。用问句"谁家"、"何处"以悬揣语气,渲染筝声的奇妙撩人。读时,问句不用疑问语气,而加上感叹,语调应能符合那低沉、幽咽的筝声。读出的不是事,而是情;不是激起读者想象生活场景,而是调动读者的生活体验。呈现的语调应缓慢低沉,若有所思,也许不同的听者会有更丰富的情感体验加入。"独"、"空"两字,尤使画面显得分外凄清,增加了盼子思夫、离愁别恨的分量,因此要重读。"愁灯影"、"思月明",含蓄蕴藉,耐人寻味:灯前别无他人,只看到自己的影子,可见何等孤独,怎能不"愁"?楼头没有亲人,只见明月高悬,可见何等空荡,怎能不"思"?读时要一字一顿,方能流露会之于心的共鸣,也仿佛筝声飞出筝弦,直击心鼓。"独"、"空"形象地映衬了当时的环境,两个字相互呼应,使诗句所要表达的孤独寂寞、无奈之感显得十分立体,入木三分。

以上两联所构成的形象,淋漓尽致地描摹出筝声之"苦",使人耳际仿佛频频传来各种惜别的悲怨之声。筝声"苦",如果听者也怀有"苦"情,筝弦与心弦同声相应,那么就愈发感到苦。诗人柳中庸正是怀着苦情听筝的,这也是他感受到的筝声。

叹出情景。尾联不应是读出来的,而应当是叹出来的! 筝声心声已融为一体。筝声接近尾声时,已是变倾诉为叹息。"更入几重离别恨,江南歧路洛阳城。"意思是说,筝声本来就苦,更何况又掺入了我的重重离别之恨,岂不格外引起对远方亲人的怀念! "江南歧路洛阳城",指南北远离,两地相思。诗人的族侄、著名文学家柳宗元因参与王叔文集团的政治改革,失败后,被贬窜南陲海涯。"入"进的是听筝人变化莫测的情思伤感,朗诵时可以加入颤音;"更入几重"可以提高声调,适当加快语速;"离别恨"的三字语调突然降下,突然转慢,对比鲜明,动人心魄,"恨"字应把音咬住,不要一次泻出。"江南歧路"应读得像唱歌一样,用两个节拍的停顿,"路"用长音、颤音;"洛阳城"三字渐缓渐轻,声音自然消失。

"听"生意境。这首描写筝声的诗,着眼点不在表现弹奏者精湛的技艺,而是借筝声传达心声,抒发感时伤别之情。诗中重点写"声",却又不直接写"声",没有用一个象声词。诗人精练地借助想象、通感、比喻描写筝弦上所发出的种种哀怨之声,着力刻画各种必然发出"悲怨声"的形象,唤起读者的联想,使人见其形似闻其声,显示了"此时无声胜有声"的艺术效果。朗读时也应注重表达内心悲怨之情由含蓄到清晰的流露过程。

(陈京晶)

听颖师弹琴

〔唐〕韩　愈

昵昵儿女语[①],恩怨相尔汝[②]。

划然变轩昂[③],勇士赴敌场。

浮云柳絮无根蒂,天地阔远随飞扬[④]。

喧啾百鸟群,忽见孤凤凰。

跻攀分寸不可上,失势一落千丈强[⑤]。

嗟余有两耳,未省听丝篁[⑥]。

自闻颖师弹,起坐在一旁[⑦]。

推手遽止之[⑧],湿衣泪滂滂[⑨]。

颖乎尔诚能,无以冰炭置我肠[⑩]!

〔注释〕

①昵昵：亲热。②尔汝：挚友之间不讲客套，以你我相称。这里表示亲近。《世说新语·排调》："晋武帝问孙皓：'闻南人好作尔汝歌，颇能为不？'"尔汝歌是古代江南一带民间流行的情歌，歌词每句用尔或汝相称，以示彼此亲昵。③划然：突然。轩昂：形容音乐高亢雄壮。④"浮云"二句：形容音乐飘逸悠扬。⑤"喧啾"四句：形容音乐既有百鸟喧哗般的丰富热闹，又有主题乐调的鲜明嘹亮，高低抑扬，起伏变化。⑥未省（xǐng）：不懂得。丝篁：弹拨乐器，此指琴。⑦起坐：忽起忽坐，激动不已的样子。⑧遽（jù）：急忙。⑨滂滂：流得很多的样子。⑩冰炭置我肠：形容自己完全被琴声所左右，一会儿满心愉悦，一会儿心情沮丧。犹如水火两者不能相容。此言自己被音乐所感动，情绪随着乐声而激动变化。

〔赏读提示〕

韩愈此篇写听颖师弹琴的感受，丝丝入扣，细致入微。朗读全诗，不仅要表现颖师高超的琴技，还要传达诗人丰富的内心感受。音乐展现的也许不是一个完整的故事，而是琴师的某种心理体验，但以诗歌的形式再呈现，是艺术的再创造。朗读时更倾向于对诗歌的表达，而不是读音乐的解说词，要有还原生活、画面、形象的想象力，而声音是第三种创造，也应是丰富多彩的。诗人毕竟在创作时受到当时听音乐的感染，上联与下联，甚至上句与下句，都有较大的起落变化。对朗读者声音和情感的控制要求较高，朗读者还要找到身临其境的感觉。

诗分两部分，前十句正面摹写声音。起句不同一般，它没有提及弹琴者，也没有交代弹琴的时间和地点，而是紧扣题目中的"听"字，单刀直入，把读者引进美妙的音乐境界里。

琴声是怎样的？作者勾勒画面，将听觉形象转化为视觉形象。画面的审美特征变化对比鲜明，对朗读技巧和情感控制的要求较高。

起琴时，作者勾勒了一幅有声有像的画面：小儿女在耳鬓厮磨之际，窃窃私语，互诉衷肠，中间夹杂些嗔怪之声。再现琴声袅袅升起，轻柔细屑。要用轻柔低缓，甜美含蓄的着意控制的语调朗读，亦可以俏皮一点。正当听者沉浸在充满柔情蜜意的氛围里时，琴声骤然变得昂扬激越起来。画面突然切入雄浑壮阔：勇士奔赴。音乐仿佛在呈现战场上军旗招展、战马电掣、刀光剑影的场景。朗读时应加大音量，提高音调，加快语速，"轩昂"要重读。朗读者需用声音表现琴声铿锵激越、充满豪情的色彩。前后两联一柔一刚，构成对比悬殊的形势，朗读的语调、轻重、缓急也要对比鲜明。

接着琴声又出现高低、急徐、刚柔、静噪的跳转,呈起伏回荡之姿。恰似经过一场浴血奋战,敌氛尽扫。此时,远处浮云悠悠,近处丝柳摇曳,柳絮飘浮不定,若有若无,难以捉摸,却逗人情思。琴声所展示的意境高远阔大,使人有极目遥天悠悠不尽之感。"浮云柳絮无根蒂,天地阔远随飞扬",两句的前四字与后三字朗读时形成富有对比的由快而慢,起伏有韵味。声音用气多于用声,以吐气为主,体现由喧嚣到平静后的安宁,从社会活动到归于自然的境界变化。

蓦地,由静到动,百鸟齐鸣,啁啾不已,安谧的环境为喧闹的场面所代替。用众鸟蹁跹突出一只翩然高举的凤凰,采用细节描写塑造其形象。"跻攀分寸不可上,失势一落千丈强",这只不甘与凡鸟为伍的孤傲的凤凰,一心向上,饱经跻攀之苦,结果还是惨然地跌落下来。那么,如何用朗读来塑造这一形象呢?这里除了用形象化的比喻显示琴声的起落变化外,似乎还另有寄托。联系后面的"湿衣泪滂滂"等句,它很可能包含着诗人对自己境遇的慨叹。诗人曾几次上奏章剖析政事得失,希望当局能有所警醒,从而革除弊端,励精图治,结果屡遭贬斥,心中不免有愤激不平之感。"湿衣"句与白居易《琵琶行》中的"江州司马青衫湿"颇相类似,只是后者表达得比较直接、显豁罢了。"喧啾百鸟群",此句在接上句读出时,要停顿两拍,这时琴声变成了百鸟喧闹,猛然间似乎有一只高贵的凤凰引颈长鸣,鸣声谐和、清亮。继而,琴声又变高了,而且越弹越高,朗读的声音里要流露出眼前突现鸟群的惊异。"忽见孤凤凰"的"孤"字要重读,语气中有一种孤傲独立的坚定。"跻攀分寸不可上"要读出一种愤愤不平,语速适当加快,如同一个登山的健儿,在悬崖峭壁上一层一层地往陡险的高峰攀登,在接近最高峰顶的时候,已是"畏途巉岩不可攀",再上一分一寸都不可能了,情景真是惊心动魄。"不可上"要用指斥的语气,把底气运上来读。"失势一落千丈强"要读出悲而不伤、沧桑感慨之意。筝声忽然又低伏了,好像那个在高峰上艰难攀登的健儿,一失手,直落下万丈深渊。"一落"的"一"字读时要重吐气,"落"字吐音要短,有一落千丈之势。"千丈强"三字,要一字一字吐出。开头两句押细声韵,其中的"女"、"语"和"尔"、"汝"声音相近,读起来有些绕口。这种奇特的音韵安排,恰恰适合于表现小儿女之间那种缠绵纠结的情态。后面写昂扬激越的琴声则改用洪声韵的"昂"、"场"、"扬"、"凰"等超凡脱俗之想和坎坷不遇之悲对立统一。五言和七言交错运用,以与琴声的疾徐断续相协调,读时注意韵脚与节奏的变化。

后八句写自己听琴的感受和反应,从侧面烘托琴声的优美动听,主观性极强。"嗟余"两句是自谦之辞,申明自己不懂音乐,未能深谙其中的奥妙。读时用一种似自言自语的轻叹语调。"自闻颖师弹"四句言尽管如此,还是被颖师的琴声深深感动,先是起坐不安,继而泪雨滂沱,浸湿了衣襟。第一句叙述,用平稳的语调读。这种感情上的强烈刺激,实在叫人无法承受,于是推手制止,不忍卒听。第二、三句用稍快、不安的语调,读出内心宁静被打破后的不能自己。第四句"泪滂滂"读重、读高、读长,有高潮感。

末两句进一步渲染颖师琴技的高超。"颖乎尔诚能,无以冰炭置我肠",用近乎喊出的声音诵出,表现赞叹颖师、难抑情感、百感交集的内心震撼。"乎"拖长音,"尔诚能"用问的语气,"诚"重读,"冰炭"重读,且稍停顿。这就是说:你的弹奏本领太高强了,直使我的心时而如火热,时而又如冰寒。一会儿把人引进欢乐的天堂,一会儿又把人掷入悲苦的地狱,我的感情剧烈波动得再也禁受不住了。乐曲还没有演奏完,诗歌却告结束。朗读时对感情高潮的处理应放在最后。总之,全篇诗情起伏如钱塘江潮,波涛汹涌,层见叠出,变化无穷。

(陈京晶)

池　上

[唐] 白居易

小娃撑小艇,偷采白莲回。
不解藏踪迹,浮萍一道开。

〔赏读提示〕

白居易的诗大多通俗易懂,这首诗更是充满了生活情趣。

"小娃撑小艇,偷采白莲回",是说一个小孩子撑着小船,偷偷地采了白莲回来。诗中连用两个"小"字,又用"娃"字来称呼孩童,显示出亲昵的语气。"撑"有用力的意思。因为是"小娃",所以即使是"小艇"也须用力才行。"偷"的不是什么特别珍贵的物品,而是白莲。也许是莲花,只是为了好看;也许是莲蓬,可能为了解馋。如此可爱的孩童,即使是"偷"也让人不忍责骂。第一句应以"二一二"的节奏读;第二句以"二二一"或"二三"节奏读,同时应重读"偷"字,因为这是全诗的诗眼。

　　"不解藏踪迹,浮萍一道开",更显出了孩童的稚嫩可爱。上两句中写"偷采",既然是偷,自然应掩藏踪迹。可是,这小小的孩子并不知道这些。船行过,水中浮萍被水流激荡向两边分开,留下长长的水迹,孩童的行踪自然一览无余。读第三句时可以按照"二三"的节奏读,第四句以"二二一"的节奏读。最后一个"开"声音可延长,读出轻快、略带笑意的语气。

　　全诗围绕"偷"字展开,后两句的情趣都来源于此。小娃"偷"采回来时的样子是怎样的呢?诗人并未明说,但我们从这个"偷"字中可以想象出他小心翼翼、东张西望防人察觉的样子,生动形象的镜头就在我们眼前。而最后的"不解"和"一道开"更是让人看了以后忍俊不禁,孩童的稚气可爱跃然纸上。

　　整首诗语句浅显,充满生活气息,宛如一组小镜头,向我们展现了一个可爱的孩子,一幅充满情趣的生活画面。　　　　　　　　　　　　　(朱晓滨)

小儿垂钓

［唐］胡令能

蓬头稚子学垂纶①,侧坐莓苔草映身②。
路人借问遥招手,怕得鱼惊不应人。

〔注释〕

　　①垂纶:垂下的钓鱼线,这里指钓鱼。②莓:指一种野草。苔:指苔藓植物。

〔赏读提示〕

　　诗人去乡间探访朋友,向正在钓鱼的孩童问路,回来之后,觉得有趣,就写下了这首诗。

　　"蓬头稚子学垂纶","蓬头"写的是这个孩子头发蓬乱的样子。孩童忙于钓鱼,头发散乱也顾不上打理,写出了孩子的调皮。"学"是这首诗的诗眼。这一句是在叙述事件,读的时候语调应平缓,可以按"二二三"的节奏来读,最好重读"学"字。

　　"侧坐莓苔草映身",写正在钓鱼的孩子的样子。"侧坐"是说坐得不端正,很随意。一般孩子都好动,所以坐在那里时的坐姿也不端正,结合上句的"蓬头",更加表现出孩子的顽皮。"草映身"是说草长得又高又密,孩童的身形掩映在草丛中。读这一句时,可以按照"二二三"的节奏读,语速不宜过快,可以重读"侧坐",紧紧扣住"调皮"。

第三句中的"路人"其实就是诗人,"借问"就是问路的意思。诗人访友不遇,于是向人打听。正好见到了河边的小孩子,就向他问路寻人。刚刚开了口,就看见孩子远远地招手。孩子不回答而是远远地招手,令人疑惑。为什么是招手,而不是摆手呢?摆手的意思是不要问、不知道的意思。而招手则是让人靠近一点。这说明孩子并没有不礼貌地拒绝别人的询问,而是让诗人走近些,打算小声告诉他。读此句时应按"二二三"节奏,最后三个字"遥招手"语调应上扬,表示有疑问的意思,为下一句的解答做准备。

最后一句回答了上句的疑问:原来是因为害怕人讲话的声音惊动了鱼,所以不敢大声回答。"怕"字点明了原因,孩子对钓鱼相当重视,恐怕这时正紧紧抿着嘴,眼睛盯着水面,连大气都不敢出呢! 在读这一句时,可以按"四三"节奏读,重读"怕"和"惊",这是"招手"、"不应人"的关键。

全诗叙述描写结合,先设疑再解惑,由静态的"学垂纶"描写到动态的"不应人"的表现,可爱调皮的孩子形象跃然纸上。　　　　　　　　　　　　　　（朱晓滨）

李凭箜篌引①

［唐］李　贺

吴丝蜀桐张高秋②,空山凝云颓不流。
江娥啼竹素女愁③,李凭中国弹箜篌④。
昆山玉碎凤凰叫⑤,芙蓉泣露香兰笑⑥。
十二门前融冷光⑦,二十三丝动紫皇⑧。
女娲炼石补天处⑨,石破天惊逗秋雨⑩。
梦入神山教神妪,老鱼跳波瘦蛟舞⑪。
吴质不眠倚桂树⑫,露脚斜飞湿寒兔⑬。

〔注释〕
　　①李凭:当时的梨园艺人,善弹奏箜篌。②吴丝蜀桐:吴地之丝,蜀地之桐。③江娥:指湘妃。素女:传说中的神女。④中国:即国之中央,意谓在京城。

⑤昆山玉碎：形容乐音清脆。凤凰叫：形容乐音和缓。⑥"芙蓉"句：形容乐声时而低回，时而轻快。⑦十二门：长安城东西南北每一面各三门，共十二门。⑧二十三丝：箜篌有二十三根弦。紫皇：这里用来指皇帝。⑨女娲：中华上古之神，人首蛇身，为伏羲之妹，传说曾炼五色石以补天。⑩"石破"句：补天的五色石（被乐音）震破，引来了秋雨。逗，引。⑪老鱼跳波：鱼随着乐声跳跃。⑫吴质：即吴刚。⑬露脚：露珠下滴的形象说法。寒兔：指秋月，传说月中有玉兔。

〔**赏读提示**〕

　　李贺，唐代诗坛的一代鬼才；李凭，帝王座下的绝世乐者。一个因父荫初到长安的天才诗人，观摩了红极一时的帝都宫廷乐师的演奏，梨园星辉，好一番变幻万千的音韵悠扬。艺术终归是有共通之处的，音乐与诗文碰撞，终成就了一篇千古间"摹写声音之至文"。

　　唐元和六年（811）是李贺的幸运之年。父亲早逝，家境苦寒，"欲将千里别，特此易斗粟"（《勉爱行二首送小季之庐山》），外出谋生的李贺，在经历服丧待考，元和三年妒才流言的重重磨难，终于父荫得官，任奉礼郎。虽是个从九品的闲职，但终究是接触到了唐帝国的核心圈子，又能与韩愈等前辈同朝共事，虽是"憔悴如刍狗"，却在诗歌创作上大获丰收。代表作《李凭箜篌引》就是这个时期的作品。

　　相比同时代的诗人，李贺更像一位导演，诗中画面处处令人想有所着，赞其精妙。首句"吴丝蜀桐"点明主题，"高秋"布下秋天的时间背景，一句"空山凝云颓不流"恰恰将读者的感受引到了空寂的山间，箜篌之声透彻云霄，浮云为之停滞的奇幻悠远之景。湘妃竹、素女愁，李凭的乐声不但在空间上，更在时间上自由地感染着听众。一句"中国弹箜篌"，把稳坐帝都，挥洒"仙乐"的梨园乐师形象勾勒而出，简洁却又大气磅礴。

　　昆山玉碎、凤凰啼叫、芙蓉泣露、香兰浅笑，四句比喻，形象且又变化多端。李凭的箜篌之音自然千回百转，但李贺用玉碎之清脆、凤啼之透彻、芙泣之悲抑、兰笑之欢愉，轻松地总结出万种乐声效果，极为难得。

　　七句开始，文风转为效果的诡奇多变，长安十二道巨门前寒气的消融，箜篌二十三根细弦的波动，竟有如此大的力量，让高坐龙位的帝皇也为之动容，李贺此处的双关"紫皇"，更将人间帝王的欣赏，引至九天之上的天帝之欢。而下句"女娲石破"的秋雨萧下，则是"笔补造化天无功"了，一个"逗"字，转死为生，将音乐的力量化作无所不能的仙人，本已破石惊天，洒下绵绵秋雨。更有海中仙山教授箜篌神技,老鱼瘦蛟随波起舞的神奇愿景。在热闹非凡的景象后,李贺将乐声趋于悠扬,寒月之上,吴刚停下了伐桂的动作,倚树静品,活泼的玉兔此时却伏在一侧,露水早已湿润了它的绒毛。由动转静,于辉煌之处归于恬静,李贺的诗中本身就早已充斥着音乐的韵律。

大概是为官之求得以完成,《李凭箜篌引》的浪漫主义色彩极为浓郁,艺术表现在其本身奇异瑰丽的"鬼仙之词"上更为精准和细腻。重效果的描写手法,与白居易《琵琶行》中的顺序描写相互映照,自成一派。"李足以泣鬼"之评,怕是显得谦虚吧。这首诗充满神奇的想象,朗读时速度可以略慢,可以带着沉思的意味。

（唐丽花）

社　日①

［宋］张　演

鹅湖山下稻粱肥②,豚栅鸡栖对掩扉③。
桑柘影斜春社散④,家家扶得醉人归。

〔注释〕

①社日:古代祭祀土神的节日,春秋两祭,为春社和秋社。古代劳动人民通过这种方式表达对减少自然灾害、获得丰收的美好祝愿,也借此开展对他们来说十分难得的娱乐活动。②鹅湖:山名,在江西省铅山县。稻粱肥:地里庄稼长势好,丰收在望。当地一年两稻,故方仲春社日,稻粱已肥。③"豚栅"句:猪归圈,鸡归巢,家家户户的门还关着,村民们祭社聚宴还没回来。豚栅(túnzhà),小猪猪圈。鸡栖(qī),鸡舍。对,相对。扉,门。④桑柘(sāngzhè):桑树和柘树。这两种树的叶子均可用来养蚕。影斜:树影倾斜,太阳偏西。春社散:春社的聚宴已经散了。

〔赏读提示〕

诗人通过对山村春社日农民生活的描绘,写出了古代劳动人民在节日时的欢乐,诗风淳厚。

全诗采用侧面描写的手法,并不直接写春社日的具体活动,而是通过几组富有典型意义和暗示作用的生活细节,将春社日欢快热烈的气氛和富足祥和的生活生动地表现了出来。前两句诗从村居风光写起,写稻粱肥、猪归圈、鸡归巢——丰收在望的田野、归圈的猪、归巢的鸡,描绘出五谷丰登、六畜兴旺的景象。一字不写春社活动,却已暗示出了节日的喜庆气氛。"对掩扉"暗示村民都不在家,连门都半掩着。古人常用"夜不闭户"来表示生活的富足与安宁,"对掩扉"可见当地民风的淳厚、丰年的富足。读到这里,人们不禁要问:"人呢,都去哪儿了?"作品于此构成了一个悬念,自然而然地过渡到诗歌后联。朗读"豚栅鸡栖对掩扉"后可以停顿时间稍长些。

后两句写"社日"正题。诗人也没有写春社热闹的活动及场面,却写春社散后的景象。"桑柘影斜"告诉了读者"春社散"的时间。"家家扶得醉人归",暗示了山村人们在春社活动中的尽情与酣畅,这一结句奇峰突起,大有点石成金的妙用。正因为有了这"醉",前文的"肥"才有了着落,因"肥"而"醉",又因"醉"而映衬了"肥","肥"的是庄稼,"醉"的是农人,农人的欣喜与丰收是分不开的。同时,"醉"还扣住了"社日"的正题,衬托了社日的盛况。"家家"虽是夸张说法,却说明醉倒情形的普遍,让读者从社散后的景象联想到春社活动精彩的过程,让人回味无穷。

精当的侧面描写使作品无只字正面写"社日",却通过"稻粱肥"、"豚栅"、"鸡栖"、"醉人归"等富有农村生活情调的细节的勾勒,无处不在写春社。诗歌描写朴实、真切,描绘了山村节日的欢乐及山村农人辛勤劳动创造的富足生活,不刻意雕琢,尽显山村的淳朴与盎然情趣,表现了诗人对农人的赞美和对山村生活的向往。

(冯述田)

登　山

[唐] 李　涉

终日昏昏醉梦间,忽闻春尽强登山①。
因过竹院逢僧话②,又得浮生半日闲③。

〔注释〕

①强:勉强。②因:由于。过:游览,拜访。竹院:即寺院。③浮生:语出《庄子》"其生若浮"。意为人生漂浮无定,如无根之浮萍,不受自身之力所控。

〔**赏读提示**〕

　　这首诗是诗人在遭流放期间,强登镇江南山时所写。

　　前两句交代了诗人的心境和登山的原因。首句中的"醉梦"以及"终日"两词,直抒胸臆,极言诗人在遭遇流放时失意消沉、昏醉度日的心境;次句写诗人在浑浑噩噩之际,忽然发现明媚的春色将尽,决定强打精神走出户外,登上南山,一排心中之愁苦与不快。一个"强"字不仅照应了首句中诗人的心境,还含蓄地透露出诗人内心隐秘的情感——不能辜负这大好春光,不甘心就此消沉下去。

　　后两句写诗人登山过程中途经寺院,与高僧闲聊之余悟出了人生的禅意。"竹院"使人不禁想起诗人常建的"曲径通幽处,禅房花木深"。寺院隐没在深山之中,曲径通幽,竹树环合,花木葱茏,如此幽静美妙的环境,怎能不令诗人惊叹、陶醉呢?想必诗人心中的愁苦与不快会顿时消除不少吧?"逢"是适逢的意思,可见诗人是在神游美景之时,无意间遇到寺内的高僧。他们一见如故,谈禅悟道,在聊天中,吐露心中的苦闷与不快,探讨人生之喜怒哀乐等等。或许是受了幽雅脱俗的环境的感染,或许是受了得道高僧对于人生功利的淡泊之志,处变不惊的平和心态的浸润,诗人无意中解开了困扰很久的苦闷心结,化解了沉溺于世俗的烦忧,体验到了直面现实及人生的轻松感受,于是诗人不由得发出了"又得浮生半日闲"的感慨!一个"又"字,除了表现诗人又一次得到闲适之意外,还突出了诗人懂得了应从容乐观地对待人生的道理之后的欣喜之情。

　　这首绝句语言朴素直白,不加修饰;诗中有景有情,情景交融。尤其值得一提的是,诗歌还采取了先抑后扬的写法,诗人从"抑"起笔,首先抒写其消极浑噩的内心情态,为下文的"扬"做了一个很好的蓄势和铺垫。朗读这首诗也应当先抑后扬。

(冯述田)

淮中晚泊犊头①

〔宋〕苏舜钦

春阴垂野草青青②,时有幽花一树明。
晚泊孤舟古祠下③,满川风雨看潮生④。

〔注释〕

①淮中：淮河中游。犊（dú）头：地名，在楚州淮阴县。②春阴：春天的阴云。垂野：低垂于旷野之上。③古祠：古老的祠堂。④川：河。

〔赏读提示〕

本诗题为"淮中晚泊犊头"，写一次旅途中，傍晚泊船犊头镇的所见、所感。形象鲜明，富于变化，于景物中寄托情思，闲淡含蓄，耐人寻味。

前两句写白天行舟水上看到的两岸景物：沉沉低垂的阴云，青青葱郁的野草，在满眼幽深的绿中偶尔闪过的一树高花。"春阴垂野"，画面极为凝滞、晦暗；"幽花一树明"，景致极为明艳、耀眼。晦明变化中，我们仿佛看到笼罩在诗人脸庞上的阴云也一点点散去。"时有"一词不仅暗示此时人在行舟上，视野在移动，而且衬托动态中"幽花"的明艳静美。因此，朗读"春阴垂野"时低调起头，慢速拉长了来读；而读"时有幽花一树明"时，建议语速渐快，读出柳暗花明、豁然开朗之感。

后两句写晚间泊舟看潮。"晚泊孤舟古祠下"，此句以洗练的笔触勾勒出一幅孤寂冷清的傍晚泊船图。"晚"，写出暮色昏黄；"孤"，表明形单影只；"古"，渲染破败凄凉。朗读此句，"晚"、"孤"、"古"三字要略微重读。"满川风雨看潮生"，满川的风声、雨声、潮涌声中，诗人一扫前句的沉郁凝重，安然自若地在古祠中看潮起潮落，平添一股慷慨傲岸之气。朗诵该句时，尽量读出激荡不平的阔大气象。

本诗被誉为宋代七绝的代表作品之一。就写作手法看，第二、三句都是从小处着笔，第一、四句都从大处着笔，点面错落；"春阴垂野"、"孤舟古祠"是静景，"时有幽花"、"满川风雨"是动景，动静相衬。就诗歌情韵看，这种"阴"中见"明"、静中观动的艺术构思，展现了困境中的出路、苦难中的超越，无不显示诗人顽强不屈的意志，从容安然的气度。

（方凌）

岁　晚①

［宋］王安石

月映林塘淡，风含笑语凉。

俯窥怜绿净②,小立伫幽香③。
携幼寻新的④,扶衰坐野航⑤。
延缘久未已⑥,岁晚惜流光。

〔注释〕

①岁晚:在这里是指农历九月。此时,秋水澄碧,菊花正开,丝毫不比春景逊色。②绿净:指水。③伫:站立。④的(dì):鲜明,常用来描写花色,这首诗中指花。菊花始开,故称"新的"。⑤扶衰:强老而振奋。⑥延缘:徘徊流连。已:停止。

〔赏读提示〕

首联"月映林塘淡,风含笑语凉",为读者营造了一个温馨幽静的氛围。淡淡的月光映照着树林中的小池塘,凉爽的风里荡漾着欢声笑语。这两句朗读的时候应着意突出诗句所营造的幽静的氛围,语调和缓,抒情悠长,突出"月"、"淡"、"风"、"凉"。

颔联"俯窥怜绿净,小立伫幽香"历来为人称道。上联中有林塘中的淡月,所以这儿有了"俯窥怜绿净"的动作;上联中的微风阵阵,不仅送来了欢声笑语,还送来了隐在暗处的幽渺的花香。因为这夜太美好了,诗人不愿打破这宁静的环境,便俯身悄悄观水。诗人弯下腰,窥见了什么呢?淡月下,林塘里,有的大约是清波、月影,或是树影、花影吧。诗人怜的是什么呢?大约是这朦胧月色中的一切美好的景物吧。只在这岸边停留了一小会儿,幽香便阵阵袭来。这两句的朗读语气还应和首联一样,只是还要读出些不忍打破幽静的小心和闻到幽香的欢欣。

颈联"携幼寻新的,扶衰坐野航"转换写作角度,由上文的欣赏月夜小景而变得兴致勃发,主动地寻找夜色的更美之处。拉上小孩子去寻找那幽香传来的地方,尽管已经年老,但仍然兴致不减,在野外泛舟游玩。朦胧的月下,这一老一少的身影让人倍感温馨。此句朗读时应语调上扬明快,读出兴致勃勃的意味来。

尾联"延缘久未已,岁晚惜流光"的意思是:我久久地流连不已,这已是一年的末尾,让人愈发珍惜流逝的光阴啊!这两句由叙及情,揭示诗歌主旨。诗人哪里仅仅是留恋这美好的景色呢?更是在表达对美好时光的留恋与珍惜啊!朗读时语调深沉,语速缓慢,"惜流光"三字应重读,可一字一顿。　　　　(胡炜)

元　日①

〔宋〕王安石

爆竹声中一岁除②，春风送暖入屠苏③。
千门万户曈曈日④，总把新桃换旧符⑤。

〔注释〕

①元日：农历正月初一，又称元旦。②一岁除：一年已尽。除，逝去。③屠苏：用屠苏草浸泡的酒。古代大年初一，全家合饮此酒来驱邪避瘟疫，以求长寿。④曈曈（tóng）：日出时，光亮而温暖的样子。⑤桃：桃符，诗人简称为"桃"、"符"。这是古代辞旧迎新的风俗。人们在桃木板上写上"神荼"、"郁垒"二神的名字，悬挂或者张贴于门首，每年换一次，意在祈福灭祸，压邪驱鬼。

〔赏读提示〕

这首诗描写了古代春节辞旧迎新的景象，既是一首迎接新年的即景之作，也是一幅热闹欢乐的民俗风情画卷。

诗题"元日"既点明了时间，又点明了诗歌取材范围。全诗短短四句，却选取了老百姓过春节时热闹而典型的生活场景：点燃爆竹、饮屠苏酒、换新桃符，充分表现出过年的欢乐气氛，富有浓厚的生活气息。

整首诗运用白描的手法，极力渲染喜气洋洋的节日气氛。"爆竹声中一岁除"，起句先声夺人，从元日伊始的第一件大事——放鞭炮着笔描写，使人仿佛身临其境。你听，近处震耳欲聋，远处此起彼伏。清晨的空气中弥散着浓烈的火药芳香，人们喜气洋洋地送走了旧的一年，迎来了新的一春。

"春风送暖入屠苏"，元日的早晨，春风没有丝毫寒意，竟是暖烘烘的；人们从芳醇浓烈的屠苏酒中，品尝到了春暖融融。诗人极力写春风之暖，其实也是诗人心中春意盎然的体现，因为此时恰是诗人意气风发之时。宋熙宁三年（1070），王安石被提任为宰相后，积极推行新法，以图富国强兵。熙宁七年，新法推行达到了高潮，人民的生活得以改善，新春来临，家家户户窗红纸绿，人人欢天喜地。看到此情此景，联想到变法带来的新气象，诗人顿觉踌躇满志，欣然写下了此诗。诵读时，语气要轻松欢快，饱含喜悦欣慰之情，注意节奏是"二二二一，二二一二"，可重读"除"、"入"字，末尾语调可略扬。

三、四两句,作者由点到面,对元日的新气象作了更为直接的描绘:太阳升起来了,千家万户沐浴在初升的春日里,门上的旧符取下了,全换上了桃木雕刻的新符。有了新符咒,人们就不再怕鬼,不再怕灾了。诗人抓住元日画面上的一个醒目细节——桃符进行了特写。桃符是春节时家家在一块专制的桃木板上刻的符咒,据说挂在门上可以驱邪避灾。此处写来,却多了层深意:革除旧政、实行新政就如同人们用新的桃符代替旧的桃符,新政的实行如同"春风送暖"那样充满生机,会像"曈曈日"一样带给"千门万户"光明、温暖和希望。

由此,诗的末句自然地由叙事转为议论,阐明了社会发展中新事物必将取代旧事物的道理,表达了诗人对新法推行的必胜信念。诵读时,节奏仍旧是"二二二一,二二一二",每句后三个字语速可略慢一些,要读出诗人对执政变法的乐观自信。

(陈卉)

北　山^①

［宋］王安石

北山输绿涨横陂^②,直堑回塘滟滟时^③。
细数落花因坐久,缓寻芳草得归迟。

〔注释〕

①北山:即今南京东郊的钟山。②输绿:输送绿色。陂(bēi):池塘。③堑:沟渠。回塘:弯曲的池塘。滟滟(yàn):形容春水在阳光下闪闪发光的样子。

〔赏读提示〕

这首诗作于王安石晚年退隐金陵钟山(今南京紫金山)时,全诗借幽闲的意境,抒写出诗人神离尘寰、心无挂碍的超脱情怀与闲适心境。

王安石擅长用拟人手法写绿,如"春风又绿江南岸"、"两山排闼送青来"、"坐看青苔色,欲上人衣来",都将自然界景物人格化,赋予万物生机活力,又状出颜色的活泼流动,富于感情色彩。这首作于晚年写钟山的诗亦然。

诗中前两句写景,细腻工巧,把绿色写活了。北山本是无情之物,但春天到来,万物萌生,山上一片浓绿,映得满池春水也是一片绿色,似乎是山主动地把自己的绿色输送给水塘,随着春水上涨,又仿佛要把绿色满溢出来。一个"输"

字写尽春天绿色葳蕤生长的情态。水,也很多情,或直,或迂回弯曲,以种种优美姿态,闪着粼粼波光,拥抱山的绿色。拟人手法,将山水写得如此多情。

诗歌后两句抒写己情,纡徐平缓,尽显悠然与适然。山有情,水有情,人更有情,诗人面对着这诱人的山水,流连忘返。因为心情悠闲,诗人陶醉于春天美丽的景色,坐了很久,便静静地观察,细数起落花来,一朵,两朵……回归途中又饶有兴趣地寻觅着芳草。慢慢的寻觅让诗人滞留多时,很晚才归家。写数花、寻草两个细节生动地再现了诗人的悠然情态,形象地反映了诗人淡寂安闲的生活与心理。

整首诗诗意在整齐的句式中富于变化。绘景时,诗人通过色彩的渲染,把静态写得仿佛飞动起来;抒情时,通过客观叙述,刻画主观情绪,境界全出,却把动态写得平静之极。又如三、四句为对偶句,第三句先写结果,后写原因(坐久了,心情很闲适,所以数起了落花);第四句先写因后写果(因为寻芳草,所以回去晚了)。内容与艺术在这里得到了完美的结合。诵读时,可以前二句语速稍快,后二句语速稍慢。

(冯述田)

春日偶成

[宋] 程　颢

云淡风轻近午天^①,傍花随柳过前川^②。
时人不识余心乐^③,将谓偷闲学少年^④。

〔注释〕

①云淡:云层淡薄,指晴朗的天气。午天:中午时候。②傍花随柳:傍随于花柳之间。傍,依傍,靠近。随,沿着。川:河流。③时人:当时的人。余心:我的心。余,我。④将谓:就要说。偷闲:忙中抽出空闲的时间。

〔赏读提示〕

《春日偶成》是作者春日郊游,即景生情,意兴所致写下来的。作者用白描的手法,勾勒出风和日丽的春日景色。天空中,淡淡的白云,轻柔的春风,和煦的阳光;地面上,红花、绿柳、碧水。从上到下,互相映照,短短十四个字,便画出了一幅春景图,抒发了春日郊游的愉快心情。诵读要轻快自然,"淡"和"轻"两个字读得轻而长,表现出悠游之感;而"花"和"柳"要重读,凸显春的气息,让人不禁联想到花红柳绿的春日盛景。

后两句抒发作者春日郊游的愉快心情。人们不知道我的心情多么快乐,还以为我学少年的样子,偷偷跑出来玩耍呢!第三句是诗意的转折和推进,第四句更进一步说明自己并非学少年偷闲春游,它所要表达的是一种哲理,以及对自然及宇宙的认识。"偷闲学少年",出语新颖,平淡中寓有深意,这种"怡然自得"之乐,似乎也感染了读者。后两句虽然表现了愉悦之情,但在诵读时,"时人不识余心乐"仍可轻缓,表现一种平淡的又与一般的欢乐不同的乐趣。"将谓偷闲学少年"此句节奏略快而音调上扬,表现出语言的新颖,强调平淡中的深意。

(包丽玲)

春　阴①

〔宋〕黄庭坚

竹笋初生黄犊角②,蕨芽初长小儿拳③。
试寻野菜炊春饭,便是江南二月天。

〔注释〕

①春阴:春日的时光。②犊角:小牛的角。以言竹笋初生之状。③蕨芽:蕨菜之芽。蕨根蔓生土中,春时出嫩芽,其端卷曲如拳。

〔赏读提示〕

黄庭坚有《观化》诗十五首,诗中诗人借闲居荆州时所见的风俗民情,写其以南禅顿悟方式思考生活的感怀。所描画的自然景象,生机活跃,富有生活情韵和理趣美,表现了一种忘情自然的胸襟。这首《春阴》为其十一,以风俗之趣写人生之理,妙合无间。

"竹笋初生黄犊角,蕨芽初长小儿拳",用小黄牛刚露出的角儿比喻初生竹笋,用小孩子的拳头比喻蜷曲的蕨芽,创构了一种奇幻生新的"远取譬"喻象。朗读时应语调轻快,语音上扬,读出欢愉之情。且看,诗人选取"竹笋"、"蕨菜"这些生机灵动的自然之物,将大自然的蓬勃展现在读者面前,象征着诗人的情境,不以得失系怀。

"试寻野菜炊春饭,便是江南二月天",描写在宁静的山林之中寻找野菜,烹饪出一顿美味的春饭慢慢享受,这贬谪之地便如同早春二月的江南一般令人心旷神怡起来。这样的感受表现了诗人与物同化的超脱而旷达的心境,象征着他已达到超越得失而有所自得的境界。因此,朗读上一句,应语速稍慢,将"试寻"的意味表现出来;朗读下一句,"二月天"三字应一字一顿,着力表现"心不知忧乐,与物同化"的意境。

(席玮玮)

弈棋二首呈任渐①（其二）

[宋] 黄庭坚

偶无公事客休时,席上谈兵校两棋。
心似蛛丝游碧落,身如蜩甲化枯枝②。
湘东一目诚甘死③,天下中分尚可持。
谁谓吾徒犹爱日④,参横月落不曾知⑤。

〔注释〕

①任渐:诗人好友。②"心似"二句:用飘荡在空中的蛛丝和挂在枯枝上的蝉壳,比喻下棋人专心致志的神情姿态。③湘东一目:湘东王萧绎初生时患眼疾,梁高祖自为医治,遂盲一目。后在江陵称帝,是为元帝。即位第三年,西魏攻陷江陵,被杀。后人以"湘东一目"指棋眼。④爱日:即珍惜时光。⑤参横月落:参星横斜,月亮已落,即谓夜已深。

〔赏读提示〕

这是一首以描写下棋为题材的诗,作者不仅刻画入微并形中见神,写出了下棋对手双方的心理活动,实属佳作。

首联"偶无公事客休时,席上谈兵校两棋",交代下棋时的境貌,两位弈者摆开阵势,即将激战,为后文蓄势。诵读时可以用缓慢、平淡的语气。

颔联"心似蛛丝游碧落,身如蜩甲化枯枝",更从心、身两个方面描摹出弈者的风神。极其细微的蛛丝悠乎飘宕于空中,从弈者殚精竭虑、冥思苦想、沉吟徘徊的角度来说,人的神思若有形体,用那样疏忽变化、难于捕捉的蛛丝来比喻确乎再形象不过了。后半句则化用《庄子》中的佝偻丈人承蜩的典故:"吾处身也,若橛株拘,吾执臂也,若槁木之枝。虽天地之大,万物之多,而唯蜩翼之知。"驼背的丈人一心捕蝉,捕蝉时竟把自己的身子当成枯木桩子,把手臂当作枯树枝。虽然天地很大,但此时丈人一心只知蝉翼。黄庭坚好用典故,有时有"掉书袋"之嫌,但这个典故用得可谓传形得神,堪称绝妙。该句不仅形象地描摹出弈者对弈时沉思冥想、一动不动的形态,更意在比喻弈者专心致志的精神。诵读时要注意体会其中的神采,要读得抑扬顿挫。

颈联"湘东一目诚甘死,天下中分尚可持",紧承上联,将弈棋时的惊险局势描绘得跌宕起伏,绝不平铺直叙。"湘东一目",一语双关,既引用南朝湘东王萧绎偏盲的典故,又暗指围棋中的棋眼。眼下只有一枚棋眼,可谓险之又险,然而就此败北了吗?"诚堪死"意思是眼看要"山重水复疑无路","尚可持"却又"柳暗花明又一村",给人一分希望,平分棋局再图收复,这不正是弈者绝不服输、背水一战的真实再现吗?这句又深得宋人理诗的奥趣——人生又未尝不是如此呢?人生恰如棋局,方寸之间,可现风神。短短两句却跌宕起伏,扣杀人心,引人深思。诵读时要铿锵豪迈,读出弈者纵横不服之慷慨豪气。

尾联"谁谓吾徒犹爱日,参横月落不曾知",意思是我们这些整天嚷着要珍惜时间的人们,此时却全然不管星沉月堕、夜阑更尽,沉迷于这样激烈的围棋鏖战中了。以调侃、反问为结,更添一份悠游之乐,读来饶有蕴藉。读时可适当拖音,从而营造出余音袅袅、含蓄韵味之感。

钱钟书先生在《谈艺录》中对黄庭坚诗歌的曲喻曾有精彩分析,称赞他诗句中新颖奇警的神思,新鲜动人的意象,给人奇幻生新之感,让人回味无穷。

(潘易)

点绛唇①

[宋] 汪　藻

新月娟娟②,夜寒江静山衔斗③。起来搔首,梅影横窗瘦。

好个霜天,闲却传杯手④。君知否?乱鸦啼后⑤,归兴浓于酒⑥。

〔注释〕

①点绛唇:词牌名。②娟娟:明媚美好的样子。③山衔斗:北斗星闪现在山

间。斗,北斗星座。④闲却:空闲。传杯:互相传递酒杯敬酒,指聚酒。⑤乱鸦啼:明指鸟雀乱叫,暗喻朝中小人得志。⑥归兴:归家的兴致。

〔**赏读提示**〕

这首词借景抒情,写法含蓄,深有寄托。上阕写初春霜夜,词人内心激动,耿耿不寐,中夜起身,搔首踟蹰;下阕写闲愁难耐,含蓄委婉地表现了内心的苦闷。

上阕中"新月娟娟,夜寒江静山衔斗","梅影横窗瘦",描绘了一幅江寒、山静的霜天月夜图。一弯新月高挂空中,十分美丽。远山静静矗立,仿佛一个巨人把北斗星衔在口中。"衔"字用得极为生动,将静景写活。江水无声流淌,夜似乎更加寒冷。接着,画面由室外转向室内,是谁夜半"起来搔首",看到"梅影横窗瘦"?"搔首"这个动作表示主人公在思虑,心情不平静。深夜无眠的人必是心事重重者,他凭窗而坐所见到的是斜映在窗上的清瘦的梅影。梅花点明残冬早春时节,梅花常用来比喻高洁的品格。可见在这样一个寒冷的夜晚,诗人是满腹愁绪不能入眠的,在朗读时要读出寂寞、彷徨之感。

接着,诗人发出感慨"好个霜天"! 这个寒冷的夜晚不仅景色好,还好在可以"闲却传杯手"。可见诗人厌烦了官场的宴席。为什么会厌烦呢?"乱鸦啼后,归兴浓于酒。"怪不得酒兴全无,原来是归隐的兴趣比酒还浓烈。"乱鸦啼"暗喻官场得志小人的聒噪。相对于热闹的官场,诗人宁愿看静默的山水、傲霜的寒梅。这两句表明了作者远离官场倾轧的决心,此两句也是全词主旨之所在,在意义上倒贯全篇,使全词的景语皆成情语。这样看来上阕借霜天月夜图抒发的是厌恶官场、乐于归隐的清峻高洁之志。

整首诗上阕朗读时可以语调缓慢,读出夜晚的孤寂苍茫;下阕朗读时需声音渐低,读出坚定的志向和深长的意味。

(程云)

点绛唇

［宋］李清照

蹴罢秋千①,起来慵整纤纤手②。露浓花瘦③,薄汗轻衣透。
见客入来④,袜刬金钗溜⑤。和羞走⑥,倚门回首,却把青梅嗅。

〔注释〕

①蹴(cù)：踩，踏。这里指荡(秋千)。②慵整：懒洋洋收拾。③花瘦：形容花枝上的花瓣已经凋零。④见客入来：见有人来。⑤袜刬(chǎn)：即刬袜。未穿鞋子，只穿着袜子行走。溜：溜走，滑落。⑥和：含。走：跑，快走。

〔赏读提示〕

早期的李清照生活优裕，美满幸福，她这时期的词，大多以抒写对自由和爱情的渴望、追求为主，风格清新明快。这首词就是她早期的代表作品之一，描写生动，尤其是细节刻画，一个天真善良、情感丰富却又自持的少女形象跃然纸上。

上阕写少女荡完秋千的娇憨情态。首先借助"慵整纤纤手"这一细节，将青春少女的娇憨生动地刻画出来。"慵整"一词极为精妙，写出了少女荡完秋千后，两手依然酸麻，却懒得稍微活动一下，故而慵懒地整理双手。这一细节让人不禁想象着少女荡秋千时的情景，罗衣会怎样轻飏，人又如何在空中飞来荡去，从而绘出少女的活泼与娇憨。"薄汗轻衣透"是词中又一细节，少女身穿"轻衣"，却因为荡秋千时的运动，出了一身薄汗。这份娇弱美丽的神态恰如娇嫩柔弱的花枝上缀着一颗颗晶莹的露珠。"露浓花瘦"属于环境描写，寥寥四字，却意蕴丰富，不仅表明荡秋千的时间是春天的早晨，地点是在花园，也很好地烘托了人物娇美的情态。整个上阕细节传神，人花合一，生动形象地勾勒出少女荡完秋千后的慵懒、自在的样子。

下阕写少女乍见来客的情态。首先用词精准，"袜刬"、"溜"两个词语真实地写出了少女的内心情态，符合人物的年龄和身份特点。"袜刬"一词写出了她荡完秋千后猛地看见一个陌生人闯入时，慌得忘记了穿鞋子，只穿袜子躲避的样子；"溜"字，传神地写出了她走得急，从而导致头发松散，金钗下滑坠地，可以想象出她匆忙害羞的表情。其次，写的最妙的是"倚门回首，却把青梅嗅"二句，作者以极精湛的笔墨描绘了这位少女对忽然到来的客人怕见又想见、想见又不敢见的那种微妙心理。最后，她只好借"嗅""青梅"这一看似若无其事的动作来遮掩她的紧张，以便能偷看客人几眼。下阕以一系列层次分明、曲折多变的细节描写，把一个少女惊诧、惶遽、含羞、好奇以及爱恋的心理活动，栩栩如生地刻画了出来。朗读这首词宜和缓，尾二句之间停顿时间稍长。

（冯述田）

如梦令

〔宋〕李清照

常记溪亭日暮①，沉醉不知归路②。兴尽晚回舟③，误入藕花深处④。争渡⑤，争渡，惊起一滩鸥鹭⑥。

〔注释〕

①常记：时常记起，难忘。溪亭：临水的亭台。②沉醉：大醉。③兴尽：尽了兴致。晚：比合适的时间靠后，这里意思是天黑路暗。④藕花：荷花。⑤争渡：奋力划船渡过。⑥一滩：满滩。

〔赏读提示〕

这首小令是李清照青年时期的作品，追叙一次溪游醉归的欢乐情景，似一帧无拘无束的生活照。全词寥寥数语，惜墨如金，却句句扣住"醉"，以"醉"彰显着溪游时无拘无束的欢乐，尽显青春生命之活力。诵读时应当体现这样的情感。

整首词运用白描手法，用语精练，不事雕琢，给人以亲切自然之美。起笔两句平淡、自然和谐，把读者自然而然地引入昔日自由欢快的溪游情境。"常记"表示追述，总领下面对"醉"后误入藕花深处情景的描述；"溪亭"交代了"醉"之地点，"日暮"点明了"醉"之时间。此时，词人溪游饮宴以后，已经醉得连回去的路径都辨识不出了，"沉醉"二字透露的是作者心底的欢愉，"不知归路"则含蓄地传达出作者流连忘返的情致。看起来，词人一边欣赏郊野的景色，一边随兴所至，饮酒而醉，并且已经醉游了相当长的时间。不过，此醉因酒或因景，或皆有之，唯留给读者品味了。总之，这是一次给作者留下了深刻印象的十分愉快的溪游。

随后的"兴尽"两句，把这种意兴又递进了一层，兴尽以至天黑路暗方才回舟，那么，兴未尽呢？恰从侧面烘托出溪游时兴致之高，精神之欢愉。天色已晚，词人于是乘上小船，掉转方向，往回行。可是，天色黯淡，模糊醉眼中，更是忘了归路，船被一头划进了密集的荷花丛中。"误入"一句，同前面的"不知归路"相呼应，突显了词人的"沉醉"情态，让青春逼人的女词人驾舟于荷花丛间的优美画面跃然纸上，彰显着青春的活力与溪游的欢愉。

紧接着,连用两个"争渡",在反复中突出了词人急于从迷途中找寻出路的焦灼心情。当她正在心如火燎,想着怎样才能划出荷塘,找回归路,胡乱地划动着小船时,却突然呼啦啦一片响声,从河滩上飞起了一群水鸟——停栖的水鸟都被吓飞了。至此,词戛然而止,言尽而意未尽,耐人寻味。而这一切,都因"醉"而生。

全词只选取了几个片断,把移动的风景和作者怡然的心情融合在一起,写出了作者青春年少时的欢愉与活力,让人沉醉其中,不禁心生向往,正所谓"少年情怀自是得"。

(冯述田)

四时田园杂兴①（其一）

[宋] 范成大

昼出耘田夜绩麻②,村庄儿女各当家③。
童孙未解供耕织④,也傍桑阴学种瓜⑤。

〔注释〕

①田园:这里泛指农村。杂兴:即随兴而写。②耘(yún)田:锄草。绩麻:把麻搓成线(织布用)。③儿:男人(农夫)。女:女人(农妇)。各当家:各人都担任一定的工作。④童孙:小孩子。未解:不懂。供:从事,参加。⑤傍:靠近。

〔赏读提示〕

《四时田园杂兴》是南宋诗人范成大晚年退居后的一组大型田园诗,分春日、晚春、夏日、秋日、冬日五部分,每部分各十二首,共六十首。诗歌描写了农村四季的景色和农民的生活。

此诗属于这组田园诗中的"夏日"部分,描写农村初夏生活中的一个场景。表现了诗人对农村生活的喜悦之情,也含蓄地表现了诗人对黑暗官场生活的厌恶,对劳动者艰辛生活的同情。

首句"昼出耘田夜绩麻",初夏的白天,男人们到水稻田里给秧苗除草;晚上,妇女们在白天干完别的活后搓麻线,再织成布。诵读时,可重读"昼"、"夜",读出对农家夜以继日地繁忙劳动的同情。

次句"村庄儿女各当家",一个"各"字,把农忙时节,所有青壮年的忙碌清晰地呈现在读者眼前。

　　第三、四句"童孙未解供耕织,也傍桑阴学种瓜","童孙"指孩子们,他们不会耕也不会织,却也不闲着。他们从小就生活在一个个辛勤劳作的家庭里,也自然而然地喜爱上了劳动,于是"也傍桑阴学种瓜",也都在茂盛成荫的桑树底下学种瓜。一个"也"字,既显现了诗人对天真可爱的孩童的喜爱,也从侧面再次让我们感受到了初夏时紧张劳动的气氛,全面显现了农民生活的艰难处境。

　　诗人用清新的笔调,展示了一幅典型的江南农忙图。诗人对农村初夏时节夜以继日、全员上阵的紧张劳动作了很好的表现。同时,在细腻自然的描写中,让人在感觉亲切之余,也勾起对农民生活的深切同情。　　　　　　　　(徐连松)

四时田园杂兴(其二)

〔宋〕范成大

梅子金黄杏子肥,麦花雪白菜花稀①。
日长篱落无人过②,惟有蜻蜓蛱蝶飞③。

〔注释〕

　　①麦花:麦子秀穗叫吐花,呈白色或绿色,在江南苏州一带是农历四五月间。一说荞麦花。②日长:夏至白昼最长。一说正午。篱落:篱笆。③惟:只,只有。

〔赏读提示〕

　　这首诗是如歌的行板,静美的画卷。诗人以行云流水的笔触,点染了初夏江南田园生活的种种美好。

　　首句写梅子金黄,杏子肥硕。着一"黄"字,摹"梅子"色之美;着一"肥"字,状"杏子"形之美。"梅子"、"杏子"皆为江南初夏村居特有的景物,一写静美。

　　次句写麦花雪白、菜花稀疏。一幅农家果实累累、田园妍丽清新的画面,跃然纸上。

　　第三句侧写农民劳动的情状:初夏,村庄里,农事正酣,农民早出晚归。那平日里人来人往的篱笆墙前,再没有人经过。雪白的麦花,稀疏的菜花,日长篱落亦是江南乡村初夏特有的景致,再写静美。

最后一句以动衬静，更以"惟有蜻蜓蛱蝶飞"来衬托彼时的安静而美好。静中有动，更显其静。你看，一切都安静极了，只有蜻蜓、菜粉蝶绕着篱笆，翩翩飞舞，是为"寂静之声"，三写静美。至此，诗人将静美写到了极致。

综上，全诗集色之美、形之美于一身，融疏密美、动静美于一体，将把江南乡村安适生活的清新雅趣娓娓道来，是歌，是诗，更是画。

山水田园诗，宜含英咀华，轻吟涵泳。末句"飞"字，宜轻轻地读，读得自然些。

（李艳华）

有　约①

［宋］赵师秀

黄梅时节家家雨②，青草池塘处处蛙③。
有约不来过夜半，闲敲棋子落灯花④。

〔注释〕

①有约：约请客人来相会。②黄梅时节：农历四、五月间，江南梅子黄时，大都是阴雨连连的时候，所以称"黄梅时节"为江南雨季。家家雨：家家户户都赶上下雨。形容雨水多，到处都有。③处处蛙：到处是蛙跳蛙鸣。④落灯花：旧时以油灯照明，灯芯烧残，落下来时好像一朵闪亮的小花。

〔赏读提示〕

这是一首写景叙事诗。江南梅雨之夜，约朋友来下棋，朋友迟迟未到，只能边敲着棋子边等朋友。朗读这首诗时，语调应平静淡然，读出闲适享受之感。

诗歌前两句选取了几个典型意象"黄梅"、"雨"、"池塘"、"蛙声"来描写江南梅雨季节的夏夜之景：雨声不断，蛙声一片，读来使人如身临其境。这看似繁杂热闹的声音却反衬出了夜的寂静。这两句最妙的是"家家雨"，雨本来是彻天彻夜地下着，谈不上分家不分家的，诗人如此表达写出了梅雨之夜大家共同的心理：啥活也干不了，歇着吧。为下文约朋友下棋做了铺垫。这两句在朗读时宜重读"家家"与"处处"。

第三句"有约不来过夜半"，"有约"承接上文之闲，"过夜半"说明了等待时间之久。本来期待的是约客的叩门声，但听到的却只是一阵阵的雨声和蛙声。

第四句"闲敲棋子落灯花"是一个细节描写,诗人约客久候不到,百无聊赖之际,下意识地将黑白棋子在棋盘上轻轻敲打,而笃笃的敲棋声将灯花都震落了。这个细节充满了生活气息,有约不来确是失望之事,但诗人似乎并不焦急,听着蛙鸣,敲着棋子,自得其乐,传达出一种闲逸与恬淡。也许诗人已经忘了他是在等友人,而完全沉浸在内心的激荡和静谧中。应该感谢友人的失约,如此诗人才享受到了这样一个独处的美妙的不眠之夜。

（程云）

村　晚

[宋] 雷　震

草满池塘水满陂,山衔落日浸寒漪^①。
牧童归去横牛背^②,短笛无腔信口吹^③。

〔注释〕

①衔:口里含着。这里指落日西沉,半挂在山腰,像被山咬住了。浸:淹没。漪(yī):水波。②横牛背:横坐在牛背上。③腔:曲调。信口:随口。

〔赏读提示〕

这首诗描写了农村傍晚,牧童骑牛晚归的情景。诗题点明了地点与时间,全诗虽只有短短四句,但处处体现出恬静悠远的意境。

前两句写景,诗人把池塘、青山、落日三者有机地融合起来,描绘了一幅宁静美好的画面:小草长满了池塘,池塘里的水几乎溢出了塘岸。红彤彤的落日,半挂在山腰上,像被远远的青山咬住了,一起把影子倒映在冰凉的池水中,粼粼的波光时隐时现。两个"满"字,写出仲夏时的景物特点,雨水丰足,草儿疯长,一片生机。"山衔落日浸寒漪",一个"衔"字,用比拟的手法写日落西山,化静为动,别有趣味;一个"浸"字,描绘出了落日和青山倒映在水中的情景,生动形象。这些景物,色彩和谐,基调清新。有了这样的环境,那牧童自然就是优哉游哉的了。因此,诵读时语调要放缓,语速要放慢,注意每句节奏均为"二二一二",使听者能够感受到仲夏时分,村庄傍晚的宁静美好。

诗人是带着一种欣赏的目光去看牧童、写村晚的,他十分满足于这样一种自然风光优美、人的生活自由自在的环境,所以他笔下的牧童是一个"横牛背"、

"吹短笛"、"无腔信口"的顽童。一个"横"字表明牧童不是规矩地骑,而是随意横坐在牛背上,表现了牧童的调皮可爱、天真活泼;而"无腔信口"则更表现了牧童的无忧无虑,悠闲自在。因此,诵读三、四句时,语速可以欢快一些,语调上扬,重读"横"与"信口",节奏调整为"二二一二,二二二一",读出诗人对牧童的欣赏与对此情此景的喜爱之情。

整首诗摄取的画面不大,写景集中在池塘上,写人则集中在牧童上,又都紧紧围绕着"村晚"二字落笔。写景时先写静景后写动景,由近及远,景物层次分明,无论是色彩的搭配,还是背景与主角的布局,都非常协调。而画中之景、画外之声又给人一种恬静悠远的美好感觉。诗人借景抒情,表达了自己对悠然恬静的乡村生活的向往,情与景在此高度统一。 （陈卉）

画 鸡

[明] 唐 寅

头上红冠不用裁①,满身雪白走将来②。
平生不敢轻言语③,一叫千门万户开。

〔注释〕

①裁:剪裁,缝制。②走将来:走过来。将,语助词,表示动作的开始。③轻言语:轻易说话。

〔赏读提示〕

这是明代才子唐伯虎的一首题画诗。画面本是静态的,但却因为他高超的描写,呈现出一幅动态十足的场景:一只雄赳赳、气昂昂的大公鸡正昂首阔步地走过来。它头顶着大红鸡冠,全身的羽毛洁白光亮,显得格外神气。雄鸡报晓,在常人眼中,并没有什么特别的地方,但在这首诗里,却成为冲破黑暗、迎来曙色的光明之神,啼声成了催人奋进、激人兴起的号角。这样,一首普通的题画诗,意境顿时变得高昂和开阔了起来。

诗的前两句描写雄鸡的外在形象,在写法上很有特点。首先,从局部到全面。"头上红冠",是从局部描写公鸡头上的大红冠,"满身雪白"则是从全身描写公鸡浑身的雪白羽毛。其次,色彩的对比。一"红"与一"白",色彩鲜明,形成对比,简单而明亮。最后,用词贴切。一个"裁"字,准确地写出大红冠子的恰到好处;一个"走"字,运用拟人手法,给人以精神饱满、气宇轩昂的感觉,仿佛一只大公鸡正以威严的姿态向我们走来。

诗的后两句写雄鸡的内在品质,在写法上也很有特点。欲扬先抑,"平身不敢轻言语"一句让人感觉到雄鸡的怯懦、胆小,可谓"抑"到了极致,最后一句笔锋陡转,点出了雄鸡的真正不平凡之处——原来雄鸡只在早晨特定的时间报晓,其他时间不会胡乱啼叫,只要一啼叫,便是东方吐白,千家万户开始了一天新的生活。读罢顿悟,原来是在赞美雄鸡的低调、谦逊的美德和绝对的权威,这是"扬"。

朗读时,应稍稍放慢节奏,读出韵味来,如:头上/红冠/不用裁,满身雪白/走将来。平生不敢/轻/言语,一叫/千门/万户/开。此外,朗读时要突出"不"、"裁"、"轻"、"千"、"万"、"开"等字,这样才能突出雄鸡的内在品质。这首诗的语言通俗易懂,明白流畅。读者可单就字面去理解诗的内容,亦可结合中国的文化及诗人的经历去深入探讨诗的含意,从而领略到不同的欣赏层次。(冯述田)

所　见

[清]袁　枚

牧童骑黄牛①,歌声振林樾②。
意欲捕鸣蝉③,忽然闭口立。

〔注释〕

①牧童:指放牛的孩子。②振:振荡。林樾(yuè):指道旁成荫的树。③欲:想要。

〔赏读提示〕

生活中有很多一闪而过的场景,一般人不会太在意,但袁枚却能发现其中的趣味。他只是用平常的语言,把它们直接描绘出来,却让人读了之后回味无穷。

你看,一位小牧童骑着一头大黄牛缓缓走来。别看孩子小,可是他一点不害怕,东张张,西瞅瞅,偶尔随着牛背颠两下,好不自在!也许今天遇着什么开心的事,也许从来也没遇着什么烦心的事,他扯着嗓子放声歌唱,歌声嘹亮,似乎都能振动树木呢!

这时,他突然闭紧嘴巴,屏住呼吸,直起身体不唱了。怎么了?原来树上的蝉儿正扯开嗓门,自鸣得意地唱呢。这下勾起了小牧童的兴趣,于是他专注地看着,心中盘算如何把它捉住。后来呢,捉住了吗?不知道,作者没写。你说,他捉住了吗?

这首诗很有意趣。诗人先写小牧童骑大牛唱歌的得意,后写小牧童屏住呼吸、眼望鸣蝉的专注;先写歌声的嘹亮,后写"闭口立"的安静。这从动到静的变化,写得既突然又自然,把小牧童的童真童趣表现得淋漓尽致。而结尾处留下的悬念,更是让人浮想联翩。

诵读时,我们要注意读准节奏,前面三句都是"二一二",最后一句是"二二一"。另外,前两句要读出牧童的自在与得意,突出"振";后两句要读出牧童专注捕蝉的情趣,突出"忽然"。

(谭志刚)

村　居

［清］高　鼎

草长莺飞二月天,拂堤杨柳醉春烟。
儿童散学归来早,忙趁东风放纸鸢^①。

〔注释〕

①纸鸢:即风筝。

〔赏读提示〕

在阳光明媚的春天,风和日丽,春风吹拂,一群孩子在欢笑着、嬉闹着,有的抬头望着不断飞向天空的风筝,有的不停用手抖着牵着风筝的线,有的一边奔跑一边欢笑。周围草长莺飞,堤柳将舒未舒,活泛着春天的气息。人、景、事和情自然融合。高鼎用自己的观察,用自己的笔墨和文字记录下了这美好的农村儿童玩乐图景。

首句诗人交代了时间为"二月",一个寒冷冬天刚刚逝去的时节,万物经过漫长冬天的"禁锢",在这时都复苏了。小草从土里悄悄钻出来,享受着清新的空气、明媚的阳光,甚至是温润的雨露。黄莺呢,这不停鸣叫的鸟儿,它在空中到处边飞着边唱歌呐。这是对春天的歌颂。

第二句中,柳条也开始活泛起自己的身姿,在风中柔弱地舞动,如同喝醉了一般。"醉春烟",大地回暖,冰冷的田地解冻,蒸腾着春天的气息,远远望去,如同缓缓升起的烟雾。这个"醉"字既可理解为柳条的舞动身姿,也可理解为冉冉升腾的地气,这包含着浓郁的春天气息,让刚刚舒泛的柳条陶醉在这春景中。

第一、二句是在写景,这是一幅典型的江南早春图。

后两句诗人由写景到写人。如同这春天般充满朝气的儿童,在放学后争抢着去放风筝。经过一天的学校学习,本已疲乏的儿童,回到家看到这适合放风筝的天气,烦累顿时都烟消云散,顿时活力四射。一个"忙"字道出了小孩子着急于玩耍的急切心情。随后我们可以想见一片欢声笑语中,风筝漫天飞舞,翩翩然的样子。天也高,风也轻,万物生机勃勃,富有朝气。儿童、东风、纸鸢,诗人选写的人和事是那样美好,把早春的醉人渲染得淋漓尽致。

全诗落笔明朗,用词洗练,洋溢着欢快的情绪。朗读这首诗可以尽量体现欢快之情。

(董晓强)

图书在版编目（C I P）数据

中华经典修身诗歌赏读大全 / 孙汉洲主编. -- 南京：
江苏人民出版社，2015.12(2018.9 重印)
ISBN 978-7-214-16772-9

Ⅰ．①中… Ⅱ．①孙… Ⅲ．①诗歌欣赏－中国 Ⅳ．
①I207.22

中国版本图书馆 CIP 数据核字(2015)第 245538 号

书　　　名	中华经典修身诗歌赏读大全
主　　　编	孙汉洲
责 任 编 辑	许尔兵
责 任 校 对	吴　伟
出 版 发 行	江苏人民出版社
出版社地址	南京市湖南路 1 号 A 楼，邮编：210009
出版社网址	http://www.jspph.com
印　　　刷	河北新华第一印刷有限责任公司
开　　　本	710mm×1000mm　1/16
印　　　张	46
字　　　数	800 千字
版　　　次	2015 年 12 月第 1 版　2018 年 9 月第 3 次印刷
标 准 书 号	ISBN 978-7-214-16772-9
定　　　价	108.00 元

（江苏人民出版社图书凡印装错误可向承印厂调换）